W0392372

Louis Raffin

Le message de Proteus

Roman

Éditions Glyphe

Éditions Glyphe. Paris, 2018
85, avenue Ledru-Rollin – 75012 Paris
www.editions-glyphe.com
ISBN 978-2-35285-102-8

À mes parents

La naissance d'Emma

ALLONGÉ SUR SA PAILLASSE, les yeux fixés au plafond, Axel tressaillit quand le grondement lointain de l'explosion parvint dans sa cellule.

Que pouvait-il espérer après un tel massacre ? Il en savait trop et il était seul. D'un moment à l'autre, on viendrait le tuer, lui aussi.

Il se redressa, posa les pieds au sol et se leva. La sueur perlait à son front. Il entendit des éclats de voix derrière la porte rouillée. L'ordre d'en finir avec lui venait déjà d'arriver…

Le silence retomba, Axel dressa l'oreille, des pas précipités se rapprochaient. Il recula, son dos heurta le mur. Une clé explora la serrure, les lourds verrous claquèrent et la porte s'ouvrit d'un coup.

I

DEPUIS LE DÉBUT DE L'APRÈS-MIDI, une pluie diluvienne noyait le campus de Stanford. Dans l'amphithéâtre déserté où il venait de terminer son cours, Axel Woodstone s'était installé dans un des sièges du premier rang. Penché sur son smartphone, il consultait sa messagerie. À trente-deux ans, c'était l'un des plus jeunes professeurs de la prestigieuse université californienne, où son visage juvénile, ses cheveux bruns rebelles et sa silhouette de grand adolescent le faisaient encore passer pour un étudiant. Après avoir obtenu sans peine un doctorat d'économie, puis un autre en sociologie, il s'était orienté vers l'enseignement sans même changer de campus.

Droit et entier, il discernait mal la ruse chez les autres et, lorsque sa vive intelligence ne volait pas au secours de sa psychologie défaillante, il se faisait berner par les plus médiocres filous. N'ayant jamais manqué de rien, il était indifférent aux préoccupations matérielles et il faisait peu d'efforts pour séduire. Sans être triste, il était grave et, dans toutes ses entreprises, il appliquait un sérieux qui ne facilitait pas ses relations avec les femmes. Mais il était joli garçon, ce qui le mettait à l'abri de la solitude. Ses conquêtes trop faciles le décevaient toutefois très vite, ou bien c'est lui qui les faisait fuir. Ses aventures ne duraient jamais. Jusqu'au jour où il rencontra une ravissante artiste-peintre qui sut l'apprécier tel qu'il était et qui partageait son penchant pour la sincérité et la profondeur des sentiments.

En arrivant à la fin de sa liste de messages, il découvrit avec stupeur le mot du président de l'université qui le priait de passer le voir dès que possible. Quittant d'un bond son siège, il chercha autour de lui le parapluie qu'il avait emporté. Cinq minutes plus tard, le pantalon ruisselant, il pénétrait dans son bureau.

– Vous êtes venu à la nage ? s'esclaffa le président. Il fallait attendre un peu, ce n'était pas si urgent…

Dépité, Axel prit avec humeur la serviette qu'on lui apportait tandis qu'on en posait une autre sur un fauteuil où il se laissa tomber. Le président s'assit en face de lui et attendit que sa secrétaire ait disparu.

– Je viens d'avoir un long entretien téléphonique avec William Hurdley, annonça-t-il, et nous avons beaucoup parlé de vous.

Axel eut un mouvement de surprise. William Hurdley était particulièrement connu à Stanford, dont il était depuis des années le plus généreux donateur. Puisant sans compter dans l'immense fortune qu'il s'était bâtie dans l'informatique, il avait récemment financé la construction et l'aménagement du nouveau laboratoire d'intelligence artificielle, auquel il avait refusé qu'on donne son nom. Axel ne l'avait aperçu qu'une seule fois, de très loin, lors d'une réception officielle où personne n'aurait songé présenter à ce grand personnage un jeune professeur d'économie inconnu.

– Monsieur Hurdley aurait un travail à vous proposer, poursuivit le président, et il souhaiterait vous en entretenir lui-même. D'après ce que j'ai compris, il s'agirait de mettre en place un programme d'aide au développement dans un petit pays défavorisé.

– Ce n'est pas du tout ma spécialité, objecta Axel.

– En effet, mais ce n'est pas non plus la question. Vous avez récemment publié un ouvrage consacré à l'intégration des populations immigrées. Votre double formation d'économiste et de sociologue vous a permis d'aborder ce sujet sous des angles très complémentaires.

– Et alors ?

– Alors, vos compétences ont beaucoup intéressé Monsieur Hurdley.

– Il s'occupe aussi d'immigrés ?

– Il semblerait qu'il y soit appelé dans son action d'aide humanitaire. Il craint de rencontrer les problèmes que vous analysez dans votre livre. C'est pourquoi il a pensé à vous pour tenir là-bas le rôle de conseiller à l'immigration.

Axel eut le souffle coupé. Il croyait se voir confier un travail d'étude, mais il s'agissait de quitter Stanford !

– Et mon poste actuel ? protesta-t-il.

– N'ayez aucune crainte. Dès la mission achevée, si vous l'acceptez, vous retrouverez vos chers étudiants.

– Je ne doute pas un instant de ma liberté de décision, ironisa Axel, mais si mon refus devait nous exposer à perdre un tel mécène…

– Je vous arrête tout de suite ! William Hurdley n'irait jamais s'abaisser à un tel chantage. D'ailleurs, sans vouloir vous offenser, il est probable que si vous déclinez son offre, il trouvera quelqu'un d'autre sans trop de peine.

Axel se raidit, ne sachant comment réagir, mais le regard bienveillant de son interlocuteur le dissuada d'insister.

– Ce n'est qu'une opportunité, poursuivit le président, une expérience de terrain qui pourrait beaucoup vous apporter.

– Peut-être… Combien de temps durerait cette mission ?

– Je l'ignore. Le mieux serait que vous appeliez sans attendre le numéro que je vais vous donner.

Ils se levèrent, le président lui remit une carte de visite et, posant une main amicale sur son épaule, l'entraîna vers la sortie.

Lorsqu'Axel se retrouva dehors, la pluie avait cessé. Il suivit au hasard une allée détrempée du campus en s'efforçant de réfléchir aux innombrables questions qu'il devrait poser avant de s'engager. Il ne comptait pas accepter n'importe quel travail au seul motif que William Hurdley en était le commanditaire. Mais, sournoisement, son démon intérieur était déjà à l'œuvre pour l'aiguillonner et altérer son jugement. Depuis sa tendre enfance, Axel était hanté par la curiosité. Quand elle le saisissait, plus rien ne pouvait le faire reculer pour la satisfaire.

*

Grande, mince, les traits fins et réguliers, des yeux noisette et de longs cheveux bruns, Audrey avait un charme simple et naturel qui s'accordait avec son peu de goût pour les tenues sophistiquées. Sensible et intuitive, tout au contraire d'Axel, elle appliquait aux gens, comme aux choses, son sens aigu de l'observation. Lorsqu'on lui parlait, elle observait les gestes et l'attitude de son interlocuteur, et ils trahissaient quelquefois ses mensonges. Elle apprit ainsi à se méfier des mots et des discours, qui pouvaient tout autant servir la vérité que la dissimuler. C'est à un vernissage où quelques-unes de ses toiles étaient exposées qu'elle vit Axel pour la première fois. Entraîné là par des amis, il paraissait s'ennuyer ferme, mais à l'instant où son regard croisa celui d'Audrey, ils éprouvèrent le même saisissement.

À leur deuxième rencontre, quelques jours plus tard, l'ignorance d'Axel en matière d'art s'était muée en un soudain désir de tout connaître.

Complaisante, Audrey lui proposa de le guider dans les musées et les galeries dont elle était familière. Peu à peu, elle éduqua son regard à l'univers des formes et des couleurs qui était toute sa vie. Insensiblement, ils se rapprochèrent, sans rien brusquer, comme pour goûter le plus longtemps possible la pureté d'un amour dont ils sentaient monter la force. Fidèles, l'un comme l'autre, à leurs engagements, ils hésitaient devant celui-ci, dont ils mesuraient l'importance. Mais la passion balaya leurs craintes et, quand ils cédèrent enfin à l'appel de la chair, ce fut un embrasement.

Aucune ombre ne ternit les deux premières années de leur vie commune, au cours desquelles ils se marièrent. Mais quand leur vint le désir d'un enfant, les mois passèrent en espoirs déçus, jusqu'au jour où ils apprirent qu'Audrey ne pourrait jamais donner la vie. Anéantie, elle repoussa l'idée d'Axel quand il parla d'adoption. Elle se sentait incapable de prendre soin, des années durant, d'un enfant qui ne serait pas leur chair et leur sang. Il n'insista pas, certain qu'après un temps de deuil, elle se rangerait à son avis. Ils auraient les enfants que le sort voudrait bien leur donner. Seuls comptaient les liens du cœur. En le voyant raisonner ainsi, Audrey comprit que leur union était condamnée. À ses yeux, leur couple, privé de projets, n'allait plus survivre que dans une longue et vaine attente, trompée par le travail et leur vie sociale.

La nuit venait de tomber quand Axel éteignit les phares de sa voiture devant l'élégante maison d'architecte qu'il occupait avec Audrey depuis leur mariage. Bâtie à flanc de colline, elle offrait depuis sa terrasse une vue lointaine sur la baie de San Francisco. Sa moitié nord avait été aménagée en un vaste atelier qui permettait à Audrey de travailler sur les toiles de grand format qu'elle avait autant de plaisir à peindre que de difficulté à vendre. Beaucoup restaient ainsi de longs mois, appuyées contre un mur, dans l'attente d'un amateur doté d'assez hauts plafonds. Mais ce qu'elle préférait, et qu'on ne lui commandait guère, c'étaient les fresques… À défaut, ses toiles plus petites s'écoulaient facilement dans les galeries pour lesquelles elle travaillait.

Axel vit que la maison tout entière était plongée dans l'obscurité. Il en conclut qu'Audrey était sur la terrasse, qu'elle rejoignait de plus en plus souvent le soir, en l'attendant. Assise sur un banc de teck, face aux milliers de petites lumières qui vacillaient à l'horizon, elle était immobile, les mains posées sur son ventre et sa souffrance. Il l'embrassa tendrement, s'assit près d'elle, glissa son bras autour de sa taille et lui conta son aventure.

– Qu'en penses-tu ? demanda-t-il en guise de conclusion.

Elle hésita, déroutée par une histoire aussi inattendue.

– Je suis heureuse d'apprendre que ton livre n'est pas passé inaperçu, lâcha-t-elle enfin. Pour le reste, tu n'as rien de mieux à faire que d'aller voir William Hurdley.

– J'y vais mardi prochain.

– Déjà ?

– Oui, quand j'ai téléphoné, on n'a guère répondu à mes questions, mais on m'a proposé ce rendez-vous.

– Tu vas le rencontrer à Stanford ?

– Non, à Torrey Pines.

– Mais c'est...

– Oui, au nord de San Diego. Une voiture passera me prendre le matin, un avion m'attendra, et je serai de retour le soir même.

– Je vois que tout est fait pour te séduire.

– Tu sais, c'est un milliardaire. Pour lui, tout cela n'est rien.

Audrey s'interdit de réagir. La fierté d'Axel était légitime. Il se réjouissait de voir son travail reconnu par l'illustre bienfaiteur de Stanford, un des hommes les plus riches du monde. Qu'avait-elle à proposer en échange, elle et son ventre mort ?

– Si tu acceptes sa proposition, hasarda-t-elle, que vais-je devenir ?

– Mais... Je... Tu... balbutia-t-il, réalisant enfin qu'il ne s'était pas posé la question. Pour lui, Audrey était libre de travailler en tout lieu, elle ne pouvait que le suivre dans cette possible aventure. Comment avait-il pu raisonner avec autant d'égoïsme ?

– Ne t'en fais pas, l'apaisa Audrey d'une voix dont la douceur masquait la tristesse, rien n'est encore décidé.

*

Le mardi suivant, comme annoncé, une voiture se présenta très tôt devant la maison. Quarante minutes plus tard, elle franchit un accès réservé de l'aéroport de San José, longea une suite de hangars et vint s'immobiliser contre un petit biréacteur dont les moteurs faisaient entendre un sifflement aigu. En sortant de son véhicule, Axel vit jaillir de l'appareil un homme d'une trentaine d'années, grand et athlétique, qui s'avança vers lui. Son visage, percé de deux yeux verts, était illuminé par un large sourire.

– Bonjour Professeur Woodstone ! cria-t-il pour couvrir le bruit des moteurs tandis qu'il secouait énergiquement la main d'Axel. Je suis Tom Greene, chargé par Monsieur Hurdley de vous accompagner. Si vous voulez bien me suivre.

Axel lui emboîta le pas et entra dans l'avion en baissant la tête. Il prit place dans le siège qu'on lui présentait, face à son compagnon de voyage. Peu après, l'avion s'élançait sur la piste.

– Je suppose, commença Axel, que vous pouvez me renseigner sur le projet de développement économique de Monsieur Hurdley.

– Pas vraiment, s'excusa Tom Greene. Je travaille depuis deux ans pour William Hurdley, mais je suis informaticien. Je ne connais rien à l'économie.

– Ah…

– Ne faites pas cette tête-là ! Nous avons à peine une heure de vol et cela risque de vous paraître très court.

– Si vous le dites… Mais pourquoi allons-nous à Torrey Pines ?

– Parce que c'est là que se trouve le laboratoire d'intelligence artificielle de William Hurdley.

– Il n'a pas déjà celui de Stanford ?

– Ça n'a rien à voir ! Stanford est d'abord destiné à l'enseignement, on n'y mène que quelques recherches complémentaires à celles de Torrey Pines.

– Et à Torrey Pines, vous recherchez quoi ?

– Nous appliquons l'intelligence artificielle à toutes sortes de robots, civils ou militaires, et nous fabriquons les plus intéressants pour nos chercheurs, ceux dont les possibilités ne sont limitées que par l'intelligence artificielle elle-même. Autrement dit, les robots humanoïdes.

– Des robots humanoïdes ? Vous allez m'en montrer ?

– Bien sûr ! Voulez-vous un café ?

Subitement intéressé, Axel multiplia les questions. Tom y répondait avec courtoisie et bonne humeur, affichant cet enthousiasme juvénile qu'Axel avait déjà rencontré chez ses collègues scientifiques de Stanford. À croire que les sciences humaines rendaient moins joyeux. Très vite, Axel se détendit face à ce compagnon de voyage dont le regard franc et le visage ouvert lui inspiraient confiance. Soudain, il le vit désigner son hublot. Le sol était proche. Ils arrivaient.

*

En sortant de l'avion, Axel mit sa main en visière, aveuglé par la clarté du ciel. Il remarqua les avions de chasse et les hélicoptères militaires stationnés un peu plus loin.

– Où sommes-nous ? demanda-t-il à Tom qui se tenait derrière lui, impatient de le voir descendre.

– À Miramar. Là où était notre fameuse école de pilotage, Top Gun. Mais c'est maintenant une base de l'aéronavale.

– Vraiment ? Mais comment avons-nous…

– Les mouvements d'avions privés sont autorisés, sinon nous serions déjà morts. Mais si vous tardez trop à descendre, ils vont peut-être nous tirer dessus.

Axel sourit et dégringola la passerelle pour s'engouffrer dans la voiture qui les attendait. Le chauffeur démarra dès qu'ils furent à bord et, après une vingtaine de minutes d'un trajet silencieux sur de larges avenues ombragées, Tom désigna un haut mur bordé d'une pelouse qui s'étirait sur la droite.

– C'est ici, annonça-t-il joyeusement, le Laboratoire Hurdley.

La voiture s'immobilisa devant une haute porte métallique à deux battants et un garde sortit d'une guérite. Ayant reconnu Tom et le chauffeur, il accorda à peine un regard à Axel et disparut. Les battants s'écartèrent lentement, révélant un passage, long d'une vingtaine de mètres, au bout duquel se dressait une seconde porte, identique à la précédente et encadrée des mêmes caméras de surveillance.

– Eh bien ! s'exclama Axel. C'est une véritable forteresse !

– Vous bénéficiez d'un traitement de faveur, expliqua Tom tandis que la voiture pénétrait dans le sas. Monsieur Hurdley vous a dispensé des procédures d'identification prévues pour tout nouvel arrivant.

Ils débouchèrent enfin sur un parking enserré de hautes palissades derrière lesquelles on distinguait les frondaisons d'un parc. En face d'eux, un bâtiment vitré achevait d'obstruer la vue. La voiture les déposa devant le perron, qu'ils gravirent pour pénétrer dans un hall désert. Ils prirent l'ascenseur jusqu'au troisième et dernier étage, où une élégante jeune femme asiatique les attendait.

– Bonjour Professeur Woodstone, fit-elle en s'inclinant cérémonieusement. Je suis l'assistante de Monsieur Hurdley. Je vais le prévenir de votre arrivée.

Elle s'éclipsa, laissant les deux hommes face à une porte dont un des battants s'ouvrit peu après devant eux. L'assistante de William Hurdley réapparut et leur fit signe d'entrer.

Le côté droit de l'immense bureau était constitué d'un mur de vitres, mais des stores ayant été abaissés jusqu'au plancher, la lumière du jour avait disparu, laissant place à un discret éclairage artificiel qui diffusait une lumière d'aquarium. Le dépouillement de la décoration et la sobriété du mobilier agrandissaient encore la pièce et Axel dut s'habituer à la pénombre pour en distinguer les contours. C'est alors qu'il vit William Hurdley se lever de son bureau pour s'avancer vers lui.

– Bonjour Professeur Woodstone ! fit une voix tonnante. Merci d'avoir accepté de venir jusqu'ici.

En le voyant approcher, Axel réprima un mouvement de recul. À soixante-dix ans passés, William Hurdley n'avait rien perdu de son impressionnante carrure, à peine alourdie par l'âge. Sobrement vêtu de noir, il s'avançait avec majesté. Son abondante chevelure argentée encadrait un visage autoritaire aux traits durs, aux lèvres minces et aux yeux d'un bleu pâle presque gris. Arrivé devant Axel, il lui tendit sa main puissante et le transperça de son regard métallique.

– Avez-vous fait bon voyage, Professeur ?

– Très bon, je vous remercie, surtout grâce à Tom, qui m'a appris beaucoup de choses.

– Je l'espère bien. Venez donc vous asseoir.

Ils s'installèrent à une petite table, près des fenêtres aveugles, et Hurdley fit glisser devant Axel la feuille de papier qui s'y trouvait posée.

– Professeur, avant que nous ne commencions cet entretien, je vous demanderai de bien vouloir lire et signer ceci.

C'était un engagement de confidentialité qui, était-il précisé, concernait l'intégralité des informations qu'Axel allait recueillir. Il le lut attentivement et le reposa devant lui, songeur.

– Pardonnez-moi Monsieur Hurdley, je ne vois aucun inconvénient à signer ce texte, mais autant je comprends que les travaux menés dans ce laboratoire puissent être confidentiels, autant l'exigence de secret pour un programme humanitaire me surprend un peu.

– C'est une très bonne remarque, Professeur. Mais je ne pourrai pas y répondre tant que vous n'aurez pas signé.

Axel comprit, au ton de son interlocuteur, qu'il valait mieux ne pas insister. Il prit le stylo posé devant lui, signa et rendit le document. Encore un caprice de milliardaire, se dit-il, tout comme la pénombre absurde dans laquelle était plongée cette pièce.

– C'est parfait, conclut Hurdley.

Il plongea la main dans sa poche et en ressortit un petit boîtier gris dont il enfonça une touche. Un discret ronronnement se fit entendre au plafond. Un aveuglant trait de lumière jaillit le long du sol, les stores se relevaient.

*

Pendant plusieurs secondes, Axel fut incapable de tourner les yeux vers l'immense mur vitré qui, maintenant, livrait toute la pièce à l'insoutenable lumière solaire. Enfin, plissant les paupières, il tourna un regard avide vers le parc qui s'étendait trois étages plus bas.

Un chantier de construction ! Tout l'espace disponible entre les arbres était occupé par le chantier d'une maison qui s'annonçait plutôt jolie à en juger par son élégante structure de bois déjà en place. Des palettes de matériaux, des poutrelles et divers équipements étaient dispersés tout autour. Le personnel assez nombreux qui s'activait en tous sens était vêtu de combinaisons blanches. Certains hommes portaient l'habituel casque de chantier, tandis que d'autres avaient un intégral vissé à leur combinaison et muni d'une visière noire qui leur donnait l'allure d'astronautes.

– Pourquoi ont-ils ce casque ? s'étonna Axel. Ils doivent étouffer là-dessous.

– Parce que ce sont des robots, répondit Hurdley.

Sidéré, Axel se mit à observer avec une extrême attention chacun des astronautes. La fluidité et la vitesse de leurs mouvements étaient telles qu'il peinait à ne pas y voir des hommes déguisés.

– Comment avez-vous fait ? s'émerveilla-t-il.

– Jusqu'à présent, commença Hurdley, le développement des robots humanoïdes se heurtait à deux limites très contraignantes. La faible autonomie de leurs batteries, qui ne leur permettait de fonctionner que quelques minutes, et les capacités dérisoires de leur informatique embarquée, avec laquelle ils pouvaient à peine descendre un escalier sans tomber. À Torrey Pines, nous avons contourné ces deux limites.

– Contourné ?

– Oui, tout ce qui fait leur différence vient de l'extérieur. L'énergie électrique leur est transmise à distance par couplage inductif, c'est ce qu'on appelle la witricité. Mais nous avons développé un couplage par résonance qui autorise aujourd'hui une portée de plusieurs centaines de mètres. Ainsi, en multipliant les émetteurs, nos robots peuvent évoluer dans de très larges zones. Quant à leur informatique, elle suit le même principe, mais je laisse à Tom le soin de vous en parler, puisqu'il dirige notre centre de recherches.

– En effet, enchaîna Tom, ces robots reçoivent l'appoint d'un équipement déporté de très grande puissance.

– Ce qui signifie ?

– Ce qui signifie qu'ils ont un cerveau complémentaire extérieur avec lequel ils ont une liaison sans fil.

– Il y a donc un ordinateur qui télécommande plusieurs robots à la fois, résuma Axel.

– On peut le dire comme ça, bien que chaque robot soit déjà autonome, puisqu'il a sa propre informatique. L'ordinateur extérieur est une réserve de puissance qu'ils se partagent en fonction de leurs besoins.

– Et où est-il, cet ordinateur ?

– Au sous-sol de ce bâtiment se trouvent des rangées d'armoires abritant les composants de notre supercalculateur à réseau neuronal. Il est capable de gérer en parallèle plusieurs milliers de robots. Ce n'est pas un cerveau artificiel, c'est la simulation informatique du fonctionnement d'un cerveau. Cet ordinateur est conçu pour modifier sa programmation en fonction de ses expériences et des obstacles qu'il rencontre. C'est de très loin le plus puissant jamais consacré au développement de l'intelligence artificielle. Nous en attendons des prouesses.

*

Axel reçut la suite des explications dans le parc. Le chantier de construction était une école de gestes destinée à apprendre aux robots un nombre de tâches toujours plus grand. Il n'y avait pas de limites à ce qu'ils pouvaient mémoriser, mais il fallait d'abord tout leur montrer et tout leur dire, pour qu'ils associent les mots aux actions. Du fait qu'ils partageaient un cerveau unique, tout ce qu'un robot apprenait, les autres l'apprenaient également, et ils restaient ainsi interchangeables. Axel voulut communiquer avec l'un d'eux. On lui expliqua qu'il fallait l'appeler par le numéro inscrit sur son casque, ou tourner son regard vers sa visière. Après lui avoir donné avec succès l'ordre de rapporter un objet situé à proximité, il chercha à l'éprouver en hasardant quelques demandes absurdes ou incompréhensibles, mais le seul résultat fut d'immobiliser la machine. Axel, un peu déçu, comprit que ce n'était qu'un automate à commande vocale, dépourvu de la moindre fantaisie et n'ayant rien d'un personnage de cinéma. Suivant le fil de sa pensée, il demanda si l'on pouvait lui faire commettre un acte de violence.

– Rien ne s'y opposerait, expliqua Tom, c'est pourquoi il est équipé d'un inhibiteur de comportement qui lui interdit de porter la main sur un humain ou un animal, même pour s'en défendre.

– Et que comptez-vous faire de tous ces robots ?

– Enfin la question que j'attendais ! s'exclama Hurdley. Professeur, au rythme de progression du matériel informatique, la puissance de notre supercalculateur sera atteinte par un PC à mille dollars d'ici une vingtaine d'années. De tels robots pourront alors, comme les voitures au siècle dernier, se multiplier très rapidement. Mais je ne verrai pas cette époque, c'est pourquoi j'ai voulu gagner du temps en consacrant l'essentiel de ma fortune aux machines que vous voyez. Elles sont bien trop coûteuses pour être vendues, mais je voulais qu'elles soient néanmoins utiles, alors je vais les donner. Connaissez-vous l'archipel des Amarandes ?

– Euh… non.

– C'est une minuscule république de l'océan Indien, un peu comme les Seychelles, mais plus peuplée et beaucoup moins connue. Dès que la mise au point et la fabrication de mes robots seront terminées, dans quelques mois, je ferai don de l'ensemble du système à ce petit pays, qui deviendra la vitrine de l'avenir. Mais pour que ce soit un succès, j'ai besoin de votre aide.

– De mon aide ?

– Ces robots sont des machines d'apparence presque humaine et ils vont occuper des emplois jusqu'alors attribués aux habitants des Amarandes. Ils seront néanmoins indispensables, car leur présence va provoquer un afflux touristique créateur d'emplois. Mes robots vont générer au moins autant de travail qu'ils en prendront, mais je ne veux pas les cantonner aux nouvelles tâches, je veux qu'ils se mêlent aux travailleurs de l'archipel. Je veux qu'il y ait des humains dans les nouveaux hôtels et des robots dans les plantations. C'est pour mettre en place cette mixité que j'ai besoin de vous. Mes robots seront des immigrés.

Axel fut saisi d'un vertige. Comment une idée aussi fantasque avait-elle pu surgir dans l'esprit d'un homme d'apparence si austère ? À aucun moment, depuis le début de leur entretien, William Hurdley n'avait manifesté la moindre fantaisie, et voilà qu'il annonçait paisiblement cet incroyable projet. Mêler des robots aux humains comme s'il s'agissait d'immigrés ! Certes, ces machines étaient différentes, leur silhouette et leurs aptitudes les rapprochaient brusquement de nous, elles étaient des sortes d'hominiens, des cousins artificiels de notre espèce… À la réflexion, cette nouvelle forme de mécanisation, révolutionnaire, méritait peut-être une attention particulière. Comment les habitants d'un pays arriéré allaient-ils réagir à cette soudaine invasion du futur ? En dépit de toutes ses réticences, Axel sentait monter en lui une véritable griserie. Il s'efforçait de garder la tête froide, mais le spectacle de ces machines l'hypnotisait. Quelle expérience extraordinaire pour un sociologue ! Il fallait bien réfléchir avant de rejeter une pareille offre…

– Votre travail, conclut Hurdley, consisterait à implanter ces robots avec discernement, pour qu'ils soient toujours perçus comme un soutien et non comme une menace, exactement comme pour des immigrés humains. Cela peut paraître un luxe de solliciter un économiste de votre valeur pour un travail aussi modeste, mais je ne veux prendre aucun risque. Nous rendrons le projet public au début de l'été et il démarrera quelques mois plus tard. Il vous faudra venir entre-temps pour découvrir le site avant qu'il ne soit livré à l'invasion touristique. Plusieurs hôtels sont en cours d'achèvement et l'aéroport va voir sa piste allongée pour recevoir les gros porteurs. Inutile de vous dire qu'il me faut votre réponse très rapidement.

*

Hurdley annonça qu'il devait partir et, après de brefs adieux, il disparut. Tom et Axel gagnèrent une petite salle à manger où deux robots assurèrent à la perfection le service du déjeuner sous l'œil ébahi d'Axel. En observant leur ballet silencieux, il songea que s'il donnait suite à la proposition de Hurdley, il allait vivre ainsi, pendant des mois, entouré de ces fantastiques machines, alors que les touristes paieraient sans doute très cher pour n'en profiter que quelques jours.

– Votre patron n'est pas du genre comique, observa-t-il tandis qu'un des robots déposait délicatement devant lui une tasse de café.

– C'est le moins que l'on puisse dire, confirma Tom, mais ce n'est pas un méchant homme, il est même très généreux. Son don de Proteus en est d'ailleurs la preuve.

– Proteus ?

– C'est le nom que William Hurdley a choisi pour le supercalculateur et, par extension, pour l'ensemble du projet.

– Je suppose qu'il a une signification.

– Bien sûr ! Dans la mythologie grecque, Proteus était un dieu capable de prendre toutes les formes, qui connaissait l'avenir et qui habitait dans une île.

– Je vois… C'est assez bien choisi. Mais vous croyez vraiment que cet ordinateur nous révélera l'avenir ?

– William Hurdley en est persuadé, mais ce dieu s'est paraît-il montré très réticent pour livrer sa connaissance. Autrement dit, ça ne va peut-être pas se faire tout seul…

Axel ne réagit pas. Plus rien ne pouvait le surprendre, ni même l'inquiéter, dans ce projet. Il songea à son livre au tirage confidentiel, qui l'avait néanmoins conduit jusqu'à William Hurdley. Cet homme hors du commun avait imaginé une expérience à son image et Axel était invité à y tenir un rôle essentiel. Que risquait-il à accepter, sinon de s'arracher à sa paisible existence pour aller vivre une aventure unique dans un paradis tropical ? Comment Audrey ne se réjouirait-elle pas de ces quelques mois de vacances pour elle ?

Tom, qui l'observait en silence, se résolut à interrompre sa rêverie.

– J'ai encore quelques informations à vous donner pour le cas où nous serions voisins pendant l'expérience.

– Euh… Oui, certainement. Vous serez donc là-bas vous aussi ?

– Je dois y poursuivre mon travail. Un réseau de bornes émettrices quadrille déjà toute la zone d'activité des robots, mais nous allons devoir y réinstaller le supercalculateur, ainsi que son équipement de contrôle, et je ne repartirai qu'après la mise en service de la dernière machine, c'est-à-dire en même temps que vous.

– Ainsi nous tiendrons compagnie à Monsieur Hurdley.

– Non.

– Comment ça ?

– Contrairement à vous et moi, il n'aura rien à faire là-bas et il s'ennuierait très vite, robots ou pas.

– Il ne viendra pas ?

– Si, il passera de temps à autre.

– C'est curieux…

Peu soucieux d'évoquer plus longuement la question, Tom sortit de sa poche une clé USB qu'il remit à Axel.

– C'est un dossier d'informations sur les Amarandes. Vous verrez que ce pays est plein de charme. D'ailleurs, William Hurdley y a séjourné à plusieurs reprises. C'est ainsi qu'il a fait la connaissance des dirigeants locaux. Les Amarandes n'ont pas été choisies au hasard, ni vous non plus, et je suis sûr que William Hurdley serait très déçu si vous rejetiez son offre. À ce propos, voici le numéro à appeler pour connaître les conditions de rémunération qui vous seraient offertes. Si vous n'avez plus de questions, je vais vous raccompagner.

En arrivant sur le parking, Axel ne put retenir une exclamation en voyant l'éclatante voiture jaune, aussi large que basse, vers laquelle ils se dirigeaient. Un sourire satisfait se dessina sur les lèvres de Tom tandis qu'il déverrouillait les portières. Axel se glissa dans l'étroit habitacle tendu de cuir noir, boucla sa ceinture et sentit un léger frisson le parcourir lorsque Tom, pressant le contact, réveilla l'énorme moteur placé juste derrière eux. Ils franchirent les deux portes qui les séparaient de l'extérieur, Tom s'engagea sur l'avenue presque déserte à cette heure et la voiture s'élança dans un grondement voluptueux. Après un trajet qu'Axel trouva beaucoup trop court, ils s'immobilisèrent au pied de l'avion. Tom bondit hors du véhicule tandis qu'Axel s'en extrayait avec plus de peine. Ils échangèrent une longue poignée de main avec la conviction qu'ils allaient se revoir.

Quelques minutes après le décollage, Axel composa le numéro que Tom lui avait donné. La conversation fut brève et, lorsqu'il reposa le combiné sur l'accoudoir de son siège, il était aussi incrédule que perplexe. Il allait disposer d'une agréable maison, de deux voitures et d'un salaire si élevé qu'il s'en fit répéter deux fois le montant. William Hurdley était vraiment très généreux, surtout pour une mission qui avait des allures de congé sabbatique sous les Tropiques. Ce dépaysement ne manquerait pas d'être bénéfique à Audrey. Mais il fallait d'abord la convaincre…

*

Réfugiée depuis le matin dans son atelier, Audrey s'acharnait sur une grande toile appuyée contre un chevalet au milieu de la pièce. Désespérée, elle ne cessait de reprendre son travail sans aboutir à rien. Depuis qu'Axel avait reçu cette mystérieuse proposition, elle ne cessait de penser que son oubli était lourd de sens : dans son désir de paternité, qu'elle ne pourrait jamais satisfaire, il éprouvait déjà, inconsciemment, l'envie de mettre un terme à leur vie commune…

La nuit était tombée quand Axel surgit dans la lumière de l'atelier. À l'expression de son visage, Audrey comprit ce qu'il allait lui annoncer. Dans un suprême effort, elle parvint à sourire et l'entraîna vers le sofa qui faisait face à la toile suppliciée. Il mit près d'une heure à épuiser son récit, elle demeura impassible, mais lorsqu'elle comprit la nature du projet, l'épouvante la saisit. Sitôt qu'Axel eut terminé, elle demanda :

– Le gouvernement est au courant ?

– Euh… oui, bien entendu.

– Et plutôt que d'expérimenter ce matériel de pointe chez nous, à l'abri des convoitises et de la malveillance, on va le laisser partir au bout du monde, sur un territoire étranger. Ça ne te surprend pas qu'on prenne un tel risque ?

– Quel risque ? Ils m'ont expliqué que les composants des robots n'avaient rien d'extraordinaire et que tous leurs plans étaient brevetés. Il n'y a guère que le système de transmission d'énergie à distance qui soit nouveau, mais il est également protégé par des brevets. On peut donc vendre ou donner ces robots à n'importe qui.

– Et l'ordinateur ?

– C'est la même chose ! Il est puissant et coûteux parce qu'il comporte un très grand nombre de microprocesseurs, eux-mêmes très coûteux, mais n'importe qui peut en acheter de semblables. Il n'y aura donc rien d'exposé là-bas. C'est pour ça que le gouvernement n'y a vu aucun inconvénient.

– En effet. Je comprends mieux maintenant pourquoi ils ont pris une telle décision.

– Comment ça, « ils » ? C'est Hurdley qui a pris la décision. Le gouvernement n'a fait que s'assurer qu'elle ne menaçait pas nos intérêts.

– Comment peux-tu en être aussi certain ? soupira Audrey. Qu'est-ce qui te prouve que Hurdley n'aurait pas souhaité faire son expérience ici, dans une petite ville américaine, mais que le gouvernement lui ait imposé d'aller la conduire le plus loin possible, sur un îlot minuscule et isolé qui n'intéresse personne ?

– Qu'est-ce que tu vas imaginer ! Je t'ai dit qu'il voulait s'en servir pour aider un pays pauvre.

– Il a déjà fait ça avant ?

– Euh… je ne sais pas.

– Je croyais qu'il ne s'intéressait qu'à la recherche.

– Oui, c'est vrai, il est surtout connu pour ça, mais je ne sais pas tout sur lui.

– Et pourquoi a-t-il prévu de ne pas être sur l'île pendant l'expérience, alors qu'il a dépensé je ne sais combien pour fabriquer ces robots ?

– Mais je t'ai expliqué…

– Non, Axel, tu n'as rien expliqué, tu as répété ce qu'on t'avait raconté, et ça ne m'a pas convaincue. Je trouve cette générosité suspecte, je pense que cette expérience est dangereuse et que c'est pour ça qu'on l'a isolée. Entre ce Tom, chargé du contrôle des robots, et toi, chargé de celui des humains, j'ignore lequel des deux va être le plus exposé, mais j'ai la conviction que ce type vous manipule. Et s'il te propose ce salaire extravagant, c'est pour s'assurer que tu resteras le plus longtemps possible à cautionner cette fantaisie aussi coûteuse qu'inutile.

– Inutile ? Mais enfin Audrey, c'est l'avenir !

– Non ! L'avenir ce sont peut-être les robots au cerveau à mille dollars qu'il imagine dans une vingtaine d'années, mais ce n'est pas ce truc monstrueux dont rien ne garantit la fiabilité, même si tu l'as vu fonctionner correctement pendant deux ou trois heures. Et je trouve scandaleux qu'on aille le tester chez de pauvres gens qui n'ont rien demandé !

Audrey s'était levée, en proie à une agitation qu'elle ne maîtrisait plus. D'un geste brusque, elle fit glisser un des panneaux vitrés donnant sur la terrasse et disparut dans l'air nocturne. Décontenancé, Axel resta un moment avant de se décider à la rejoindre. Accoudée à la rambarde, Audrey se découpait en ombre chinoise devant le paysage irradié par la lune. Il s'approcha d'elle et posa la main sur son épaule. Alors, d'une voix brisée par l'émotion, Audrey murmura :

– Je ne pensais pas que tu me quitterais si vite.

II

Axel venait de se réveiller. Il avait redressé son dossier et regardait Audrey dormir dans le fauteuil-couchette voisin du sien, près des hublots. Les yeux couverts du masque qui la maintenait dans l'obscurité, elle semblait si paisible…

Pendant la terrible soirée qui avait suivi son retour de Torrey Pines, elle s'était enfin livrée, avouant sa certitude de ne jamais pouvoir s'attacher aux enfants des autres. Mais puisque le désir de paternité d'Axel était légitime, et qu'elle était seule responsable de l'impasse de leur union, elle devait le laisser partir. Effaré de découvrir à quel point elle vivait depuis des mois dans un monde aussi éloigné du sien, il avait exprimé à son tour ses sentiments avec passion. Il aimait Audrey par-dessus tout. L'idée d'une rupture lui était insupportable et, avec ou sans enfant, il ne pouvait plus concevoir la vie sans elle. Lorsqu'il parvint enfin à la convaincre, ils étaient plus unis que jamais.

Restait alors à décider de la réponse qu'ils donneraient à Hurdley, car l'hostilité d'Audrey à son projet n'était pas feinte. Elle y sentait une menace confuse, mais l'attrait qu'il exerçait sur Axel était si fort qu'elle ne voulut pas qu'il y renonce. C'est ainsi qu'il donna son accord.

Tenus au secret, ils avaient justifié leurs préparatifs de départ en inventant une histoire de mission d'étude en Indonésie, sans imaginer combien leur pèserait l'obligation de répéter et de détailler ce mensonge jusqu'à l'écœurement. Mais quand le projet fut enfin rendu public, loin de s'en trouver soulagés, ils virent leur existence tourner au cauchemar. Leurs amis, leurs connaissances, les journalistes, les étudiants d'Axel, les curieux et les détraqués s'employèrent à les harceler. Une pluie de messages s'abattit sur eux, mêlant encouragements, mises en garde, insultes et menaces. Ils changèrent leurs numéros de téléphone et leurs adresses de messagerie, mais cela ne suffit pas et ils se résolurent à précipiter leur départ. Pourtant, si Audrey voulait quitter les États-Unis au plus vite, elle n'avait aucune hâte d'arriver aux Amarandes, et la solution s'imposa d'elle-même. Sitôt l'année universitaire achevée, ils passeraient un long mois à visiter l'Europe, ce dont Audrey rêvait depuis longtemps.

Leurs vacances s'étaient achevées à l'aéroport de Rome, où ils avaient embarqué en fin de soirée dans cet avion à destination de Mahé, la plus grande île des Seychelles. Un biréacteur privé les conduirait ensuite jusqu'aux Amarandes.

– Puis-je vous proposer un petit-déjeuner ?

Tournant la tête, Axel vit l'hôtesse souriante qui venait de pousser jusqu'à lui un chariot métallique surmonté d'un grand panier de fruits.

En dépit de l'ambiance feutrée de la cabine, les innombrables petits bruits accompagnant le service du petit-déjeuner avaient réveillé Audrey, qui accueillit avec bonne humeur l'odeur du café.

– Je crois que j'ai bien dormi, annonça-t-elle en ôtant son masque.

Axel la regarda, elle lui offrit un sourire et il se pencha pour y poser ses lèvres.

Arrivés à Mahé, ils se retrouvèrent dans l'étroit boyau d'un appareil où l'on pouvait à peine se tenir debout. Ce second vol leur parut interminable. Enfin, le pilote annonça qu'on approchait de l'archipel. Il allait faire une boucle au-dessus de l'île principale, le siège du copilote était vacant. Axel pressa Audrey de s'y installer. Une légère brume voilait l'océan. L'avion avait entamé sa descente, mais aucune terre n'était encore en vue. Quand une bande sombre apparut à l'horizon. L'île était beaucoup plus grande qu'ils ne s'y attendaient. Son rapide survol leur permit d'entrevoir les plantations de cannes à sucre et de bananiers, les villages et quelques bâtiments, dont certains devaient être des hôtels. Tout le reste, même les routes, disparaissait sous le vert intense d'une forêt qui grimpait jusque sur les flancs d'un énorme volcan dont le sommet allait se perdre dans une couronne de nuages. Puis surgit la capitale, petite ville entourée de collines, avec son port et son fouillis de maisons troué de quelques places et piqueté de clochers.

L'avion acheva sa course en s'alignant sur la piste de l'aéroport qui s'étirait le long de la mer. Sitôt atterri, il alla s'immobiliser devant la petite aérogare flambant neuve. Le pilote fit basculer la porte-passerelle et laissa Axel et Audrey descendre sur le tarmac écrasé par le soleil vertical de midi. Ils virent alors qu'ils étaient seuls.

Passé l'instant de surprise, ils se dirigèrent, un peu hésitants, vers les portes vitrées de l'aérogare. En pénétrant dans le bâtiment, ils furent saisis par une odeur de peinture fraîche. Tout était neuf et il semblait n'y avoir personne. Pourtant, un bruit intermittent venait d'un renfoncement au-dessus duquel un panneau signalait une boutique de produits hors taxes. Ils s'approchèrent, mais ne virent que des rangées d'étagères vides partiellement montées. Axel fit signe à Audrey de l'attendre et il s'engagea dans le chantier. En arrivant au fond de la pièce, il découvrit un robot solitaire occupé à emboîter des tubes métalliques. Stupéfait, il fit demi-tour pour rejoindre Audrey tandis que le robot, imperturbable, poursuivait son travail.

– Il n'y a personne.

– Comment ça personne ? s'étonna Audrey. Et ce bruit alors, c'est quoi ?

– Rien… Je propose de retourner à l'avion pour appeler la tour de contrôle et demander ce qui se passe.

– Axel ! C'est quoi ce bruit ?

Résigné, il la regarda dans les yeux et dit du ton le plus neutre qu'il put :

– C'est un robot en train de monter des étagères, mais il est tout seul.

Audrey resta sans voix et Axel en profita pour l'entraîner avant qu'elle n'ait le temps de réagir. Ils repartirent presque en courant vers l'appareil où le pilote, dans l'embrasure de la porte, les observait avec étonnement. Soudain, alors qu'ils n'étaient plus qu'à une vingtaine de mètres de la passerelle, une voiture surgit de l'arrière du bâtiment pour foncer dans leur direction. Dans un crissement de pneus, elle s'immobilisa à côté d'eux, la portière s'ouvrit d'un coup et Tom Greene jaillit, rouge d'excitation.

– Je suis désolé ! s'exclama-t-il. J'avais demandé à être prévenu si vous arriviez en avance, mais la consigne a été perdue et à cette heure tout le monde est parti déjeuner. Vous avez fait bon voyage ?

*

C'est ainsi qu'Audrey fit la connaissance de Tom, et elle dut reconnaître que le portrait qu'Axel lui en avait dressé était assez fidèle. Séduisant, beau parleur, il n'en était pas moins dépourvu de toute arrogance, ce qui le rendait sympathique. Les hautes fonctions qu'il occupait à son jeune âge ne pouvaient s'expliquer que par l'énergie et la détermination qu'il avait dû y employer et dont elle le sentait rayonner.

Mais s'il excellait sans doute dans son domaine, elle jugea qu'il aurait fait un piètre politicien, tant son attitude et l'expression de son visage trahissaient toutes ses pensées. Plus il s'efforçait de paraître insouciant et détendu, plus elle comprenait que quelque chose le perturbait et, contrairement à ce qu'il essayait naïvement de lui faire croire, ce n'était pas son arrivée tardive qui pouvait le troubler ainsi. Quand les bagages furent chargés dans la voiture, Axel et Audrey remercièrent le pilote et Tom démarra dès qu'ils eurent claqué leurs portières.

La route, dont le bon état surprit Axel, ondulait le long de la côte. Sur la gauche s'étirait le ruban turquoise de la mer, ourlé de plages désertes au-dessus desquelles se penchaient quelques cocotiers. De loin en loin, couchées sur le sable, des barques de pêcheurs aux vives couleurs attiraient le regard. De l'autre côté régnait la forêt tropicale. De hautes herbes en recouvraient le sol d'où jaillissait un fouillis d'arbres. Par endroits, l'envahissante végétation était entaillée de potagers chaotiques, protégés par des barrières branlantes et occupés sur le devant par de petites maisons de bois à la peinture usée. Sous leurs toits de tôle rouillée qui s'avançaient au-dessus d'une étroite terrasse, de jeunes enfants saluaient parfois la voiture en agitant les mains.

– Comment s'est passée la mise en route de Proteus ? demanda Axel, embarrassé du silence persistant de Tom.

– Très bien, fit ce dernier d'une voix morne.

– Et les robots ?

– Ils sont opérationnels. Quelques-uns sont en cours d'essai ici ou là, mais vous pourrez en juger par vous-même avec celui qui vient d'être mis en service à votre domicile.

– Quoi ! s'insurgea Audrey, il y a une de ces machines chez nous ?

– Euh… oui.

– C'est une obligation ?

– Bien sûr que non ! J'ai pensé que ça vous plairait d'en disposer, mais vous pourrez toujours vous en défaire.

À demi satisfaite, Audrey ne répondit pas. Ils prirent une route latérale qui grimpait dans la forêt en zigzaguant. Enfin, ils traversèrent un village somnolant et Tom s'arrêta peu après devant une grande et jolie maison de bois à l'impeccable peinture bleue. Ils n'avaient pas croisé un seul véhicule.

– Nous sommes arrivés, fit-il en coupant le moteur.

– C'est ravissant ! s'exclama Audrey, surprise par le charme de cette demeure tropicale, après les pauvres cabanes qu'ils venaient de voir.

Tom les précéda dans l'allée qui traversait la pelouse. Quelques marches s'élevaient jusqu'à la véranda dont l'ombre protectrice entourait la maison. Des fauteuils et une balancelle y invitaient à la paresse. Ils en firent le tour pour découvrir l'autre côté du jardin, où se trouvaient la piscine et un abri au toit de chaume sous lequel une table était dressée.

– Le déjeuner nous attend, annonça Tom en s'avançant.

Axel et Audrey lui emboîtèrent le pas, quand elle vit soudain le robot enfoncé dans un angle de l'abri de jardin.

– Mais il est tout petit ! s'écria-t-elle.

Tom et Axel se retournèrent.

– Il fait quand même plus d'un mètre cinquante, précisa Tom.

Elle observa avec une extrême attention cette machine dont elle n'avait jusqu'alors disposé que de photographies qu'elle avait à peine regardées. Elle se souvenait, par contre, que des psychologues avaient contribué à sa conception. Le résultat était saisissant. Loin de l'inquiétante silhouette massive qu'elle avait imaginée, le robot avait l'allure svelte d'un jeune adolescent déguisé en astronaute. Sa taille réduite, la blancheur de sa tenue, la forme arrondie de sa visière aux reflets bruns, tout était fait pour rassurer. L'apparente fragilité de cette machine l'aurait presque rendue attendrissante. Audrey se défendit contre cette impression trop favorable, mais le charme avait opéré et, à l'émerveillement d'Axel, elle passa le déjeuner à vouloir s'en servir, harcelant Tom de questions auxquelles il répondait sans lassitude mais sans entrain.

Le buffet du déjeuner était prêt, le robot n'eut guère de travail et aucun besoin des instructions dont Audrey ne cessait de l'accabler. Mais il ne manifesta pas plus d'impatience que Tom. Le repas terminé, elle avait déjà assimilé le mode très intuitif de commande de la machine qu'elle décida d'emmener pour explorer sa nouvelle résidence et commencer à y installer ses affaires. Laissant Tom et Axel, elle partit vers la maison, se retournant de temps à autre pour s'assurer que son nouveau compagnon la suivait bien. Elle avait accepté, sans être dupe, de se laisser séduire, elle aussi, par ce formidable jouet.

– Je n'en reviens pas, murmura Axel alors qu'elle s'éloignait, tu as vu comme elle l'a adopté ?

– Oui, fit Tom laconique.

– Vas-tu enfin me dire ce qui se passe ? s'impatienta Axel.

Tom attendit qu'Audrey ait disparu.

– Je m'inquiète de l'accueil réservé aux robots.

– Pourquoi ?

– Proteus est trop protégé. Quand j'ai procédé à sa réactivation, la semaine dernière, j'ai découvert le bâtiment où on l'avait installé. Il est beaucoup plus grand que je ne l'imaginais parce qu'il sert aussi à abriter le personnel et les équipements d'une société paramilitaire.

– Une société paramilitaire ?

– Oui, des mercenaires armés ! Et le bâtiment est entouré d'un formidable mur d'enceinte. C'est une véritable forteresse.

– Mais enfin, à Torrey Pines aussi ce matériel était très bien protégé.

– Oui, bien sûr, mais pas à ce point. Il y a même une petite centrale électrique et d'importants réservoirs de fuel. Le fonctionnement de Proteus pourra ainsi être assuré quoi qu'il arrive.

– Et alors ? La production électrique de l'île est sans doute aléatoire et ça risquerait d'endommager ton matériel, tu ne crois pas ?

– Peut-être… Mais il n'y avait aucune nécessité de mettre la centrale électrique et ses réservoirs à l'intérieur de l'enceinte. Et puis, pourquoi n'a-t-on pas seulement prévu quelques vigiles, comme à Torrey Pines ? C'est toute une garnison qui est installée là-bas, comme si on craignait une attaque.

– Quelle imagination ! railla Axel qui cherchait à dissimuler son embarras.

– J'en ai parlé à William Hurdley, poursuivit Tom. Il a invoqué le consentement des autorités locales et s'est retranché derrière l'avis d'experts qu'il aurait consultés.

– Eh bien alors ! Ça ne te suffit pas comme explication ?

– C'est un peu court.

– Et ce serait quoi la raison, selon toi ?

– De pouvoir maintenir les robots opérationnels, même si les habitants n'en veulent pas.

– Attend un peu ! sursauta Axel. Tu es en train de me dire que Hurdley aurait déjà anticipé mon échec ?

– Ton échec ?

– Oui. Si les habitants rejettent les robots, c'est parce que je n'aurai pas su organiser leur introduction.

– À moins qu'ils n'y soient déjà hostiles.

– C'est absurde ! On leur a expliqué les bienfaits que ces machines allaient leur apporter et, d'après ce qu'on m'a dit, ils ont très bien réagi.

– Autrement dit, tu n'en sais rien.

– Et toi ! Qu'est-ce que tu sais de plus ? s'irrita Axel qui vit le visage de Tom se fermer.

De toute évidence, il ne répondrait pas, mais Axel se garda d'insister, tant cette conversation lui devenait odieuse. Reculant son siège d'un mouvement brusque, il allait se lever pour planter là Tom et ses idées noires, quand leur parvint de la maison un hurlement d'Audrey.

*

Ils se précipitèrent du même élan. Traversant le rez-de-chaussée, ils arrivèrent à l'escalier menant aux chambres, qu'ils gravirent quatre à quatre, débouchant sur un large palier dont une des portes était ouverte. Axel s'y engouffra, découvrant une vaste chambre au milieu de laquelle Audrey se tenait debout, les yeux fixés sur la salle de bains, au fond de laquelle on distinguait le robot.

– Tu n'as rien ? souffla-t-il en la prenant par les épaules. Que s'est-il passé ma chérie ?

Tom les avait rejoints et, sans dire un mot, se dirigea aussitôt vers la salle de bains dont il ressortit l'instant d'après.

– Audrey, que s'est-il passé ? insista Axel avec douceur.

– Ce qui s'est passé… Eh bien, j'avais commencé à défaire nos bagages, ceux expédiés le mois dernier. Ils sont ici, tu vois. Et puis, j'ai voulu aller dans la salle de bains.

– Et alors ?

– Alors ? Va voir.

Sous le regard de Tom, qui ne manifestait aucune réaction, il avança avec prudence vers la pièce où se tenait le robot immobile, s'approcha sans le quitter des yeux, à l'affût du moindre de ses mouvements, mais rien ne se passa. Il parcourut alors la pièce du regard et eut un choc. Sur le mur opposé à la fenêtre, nouées sur une ficelle tendue par quatre clous, des dizaines de pattes de poulet griffues se tordaient en tous sens, formant une hideuse guirlande autour d'une inscription badigeonnée en grosses lettres sanguinolentes.

– Qu'est-ce que c'est que cette horreur ? s'indigna-t-il. Qui a fait ça ? Qu'est-ce que ça veut dire ?

– Ça veut dire « Allez-vous en avec vos robots ! », glissa Tom derrière lui.

Axel se retourna.

– Tu sais lire le créole maintenant ?

– Non, mais j'ai eu droit au même message de bienvenue.

– Quoi ! Tu veux dire que tu le savais ?

– Non, les circonstances étaient un peu différentes et j'étais surtout persuadé que cet accueil douteux m'était réservé en tant que responsable des équipes techniques. Mais je me trompais.

– Et tu ne m'en as rien dit !

– Je venais au contraire de commencer à t'en parler, mais tu ne semblais pas très réceptif…

– Parler de quoi ? s'étonna Audrey.

Axel sentit une bouffée de chaleur lui monter au visage. Comment allait-elle réagir à ce qu'il venait d'apprendre dans le jardin ? Tom suggéra de redescendre et ils s'installèrent dans les fauteuils d'osier de la véranda. Audrey affichait l'impassibilité trompeuse qu'Axel lui connaissait bien et Tom entreprit de minimiser l'événement.

– Il faut s'en tenir aux faits, insista-t-il. C'est impressionnant, mais ce n'est pas grand-chose. D'ailleurs, quand j'ai alerté la police locale, ils ont essayé de ne pas me vexer et se sont montrés désolés, mais j'ai bien compris qu'ils prenaient ça à la rigolade.

– Tout de même ! s'indigna Axel, il y a eu violation de domicile !

– Pas exactement. Cette maison vous était destinée, mais vous ne l'habitiez pas encore.

– Et s'ils reviennent ?

– Ils ne sont jamais revenus chez moi… Vous venez d'arriver, vous n'avez encore rencontré personne, mais je vous assure que ce premier contact désastreux est trompeur. Les gens d'ici sont très accueillants et ils vous feront vite oublier cette plaisanterie de potaches.

– De quoi parliez-vous tout à l'heure ? intervint Audrey soucieuse de mettre un terme aux vains efforts de Tom pour être rassurant.

– Euh… C'est-à-dire…

– Laisse tomber, soupira Axel.

Tom comprit enfin et répéta ce qu'il venait de dire quelques minutes plus tôt.

– Je suis moins surprise que vous, déclara Audrey lorsqu'il eut terminé. Vous pensiez vraiment que vos robots allaient séduire d'emblée tout le monde ? C'est impossible ! Le mur de notre salle de bains en est la preuve ! Une protection dissuasive de votre matériel me paraît donc justifiée, au moins dans un premier temps.

*

Le lendemain, comme convenu, Tom passa chercher Axel en milieu de matinée pour le conduire chez le Vice-Président.

– J'espère que tu ne vas pas être obligé de nous servir longtemps de chauffeur, fit Axel tandis qu'il enjambait la portière du roadster surbaissé que Tom s'était fait apporter dans l'île.

– Ne t'inquiète pas, répliqua Tom en démarrant. Vous disposez chacun d'une voiture et la carte routière de l'île ne vous donnera pas la migraine. Mais comme je dois passer une partie de la journée avec vous, autant vous imposer encore mes services.

Axel sourit. Dans la forêt rayée de soleil, un air tiède et parfumé tourbillonnait autour de la voiture. Les soucis de la veille avaient disparu d'un coup, balayés par Audrey, dont le réalisme et la sérénité les avaient stupéfiés. Elle s'était vite remise de la brutale vision des pattes de poulets, qui avait heurté sa sensibilité, et Tom avait fini par se trouver ridicule avec ses craintes absurdes. Grand amateur de cinéma, il n'avait pu s'empêcher, en découvrant l'enceinte et les gardiens de Proteus, d'en augurer des scènes d'émeutes et de batailles rangées entre humains et robots. Privé de ses repères dans cette île qu'il découvrait à peine, il s'était laissé déborder par son imagination.

– Il y a souvent des réceptions comme celle-ci ? demanda Axel.

– Bien sûr ! Qu'est-ce que tu imagines ? Ils passent leur temps à se recevoir à tour de rôle. C'est d'ailleurs à peu près leur seule distraction. Tu vas rencontrer le gouvernement au grand complet, rien que des hommes : le Président, le Vice-Président et une douzaine de ministres. Ces messieurs seront toutefois accompagnés de leurs épouses, ou maîtresses.

– Ils seront tous chez le Vice-Président aujourd'hui ?

– C'est cela même. Il m'a expliqué que sa présence n'était pas nécessaire au Conseil des ministres de ce matin et qu'il en profiterait pour te recevoir. Ensuite, tout le monde se retrouvera chez lui pour le déjeuner et je vous rejoindrai avec Audrey.

– Quel rôle a-t-il, ce Vice-Président ?

– C'est une sorte de Premier ministre, tandis que le Président, qui est en place depuis très longtemps, serait plutôt un monarque. Mais j'ignore dans quelles proportions exactes ils se partagent le pouvoir. Je ne vois de leurs relations que ce qu'ils veulent bien montrer à un étranger, c'est-à-dire pas grand-chose.

– Oui, confirma Axel, ils ne brillent pas par leur transparence. J'ai eu moi-même beaucoup de mal à obtenir des informations avant de venir. C'est un pays très fermé et une parodie de démocratie. Le gouvernement est plutôt un club dont les membres ne font que se coopter.

– Eh bien en ce cas, annonça Tom gaiement, nous arrivons au club !

Quittant la route, ils s'engagèrent dans une longue allée bordée de palmiers qui montait en pente douce vers une vaste demeure étonnamment moderne. Ses volumes géométriques aux toits plats s'entremêlaient avec harmonie. L'intérieur, rendu transparent par des parois vitrées, se prolongeait de terrasses sous l'avancée des toits. Une aile dépourvue d'étage jouissait de très hauts plafonds. C'est là qu'étaient les pièces de réception. Hormis d'étroites corniches couleur d'ardoise, toute la maison était d'une blancheur immaculée.

– C'est magnifique ! s'écria Axel.

– Je savais que ça te plairait, fit Tom en coupant le moteur. Je crois que c'est la seule du genre dans l'île. Toutes les autres sont beaucoup plus traditionnelles. Mais tu n'as pas vu le plus beau. Suis-moi…

Abandonnant la voiture, ils contournèrent la maison en faisant crisser le gravier sous leurs pas. Axel découvrit alors, au-delà d'une longue piscine carrelée de vert émeraude, l'immense panorama qui s'ouvrait sur l'océan Indien, en contrebas du grand jardin fleuri qui descendait jusqu'à la plage.

– Eh bien… lâcha Axel après un silence.

– Nous déjeunerons près de la piscine, indiqua Tom, mais voici le maître des lieux.

– Bonjour Monsieur Greene ! lança de loin en agitant la main l'homme d'une quarantaine d'années, vêtu avec grand soin, qui s'avançait vers eux. Ses cheveux bruns plaqués en arrière soulignaient la surprenante pâleur de son teint. Il s'arrêta devant Axel, le fixa de ses yeux sombres, et un semblant de sourire glissa sur son visage anguleux.

– Professeur Woodstone, je présume ?

– En effet.

– Enchanté de faire votre connaissance, je suis Robert Larossay, Vice-Président de cette petite République. Soyez le bienvenu.

Axel fut saisi par sa poignée de main, sèche et rude, qui démentait ses plates amabilités. Ils se dirigèrent vers une des terrasses qu'ombrageait la maison et prirent place à la table qui les attendait. Une jeune femme vint leur servir un café. Tom prit congé peu après, laissant Axel et son interlocuteur face à l'océan qui scintillait dans le lointain.

*

Quand la lumière du soleil traversa les persiennes pour réveiller Audrey, elle sentit une légère migraine qui lui serrait les tempes. Elle avait très mal dormi. En arrivant dans la cuisine, elle trouva, posé en évidence sur la table, un petit mot d'Axel lui rappelant que Tom allait passer en fin de matinée pour l'accompagner à la réception du Vice-Président. Accablée par cette perspective, elle se servit un grand bol de café et alla s'asseoir à la table de la véranda. Le robot était planté juste à côté, comme ces statues fantaisistes qu'on trouve parfois à l'entrée des restaurants pour présenter le menu. Posant sur lui un regard mélancolique, elle s'attarda sur le masque noir de sa visière.

– Mon pauvre, soupira-t-elle, je crains que tu ne sois pas le bienvenu…

Le robot demeura inerte et silencieux et elle haussa les épaules. Un long moment passa, tandis qu'elle restait là, regardant la pelouse où s'étirait l'ombre de quelques palmiers. Si elle s'était sentie moins faible, elle serait allée chercher son carnet de dessins. Ses yeux se posèrent à nouveau sur le robot et une soudaine terreur la saisit. Derrière son masque, au fond de cette machine, elle sentait palpiter quelque chose de vivant !

Horrifiée par cette impression monstrueuse, elle eut envie de fuir, mais sa raison lui interdit. Elle ne pouvait qu'être, elle aussi, victime de son imagination. Ce robot n'était qu'une mécanique sans âme et elle devait s'en persuader. Peu à peu, elle retrouva son calme, mais la sensation persistait. Rien de menaçant, ni de définissable, mais quelque chose, ou quelqu'un, semblait caché là.

Elle finit par se lever pour regagner sa chambre, furieuse contre elle-même. En pénétrant dans la salle de bains, elle vit que l'inscription et son cadre morbide avaient disparu. Tom avait dû donner les instructions nécessaires au robot.

Dans l'espoir de se détendre, elle resta un long moment sous la douche, cherchant une explication satisfaisante à ce qu'elle venait de ressentir. On lui avait dit que le programme de l'ordinateur contrôlant les robots était conçu pour évoluer de lui-même, au fil de ses expériences. Il allait donc apprendre et progresser, comme un être vivant. Ce simulacre de comportement intelligent l'avait inquiétée, car elle se demandait jusqu'où il pourrait aller. Cette crainte avait dû troubler son inconscient et provoquer ce rêve éveillé. Car, s'il y avait un danger, il était sans doute ailleurs. Pendant sa nuit d'insomnie, elle avait longuement réfléchi. Elle ne croyait pas aux propos rassurants qu'elle avait tenus la veille à Tom, mais il était trop tard pour reculer.

Lorsqu'elle eut fini de se préparer, elle vit que Tom n'allait plus tarder et elle partit l'attendre au bord de la route. Une petite boîte aux lettres en tôle était perchée sur un poteau. Audrey y découvrit une enveloppe où était inscrit, en gros caractères :

« Pour Audrey Woodstone »

*

Axel sentit très vite qu'en dépit de sa courtoisie de façade, son interlocuteur éprouvait la plus grande méfiance. Il semblait craindre que cet universitaire américain, ignorant des réalités de l'île, ne veuille y appliquer on ne sait quelles théories, ce qui n'aboutirait qu'à multiplier les désordres au lieu de les éviter. Axel, qui s'attendait un peu à cette hostilité, ne se laissa pas démonter. Il veilla à être rassurant en restant simple dans ses propos, mais cette précaution se révéla superflue. Larossay disposait de solides connaissances économiques dont Axel profita pour écourter sa présentation.

– J'ai donc prévu, résuma-t-il, d'insérer en priorité un maximum de robots sur le parcours naturel des touristes : l'aéroport, les taxis, les hôtels, les restaurants, certaines boutiques ainsi que quelques plantations et la conserverie de poissons, dont on organisera des visites. Il faudra partout mixer le personnel humain et robotique, en veillant à ce que les robots restent minoritaires, au moins au début. Quant au personnel libéré par ces machines, il sera affecté aux emplois nouveaux générés par le développement touristique.

– Tout cela me semble parfait, admit Larossay, mais il faudra tenir les délais. Nous avons fermé l'archipel au tourisme pour que les curieux ne viennent pas perturber vos premiers travaux, mais cela nous coûte cher.

– Ne vous inquiétez pas. La réouverture aura lieu à la date prévue.

– Très bien. Et ensuite ?

– Ensuite, j'irai aux endroits où des robots auront été introduits, pour voir comment en augmenter le nombre, Enfin, j'irai voir d'autres sites pour identifier ceux susceptibles d'être robotisés à leur tour. Ma mission est prévue pour durer une dizaine de mois, je serais fâché de la voir se prolonger.

– Alors nous sommes dans le même camp ! se réjouit Larossay, qui commençait à se détendre au point de tourner la tête de temps à autre pour surveiller du coin de l'œil les préparatifs du buffet.

Voyant cela, Axel se décida à demander :

– Vous avez fait des études d'économie, n'est-ce pas ?

– Oui, un peu, confirma Larossay d'un ton faussement modeste.

– Où cela ?

– À Paris, où j'ai également étudié la cuisine, les bons vins, les beaux-arts et les jolies femmes… J'ai même appris à m'habiller ! ajouta-t-il avec un sourire condescendant.

Axel resta de marbre. Plus indifférent encore qu'Audrey à toute recherche vestimentaire, il ne pouvait être touché par la remarque de son interlocuteur qui, sans doute, se voulait drôle. Il se montrait surtout vaniteux et égocentrique, étalant son savoir avec complaisance tout en laissant paraître le peu d'estime qu'il éprouvait pour ses semblables. Mais la tension du début de leur entretien était tombée et la conversation devint plus décousue. Lorsqu'il apprit la profession d'Audrey, Larossay s'empressa d'expliquer qu'il adorait la peinture et qu'il serait enchanté d'en discuter avec une artiste. Navré par avance pour Audrey, Axel le laissa néanmoins pérorer jusqu'au moment où il fut question de son guide.

– Mon guide ?

– Bien sûr, Professeur ! Vous ne parlez pas créole et vous ne connaissez pas notre île. Il vous faut un guide-interprète, sinon vous ne serez guère efficace.

– Certes, mais j'avais pensé…

– Rien du tout ! Nous avons quelqu'un qui parle anglais à la perfection, qui est très proche du gouvernement et qui ne vous quittera pas d'une semelle. Vous serez en de très bonnes mains.

Axel n'eut pas le temps de soulever d'objection. Un couple venait d'apparaître au détour de la maison et se dirigeait vers eux.

– Venez avec moi, je vais vous présenter à nos invités, fit Larossay en se levant.

Furieux à l'idée d'être observé en permanence par un mouchard qui rapporterait ses moindres faits et gestes, Axel le suivit sans hâte.

*

Audrey regarda autour d'elle pour voir si on l'épiait, mais l'abondante végétation qui enserrait le jardin la dissuada de chercher longtemps. L'enveloppe qu'elle tenait à la main n'avait ni timbre ni adresse, son auteur l'avais donc déposée lui-même. Audrey se décida à l'ouvrir et en retira une petite feuille de papier sur laquelle était écrit :

« Je vous avais dit de ne pas venir. On vous a menti sur cette expérience. Partez avant d'être en danger ! »

Saisie par la colère, Audrey froissa rageusement la lettre et son enveloppe pour les réduire en une petite boule qu'elle jeta par-dessus la route. Après les pattes de poulet de la veille, c'était trop ! Quels autres messages de bienvenue leur avait-on réservés ? Ces imbéciles croyaient-ils la faire fuir avec ces pitoyables intimidations ? Elle n'attendait rien de bon de cette expérience dont l'échec lui semblait assuré, mais elle avait décidé d'en partager les risques avec Axel et on ne la ferait pas changer d'avis avec des menaces.

Retrouvant son sang-froid, elle se ravisa et traversa la route pour ramasser la boule de papier qu'elle venait de jeter sur le bas-côté. Ce second message était plus subtil et plus inquiétant que les pattes de poulet. Il méritait davantage d'attention. Elle releva une bizarrerie d'écriture qui lui avait d'abord échappé : la barre de chaque « t », incurvée vers le haut, avait un peu la forme d'une virgule. Elle ne conservait aucun souvenir de ce graphisme. S'il y avait eu un message précédent, il faisait partie de tous ceux qu'elle avait détruits sans même les lire au cours des derniers mois. Elle aurait d'ailleurs été inspirée d'en faire autant avec celui-ci, car si son auteur était sérieux, s'il savait réellement quelque chose, il en aurait dit davantage… Arrivée à cette conclusion, elle décida que si ces importuns en restaient là, elle n'aurait aucune raison de parler de cette lettre à qui que ce soit. Tom et Axel s'étaient souciés de ne pas l'inquiéter, elle ferait de même.

Un bruit sur la route lui fit lever la tête, la voiture de Tom arrivait. D'un geste vif, elle enfouit le message et son enveloppe dans le petit sac à main qu'elle portait en bandoulière.

– Bonjour ! Bien dormi ? lança-t-il par-dessus son pare-brise tandis qu'il faisait un rapide demi-tour.

– Oui, très bien, mentit-elle en se glissant dans son siège, placé si bas qu'elle aurait pu toucher la route de la main par-dessus la portière.

Tom l'aida à fixer sa ceinture et demanda dans un sourire :

– Aimez-vous la conduite sportive ?

– Si vous êtes prudent.

– Je le suis toujours, assura-t-il avant d'écraser son accélérateur, catapultant la voiture dans un grondement sourd.

Audrey n'était pas fâchée de la distraction que le petit numéro de Tom lui apportait à point nommé. Leurs sièges enveloppants les retenaient de tomber l'un sur l'autre à chaque virage, le vent leur courait dans les cheveux, le paysage défilait à toute allure, mais Tom freinait énergiquement chaque fois que nécessaire et Audrey, mise en confiance, s'abandonna à son amusement.

*

Au fil des arrivées, Axel vit que les membres du gouvernement avaient la peau claire, les cheveux grisonnants et, presque tous, la silhouette empâtée. Vêtus sans fantaisie de blanc ou de tons pâles, ils contrastaient avec leurs compagnes, souvent plus jeunes et qui portaient avec grâce des robes légères aux couleurs éclatantes. Axel fut présenté à chacun des couples, mais au travers des plates amabilités et des sourires contraints qu'on lui adressa, il ne perçut qu'un mélange d'indifférence et d'hostilité qui commença à l'inquiéter. William Hurdley avait-il vraiment choisi le meilleur endroit pour y implanter ses robots ?

Certes, ses machines n'apporteraient rien à ces nantis qui vivaient déjà très bien sans elles, mais fallait-il qu'ils soient si égoïstes ? Ne pouvaient-ils au moins se réjouir pour leurs compatriotes qui allaient enfin sortir de leur pauvreté pour accéder peu à peu aux niveaux de santé, d'éducation et de bien-être des pays développés ?

Axel les trouva aussitôt antipathiques et il s'irrita un peu plus de voir la cordialité qu'ils se témoignaient et que Tom avait déjà observée. C'était bien un club, une bande de copains, ou plutôt de complices, dont la plupart avaient fait des études à l'étranger, maîtrisaient parfaitement l'anglais et vivaient grassement dans leurs propriétés au milieu d'un dénuement quasi général. Ils avaient peut-être raison de s'inquiéter. Après tout, si le niveau d'éducation progressait dans leur pays, il leur serait moins facile d'en rester les maîtres… Et si c'était chez eux qu'il fallait chercher le décorateur de la salle de bains ?

Quand Tom et Audrey arrivèrent, Axel fut arraché à ses ruminations. Au cours des vacances européennes qui avaient précédé leur arrivée aux Amarandes, Audrey s'était laissée séduire par la mode parisienne. Elle avait rapporté de la capitale française plusieurs tenues d'une sobre élégance, qui mettaient en valeur sa fine et longue silhouette. Sa robe était magnifique. Larossay se précipita pour l'accabler d'amabilités avant de la présenter aux couples présents, dont les hommes se montrèrent beaucoup plus cordiaux qu'ils ne l'avaient été avec Axel.

Enfin, respectant le protocole, le Président arriva le dernier, tout de blanc vêtu, accompagné de son épouse et de leur fille. En dépit du léger embonpoint venu alourdir sa démarche, il se déplaçait avec la lente souplesse d'un grand félin. Ses tempes blanchies encadraient un visage carré et énergique percé d'un regard malicieux. Son épouse, dont le brun de la peau surprit Axel, avait dû jouir dans sa jeunesse d'une grande beauté que le temps n'était pas parvenu à ruiner tout à fait. C'est alors qu'il découvrit leur fille, qui se tenait un peu en retrait. Il ne vit d'abord que ses longs cheveux noirs et brillants, puis les traits délicats d'un visage doré qui s'illuminait à chaque sourire. Enfin, il baissa les yeux sur la robe ondulante et légère qui caressait un corps sublime… Audrey, qui l'avait rejoint, finit par l'arracher à sa contemplation d'un discret coup de coude et ils se dirigèrent vers le couple présidentiel.

– Professeur Woodstone, Madame, je suis Balthazar Harramond, et voici mon épouse Rachel et notre fille Maria. Je suis enchanté de faire enfin votre connaissance et je vous souhaite la bienvenue aux Amarandes.

À la grande surprise d'Axel, cette phrase convenue fut prononcée d'un ton si chaleureux qu'elle lui parut sincère. Se pouvait-il que cet homme soit le premier à les accueillir sans prévention ? Audrey eut une impression toute différente : ce patriarche débonnaire, à l'opposé de Tom, était impénétrable. Tous ses regards, ses gestes, ses inflexions de voix, étaient calculés, maîtrisés. Elle sentit qu'il exerçait sur lui-même un contrôle absolu, tyrannique et permanent. Rien de naturel ne pouvait le trahir et Audrey fut incapable de savoir s'il était vraiment sincère ou s'il jouait la comédie. C'était un homme de pouvoir aguerri que rien ne pouvait surprendre et qui avait jugé Axel et Audrey d'un seul regard, elle en était certaine.

Autour du buffet, sur la terrasse bordant la piscine, des tables étaient disposées sous de grands parasols. Axel et Audrey furent invités à celle du Président, qui les traita avec cordialité, en père de famille simple et bienveillant. Déclarant vouloir mieux les connaître, il leur posa toutes sortes de questions et, quand ils l'interrogeaient à leur tour, il répondait de bonne grâce.

– Je dois vous dire quelque chose concernant Maria, annonça-t-il soudain avec gravité. Elle a accepté que je vous en parle…

Surpris, Axel et Audrey la virent s'immobiliser et regarder fixement devant elle, le visage fermé.

– Elle vient d'obtenir un doctorat d'histoire ancienne dans votre pays, mais elle a dû le quitter précipitamment parce qu'elle s'est amusée à pirater un de vos réseaux informatiques d'État. Heureusement, elle n'est pas allée trop loin, mais j'ai dû me battre pour qu'elle échappe à la prison et elle n'est plus la bienvenue chez vous.

– Pourquoi nous racontez-vous ça ? s'étonna Axel.

– Larossay ne vous a pas dit ? Maria est passionnée par votre expérience, elle brûle du désir de la suivre de près. Naturellement, elle n'aura aucun accès à vos équipements informatiques, mais il fallait bien que vous connaissiez sa situation, puisque je l'ai désignée pour être votre guide-interprète.

*

Le lendemain matin, Axel étrenna un des petits 4X4 mis à sa disposition et il trouva sans peine le chemin de l'hôtel tout juste achevé où Tom et Maria venaient de le précéder. Trois minibus les avaient accompagnés, avec plusieurs techniciens à bord ainsi que les robots qu'ils allaient mettre en place pendant la journée. Axel avait préparé son travail à distance depuis des mois, estimant pour chaque site robotisable le nombre de machines à implanter. Son premier travail de terrain n'allait consister qu'à valider ses choix.

Tout le personnel de l'hôtel était présent, très disponible puisqu'il n'y avait encore aucun client. Certains des employés semblaient très excités mais Axel eut le soulagement de n'apercevoir aucun visage hostile. Les premiers robots descendirent d'un minibus, on les aligna devant le comptoir de la réception et l'un d'eux fut mis en mode « traduction », ce qui permit au technicien chargé d'expliquer son fonctionnement de s'exprimer en anglais, tandis que le robot traduisait en créole, phrase par phrase, tous ses propos. De toute évidence, les programmeurs avaient bien travaillé, car non seulement la traduction du robot ne prêtait pas à rire, mais on lisait sur les visages de ceux qui l'écoutaient un mélange de stupeur et de fascination.

Puis, les membres du personnel sélectionnés par la direction de l'hôtel s'avancèrent et chacun se vit attribuer un robot auquel il allait montrer en détail son poste de travail. Ces machines ayant déjà été formées à une infinité de tâches, leurs tuteurs n'avaient plus guère qu'à leur présenter leur nouveau lieu de travail et ses particularités.

On vit ainsi, aux quatre coins de l'hôtel et dans sa palmeraie, les tuteurs guidant leurs robots comme des convalescents ou des aveugles. Les autres employés suivaient à distance, les yeux fixés sur ces étranges compagnons dont on venait de les gratifier. Axel, Tom et Maria observaient tout cela avec une extrême attention, mais la matinée passa sans le moindre incident. Ils restèrent à déjeuner à l'hôtel, dont ils étaient les premiers clients, et on s'empressa de les faire servir par un robot.

Axel ne s'était pas trop fait violence pour accepter Maria comme guide-interprète. Il avait néanmoins exigé de rester libre de ses mouvements. Ainsi, ils auraient chacun leur véhicule et ne seraient ensemble que sur les sites, ce qui n'était pas pour déplaire à Audrey. Au cours du déjeuner, Maria se laissa voir au naturel, femme-enfant insouciante et enjouée, pleine de fantaisie et belle à se damner. Un oiseau de paradis !

Ils passèrent l'après-midi dans un deuxième hôtel où le personnel alla jusqu'à applaudir les robots lorsqu'ils descendirent de leurs minibus.

Axel en fut frappé et sa prévention contre les élites locales s'en trouva renforcée. C'était bien là, songea-t-il, qu'il fallait chercher les opposants au projet, les accrocheurs de pattes de poulet, et non dans les classes populaires, qui semblaient déjà conquises.

Au fil des semaines et de l'implantation de centaines de robots, les appréhensions de Tom achevèrent de s'évanouir. Axel restait vigilant, mais sa méfiance ne trouvait guère d'aliment et, peu à peu, il se détendit lui aussi. Quant à Maria, elle ne pouvait que se réjouir de leur succès. Partout, ils étaient accueillis comme des magiciens, presque des libérateurs. Dans la conserverie de poissons et dans les trois plantations où ils installèrent des robots, ceux-ci furent affectés, comme prévu, aux tâches les plus pénibles. Le personnel fit fête à ces nouveaux arrivants si disposés à les soulager des corvées. Quant aux patrons, ils ne voyaient que des avantages à l'arrivée de travailleurs aussi dociles. Axel notait avec soin les observations de chacun, aidé par Maria qui traduisait presque aussi vite qu'un robot. Il était à l'affût de la moindre voix discordante au concert de louanges qui s'abattait sur leur équipe, mais il n'en entendit aucune.

Chaque soir plus joyeux, les trois compagnons retrouvaient Audrey pour le dîner, chez elle ou chez Tom, mais le plus souvent chez les parents de Maria dont la vaste maison coloniale, précédée d'un portique à quatre hautes colonnes, dominait une colline où s'étiraient de longues rangées de cannes à sucre. Quand la pluie menaçait, ils s'abritaient dans la salle à manger un peu solennelle où scintillait un grand lustre de cristal. Mais tous les autres soirs, ils prenaient place sous la tonnelle fleurie adossée à la maison, protégés des moustiques par les bougies parfumées et les bâtonnets d'encens dispersés sur la table.

Maria était née dans cette superbe demeure où elle avait passé toute son enfance, protégée par la douceur d'une mère et l'autorité tranquille d'un père tout-puissant. Elle n'en était partie que pour suivre les études que lui dictait sa fantaisie. C'est alors que sa légèreté aurait pu briser sa jeunesse, car le piratage informatique qu'elle avait commis était un grave délit, mais son père était parvenu à la faire relâcher. Elle lui vouait un véritable culte. En sa présence, elle s'assagissait beaucoup et les autres convives étaient presque éclipsés. Axel en était un peu agacé, mais Audrey était touchée par cet amour de petite fille. Lorsque son père parlait, Maria posait sur lui un regard dévorant et buvait ses paroles, qu'elle approuvait d'un hochement de tête ou d'une exclamation enthousiaste. Sa mère Rachel, loin de paraître en prendre ombrage, s'effaçait au contraire d'elle-même. Invoquant la médiocrité de son anglais, elle ne parlait que si on l'interrogeait, et avec des réponses si brèves que ses interlocuteurs en étaient vite découragés. Balthazar régnait ainsi sans partage ni contrainte, despote incontesté dont la douceur affichée préservait la paisible atmosphère de ces longues soirées.

Jamais personne ne songea à émettre le moindre doute quant au succès final du projet. Le spectacle quotidien de son déploiement harmonieux décourageait d'avance toutes les critiques. Pourtant, un soir de pluie, tandis qu'on attendait dans le salon que le dîner soit servi, Maria évoqua une nouvelle fois l'avenir radieux de l'île. Son père se tenait à l'écart, inconscient d'être observé, mais dans un miroir, Audrey vit une ombre sinistre glisser sur son visage.

*

Loin de rester inactive pendant toutes ces semaines, Audrey avait entrepris, elle aussi, de mieux connaître l'île et ses habitants. Un appentis vitré, posé au fond du jardin, lui avait été proposé comme atelier, mais il était trop exigu. Elle décida de reprendre le dessin, pour lequel il n'était nul besoin de s'enfermer. Elle devait également s'occuper de l'intendance de la maison, ce qui lui offrirait une autre occasion de sortir, car les capacités du robot étaient impressionnantes pour les tâches ménagères, mais il ne fallait pas trop compter sur lui pour faire les courses. Audrey s'en chargerait donc, au gré de sa fantaisie et des ressources locales. Tom lui ayant expliqué comment réinitialiser le nom du robot, elle s'était empressée de remplacer son numéro de série par le joli prénom d'Oscar. C'est ainsi qu'un matin, elle prit pour la première fois sa voiture avec, assis à côté d'elle, Oscar qui allait porter ses paquets.

Armée d'un plan sommaire, elle s'engagea dans les rues de la capitale, découvrant de coquettes maisons aux couleurs pastel, parfois ornées d'un balcon ouvragé, et de petits immeubles à un ou deux étages, crépis de blanc et à demi couverts d'un feuillage fleuri. Les passants, d'abord indifférents, écarquillaient d'un coup les yeux en découvrant Oscar, qu'ils ne lâchaient plus du regard. Audrey arriva enfin devant le marché, place quadrangulaire bordée sur trois côtés de petites échoppes. Quand elle sortit de son véhicule avec le robot, la foule bruissante et bariolée s'immobilisa.

Audrey savait très bien qu'avec un tel compagnon, dont les semblables n'étaient pas encore répandus dans l'île, elle ne manquerait pas de se donner en spectacle. Mais ses capacités de traduction lui étaient indispensables. Affrontant les regards braqués sur elle et sa machine, elle s'avança entre les étals de légumes, de poissons, de poulets s'agitant dans leurs cages, de fleurs, de fruits et d'épices qui ajoutaient à l'éclat des couleurs la variété de leurs parfums. Grisée, Audrey s'adressait à chacun en souriant. Oscar traduisait à toute allure, fascinant les commerçants et leurs clientes qui se détendirent très vite. L'agitation reprit, les femmes retrouvèrent le sourire. Leurs enfants criaient et sautaient autour d'Oscar imperturbable. Peu à peu, les curieux affluèrent, obstruant toutes les allées, et, quand Audrey se décida enfin à partir, elle eut le plus grand mal à regagner son véhicule.

Enchantée par cette expérience, elle ne cessa, les jours suivants, de flâner en ville, suivie d'une petite troupe qui prenait soin de ne pas l'importuner tant qu'elle ne faisait pas signe d'approcher. Elle s'efforça de répartir équitablement sa clientèle entre les petits restaurants où elle déjeunait, discutant avec le patron ou les autres clients, qui voulaient tous qu'Oscar soit assis avec eux. Audrey charmait ses interlocuteurs, qui manquaient un peu de nouvelles rencontres depuis quelque temps, mais elle était beaucoup aidée par la vitesse et la qualité des traductions d'Oscar, sur qui rejaillissait la sympathie générale.

Les anecdotes que lui rapportaient chaque soir Axel, Tom et Maria, ne faisaient que renforcer ses propres impressions et, très vite, elle sentit qu'elle s'attachait aux habitants de ce pays, qui ne méritaient pas d'être bientôt envahis de hordes de touristes plus intéressés par les robots que par les humains…

Si les villages de campagne, et plus encore ceux des autres îles de l'archipel, étaient très humbles, l'activité administrative, artisanale, scolaire, commerciale et portuaire de la capitale lui apportait une modeste prospérité qui la rendait très agréable. Au hasard de ses promenades, Audrey s'arrêtait pour dessiner. Prenant le matériel qu'Oscar transportait dans un petit sac à dos, elle s'installait le plus souvent à même le sol, en s'adossant aux jambes du robot. Elle dessinait des ruelles étroites descendant vers la mer, des maisons aux volets colorés, une place ombragée de palmiers ou une petite fontaine… Rares étaient les habitants qui osaient alors la déranger et elle parlait à Oscar tout en dessinant, comme elle aurait fait à un élève muet. Depuis ce premier matin où elle s'était trouvée seule avec lui, son intuition qu'il recélait une forme de vie n'était allée qu'en s'amplifiant, mais elle avait fini par s'y accoutumer, trouvant peu à peu cette étrange présence familière, et même rassurante.

Un jour, elle fit le portrait d'une fillette et, voyant sa joie devant son travail achevé, elle lui offrit. Qu'avait-elle fait là ! Les parents de l'enfant voulurent absolument l'entraîner chez eux et elle dut passer le reste de l'après-midi dans leur petit jardin. Assise à l'ombre d'un bananier, invitée à boire punch sur punch, entourée d'un défilé de visiteurs qui lui faisaient fête et s'amusaient d'Oscar, elle distribua à chacun des portraits de plus en plus approximatifs.

Lorsqu'elle regagna sa voiture à la nuit tombée, elle se souvint de ce que Tom lui avait dit des capacités d'Oscar et elle se résigna, malgré son appréhension, à lui confier le volant. Après ce qu'elle avait bu, c'était encore le choix le moins téméraire.

*

La mise en place des robots se déroula si bien que la réouverture de l'archipel au tourisme aurait pu avoir lieu quinze jours avant la date prévue. Celle-ci ne pouvant être changée, Larossay voulut en profiter pour donner une grande réception dans le plus beau des nouveaux hôtels de l'île, juste avant l'invasion touristique. Pendant toute la soirée, les invités n'auraient affaire qu'à des robots, le personnel humain restant dissimulé aux regards. Larossay voulut alors inviter William Hurdley et, à sa grande fierté, celui-ci confirma sa venue. Quelques journalistes de renom furent également conviés. Ils allaient donner à cette fête la couverture médiatique universelle qu'elle méritait.

Enfin, le grand soir arriva.

L'hôtel était couvert d'un large toit de chaume qui se perdait dans la nuit. On ne voyait que sa façade aux grands panneaux de bois sculpté dont les projecteurs faisaient jaillir le relief. Dans les pièces de réception, que rien ne séparait de l'extérieur, de solides piliers de bois tropical supportaient une haute charpente d'où pendaient des ventilateurs. Une large terrasse les séparait de la piscine. Dans le parc illuminé de flambeaux, les bungalows disparaissaient dans la végétation.

Tom avait été mis à contribution et ses techniciens avaient déplacé plus d'une centaine de robots, dont la moitié formait, devant le perron de l'hôtel, une impressionnante haie d'honneur. En haut de celle-ci, Larossay, plus fébrile et élégant que jamais, accueillait les nombreux invités que la venue de William Hurdley justifiait à ses yeux. Lorsque les Harramond parurent, accompagnés de Hurdley, arrivé discrètement dans l'après-midi, il s'avança aussitôt à leur rencontre et ne les lâcha plus. Axel et Audrey arrivèrent peu après, mais lorsqu'ils découvrirent cet alignement militaire de robots, ils eurent le même mouvement de recul. L'utilisation frivole de ces machines indisposa vivement Axel, qui n'était pas venu aux Amarandes pour collaborer au tournage d'un film de science-fiction…

Le cocktail d'ouverture se déroula dans un joyeux brouhaha. Les robots porteurs de plateaux circulaient avec agilité au milieu des convives émerveillés. Audrey n'ayant encore jamais rencontré William Hurdley, Axel l'entraîna jusqu'à lui pour faire les présentations. Lorsqu'ils s'approchèrent, il leur tournait le dos et, flanqué de Balthazar et Larossay, il affrontait le scintillement des flashs d'un groupe de photographes. Ils contournèrent les trois hommes pour se placer dans leur champ de vision, mais lorsqu'Audrey découvrit le visage de Hurdley, elle fut frappée par le pli d'amertume de ses lèvres et la fixité de son regard désabusé. Il y avait comme une muraille entre lui et l'atmosphère de fête qui l'entourait. Elle le sentait ailleurs, loin de tous ces gens admiratifs ou envieux de sa fortune et de son prestige. En reconnaissant Axel, il parut revenir à lui, ses traits se détendirent et il leur fit signe d'approcher.

Ils le suivirent à la table d'honneur, les autres invités prenant place alentour. Balthazar se leva, le silence se fit et, d'un discours aussi bref que formel, il remercia William Hurdley de sa présence et de sa générosité. Ce dernier prit alors la parole, à peine plus longtemps, pour remercier son hôte, rappeler le caractère expérimental de Proteus et souhaiter bonne chance à tous. Larossay était un peu déçu et, tandis que le ballet des robots entamait le service du dîner, il s'empressa de se mettre en avant.

– Savez-vous, Monsieur Hurdley, que nous avons déjà modernisé notre hôpital, alors même que le premier touriste n'est pas encore arrivé ?

– Ah oui, vraiment. Comment cela ?

– Eh bien, avec le coûteux visa qu'ont déjà réglé les visiteurs qui s'apprêtent à venir et les premiers loyers des robots mis en place, nous avons acheté un robot chirurgical qui pourra être commandé à distance, ce qui nous permettra de bénéficier des interventions de chirurgiens qui ne seraient jamais venus jusqu'ici.

– Vous n'arriverez jamais à le rentabiliser, objecta Hurdley, mais en termes d'image, ce sera sans doute positif.

– Très positif, insista Larossay.

La conversation glissa peu à peu d'un sujet à l'autre jusqu'à la fin du dîner. Larossay se leva alors à son tour et prit la parole pour annoncer que les collaborateurs de Tom Greene lui avaient permis d'organiser un petit spectacle. Pointant son doigt vers la piscine, il vit toutes les têtes se tourner, et la terrasse s'illumina. Les robots de la haie d'honneur étaient alignés face au public. Au-dessus d'eux, un long câble s'étirait entre deux portiques.

Pivotant d'un quart de tour avec un ensemble parfait, les robots commencèrent à grimper, l'un après l'autre, à l'échelle d'un des portiques. Aussi à l'aise sur la corde tendue que s'ils avaient marché sur une bande peinte au sol, ils s'y succédèrent sans ralentir, les bras à peine écartés. Incrédules, les invités retenaient leur souffle, persuadés d'une chute inévitable, mais il n'en fut rien et quand le dernier robot eut traversé, il déclencha un tonnerre d'applaudissements.

– Tu ne m'avais pas parlé de ce numéro de cirque, glissa Axel à l'oreille de Tom qui applaudissait lui aussi.

– Je ne savais pas ! cria-t-il. Mes gars ne m'avaient rien dit !

Quand le calme revint, on entendit des exclamations et des cris à une table. Un homme s'y leva et se dirigea vers la terrasse d'un pas décidé. Arrivé au pied du portique, il salua d'un geste vif, ôta ses chaussures, et grimpa d'un bond.

Personne n'eut le temps de réagir, mais l'homme semblait sûr de lui, et la hauteur modérée de la corde ne laissait guère craindre de catastrophe. Un profond silence se fit. L'homme commença à avancer. Beaucoup plus lent que les robots, mais à peine moins assuré, il laissait voir, à la souplesse de ses mouvements, que ce n'était pas son coup d'essai.

Il lui restait trois pas jusqu'au second portique, chacun s'apprêtait à l'ovationner, quand son pied glissa. Tombant à cheval sur la corde, il bascula violemment et sa tête heurta le sol avec un bruit sec. Au milieu du tumulte, un des invités se précipita pour s'agenouiller auprès du corps inerte. Penché sur lui, il l'examina de quelques gestes précis. Quand il s'immobilisa sans relever la tête, l'assistance comprit que la fête était finie.

III

De longs mois s'étaient écoulés. Toutes les promesses de Proteus avaient été tenues et l'activité de l'île avait explosé. La multiplication des voitures, l'activité incessante des robots et la frénésie des hommes étaient la triste preuve du succès de Hurdley. La petite délinquance, provoquée par l'afflux d'argent facile, avait néanmoins entraîné le recrutement hâtif de policiers supplémentaires, dont certains se comportaient en brutes, sauf à l'égard des touristes. Mais la mission d'Axel allait s'achever sans autre désagrément.

Audrey, rebutée par les hordes bruyantes de touristes et gagnée par l'ennui, avait fini par accepter d'orner de fresques le grand salon de Larossay. À cette occasion, elle déjeunait chaque jour avec le personnel de la maison, auprès de qui elle échangeait de plus en plus aisément, ses progrès en créole ayant été fulgurants. Oscar, toujours à ses côtés, ne faisait plus que lui traduire les quelques mots et tournures de phrases qui lui échappaient encore. Elle avait toutefois conservé son accent américain, que ses interlocuteurs trouvaient très amusant. La lettre anonyme et les pattes de poulet du premier jour avaient disparu de son esprit, elle s'était presque attachée à Oscar, confident muet à la vie mystérieuse, et sa hâte de repartir s'en était beaucoup atténuée.

– Alors Maître, cela avance-t-il comme vous le souhaitez ? s'exclama Larossay, qui venait d'entrer dans la pièce où elle était perchée en haut de son échafaudage avec Oscar qui lui tenait ses pinceaux.

Arrachée à sa rêverie, elle tourna la tête et vit son costume de lin blanc à la coupe impeccable.

– Ça va, fit-elle laconique, un peu surprise de le voir rentrer si tôt.

– On vient d'apporter cette lettre pour vous, annonça-t-il en posant une enveloppe sur le bas de l'échafaudage. Mais je vous rappelle, ma chère, que nous avons des invités ce soir.

Elle avait encore oublié ! Depuis qu'elle travaillait chez lui, Larossay avait pris l'habitude de convier à dîner une fois par semaine Axel, Tom et Maria, et ils n'allaient pas tarder, car la nuit était maintenant tombée. Abandonnant son matériel, elle descendit en hâte, tandis que Larossay quittait la pièce pour veiller aux derniers préparatifs du repas. Elle saisit l'enveloppe qu'il lui avait laissée, très surprise de recevoir du courrier chez lui. Il y était écrit : *« Pour Audrey Woodstone »*. La barre du « t » était en forme de virgule. Déchirant l'enveloppe d'un coup, elle découvrit un message de quelques mots lui annonçant de prochaines violences et la suppliant de partir. Qu'est-ce que cela voulait dire ? Pour quelle raison ce sinistre corbeau réapparaissait-il après des mois de silence ? Il voulait qu'Audrey s'en aille, mais c'était bien son intention ! Alors pourquoi lui écrire maintenant ? Et qu'allait-il donc se passer ? Elle songea un instant à parler de ce nouveau message à Axel, puis, haussant les épaules, elle partit se changer pour le dîner.

*

La table avait été dressée sur une des terrasses bordant la maison. Le ciel sans étoiles s'étirait jusqu'à l'océan dont il partageait les ténèbres. Le dîner touchait à sa fin. Comme à son habitude, Larossay avait servi d'excellents vins. Sur la nappe en madras, de petits cercles de lumière dansaient autour des bougies. Leur flamme faisait scintiller les verres et briller les yeux des convives détendus et souriants, à l'exception d'Audrey, plongée dans une étrange morosité.

– Et votre livre, Professeur ? demanda Larossay. Où en est-il ?

– Je n'ai pas encore trouvé le temps d'en écrire une seule ligne, confessa Axel, mais j'ai accumulé beaucoup de notes et, dans mon esprit, il est bien avancé.

– Avez-vous songé au titre ? « La révolution des robots », cela sonnerait bien, non ?

– Ce serait un peu exagéré. Le taux de robotisation de cette île n'a rien d'exceptionnel.

– Vous trouvez ?

– Je vous assure ! Chez nous, les robots sont innombrables, mais la plupart sont intégrés à leur poste de travail et s'en trouvent invisibles.

Dans nos métros par exemple, comment pourriez-vous voir ceux qui ont remplacé les conducteurs humains ? C'est la silhouette des vôtres qui les rend si voyants, mais vous n'en avez pas tant que ça. Leur anatomie calquée sur la nôtre les rend polyvalents, mais c'est du gaspillage s'ils font toujours le même travail. Leur utilité principale, c'est de donner à votre île ce côté parc d'attractions qui amuse tant les touristes.

– Selon vous, nous ne serions qu'un parc d'attractions ? s'indigna Larossay.

– Pas seulement. Votre pays s'est modernisé à une vitesse exceptionnelle, c'est ce que je soulignerai dans mon livre.

– Dans ce cas, dépêchez-vous de l'écrire.

– Je m'y attellerai dès mon retour en Californie.

– Vous partez donc bientôt ?

– C'est probable. Tom n'a presque plus de robots en stock.

Larossay ne répondit pas. Une jeune femme s'était glissée derrière lui et murmurait quelque chose à son oreille.

– Pardonnez-moi, fit-il en se levant, le visage assombri, on me signale un petit problème. Je vais régler ça par téléphone et je reviens tout de suite.

Un silence étonné suivit son départ. On osait rarement le déranger à pareille heure. Il revint peu après, visiblement contrarié.

– Je vais devoir vous laisser. Un grave incident s'est produit à l'hôpital. Des policiers ont été pris à partie et l'un d'entre eux a été contraint d'utiliser son arme de service. On ne sait pas s'il y a des blessés, les agresseurs se sont enfuis. Il semblerait aussi qu'un de vos robots ait été endommagé. Je crois que c'est un peu le chaos là-bas…

Audrey demeura impassible, mais ses mains se crispèrent sur les accoudoirs de son fauteuil.

*

Le lendemain matin, Tom voulut voir son robot et, accompagné d'Axel et Maria, il se rendit à l'hôpital. Lorsqu'ils pénétrèrent dans le hall, ils découvrirent un attroupement autour du banc où gisait la machine. La visière explosée, le robot laissait voir le fouillis de capteurs et d'optiques qui lui tenait lieu de visage. Les curieux, qui défilaient depuis l'aube devant la dépouille, étaient partagés entre l'horreur, la fascination et la pitié.

– Eh bien ! Ils ne l'ont pas raté ! s'indigna Tom. Qu'est-ce qu'elle leur avait fait, cette machine ?

– Que s'est-il passé ? s'enquit Maria auprès du policier resté en faction.

– Je ne sais pas, Madame. Je viens seulement d'arriver, mes collègues sont partis. Je suis là pour surveiller le robot jusqu'à ce qu'on vienne l'enlever.

– Bonjour Mademoiselle Harramond ! s'exclama le directeur de l'hôpital en s'avançant vers Maria dont il venait d'apprendre la visite. Quelle histoire, n'est-ce pas ?

Une violente altercation s'était produite entre un groupe d'inconnus et des policiers. Le directeur ignorait le motif de leur dispute, tout comme celui de leur présence. Un des policiers avait tiré, les agresseurs s'étaient enfuis, mais en débouchant dans le hall, ils s'en étaient pris au robot qui passait devant eux et lui avaient fracassé la tête.

– Elle s'est passée où, cette bagarre ? intervint Tom.

– Devant la salle d'opération.

– Quoi ! Et le robot chirurgical, ils l'ont endommagé aussi ?

– Non, je ne crois pas.

– On peut le voir ?

Ils s'engagèrent dans le bâtiment, gravirent un escalier et prirent un nouveau couloir. Chemin faisant, le directeur leur expliqua que les quatre robots dont disposait l'hôpital donnaient toute satisfaction et qu'il était consterné par cet acte de vandalisme. Trois de ces machines étaient dédiées pour l'essentiel aux travaux de nettoyage et au service des repas, mais la quatrième servait d'assistant à l'anesthésiste, qui ne voulait plus s'en séparer. En arrivant au bloc opératoire, ils découvrirent l'énorme pupitre de contrôle du robot chirurgical qui trônait au centre de la pièce, contre la table d'opération que surplombaient ses bras articulés.

– Vous voyez, il n'a rien, se réjouit le directeur.

– Quelle forme étrange ! s'exclama Maria fascinée. Ça marche comment ?

– Il peut être manipulé sur place, indiqua Tom, où à n'importe quelle distance depuis un appareil identique. Il peut aussi réaliser tout seul des opérations simples, en mode automatique. Sa précision, sa rapidité et sa liberté de mouvements sont très supérieures à celles d'un humain. C'est un outil magnifique.

– Il est aussi commandé par Proteus ? demanda Axel.

– Il lui est relié, confirma Tom, tout comme le scanner que tu vois derrière cette vitre. Proteus se constitue ainsi une banque de données. Il mémorise toutes les interventions effectuées sur ce robot et les met en parallèle avec les images du scanner.

Maria allait faire une remarque quand son téléphone se mit à sonner dans sa poche. Son interlocuteur devait parler créole, car elle répondit dans cette langue. La conversation se prolongea, quand elle étouffa un cri.

– Que se passe-t-il ? s'inquiéta Axel.

– Il y a eu une nouvelle agression.

– Encore !

– Oui, mais cette fois, c'est très différent. C'est une jeune touriste qui a été attaquée.

– En quoi est-ce très différent ? s'étonna Axel.

Maria ne répondit pas.

– L'auteur de l'agression a été arrêté ? demanda Tom.

– Je ne sais pas.

– On l'a vu au moins ?

– Oui, fit Maria en lui lançant un regard étrange, on l'a vu. C'est un robot.

*

– C'est impossible ! impossible ! martelait Tom dans le tumulte de la grande salle où Larossay avait réuni en toute hâte les membres du gouvernement et le chef de la police.

Seul Balthazar Harramond brillait par son absence. Axel, désemparé, assistait à la déroute de son ami et au naufrage de leur projet. Les dénégations de Tom ne parvenaient à convaincre personne, on ne l'écoutait même plus.

– Il faut tout débrancher ! lança quelqu'un.

– Oui ! Oui ! approuvèrent d'autres.

– Mes amis ! tonna Larossay pour obtenir le silence, si nous faisons cela, nous allons plonger les hôtels dans le chaos et aggraver la panique que nous cherchons à éviter. Je reviens de l'hôpital où j'ai rencontré la jeune victime et son mari. Elle va bien et ne souffre que de légères contusions aux mains et sur le cuir chevelu. Ce soir, elle dormira dans sa chambre d'hôtel… C'est un cas isolé, un robot défectueux. Il faut faire une enquête technique et prendre les mesures nécessaires pour que ça ne se reproduise pas, mais en attendant, nous devons garder notre sang-froid !

– Et qui va faire cette enquête ? insinua le chef de la police. Ceux qui ont fabriqué le système ?

L'observation provoqua aussitôt un nouveau brouhaha tandis que Larossay cherchait avec embarras une réponse. Tom, criblé de regards hostiles, était effondré. Il se sentait l'objet d'un procès en sorcellerie. S'il devait échapper au bûcher, ses machines du diable y étaient, à coup sûr, déjà condamnées. Irait-on jusqu'à faire subir le même sort au robot chirurgical ?

– Elle est sur internet ! s'écria un des participants qui tenait un téléphone à l'oreille. La vidéo de l'agression est sur internet !

Tous se précipitèrent hors de la salle pour s'agglutiner autour du PC allumé dans le vestibule. L'homme au téléphone se fit guider par son correspondant et, après une recherche fébrile, il put enfin ouvrir la vidéo. Les premières secondes montraient une vue panoramique du marché, coloré et grouillant de monde, puis la caméra zoomait sur une jeune Chinoise examinant des objets en osier à l'étal d'une petite boutique tenue par un robot. On la voyait ensuite prendre un des paniers disposés devant elle et discuter avec le robot. Pour ajouter au folklore, les robots avaient été formés à marchander, dans toutes les langues, avec les clients qui le désiraient. Ils disposaient pour cela d'un éventail de phrases et d'expressions toutes faites destinées à animer la transaction.

La jeune femme semblait, en effet, beaucoup s'amuser, jusqu'au moment où le panier lui échappa des mains. On vit alors le robot, comme pris d'une brusque folie, saisir un bâton suspendu près de lui et commencer à frapper sa cliente. Après quelques secondes, la caméra se mit à s'agiter, puis à filmer les pieds de l'opérateur qui se portait au secours de sa compagne. Et c'était tout.

Un long silence suivit. Il avait donc fallu que la scène soit filmée ! Et, bien entendu, l'auteur de ce scoop s'était empressé de le diffuser. Impossible maintenant d'étouffer l'incident, ni même d'espérer le minimiser. Ces images destructrices, dépourvues de tout commentaire, étaient en train de faire le tour du monde. À la façon dont l'assistance, émergeant peu à peu de son abattement, regarda Tom, il eut l'impression qu'on allait le lyncher sur place, comme si c'était lui qui venait de frapper la jeune femme. Il refusa toutefois de se laisser intimider et, le visage fermé, il affronta tous les regards jusqu'à ce qu'ils se détournent.

– J'ai une idée ! s'exclama Larossay. Venez !

Il fit rentrer tout le monde dans la grande salle et en ferma soigneusement la porte avant de regagner sa place.

– Messieurs, ce dont nous allons discuter ne doit pas sortir de cette pièce. Il y va de la survie économique de notre pays et de sa stabilité politique. Donc de votre intérêt…

Il avait dit ce qu'il fallait pour obtenir la plus grande attention et il poursuivit dans un silence recueilli.

– J'ai écouté très attentivement les explications et l'argumentaire de Monsieur Greene au sujet de ses robots, et je pense qu'il a en tout point raison.

Tom n'en revenait pas. Il avait convaincu Larossay ! Comment était-ce possible ?

– Mais il ne suffit pas de dire que Monsieur Greene a raison, reprit Larossay, il faut le prouver ! Or, si j'en juge par votre propre scepticisme, je peux craindre que l'opinion publique ne soit difficile à convaincre par de simples raisonnements. Aucun discours ne pourra compenser le choc des images que nous venons de voir. Si nous voulons neutraliser leur effet désastreux, nous devons leur opposer d'autres images ! Ainsi, puisque Monsieur Greene nous a expliqué qu'il était impossible qu'un robot se comporte comme nous venons de le voir, ce n'est donc pas un robot que nous avons vu sur cette vidéo, c'est un être humain déguisé !

Le silence ne résista pas à ses paroles et chacun y alla de son exclamation et de ses commentaires. Larossay attendit quelques instants, savourant l'effet de son intervention, puis il leva la main pour réclamer à nouveau l'attention.

– Messieurs ! Messieurs ! Je vais donc demander à Monsieur Greene de me remettre une combinaison complète de robot, qui constituera la première moitié de notre preuve. Quant à la seconde moitié, je l'attends de celui d'entre vous qui trouvera au plus vite l'adolescent, ou l'adulte de taille requise, capable de jouer la comédie, puis de tenir sa langue en échange d'une forte récompense.

– Vous ne pouvez pas faire ça ! s'insurgea Axel. Je refuse d'être complice d'une telle manipulation !

Larossay se tourna lentement vers lui, le fixa dans les yeux et répliqua froidement :

– Complice de quoi, Professeur ? À moins de considérer votre collègue comme un menteur ou un incapable, vous ne pouvez que partager son avis. Il dit la vérité, mais personne ne veut l'entendre. Je ne fais que l'aider par un petit artifice. Il n'y a rien de mal à ça.

– Vous savez que c'est faux ! protesta Axel.

– En êtes-vous si sûr Professeur ? Qui vous dit que ce n'est pas un homme déguisé qu'on voit sur cette vidéo ? C'est même la seule possibilité, puisque Monsieur Greene sait que ça ne peut pas être un robot.

– Tom, où est passé ce robot ? demanda Axel.

– Je ne sais pas, ça vient juste d'arriver, je n'ai pas encore fait de recherches, ça va prendre un peu de temps.

– Vous voyez, Professeur, appuya Larossay, il faut laisser du temps à Monsieur Greene pour collecter ses preuves. Mais l'opinion ne peut pas attendre, le monde entier est déjà au courant et je suis contraint de bricoler quelque chose pour éviter la catastrophe.

– Je crois qu'il est déjà trop tard, objecta Axel, et vous perdez votre temps avec cette ruse grossière qui ne trompera personne.

Larossay lui jeta un regard noir.

– Nous verrons bien ! Mais au moins j'aurai essayé de faire quelque chose pour sauver ce projet et notre économie au lieu de rester assis sans rien proposer !

– Je propose que nous restions honnêtes ! répliqua Axel d'une voix tremblante de colère. Je propose de nous en tenir à la vérité ! Il faut dire que cet incident est pour le moment inexplicable mais qu'une enquête très approfondie va être menée. Et je propose que vous présentiez votre idée pour ce qu'elle est, à savoir une hypothèse. Si vous montez un mensonge et qu'il est découvert, ce sera cent fois pire que si vous n'aviez rien fait. Voilà ce que je propose !

Des murmures s'élevèrent mais Larossay riposta aussitôt.

– Vous voudriez laisser supposer que ces robots représentent un danger ?

– Et s'ils étaient réellement dangereux ? s'emporta Axel. S'ils étaient appelés à le devenir davantage ? Tous, ici présents, vous porteriez la responsabilité de l'avoir dissimulé au public !

– Qu'en pense Monsieur Hurdley ? s'entêta Larossay en se tournant vers Tom.

– Il pense comme moi, maugréa ce dernier, anéanti par la perte de confiance que même Axel lui témoignait.

– Vous voyez ! jubila Larossay. Même William Hurdley dit que c'est impossible. Qu'est-ce qu'il vous faut de plus ?

– Des certitudes ! s'écria Axel. Il me faut des certitudes, pas des opinions !

– Je suis certain de ce que je dis ! explosa Tom, rouge de colère, et William Hurdley en est certain aussi ! L'informatique est une technique, pas de la magie ! Comment pouvez-vous discuter ainsi de ce que vous ne connaissez pas ? Il faut retrouver ce robot, il faut examiner cette vidéo, il faut comprendre coûte que coûte ce qui s'est passé, mais jamais ! Jamais aucune machine ne s'en prendra à vous ! Sauf si quelqu'un l'a programmée pour ça.

– Vous voulez dire que quelqu'un aurait pu prendre le contrôle de ce robot ? hasarda Larossay sans savoir que penser de cette nouvelle hypothèse.

– Je ne vois que cette possibilité, et celle que vous évoquez, bien entendu. Mais je partage l'avis du Professeur Woodstone sur un point : ne vous donnez pas la peine de monter une supercherie. Il y a peu de chance pour que les gens vous croient, et si vous êtes démasqué, plus rien ne pourra sauver le projet. Acceptez d'attendre un peu. Au fil des semaines, de quelques mois, quand on verra que cet incident ne s'est pas reproduit, les touristes reviendront.

*

– Il n'en est pas question !

– Audrey, je t'en prie, supplia Axel, sois raisonnable…

– Tu as entendu Tom ? Il n'y a aucun danger, alors n'insiste pas.

Perchée sur son échafaudage en compagnie d'Oscar, Audrey tenait tête à Axel qui tournait en rond à ses pieds depuis près d'un quart d'heure. Il voulait faire remiser son robot pour quelque temps, par simple précaution, mais elle s'y refusait, et l'opinion rassurante de Tom, qu'il lui avait naïvement rapportée, renforçait sa détermination.

– Écoute, reprit-il, je veux bien admettre que l'informatique soit une simple technique sans aucune zone d'ombre, mais qu'en est-il du domaine de l'intelligence artificielle ? Proteus n'est pas une calculette ! Comment peut-on être sûr que sa complexité ne nous échappe pas ? Cet ordinateur a été conçu pour apprendre, s'adapter et s'autoprogrammer. La nuit dernière, un des robots a été frappé à la tête avec un gourdin. Ce matin, un robot a frappé une touriste de la même façon. Tu crois vraiment que c'est une coïncidence ?

– Non, j'ai bien peur qu'il n'y ait un rapport, mais je ne me séparerai pas d'Oscar. J'ai confiance en lui.

– Mais enfin, Audrey ! Il a le même cerveau que les autres !

– Je sais.

Axel poussa un soupir de découragement et se laissa tomber sur une des barres de l'échafaudage. Compatissante, Audrey posa enfin ses pinceaux, descendit s'asseoir près de lui et passa son bras autour de sa taille.

– Si tous les robots ont le même cerveau, murmura-t-elle, pourquoi ne sont-ils pas tous devenus fous en même temps ? Pourquoi un seul ? Et pourquoi si peu de temps ?

– Je sais bien que c'est incompréhensible, gémit Axel.

Audrey posa sa tête contre son épaule et ils demeurèrent silencieux. Elle avait décidé de ne rien lui dire. Il fallait se méfier de tout le monde et Axel risquait de parler imprudemment de ces lettres anonymes. Elle savait maintenant qu'un formidable mensonge recouvrait le projet Proteus. Le sens des événements qui venaient d'avoir lieu lui échappait, mais une chose était sûre : ils n'étaient pas accidentels. Elle avait relu avec la plus grande attention les deux messages de son mystérieux correspondant et en avait déduit qu'il ne lui voulait aucun mal. C'était même tout le contraire, puisqu'il ne songeait qu'à l'éloigner d'un danger dont elle discernait encore mal les contours. Mais elle ne céderait pas pour autant ! Jamais elle ne quitterait l'île sans Axel, même si son séjour devait s'y prolonger, ce qu'elle commençait à redouter. Elle ne se tiendrait pas davantage à l'écart des robots, qui ne pouvaient qu'être le jouet de la malice des hommes. Elle continuerait de les observer au travers d'Oscar, dont les agissements lui apprendraient peut-être quelque chose. Tendrement, elle glissa la main dans les cheveux d'Axel et s'approcha de ses lèvres. Il s'était fait piéger en acceptant ce travail fantaisiste, mais sans le grain de folie qui l'y avait poussé, elle l'aurait moins aimé.

– Que vas-tu faire maintenant ? demanda-t-elle. Tu avais presque fini de mettre en place les robots, mais tout risque d'être remis en question.

– Je n'y ai pas encore réfléchi. Quoi qu'il en soit, notre belle équipe a éclaté. Maria ne veut plus entendre parler de robots et j'ai vexé Tom en refusant de lui faire une confiance aveugle.

– Vous n'allez pas vous fâcher pour si peu ? Tom et toi êtes des amis ! Quant à Maria, si elle ne veut plus vous suivre, c'est son problème.

– Tu es gentille, mais ça ne règle pas la question. Je ne sais pas si je vais devoir partir ou rester. Et puis il y a Larossay. Je pense qu'il ne va plus avoir très envie de travailler avec moi. D'ailleurs, pour ce qui me concerne…

– Je te comprends. Tu as eu raison de t'opposer à sa manœuvre, mais ça ne justifie pas que tu cesses de travailler avec ce type, au contraire ! Tu dois rester sa conscience.

*

L'opposition de Tom, ajoutée à celle d'Axel, n'était pas venue à bout de la conviction de Larossay. Jusqu'au moment où on lui fit observer que, sur la vidéo, le robot discutait avec la jeune Chinoise. Il fallait donc trouver un comédien parlant également le mandarin. Larossay renonça enfin.

L'obstacle de la langue allait rendre peu crédible la thèse de l'humain déguisé en robot. En quelques minutes, un robot rattaché à une boutique du marché touristique était susceptible de pratiquer avec aisance une multitude de langues avec ses différents clients. Aucun être humain n'en était capable et, déguisé ou pas, il aurait été très vite identifié. Il ne restait donc plus que deux explications : l'interception malveillante de la télécommande du robot, ou la défaillance de Proteus. Aucune de ces deux hypothèses n'étant de nature à rassurer l'opinion, Larossay décida de ne pas les évoquer dans la communication qu'il allait faire. Sans monter de fausses preuves, il mettrait quand même en avant la piste du mauvais plaisant déguisé qu'on recherchait activement.

Mais ses efforts furent vains. La panique s'empara des touristes qui se pressèrent à l'aéroport, comme menacés par une guerre civile. Des femmes hurlaient à l'approche du moindre robot et il fallut les mettre hors de vue pour éviter qu'ils ne soient endommagés. Les quelques journalistes présents dans l'île furent presque aussitôt rejoints par d'innombrables confrères qui suivirent tous la même piste, mettant en avant la thèse excitante d'une probable vengeance de l'ordinateur : la veille, un de ses robots avait été frappé à la tête, il s'en était alors pris, de la même façon, à un humain. Beaucoup s'empressèrent d'ajouter qu'il était heureux que cet ordinateur, encore débutant dans l'art du combat, n'ait fait saisir à son robot qu'une arme légère. La prochaine fois, s'il prenait une barre de fer, et si tous les robots prenaient des armes en même temps, ce serait une autre histoire…

Soulevés d'indignation par ces thèses extravagantes, les experts en intelligence artificielle du monde entier réagirent aussitôt, redoutant le discrédit que ces élucubrations n'allaient pas manquer de jeter sur leurs travaux. Ils s'efforcèrent ainsi d'expliquer au grand public que tout cela n'était possible qu'au cinéma et que l'origine de cet incident ne pouvait être qu'humaine. Mais l'idée de l'ordinateur fou et du savant dépassé par sa créature était si séduisante que rien n'y fit. Le passage en boucle sur tous les écrans de la scène de l'agression anéantit la bonne image des Amarandes. Hormis quelques marginaux motivés par l'espoir d'en découdre avec les robots, plus personne ne songea à se rendre dans un endroit aussi dangereux. Toutes les réservations furent annulées en quelques heures. Dès le lendemain de l'agression, l'ampleur de la catastrophe était avérée. Les robots travaillant dans le secteur touristique furent aussitôt désactivés et les autres firent l'objet d'une étroite surveillance. Quant à l'auteur de l'agression, capturé sans résistance dans sa boutique, il fut aussitôt expédié à Torrey Pines dans une caisse plombée.

Désœuvré pour quelques jours, Tom resta chez lui et Maria vint l'y retrouver. Après le spectaculaire incident qui venait de se produire, il avait pris une importance nouvelle à ses yeux. Il n'était plus le technicien chargé de contrôler de simples mécaniques, ni le grand enfant avec son coûteux jouet à quatre roues. Il était le créateur de cette intelligence artificielle qui paraissait soudain redoutable et face à laquelle même Balthazar s'était effacé, abandonnant à Larossay la gestion de la crise.

Ils visionnèrent de multiples fois la vidéo de l'agression, image par image. Ils firent ensemble de nombreuses recherches sur internet, où il la guidait avec patience et douceur. À un moment, sur le clavier qu'ils partageaient, sa main glissa sur celle de Maria.

Elle ne la retira pas.

*

William Hurdley était arrivé chez les Harramond en fin de matinée. Balthazar avait mis son bureau à sa disposition et Tom l'y avait rejoint pour un long entretien. Vint ensuite le tour d'Axel d'être reçu, mais il n'eut droit qu'à de brèves explications qui lui parurent peu convaincantes.

– Vous me dites que ce robot n'avait pas d'inhibiteur de comportement, protesta-t-il, mais je croyais qu'ils en avaient tous !

– Pas celui-ci.

– Comment est-ce possible ?

– Nous n'en savons rien et l'enquête pourrait durer.

– Et les autres robots ?

– Nous les avons tous testés depuis Proteus. Ils sont parfaitement conformes. Il n'y avait que celui-là.

– Mais ça n'explique pas sa réaction ! Il n'était pas menacé !

– En effet… Reste donc l'hypothèse d'une commande à distance, mais nos recherches en ce sens n'ont pas davantage abouti. Nous ne disposons donc à ce jour d'aucune explication, mais nous savons que ce dysfonctionnement n'a été rendu possible que par l'absence d'inhibiteur et qu'il ne pourra donc pas se reproduire. C'est tout de même l'essentiel…

Axel n'arrivait pas à y croire. Comment Hurdley pouvait-il afficher une telle indifférence devant un problème qui menaçait d'anéantir tout son projet ? Il aurait dû écumer de rage ou sombrer dans le désespoir. À moins que sa sérénité ne soit feinte, car l'explication la plus probable de cet incident était la malveillance. Mais de qui ? Et pourquoi ? Les hypothèses étaient si nombreuses que Hurdley avait tout intérêt à en dire le moins possible s'il voulait démasquer les coupables. Il devait d'ailleurs en savoir beaucoup plus qu'il n'en disait. Axel prit alors conscience de sa propre naïveté. Comment avait-il pu espérer la moindre confidence de cet homme impénétrable ? Il fallait renoncer à l'interroger sur les causes et n'aborder que les conséquences.

– Que va-t-il advenir des touristes ? questionna-t-il.

– Ah ! Pour ça, je crains qu'ils ne reviennent pas de sitôt, répondit paisiblement Hurdley. Cette vidéo a fait des ravages qui mettront du temps à s'effacer.

– Mais alors… Que comptez-vous faire de vos robots ?

– Eh bien, je pense que nous allons devoir les utiliser d'une façon plus intelligente.

– Comment cela ?

– C'est très simple. J'ai apporté à ce pays un matériel dont le reste du monde ne disposera pas de sitôt. J'espérais lui donner cette avance pour que les touristes viennent découvrir un peu leur vie future, et non pas seulement se divertir. Mais la plupart des robots ayant été mis à leur service, c'est comme s'il ne s'était rien passé. Vous-même en avez fait la remarque il y a peu : ce pays est devenu un parc d'attractions.

– Mais n'est-ce pas exactement ce que vous vouliez ? répliqua Axel, irrité de voir ses propos ainsi rapportés.

– Non ! Je ne voulais pas de cette caricature de monde futur ! Alors si les touristes ne veulent plus venir, tant mieux ! Leur départ va peut-être libérer assez de robots pour que leurs fonctions aillent au-delà du simple divertissement.

– Si je comprends bien, vous vous réjouissez de ce qui vient d'arriver.

Hurdley le foudroya du regard.

– Non, Professeur ! Je ne me réjouis pas, je m'adapte ! Je refuse de voir ce projet avorter au premier revers. Je veux, au contraire, en profiter pour aller plus loin.

Axel refusa de se laisser démonter et poursuivit son argumentaire.

– Puis-je vous rappeler que vous m'aviez engagé pour que je veille à l'heureuse intégration des immigrés d'un nouveau genre que sont vos robots, et qu'aujourd'hui ce problème ne semble plus vous préoccuper ?

– Parce que cette question est réglée ! Ils sont tous là, les robots, ça y est ! Votre rôle initial est terminé ! Et s'ils doivent maintenant changer de travail, ce n'est pas vous, un spécialiste de l'intégration des immigrés, qui allez me proposer de les renvoyer dans leur pays !

Axel ne sut comment réagir. L'assurance de son interlocuteur et son apparente sincérité le désarmaient, d'autant que son raisonnement ne semblait pas totalement dépourvu de logique. Hurdley perçut son embarras et reprit d'un ton apaisé.

– Grâce à vous, tous les robots ont été mis en service sans aucune opposition et en un temps record. Votre travail s'achève par un brillant succès dont je ne peux que vous féliciter. D'ailleurs, sans ce malheureux incident, vous n'aviez plus qu'à envisager votre prochain départ. Mais la situation s'est compliquée et je serais heureux de vous voir rester encore un peu. Il faut changer un mal en bien, faire de ce revers une opportunité et transformer cette île de parc d'attractions en un vrai pays moderne. Nous avons donc besoin de vous, car même en ne restant que le conseiller de Robert Larossay, votre aide lui sera indispensable. Voulez-vous nous aider à relever ce défi, ou préférez-vous partir ?

Axel était embarrassé. Pouvait-il tout abandonner au moment où un obstacle venait de surgir ? Il pressentait de terribles difficultés, car son travail allait changer de nature et devenir beaucoup plus hasardeux, mais la perspective de céder la place à un autre lui semblait infamante.

– J'accepte, lâcha-t-il enfin.

IV

– JAMAIS ! VOUS M'ENTENDEZ ? rugit Balthazar dans la salle du Conseil dont les murs réverbéraient la voix puissante. Jamais je ne vous laisserai armer ces robots !

– Mais enfin ! s'exclama Larossay, il ne s'agit que de pistolets à impulsion électrique !

– C'est encore trop ! Ces robots sont des outils, ils resteront des outils, rien de plus.

– Il faut tout de même les protéger ! Ils sont beaucoup trop vulnérables. Cinq d'entre eux ont encore été endommagés la semaine dernière !

– Vous avez des hommes pour ça, fit Balthazar avec un geste de dédain.

– C'est absurde ! Je ne peux pas mettre un policier derrière chaque robot !

– Peu m'importe...

Larossay était déconcerté. Depuis la décision de maintenir Proteus malgré la fuite des touristes, Balthazar ne faisait plus que de la figuration aux réunions hebdomadaires du Conseil des ministres. Qu'est-ce qui lui prenait subitement ? En insistant, ce vieux singe finirait bien par céder...

– Je ne propose pas d'armer tous les robots, mais seulement ceux affectés dans les zones isolées, là où ils sont exposés aux vandales parce qu'ils sont loin des regards.

– Je persiste à m'y opposer, grommela Balthazar. D'ailleurs je ne vois pas où est le problème puisque William Hurdley les remplace.

– Je sais, mais il pourrait bien se lasser... Ces robots sont devenus indispensables, non seulement par la croissance économique qu'ils nous apportent, mais par leurs loyers, qui sont devenus notre principale ressource fiscale. J'en ai besoin pour payer les fonctionnaires.

– Vous voulez dire la police ?

– Pas seulement, vous le savez très bien.

– Les actes de vandalisme vont peut-être cesser d'eux-mêmes.

– J'en doute fort ! Je crains au contraire qu'ils ne se banalisent. C'est pour cela que je veux réagir.

– Vous avez déjà procédé à des arrestations.

– Oui, quand même. Les enregistreurs vidéo des robots nous ont permis d'identifier plusieurs auteurs de ces méfaits. Mais il en reste, et ils se méfient maintenant, ils se cachent le visage.

– Vous les avez interrogés ?

– Bien entendu ! Des écervelés qui voudraient passer pour des victimes en accusant les robots d'avoir pris leur travail.

– Ils n'ont peut-être pas tout à fait tort.

– Ah non ! Vous n'allez pas vous y mettre aussi !

– Combien y a-t-il de chômeurs aujourd'hui ?

– Trop ! Nous en avons trop, mais je ne dispose pas de chiffres précis. Nous n'avons pas de statistiques là-dessus, à quoi bon ? J'ai dû renoncer à les indemniser parce que l'État n'en avait plus les moyens depuis le départ des touristes. Et puis j'ai constaté que ça en incitait certains à ne plus chercher de travail. Avouez que c'est un comble !

– Sans doute…

– Pourtant, si ces stupides saboteurs voulaient bien ouvrir les yeux, ils verraient que ces robots ont bien d'autres effets que ce chômage temporaire. Dans les plantations, ils remplacent peut-être quelques ouvriers, mais ils nous permettent surtout de défricher peu à peu la forêt inexploitée qui couvre encore les trois-quarts de l'île. Ces cultures supplémentaires vont représenter autant de richesses que nous pourrons exporter.

– Et saccager notre île, grommela une voix.

Larossay s'interrompit, haussa les épaules et poursuivit.

– Sans parler de ce projet d'usine, où nos robots confectionneront des sacs à main et des bagages de luxe d'une qualité exceptionnelle, pour un prix imbattable. Les ouvriers de l'usine européenne qui fermera à la place ne peuvent pas rivaliser ! Ce n'est pas un progrès ? Nous existons enfin dans l'économie mondiale, nous sommes devenus compétitifs !

– Où est le bénéfice s'il n'y a que des robots dans cette usine ? intervint un des ministres.

– Il n'y aura pas que des robots ! Parce que nous finirons par en manquer. Ils seront réservés aux tâches délicates, pour lesquelles ils sont imbattables, mais il y aura aussi du personnel humain, ne serait-ce que pour assurer le gardiennage, puisqu'il y a encore des réticences à doter nos robots d'armes de dissuasion…

Les regards se tournèrent vers Balthazar, qui ne se donna pas la peine de réagir. Il avait obtenu ce qu'il voulait et s'était à nouveau retranché dans le silence.

*

L'unique fenêtre de la petite pièce où se tenait Audrey donnait sur le préau, désert en cette fin d'après-midi. Assise à son bureau où s'étalaient des dessins d'enfants, elle regardait tristement la fillette d'une dizaine d'années qui se tenait debout devant elle, la tête baissée.

– Je comprends Mélanie, ne t'en fais pas, lui dit-elle d'une voix douce. Je ne veux pas que tes parents aient des ennuis à cause de moi.

– Je regrette beaucoup vous savez, assura la fillette en relevant vers Audrey ses grands yeux noirs.

– Je sais… Moi aussi je regrette, parce que tu as vraiment des dispositions. Alors il faudra que tu continues à travailler sans moi en essayant de te rappeler mes conseils, promis ?

– Promis !

– Très bien, et maintenant sauve-toi !

La fillette tourna les talons, saisit la poignée de la porte, quand Audrey se ravisa.

– Attends ! Je vais te donner quelque chose…

Ouvrant un tiroir de son bureau, elle en sortit une de ses aquarelles qu'elle tendit à l'enfant hésitante.

– Garde-la cachée si tu veux, mais je suis sûre qu'un jour, tu pourras l'accrocher au mur de ta chambre sans que personne ne te dise rien.

– Merci beaucoup, murmura la fillette.

Audrey s'était levée pour contourner son bureau. Elle se pencha sur l'enfant et appuya un baiser sur son front.

– Pars, maintenant ! souffla-t-elle la gorge serrée.

C'était la dernière élève qui lui restait dans cet établissement où elle avait été admise pour donner des cours de dessin, son niveau de créole lui permettant de se passer d'Oscar, qui restait désormais confiné chez elle.

L'appauvrissement brutal de l'État causé par le départ des touristes avait fait réduire toutes les dépenses sociales. Même l'hôpital avait été mis en hibernation. Quant au secteur privé, sur l'insistance pressante d'Axel, Larossay n'y commit jamais la maladresse de substituer directement un robot à un travailleur humain, mais personne n'était dupe et ceux qui avaient amené ces machines devinrent très vite impopulaires, Audrey comme les autres. En dépit des efforts de la directrice pour raisonner les parents, les enfants désertèrent son cours l'un après l'autre, jusqu'à cet ultime départ, sa meilleure élève, son dernier lien affectif avec cette île devenue sinistre et dangereuse.

Pour la première fois de sa vie, Audrey avait vécu au contact presque quotidien d'enfants et ce fut un bonheur pour elle d'évoluer parmi eux, seuls habitants de l'île dont elle n'ait pas à se méfier. Axel s'était prudemment gardé de tout commentaire, mais ses pensées étaient aussi lisibles que s'il les avait inscrites sur son front. Dans ses yeux brillants d'espérance, Audrey voyait déjà le reflet des enfants qu'ils adopteraient à leur retour en Californie. Il est vrai qu'elle s'était attachée à ces enfants, surtout à cette fillette qui venait de partir. Mais elle restait fermée à l'idée d'adoption. Elle voulait son enfant, celui qu'elle porterait en elle, le fruit de son amour pour Axel, pas un autre ! Mais ce bonheur si simple lui était interdit par ce corps déjà mort qu'elle avait pris en haine. Accoudée à sa table, les poings enfoncés dans ses joues, une affreuse douleur dans le cœur, elle ne voyait pas le dessin d'enfant posé devant elle qui se mouillait de ses larmes.

*

La nuit était tombée lorsque Audrey quitta l'école. En arrivant devant chez elle, au moment de couper le moteur, elle regarda l'heure au tableau de bord. Axel n'arriverait pas tout de suite. Elle avait le temps de se détendre dans la piscine pendant qu'Oscar préparait le dîner. Il avait d'ailleurs peut-être commencé, mais c'était impossible à savoir de l'extérieur, car il n'avait aucun besoin d'éclairage artificiel pour évoluer d'une pièce à l'autre ou y travailler. Il en était un peu effrayant lorsqu'il promenait la nuit, dans la maison ou le jardin, sa blanche silhouette fantomatique.

Audrey gravit les marches de la véranda, s'apprêta à ouvrir la porte, quand elle vit qu'elle était entrebâillée. Oscar, dans ses allées et venues, avait dû mal la refermer. Elle la poussa d'une main, appliqua l'autre sur l'interrupteur, et la lumière jaillit. Audrey étouffa un cri, la maison était ravagée !

Parcourant avec angoisse les pièces du rez-de-chaussée, elle ne vit que meubles renversés, coussins éventrés, vaisselle fracassée. Anéantie par cette découverte qui achevait de la désespérer, elle ne trouva pas le courage de monter voir à l'étage. Comme un automate privé d'énergie, elle se laissa tomber sur l'angle d'un canapé retourné.

Et Oscar ! songea-t-elle tout à coup. Qu'en avaient-ils fait ? Dans quel état allait-elle retrouver cette machine qui lui avait rendu tant de services ? Sa réticence à visiter sa chambre la fit néanmoins hésiter et elle décida de l'appeler. Il réagirait peut-être par un son qui la guiderait jusqu'à lui.

– Oscar ! Oscar !...

D'interminables secondes passèrent. Audrey retenait son souffle, à l'affût du moindre bruit, mais sa voix oppressée ne recueillait aucun écho. Enfin, un grincement assourdi se fit entendre au-dessus de sa tête, des bruits de pas allèrent d'une pièce à l'autre, puis commencèrent à descendre l'escalier. Elle se redressa vivement, tourna les yeux vers la porte du couloir et attendit. Poussant la porte avec sa lenteur habituelle, Oscar apparut, aussi propre et neuf qu'au premier jour.

– Oscar ! s'écria-t-elle avec soulagement. Ces sauvages ne t'ont pas trouvé !

Elle s'avança vers lui pour l'examiner quand, juste derrière elle, un ricanement sinistre la fit tressaillir.

– Je t'avais bien dit qu'elle le trouverait ! Y avait qu'à l'attendre...

Se retournant d'un coup, elle vit, face à elle, surgis de nulle part, trois solides gaillards cagoulés dont l'un était armé d'un couteau.

Elle tenta de s'échapper, un des hommes bondit sur elle, lui saisit les bras et les plaqua brutalement en arrière.

– Allez-vous-en ! Mon mari va arriver ! Allez-vous-en ! hurla-t-elle en se débattant furieusement.

– T'en as un drôle d'accent, ricana l'homme au couteau, qui semblait être le chef. Mais t'en fais pas, on les connaît les horaires de ton mari. On sait qu'il travaille beaucoup. Il en a de la chance...

– Allez-vous-en ! rugit Audrey folle de colère et d'angoisse.

– Pas tout de suite, gronda l'homme d'une voix mauvaise, on va d'abord s'occuper de ton robot, et je crois bien qu'on va s'occuper de toi ensuite... Qu'est-ce que vous en dites, les mecs ?

Les grognements émis par ses deux complices ne laissèrent aucun doute à Audrey sur leurs intentions. De ses yeux affolés, elle cherchait un secours, mais ne vit que le chaos de la pièce et Oscar, désespérément immobile.

Alors, sans réfléchir, elle s'écria :

– Oscar ! Aide-moi !

Tous les yeux se tournèrent vers le robot, qui s'enfuit aussitôt.

Pendant plusieurs secondes, derrière leurs cagoules, les trois brutes se laissèrent aller à un rire sauvage.

– Eh bien ! Il est super, ton garde du corps ! Dis donc, c'est ton mari qui lui a appris à se défendre comme ça ? Je crois qu'il faut qu'on te montre au moins une fois dans ta vie ce que c'est que des vrais hommes…

Il s'approcha d'un pas lent. Audrey, tétanisée, vit la lame du couteau se diriger vers sa poitrine. L'homme en pressa la pointe contre le tissu de la robe.

– Ton vilain robot est retourné se cacher. Ça me contrarie, parce qu'on avait dit qu'on s'occuperait d'abord de lui. Avec toi, ça risque d'être plus long… Alors soit tu le rappelles, soit on commence par toi.

– Allez-vous-en ! hurla Audrey pour toute réponse.

– Tu l'appelles, ou tu veux y passer tout de suite ? menaça-t-il en appuyant son couteau.

Audrey poussa un cri et la porte du couloir s'ouvrit dans un léger grincement.

Les trois hommes se retournèrent sans lâcher leur proie. Oscar était là, immobile dans l'encadrement de la porte. Son avant-bras droit se releva et, dans sa main, contrastant avec la blancheur de sa tenue, ils virent le noir luisant de l'arme qu'il pointait sur eux.

– Putain ! s'écria le chef. C'est donc vrai ! Ils ont des armes ! Leurs saletés de robots ont des armes ! Alors c'est pour ça que vous les avez amenés ici, hein ? Salope ! Pour nous tirer comme des lapins !

Derrière sa cagoule, elle ne vit que ses yeux injectés de sang. En un éclair, il abaissa son couteau à hauteur de sa ceinture et le planta rageusement dans le ventre d'Audrey.

Foudroyée par la douleur, elle s'effondra sans un cri.

*

Lancée à une vitesse hallucinante sur la petite route déserte, obscure et tortueuse, la voiture d'Audrey, tous phares éteints, faisait hurler ses pneus à chaque virage. L'apprentissage de la conduite par les robots avait comporté des cours intensifs de pilotage exploitant au maximum la rapidité de leurs réflexes et la sensibilité de leurs gyroscopes. Ils en étaient devenus des conducteurs plus sûrs que le meilleur des pilotes humains.

Oscar parvenait ainsi à maintenir la voiture sur la route jusqu'aux limites extrêmes de son adhérence. Audrey, toujours inconsciente, était sanglée sur la banquette arrière par les ceintures de sécurité. La tache sombre de sa robe ne cessait de s'agrandir, buvant le sang qui s'écoulait de sa blessure.

Les trois malfrats s'étaient enfuis, trop heureux que le robot ait semblé hésiter à tirer. Aussitôt après, Oscar s'était précipité vers Audrey, lâchant le pistolet d'alarme que Tom lui avait secrètement appris à manipuler pour le cas où il aurait à intimider d'éventuels visiteurs indésirables. Ne pouvant rien faire sur place, il avait porté Audrey jusqu'à sa voiture et s'était élancé dans la nuit.

Pendant ce temps, les robots de l'hôpital déserté s'étaient rejoints en salle d'opération pour réactiver le robot chirurgical qui dormait sous sa bâche depuis des mois. Le seul chirurgien capable de le manipuler avait quitté l'île en même temps que les touristes. Il restait un chirurgien traditionnel rattaché à l'hôpital mais, sans doute déprimé par l'insularité, il était rarement à jeun.

En arrivant dans les faubourgs de la capitale, Oscar ne ralentit pas. Au pied des quelques lampadaires encore en fonctionnement s'étalaient de tristes flaques de lumière d'un jaune sale. La voiture les traversait comme autant d'éclairs. Quand tout à coup, au détour d'un virage, un passant titubant apparut au milieu de la route.

Oscar donna un violent coup de volant. Déséquilibrée, la voiture se retrouva sur deux roues au moment même où elle heurtait le trottoir. contre-braquant, Oscar freina un court instant et le véhicule retomba lourdement sur ses quatre roues tandis que son flanc gauche venait labourer le mur d'une maison dans une gerbe d'étincelles. Replaçant aussitôt son véhicule au milieu de la route, Oscar enfonça l'accélérateur, le moteur rugit et l'ivrogne, incrédule, vit la voiture disparaître dans l'obscurité.

Quelques minutes plus tard, sans avoir fait d'autre rencontre, Oscar immobilisait son véhicule devant une porte latérale de l'hôpital. Une épaisse fumée blanche s'échappait de tous les côtés du capot. Deux robots étaient postés à l'attendre. Ils sortirent aussitôt Audrey de la voiture, déposèrent avec douceur son corps inerte sur une civière à roulettes, le mirent sous perfusion et s'élancèrent dans le bâtiment. Oscar était resté assis, immobile, les mains posées sur le volant. Il n'avait plus d'instructions à exécuter.

Arrivés devant un large ascenseur, les deux robots s'y engagèrent avec la civière. Les portes se refermèrent en vibrant et, à peine démarrée, la cabine fit entendre des grincements sinistres. Depuis le départ des touristes, son entretien avait été complètement négligé. Soudain, dans une secousse, elle s'immobilisa entre deux étages. Le robot le plus proche du panneau de commande pressa à nouveau l'interrupteur, mais rien ne se produisit. Un silence de mort s'abattit dans la cabine. Le souffle d'Audrey devenait de plus en plus faible. C'est alors que le néon qui assurait l'éclairage se mit à grésiller. Il s'éteignit enfin et, brutalement, l'ascenseur reprit sa course.

Quand ses portes s'ouvrirent sur le palier de la chirurgie, les deux robots enfilèrent le couloir au bout duquel se dressaient les portes de la salle d'opération. À aucun moment ils n'avaient rencontré âme qui vive dans cet hôpital fantôme.

La pièce baignait dans la lumière laiteuse diffusée par le scanner qui avait aussi été réactivé. Les robots n'avaient besoin d'aucun autre éclairage. Le robot anesthésiste s'était préparé et le pupitre du robot chirurgical avait tous ses voyants allumés. Ils glissèrent Audrey sur le plateau du scanner, qui balaya aussitôt sa zone abdominale. Ils l'allongèrent ensuite sur la table d'opération et, reproduisant à la perfection les gestes des praticiens qu'ils avaient pu observer, ils dégagèrent la blessure et en nettoyèrent les contours. Alors, comme une araignée géante suspendue à son fil, la grappe de bras multi-articulés du robot chirurgical descendit lentement vers le corps d'Audrey.

*

– Vous en êtes sûr ? insista Axel.

– Je suis formel, répondit avec assurance le docteur Hindman, petit homme chauve d'une cinquantaine d'années et chirurgien réputé. D'ici une quinzaine de jours, votre épouse pourra recommencer à utiliser sa piscine, prudemment au début, mais dans deux mois, tout cela ne sera plus qu'un mauvais souvenir. Quant à la cicatrice, elle sera presque invisible.

– Mais à l'intérieur, cette machine a vraiment fait tout ce qu'il fallait ?

– Je vous le garantis ! J'ai examiné la vidéo de l'opération, c'est un travail magnifique ! Tout est propre et parfaitement consolidé. J'aurais du souci à me faire si l'ordinateur qui a guidé le robot n'était aussi coûteux, à ce que j'ai cru comprendre.

– En ce cas, il ne me reste plus qu'à vous remercier d'avoir fait un tel trajet.

– Ce n'est pas moi qu'il faut remercier, c'est William Hurdley. Il me l'a demandé d'une telle façon que je ne pouvais pas refuser.

– Je le ferai, assura Axel en se levant pour quitter le bureau qu'Hindman s'était approprié dans l'hôpital le temps de son bref passage.

Il retourna aussitôt vers la chambre d'Audrey, qu'il était impossible de manquer : de part et d'autre de sa porte, le couloir était balisé de bouquets de fleurs que les infirmières, soudainement réapparues, avaient disposés dans des vases improvisés.

– On se croirait chez le fleuriste ! s'exclama-t-il en entrant dans la pièce où Audrey avait demandé qu'on lui laisse les plus beaux bouquets.

Son soulagement le rendait euphorique. Après les heures d'angoisse qu'il venait de vivre, il avait l'impression de remonter des enfers. Le pire moment fut quand Tom le laissa regarder la mémoire vidéo d'Oscar. En voyant cette silhouette plonger son arme dans le corps d'Audrey, il avait senti la haine l'embraser. Si cet homme avait alors été à sa merci, il l'aurait massacré avec la dernière sauvagerie. Il s'était cru jusqu'alors éduqué, civilisé et pacifique, mais il sentit pendant un court instant toute la férocité immémoriale qui sommeillait en lui, comme au fond de chaque homme, prête à ressurgir avec les circonstances.

Hurdley l'avait très vite contacté pour l'aviser de l'arrivée prochaine du chirurgien et lui exprimer sa sympathie et ses regrets. Le ton de sa voix et les mots employés avaient surpris Axel. Cet homme glacial était donc capable d'éprouver des émotions ? Maria, qui habitait maintenant chez Tom, s'était relayée avec ce dernier auprès d'Axel, presque nuit et jour, pour le soutenir et suivre l'évolution de l'état d'Audrey. Les signes rassurants s'étaient succédé. Elle s'était bien réveillée et les nouvelles images scanner prises d'elle, aussitôt examinées aux États-Unis, n'avaient rien révélé d'anormal. Elle n'avait pas de fièvre, ni trop de douleurs, et les médecins de l'île dépêchés à son chevet firent tous preuve d'un optimisme prudent.

C'était le surlendemain de l'agression, le chirurgien envoyé par Hurdley allait repartir sans avoir eu grand-chose à faire. Les lésions étaient restreintes et la rapidité de l'intervention avait été déterminante. Les robots avaient fait un travail remarquable et Axel ne put s'empêcher de tourner un regard reconnaissant vers Oscar, planté dans un angle de la chambre.

*

Axel transmit les conclusions du chirurgien à Tom et Maria, qui avaient quitté l'hôpital au milieu de la nuit. Une heure plus tard, ils apparaissaient, radieux, dans l'encadrement de la porte.

– Alors, on se fait une petite séance d'abdominaux ? lança Tom, aussi heureux et soulagé qu'Axel.

– Comment vas-tu ? demanda Maria en se penchant pour embrasser Audrey.

– Je vais bien, mais pour les abdominaux, on verra demain.

Après le cauchemar qu'ils venaient de vivre, ils auraient aimé retrouver l'insouciance des premiers mois de leur aventure commune, mais c'était sans espoir.

– Je te remercie de ce que tu as fait, glissa Audrey à Tom.

– Moi ? J'ai fait quoi ?

– Pour le pistolet d'Oscar.

– Ah ! Oui... Mais ça n'a pas suffi.

– Ça n'a pas tout à fait échoué non plus.

– Je ne sais pas, je crois que je n'ai pas fait ce qu'il fallait. Chez nous, la vue de cette arme les aurait mis aussitôt en fuite, et ça t'aurait vraiment sauvée, tandis qu'ici, il n'y a presque pas d'armes à feu. En tout cas, ceux qui t'ont agressée n'en avaient aucune pratique. Alors je crois que quand ils ont vu le robot, s'ils n'ont pas détalé aussitôt, c'est parce qu'ils ont réagi comme s'il n'avait qu'un couteau. C'était idiot de leur part. Si Oscar avait été réellement armé, ils seraient morts, mais je ne suis pas certain qu'ils aient beaucoup réfléchi à ce moment-là... Cela dit, s'ils avaient été encore plus fous et qu'ils étaient restés davantage, ils auraient bien vu que le robot ne tirait pas. Et là, je ne sais pas ce qui se serait passé.

– Tom ! gémit Maria, on dirait que tu plaides pour Larossay !

– Mais pas du tout ! Je ne veux pas armer les robots ! Et d'ailleurs, si Oscar avait pu tirer, qui nous dit qu'il n'aurait pas blessé Audrey ?

– Vous ne croyez pas qu'on pourrait parler d'autre chose ? implora Axel.

– Tu as raison, s'excusa Tom, il y a eu des circonstances beaucoup plus positives pendant cette soirée. L'intelligence artificielle de Proteus a fait une magnifique démonstration de ses possibilités, qui doivent néanmoins rester secrètes.

– Mais pourquoi donc ? protesta Audrey. Cela ferait revenir les touristes.

– Rien n'est moins sûr. Une histoire d'agression n'est jamais bonne pour le tourisme, et tout le monde va s'affoler à l'idée que notre ordinateur décide par lui-même.

– Mais... ce n'est pas ce qui se passe ? s'étonna Maria.

– Non, ma chérie. Contrairement aux apparences, Proteus n'a pris aucune initiative. Il a seulement fait de son mieux pour exécuter l'instruction d'Audrey, qu'on entend dans la vidéo d'Oscar : « Aide-moi ! »

– C'est un peu vague, tout de même, comme instruction.

– Oui, mais Proteus n'est pas non plus un smartphone. Il a un peu plus de ressources. La situation d'Audrey était évidente, il n'y avait pas besoin d'une intelligence artificielle considérable pour la percevoir et y réagir. Ce qu'il faut garder à l'esprit, c'est que Proteus a les connaissances et le contrôle de chaque robot, et qu'il peut les coordonner autant que nécessaire pour exécuter une instruction. Quand Audrey a demandé de l'aide, Proteus a fait brandir une arme factice à Oscar, comme je lui avais appris. Ensuite, quand il a vu qu'elle était blessée, c'est son apprentissage hospitalier qui a pris le relais : il savait qu'un être humain dans son état devait être opéré au plus vite. Il a donc reproduit la longue suite d'opérations qu'on lui avait apprises, y compris le transport rapide assuré par Oscar. Mais c'est tout. Il n'a rien inventé, rien décidé, il a juste exécuté.

– Il a quand même sauvé la vie d'Audrey ! insista Axel.

– Les extincteurs automatiques aussi sauvent des vies.

– Ce n'est pas la même chose.

– Pourquoi ? Il y a une énorme différence de complexité, une énorme différence de prix, mais c'est la même chose.

*

Audrey avait su convaincre Axel de repartir avec Tom et Maria. Elle quitterait l'hôpital le lendemain matin, il pouvait aller se reposer. En arrivant chez lui, où des policiers s'affairaient encore à la recherche d'indices, il mesura l'étendue des dégâts : même les huisseries et les cloisons étaient endommagées. Ses deux amis lui proposèrent de l'héberger le temps que tout soit remis en état. Il les suivit sans hésiter.

En arrivant chez eux, il vit une voiture de police stationnée, avec deux hommes à bord. Tom expliqua que leurs résidences feraient désormais l'objet d'une surveillance permanente. Axel déposa ses affaires dans la chambre où Audrey et lui allaient séjourner, puis il rejoignit ses amis au salon.

– Quelle tristesse, ces policiers ! maugréa-t-il.

– Nous ne sommes plus très populaires, lui répondit Maria.

– Pourquoi dis-tu « nous » ?

– Parce qu'on me déteste encore plus que vous depuis que je suis avec Tom ! Je couche avec l'ennemi ! Et ne t'illusionne pas sur les témoignages de sympathie orchestrés par la directrice de l'école d'Audrey. Les parents de ses anciens élèves de dessin ont été choqués par l'agression dont elle a été victime, ils se sont sentis un peu fautifs et ont laissé leurs enfants lui porter des fleurs, mais ça n'ira pas plus loin.

– C'est consternant. Tous mes efforts ont été vains.

– Tu ne pouvais pas faire de miracle, soupira Tom. Tu as tout essayé pour amortir le choc de l'irruption brutale de ces robots dans l'économie du pays. Grâce à toi, des centaines d'entre eux ont été détournés du marché de l'emploi local.

– Effectivement, j'ai déplacé une partie du problème en consacrant quelques robots à la production de biens d'exportation, mais je n'ai rien résolu.

– Il doit pourtant y avoir une solution.

– Non, il n'y en a pas ! Tu ne vois donc pas qu'avec les progrès de l'informatique, le rôle des machines a fini par changer de nature et que tes robots en sont l'éclatante démonstration ?

– Mes robots ?

– Oui, tes robots ! Mais tu n'y es pour rien, ils ne sont que la nouvelle étape d'une évolution déjà bien entamée.

– Ça t'ennuierait d'être un peu plus explicite ? implora Maria.

– C'est pourtant simple : au début, les machines ont envahi les campagnes des pays occidentaux, les paysans sont devenus ouvriers et leur production de richesses a explosé. Aujourd'hui, les machines chassent les hommes de l'industrie, même dans les pays à bas salaires. C'est ce qu'on appelle la réindustrialisation des pays riches : on y ouvre des usines robotisées pour fermer celles à main-d'œuvre bon marché, parce que nos robots reviennent encore moins cher que leurs ouvriers. Il ne reste plus que le secteur des services pour employer les hommes, mais ils en sont délogés aussi ! Car les machines ne se contentent plus de remplacer nos bras. L'informatique leur ajoute son intelligence artificielle, qui croît sans fin, contrairement à la nôtre. Ce n'est pas Tom qui me contredira.

– Tu m'accuses de…

– Je ne t'accuse de rien ! Qu'est-ce que tu pourrais y changer ? Aujourd'hui, la croissance économique n'est plus synonyme de création d'emplois. À moins d'être effrénée, ce qui n'est pas tenable longtemps, elle n'a plus besoin d'hommes supplémentaires. Les gains de productivité apportés par les machines et les ordinateurs suffisent. Les hommes sont devenus superflus ! Pire, ils encombrent !

– Comment oses-tu dire ça ? s'indigna Maria. L'homme est une richesse irremplaçable !

Axel posa sur elle un regard consterné.

– C'est toi, une historienne, qui me dit ça ?

– Oui, pourquoi ?

– Parce qu'en effet, depuis toujours, les hommes ont été une richesse. D'une époque à l'autre, on faisait des razzias, des guerres ou du trafic d'esclaves pour en obtenir davantage. Jusqu'à la fin du vingtième siècle, l'immigration a fait la richesse des États-Unis, mais tout s'est inversé ! L'argent et l'énergie qu'on employait pour obtenir des hommes servent maintenant à les repousser ! Pourquoi les États-Unis et l'Europe se hérissent-ils de murailles contre l'immigration ? Et je ne parle pas du Japon, où on préfère les robots aux immigrés pour s'occuper des personnes âgées. Ce n'est pas un basculement historique assez visible ? Les seuls immigrés encore bienvenus sont ceux qui acceptent un salaire inférieur au coût d'une machine et ceux assez qualifiés pour qu'un robot ne puisse pas encore les remplacer, c'est-à-dire chaque jour un peu moins !

Maria était mortifiée. Il fallait que ce soit un économiste qui lui donne une leçon d'histoire ! Certes, il évoquait l'histoire contemporaine, alors qu'elle avait surtout étudié l'histoire ancienne, mais tout de même…

– Bien sûr, reprit Axel d'un ton las, tout cela est progressif, ce qui permet aux responsables politiques de le nier. Comme des sorciers invoquant la pluie, ils psalmodient chacun leurs promesses et exhibent les emplois créés en passant sous silence tous ceux qui disparaissent, bien plus nombreux. Si vous saviez ce qu'on peut faire dire aux statistiques ! Mais le premier devoir de nos dirigeants est de préserver la paix sociale, quitte à masquer leur impuissance. D'ailleurs, comment leur reprocher ? Ils débitent les mensonges que leurs concitoyens attendent pour ne pas désespérer.

*

L'après-midi touchait à sa fin. Les rayons du soleil traversaient le store à lamelles pour se projeter en fines rayures sur le mur opposé au lit d'Audrey. Restée seule après le départ d'Axel, elle n'attendait plus de visite en ce dernier soir de son séjour à l'hôpital.

– Toc ! Toc ! Toc ! Y a quelqu'un ? lança une voix familière à travers la porte.

– Viviane ? Entrez donc ! s'écria Audrey surprise.

La porte s'ouvrit, laissant paraître la silhouette rebondie et le visage rayonnant de la directrice de l'école d'Audrey, petite femme créole au caractère trempé, qui portait avec la même insouciance ses cinquante ans épanouis, ses kilos superflus et ses robes aux couleurs extravagantes.

– Bonsoir ! fit-elle de sa voix chantante en s'avançant vers le lit. Comment va notre convalescente ?

– Très bien, je vous remercie, je sors demain matin. C'est vraiment gentil à vous de venir me voir à nouveau.

– Pensez donc ! Ça me fait plaisir, et puis j'ai bien le temps !

En entendant cela, Audrey s'interrogea. Viviane gérait l'administration de son école, y enseignait et conseillait tous les élèves et les parents qui en avaient besoin. Vivant son métier comme un sacerdoce, elle y consacrait tout son temps et toute son énergie. Alors pourquoi venir en visite une seconde fois, à seulement deux jours d'intervalle ? Comme si elle avait lu dans l'esprit d'Audrey, elle ajouta :

– Et puis je ne sais pas si je vous reverrai…

– Comment ça ? Il faudra passer à la maison ! J'ignore combien de temps Axel devra encore rester, mais je crois que nous ne sommes pas partis.

Les yeux de Viviane s'arrondirent.

– Vous allez rester ici ? Après ce qui vous est arrivé ?

– Vous en doutiez ? Je suis venue avec Axel, je ne repartirai pas sans lui, même s'il insiste.

– Vous êtes vraiment inséparables !

Le visage d'Audrey s'assombrit.

– Je ne crois pas que notre union survive à ce séjour.

– Qu'est-ce que vous dites ?

– Axel est persuadé qu'à notre retour aux États-Unis, j'accepterai d'adopter un enfant, ou même deux. Mais je ne crois pas que j'en aurai la force et je suis sûre qu'il me quittera à cause de cela.

– Mais…

– J'aime beaucoup les enfants, mais je ne pourrai pas élever pendant vingt ans ceux d'une autre. C'est pitoyable, n'est-ce pas ?

– Non, ce n'est pas pitoyable. Ce sont des choses qui ne se commandent pas.

– Je le pense aussi, mais Axel est persuadé que je vais changer d'avis. C'est pourquoi je suis sûre qu'à notre retour, si je lui confirme mon refus, il…

– Vous n'en savez rien ! Vous traversez un moment d'abattement bien naturel mais je ne peux pas vous laisser dire des choses pareilles ! Tenez, regardez ce que je vous ai apporté, ça vous rendra le sourire…

Plongeant la main dans son sac, elle en sortit une photo de Mélanie, l'élève préférée d'Audrey, la dernière à avoir déserté ses cours.

– Elle voulait vous offrir ce souvenir, expliqua Viviane.

– Elle est adorable ! s'émut Audrey en jetant un œil distrait sur l'image qu'elle posa sur le bord du lit.

– Et maintenant je me sauve, mais je reviendrai vous voir bientôt. En attendant, soignez-moi ce moral, et pas d'imprudence !

La porte se referma sur le silence de la chambre et la mélancolie d'Audrey, qui reprit la photo pour l'examiner. Mélanie y trônait fièrement sur son vélo, un pied posé à terre, au beau milieu d'une ruelle déserte. On voyait aussi, à l'arrière-plan, un robot en train de sortir d'une maison dont il poussait la porte d'une étrange façon.

Audrey avait déjà vu Oscar ouvrir et fermer des portes des centaines de fois. Sans y avoir jamais prêté attention, il lui semblait néanmoins qu'une telle posture lui était étrangère. Mais cette porte pouvait être particulière, elle résistait peut-être à l'ouverture, contraignant le robot à cette position déséquilibrée. Audrey n'en trouva pas moins cela curieux et se dit qu'il faudrait en toucher un mot à Tom.

Tandis qu'elle méditait, son regard se posa sur le magnifique bouquet de fleurs que les parents de Maria lui avaient fait porter. Elle s'aperçut alors qu'une petite enveloppe y était glissée, elle se leva pour la saisir. C'était un court message de Rachel Harramond qui se réjouissait de la chance d'Audrey dans son malheur et lui souhaitait de rentrer bientôt chez elle.

Les barres des « t » étaient en forme de virgule.

*

Assise à côté d'Axel, qui conduisait à faible allure pour éviter les secousses, Audrey regardait fixement la route ensoleillée qui défilait devant eux. Sur la banquette arrière, Tom et Maria respectaient son silence. Entre ses cauchemars et de longs moments d'insomnie, la nuit avait tiré les traits de son visage et elle était soulagée de quitter enfin la chambre blafarde qu'elle occupait depuis cinq jours.

Ainsi c'était Rachel Harramond l'auteur de ces étranges mises en garde ! Pourquoi se laisser découvrir ainsi ? Ça ne pouvait être par inadvertance. Quelle qu'ait été son écriture, Audrey l'aurait reconnue. C'était plutôt un moyen subtil de révéler son identité, une façon de dire : « Vous auriez dû m'écouter ! ». Mais que savait donc cette femme ? Et comment l'avait-elle appris ? Par les confidences de Balthazar, ou à son insu ? Quoi qu'il en soit, il s'agissait de ne pas la trahir, car elle avait dû prendre un grand risque en alertant Audrey.

À l'entrée d'un village, un robot traversa la route devant la voiture, ramenant Audrey vers d'autres pensées. Elle fouilla dans son sac et en sortit la photo de Mélanie qu'elle tendit à Tom par-dessus son épaule.

– Tiens ! On m'a donné cette photo et je trouve que le robot a une drôle d'allure.

Tom s'en saisit, y jeta un regard et s'écria aussitôt :

– Mais c'est vrai qu'il est étrange ce robot ! Cela dit, j'aime bien sa petite robe rouge.

– Tu es bête… C'est tout ce que tu trouves à dire ?

Reprenant son sérieux, Tom s'efforça d'examiner l'image avec attention en dépit des mouvements de la voiture, qui ne cessait de se balancer au fil des virages malgré tous les efforts d'Axel.

– Je ne vois rien de particulier.

– Je crois savoir où la photo a été prise ! intervint Maria en lui prenant l'image des mains. Oui, c'est près de la place du marché, juste à l'arrière des boutiques qui le bordent. Tu vois Tom : il n'y a pas de fenêtres, seulement des portes, une par boutique.

– Montre voir ! fit Tom en reprenant la photo.

– On est arrivés, signala Axel en immobilisant son véhicule. Je suggère que l'on poursuive cette passionnante discussion dans le jardin.

Tom étouffa une exclamation.

– Qu'y a-t-il ? s'inquiéta Maria.

Sans répondre, il rapprocha lentement l'image de ses yeux, comme s'il cherchait à voir au travers. Axel et Audrey, intrigués, s'étaient retournés sur leurs sièges pour l'observer.

– L'image est trop floue ! s'écria-t-il. Il faut que j'essaye de l'améliorer.

Bondissant hors de la voiture, il se précipita vers la maison sous l'œil indifférent des factionnaires de police. Maria, Axel et Audrey échangèrent un regard étonné et sortirent à leur tour pour le rejoindre. Lorsqu'ils le retrouvèrent, il pianotait fébrilement sur le clavier de l'ordinateur de son bureau tandis que le scanner posé à côté finissait d'émettre une lumière bleutée.

– J'ai un logiciel de restauration d'images, annonça-t-il sans se retourner, je vais en avoir le cœur net…

La photo apparut sur l'écran. Tom définit un cadre autour de la tête du robot, pressa une touche et, l'instant d'après, le casque blanc, très flou, occupait tout l'écran.

– Pourquoi seulement la tête ? s'étonna Audrey.

– Je vais te le dire, souffla Tom tandis que, par petites bandes successives, l'image devenait de plus en plus nette.

Tous regardèrent avec attention, cherchant ce qu'il y avait à voir. Quand le balayage de l'image arriva à la moitié, Tom se figea.

– Mais dis-nous ce que tu vois ! s'impatienta Maria.

– La visière… souffla-t-il d'une voix blanche. La visière…

– Qu'est-ce qu'elle a cette visière ? insista Axel.

– Elle est entrouverte.

Ils regardèrent à nouveau l'image. On voyait que le bas de la visière était décollé de la lèvre du casque.

– Qu'est-ce que ça a de si extraordinaire ? demanda Audrey.

– Ce n'est pas possible.

– Pourquoi donc ?

– La visière du casque d'un robot en mouvement doit rester hermétiquement close. C'est indispensable pour protéger ses délicats capteurs de la poussière, la pluie, les insectes et tout le reste. Un robot ne peut pas bouger avec une visière ouverte, ni même entrebâillée, c'est impossible.

– Ce casque est peut-être défectueux, suggéra Axel.

– En ce cas le robot se serait immobilisé en attendant d'être emporté pour remise en état. Ses capteurs sont très sensibles, très coûteux, et ce sont eux qui guident tous ses mouvements. Si sa visière n'est plus étanche, il se met aussitôt en veille.

– Il doit pourtant y avoir une explication à ce qu'on voit sur la photo ! protesta Maria, qui trouvait que Tom en faisait beaucoup pour pas grand-chose.

– Oui, et je n'en vois qu'une seule : permettre à celui qui est derrière la visière de mieux respirer.

*

Une boule de feu traversant la pièce n'aurait pas provoqué plus de chaos. Chacun interpellait Tom sans se soucier des autres, ni même attendre la fin de ses réponses. Seul Oscar, immobile et en retrait, ne participait pas à l'agitation générale. Tout fut évoqué et envisagé, jusqu'au moment où Tom se jeta sur le scanner pour y reprendre la photo, qu'il scruta à nouveau.

– Ce ne sera pas la peine d'interroger les parents de la fillette, annonça-t-il en relevant la tête. Vous voyez les chiffres en bas à gauche de l'image ? C'est la date de prise de vue. C'est bien celle de l'agression de la jeune touriste et, à en juger par la longueur des ombres, la photo a dû être prise à la même heure.

– L'histoire que Larossay avait imaginée serait conforme à la réalité ? hasarda Axel.

– On dirait bien.

– Mais comment se fait-il que personne n'ait remarqué sur la vidéo que ce casque était entrouvert ? s'étonna Audrey.

– Parce qu'il ne l'était pas ! s'exclama Tom. Si c'était vraiment une mise en scène, elle a été bien faite. Ce n'est que lorsqu'il a été hors champ, au moment de sa fuite, que le type déguisé a entrouvert son casque. Cette photo a été prise dans les coulisses, par accident.

– Tu veux dire que la jeune victime chinoise qu'on voit sur la vidéo jouait aussi la comédie ?

– Bien sûr ! Tout comme celui qui a filmé la scène et qui s'est empressé de la diffuser ! C'était un coup monté pour décrédibiliser notre expérience !

– Un coup monté des Chinois ? s'inquiéta Audrey.

– C'est peu probable, objecta Axel. Si les Chinois étaient derrière cette histoire, ils n'auraient jamais mis un des leurs au premier plan. On peut donc soupçonner tout le monde, sauf eux.

– Mais qui aurait organisé cette comédie ? insista Maria. Qui avait intérêt à saboter l'expérience ?

– Je ne sais pas, maugréa Tom, d'autant qu'on a quand même retrouvé un robot dans cette boutique, qu'il a été examiné, et qu'on a pu voir qu'il n'était pas conforme. Je crains qu'on ne soit en train de se monter la tête et que cette photo n'ait une explication beaucoup plus modeste.

Audrey ne pouvait rien dire de ce qu'elle savait, surtout devant Maria, dont elle ignorait tout des relations avec sa mère. Mais il fallait pourtant qu'elle les oriente dans leurs réflexions.

– Et si le robot défectueux faisait partie de la mise en scène ? suggéra-t-elle.

– Ce serait complètement insensé ! protesta Tom.

– Qu'en sais-tu ?

– Rien n'est plus facile à vérifier. Je vais aller dans l'enceinte de Proteus, utiliser un des postes reliés à Torrey Pines et examiner les rapports d'enquête.

– Tu es sûr de pouvoir accéder à ces informations ?

– Je serais bien surpris du contraire ! fit-il en bondissant de son siège pour quitter la pièce.

*

Posée sur une lande sablonneuse parsemée de hautes herbes inclinées par le vent, l'immense villa californienne de William Hurdley étirait son élégante structure de granit et de bois face à la mer. Bâtie presque à côté de son laboratoire de Torrey Pines, elle était dissimulée au reste du monde par le bois de pins qui l'enserrait comme un large écrin.

Ce soir-là, les invités s'étaient un peu attardés et les derniers venaient de partir. William Hurdley avait pris place dans un des fauteuils de la terrasse pour y goûter la douceur de l'air nocturne. De la plage toute proche, le bruissement régulier des vagues montait jusqu'à lui, comme une lente respiration, quand il sentit son téléphone vibrer. Pour le joindre à une heure pareille, il fallait recourir à un code spécifique, strictement réservé aux appels urgents et importants. Il sortit l'appareil de sa poche, regarda sur l'écran qui pouvait bien l'appeler et prit sans hésiter la communication.

– Monsieur Hurdley ? fit une voix mal assurée.

– Qui voulez-vous que ce soit ?

– Pardon Monsieur, je me suis permis de vous appeler parce qu'ils ont découvert quelque chose.

– Je vous écoute.

– Eh bien… je pensais plutôt vous transmettre le passage vidéo que nous venons d'enregistrer.

– Allez-y !

Il plaça l'appareil devant lui, à l'horizontale, s'assura qu'il était seul sur la terrasse et attendit.

La transmission démarra. Deux hommes et deux femmes, vus de dos, discutaient avec animation. Un des hommes était assis à un bureau, face à l'écran d'un ordinateur. Les trois autres personnages se tenaient debout derrière lui. Mais le son était presque inaudible et Hurdley poussa le haut-parleur au maximum. Il entendit alors distinctement un des hommes qui disait :

– Ce ne sera pas la peine d'interroger les parents de la fillette… Vous voyez les chiffres en bas à gauche de l'image ? C'est la date de prise de vue. C'est bien celle de l'agression de la jeune touriste et, à en juger par la longueur des ombres, la photo a dû être prise à la même heure.

Enregistrée par les caméras d'Oscar, la scène qui venait d'avoir lieu quelques minutes plus tôt de l'autre côté de la Terre défilait sur son écran. Au sein du bâtiment abritant Proteus, dans une des zones restées inaccessibles à Tom et à son équipe, un centre de surveillance contrôlait tous les systèmes de communication de l'île. Sur ordre exprès de Hurdley, il avait la possibilité, que Tom ignorait, de mettre en écoute directe n'importe quel robot. Lorsque la transmission prit fin, Hurdley coupa le haut-parleur et replaça l'appareil contre son oreille.

– Vous avez bien travaillé, dit-il à son correspondant. Tout est prêt pour gérer la suite, mais continuez à me tenir informé de chaque événement important. C'est bien compris ?

– Parfaitement, Monsieur.

En remettant l'appareil dans sa poche, Hurdley ressentit la griserie du joueur d'échecs qui mène une partie à sa guise. Il esquissa un sourire, bascula sa tête en arrière et perdit son regard dans le ciel étoilé.

*

L'après-midi avançait. Installés sous la véranda où leur patience se consumait, Maria, Audrey et Axel commençaient à envisager d'appeler Tom sur son portable, quand ils entendirent le bruit de sa voiture. Lorsqu'il apparut, ils comprirent que les choses ne s'étaient pas passées comme il l'espérait. Il s'effondra dans un fauteuil et posa un œil morne sur les trois visages qui l'observaient.

– J'ai pu accéder au rapport d'expertise, annonça-t-il. Il est strictement conforme à ce que Hurdley m'en avait dit, mais la poursuite des recherches a été confiée à un organisme extérieur dont je n'ai jamais entendu parler.

– Et alors ? s'étonna Axel.

– Alors rien. Je suis sûr que si j'interroge Hurdley, il me dira qu'il a fait ça pour ne pas détourner trop longtemps mes collaborateurs de leurs autres travaux, ou quelque chose de ce genre. Mais il n'empêche qu'après plusieurs mois, ces recherches ne semblent avoir rien donné, ce qui accrédite la thèse du faux robot.

– À moins que Hurdley n'en ait conservé les résultats pour lui seul, hasarda Audrey.

– C'est ridicule ! Pourquoi aurait-il fait ça ?

– Je ne sais pas. Juste une idée.

Troublé, Tom réfléchit avant de répondre d'un ton désabusé :

– Il faudrait vérifier dans les dossiers de Hurdley, mais ils sont inaccessibles.

– Qu'est-ce que tu viens de dire ? s'enflamma Maria.

Il lui jeta un regard effaré.

– Tu n'imagines tout de même pas que tu pourrais pirater les données confidentielles de William Hurdley ? Elles doivent être parmi les mieux protégées au monde. Et je ne peux même pas te faire entrer dans nos murs.

– Ce n'est pas un problème.

– Maria ! Renonce à cette idée !

– Je veux essayer ! Tu vas me faire entrer dans son système informatique.

– Comment ? Moi-même, d'ici, je ne pourrais pas !

– Moi je pourrai ! répliqua-t-elle d'un ton si impérieux qu'il en fut ébranlé.

– Je t'écoute…

Soulagée par cette réponse, elle retrouva son calme.

– Les postes de votre réseau ont quelques accès extérieurs autorisés, n'est-ce pas ?

– Oui, mais très peu.

– Le site du gouvernement des Amarandes doit bien en faire partie ?

– Il me semble.

– Je l'ai piraté. Tu vas y accéder avec un de vos postes pendant une minute, le temps que je remonte la connexion que tu auras établie. Après, je serai dans la place et tu n'auras plus qu'à revenir ici pour m'aider dans mes recherches.

Tom ne dit rien. Axel et Audrey l'interrogèrent du regard.

– Ça peut se faire comme elle le dit, confirma-t-il, mais ce n'est qu'une porte d'entrée.

– Le reste, c'est mon problème, acheva Maria. À moi de cracker assez vite les nœuds du réseau pour en prendre le contrôle et récupérer un maximum de données cryptées avant que mon attaque ne soit détectée.

Tom fut incapable de retenir un sourire. L'intrépidité de Maria n'avait cessé de le fasciner dès le début de leur liaison. C'était une femme de caractère, tout comme Audrey. Mais autant la seconde était subtile et cérébrale, autant Maria était impulsive et sensuelle. Il songea avec amusement que Hurdley, grand amateur de mythologie, les aurait certainement comparées à Minerve et Vénus.

– Et on ferait ça quand ? demanda-t-il.

– Tout de suite.

– Quoi ?

– Pourquoi attendre ? Il n'est pas trop tard aujourd'hui, d'autant que tu as un accès permanent.

– Et quand ton attaque sera détectée ?

– J'espère que j'aurai eu assez de temps pour trouver ce qu'on cherche.

– Tu sais que c'est illégal ? Tu sais aussi que c'est une trahison de ma part envers Hurdley.

– Tes scrupules t'honorent, mais je te rappelle qu'on fait tout ça à cause de lui, de toutes les zones d'ombre de ce personnage qui ne m'inspire plus aucune confiance. Crois-tu encore qu'il en soit digne ?

Tom était écartelé. D'un côté, il y avait Hurdley, dont la duplicité n'était pas encore établie, mais autour de qui les doutes s'accumulaient, et de l'autre, il y avait Maria… Il se leva sans dire un mot et repartit vers sa voiture. Maria n'avait plus qu'à attendre son signal, elle entraîna Axel et Audrey jusqu'au PC du bureau de Tom.

Lorsqu'ils quittèrent la véranda, Oscar s'y tenait immobile, tourné vers eux. Il les suivit alors silencieusement.

*

En voyant Tom revenir à la nuit tombante, le personnel de surveillance de Proteus ne lui posa aucune question. Sitôt arrivé dans la salle de contrôle, il alluma un poste et attendit. Il éprouvait un terrible mélange d'excitation et d'embarras, convaincu que s'il avait pris le temps de réfléchir, il n'aurait jamais fait une chose pareille. Mais il y avait trop de mystère, depuis trop longtemps, autour de ce projet. Hurdley avait caché quelque chose, c'était presque certain maintenant, et il ne s'agissait que de rechercher la vérité... Il se connecta sans difficulté au site des Amarandes, auquel il avait bien accès, et appela Maria. Elle lui confirma presque aussitôt son intrusion. Il pouvait remettre son poste en veille et la rejoindre. Vingt minutes plus tard, il la retrouvait devant son écran, intensément concentrée, les doigts volant sur le clavier. Axel et Audrey, debout derrière elle, l'observaient avec fascination.

– Ah ! Te voilà ! s'écria-t-elle. Viens vite t'asseoir !

Tom saisit une chaise.

– Alors ? souffla-t-il, où en es-tu ?

– Je ne sais pas, c'est très curieux.

– Comment ça ?

– C'est trop facile...

Axel et Audrey, qui ne partageaient pas du tout cette impression, échangèrent un regard amusé.

Depuis le début de l'intervention de Maria, ils ne comprenaient rien à ce qu'ils voyaient sur l'écran, mais Tom ne semblait pas avoir la même difficulté. Ils les virent ainsi tous deux évoluer avec aisance au milieu de fenêtres de texte dispersées dans les coins d'un écran recouvert de phrases et de chiffres incompréhensibles. Parfois, Maria semblait bloquée devant un code d'accès, mais elle ne mettait pas longtemps à le forcer et Tom partageait son étonnement.

– Là ! fit-il en pointant un coin de l'écran. Je pense que c'est dans ce fichier, télécharge-le ! Tu pourrais bien être déjà repérée...

Maria pressa une touche, une barre de téléchargement apparut et commença aussitôt à se remplir, mais lorsqu'elle arriva à la moitié, l'écran s'éteignit et la pièce fut plongée dans l'obscurité.

– Non ! Pas ça ! Pas une coupure de courant ! enragea-t-elle.

– Comment est-ce possible ? fit la voix troublée de Tom.

– Tu crois que c'est eux qui ont fait ça ? s'inquiéta Axel.

– Je ne sais pas, je ne comprends pas comment ils auraient pu.

– Il nous faudrait une lampe de poche, souffla Audrey. Je vais envoyer Oscar chercher…

Mais la lumière revint, interrompant sa phrase et révélant les visages défaits de ses amis devant leur écran noir.

– Ça ne peut pas être une coïncidence, raisonna Tom. Mais comment ont-ils pu faire ça si vite ? Et pourquoi ?

– Comment ça pourquoi ? s'étonna Axel. Ils voulaient couper notre communication, non ?

– Évidemment ! Mais il suffisait de couper la liaison informatique ! C'était bien plus simple et rapide.

– S'ils ont trouvé le temps d'appeler ici pour faire couper l'électricité, ajouta Maria, c'est qu'ils devaient s'y attendre. Hurdley se méfiait. Et toi qui lui faisais encore confiance ! Mais comment a-t-il pu détecter mon attaque aussi vite ?

– Je t'avais dit qu'il était bien protégé, rappela Tom avec amertume.

– Si je comprends bien, raisonna Audrey, ils contrôlent aussi la distribution d'électricité de l'île.

– Au moins la nôtre, nuança Tom.

– Mais qui peut avoir été alerté ici ? Qui nous a coupé l'électricité ? Les mercenaires qui gardent Proteus ?

– Peut-être pas.

– Qui alors ?

– Ça, répondit Tom paisiblement, je pense qu'on va bientôt le savoir. Si vous voulez mon avis, on ne devrait pas tarder à avoir de la visite.

*

Ils songèrent un instant à se cacher, mais l'idée leur parut aussitôt ridicule. Partagés entre l'inquiétude et la curiosité, ils se postèrent à la fenêtre du salon d'où l'on voyait, au bout du jardin, la voiture de police stationnée sur la route. Elle s'éclaira soudain de l'intérieur. Un appel radio avait dû y réveiller les deux factionnaires, mais ils restèrent dans leur véhicule. Enfin, la danse chaotique de multiples phares précéda une colonne de voitures de police qui vinrent s'immobiliser, l'une après l'autre, face à la maison qui s'en trouva illuminée.

– On nous sort le grand jeu ! ironisa Axel qui cherchait à dissimuler son embarras.

Derrière l'aveuglant alignement des phares, on devinait les hommes quittant leurs véhicules pour se rassembler.

– Pourquoi sont-ils aussi nombreux ? s'inquiéta Audrey.

Un silence gêné lui répondit. Tom et Maria se sentaient coupables de l'avoir entraînée dans cette mésaventure alors même qu'elle sortait de l'hôpital.

Plusieurs silhouettes jaillirent du halo des phares et projetèrent leurs ombres démesurées sur la façade de la maison. L'instant d'après, on frappait à la porte. Audrey interdit à Oscar de bouger et Tom alla ouvrir. Il reconnut aussitôt le visage bouffi et les yeux enfoncés de Bernard Mallet, chef de la police de l'île, qui le salua froidement.

– Monsieur Greene, vous imaginez sans doute le motif de ma visite.

– Pas vraiment, répliqua Tom d'un ton hostile.

– Monsieur Greene, des accords ont été passés entre votre pays et le nôtre dans le cadre de la lutte contre la délinquance informatique. Un grave délit vient d'être commis à votre domicile. Nous venons appréhender le responsable.

– Je ne vois pas de quoi vous parlez.

– Monsieur Greene, soyez raisonnable, laissez-moi entrer.

– Pour quoi faire ?

– Pour arrêter Maria Harramond.

– Vous plaisantez ?

– En ai-je l'air ?

– Alors, vous êtes fou !

– Monsieur Greene, pour la dernière fois, je vous demande de me laisser entrer. Nous sommes venus en nombre pour vous dissuader de résister. Il y a une convalescente dans votre maison. Si elle devait être bousculée, vous en seriez seul responsable.

Tom toisa son interlocuteur, qui paraissait déterminé. Avant de lancer son attaque, Maria avait ouvert l'ordinateur avec son mot de passe, c'était sans doute ce qui leur avait permis de l'identifier. Que pouvait-il plaider ? Résigné, il retourna dans le salon avec Mallet. En entrant dans la pièce, le chef de la police salua Axel et Audrey d'un mouvement de tête et se tourna vers Maria.

– Mademoiselle Harramond, je suis contraint de procéder à votre arrestation. Je vous prie de bien vouloir me suivre sans opposer de résistance.

Elle tourna vers lui un regard stupéfait, et éclata de rire.

Impassible, Mallet attendit. En voyant l'expression de son visage, Maria retrouva son sérieux.

– Vous voulez réellement m'arrêter ?

– Pour atteinte à la sûreté de l'État et violation de données informatiques confidentielles. Vous venez d'attaquer l'entreprise qui apporte à notre pays les moyens de son développement. Nous ne pouvons vous laisser en liberté. Une nouvelle fois, je vous prie de me suivre.

– Vous avez des preuves de ce que vous avancez ? intervint Axel.

– Naturellement.

– Lesquelles ?

– Je ne suis pas autorisé à vous répondre.

– Mais c'est n'importe quoi ! s'écria Tom rageusement. Vous êtes ici chez moi ! Maria n'a touché à aucun ordinateur ! Tout ce que vous dites est faux ! Et maintenant, vous allez repartir comme vous êtes venu !

Nullement impressionné, Mallet posa sur Tom un regard indifférent.

– C'est vous qui mentez, Monsieur Greene. Vous n'étiez même pas présent lorsqu'elle a entamé son intrusion.

– Comment le savez-vous ?

– Je le sais, et vous le savez aussi. Mais cela suffit maintenant ! Suivez-moi ! lança-t-il à Maria, où je fais entrer mes hommes !

– Ignorez-vous que Mademoiselle Harramond est la fille de votre Président ? souffla Axel.

– Ignorez-vous que les Amarandes ne sont pas une dictature ? répliqua sèchement Mallet. Ignorez-vous que le Président n'a pas tous les pouvoirs et que sa fille n'est pas au-dessus des lois ?

Profitant du silence embarrassé qui suivit sa réponse, il ajouta d'une voix fielleuse :

– Vous semblez également ignorer que depuis plus d'un an, le véritable dirigeant de ce pays n'est plus Balthazar Harramond.

– Mon père est toujours le chef de l'État ! s'écria Maria avec un air si menaçant que Mallet eut un mouvement de recul.

Tom allait s'interposer, mais elle ne bougea pas.

– Puis-je téléphoner à Robert Larossay ? intervint Audrey.

– Je suis ici sur son ordre, répliqua Mallet, vous perdriez votre temps.

– Puis-je au moins essayer ?

– Monsieur Larossay m'a chargé de vous dire qu'il ne répondrait à aucun d'entre vous tant que Mademoiselle Harramond ne serait pas neutralisée.

– Neutralisée ! s'indigna Tom. Vous voulez la neutraliser en l'enfermant dans une de vos infectes geôles !

– Notre prison est moins infecte que vous ne le dites et je peux vous assurer qu'une cellule VIP l'y attend. Mais pour la dernière fois, ajouta-t-il en se tournant vers Maria, je vous demande de me suivre.

Tous les regards se tournèrent vers elle, la détresse se lisait sur son visage.

– Ne t'en fais pas, glissa-t-elle à Tom avec un pâle sourire, je n'y resterai pas longtemps.

– Non ! s'écria-t-il. Ce n'est pas à toi d'aller en prison, c'est à moi ! C'est moi le coupable ! lança-t-il à Mallet. C'est moi que vous devez arrêter !

– Ce n'est pas l'ordre que j'ai reçu.

– Mais puisque je vous dis que c'est moi ! Puisque j'avoue !

– J'ignore si vous êtes complice ou victime de Mademoiselle Harramond, mais c'est elle que je suis venu chercher.

– Je...

– Tais-toi ! implora Maria. Si tu veux m'aider, tu seras mieux libre qu'en prison !

Il se raidit, la mâchoire et les poings serrés, furieux de son impuissance. Axel et Audrey partageaient son désarroi tandis que Mallet commençait à manifester des signes d'impatience.

– Puis-je emporter quelques effets personnels ? demanda Maria.

– Bien entendu, mais ils seront fouillés.

Elle disparut dans l'escalier, laissant derrière elle un silence de mort. Embarrassé par les regards hostiles qui pesaient sur lui, Mallet se balançait d'une jambe sur l'autre, le nez sur ses chaussures.

Maria redescendit au bout de quelques minutes, un petit sac de voyage à la main. La maison était bouclée par un cordon de police, elle n'aurait rien pu tenter.

– Allons-y ! lança-t-elle bravement.

Tom se jeta sur elle et l'étreignit avec passion.

– Je vais te sortir de là, murmura-t-il. Dès demain !

– Je ne suis pas inquiète, ne t'en fais pas pour moi, je sais très bien que ça va s'arranger.

Il relâcha son étreinte, bouleversé. Maria s'élança dans le couloir et Mallet, surpris, courut pour la rattraper avant qu'elle n'atteigne la porte d'entrée.

Immobiles dans le salon, Axel, Tom et Audrey entendirent des claquements de portières et des bruits de moteur. Le convoi repartait.

– Mais comment ont-ils pu savoir avec autant d'exactitude ce qui s'était passé ici ? s'étonna Audrey.

– Maria a ouvert l'ordinateur avec son mot de passe, expliqua Tom, mais ce n'est pas une preuve très solide. Quoi qu'il en soit, je vais me rendre chez son père. Il ne peut pas laisser faire ça.

– Prépare-toi à un accueil tiède, ironisa Axel.

– Ça m'est égal !

– Et s'il n'était pas encore au courant ? hasarda Audrey. Tout s'est passé si vite. Qui sait si Hurdley s'est donné la peine de le contacter ? Après tout, il n'avait besoin que de Larossay pour faire le sale boulot. C'est toi qui risques de lui annoncer la nouvelle.

Tom parut hésiter un instant, puis il s'élança.

*

Impatient de quitter le salon lui aussi, Axel proposa à Audrey de regagner leur chambre, mais elle préféra sortir. Arrivée sur la terrasse bordant la piscine, elle sentit enfin sa lassitude et s'allongea sur un transat. Axel s'assit à côté d'elle et lui prit la main. Ils discutèrent un long moment en échangeant des gestes tendres. Audrey brûlait d'envie de révéler à Axel ce qu'elle savait, mais cela n'aurait servi qu'à l'inquiéter inutilement et il risquait de provoquer un malheur s'il en parlait. Elle devait porter seule le poids de son secret… Quand Tom revint, il leur parut moins abattu qu'ils ne craignaient.

– Alors ? fit Axel.

– Je ne sais pas, avoua Tom en s'asseyant près d'eux.

– Mais enfin, s'étonna Audrey, ça s'est passé comment ?

– Plutôt bien. Il était au courant, mais ne m'a fait aucun reproche.

– Vraiment ?

– Oui. Tous les torts semblent attribués à Maria. Elle n'aurait fait qu'abuser de ma naïveté.

– C'est étrange, observa Audrey. Et tu l'as détrompé ?

– Non. Il vaut mieux qu'ils continuent de penser que je ne suis pas complice de Maria. Si je passe pour un imbécile, je garderai au moins un pouvoir de négociation auprès de Hurdley et je pourrai aider Balthazar, qui a fort à faire… Quand je l'ai retrouvé, tassé au fond d'un des fauteuils de son salon, il m'a avoué que c'est William Hurdley qui était parvenu à arracher Maria aux griffes de la justice américaine. Ce qu'elle a fait ce soir l'a mis en fureur et il envisage d'exiger son extradition.

– C'est terrible ! s'écria Audrey.

– Oui, mais Balthazar compte l'apaiser. C'est pourquoi il ne s'est pas opposé à l'incarcération provisoire de sa fille. C'est un moindre mal.

– Ce Président n'aurait donc plus aucun pouvoir ? avança Axel.

– Il en a peut-être encore, nuança Audrey, mais moins que Hurdley, qui a su faire de Larossay son homme de main. Je crains que Balthazar ne soit plus qu'un vieux lion dominé par le monstre qu'il a eu l'imprudence de laisser entrer dans son île.

– Tu vois Proteus comme un monstre ? sursauta Tom.

– Comment pourrais-je ? Il vient de me sauver la vie ! C'est Hurdley le monstre. Je n'arrive toujours pas à comprendre ce qu'il cherche, mais je crois qu'il est fou.

– C'est déjà ce que Balthazar pense de nous ! ricana Tom.

– Vraiment ?

– Oui. Quand je lui ai expliqué pourquoi Maria avait agi ainsi, quand je lui ai parlé de la photo, de nos hypothèses et de nos interrogations, il m'a répondu que cette histoire de faux robot et de complot n'était même pas bonne pour les enfants et qu'il était consterné de voir sa fille compromise par ces chimères.

– Sa réaction est compréhensible, observa Axel. Nous avons beaucoup de suppositions, mais guère de preuves.

Audrey se perdait en conjectures. Si Balthazar ignorait tout des intrigues de Hurdley, comment Rachel pouvait-elle en savoir davantage ? À moins qu'il n'ait joué la comédie à Tom ? Mais pourquoi ? D'autant qu'il semblait bien avoir échoué à écarter sa fille du piège de Hurdley, qui les tenait tous deux à sa merci.

– Pour le moment, Maria est notre premier souci, reprit-elle. Demain matin, vous allez retrouver Larossay au Conseil des ministres. Il vaudrait mieux que ça se passe bien entre vous. Si on veut faciliter nos visites et adoucir la détention de Maria en attendant qu'on la libère, il ne faut pas indisposer son geôlier.

– Tu as raison, approuva Tom, mais je ne vois pas pourquoi ça se passerait mal.

– Moi, je vois, soupira Axel. Après l'agression d'Audrey, Larossay m'a assuré qu'il allait faire enfin le nécessaire pour apaiser les tensions dans l'île. Il a même ajouté qu'il y pensait depuis quelque temps. Pour moi, la seule solution serait de suspendre le recyclage des robots, et je vais essayer de l'en convaincre. Mais le connaissant, je ne suis pas sûr qu'il ait eu la même idée. Le débat risque d'être animé.

*

Au petit matin, le soleil n'entrait pas encore dans le grand salon de Larossay. C'était à ses yeux le meilleur moment de la journée pour apprécier toute la finesse de coloris du travail d'Audrey. Mais la nuit était presque aussi propice avec l'éclairage sophistiqué qu'il avait fait installer et qui donnait aux fresques l'allure d'un grand vitrail. Il était si enthousiasmé par la décoration de cette pièce qu'il en avait multiplié les usages. En ne déplaçant que quelques fauteuils, il pouvait maintenant y déployer une table de quarante convives, et c'est aussi là qu'il prenait ses petits-déjeuners, servis depuis peu par un robot attentionné.

L'importance du stock de machines restant à placer lui avait permis d'en obtenir trois pour son usage privé, et il avait congédié tout son personnel humain. Ainsi, lorsqu'il n'accueillait pas de compagnie féminine ou quelques invités, il vivait seul dans sa vaste demeure, entouré de ces discrètes machines. Sa sécurité restait assurée par ses policiers, mais ils ne se tenaient jamais qu'à l'extérieur de la maison.

Cette solitude nouvelle le comblait d'aise. Il n'avait plus à supporter ces gens qui le servaient si mal, qu'il fallait sans cesse reprendre, et qui contrariaient son goût de la solitude. Quelle libération ces merveilleuses machines lui avaient apportée !

Ce matin-là commençait pour lui une grande journée. Tout à l'heure, il allait présenter le plan qu'il préparait depuis plus de deux mois et qui provoquerait une énorme surprise. Dès qu'il serait appliqué, de nombreux problèmes disparaîtraient. Il ne lui restait plus qu'à obtenir le consentement des hésitants et des timorés. Pour cela, il fallait les priver du temps de réfléchir et arracher la validation du projet le matin même, avant le déjeuner traditionnel dont la perspective ne manquerait pas d'accélérer les débats.

Le repas étant prévu chez lui, Larossay donnait ses instructions au robot occupé à lui servir le petit-déjeuner, quand le carillon de la porte d'entrée sonna. Quelques secondes plus tard, un autre robot apparaissait dans le salon, suivi de Bernard Mallet.

– Que se passe-t-il mon cher? questionna Larossay en lui accordant à peine un regard. Vous êtes venu chercher des compliments pour l'arrestation d'hier soir? Je vous les ai déjà adressés par téléphone, me semble-t-il.

– Non Monsieur, ce n'est pas pour ça, fit Mallet d'une voix embarrassée.

Larossay tourna la tête et découvrit le visage défait de son collaborateur.

– Que se passe-t-il?

– C'est Maria Harramond, à la prison…

– Eh bien?

– Elle vient de s'évader.

– Quoi!

– C'est à cause de sa cellule, bredouilla Mallet. Elle n'était pas prête, on n'avait rien prévu. Alors, pour la première nuit, on l'a installée dans une pièce moins protégée d'où elle a pu s'échapper sans difficulté. Mais il était impossible qu'elle le fasse seule, on est venu la chercher de l'extérieur. Personne n'aurait imaginé que ça puisse se produire quelques heures seulement après son arrivée.

– Ils en ont profité! s'emporta Larossay. Ils ont profité du flottement des premières heures et de votre amateurisme pour la faire évader! Vous êtes des incapables! Mais qui a pu faire ça? Qu'est-ce que je vais dire à William Hurdley?

– Si je peux me permettre, elle devra bien réapparaître, et sans doute assez vite.

– C'est possible, mais en attendant… Croyez-vous qu'on puisse dissimuler son évasion? Qui est au courant?

– Vous, moi, le directeur de la prison et le gardien qui a fait la découverte. Je sais que le directeur lui a demandé de se taire, mais il a peut-être pu en parler à un collègue auparavant. Rien n'est assuré.

– Je sais qu'ici rien n'est assuré. On va quand même essayer de ne pas l'ébruiter pendant quelques jours. Après, on avisera. Qui sait? Elle va peut-être faire une erreur. Mettez tous les hommes disponibles sur ses traces. Et si vous la retrouvez, n'hésitez pas à vous défendre, vous êtes armés… Suis-je clair?

– Parfaitement, grimaça Mallet.

– Très bien. En ce cas, si vous n'avez pas d'autre mauvaise nouvelle à m'annoncer, je ne vous retiens pas. Je dois finir de me préparer.

Mallet s'éclipsa, laissant Larossay à sa rêverie. Le coup d'audace de Maria était une chance inespérée. Sa fuite la rendait vulnérable. Si on parvenait à l'éliminer, Balthazar serait anéanti, et la route du pouvoir enfin libre.

*

Dans le petit jardin caché derrière une maison basse, accoudée à une table de bois sur laquelle on venait d'apporter quelques tartines et un bol de café, Maria reprenait des forces. Assis en face d'elle, trois jeunes hommes la dévoraient des yeux. Après la courte nuit qu'elle venait de passer, et qui s'était achevée par son évasion inattendue, elle goûtait le calme retrouvé.

Son arrivée dans la prison ferait partie des souvenirs qu'elle aurait peine à effacer. À sa descente de voiture, elle avait été accueillie par le directeur lui-même, qui l'avait prudemment traitée comme la cliente d'un grand hôtel, s'excusant par avance de l'inconfort qu'il allait devoir lui imposer. Tout en lui expliquant que sa cellule n'était pas prête et qu'elle devrait passer la nuit, sous bonne garde, dans une des chambres de son logement de fonction, il l'avait entraînée dans la cour, puis dans un sombre couloir bordé de cellules. Les prisonniers se mirent alors à faire un vacarme assourdissant, poussant des cris de fauves et frappant leurs grilles avec fureur. Pendant quelques instants, Maria se sentit au bord de la panique. Lorsqu'ils furent enfin ressortis, le directeur hasarda une plaisanterie sur le fait que son arrestation faisait déjà grand bruit. Arrivée dans sa chambre, elle refusa le dîner pourtant très convenable qu'on lui proposait et, s'allongeant sur son lit sans se dévêtir, elle s'efforça de trouver le sommeil.

C'est une heure avant l'aube qu'elle fut brutalement réveillée par une main appliquée sur sa bouche. Paniquée, elle ne saisit rien de ce que murmurait la silhouette penchée sur elle, jusqu'au moment où elle comprit qu'il s'agissait de la faire évader. Elle hésita. Était-ce un piège ? Un moyen de l'abattre en prétextant sa tentative d'évasion ? Mais ce n'était pas assuré et elle ne se serait jamais pardonné d'avoir laissé passer une telle occasion.

À l'extérieur, une longue échelle s'appuyait contre le mur, sous le bord de sa fenêtre, formant une étroite passerelle jusqu'au sommet du mur d'enceinte, situé en contrebas, à cinq ou six mètres de distance. C'était assez impressionnant, mais Maria songea que celui qui l'avait rejointe venait de passer par là et, prudemment, elle entreprit de traverser à son tour. En cette fin de nuit, la vigilance des gardiens s'était relâchée et l'alerte ne fut pas donnée. Arrivée en bas du mur, elle fut poussée dans une voiture où, tout en s'excusant, un homme lui appliqua un bandeau sur les yeux avant qu'ils ne démarrent. Le trajet lui parut interminable et elle eut tout le temps de réfléchir à l'erreur qu'elle venait peut-être de commettre, car plus rien ni personne ne la protégeait.

Quand son véhicule s'immobilisa enfin, on lui ôta son bandeau et elle découvrit un hameau de pêcheurs dans la brume dorée du petit matin. Devant eux se trouvait une petite maison de bois dont la peinture avait disparu depuis longtemps. Ils en franchirent la porte basse, une vieille femme les accueillit et Maria accepta avec reconnaissance le petit-déjeuner qu'elle lui offrait. Elle se retrouva ainsi dans ce jardin, à dévorer ses tartines, face aux trois hommes qui l'avaient escortée sans prononcer plus de deux phrases. Lorsqu'elle eut terminé, elle avait retrouvé un peu d'assurance et, observant ses gardiens, qu'elle trouva plutôt jolis garçons, elle demanda :

– Et maintenant ? Quel est le programme ?

– Ils vont arriver Madame, fit l'un d'eux timidement.

– Qui ça, « ils » ?

– Ils vont vous le dire, Madame.

– Je vois… sourit-elle avec indulgence.

*

Le soleil matinal illuminait la façade du Palais du gouvernement, plaquée de demi-colonnes et surmontée d'une coupole au sommet de laquelle flottait le drapeau des Amarandes. Tom et Axel pénétrèrent dans la pénombre poussiéreuse du hall, saluèrent l'huissier retranché derrière son bureau et gravirent en hâte le grand escalier qui menait à la salle du Conseil. La plupart des ministres s'y trouvaient déjà, regroupés autour d'une petite table dressée dans un angle de la pièce, une tasse de café à la main. L'arrivée des deux amis mit un terme aux conversations et les salutations échangées furent plus formelles encore qu'à l'accoutumée. L'arrestation de Maria embarrassait tout le monde et on ne savait pas trop à qui en attribuer la responsabilité, ni comment y réagir autrement qu'avec prudence.

Balthazar se tenait assis seul à la grande table, ils allèrent le saluer. Voûté, les yeux perdus dans le vague, il leur parut plus vieux que jamais.

Enfin, Larossay arriva, grave mais détendu, et quand il s'approcha de Tom, celui-ci demanda aussitôt :

– Je suppose qu'il est possible de voir Maria à tout moment de la journée ?

– Pas exactement.

– C'est-à-dire ?

– Pendant quelques jours, son isolement est préférable.

Tom fit un énorme effort pour ne pas s'emporter et Axel intervint :

– Pourquoi ça ?

– C'est dans son intérêt, voyez-vous. Nous devons nous montrer un peu sévères à son égard pour éviter qu'elle n'ait davantage d'ennuis.

– Je comprends, mentit Axel, mais tout de même ! Une courte visite ne romprait guère son isolement et elle permettrait à ses proches d'être un peu rassurés.

– Elle va bien, je vous assure, elle va très bien.

– Même sa famille n'est pas autorisée à la voir ?

– Même sa famille, confirma Larossay en jetant un regard vers Balthazar, qui demeura sans réagir.

– Peut-on au moins lui téléphoner ? insista Axel.

– Non, mais vous pouvez lui écrire. Votre lettre lui sera remise sans être ouverte, vous avez ma parole.

Tom et Axel comprirent qu'ils n'obtiendraient rien de plus pour le moment. Il leur faudrait encore attendre, en espérant que leur amie ne soit pas trop éprouvée par sa détention.

*

Maria avait à peine eu le temps de connaître le prénom de ses trois compagnons qu'ils entendirent une voiture approcher. Bondissant de la table où ne restaient que quelques miettes, ils entraînèrent Maria dans la maison, qu'ils traversèrent pour gagner la route. La voiture s'immobilisa, deux hommes en sortirent et Maria eut l'agréable surprise de reconnaître un de ses jeunes cousins, pour qui elle avait la plus vive sympathie.

– Barnabé ! Qu'est-ce que tu fais là ?

– Comme tu vois, je grandis, sourit le jeune homme en s'avançant vers elle pour l'embrasser.

L'autre homme s'approcha d'eux et Barnabé s'effaça. Sa grande taille et la puissante musculature qui gonflait sa chemise impressionnèrent Maria. La peau très sombre, le regard dur, il respirait la force et l'autorité.

– Maria, je te présente Victor, notre chef ! claironna Barnabé.

– Mademoiselle Harramond, fit l'homme en la saluant d'un hochement de tête.

– Monsieur Victor, répondit-elle amusée.

– Entrons, voulez-vous ? commanda-t-il en désignant la maison dont elle venait de sortir.

Dès qu'ils y pénétrèrent, la femme qui s'activait à l'intérieur s'éclipsa vers son jardin. Ils s'assirent sur trois des chaises paillées qui, avec une table de grosses planches et un lit défait constituaient l'essentiel du mobilier.

– Notre rencontre est imprévue, n'est-ce pas ? commença Victor.

– J'en suis bien d'accord, répliqua Maria. Je ne pensais pas aller en prison cette nuit, ni en ressortir aussi vite. Pourquoi avez-vous fait ça ?

– Pour le cas où vous pourriez nous aider.

– Mais encore ?

– Mademoiselle Harramond, jusqu'à hier soir, parmi les élites de ce pays, nous n'avions aucun allié possible. Votre père a prouvé son indifférence en laissant Robert Larossay agir à sa guise, et tous les autres ont suivi son exemple. Quant à vous, lorsque vous êtes allée avec ce Tom Greene, vous avez montré quel camp vous choisissiez.

Maria ne répondit rien. Elle connaissait trop bien cette piètre image que la plupart des gens avaient de sa liaison avec Tom. Mais elle était au-dessus de leurs médisances et, bien décidée à le montrer, elle continua d'affronter le regard de son interlocuteur.

– C'est alors, reprit Victor, que nous est parvenue la nouvelle de votre arrestation, et de son motif. La surprise a été immense, y compris chez les responsables de la prison, qui ne s'attendaient pas à vous recevoir. Alors, quand un des gardiens nous a appris où vous seriez enfermée la première nuit, nous avons pu préparer votre évasion en quelques heures. Mais il n'aurait pas fallu la remettre au lendemain.

Maria savait que l'île n'était pas grande et que les nouvelles y circulaient vite, mais tout de même… L'homme assis en face d'elle avait de bons informateurs, au sein même de l'entourage de Mallet et de Larossay.

– Comme vous le voyez, reprit Victor, nous avons été contraints d'agir dans la précipitation, et je n'aime pas ça. Sachez-le, je soupçonne que tout cela n'est qu'une mise en scène destinée à vous permettre de nous infiltrer.

– Charmant ! s'écria-t-elle. Je vois que vous continuez d'entretenir une belle image de moi.

– Votre cousin et quelques autres pensent que j'ai tort de me méfier, mais je ne veux prendre aucun risque, surtout maintenant. Alors je vais vous révéler ce que nous préparons pour savoir si vous accepteriez de nous soutenir ensuite. Mais quelle que soit votre réponse, vous resterez ici jusqu'à demain matin, sous la garde des trois hommes qui vous ont accompagnée, et sans aucune communication avec l'extérieur.

– Autrement dit, je suis votre prisonnière.

– D'une certaine façon, mais pas pour longtemps.

– Et pourquoi seulement jusqu'à demain matin ?

– Parce qu'après, ça n'aura plus d'importance. Nous aurons fait ce qu'il fallait.

– C'est-à-dire ?

– Ce soir, l'ordinateur qui commande tous les robots, nous allons le détruire.

*

Soucieux de se débarrasser de l'intervention d'Axel, Larossay lui avait tout de suite donné la parole et s'était bien gardé d'intervenir pendant son exposé. L'auditoire n'avait pas paru insensible aux arguments invoqués : les habitants de l'île avaient une aptitude à créer des troubles dont les robots ne disposaient pas. S'il fallait choisir entre la modernisation et la paix sociale, mieux valait réfléchir aux conséquences avant de commettre l'irréparable. L'aggravation des tensions sociales dans l'archipel en inquiétait d'ailleurs plus d'un et Axel sentit qu'il touchait là un point sensible qu'il exploita pour conclure sa démonstration. Impassible, Larossay posa sur lui un regard ennuyé et déclara :

– Je suis consterné par votre manque d'imagination.

– Que voulez-vous dire ?

– J'ai l'impression que si c'étaient des tracteurs dont William Hurdley nous avait offert l'exclusivité mondiale, vous me proposeriez de les laisser au garage afin que nos paysans puissent continuer de gratter la terre avec leurs mains et un bâton.

– Monsieur Larossay, répliqua sèchement Axel, il ne s'agit pas ici d'aider des paysans à produire plus, il s'agit de les remplacer !

– Eh bien quoi ? Ils n'auront qu'à faire autre chose ! Vous n'allez pas aussi nous suggérer d'en revenir aux porteurs d'eau pour créer des emplois ? Quant aux problèmes sociaux provoqués par cette transition, croyez-vous qu'ils m'échappent ?

– Mais vous ne voyez donc pas que depuis le départ des touristes…

– Non ! s'emporta Larossay. Ça suffit ! Je ne supporte plus cette façon blessante de considérer qu'un pays comme le nôtre n'est bon qu'à accueillir des vacanciers ! Nos robots sont des outils beaucoup plus avancés que vous ne voulez l'admettre, nous avons le droit d'en tirer profit et vous ne pouvez pas nous cantonner au rôle de bons sauvages !

– Ce n'est pas du tout ce que je voulais dire ! se défendit Axel décontenancé.

– C'était quoi alors ?

– Vous ne pouvez pas brûler les étapes à ce point.

– C'est tout ce que vous avez à dire ?

– Je suis aussi sociologue, je suis donc plus conscient que vous de certains problèmes que vous vous obstinez à négliger, ou à traiter par la seule répression.

– Eh bien, vous vous trompez, Professeur, et je vais vous le prouver ! J'ai trouvé le moyen de régler une bonne fois pour toutes les problèmes de chômage et d'insécurité dans notre île.

*

Pendant un court instant, Maria se demanda si son interlocuteur disposait de toute sa raison. Elle se tourna vers Barnabé, qui lui avait toujours paru être un garçon équilibré, mais elle ne lui trouva rien de changé.

– C'est impossible, lâcha-t-elle enfin. Cet ordinateur est dans une forteresse gardée par des hommes armés, vous allez vous faire massacrer.

– Il y aura sans doute quelques morts, grimaça Victor, le moins possible, j'espère.

– Mais enfin… comment comptez-vous vous y prendre ?

– Nous avons pu nous procurer quelques armes à feu et une bonne quantité d'explosifs. Un des gardiens de ce bâtiment fréquente une fille qui est des nôtres et qui lui a soutiré toutes les informations qui nous étaient nécessaires. Il y aura des dégâts matériels importants, mais en profitant de la violence des explosions et de l'effet de surprise, nous devrions avoir très peu de pertes.

– Et les gardes à l'intérieur ? s'affola Maria.

Victor la dévisagea avec méfiance.

– Qu'est-ce que vous attendez comme réponse, Mademoiselle Harramond ? Certains de ces hommes vivent ici depuis plus d'un an, ils savent tout le mal que nous fait cette machine, mais ils se moquent de la voir prendre notre travail, parce qu'à eux, elle en donne ! Ils ont fait un choix égoïste, je ne peux rien pour eux.

– Pourquoi ne pas attendre encore un peu ? implora Maria. Je connais bien l'homme qui essaye d'arranger les choses, le Professeur Woodstone. Il n'est jamais à court d'idées. Ce massacre est inutile, il va trouver des solutions. Vous devez lui laisser du temps.

– Nous ne pouvons plus attendre ! s'emporta Victor, parce que Robert Larossay l'a déjà trouvée, la solution.

– Comment ça ?

– Je vais donc devoir vous apprendre ce qui se passe dans votre propre camp.

– Je ne suis pas dans le camp de Robert Larossay !

– Peut-être, mais vous êtes plus proche de lui que moi.

– Où voulez-vous en venir ?

Victor se raidit. Il n'avait pas l'habitude d'être ainsi rudoyé par une femme. Il observa Maria, impressionné par son audace, et il dut reconnaître qu'elle était vraiment très belle…

– Mademoiselle Harramond, fit-il d'une voix radoucie, Robert Larossay a préparé en secret un projet qui devrait être rendu public demain après avoir été validé en Conseil des ministres aujourd'hui. Nous savons cela de source sûre, car il n'a pas pu y travailler seul et nous avons bénéficié de plusieurs fuites.

– Puis-je vous demander une faveur ?

– Oui ?

– Pourriez-vous cesser de m'appeler Mademoiselle Harramond ? Maria devrait suffire.

– Si vous voulez… Maria.

– Merci. En quoi consiste-t-il, ce projet ?

*

– Ce projet consiste à mettre un terme définitif au conflit entre les hommes et les machines dans notre île, annonça Larossay.

En entendant cela, Tom et Axel échangèrent un regard inquiet. Ce préambule théâtral n'annonçait sans doute rien de bon.

– Notre prison est surpeuplée, reprit-il, les violences se multiplient, les chômeurs qui échouent à se reclasser deviennent de plus en plus turbulents. Ma police, pourtant nombreuse, est débordée et a même fait l'objet d'agressions. Alors je vais adopter la même solution que partout ailleurs dans le monde… Vous croyez que nos concurrents mettent leurs machines au placard quand elles entraînent des changements ? Vous croyez qu'ils arrêtent de les perfectionner ? Non, ils se contentent d'isoler les inadaptés et les individus dangereux, souvent les mêmes, et ils s'en protègent. D'un pays à l'autre il y a des variantes, mais tout le monde fait la même chose : de l'Inde aux États-Unis, il y a des quartiers protégés et des quartiers dangereux. Mais les Amarandes ont sur tous ces pays un très grand avantage : notre archipel compte une centaine d'îles, dont la plupart sont inhabitées. Or, pour des raisons techniques, les robots sont confinés dans celle-ci où, semble-t-il, il n'y aurait plus assez de place pour tout le monde. Est-ce que vous voyez où je veux en venir ?

– Vous n'allez tout de même pas…

– Mais si ! Bien sûr que si ! Vous devriez être content, Professeur, vous allez les avoir vos réserves de sauvages !

– C'est monstrueux ! explosa Axel. Vous allez chasser de leur île tous ceux dont les robots auront pris le travail ?

– Je ne les chasse pas, répliqua Larossay d'un ton glacial, je les abrite de la concurrence des robots. Ce n'est pas ce que vous vouliez ?

– Vous êtes fou ! Cette île est de loin la plus grande et la plus habitable de tout l'archipel ! Comment vont-ils survivre ? Et c'est ici qu'ils sont nés, c'est ici qu'est leur maison, leur famille…

– Mais plus leur travail ! Quoi qu'il en soit, rassurez-vous, je n'ai pas l'intention de les isoler ni de les affamer. S'ils veulent emmener leur famille, ils le pourront. S'ils ne parviennent pas à l'autosuffisance alimentaire, nous leur assurerons le complément. Personne ne souffrira de la faim. C'est la richesse dégagée par le travail des robots qui nous en donnera les moyens, ces robots dont vous prétendez nous interdire l'usage.

– Vous ne pouvez pas faire ça ! protesta Axel.

– Décidément, nous n'avons rien le droit de faire selon vous. Non seulement nous ne pouvons pas nous moderniser, mais nous ne pouvons pas non plus décider des mouvements de population à l'intérieur de notre propre pays. C'est au nom de votre expertise dans ce domaine que vous prétendez nous régenter ?

– Il ne s'agit pas de ça ! C'est de la déportation que vous voulez faire !

– Assez de grands mots ! rugit Larossay. Ces gens auront au contraire tous les choix ! Ils seront libres ! S'ils ne trouvent pas de travail dans cette île, et s'ils ne veulent pas en habiter une autre, il leur restera le monde entier !

*

– Mais il va vider l'île de ses habitants ! s'écria Maria. C'est insensé !

– C'est pourtant bien ce qu'il compte faire, assura Victor.

– Vous en êtes sûr ?

Au regard de Victor, elle comprit qu'il en était sûr.

– Comment Larossay a-t-il pu avoir une idée pareille ? se lamenta-t-elle. Je suis sûre qu'il ne sait même pas combien de personnes seraient concernées.

– Il considère que ça va vider les prisons et réduire les besoins en policiers, que l'île va enfin s'apaiser et que les touristes finiront même par revenir.

– S'il réduit le nombre de policiers, il faudra que ceux qui restent expulsent leurs collègues licenciés. Il ne comprend donc pas que ça va très mal se passer ?

– Si, il le comprend très bien.

– Alors ?

– Alors il s'est préparé aux pires émeutes. Sa police est déjà mobilisée, équipée et prête au choc.

Maria eut un frisson.

– Vous comprenez maintenant pourquoi nous ne pouvons plus attendre. Il faut détruire cette machine avant demain ! Et cessez de croire que je veux multiplier les morts. Vous voyez bien que j'essaye au contraire d'en limiter le nombre.

– Oui, c'est sûrement très habile, persifla Maria. Vous allez substituer un massacre inutile à un autre.

– Mais enfin…

– Non ! Je refuse de vous soutenir en quoi que ce soit dans cette entreprise ! Ne comptez pas sur mon aide si vous faites ça. Je ne suis pas infirmière, ni fossoyeur.

Victor se leva d'un bond et sa chaise roula sur le sol de terre battue.

– J'ai assez perdu de temps ! lança-t-il à Barnabé. Allons-nous-en !

– Attends un instant ! fit le cousin de Maria, qui ajouta, en se tournant vers elle :

– Dis-nous ce que tu ferais à notre place.

Victor s'arrêta net et regarda Maria avec hostilité.

Désemparée, elle comprit qui si Victor quittait la pièce, il disparaîtrait avec Barnabé pour commettre l'irréparable.

– Est-ce que vous continuez d'endommager des robots ? improvisa-t-elle.

– Pourquoi cette question ? grommela Victor.

– Répondez-moi !

– À l'occasion.

– Pourquoi pas davantage ?

– Parce que ça ne sert à rien ! Ils sont presque aussitôt remplacés et les peines encourues pour ce genre d'action sont de plus en plus lourdes. Nous y avons donc renoncé, sauf quand il n'y a aucun risque.

– Et les bornes émettrices ?

– C'est pire encore ! Elles sont moins fragiles, mieux protégées et réparées tout aussi vite. Où voulez-vous en venir ? Vous voyez bien que la seule solution est de détruire l'ordinateur !

Maria le fixa d'un regard intense et prononça avec lenteur :

– Et si William Hurdley avait la possibilité de remplacer cet ordinateur ?

– C'est impossible ! s'écria Victor épouvanté. Ce matériel est bien trop coûteux !

– Qu'en savez-vous ? S'il a assez d'argent pour remplacer aussi facilement ses robots, qui vous dit qu'il n'a pas de quoi financer un ordinateur de rechange ?

Décontenancé, Victor regarda autour de lui, alla jusqu'à sa chaise qu'il empoigna d'un geste vif, et retourna s'asseoir face à Maria.

– Vous croyez vraiment que ce serait possible ?

– Mais oui ! Cet homme nous a caché tellement de choses. Pourquoi pas celle-ci ? Je crois qu'il en serait tout à fait capable.

– Nous ne le laisserons jamais installer un second ordinateur ! S'il s'y hasarde, son matériel sera détruit dès son débarquement !

– Vous êtes nombreux ?

– Peu importe ! Jamais nous ne céderons !

– Il y a peut-être une autre solution.

– Ah oui, laquelle ?

– Je crois que ce n'est pas l'ordinateur le problème, ni les robots. C'est l'usage qu'on en fait.

– En voilà une découverte ! ricana Victor.

– Le vrai problème, c'est Larossay.

– Parce que vous imaginez qu'on n'y avait pas pensé ? Mais si ce William Hurdley peut aller jusqu'à remplacer son ordinateur, quel mal aura-t-il à remplacer Larossay comme un vulgaire robot ? Il en trouvera autant qu'il veut, des Larossay !

– Je ne suis pas d'accord ! Il ne trouvera pas si facilement un autre pantin et il ne pourra pas non plus diriger l'île à lui tout seul. Il y a quand même un droit international ! N'importe quel milliardaire ne peut pas privatiser un petit pays sous prétexte qu'il en a les moyens ! Il ne peut le faire que de façon indirecte, en s'appuyant sur un dirigeant local. Il a donc besoin d'un Larossay.

– Et vous croyez que le nôtre est irremplaçable ?

– Non, Hurdley pourra toujours lui trouver un successeur. Mais si la place est prise entre-temps, ça va beaucoup lui compliquer les choses. Si mon père se décidait à reprendre la place qui lui revient, s'il tenait tête à Hurdley, ce dernier serait contraint de négocier.

– Ou de le faire tuer...

Maria sursauta, électrisée.

– Peut-être ! Mais ce n'est pas une raison pour renoncer, et au moins, ce n'est pas nous qui aurons du sang sur les mains !

– Si votre père était disposé à ça, vous ne croyez pas qu'il l'aurait fait depuis longtemps ? Qu'est-ce qui l'en empêchait ?

Blessée par le rappel de ce reproche qu'elle partageait, et qui l'avait peu à peu éloignée de son père, qu'elle ne voyait presque plus, Maria baissa tristement la tête.

– Je mesure aussi mes propres limites, ajouta Victor. Si je peux organiser un coup de force, je ne crois pas que je saurais pour autant diriger un État, même petit comme le nôtre, surtout en un moment pareil. Mais qui aurait assez de prestige, de compétences et de courage pour succéder sans délai à votre père ?

Maria releva les yeux et découvrit avec stupeur le regard extatique que Barnabé posait sur elle.

– Moi ? Vous êtes complètement fous !

Ballottée au gré d'événement dont le cours précipité lui échappait, Maria commençait à perdre pied. La sortir de prison pour lui offrir un choix de massacres avant de lui suggérer de succéder à son père, c'était un peu trop en quelques heures.

– Vous voudriez chasser Larossay et contraindre mon père à suivre mes instructions ? Et je ferai quoi ? Je ferai démonter l'ordinateur et rembarquer les robots ? C'est ça votre programme ?

– Pas nécessairement. Il y a ce professeur dont vous parliez tout à l'heure. Il aura peut-être autre chose à proposer.

Victor marquait des points aux yeux de Maria. Non seulement il n'était pas imbu de lui-même, mais il avait l'esprit aiguisé. Il n'aurait pas fait un aussi mauvais Président qu'il le pensait... Mais la question était prématurée. Larossay s'apprêtait à provoquer une guerre civile pour se débarrasser des chômeurs et vider la prison. Il fallait réagir très vite et elle, Maria, était la seule alternative. Si elle parvenait à arracher son père à sa torpeur pour s'appuyer sur lui, elle évincerait Larossay et la paix civile serait préservée.

– Comment pourrait-on s'y prendre avec Larossay ? demanda-t-elle.

– Je ne comprends pas votre question.

– Eh bien, pour le neutraliser.

Victor posa sur elle un regard consterné.

– Vous avez une suggestion originale à nous faire ?

Elle comprit aussitôt.

– Vous n'allez tout de même pas le tuer ?

– Maria ! C'est une question d'heures maintenant ! Croyez-vous qu'il va partir de lui-même, alors qu'il pense tenir enfin la solution à tous ses problèmes ? Croyez-vous qu'il va se laisser renverser alors qu'il tient toute la police et qu'il s'appuie sur William Hurdley ? Croyez-vous qu'on va vous suivre alors que vous venez de vous évader de prison et que vous n'avez jamais été aussi vulnérable ? Que pouvez-vous espérer s'il reste en vie ?

– Ce serait un meurtre ! s'indigna-t-elle. Je ne vais pas accéder au pouvoir par un meurtre !

– Assez ! tonna Victor en abattant ses deux poings sur la table qui tressauta plaintivement. Votre angélisme de petite fille riche est intolérable en un moment pareil ! Si vous ne voulez rien faire, nous nous passerons de vous et nous détruirons l'ordinateur cette nuit, comme prévu ! Mais n'imaginez pas que vos jolies petites mains vont rester sans tache ! Que vous le vouliez ou non, en épargnant Larossay, vous porterez la responsabilité des morts de cette nuit, qui valent mieux que lui !

– C'est du chantage ! s'emporta Maria.

– Non ! C'est une décision politique à laquelle vous ne pouvez vous dérober. Même en refusant de décider, vous faites un choix.

– C'est ignoble ! C'est ignoble...

Maria était à bout de force, à bout de résistance, au bord d'une crise de larmes. Elle se ressaisit dans un suprême effort.

– D'accord, lâcha-t-elle d'une voix mourante, éliminez Larossay puisqu'il vous faut absolument tuer quelqu'un.

– Maria, vous êtes aveugle et injuste, fit Victor radouci. Si vous n'étiez pas aussi abattue, vous comprendriez que nous n'avons pas le choix. Croyez-vous vraiment que Barnabé et moi soyons assoiffés de sang ?

Maria les regarda, ses yeux la brûlaient. Ils ne semblaient, en vérité, méchants ni l'un ni l'autre. Mais la folie du monde les avait rattrapés.

Ils se levèrent pour partir, elle s'affola.

– Attendez ! J'ai le droit de savoir ! Je veux savoir !

– Savoir quoi ?

– Je veux savoir quand et comment Larossay va mourir. Je veux assumer pleinement cet acte puisque j'en partage la responsabilité.

Surpris d'une telle demande, qui réveilla aussitôt sa méfiance, Victor ne put contenir sa réaction.

– Ce ne serait pas plutôt pour en informer vos amis et nous faire échouer ?

– Comment peux-tu imaginer une chose pareille ? s'indigna Barnabé.

– Ne blâme pas sa prudence, l'apaisa Maria. Il ne me connaît pas et l'enjeu est trop important pour qu'il prenne le moindre risque. Mais je vous rappelle, dit-elle en se tournant vers Victor, que vous avez prévu de me laisser sous la garde de vos hommes. Je ne pourrai donc contacter personne.

– Soit. Barnabé reviendra vous dire ce que nous aurons décidé. Comme pour votre évasion, nous allons devoir improviser.

*

À l'instant où Larossay évoqua l'émigration comme ultime solution aux problèmes de l'archipel, Axel comprit que sa mission allait prendre fin et qu'elle se solderait par un échec total. Alors, dans un combat désespéré, il essaya, deux heures durant, de faire renoncer Larossay à son projet. Mais ce dernier, qui s'attendait à sa résistance, avait préparé une batterie d'arguments qu'il employait l'un après l'autre comme autant de projectiles pour mettre à bas sa crédibilité. N'ayant plus rien à perdre, conscient que le divorce entre eux était consommé, Axel, l'esprit survolté, lui tenait tête et ripostait avec la même véhémence. L'assistance médusée observait le combat furieux des deux hommes, gesticulant dans leurs fauteuils, heureusement séparés par une grande table. Conscients l'un comme l'autre de l'enjeu de cette bataille, qui serait la dernière à les opposer, ils y employaient toute leur énergie.

– Vous êtes un homme du passé ! tonna Larossay. Retournez donc à vos vieilles théories poussiéreuses et laissez-nous gérer le présent et l'avenir !

– C'est vous l'homme du passé ! riposta Axel. Avec votre cerveau préhistorique, vous gérez ces robots comme un enfant jouerait avec un revolver chargé ! Cette technologie implique des changements qui vous dépassent complètement ! Vous allez droit à la mort !

– Ça suffit ! explosa Larossay en se levant d'un bond comme s'il allait sauter par-dessus la table et étrangler son adversaire. Je ne supporte plus de vous voir agiter sans cesse de nouveaux épouvantails pour paralyser nos décisions !

Debout, les mains appuyées sur la table, le buste penché en avant, la chemise trempée de sueur, Larossay plongeait dans les yeux d'Axel un regard meurtrier. Ce dernier ne bougea pas, attendant de voir ce qui allait se passer.

Un silence de plomb s'abattit autour de l'immense table. Personne n'osa faire le moindre bruit et, dans leur immobilité, les deux combattants sentirent peu à peu leurs nerfs se relâcher. La lassitude les menaçait, et le premier à y céder aurait perdu. Larossay perçut ce danger et, lentement, il se rassit.

– Pour la dernière fois, reprit-il d'un ton radouci qui soulagea l'assistance, mon plan n'a rien d'original. Les autres pays font la même chose et ça se passe très bien. Tout ce que je propose, c'est de faire un peu mieux grâce à notre géographie particulière. Plutôt que de hérisser cette île de murs, de grillages et de barbelés pour protéger les zones résidentielles, plutôt que d'entretenir toujours plus de vigiles et de policiers pour surveiller et tenir à l'écart les populations dangereuses, je propose que chacun vive chez soi, entouré d'eau. Ceux qui se seront adaptés aux robots resteront avec eux, et les autres iront voir ailleurs. C'est simple et pacifique. Il suffira de bien communiquer là-dessus au lieu de jeter de l'huile sur le feu comme vous le faites, d'expliquer que c'est une seconde chance qui s'offre à nos chômeurs, aux petits délinquants et à tous ceux que le monde moderne rebute. C'est une nouvelle frontière qui va s'ouvrir à eux.

– J'apprécie beaucoup votre lyrisme, ironisa Axel sur le même ton paisible. À vous écouter, on finirait par croire que les chômeurs d'un bidonville sont d'heureux vacanciers dans un grand camping ensoleillé.

– Toujours cette dérision à tout propos ! grinça Larossay en balayant des yeux l'assistance pour y chercher une approbation.

La plupart des visages reflétaient néanmoins l'embarras, sauf celui de Balthazar, plus fermé que jamais. Quant à Tom, le regard perdu dans le vague, il était consterné que le conflit larvé entre Axel et Larossay ait éclaté au pire moment. Il n'en voulait pas à son ami, dont il admirait la formidable pugnacité, mais pour aider Maria, il ne fallait plus compter sur lui auprès de Larossay.

Axel, resté aux aguets, perçut aussitôt le flottement dans l'attitude de son adversaire. Il se prit alors à espérer le voir perdre pied, vaincu le premier par la fatigue, et il enchaîna sans attendre.

– Ce ne serait pas plus simple de laisser à ces hommes leur travail et leur dignité, de renoncer à les remplacer par des machines, plutôt que d'en faire des assistés sur un îlot perdu pour le restant de leurs jours ?

– S'ils restent des assistés c'est qu'ils le veulent bien ! riposta Larossay électrisé par l'obstination d'Axel. Quant à leur dignité, vous me faites rire ! Vous voulez que je laisse à ces hommes un travail qu'une machine peut faire ? Vous voulez les rabaisser au niveau d'une machine ? Où est votre respect de leur dignité dans tout cela ?

– Je ne les abaisse pas au niveau de la machine ! C'est la machine qui s'est élevée à leur niveau !

– Et alors ? Ils n'ont qu'à s'élever eux aussi. Si une machine y parvient, pourquoi pas eux ? Je leur propose toutes sortes de formations pour devenir plus qualifiés. Mais si certains d'entre eux sont trop paresseux ou trop bêtes, qu'est-ce que j'y peux ?

Axel comprit que les provocations de Larossay n'étaient destinées qu'à le mettre en fureur et à l'épuiser. Il prit une grande inspiration et chercha au fond de lui le peu de sérénité qui y restait.

– Monsieur Larossay, murmura-t-il presque. Vous savez très bien qu'il n'y a pas assez de postes qualifiés disponibles pour tous ceux qui pourraient s'y former.

Larossay marqua un silence, Axel espéra à nouveau, mais il fut anéanti par sa réponse.

– Je partage votre avis, Professeur… Et maintenant que c'est dit, qu'est-ce que ça change ? Vous n'avez aucune alternative crédible à nous proposer. Depuis le début, tout ce que vous suggérez, c'est de retourner vivre comme dans le passé. J'en attendais un peu plus de la part d'un universitaire bardé de diplômes tel que vous.

Axel était contraint d'admettre la justesse de l'argument. C'est vrai qu'il n'avait rien trouvé à opposer au projet de Larossay, qui n'était nullement révolutionnaire. L'assistance, rassurée, finit par le comprendre. De surcroît, l'heure avançait et chacun commençait à ressentir l'agréable tiraillement d'une petite faim. Il allait falloir conclure, Larossay triomphait.

– Messieurs, s'exclama-t-il presque joyeux, si personne n'a plus rien à ajouter, je propose que nous arrêtions maintenant notre décision.

Effondré, Axel regardait sans les voir les papiers et le crayon posés devant lui. Dès qu'Audrey serait remise de sa blessure, ils quitteraient cette île pour toujours. Quand une idée lui traversa l'esprit.

– Attendez ! s'écria-t-il. J'ai encore quelque chose à dire ! Je suis d'accord avec votre idée de transfert dans les îles, mais je voudrais en proposer une variante.

Avec un sourire de pitié pour son adversaire vaincu qui cherchait à sauver la face, Larossay lui céda la parole d'un geste impérial.

*

Assise sur le tronc d'un palmier mort couché sur le sable, Maria regardait la mer. Ses trois anges gardiens, installés à ses pieds, l'écoutaient raconter l'histoire des innombrables navigateurs qui avaient sillonné cet océan au fil des âges. Plus fascinés encore par sa beauté que par son récit, ils en oubliaient, dans cet instant de grâce, la folie meurtrière qui ravageait le monde jusque dans leur île. Protégés de l'ardeur du soleil par un grand banian qui s'étendait jusqu'à eux, ils virent Barnabé accourir dans leur direction.

– Ah ! Vous étiez cachés là ! lança-t-il essoufflé. Maria, j'ai des choses à te dire…

Elle se leva d'un bond pour le rejoindre à quelque distance des trois garçons, consternés par cette interruption.

– Alors ? demanda-t-elle.

– C'est réglé ! Personne ne prendra de risque, et seul Larossay sera tué, ce soir même.

– Comment allez-vous faire ?

– Eh bien, au début, on a réfléchi à tous les endroits où on pourrait lui tendre une embuscade. Le problème, c'est qu'il est toujours escorté. Il aurait pu s'en tirer. Alors on va piéger sa maison, et on sait comment s'y prendre. Il a licencié tout son personnel pour le remplacer par des robots. Un de ses anciens domestiques nous a renseignés. Dans une heure, la bombe sera en place, parfaitement dissimulée.

– Et s'il n'est pas seul quand elle explose ?

– Il le sera, ne t'inquiète pas, son domestique connaît bien ses habitudes. Chaque soir qui suit un Conseil des ministres, il s'enferme dans son salon pour écouter un opéra, et il est toujours seul. Depuis des années, il n'a jamais fait autrement. Il est très maniaque. Alors ce soir, dans son salon, à 21 heures précises, il mourra, seul.

– Mais sa maison est gardée ! On ne peut pas y entrer comme ça, une bombe sous le bras, et ressortir tranquillement.

Barnabé eut un sourire narquois.

– Notre homme connaît les habitudes des policiers qui surveillent la maison. Il y a un côté du jardin par lequel il pourra passer sans se faire voir, et les portes-fenêtres ne sont jamais verrouillées dans la journée.

– Mais dans la maison, il y a des robots maintenant !

– Et alors ? Ils n'ont pas de fonction de surveillance. Ils seront indifférents à leur visiteur qui pourra placer sa bombe dans le placard du salon aussi facilement que s'il venait livrer des fleurs.

– Dans un placard ? frémit Maria. Mais si ça ne le tue pas ? Si ça ne fait que le blesser affreusement ?

– Ne t'inquiète pas. Puisqu'on a le matériel, on va mettre une bombe qui ne laissera pas grand-chose de sa maison. Il ne souffrira pas.

*

Dès qu'il eut redonné la parole à Axel, Larossay comprit qu'il avait fait une erreur. Le conseil n'avait déjà que trop duré. Tout le monde était maintenant d'accord sur le projet, même ce maudit professeur. Pourquoi avoir accepté de le laisser encore parler ? N'allait-il pas essayer à nouveau de jeter la confusion dans les esprits par ses raisonnements spécieux alors que tous ne songeaient plus qu'à aller déjeuner ? S'il ne se décidait pas à être bref, il faudrait se résoudre à le faire taire.

– À bien y réfléchir, commença Axel, cette idée de séparer les hommes des robots me paraît intéressante. Toutefois, je continue d'en attendre les pires conséquences sociales, aussi bien pour aujourd'hui que pour demain, mais je n'y reviendrai pas. Alors, je viens d'imaginer ce qui serait peut-être la quadrature du cercle. Une solution qui n'aboutirait ni à dresser les hommes contre les robots et leurs promoteurs, ni à laisser ces machines prendre la poussière dans un hangar…

En dépit de l'heure et de la lassitude générale, Axel parvint à capter à nouveau l'attention et Larossay attendit la suite avec une légère appréhension.

– Puisqu'il n'y a plus assez de place sur cette île pour tout le monde, il faut bien que certains s'en aillent. Je vous propose en ce cas d'adopter la solution la plus facile et la plus sûre : faisons partir ceux qui ne protesteront pas violemment contre notre décision, faisons partir les robots !

Des regards interrogateurs s'échangèrent. Il était fou ou il plaisantait ? Larossay lui-même ne savait trop que penser, mais lorsqu'il vit le discret sourire qui flottait sur les lèvres de Tom, il commença à s'inquiéter.

– Vous n'êtes pas sérieux ? questionna-t-il en s'efforçant de paraître désinvolte. Vous voudriez envoyer nos robots dans une île déserte ?

– Une ou plusieurs, comme vous le suggériez.

– Ce n'était pas du tout mon idée ! C'est ici qu'on a du travail à leur donner, pas là-bas !

– Eh bien ils n'auront qu'à s'en trouver du travail ! Ils n'auront qu'à créer leurs emplois.

– C'est absurde !

– Vous croyez ? Pourtant, si des hommes y arrivent, je ne vois pas pourquoi les robots n'y parviendraient pas.

– Et les transmetteurs ? Vous oubliez les transmetteurs ! Il n'y en a qu'ici ! Vous ne pourrez pas déplacer les robots !

Imperturbable, Axel se tourna vers Tom, ravi du désarroi de Larossay et qui s'empressa d'approuver :

– Cela ne poserait aucun problème. Dans une petite île, il ne faudrait que quelques transmetteurs, qu'on pourrait prélever ici s'il y a moins de robots, et les alimenter en électricité par câble sous-marin.

– Ça coûterait une fortune ! répliqua Larossay sans trop y croire.

– Vous savez, quelques dizaines de kilomètres de câbles, comparé à ce que nous a coûté jusqu'à présent le remplacement des robots vandalisés, ce serait plutôt une économie.

Larossay était effondré. Quelque chose n'allait pas, cette proposition était insensée, c'était une simple provocation, une de plus, mais il fallait démonter cette contre-proposition absurde : vider l'île de ses robots, c'était une monstruosité ! Ce maudit professeur venait d'inventer une nouvelle chimère pour ramener l'île à l'état primitif dont il rêvait pour elle depuis toujours, mais ça ne se passerait pas comme ça ! Coûte que coûte, au prix de l'épuisement de tous s'il le fallait, le projet initial, le seul qui ait du sens, serait adopté dans la journée. La police était mobilisée, il n'était pas question d'attendre davantage. Résolu, Larossay annonça :

– Messieurs, il faut clore ce débat. Nous n'allons pas le rouvrir la semaine prochaine ou la suivante. Il risque toutefois de durer encore et l'heure avance, je vous propose donc un petit changement. Nous allons prendre ici un déjeuner léger, poursuivre nos discussions le temps nécessaire, et je vous recevrai pour le dîner. Qu'en dites-vous ?

C'était la première fois qu'un Conseil des ministres allait être prolongé dans l'après-midi, mais l'ordre du jour le justifiait. Personne ne songea à s'y opposer.

*

Barnabé repartit peu après, laissant Maria et ses trois compagnons sur la plage déserte. Ils la supplièrent du regard de reprendre son récit, mais son visage défait leur fit comprendre qu'elle en resterait là.

Maintenant, elle savait. Elle pouvait compter les heures avant l'explosion, elle pouvait imaginer Larossay assis dans son salon, bercé par le chant des plus belles voix humaines et entouré des splendeurs colorées qu'Audrey avait étendues sur ses murs.

Elle se remémora ce qu'elle savait de cet homme, sa mère morte en le mettant au monde et un père autoritaire dont le décès prématuré l'avait délivré. Depuis lors, il vivait dans une solitude qu'il ne faisait qu'entretenir sous le vernis d'une sociabilité factice. Maria eut un serrement de cœur. L'idée d'attendre paisiblement le moment où le corps de ce triste pantin serait déchiqueté lui était insupportable. On pouvait très bien essayer de l'emprisonner au lieu de le tuer, même si c'était plus hasardeux. Elle regarda ses trois gardiens, assis sur le sable, qui bavardaient en l'observant. Ils avaient pris des risques pour la sortir de prison et ils s'étaient montrés d'une grande gentillesse. Elle connaissait ce genre de garçons simples et droits. Ils resteraient discrets et attentionnés aussi longtemps qu'elle se tiendrait tranquille. Mais ils étaient chargés de la surveiller et ils le feraient mieux que les fonctionnaires de Larossay. Si elle tentait quelque chose, s'ils s'en apercevaient, ils se transformeraient en brutes. Elle fit mine de s'éloigner un peu et, comme elle s'y attendait, ils bondirent pour la rejoindre.

– Il serait peut-être temps de déjeuner ? suggéra-t-elle.

– Oui Madame, pour sûr, fit l'un d'eux. Je pense que la femme chez qui on est installés a déjà tout préparé.

Ils se dirigèrent d'un pas nonchalant vers la petite maison tandis que Maria se torturait l'esprit pour trouver un moyen de s'échapper ou d'envoyer un message. Son téléphone lui avait été confisqué en arrivant à la prison, l'affaire se présentait mal…

Pendant le déjeuner, servi sur la table où elle avait pris sa collation matinale, elle chercha à obtenir le maximum d'informations sur l'endroit où elle se trouvait, accablant de questions leur hôtesse un peu surprise par tant de curiosité.

– Il n'y a jamais eu de robots ici ?

– Ah ça non ! s'écria la femme. Sauf l'épicier, bien sûr.

– L'épicier ?

– Oui, il passe tous les après-midi.

– Je vais vous expliquer, Madame, intervint un des garçons. Ils sont malins au gouvernement. Pour que les gens acceptent les robots dans les campagnes, ils leur ont confié des travaux que personne ne faisait avant. Maintenant, tous les endroits comme ici sont visités chaque jour par un robot et sa camionnette. Ils proposent de la nourriture et plein d'autres choses, même des médicaments. Alors, les gens n'ont pas tellement envie de les casser. Surtout que ceux-là, comme par hasard, ils sont très longs à remplacer. Et personne ne peut prendre leur place non plus, la camionnette est beaucoup trop chère. Il n'y a que le gouvernement à pouvoir en acheter, et il les réserve à ses robots.

– Je ne savais pas, s'étonna Maria. Ça prouve une fois de plus que ces machines pourraient faire notre bonheur au lieu de nous éliminer. On n'a rien trouvé d'autre à leur confier ?

– Non, confirma le garçon, pas ici. Mais dans les villages, ils ont aussi installé des cybercafés avec un robot pour les gérer. C'est tout de l'informatique, c'est tout arrivé en même temps, et ça marche 24 heures sur 24, tous les jours. Alors les jeunes apprécient beaucoup ces robots-là, et personne n'y a jamais touché.

Maria était songeuse et désappointée. De tout ce qu'elle avait appris, rien ne semblait pouvoir l'aider. Le temps passait insidieusement et elle ne voyait toujours pas comment épargner Larossay. Il y avait bien la perspective de cette courte visite du robot épicier, mais qu'est-ce qu'elle pouvait en tirer, surveillée comme elle l'était ? Tous les robots avaient un cerveau unique, elle en avait vu les heureuses conséquences lorsqu'Audrey avait été secourue après son agression. Si elle parlait à ce robot, ce serait comme si elle parlait à Oscar. Elle pourrait lui demander de prévenir Audrey ou Axel, et Larossay serait sauvé. Mais elle n'aurait pas délivré la moitié de son message que ses anges gardiens l'auraient déjà massacrée. L'un d'entre eux avait bien un téléphone, mais comment le dérober sans qu'il s'en aperçoive ?

Le déjeuner était terminé et elle n'avait toujours pas de solution. Pourtant, confusément, elle sentait que ce robot qui allait passer d'une minute à l'autre serait son unique chance.

*

Comme Larossay l'avait craint, le débat fut interminable, mais les faiblesses de la contre-proposition d'Axel apparurent peu à peu, ce qui ne fit que renforcer la crédibilité du projet initial.

Le principal obstacle à la mise en pratique de son idée, qui avait paru séduisante au départ, c'était la mixité qui persistait, pour au moins quelque temps, entre le personnel humain et les robots. Que ce soit à l'hôpital, à la conserverie de poissons, sur le port ou dans les plantations, partout les hommes et les machines se complétaient. Certes, l'évolution était claire : la part des machines ne cessait de croître. Mais dans de nombreuses fonctions encore, les hommes résistaient. Si les robots partaient, ils devraient emmener leurs collègues humains et leur outil de travail, bâtiments inclus, ce qui était absurde. À l'inverse, si on les expédiait dans une île déserte, ils n'y serviraient plus à rien, car s'ils remplaçaient les hommes pour produire, les privant de travail et de revenus, ils ne consommaient rien, sinon un peu d'électricité. Devenus inutiles à leur tour, ils s'entasseraient dans cette île comme les humains dans leurs bidonvilles. Ce serait une décharge, un bidonville pour robots…

Larossay eut beau jeu de dénoncer l'absurdité de ce gaspillage : d'aussi prodigieuses machines n'allaient tout de même pas rester inemployées comme de vulgaires chômeurs ! Axel comprit que son idée improvisée était indéfendable face à cette implacable logique mais, dans un baroud d'honneur, il s'épuisa à trouver réponse à tout. Jusqu'au moment où son improbable château de cartes intellectuel finit par s'écrouler.

C'est ainsi que le projet de Larossay fut adopté, dans un immense soulagement et une grande lassitude, à quatre heures de l'après-midi, à l'unanimité moins une voix, celle de Balthazar, qui n'avait pas droit de veto. Épuisé mais triomphant, Larossay donna rendez-vous à tout le monde chez lui pour huit heures et chacun s'empressa de quitter la salle.

Arrivé au dehors, Tom dit à Axel qu'il allait passer voir ses techniciens avant de rentrer et qu'il contacterait Hurdley plus tard. Il était trop tôt pour le faire, c'était encore la nuit en Californie. Axel, brisé, approuva avec indifférence et se dirigea vers sa voiture.

*

Détournant le regard de l'écran fixé sur son bureau, William Hurdley vit par les hublots que la nuit avait rejoint son avion. Depuis le décollage, il avait eu plusieurs contacts avec l'équipe de surveillance des Amarandes qui l'informait de tout. Quand il apprit l'évasion de Maria, il fit aussitôt activer le logiciel d'identification faciale des robots. Si son visage apparaissait un seul instant dans le champ de leurs caméras, l'alerte serait donnée. Il était peu probable que là où elle s'était réfugiée, il y ait beaucoup de robots, mais Hurdley n'avait pas d'autre ressource.

Satisfait, il passa au salon, se laissa tomber dans un fauteuil et demanda un whisky à l'hôtesse qui se tenait derrière le bar. À peine servi, il entendit la sonnerie qui annonçait un nouvel appel. Furieux, il retourna dans son bureau en emportant son verre.

– Qu'est-ce que c'est ? grommela-t-il en ouvrant la communication.

– Monsieur ! fit une voix surexcitée. Nous l'avons !

– Maria Harramond ?

– Oui Monsieur, à l'instant ! Je vous envoie l'image…

Il découvrit ce que voyait là-bas un des robots. Deux femmes, trois jeunes hommes et Maria Harramond s'animaient sur l'écran de son bureau.

– C'est un robot épicier, fit la voix de son correspondant. Nous savons exactement où il est.

La machine était en train de servir les maigres commandes des deux premières clientes. Maria et les trois hommes discutaient derrière elles.

– Il n'y a pas moyen d'améliorer le son ? réclama Hurdley.

– Nous essayons Monsieur, mais les deux personnes qui sont devant brouillent la réception.

Enfin, les deux bavardes disparurent et Maria s'approcha, une feuille de papier plié à la main. Les trois hommes se tenaient juste derrière elle.

– Qu'est-ce qu'elle dit ? demanda Hurdley, qui ne parlait pas un mot de créole.

– Elle parle d'une ordonnance, elle dit qu'elle voudrait un médicament.

Maria déplia en hâte sa feuille de papier, la brandit un instant devant la visière du robot et la remit dans sa poche, l'air dépité, avant de repartir avec les trois hommes.

– Et là ? s'impatienta Hurdley.

– Le robot a dit qu'il n'avait pas de médicament de ce nom, et elle a dit que c'était dommage. C'est tout Monsieur.

– Qu'est-ce que ça signifie ? Attendez… le papier ! Je n'ai rien eu le temps de voir, revenez sur l'image !

Après d'interminables secondes, il vit l'image fixe de la feuille de papier qui remplissait tout l'écran. Ce n'était pas une ordonnance, c'était un message pour le robot des Woodstone. Maria lui ordonnait d'informer Audrey ou Axel qu'une bombe allait exploser à 21 heures dans le salon de Larossay.

Sidéré, Hurdley resta un moment sans réagir.

– Déconnectez l'émetteur qui couvre la maison de Tom Greene ! ordonna-t-il enfin. C'est là que doit se trouver le robot en ce moment. Vite !

– Oui Monsieur, tout de suite… Voilà, c'est fait.

– Bien, mais ça ne suffit pas. Tous les robots sont susceptibles de se substituer à cet Oscar.

– Oui Monsieur. Mais alors, que faisons-nous ?

Hurdley réfléchissait à toute allure.

– Il n'est pas nécessaire de neutraliser tous les robots, indiqua-t-il. Il suffit de créer une zone d'ombre autour des Woodstone. Vous allez les localiser et les suivre par leur téléphone portable et vous déconnecterez les émetteurs au fil de leurs déplacements. Les robots situés autour d'eux seront coupés de Proteus, ils ne pourront plus délivrer aucun message. C'est clair ?

– Oui Monsieur, c'est très clair. Je peux déjà vous confirmer que le portable de Madame Woodstone est en ce moment dans la maison de Monsieur Greene. Et nous venons de localiser le professeur ! Il est dans la capitale, au siège du gouvernement semble-t-il.

– C'est parfait. Mettez aussi le logiciel d'identification faciale sur eux. Je veux les observer autant que possible. Et branchez-vous sur les capteurs vidéo des trois robots de Larossay.

– Oui Monsieur.

– Bien… Rappelez-moi quand vous aurez quelque chose d'intéressant. Je ne suis plus qu'à quatre heures de vol des Amarandes.

*

Axel était resté dans sa voiture, sur le parking du palais gouvernemental. En partant, Tom était passé devant lui, dans son flamboyant roadster, et il l'avait salué de la main. Axel n'avait même pas trouvé la force de lui répondre. Quelque chose en lui était cassé. Plus d'un an de craintes surmontées, d'espoirs et de luttes, pour en arriver là… Il aurait volontiers laissé son robot le reconduire, tant il se sentait las, mais Oscar était resté près d'Audrey. Résigné, il mit le contact et démarra.

Tandis qu'il parcourait les rues de la capitale, il eut une étrange impression. Son œil captait les images de robots progressant au ralenti, mais son esprit était ailleurs et il ne comprenait pas ce qui le troublait. Jusqu'au moment ou un robot traversa devant lui avec une telle lenteur qu'il fut obligé de s'arrêter.

La démarche étrangement raidie, le robot posait ses pieds bien à plat sur le sol, comme s'il avait peur de glisser, ce qui ne l'empêcha pas de trébucher pour s'effondrer lourdement sur la chaussée. Axel sortit de son véhicule et quelques curieux s'approchèrent. Incapable de se relever, le robot agitait ses membres en tous sens, comme un scarabée tombé sur le dos.

– Il est malade ? lança quelqu'un.

– Vous croyez que c'est contagieux ? plaisanta un autre.

– S'ils pouvaient tous crever ! grogna un vieil homme.

Troublé par le spectacle étrange de ce robot défectueux, Axel remonta dans sa voiture et repartit avec prudence. Arrivé au bout de la rue, s'il avait regardé dans son rétroviseur, il aurait vu le robot se relever d'un bond pour reprendre son chemin à la surprise des passants. Mais il était bien trop inattentif et il sortit de la ville sans rencontrer d'autre machine.

Il n'avait que quelques kilomètres à parcourir, deux ou trois villages à traverser, et il retrouverait Audrey, à qui il n'aurait plus qu'à confesser son échec.

*

Presque chaque soir, le petit cybercafé du village voisin de la maison de Tom était envahi par tous les jeunes, car aucun ne disposait encore d'ordinateur personnel. À cette heure de l'après-midi, il n'accueillait toutefois que deux clients désœuvrés qui, lassés de parcourir le vaste monde virtuel, s'étaient mis à bavarder.

Planté au fond de la pièce, tourné dans leur direction, le robot de la boutique restait en veille dans l'attente d'instructions. L'imprimante posée sur une petite table d'angle se mit à ronronner. Quelques secondes plus tard, une feuille de papier commençait à en sortir.

– Tu avais lancé une impression ? s'étonna le plus jeune des deux clients.

– Non, fit l'autre.

Intrigués, ils allaient se lever, quand ils virent le robot se diriger vers l'appareil.

– Ça doit être lui qui a commandé une page de test, assura l'aîné. Ils font ça de temps à autre, regarde…

Observant le robot, ils le virent saisir la feuille, mais au lieu de se diriger, comme ils s'y attendaient, vers l'arrière-boutique, il fila vers la sortie. Bondissant de leurs chaises, les deux jeunes se précipitèrent au dehors et virent le robot qui courait sur la route. Après une hésitation, n'ayant rien d'autre à faire que de satisfaire leur curiosité, ils s'élancèrent à sa poursuite.

La course dura peu. Deux cents mètres à peine après la dernière maison du village, le robot s'immobilisa au milieu de la petite route et tendit devant lui la feuille imprimée. Les deux garçons s'interrogèrent sur la conduite à tenir. Fallait-il rappeler le robot ? L'examiner de plus près ? Ou attendre de voir ce qui allait se passer ? Prudemment, ils choisirent la troisième solution.

Le robot ne bougeait plus. La route n'était pas très passante et les gens ne roulaient pas vite, mais si l'Américain qui n'habitait pas loin déboulait avec sa superbe voiture de sport, il risquait de fracasser le robot, ce qui serait toujours amusant.

Une voiture arriva, mais ce n'était pas celle qu'ils attendaient. Elle roulait lentement et, sans trop de peine, le conducteur s'arrêta à une dizaine de mètres du robot qui lui barrait la route.

– C'est qui le type qui sort de la voiture ? glissa l'un des deux jeunes à son camarade.

– Tu vois bien que c'est l'autre Américain, le professeur. C'est drôle, à la façon dont il s'approche du robot, on dirait qu'il en a peur.

*

Dès qu'Axel sortit de sa voiture, le logiciel reconnut son visage. Quelques secondes plus tard, il apparaissait sur les écrans de l'équipe de surveillance et William Hurdley fut aussitôt alerté.

– Qu'est-ce qu'il fait là ce robot ? s'inquiéta-t-il en voyant l'image.

– Nous ne savons pas Monsieur, il a l'air d'être arrêté au milieu de la route.

– Je le vois bien ! Vous avez vérifié que sa borne était déconnectée ?

– Elle l'est, Monsieur.

– Et dans sa main tendue, qu'est-ce c'est ? Vous pouvez agrandir ?

La feuille de papier occupa alors tout l'écran. De la façon dont le robot la tenait, on la distinguait mal, mais Hurdley devina.

– Bon sang ! s'écria-t-il. C'est un fac-similé du message de Maria Harramond ! Il vous a devancés ! Qu'est-ce vous pouvez faire ?

Son interlocuteur resta muet. Proteus avait pris en défaut l'équipe de surveillance. En mettant un de ses robots en travers de la route d'Axel, une copie du message à la main, juste avant qu'il ne soit déconnecté, il avait gagné la partie. Hurdley songea alors à ce que le champion du monde de go avait dû éprouver lorsqu'il avait été battu, lui aussi, par un ordinateur.

Pendant ce temps, Axel avait essayé quelques instructions verbales élémentaires pour faire bouger la machine, sans succès. C'était le deuxième robot défectueux qu'il trouvait sur son chemin en quelques minutes. Il n'en avait jamais vu ainsi depuis son arrivée dans l'île et il se prit à imaginer une soudaine et mystérieuse épidémie qui les anéantirait…

Enfin, il se décida à regarder la feuille de papier qu'il semblait lui présenter. Délicatement, il tira dessus et elle glissa des doigts du robot. Stupéfait, il reconnut l'écriture de Maria. Hurdley le vit regagner sa voiture d'un bond, la manœuvrer avec brutalité pour faire demi-tour, et s'éloigner à vive allure.

– Vous pouvez réactiver les bornes émettrices, lâcha Hurdley d'une voix morne.

– Même celle du robot de Madame Woodstone ?

– Bien sûr ! Vous ne comprenez donc pas ? Proteus devait contacter l'un ou l'autre des Woodstone. Il vient d'y parvenir en exploitant la mobilité du professeur. Son épouse n'est donc plus un enjeu. Vous pouvez reconnecter Oscar.

– Et ensuite ?

– Rien du tout. La partie est terminée.

*

Pendant son court trajet vers la maison de Larossay, Axel fit défiler dans son esprit les hypothèses les plus folles à la même allure que le paysage. Lorsqu'il arriva devant la propriété, les policiers gardant l'accès le reconnurent et, bien qu'un peu surpris de sa hâte, ils se contentèrent de le saluer tandis qu'il s'engageait dans l'allée. Sur une des terrasses, assis dans un fauteuil tourné vers l'océan, Larossay tirait d'un long cigare de fines volutes bleutées. Voyant surgir son improbable visiteur, il se raidit.

– Une bombe va exploser chez vous ! cria Axel en accourant. Dans votre salon !

Larossay sursauta et la cendre de son cigare tomba sur son pantalon, ajoutant à sa contrariété.

– Qu'est-ce que vous me racontez là ? maugréa-t-il en se brossant avec précaution du revers de la main.

– Tenez ! fit Axel en brandissant le papier qu'il avait pris au robot.

Larossay s'en saisit et découvrit le texte en pâlissant.

– Qui a écrit cela ? balbutia-t-il.

– Maria Harramond.

– Vous en êtes sûr ?

– Tout à fait ! Je suppose qu'elle a eu cette information en prison.

– Je suppose… mentit Larossay avec calme. Comment avez-vous eu ce papier ?

– C'est un robot qui me l'a donné.

– Un robot ?

– Oui, un robot.

– Je regrette, mais vous allez devoir m'en dire un peu plus, Professeur, parce que votre histoire est incompréhensible.

– Et la bombe ? Vous ne croyez pas que ce serait plus urgent de s'en occuper ?

– Certes, mais il semblerait que nous ayons tout le temps puisqu'elle ne doit exploser qu'à 21 heures.

Le flegme de Larossay mit Axel mal à l'aise, mais il comprit qu'il n'aurait guère le choix et il se résolut à résumer sa mésaventure. Lorsqu'il eut terminé, il s'entendit répondre :

– Quand je suis arrivé ici un peu avant vous, les policiers qui surveillaient la maison ne m'ont rien signalé de particulier. Alors permettez-moi d'avoir quelques doutes. Enfin… allons voir.

En entrant dans la vaste pièce saturée de couleurs, ils trouvèrent deux robots en train de dresser la table. Larossay fit le tour des meubles sans découvrir autre chose qu'un stylo glissé sous un coussin. Il regarda Axel, qui commençait à s'interroger.

Restait un grand placard, dont les portes planes et dépourvues d'encadrement étaient devenues invisibles depuis qu'Audrey les avait peintes avec le mur. Larossay tourna une discrète petite clé et ouvrit largement les deux battants, révélant un superbe matériel haute-fidélité, des centaines de disques et, tout en bas, un énorme caisson de basses.

– C'est un peu démodé tous ces disques, avoua-t-il, mais j'y suis attaché. Alors, cette bombe, voyons…

Décidé à commencer par le plus facile, il s'accroupit et tira vers lui le lourd caisson de basses qu'il avança sur le sol. S'appuyant sur les mains, il se pencha pour examiner l'intérieur du profond placard et s'immobilisa soudain dans cette inconfortable position. Intrigué, Axel le rejoignit. Orné d'une inquiétante minuterie, un paquet aussi gros que le caisson était là, tapi dans la pénombre.

Fasciné, Larossay s'était glissé peu à peu dans le placard pour examiner les petits chiffres luminescents qui égrenaient leur compte à rebours. Il regarda sa montre et fit un rapide calcul. Le compteur serait à zéro à 21 h 03. Il émergea enfin du placard et resta agenouillé sur le dallage blanc, face à Axel qui l'observait.

– Qu'est-ce que vous comptez faire maintenant ?

– Je… hésita Larossay. Je vais vous emmener auprès de Maria Harramond.

– Et la bombe ?

– Je téléphonerai les ordres nécessaires pendant le trajet, mais nous devons y aller tout de suite. Suivez-moi.

*

Larossay alla chercher sa voiture et suggéra à Axel de reprendre la sienne pour le suivre. Ainsi, expliqua-t-il, chacun serait libre ensuite de sa destination. Après un court trajet, Axel vit avec surprise Larossay s'engager dans un petit chemin empierré qui s'enfonçait dans la forêt. Ils débouchèrent sur une vaste clairière ceinturée d'un haut grillage derrière lequel s'alignaient quelques baraquements dominés par la masse d'un bâtiment grisâtre. À l'entrée de l'enceinte, les deux policiers qui se tenaient en faction s'empressèrent d'ouvrir les grilles dès qu'ils reconnurent Larossay, et les deux véhicules s'immobilisèrent au pied du grand bâtiment.

– C'est ici ? s'étonna Axel en sortant de voiture. Où sommes-nous ?

– Ne faites pas attention aux abords, l'apaisa Larossay, ils sont peu engageants, mais vous serez surpris. C'est la caserne et le centre d'entraînement de mes unités spéciales de police. Il y a quelques cellules dans cet immeuble et l'une d'entre elles a été spécialement aménagée. La prison n'aurait pas été convenable pour un haut personnage comme Maria Harramond. Attendez-moi un instant, je vais nous faire accompagner.

Sans attendre de réponse, il disparut à l'intérieur de l'édifice, d'où Axel le vit ressortir peu après pour lui faire signe de le rejoindre.

Ils traversèrent le petit hall d'entrée, à peine moins déplaisant que la façade, et Larossay, accompagné de deux policiers, entraîna Axel dans un couloir mal éclairé. Arrivés au bout, ils descendirent un étroit escalier qui débouchait sur le couloir du niveau inférieur, plus sombre encore.

Axel eut une appréhension, mais il ne pouvait plus reculer. Il aurait provoqué les railleries de Larossay, qui l'auraient mortifié. Arrivés au milieu du couloir, les policiers ouvrirent une lourde porte métallique.

– Nous y sommes presque, indiqua Larossay. Il n'y a plus que cette pièce à traverser.

D'un geste courtois, il céda le passage à Axel qui franchit le seuil et comprit son erreur. Docilement, il s'était laissé conduire jusqu'à une cellule misérable, et vide. Pivotant sur lui-même, il vit l'arme qui brillait dans la main de Larossay.

– Vous êtes fou ! s'exclama-t-il en s'efforçant de paraître menaçant. Vous n'allez tout de même pas…

– Je vous suggère de reculer et de vous asseoir tranquillement sur ce lit, répliqua sèchement Larossay. Ces petits pistolets sont très pratiques, ils ne déforment pas les poches, mais leur détente est très sensible.

Sur un geste de leur chef, les deux policiers restés dans le couloir refermèrent la porte dans un claquement sourd.

– Où est Maria ? demanda Axel en s'asseyant sur la paillasse douteuse qui tenait lieu de lit.

– Je l'ignore, elle s'est évadée.

– Quoi ! Elle s'est évadée d'ici ?

– Non. Si elle avait été ici, elle y serait encore. On a commis l'erreur de lui réserver un traitement de faveur dont elle a su profiter.

– Si vite ?

– Elle a été aidée, et je crois savoir par qui.

– Et la bombe ? Pourquoi m'avez-vous amené ici ?

– Vous êtes intelligent Professeur, très intelligent même. Ne me dites pas que vous n'avez pas deviné.

– Vous allez la laisser exploser !

– C'est probable...

– Mais c'est un meurtre ! Avec préméditation ! Vous n'allez tout de même pas tuer tous ces gens !

– Qui a posé cette bombe ? rugit Larossay, le visage déformé par un rictus de haine. Qui devait être tué ce soir ? Ce n'est pas moi le coupable ! Je devais être la victime !

– Mais je suis venu vous alerter ! Et Maria nous a prévenus !

– Oui ! Maria vous a prévenu ! Vous ! Pas moi ! Elle ne vous a jamais demandé de m'avertir ! Elle n'a voulu que vous protéger, pour le cas où vous seriez passé me voir ce soir alors que je devais me trouver seul.

– Comment pouvez-vous imaginer une chose pareille ?

– Je n'imagine rien ! Mais vous êtes si naïf ! Vous avez aussi mal interprété le message de Maria que mes intentions en vous amenant ici.

Axel était aussi désemparé que furieux après lui-même. Pourquoi n'avait-il pas réfléchi davantage avant de se jeter, tête baissée, dans un tel piège ?

– Qu'allez-vous faire de moi ?

– Rien pour le moment. Vous allez rester ici quelques heures, le temps que le destin s'accomplisse.

– Et ensuite ?

– Sans ce message, vous et moi serions morts ce soir, n'est-ce pas ? Alors considérez que vous êtes mort.

Axel resta sans réaction. Que pouvait-il répondre ? Que pouvait-il faire ? Larossay l'observa d'un œil sombre et poursuivit :

– Je ne me fais aucune illusion, Professeur. Moi aussi je vais mourir. S'ils échouent ce soir, si d'autres meurent à ma place, ils essayeront une autre fois. Je pense que Maria a rejoint des opposants qui commencent à être bien organisés. Elle a sans doute utilisé un robot pour vous prévenir parce qu'ils sont plus discrets que les humains. Et maintenant, elle doit attendre paisiblement l'annonce de ma mort. Quelle surprise quand elle va apprendre celle de son père !

– Je vous en prie ! supplia Axel. Ne commettez pas cette folie !

– Folie ? Vous croyez que je suis fou ? Vous imaginez que je suis dupe de la comédie que ce vieux reptile de Balthazar me joue depuis le début ? Pourquoi pensez-vous qu'il m'ait laissé diriger seul le pays depuis votre arrivée ? Parce qu'il est trop fatigué ? Parce qu'il estime être moins compétent que moi pour gérer cette modernisation ? Pourquoi ne m'a-t-il pas cédé sa place alors ? Pourquoi est-il toujours Président ? Je vais vous le dire : pour laisser s'accumuler sur moi toute l'impopularité des mesures nécessaires à cette transition vers le monde moderne. Et ensuite, quand tout sera fini, quand il y aura eu assez de haine autour de moi pour me tuer, alors, tel un sauveur, il ressurgira sous les acclamations. À moins qu'il n'ait déjà prévu de confier ce rôle à sa fille. Vous n'avez pas idée de tout ce qui peut se tramer dans cette île.

Axel était anéanti par l'implacable logique du discours de Larossay, qui n'avait rien d'insensé. Qu'est-ce qui prouvait que Balthazar n'était pas capable d'un tel calcul ?

– En supposant que vous soyez partiellement dans le vrai, admit Axel, qu'est-ce que vous espérez tirer d'un tel massacre ? Vous croyez que vous ne serez pas inquiété ?

– Pourquoi le serai-je ? La police est entre mes mains et ses fonctionnaires me doivent tout. Ils relèvent de ma seule autorité. À la mort de Harramond, je serai le chef de l'État. Et je bénéficie du soutien de William Hurdley, qui aura plus que jamais besoin de moi.

– Comment pourrez-vous faire croire que vous n'y êtes pour rien, si vous en réchappez ?

– J'y ai déjà pensé. Le hasard va m'amener à sortir de la maison au bon moment, j'irai donner quelques ordres aux policiers qui stationnent à l'extérieur. Ils pourront même témoigner de ma surprise et de mon effroi. Quant à la responsabilité de l'attentat, le message de Maria que vous avez eu l'obligeance de m'apporter m'en dégagera tout à fait. Sa découverte sur votre cadavre complétera mon scénario. Je suis désolé, Professeur, mais, pour une fois que la chance tourne en ma faveur, je ne vais pas la laisser échapper.

– Vous êtes un monstre ! lâcha Axel écœuré.

– Pourquoi dites-vous ça ? Je n'ai voulu tuer personne, c'est la haine des autres qui devait me tuer ce soir, je ne fais que la retourner contre eux. Je n'aime pas les hommes, ils sont médiocres, envieux, lâches et violents.

– Et vous alors ?

– Moi ? Je ne m'aime pas non plus.

*

En ressortant de la cellule, Larossay donna des ordres pour qu'Axel soit strictement tenu au secret. Il fit ranger sa voiture à l'écart et jeta à l'intérieur le téléphone portable qu'il venait de lui confisquer avant de l'éteindre. Profitant de sa visite impromptue, il s'assura une dernière fois que tous ses hommes étaient mobilisés et prêts à gérer les troubles à venir. Lorsqu'il remonta dans sa voiture, la nuit tombait.

Arrivé chez lui, il vit avec satisfaction que les robots avaient terminé leur travail. Pourtant, dans le salon, faute d'avoir reçu la moindre instruction, ils avaient laissé le placard grand ouvert. La masse sombre du caisson de basses gisait sur le sol. Larossay se précipita pour le ranger, comme si on risquait de le surprendre, et il referma vivement les portes.

Il disposait d'une heure avant que n'arrivent les premiers convives, juste assez de temps pour réfléchir aux détails de l'histoire qui lui permettrait d'assurer son impunité. Cet attentat providentiel allait le débarrasser de Balthazar, de tous les ventres mous du gouvernement, qui n'avaient fait que traîner des pieds devant chaque nouvelle mesure, et de Maria. Elle risquait même d'accusée de parricide, ce qu'il trouva particulièrement savoureux.

Au bout du compte, la peine qu'il venait de prendre au long de cette journée avait été superflue. Il s'était évertué à arracher le consentement d'individus que le destin allait balayer dans quelques heures. Il n'était pas responsable de ce qui allait arriver.

*

– Mais enfin, où peut-il bien être ? s'emporta Audrey.

– Je ne sais pas ! gémit Tom qui arpentait le salon. On vient d'appeler tout le monde, personne ne l'a vu !

– C'est incroyable ! On ne disparaît pas comme ça ! Surtout ici !

– Je suis sûr qu'il va arriver d'une minute à l'autre et se confondre en excuses.

– Pourquoi ne téléphone-t-il pas ?

– Je n'en ai aucune idée. Son téléphone est peut-être défectueux.

– Et pour la panne d'Oscar, tu as une explication ?

– Pas la moindre ! D'autant que tu me dis que sa défaillance n'a pas duré. Mais je le ferai contrôler demain. Veux-tu que je le désactive par précaution ?

– Non, c'est inutile. Tu as appelé Hurdley pour lui parler de Maria ?

– Il est encore trop tôt. Ce ne serait pas très malin de le déranger en pleine nuit. Je l'appellerai en fin de soirée, et je suis sûr qu'Axel sera revenu entre-temps. Je vais me changer, je dois aller à ce dîner chez Larossay. Quand il aura un peu bu, j'obtiendrai peut-être de lui la permission d'aller voir Maria, ou au moins de lui téléphoner.

– Je veux y aller avec toi !

– Tu plaisantes ? Tu n'es rentrée de l'hôpital qu'hier et tu voudrais te fatiguer là-bas ?

– Je ne veux pas rester toute seule ici.

– D'accord… Je t'emmènerai si Axel n'est pas rentré d'ici là. Mais prend ton temps, on partira plus tard, je veux t'épargner le cocktail qui précède le dîner.

Revenue dans sa chambre, Audrey ouvrit la fenêtre pour entendre la voiture d'Axel s'il se décidait enfin à arriver. Elle s'assit sur le bord du lit et s'abandonna à ses tristes pensées. Tom lui avait résumé la longue et pénible réunion du Conseil des ministres et elle avait eu peine à le croire. C'était donc ça le véritable projet de Hurdley ? Remplacer les habitants de l'île par ses robots ! Axel n'aurait été sollicité que pour en faciliter l'introduction sournoise ? Et Balthazar dans tout ça, que savait-il au juste ? À quoi avait-il consenti ? Et pourquoi ?

*

La plus grande excitation régnait parmi les hommes chargés de la sécurité de Proteus. Pour la première fois depuis leur arrivée dans l'île, ils allaient mener une action extérieure. Rongés d'impatience, ils attendaient le signal du départ, installés dans les gros 4X4 alignés devant les portes de l'enceinte. Enfin, leur chef sortit du bâtiment, fit signe de lancer les moteurs et prit place dans le véhicule de tête tandis que les portes métalliques s'ouvraient devant lui. Il s'élança dans la nuit et le convoi s'ébranla à sa suite, tous phares allumés. Vingt minutes plus tard, la colonne de véhicules franchissait les grilles d'accès au tarmac de l'aéroport.

Depuis l'exode des touristes, le maigre personnel qui y restait en activité n'avait pas eu l'occasion d'actionner l'éclairage nocturne de la piste, mais il fonctionnait toujours. On vit alors, dans le ciel étoilé, descendant peu à peu sur l'horizon, de puissants projecteurs qui se rapprochaient. Enfin, dans le crissement aigu de ses pneus touchant la piste, le gros biréacteur de William Hurdley se posa sans encombre.

Quand l'appareil s'immobilisa, une passerelle mobile fut accolée à la porte avant, qui s'ouvrit aussitôt. Arrivé en bas des marches, qu'il descendit d'un pas alerte, William Hurdley vit le chef du détachement l'accueillir avec empressement.

– Bonsoir, Monsieur Hurdley, avez-vous fait bon voyage ?

– Bonsoir Ted. Nous discuterons de mon voyage plus tard si vous le voulez bien, il nous reste peu de temps.

– Monsieur… fit Ted d'une voix hésitante. Pardonnez-moi de revenir sur cette question mais… êtes-vous toujours décidé à nous accompagner ? Je ne peux pas garantir votre sécurité.

Au regard que Hurdley lui lança, il comprit qu'il aurait mieux fait de se taire. Pivotant sur lui-même, il rejoignit le véhicule qui les attendait et en ouvrit la porte arrière. Hurdley prit place sur la banquette, Ted contourna la voiture, s'assit à côté de lui, et le convoi repartit.

– Je ne suis pas fâché que tout cela se termine, confia Hurdley lorsqu'ils furent engagés sur la route. Vous allez pouvoir rentrer chez vous, Proteus n'aura plus besoin de protection.

*

La piscine de Larossay était illuminée. Sur le vert profond de ses carreaux de faïence, la surface de l'eau ondulait en scintillant. Le buffet du cocktail avait été dressé juste à côté. Deux robots se tenaient de part et d'autre, attendant de servir. Quand les premiers invités arrivèrent, à 19 h 32, Larossay avait rassemblé en lui assez de rancœur et de mépris pour ne pas risquer de céder à une sensiblerie de dernière minute qui n'aurait été que le masque de sa lâcheté.

Le pays était en guerre, une guerre économique mondiale dans laquelle il luttait chaque jour, et une guerre politique intérieure qui aurait dû le tuer ce soir. Il fallait donc des morts, alors pourquoi pas eux ? Qu'est-ce qu'ils étaient pour lui ces gens arrivant les uns après les autres avec leurs insignifiantes compagnes ? Il n'avait rien de commun avec eux. En dépit de leur instruction et de leur argent, ils se distinguaient à peine des gens du peuple, dont ils partageaient la plupart des misérables passions. Imperméables à la beauté et la poésie du monde, ils ne faisaient qu'y vivre comme des animaux repus et satisfaits. Quelle importance aurait leur mort ?

En enfermant Axel, il avait fait basculer le destin. Il n'y avait plus rien à faire qu'attendre. Au moment ultime, toutefois, il pourrait encore choisir : sortir juste à temps pour échapper à la mort et continuer le combat, ou rester pour en finir avec lui-même...

Au fil des arrivées, il prenait whisky sur whisky pour se donner du courage et s'assommer un peu. Il fallait qu'il émousse cette lucidité qui le torturait. La réflexion, il le savait, paralysait l'action.

Quand il avait trouvé la bombe avec Axel, il avait pu agir aussitôt. Mais là, il fallait subir cet interminable compte à rebours, sans pouvoir en avancer la fin. Il fallait laisser s'égrener toutes ces minutes, l'une après l'autre. Cette attente devenait un véritable supplice et il n'était que 19 h 51.

Il se fit servir un autre whisky et s'efforça de se raccrocher à une conversation, mais elle lui parut d'un insupportable ennui. Il rejoignit un autre petit groupe mais, là encore, il fut incapable de s'intéresser aux anecdotes et aux platitudes que chacun échangeait avec ravissement. Il aurait pensé qu'à quelques minutes de la fin de leur existence, ces gens se seraient enfin décidés à dire quelque chose d'un peu profond, d'un peu touchant. Mais non. Jusqu'à leur dernier souffle, ils se vautreraient dans leur médiocrité.

Enfin, à 20 h 09, Balthazar et son épouse arrivèrent. En le voyant, Larossay sentit son courage et sa détermination revenir d'un coup. Dans moins d'une heure, cet hypocrite, ce simulateur sournois ne pourrait plus nuire. Lui, pour sûr, n'aurait jamais éprouvé autant d'embarras à se débarrasser de ses adversaires s'il en avait eu l'occasion. C'était un animal à sang-froid.

À 20 h 23, Larossay estima qu'il était temps de passer à table. Tous les invités sur lesquels il pouvait compter étaient là. Audrey, convalescente, ne viendrait pas. Quant à ce niais de Tom Greene, il était sans doute resté à lui tenir compagnie dans la vaine attente du retour d'Axel. Chacun s'installa à sa guise et les robots entamèrent leur service. Larossay songea avec regret que ces machines allaient aussi être détruites, alors qu'il n'avait rien à leur reprocher. Elles seraient toutefois aussitôt remplacées à l'identique, tandis que les humains, heureusement, disparaîtraient pour de bon.

Quand soudain, à 20 h 31, Audrey et Tom arrivèrent. Rongée d'angoisse pour Axel qui n'avait toujours donné aucun signe de vie,

Audrey parut plus belle que jamais aux yeux de Larossay, consterné de sa venue.

– Vous n'êtes pas raisonnable, ma chère, déplora-t-il. Nous n'avons toujours aucune nouvelle de votre mari, mais vous auriez mieux fait de rester chez vous. Votre maison est gardée maintenant. J'y ai placé des hommes sûrs. Un de mes robots pourrait peut-être vous y raccompagner ?

– Non, je vous remercie, répondit-elle en s'efforçant de masquer son dégoût pour le geôlier de Maria.

Pourquoi avait-il donc fallu qu'elle vienne ? enragea-t-il tout en faisant ajouter deux couverts. Pour ce dernier repas, il aurait bien voulu l'asseoir auprès de lui, mais il avait déjà deux voisines.

Il était 20 h 37 quand il se rassit. Ses yeux se posèrent sur le mur opposé. Le seul véritable regret qu'il éprouvait à l'idée de la destruction de sa maison, c'était la perte de ces merveilleuses fresques qu'il ne retrouverait jamais. Et voilà que l'artiste si délicate qui les avait réalisées allait également disparaître.

À 20h43, privé de tout appétit et l'esprit embrumé, il se décida enfin à entamer son hors-d'œuvre. Coupé du reste des convives, dont il n'entendait même plus les bavardages, il peinait à mobiliser son imagination pour trouver un moyen d'épargner Audrey. Il fallait la faire sortir avec lui, l'attirer assez loin de la maison et assez longtemps sans qu'elle et les autres se doutent de quelque chose. Mais comment faire ?

Il vit alors qu'il était 20 h 52 et il n'avait toujours rien trouvé. Une goutte de sueur perla à sa tempe. Il s'était préparé un prétexte de service pour sortir quelques minutes et aller discuter avec les policiers postés en contrebas de la maison, mais il ne trouvait pas le moyen d'y raccrocher Audrey.

Il était 20 h 56. Il allait devoir sortir, seul. Il regarda une dernière fois cette femme au visage triste et lumineux qui allait disparaître, victime du cours de l'histoire.

Il était 20 h 58. Il se leva comme un automate et marmonna une excuse à ses voisines de table indifférentes qui discutaient avec d'autres convives.

Une fois sorti du salon, il se dirigea en hâte vers la porte d'entrée. Lorsqu'il l'ouvrit, il était 20 h 59.

Alors, l'image d'Audrey soufflée par l'explosion lui apparut d'un coup, intolérable, et il se rua vers le salon.

Bondissant sur les portes du placard, il manqua d'en tordre la clé et les ouvrit comme s'il allait les arracher. Il se jeta à terre, empoigna le caisson de basses, le projeta au sol et plongea dans le bas du placard pour en extraire la bombe.

Elle n'y était plus.

*

Pétrifié, Larossay sentait un battement sourd dans sa tête égarée par l'alcool et l'émotion. Peu à peu, il prit conscience que le salon était plongé dans un silence sépulcral.

Il ressortit sa tête de l'obscurité poussiéreuse du placard et vit alors les chaussures et le bas du pantalon de Balthazar. Il n'osa pas lever les yeux et attendit le coup de grâce. Sans comprendre comment, il avait été découvert, il était perdu, mais ça n'avait plus d'importance.

– Larossay ! Je vous en prie, relevez-vous ! fit la voix caverneuse du patriarche.

Retrouvant son courage et sa dignité, il se redressa et fit face à son ennemi.

– Vous venez de sauver votre tête, annonça Balthazar avec gravité.

– Comment avez-vous su ? gémit Larossay. Et la bombe ?

– La bombe ? Elle va vivre sa vie, mais toute seule là-bas, sur une petite barque que des policiers surveillent de loin pour que personne n'en approche.

Il était 21 h 03. Une énorme boule de feu jaillit à la surface de la mer, suivie l'instant d'après par un formidable coup de tonnerre.

Dans la vaste pièce, les baies vitrées secouèrent lourdement leur châssis et la panique s'empara de l'assistance.

– Mes amis ! Calmez-vous ! rugit Balthazar par-dessus le tumulte. Il n'y a plus aucun danger !

Le ton impérieux de sa voix eut l'effet escompté et, au milieu des chaises renversées, chacun s'immobilisa. L'autorité de Balthazar avait rejailli de ses cendres.

– Ma chère Audrey, prononça-t-il avec douceur, votre mari va bien. Il a eu quelques émotions, mais il ne lui est rien arrivé de fâcheux et je vais vous conduire jusqu'à lui.

Tournant un regard noir vers Larossay, il ajouta :

– Vous allez nous accompagner, et vous prendrez sa place pour quelque temps.

Larossay se raidit, déterminé à ne pas se laisser éliminer aussi facilement, mais une soudaine agitation venant du vestibule lui révéla l'intrusion de visiteurs inattendus. Des bruits de pas et des voix se rapprochèrent. Il vit plusieurs hommes en treillis surgir dans le salon et se grouper autour de lui, menaçants. D'autres suivirent encore et, s'écartant aussitôt, laissèrent entrer William Hurdley et Maria Harramond.

*

Quand Balthazar et Audrey se firent ouvrir la porte de la cellule d'Axel, son ahurissement leur parut presque comique, d'autant qu'il crut pendant un instant qu'ils étaient là, eux aussi, pour être enfermés.

Un peu plus tard, en les raccompagnant chez Tom, Balthazar leur avoua que c'était lui qui avait fait accrocher les pattes de poulet à leur arrivée. Il voulait s'assurer qu'une aussi modeste intimidation ne suffirait pas à les faire fuir. S'ils repartaient, c'est qu'ils n'étaient pas faits pour cette mission. Axel accueillit cette nouvelle avec indifférence, mais Audrey en déduisit que Rachel et lui avaient agi sans se concerter. Le mystère de leurs relations restait entier.

– Quant à la bombe, expliqua-t-il enfin, vous ne risquiez rien. Mes informateurs m'avaient alerté avant même qu'elle ne soit posée.

– Et le message du robot ? s'étonna Axel.

– Vous n'auriez pas dû le recevoir. Quand William Hurdley a vu que Proteus était chargé de vous prévenir, il a voulu se mesurer à sa machine, et il a perdu.

Assis tous deux à l'arrière du véhicule, Axel et Audrey partagèrent, sans le savoir, la même pensée : y avait-il eu un seul moment, dans cette île infernale, où on ne les avait pas manipulés ?

Le lendemain matin, Audrey se réveilla plus tôt qu'Axel et descendit seule pour prendre son petit-déjeuner. Tom était assis dans un des fauteuils de la véranda, les yeux tournés vers le jardin.

– Bonjour, grommela-t-il sans faire un mouvement.

– Bonjour, fit Audrey, comment vas-tu ?

– À ton avis ?

Audrey vint s'asseoir près de lui et répondit, d'une voix douce et presque maternelle :

– Je comprends ta colère, mais Axel et moi sommes dans la même ignorance. Il y a peut-être une bonne raison à tout cela. Ils se sont engagés à nous livrer la vérité.

– Qu'est-ce que ça changera de savoir pourquoi ils se sont moqués de nous ?

– Ils étaient peut-être contraints de nous dissimuler certaines choses. Laisse-leur une chance de s'expliquer.

– Il y a des choses qui n'ont pas besoin d'explications.

– Si tu penses à Maria, tu as tort de te sentir blessé par son attitude.

– Pourquoi dis-tu ça ?

– Parce que je suis une femme. Tu es choqué qu'elle soit retournée hier soir chez son père, mais tu ne sais rien encore de ce qui s'est passé. Il est trop tôt pour l'accabler. Tu n'as pas idée de la force des liens qui unissent une fille à son père. Balthazar n'est pas ton rival, il a la première place, tu dois en prendre ton parti.

*

Dans la salle à manger des Harramond, la table avait été recouverte d'un feutre vert, mal assorti au gracieux mobilier de la pièce. Dix heures sonnèrent à la pendule dorée qui trônait au milieu du buffet. Tout le monde s'assit et Balthazar prit la parole :

– Maria sait depuis hier soir ce que nous allons vous dire maintenant, car nous devions d'abord la consulter seule. Le projet Proteus a été conçu pour se dérouler en trois phases, dont nous ne pouvions vous révéler que la première, qui consistait à employer les robots au développement touristique. Pour passer en phase deux, il fallait se débarrasser des touristes. Nous avons ainsi mis en scène la destruction d'un robot à l'hôpital, puis l'agression d'une touriste par un autre robot, et la panique escomptée s'est produite. La phase deux pouvait commencer. Elle s'est achevée hier soir.

– Vous étiez obligés de nous cacher tout ça ? s'indigna Axel.

– Oui ! riposta Balthazar, irrité d'être si vite interrompu. Le but de la phase deux était de confronter les Amarandes aux mêmes problèmes économiques et sociaux que le reste du monde. Mais nous ne pouvions pas le dire, sinon la population aurait rejeté le projet, et vous aussi. Cette brutale immersion dans la modernité devait toutefois s'arrêter avant que le sang ne coule. À mon très grand regret, je n'ai pas pu prévenir l'agression dont votre épouse a été victime, mais je surveillais les opposants qui préparaient un attentat. J'aurais pu les faire arrêter, mais ça n'aurait rien résolu. Alors j'ai cherché le moyen d'en prendre le contrôle. Ce moyen, c'était Maria, dont William Hurdley est allé négocier la libération hier soir.

Le père et la fille échangèrent un regard. Elle avait été révoltée par son aveu, avant de reconnaître qu'il avait sans doute eu raison.

– C'est Viviane, poursuivit Balthazar, la directrice de l'école d'Audrey, qui m'a permis de manipuler Maria. Le photomontage qu'elle a remis à Audrey était destiné à vous mettre sur la piste. Il fallait que vous ayez l'impression de découvrir la vérité par hasard. Après cela, il n'y avait plus qu'à suivre vos faits et gestes. Nous avons alors activé la fonction de surveillance de votre robot, qui est devenu notre informateur.

– Quoi ! s'exclama Audrey épouvantée. Vous voulez dire que depuis le début vous m'espionnez avec Oscar ?

– Vous m'avez caché qu'ils avaient cette possibilité ! s'indigna Tom auprès de Hurdley.

– Vous auriez pu vous en douter, répliqua ce dernier, mais là n'est pas la question, ajouta-t-il en se tournant vers Audrey. Rassurez-vous Madame, votre vie privée a été scrupuleusement respectée. C'est la seule fois où Oscar a été ainsi utilisé. Reconnaissez qu'il serait absurde d'empêcher un robot d'aider la police à prévenir un meurtre ou un délit grave.

– Mais vous n'êtes pas la police ! protesta Audrey.

– Moi, si ! rappela Balthazar. C'est avec mon accord que les équipes de William Hurdley ont surveillé les agissements de ma fille et de son entourage.

Mortifiée, Audrey s'enferma dans un silence hostile.

– Comme nous l'espérions, reprit Balthazar, le photomontage vous a conduits à chercher des explications là où Maria serait tentée d'intervenir. Le délit qu'elle a commis nous a permis de l'arrêter avec fracas, rétablissant d'un coup sa popularité, que sa liaison avec Tom Greene avait ruinée. Si Victor n'était pas tombé dans le panneau, on l'aurait arrêté et Maria serait ressortie de prison sans l'avoir jamais vu, mais le démarrage de la phase trois n'en aurait pas été facilité.

– Mais c'est quoi à la fin cette phase trois ? s'impatienta Axel.

– C'est l'avenir qui reste à bâtir, annonça Hurdley avec gravité. La phase deux a réduit cette île au même triste état que le reste du monde. Cela devrait aider ses habitants à accepter les efforts que va exiger la phase trois.

– Vous voulez dire que les gens vont encore souffrir ?

– Non. J'ai parlé d'efforts, pas de souffrances. Nous allons inverser l'usage des robots. Ils ne vont pas servir à produire plus, mais à travailler moins, ce qui devrait conduire la moitié des Amarandes au chômage.

– Quel programme enthousiasmant ! ricana Axel. J'ai l'impression d'entendre Larossay !

– Sauf que nous n'en resterons pas là, corrigea Maria. Nos chômeurs ne connaîtront ni la misère, ni l'assistanat. Ils retravailleront tous.

Axel eut un instant d'hésitation et observa Maria attentivement. En dépit d'une seconde nuit écourtée, elle semblait disposer de toutes ses facultés. Résolu à se montrer patient, il demanda d'un ton neutre :

– Tu vas faire comment ?

– C'est très simple. Plutôt que de disputer aux machines le travail qu'elles peuvent nous prendre, consacrons-nous à ce qui leur reste inaccessible, à tout ce qui demande un minimum de créativité ou de sensibilité et qui n'est pas nécessairement synonyme de longues études. En procédant ainsi, chacun retrouvera sa place aux Amarandes.

– Si je résume bien, maugréa Axel consterné d'entendre autant de sottises, la moitié des habitants de l'île va se former aux métiers non automatisables, puis tout le monde passera à mi-temps, de gré ou de force. Quant aux revenus de chacun, je suppose qu'ils seront également divisés par deux.

– C'est presque ça, confirma Hurdley.

– Vous êtes un fou criminel ! explosa Axel.

– Ce n'est pas à moi qu'il faut le dire.

– Pourquoi ?

– Mais enfin ! Vous croyez vraiment que j'aurais pu concevoir tout seul un tel programme ?

*

Axel se leva d'un bond, appuya ses deux mains sur la table dont il froissa le tapis vert et se pencha, l'air menaçant, vers Hurdley qui se tenait assis face à lui.

– Alors c'est donc ça ! rugit-il. Vous m'avez menti sur tout ! Depuis le début ! Et qui se cache derrière ce programme absurde ?

– Je ne peux pas vous le dire, fit Hurdley impassible.

– Vous vous moquez de moi ?

– Au contraire ! Si je vous ai fait cet aveu, c'est pour devancer vos questions d'expert, auxquelles je ne saurais pas répondre. Mes connaissances en économie ne me permettent de vous exposer que les grandes lignes du projet, mais c'est suffisant, puisqu'il est encore en devenir.

– Vous croyez que je vais me contenter d'une telle réponse ?

– Il le faudra bien. D'ailleurs Balthazar et Maria n'en savent pas plus que vous. Est-ce si important de connaître l'identité des experts qui m'ont entouré lorsque j'ai commencé à développer ce projet informatique ?

– Ce n'est pas un projet informatique, objecta Tom.

– Comment ça ? Pourquoi donc êtes-vous ici ? Proteus va nous apporter une avance déterminante en matière d'intelligence artificielle. Ça ne vous suffit pas ?

– Si je comprends bien, insinua Audrey, les habitants de cette île n'ont été pour vous que des rats de laboratoire.

– C'est tout le contraire ! Nous voulons en faire des privilégiés ! Vous ne voyez donc pas ce qui se passe partout ailleurs ? Tous ces hommes qui reculent pied à pied face à l'inexorable montée des robots et des logiciels ? Pour préserver leurs revenus, ils s'efforcent de travailler plus, et pour garder leur emploi, ils acceptent de gagner moins. Jusqu'où descendront-ils ? Pourtant, pendant très longtemps, c'est le contraire qui s'est produit. Les progrès des machines entraînaient l'enrichissement de tous et la diminution du temps de travail. Il faut retrouver ce modèle vertueux, faire baisser l'offre de travail humain pour que sa valeur remonte, sans recourir à la guerre pour cela. L'appauvrissement continuel du plus grand nombre n'a jamais été une fatalité. Le projet déployé aux Amarandes veut prouver que l'on peut briser ce mécanisme infernal et revenir à une société libre où le progrès profitera à nouveau à tous. Si l'expérience aboutit au succès que nous espérons, cet archipel sera un modèle de société harmonieuse.

– Mais enfin ! protesta Axel. Comment Maria va-t-elle faire accepter à ceux qui auront conservé leur emploi de passer à mi-temps et de perdre la moitié de leurs revenus ? Ils vont se révolter d'un tel appauvrissement !

– Il n'y aura aucun appauvrissement, mais seulement une répartition des revenus un peu différente.

– Un peu différente ?

– Oui. Si la production de biens et de services des Amarandes est assurée en partie par des robots, elle ne va pas diminuer pour autant. Mais les robots ne réclamant pas leur part de cette production, les habitants de l'archipel se la partageront. Leur temps de travail va donc bien diminuer de moitié, mais leurs revenus resteront inchangés. La différence avec le reste du monde, c'est que le fruit du travail des machines ne bénéficiera pas seulement à une minorité, mais à tous.

Axel ne répondit pas. Le raisonnement de Hurdley l'avait déstabilisé, en même temps qu'il l'inquiétait. Quels économistes avait-il pu consulter pour concevoir un tel projet ?

*

Il était près de deux heures quand ils retrouvèrent Rachel pour le déjeuner qu'elle avait fait servir sous la tonnelle. Sur la nappe blanche, la vaisselle multicolore étincelait. Tous les visages en étaient illuminés, mais ils demeuraient graves.

– J'ai accepté la Vice-Présidence, annonça Maria, à condition de pouvoir choisir mes collaborateurs. Axel, accepterais-tu d'être ministre de l'Économie jusqu'à la fin du déploiement de la phase trois ?

– Euh… balbutia-t-il, c'est très aimable d'avoir pensé à moi, mais Audrey dans tout ça ?

– Si vous restez encore parmi nous, ajouta Maria, je crois que son cours de dessin ne va pas désemplir.

Décontenancée, Audrey hésita. Les longues explications de Hurdley et de Balthazar ne l'avaient convaincue que d'une chose : ils continuaient de mentir et de dissimuler. Elle se tourna vers Rachel, dans l'espoir d'un signe, mais son visage de sphinx demeurait impénétrable. Elle songea alors à Axel, aux efforts qu'il avait déployés, à sa vie qu'il avait risquée. Il allait repartir floué s'ils quittaient l'île maintenant. S'ils voulaient avoir une chance de connaître enfin la vérité, ils devaient rester.

– Je suis d'accord, annonça-t-elle.

Consterné par l'inexplicable réponse d'Audrey, Axel se sentit pris au piège. Avant même la fin de la réunion, il avait décidé de repartir au plus vite. Hurdley s'était moqué de lui, il ne l'avait recruté que pour en faire l'exécutant aveugle d'un programme économique fantaisiste, et ses justifications tardives ne l'avaient pas satisfait. Qu'allait-il pouvoir invoquer maintenant qu'Audrey avait accepté de rester ?

– Je vais réfléchir, dit-il, mais j'aimerais d'abord savoir ce que vous comptez raconter aux gens d'ici.

– Il faudra s'en tenir au plus près de la vérité, intervint Balthazar. Maria va expliquer à nos concitoyens qu'il serait absurde de rejeter les robots, mais qu'on ne peut pas pour autant priver de revenus et d'utilité sociale les hommes et les femmes dont ils reprennent les tâches. Dans le contexte actuel, cette réforme tombe tellement sous le sens qu'elle devrait s'imposer d'elle-même.

Axel ne put réprimer une moue dubitative. Voyant cela, Hurdley allait intervenir, quand il se mit à fouiller dans sa poche pour en extraire le téléphone qui s'était mis à vibrer. Contrarié, il demanda sèchement à son interlocuteur d'être bref et le silence se fit autour de la table.

– Ce n'est pas possible ! s'écria-t-il. Attendez ! Je vous rappelle depuis un autre poste.

Reposant brutalement l'appareil devant lui, il se tourna vers Tom.

– Venez avec moi ! Il semblerait que le contrôle de Proteus nous ait échappé !

Quand ils eurent disparu, les convives s'interrogèrent du regard. Qu'était-il arrivé ? Quel nouveau danger fallait-il craindre ? De longues minutes s'écoulèrent, quand Tom réapparut, visiblement bouleversé.

– Il s'est passé quelque chose d'inexplicable ! Audrey, il faut que tu viennes… Toi aussi Axel.

À peine eurent-ils quitté la véranda que Tom demanda fébrilement à Audrey :

– Qu'est-ce que tu as dit à Oscar ?

– Comment ça ?

– Le soir de ton agression, qu'est-ce que tu lui as demandé ?

Audrey réfléchit tandis qu'ils traversaient le salon.

– Je lui ai demandé de m'aider, c'est tout.

– Oui, mais avant ?

– Avant quoi ?

– Madame Woodstone, annonça Hurdley en la voyant entrer dans le bureau de Balthazar où il s'était installé, il va falloir tout nous dire.

– Qu'est-ce que vous voulez que je vous dise ? s'échauffa-t-elle en se laissant tomber dans le canapé que Hurdley lui présentait avec insistance.

Axel s'assit près d'elle tandis que Tom et Hurdley prenaient place dans les fauteuils opposés, situés de part et d'autre d'un large écran mural.

– Il faut essayer de vous rappeler tout ce que vous avez dit à Oscar et que Proteus aurait pu interpréter comme une instruction.

– Vous plaisantez ?

– Madame Woodstone, c'est très important, insista Hurdley.

– Mais quand ? s'écria-t-elle. Cela fait près d'un an que j'ai pris Oscar comme confident, que je lui raconte ma vie et mes états d'âme, comme j'aurais pu le faire avec un chat. Qu'est-ce que vous voulez que je vous dise ?

Hurdley se tourna vers Tom :

– Vous aviez raison, ce doit être l'explication.

– L'explication de quoi ? s'impatienta Axel.

En guise de réponse, Hurdley saisit un boîtier et pressa une touche. L'écran suspendu derrière lui laissa apparaître l'image du docteur Hindman, le chirurgien qui avait rendu visite à Audrey. Axel tressaillit.

– Que s'est-il passé ?

– Bonjour Madame Woodstone, bonjour Monsieur Woodstone, prononça le médecin d'une voix hésitante. Je viens de m'entretenir avec Monsieur Hurdley et Monsieur Greene pour essayer de comprendre ce que je venais de découvrir. Monsieur Greene m'a dit que vous aviez utilisé ce robot relié à l'ordinateur comme une sorte de confident. C'est bien exact ?

– Oui, confirma Audrey qui ne comprenait pas où il voulait en venir.

– Eh bien voyez-vous, il semblerait que cette machine ait interprété très largement la demande d'aide que vous lui avez exprimée le soir de votre agression.

– Comment ça ? fit Audrey d'une voix blanche.

– C'est-à-dire… annonça Hindman avec embarras, lorsque j'ai examiné la vidéo de votre opération, je n'ai pas vu tout l'enregistrement.

– Qu'est-ce vous dites ! éructa Axel fou de rage. Vous m'aviez pourtant assuré…

– Oui, je sais, fit Hindman qui jetait des regards désespérés de tous côtés. C'est une faute professionnelle, mais comment pouvais-je deviner que cette machine avait fait une seconde opération ?

– Une quoi ? lâcha Axel épouvanté.

– Oui, en regardant à nouveau la vidéo, je me suis aperçu que pendant l'anesthésie, le robot chirurgical avait fait une autre intervention, juste après celle effectuée sur l'abdomen.

– Qu'est-ce qu'il a fait ? demanda Audrey livide.

– Il semblerait que cette machine ait suivi une de vos requêtes antérieures. Elle a procédé sur vous à une opération humainement impossible, une opération de microchirurgie exigeant une vitesse et une précision invraisemblables, une sorte de remodelage au niveau cellulaire. Madame, votre malformation congénitale a été corrigée, vous allez pouvoir donner la vie.

V

L'exploit chirurgical de Proteus fut gardé soigneusement secret. Sans cela, ses robots auraient perdu leur mauvaise image et attiré à nouveau les touristes, ce qu'il convenait d'éviter. L'incarcération de Larossay ne dura pas, aucune charge sérieuse n'ayant pu être retenue contre lui. Il n'était pour rien dans la mise en place de la bombe, qu'il avait voulu neutraliser au tout dernier moment, et il n'avait emprisonné Axel que quelques heures. Retiré dans son vaste domaine, il ne le quitta plus que pour voyager.

Très vite, tous les chômeurs de l'île se retrouvèrent sur les bancs de l'école. Dans la conserverie de poissons, une des principales entreprises des Amarandes, on prit soin, comme dans toute l'île, d'associer étroitement le personnel au projet de modernisation, qui aboutit à robotiser la moitié des postes de travail. Les salariés remplacés par des machines furent formés aux travaux humains restants, et ils réintégrèrent ensuite l'entreprise pour y partager les emplois des collègues restés en poste. Tous passèrent ainsi à mi-temps et à mi-traitement, mais le loyer des robots venait compenser les pertes de salaire de chacun. Les machines ne travaillaient plus contre les hommes, mais pour eux. Certes, il ne s'agissait que d'une seule entreprise, comme celle de Ford au siècle précédent, mais on venait néanmoins d'y prouver, là aussi, qu'en partageant le bénéfice des machines, la modernisation pouvait entraîner autre chose que le chômage et la baisse des salaires. Quant au dirigeant, s'il se trouvait contraint de partager son pouvoir de décision, il obtint en contrepartie de son personnel un investissement dans la bonne marche de l'entreprise qui dépassa ce qu'il aurait jamais pu espérer jusqu'alors.

Maria était émerveillée. Chaque jour, le programme économique de Hurdley et de ses mystérieux conseillers se mettait harmonieusement en place et révélait son efficacité. Les robots avaient changé de camp à la satisfaction générale et seuls quelques propriétaires grincheux osaient encore exprimer, en sourdine, leur frustration. Axel, pourtant, était loin de partager cet enthousiasme, mais il refusait de s'en expliquer.

Vint enfin le jour où Audrey, rayonnante, lui annonça qu'elle était enceinte. Dans l'explosion de joie d'Axel, elle sentit néanmoins une réserve. Il s'efforçait de lui cacher un souci, qu'elle ne parvenait pas à deviner.

*

C'était une nuit sans lune. Un lourd manteau de nuages glissait en silence au-dessus des Amarandes ensommeillées. Dans le port de la capitale, la masse noire de quelques cargos assombrissait les quais déserts. Tout semblait dormir. Pourtant, sur le pont enténébré d'un des navires, des voix étouffées et un sourd piétinement montaient des cales. Tout à coup, dans un grincement de poulies, la passerelle, relevée pour la nuit, s'abaissa. Dès qu'elle toucha le quai, des ordres murmurés fusèrent et une longue procession humaine s'y engagea avec prudence. Quand tous furent descendus, le groupe s'ébranla en direction de la ville. Arrivés sur la petite place qui regardait le port, les nouveaux venus furent stoppés d'un geste par les deux hommes qui avaient pris leur tête. Ils s'assirent en silence et leurs guides s'élancèrent vers le cargo dont les amarres étaient déjà larguées.

Alerté peu après l'aube de cet étrange débarquement, Victor, nommé chef de la police par Maria, s'était aussitôt rendu sur les lieux. Là, après avoir vainement tenté de communiquer avec les nouveaux arrivants, il avait ordonné leur transfert dans un des hôtels désaffectés de l'île. Puis il informa Maria, qui se hâta de le rejoindre. À son arrivée, les derniers minibus déchargeaient les passagers de la nuit : des hommes et des enfants, pauvrement vêtus, et des femmes aux longues robes multicolores et à la peau d'ébène.

– Ils ont l'air en bonne santé, se réjouit Maria en voyant les mères s'efforcer de calmer les enfants excités par la présence des robots au volant des véhicules.

– Ça reste à vérifier, grogna Victor. J'ai fait appeler tous les médecins disponibles pour qu'ils viennent les examiner.

– Sais-tu s'ils ont un chef?

– Je n'en ai pas l'impression, mais comment en être sûr? Même les robots ne comprennent pas leur langue!

– Tu surestimes nos machines. Il existe des milliers de dialectes africains.

– Quoi qu'il en soit, on ne devrait pas tarder à savoir d'où ils viennent. Je viens de transmettre l'enregistrement des quelques mots qu'ils ont bien voulu prononcer au professeur Woodstone. Il sait où envoyer ce document et il m'a assuré d'une réponse rapide.

Pénétrant dans l'hôtel, ils parcoururent les pièces de réception où des policiers embarrassés invitaient par gestes ces curieux visiteurs à se regrouper autour des tables et des banquettes disponibles.

– Combien sont-ils exactement? s'enquit Maria.

– Cent treize, dont vingt-six enfants.

– Me voilà! fit Axel en s'avançant vers eux, flanqué d'un robot.

– Pourquoi as-tu amené cette machine? s'étonna Maria.

– Pour leur parler.

– Elle a déjà appris leur langue?

– Bien sûr que non! Mais je viens de contacter un universitaire africain qui la connaît. C'est lui qui va leur parler au travers du robot.

– Alors il sait d'où viennent ces gens, releva Maria.

– Tout à fait. Ils sont originaires d'une province où des bandes armées entretiennent une guerre civile depuis des années. C'est un prodige qu'ils soient parvenus jusqu'à nous. C'est même un mystère qu'il serait bon d'éclaircir rapidement.

– Je suis bien d'accord, répliqua Victor, mais ça ne va pas être facile. Comme par hasard, deux cargos sont repartis très tôt ce matin et ils sont déjà hors de portée de nos garde-côtes. On va les contacter par radio, mais je ne me fais aucune illusion sur…

– Bien! coupa Maria. En attendant les résultats de l'enquête, je propose qu'on s'occupe de nos hôtes.

Axel sortit son téléphone de sa poche, tapota l'écran et attendit.

– Ça va être à vous, Professeur, fit-il en voyant apparaître le visage de son correspondant. Votre ordinateur est connecté à l'adresse que je vous ai indiquée?

– Il me semble, fit la voix au téléphone, mais pour le moment, mon écran reste… Ah! Ça y est! J'ai une image!

– Vous êtes relié aux capteurs vidéo du robot qui est à nos côtés, indiqua Axel. J'ai poussé le haut-parleur au maximum. Vous pouvez parler.

*

Au Palais du gouvernement, dans l'austère bureau de Balthazar, trois ventilateurs alignés au plafond tournaient en silence. Les lourds rideaux de velours avaient été tirés, plongeant la pièce dans la pénombre. Accoudé à son bureau, Balthazar observait Maria, Axel et Victor assis face à lui.

– C'est très embarrassant, résuma Axel. Ces gens sont des réfugiés. La guerre civile qui ravage leur pays les a contraints à fuir et ils n'étaient nulle part les bienvenus. Sans le secours inexplicable dont ils ont bénéficié, leur errance les aurait probablement conduits à la mort.

– Inexplicable ! sursauta Victor. Ce n'est pas le mot que j'aurais employé !

– Lequel alors ? grinça Maria.

– Tu ne vois donc pas qu'on cherche à nous nuire ? L'aide mystérieuse qui leur a été apportée n'est pas destinée à les aider, mais à nous mettre dans l'embarras. Et c'est réussi !

– Et alors ? L'essentiel n'est-il pas que ces gens aient eu la vie sauve et soient en sécurité ?

– Les Amarandes sont soudain devenues un pays très moderne, ajouta Axel. Il n'est pas étonnant qu'elles puissent attirer ceux qui ont plus à craindre des hommes que des robots.

– Là n'est pas la question ! protesta Victor. Ces gens ne sont pas arrivés à la nage !

– Ils sont arrivés parce que nos frontières ne sont pas gardées, intervint Balthazar avec calme. Jusqu'à présent, l'océan nous isolait du reste du monde et notre faible développement économique ne nous valait guère que la visite des touristes. Un contrôle sommaire des navires et des avions était suffisant. Mais ce n'est plus le cas.

– Je peux vous assurer que ça va changer ! s'échauffa Victor. Les prochains, s'il y en a, ne sortiront pas du bateau !

– Et ceux qui sont ici, s'inquiéta Maria, tu proposes d'en faire quoi ?

Victor répondit par un haussement d'épaules et se laissa retomber dans son fauteuil, le visage fermé.

– Il ne faut pas espérer les renvoyer chez eux de sitôt, indiqua Axel. Les problèmes de leur pays ne sont pas près de se résoudre. Leur exil risque donc d'être définitif. Le nombre de ceux qui quittent leur foyer pour des raisons politiques ou climatiques ne cesse d'augmenter de par le monde, et des millions de réfugiés n'ont aucune perspective de retour. Pour eux, l'intégration dans leur pays d'accueil ou dans un pays tiers est la seule solution envisageable.

– Nous ne sommes pas leur pays d'accueil ! protesta Victor.

– Ça suffit ! rugit Maria. Ces malheureux nous ont sans doute été imposés, mais ce n'est pas une raison pour les rejeter à la mer ! D'autant qu'ils sont à peine une centaine.

– Cent treize, grinça Victor, et il y a deux femmes enceintes.

– Le problème est qu'ils n'arrivent pas au meilleur moment, observa Axel. Nous menons avec la phase trois une transition sociale délicate qu'ils ne vont pas faciliter.

– Tu voudrais les chasser toi aussi ? s'insurgea Maria.

– Je ne dis pas ça, mais ils n'arrivent pas à un moment très favorable, c'est tout.

– Je refuse d'entendre cet argument ! On a accepté de recevoir ici des milliers de robots qui nous réclament un énorme effort d'adaptation et tout le monde trouve normal de leur faire une place. Et voilà qu'une poignée de malheureux débarque sur notre île et on ne songe aussitôt qu'à les rejeter !

– Attends ! Tu mélanges tout ! Ça n'a rien à voir.

– En effet ! Ça n'a rien à voir ! On a d'un côté des êtres humains qui ne demandent qu'à survivre et de l'autre des machines que rien ne nous obligeait à fabriquer. Je ne prendrai jamais le parti des machines !

Axel connaissait assez Maria pour savoir qu'il perdrait son temps à vouloir la convaincre et il y renonça d'autant plus facilement que, pour lui, le problème était ailleurs.

– Qu'avez-vous pu apprendre ? demanda Balthazar à Victor.

– Pas grand-chose. Un bienfaiteur anonyme originaire de leur ethnie aurait tout organisé. Ils se sont méfiés, mais leur situation les a contraints à lui faire confiance. Ils ont traversé en camions une zone dangereuse sans être inquiétés, puis ont embarqué dans le cargo qui les a amenés jusqu'ici. C'est tout.

– Vous croyez à cette histoire ?

– Vraie ou fausse, qu'est-ce que ça change ? Ils sont là maintenant, et, comme le dit votre fille, on ne va pas les rejeter à la mer ni les renvoyer se faire massacrer chez eux ou y mourir de faim.

– Je suis d'accord sur ce point, conclut Balthazar. Il faut les intégrer à notre société. Ils doivent trouver leur place ici, comme nous avant eux. Après tout, si on devait restituer les Amarandes à leurs habitants d'origine, il n'y resterait plus que des tortues et des oiseaux marins.

*

Sitôt la réunion terminée, Axel avait quitté le Palais du gouvernement, abandonnant Victor et Maria à leur discussion sur la sécurité du trafic portuaire. Une demi-heure plus tard, alors que le soleil déclinant commençait à rosir le ciel, il retrouva Audrey nageant dans leur piscine. Ravie de le voir rentrer si tôt, elle bondit hors de l'eau et Oscar lui présenta la serviette qu'elle avait jetée sur un transat. Mais son sourire se figea lorsqu'elle vit le visage soucieux de son mari.

– Que se passe-t-il ? demanda-t-elle en posant furtivement ses lèvres humides sur celles d'Axel.

En guise de réponse, il l'entraîna jusqu'à la véranda et donna à Oscar pour instruction de rester au fond du jardin. Ils s'installèrent dans la balancelle et il résuma les événements de la journée.

– Je ne comprends pas, avoua Audrey lorsqu'il eut terminé. Tu viens de m'expliquer que vous alliez assimiler ces gens et renforcer le contrôle des navires. Le problème semble donc résolu. Vas-tu enfin me dire ce que tu sais ?

Axel était embarrassé, il hésitait.

– J'ai beaucoup réfléchi depuis que je connais la véritable nature du projet de Hurdley, lâcha-t-il. Je suis sûr qu'il va nous attirer des ennemis, qui sont déjà à l'œuvre. Son programme est généreux et je ne peux qu'y adhérer, mais il est largement d'inspiration marxiste.

– Marxiste ? s'étrangla Audrey.

– Pour surmonter les contradictions internes du capitalisme, poursuivit Axel paisiblement, Marx proposait de transférer aux travailleurs la propriété de leurs moyens de production. Or c'est exactement ce qui se passe avec l'armée de robots dont Hurdley a fait don à l'État, qui les loue aux entreprises au profit des salariés, comme s'ils en étaient les propriétaires.

– Axel ! implora Audrey. Je ne suis pas économiste ! Qu'est-ce c'est que cette histoire de contradictions ?

– Tu as déjà joué au Monopoly ?

– Oui, il y a quelques années, mais où est le rapport ?

– Eh bien, de manière très schématique bien sûr, ce jeu révèle les contradictions internes du capitalisme, qui ne peut se maintenir que de crise en crise jusqu'à, selon Marx, une crise ultime.

– Vraiment ?

– Oui. En début de partie, les joueurs ont chacun le même petit capital et ils évoluent dans un monde à construire. Leur activité leur procure des revenus qu'ils investissent dans des terrains, puis des maisons et des hôtels, qui leur rapportent de plus en plus d'argent pendant toute la période d'expansion du jeu. L'activité est alors en plein essor, tout le monde travaille et tout le monde s'enrichit. Mais le tapis de jeu n'est pas infini, ni le nombre de joueurs, qui se font une concurrence de plus en plus acharnée. Avec le temps, certains joueurs parviennent à en ruiner d'autres. Les fortunes se concentrent ainsi de plus en plus, jusqu'au moment où il ne reste plus qu'un seul joueur.

– C'est le gagnant.

– Non. Il a perdu lui aussi, victime de son succès. C'est ça, la contradiction. En éliminant ses concurrents, il perd du même coup ses clients. Au fil de la partie, il y a de moins en moins de joueurs et de plus en plus de maisons et d'hôtels. Il y a surproduction de ces biens et, à la fin, leur demande s'effondre. Quand il ne reste plus qu'un joueur, ses maisons et ses hôtels ne lui rapportent plus rien. Il est ruiné, lui aussi. Au Monopoly, il n'y a que des perdants.

– Mais ça n'a rien à voir avec la réalité ! Le capitalisme existe depuis au moins deux siècles, il fonctionne toujours et il s'est même étendu à la Terre entière.

– Le Monopoly aussi.

– Et alors ?

– Alors ? Comment expliques-tu que les gens puissent jouer au Monopoly pendant des années ?

– Mais enfin… Ils font plusieurs parties !

– Et que se passe-t-il entre deux parties ?

– Pardon ?

– C'est là que tout se joue. Pour entamer une nouvelle partie, il faut d'abord détruire les richesses accumulées lors de la précédente. C'est ce qu'on appelle une crise économique, et si elle se prolonge, elle peut mener jusqu'à la guerre, comme à la fin des années trente. Bien sûr, la réalité est infiniment plus complexe, ce jeu n'est qu'une image. On n'a pas besoin de tout casser pour repartir et tous ne sont pas ruinés à chaque fois, mais le principe reste le même : le capitalisme génère la croissance et s'en nourrit sans fin, comme une boule de neige dévalant une pente. Vient alors un moment où il s'emballe, surchauffe, et plonge dans une crise. Puis il se contracte, plus ou moins, après quoi il peut repartir, amorçant un nouveau cycle économique.

– Tu m'avais déjà expliqué cette histoire de cycles et je ne vois pas de nouveau problème.

– Le nouveau problème, c'est que la boule de neige du capitalisme a maintenant enflé aux dimensions de la Terre entière, elle ne peut plus s'étendre, elle s'est mondialisée. Et il y a nos machines, infiniment supérieures à celles du temps de Marx, qui vont peut-être contribuer à réaliser sa sombre prédiction. Le capitalisme ne serait pas confronté à une crise de plus, mais à son naufrage.

Audrey s'immobilisa et s'interdit de réagir, mais son visage trahissait un mélange de surprise et de doute. Voyant cela, Axel prit soudain, sans même s'en rendre compte, la posture et le ton qu'il adoptait devant ses étudiants et il se lança avec ardeur dans ses explications.

– Marx dénonçait le partage inégal des revenus entre le capital et le travail. Selon lui, les prolétaires, c'est-à-dire ceux ne vivant que de leur travail, étaient exploités par les capitalistes, ce qui permettait à ces derniers d'accumuler ce fameux capital qui, allié au travail, nous a conduits à l'extraordinaire niveau de développement que nous connaissons aujourd'hui. Seulement, nos machines ont changé de nature. À l'époque de Marx, il y en avait beaucoup moins, elles avaient des possibilités très limitées et ne pouvaient se passer des hommes pour fonctionner. Aujourd'hui, des millions et des millions d'automatismes, de logiciels et de robots sont capables d'un nombre croissant de tâches toujours plus complexes. Non seulement ils n'ont plus besoin des hommes, mais ils les remplacent ! Sur ce point, la problématique de Marx est dépassée. Il ne s'agit plus d'un partage inégal des revenus entre le capital et le travail, mais de la disparition de ce partage. Jour après jour, le capital se passe un peu plus du travail humain pour produire. Le prolétaire n'est plus exploité, il est inutile.

– C'est monstrueux ce que tu racontes ! Il y a des centaines de professions où les machines et les ordinateurs n'auront jamais leur place !

– Je ne dis pas le contraire, Hurdley non plus. Il reste du travail, mais plus assez pour tous si on ne le partage pas, car on est loin de pouvoir en inventer aussi vite qu'il en disparaît. Ainsi, les machines privent toujours plus d'hommes de ressources et laissent les autres travailler comme avant. Seuls les propriétaires des machines en tirent avantage, ce qui paraît logique, mais cela risque néanmoins de ne pas durer, car c'est du fordisme à l'envers. Au lieu de distribuer plus de salaires, pour enrichir les consommateurs et accroître les débouchés de la production, on fait le contraire. Plus les machines sont nombreuses et efficaces, moins il y a d'hommes susceptibles d'acheter leur production.

– Mais alors, pourquoi n'augmente-t-on pas les salaires, si c'est la solution ?

– Parce que la concurrence propre au capitalisme nous l'interdit. Ce n'est pas que les dirigeants d'entreprises soient stupides ou inhumains, c'est qu'ils n'ont pas le choix. Si l'un d'entre eux se montrait soudain généreux avec son personnel, il ne tarderait pas à perdre tous ses clients. Même ses salariés iraient acheter les produits concurrents moins coûteux. Eux aussi feraient jouer la concurrence… Alors, comme chaque pays s'efforce de contenir la montée de son chômage et qu'avec l'expansion des machines, les entreprises n'ont d'autre choix que de licencier ou de produire plus, tout le monde s'efforce de produire plus. Mais les consommateurs nationaux ayant des revenus inchangés, ils ne peuvent pas absorber cette surproduction, qu'il faut donc exporter. Le problème, c'est qu'à l'échelle de la planète, il n'y a pas d'exportations. C'est une solution aussi égoïste qu'illusoire, et si certains pays parviennent à exporter provisoirement leur chômage, celui-ci n'en poursuit pas moins sa progression mondiale, puisqu'à chaque progrès technique permettant d'économiser de la main-d'œuvre, il faut l'adopter pour rester compétitif. L'appareil productif capitaliste continue ainsi de pousser la production à la hausse, mais comme il laisse toujours plus d'hommes au bord du chemin, il réduit dans le même temps ses débouchés. Ainsi, de plus en plus de richesses profitent à toujours moins d'hommes, d'où l'explosion du marché du luxe. Mais cette tendance ne pourra pas se prolonger indéfiniment. Si les inégalités continuent de se creuser, la paix sociale n'y résistera pas. Et on connaît la suite : quand les troubles intérieurs deviennent intolérables, on tourne sa colère vers l'étranger, coupable tout désigné.

– Et Hurdley dans tout ça ? grinça Audrey ébranlée par le sinistre raisonnement d'Axel.

– Hurdley a réuni ici le capital au travail, transformant cette île en une sorte de grande coopérative qui gère tous les robots et reverse à chaque habitant sa part des bénéfices. Ses machines ne servent ni à augmenter la production, ni à participer à la guerre commerciale mondiale. Elles appartiennent et profitent à tous. C'est ce que suggérait Marx, qui voulait que chacun possède son outil de travail, comme c'est le cas pour les artisans. Ils en font ce qu'ils veulent, y compris travailler moins pour vivre mieux, plutôt que consommer toujours davantage. Si nos gains de productivité servaient enfin à cela, le saccage de notre planète ralentirait et le spectre d'une crise de surproduction disparaîtrait. Ce serait comme un éternel début de partie de Monopoly.

– Mais… C'est plutôt bien.

– Ce qui l'est moins, c'est que la transformation de toutes les entreprises de la planète en coopératives est très improbable. Combien de propriétaires d'entreprises ou d'actions seraient tentés de suivre l'exemple de Hurdley ?

– Et si on leur expliquait tout ce que tu viens de me dire ?

– Mais c'est le but de Proteus ! Prouver qu'il est possible d'éviter le pire, de mettre l'économie au service de l'homme, de tous les hommes et non d'une minorité, sans imposer pour autant une dictature.

– Tu m'as pourtant parlé de Marx…

– Et alors ? Marx a été diabolisé par les dictatures criminelles qui se réclamaient de lui pour justifier leurs exactions, mais il n'était ennemi ni de la démocratie, ni de la propriété privée, hormis celle des grands moyens de production. S'il dénonçait les contradictions du capitalisme et sa nature inéquitable, il en admirait aussi la vitalité, et l'analyse qu'il en a faite reste un outil de réflexion précieux.

– Tu es marxiste ?

– Pourquoi donc ? Faut-il aussi être bouddhiste pour parler de Bouddha en termes positifs ? Je suis économiste, j'ai étudié Marx sous un angle scientifique, voilà tout. Son œuvre est inachevée et certaines de ses observations ont vieilli, mais la profondeur de sa pensée jouit toujours d'un grand respect dans les milieux universitaires. Malgré cela, peu de mes confrères oseraient se réclamer ouvertement de lui, ce serait désastreux pour leur carrière… C'est pour ça que les conseillers de Hurdley ont voulu rester anonymes, car son expérience est dangereuse. Notre monde court peut-être à sa perte, mais certains ne voudront jamais le savoir. Ils préféreront risquer une guerre plutôt que d'envisager le partage de leur fortune. Cette expérience ne peut être à leurs yeux qu'un très mauvais exemple et ils feront tout pour qu'elle échoue.

Audrey frissonna, le crépuscule avait plongé la véranda dans les ténèbres, elle sentait y flotter des ombres menaçantes. Au fond du jardin, la pâle silhouette d'Oscar se dressait comme une pierre tombale. Axel éprouvait un mélange de soulagement et de tristesse. Il avait enfin alerté Audrey, mais au prix du bonheur insouciant de sa grossesse. Il fallait pourtant qu'il aille au bout de sa démarche.

– Je ne crois pas à cette histoire de généreux convoyeur de réfugiés, reprit-il d'un ton grave. Ces pauvres gens n'ont pas été envoyés ici avec de bonnes intentions. La paix retrouvée de cette île ne va pas durer. Audrey, tu portes notre enfant, tu dois partir.

*

Dans le campement saccagé envahi par l'obscurité, les torches électriques des secours s'agitaient en tous sens à la recherche des blessés. Victor et Maria venaient de rejoindre Axel, qui se trouvait là au moment de l'attaque et les avait alertés. Un coup de matraque lui avait effleuré le crâne et lorsqu'Audrey, arrivant à son tour, découvrit son visage ensanglanté, elle poussa un cri.

– Ce n'est rien ! fit-il avec humeur, mais tu aurais très bien pu te trouver là, toi aussi.

– Il n'y a donc personne pour te soigner ? s'indigna-t-elle.

– Il y a plus de blessés que de médecins ! On s'occupera de moi plus tard.

Audrey baissa la tête sur son ventre arrondi. Elle avait refusé d'entendre les prières d'Axel la suppliant de s'en aller. Elle ne l'aurait quitté à aucun prix. Il avait alors menacé de partir lui-même, mais elle savait qu'il n'abandonnerait jamais sa mission au moment le plus difficile. Et ce soir, elle contemplait avec horreur les blessés évanouis ou gémissants qu'on évacuait en hâte. Elle se voyait à leur place, avec son enfant.

– Tu n'as distingué aucun des agresseurs ? demanda Victor.

– Non, il faisait déjà nuit et ils portaient tous des cagoules.

– Mais pourquoi étais-tu ici ?

Malgré la pénombre et les traînées de sang qui balafraient son front et ses joues, le visage d'Axel ne put dissimuler son embarras.

– J'étais venu discuter avec ces nouveaux venus, confessa-t-il. Pour une fois qu'ils parlaient anglais, je n'avais pas besoin de robot traducteur et je pouvais converser librement.

– Discuter de quoi ? insista Victor.

– De leur vie avant qu'ils n'arrivent ici, de leur voyage, de leurs espoirs, que sais-je ?

– Si je comprends bien, tu as mené ta petite enquête.

– Pourquoi pas ? Je sais bien que tu les as déjà longuement interrogés, comme tous les autres, sans plus de succès. Alors pourquoi n'aurais-je pas essayé d'en savoir un peu plus ? D'une question à l'autre, j'aurais peut-être pu t'apporter un indice.

– Je ne t'en veux pas. Je sais bien qu'avec tous ces immigrés, notre île est devenue une véritable Arche de Noé. Et je n'ai pas trouvé le moyen de garder nos côtes.

– Tu n'as rien à te reprocher, intervint Maria. Ces gens ont été débarqués sur des îlots déserts de l'archipel. Il y en a plus d'une centaine, répartis sur des milliers de kilomètres carrés d'océan. Qu'est-ce que tes vedettes garde-côtes pouvaient faire ?

– J'aurais aimé qu'elles ne se limitent pas à les récupérer ! J'aurais voulu coincer les salopards qui les transportent !

– Je sais déjà tout ça, mais je crois le moment mal venu pour en discuter. Tu aurais sans doute préféré qu'on les laisse mourir sur ces îlots ?

– Je n'ai jamais dit ça ! Seulement c'est trop facile ! Ils les abandonnent, ils nous le font savoir à peine repartis, et tu m'ordonnes d'aller les récupérer. Combien t'en faudra-t-il encore avant de te décider à les renvoyer dans leur pays ?

– Ils ne sont pas si nombreux ! Ils pèsent bien peu comparés à la population de l'île ! Mais vous ne voyez plus qu'eux ! Quant à les renvoyer dans leur pays, dans le meilleur des cas, c'est les rejeter à la misère, tu le sais très bien.

– Tu ne pourras pas conserver longtemps cette ligne de conduite, objecta Axel qu'un infirmier venait de faire asseoir pour examiner sa blessure. L'inquiétude et le mécontentement agitent tous les esprits.

– Ce qui me désole le plus, ajouta Audrey, c'est de voir le profit que tire Larossay de ton attitude généreuse.

– Pour sûr ! renchérit Victor. Il est de toutes les réunions, de tous les rassemblements, et c'est un beau parleur ! C'est la première fois de sa vie qu'il est populaire !

– Ça suffit ! explosa Maria. Je sais qu'il dresse la population contre ces poignées de malheureux, qu'il encourage l'égoïsme et attise la haine ! Je suis sûre qu'il se cache derrière cette lâche agression. Attaquer ce campement pour tout y casser et même frapper des femmes à coups de matraque ! Au lieu de t'en prendre toi aussi à ces pauvres gens, essaye donc de trouver les coupables puisque tu n'as rien pu prévenir !

Furieux, Victor tourna les talons et disparut.

– La violence est encore montée d'un cran, insista Axel. Je crains que la prochaine fois, il n'y ait des morts. Il faut absolument trouver une solution.

– Elle est déjà prête, confia Maria dans un soupir, mais elle va décevoir tout le monde.

*

Lorsque ses visiteurs furent introduits dans son bureau, Balthazar se leva pour les entraîner jusqu'à sa table de réunion. Maria s'assit près de lui, Tom et Axel en face d'eux. Alors, de sa voix caverneuse, Balthazar exposa son plan d'abandon de la phase trois.

– Je n'arrive pas à y croire ! s'indigna Tom. Vous voulez vraiment en revenir au tout début, à l'époque où la plupart des robots ne travaillaient que pour les touristes ?

– Il n'y a plus d'alternative, confirma Balthazar. Les violences d'hier soir ne doivent pas se reproduire. Il faut donner un signal fort.

– Tout de même ! Il doit bien y avoir d'autres moyens !

Tom était furieux. Maria ne lui avait rien dit ! Il était grand temps, songea-t-il, de se défaire des lambeaux de leur vie commune. Du jour où elle avait pris ses fonctions de Vice-Présidente, leurs liens avaient commencé à se distendre et, sans rien se dire, sans cris ni larmes, ils avaient compris que leur relation s'éteignait. Maria retrouvait encore quelquefois le chemin de la maison de Tom, mais sous le prétexte du travail avec son père, elle regagnait de plus en plus souvent sa chambre de jeune fille dans la maison familiale.

– Non, affirma Maria, il n'y a pas d'autre moyen.

– Mais pourquoi est-ce que vous ne mettez pas ces gens dehors ? protesta Tom. Ce sont eux qui posent problème !

– Je refuse d'instrumentaliser ces malheureux ! s'emporta Maria. Le problème, c'est la xénophobie de mes compatriotes ! Ils ont tous oublié d'où ils venaient ! Jamais je ne céderai devant la violence !

Tom tourna vers Balthazar un regard de reproche.

– Vous êtes d'accord avec ça ?

– Ma fille vous a exposé ses raisons, répliqua Balthazar, voici les miennes : il n'est pas envisageable de laisser envahir cette île par toute la misère du monde. Nous n'allons pas davantage passer notre temps à la repousser. La cause de nos problèmes, c'est l'expérience que nous menons. Nous allons donc y mettre un terme.

– Vous n'avez pas le droit ! explosa Tom. Vous avez pris des engagements ! Vous êtes responsable du bon déroulement du programme ! Il n'est pas question de l'abandonner aussi facilement !

– Pour qui vous prenez-vous pour me parler sur ce ton ? gronda Balthazar. J'assume toutes mes responsabilités, y compris celle de mettre fin à ce qui reste une expérience. Je n'ai pas envie de voir ce qui pourrait advenir si nous nous acharnons. Je ne laisserai pas mettre mon pays à feu et à sang pour satisfaire la curiosité de votre employeur !

– Il ne s'agit pas de curiosité, vous le savez très bien ! Cette expérience est d'une extrême importance. Tout doit être mis en œuvre pour la mener à bien.

– Non, Tom ! fit Maria tristement. Pas tout !

– Mais qu'est-ce que c'est que cette sensiblerie ? s'indigna-t-il. On ne te demande pas de tuer ces gens, on te demande de les renvoyer chez eux !

– Cela revient presque au même, et tu le sais ! Comme tu sais que j'aurais voulu poursuivre cette expérience. J'y croyais chaque jour un peu plus. Mais les souffrances humaines qu'elle engendre ne cesseront qu'avec elle. Je préfère la solution de mon père à la tienne.

– Vous ne pourrez pas faire ça ! lança Tom à Balthazar. William Hurdley vous en empêchera !

– Et comment ? Il compte me faire assassiner ?

– Vous avez signé des accords.

– Précisément ! Le contrat qui me lie à William Hurdley est très clair sur ce point. En cas d'échec de la phase trois, le matériel implanté dans l'île restera propriété des Amarandes. Il me suffira de révéler au public l'opération chirurgicale dont a bénéficié Madame Woodstone pour que les touristes recommencent d'affluer. On interrompra les réformes en cours dans les entreprises, ainsi que les programmes d'apprentissage et de formation devenus inutiles, et mes compatriotes retrouveront leur travail antérieur et le cours paisible de leur existence.

Axel n'avait pas encore dit un mot de toute la réunion, mais il partageait la consternation de Tom devant un abandon aussi précipité.

– Je ne partage pas votre avis, dit-il à Balthazar. Vous ne pouvez pas accueillir tous les malheureux qu'on rejette sur vos plages, mais ce n'est pas une raison pour vous isoler à nouveau en mettant fin à l'expérience.

Vous êtes devenu un pays riche et développé, vous devez accepter un minimum de flux migratoires.

– Non ! rugit Balthazar en abattant son poing sur la table. Nous ne subirons pas les conséquences de vos turpitudes !

– Quelles turpitudes ?

– C'est de votre faute s'il y a tous ces immigrés, toute cette misère, pas de la nôtre !

– Comment ça ?

– Ne faites pas l'imbécile, Professeur ! Vous savez très bien que c'est vous, les Américains et les Européens, avec votre agriculture subventionnée à outrance et hyperproductive, qui ruinez les paysans des autres pays ! Vos machines, vos engrais, vos pesticides, vos élevages en batterie n'ont pas chassé les hommes que de vos campagnes, mais de toutes les autres ! Comment pourraient-ils lutter contre l'impitoyable concurrence de vos exportations aux prix artificiellement bas ? Par millions chaque année, ils fuient la misère de leurs campagnes pour aller grossir celle des bidonvilles et des faubourgs sans fin de villes asphyxiées. Alors, si certains émigrent pour essayer d'échapper au désespoir, à la misère et aux guerres civiles qui en naissent, c'est de votre faute ! C'est vous qui les avez chassés de leurs terres et qui avez provoqué le chaos ! Ne venez pas me faire la leçon !

Axel était sidéré. L'analyse de Balthazar était très discutable, mais pas sans fondement. On ne pouvait pas balayer ses arguments d'un revers de manche. Il était évident que sa décision de mettre un terme à l'expérience était mûrement réfléchie et qu'il ne changerait pas d'avis. Cette fois, tout était bien fini.

Tous se regardèrent tristement, le soleil brûlait derrière les fenêtres et la chaleur devenait étouffante. Ils se séparèrent sans dire un mot.

*

Axel et Audrey décidèrent d'attendre son accouchement prochain avant de repartir, mais plus rien ne retenait Tom et, le soir de son départ, ils lui offrirent un dîner d'adieu auquel Maria se joignit. Servi par Oscar sous la véranda, le repas s'achevait dans la lumière argentée de la lune et une profonde tristesse.

– Toute ton équipe prend l'avion de Hurdley avec toi ce soir ? s'enquit Axel pour meubler le silence.

– Oui. La moitié de son appareil vient d'être équipée de sièges-couchettes, il y a de la place pour tout le monde. Mes gars reprendront le contrôle de Proteus depuis la Californie. Quant aux robots, ils n'ont plus à se préoccuper de leur mise en place.

– Mais pourquoi ton patron s'est-il donné la peine de venir vous chercher ?

– Je crois qu'en dépit de son amertume, il voulait voir une dernière fois nos installations. À cette heure, il doit être dans le bâtiment même de Proteus et je vais devoir l'y rejoindre pour d'ultimes vérifications.

– Au moins, tant que Proteus reste ici, il pourra veiller sur mon accouchement, intervint Audrey en s'efforçant de sourire.

– Sans doute, confirma Tom, mais il pourrait te porter secours à distance. Il peut commander ses robots de très loin.

Avec ces dernières paroles, la conversation acheva d'agoniser et, sans grandes effusions, Tom prit congé.

– Je ne comprends pas, murmura Audrey après son départ. Tout cela sonne faux.

– Tout quoi ? s'inquiéta Maria.

– Qu'est-ce que Hurdley est venu faire ici ? Je le vois mal versant une larme sur l'épaule d'un de ses robots… Et sa résignation ? Ça ne lui ressemble pas.

– Il ne s'est pas résigné, au contraire ! protesta Maria. Il s'est violemment opposé à mon père. Il est revenu à la charge plusieurs fois. J'en ai eu des échos. Mais quand mon père a pris une décision, il n'est pas homme à céder.

– Hurdley non plus. Quant à Tom, j'ai trouvé ses propos bien étranges. Pourquoi m'a-t-il dit que Proteus pouvait commander ses robots de très loin ?

– Qu'est-ce que tu es encore en train d'imaginer ? ironisa Axel.

– Tu as lu le contrat signé entre Hurdley et ton père ? glissa-t-elle à Maria.

– Oui.

– Qu'est-ce qu'il dit ?

– Je ne l'ai pas appris par cœur, mais je sais qu'il stipule que tout ce qui aura été implanté aux Amarandes restera propriété de l'État, même en cas d'échec de la phase trois.

– Tout ce qui aura été implanté ?

– Oui.

– Et si Proteus n'avait jamais été implanté ici ?

*

Dans la voiture qu'Axel s'efforçait de mener prudemment à vive allure, Audrey, cramponnée à la banquette arrière, essuyait ses reproches.

– Tu es complètement folle d'avoir voulu venir avec nous ! répétait-il presque à chaque virage. Jamais je n'aurais dû…

– Concentre-toi plutôt sur la route, suggéra Maria assise à côté de lui. Il ne va pas se décrocher comme ça, le bébé.

– J'étais sûr que tu prendrais sa défense ! Vous êtes pareilles toutes les deux ! Des irresponsables !

– Je ne comprends pas où est passé Oscar, commenta Audrey pour faire diversion. Je le croyais dans la cuisine, je l'ai appelé, mais rien.

– C'est bien le moment de se préoccuper de cette machine ! protesta Axel.

– On aurait pu lui confier le volant, souffla Maria.

– Tu insinues que je conduis mal ?

– Pas du tout ! Mais il a des capacités que tu ne peux pas avoir.

– Eh bien il faudra vous contenter de moi. D'ailleurs, nous arrivons.

Débouchant sur une vaste clairière illuminée par le clair de lune, ils virent se dresser devant eux la haute silhouette du bâtiment de Proteus.

– On dirait qu'ils sont déjà repartis, observa Maria lorsqu'elle vit la voiture de police solitaire qui stationnait devant la porte.

– Il y a des gardes à l'intérieur ? l'interrogea Audrey.

– Non. Il ne reste plus que cette surveillance symbolique depuis le passage en phase trois. Les deux factionnaires vont même pouvoir nous donner l'accès.

– En voilà une bonne nouvelle ! s'écria Axel, soulagé d'immobiliser enfin sa voiture.

Dès qu'ils reconnurent Maria, les policiers jaillirent de leur véhicule.

– Vous avez eu de la visite ? lança-t-elle sans préambule.

– Euh… Oui Madame. Ils viennent juste de repartir.

– On fait quoi maintenant ? hasarda Axel.

– Je veux en avoir le cœur net, décida Maria. Ouvrez-nous cette porte !

– Mais Madame, c'est que…

– Quoi ?

– Nous n'avons pas toutes les clés. On ne peut pas accéder au centre du bâtiment.

– Ouvrez-nous ce que vous pouvez ! Vite !

Exaspérée par la maladresse des policiers qui ferraillaient avec leurs clés, Maria leur arracha le trousseau et attaqua les serrures l'une après l'autre. Enfin, ils pénétrèrent dans un large couloir au bout duquel une porte métallique refusa obstinément de s'ouvrir. Maria observa la serrure, frappa du poing contre la porte, qui rendit un bruit mat, et regarda autour d'elle.

– Si on tirait une balle dans la serrure ? suggéra Axel.

– Elle est bien trop solide. Tout ce qu'on risque, c'est de se blesser.

Elle rebroussa chemin, parcourant le couloir avec lenteur. Soudain, elle frappa un mur du poing, puis l'autre, qui rendit un écho caverneux.

– C'est du plâtre ! s'écria-t-elle avant de se précipiter dans la cour qu'ils venaient de traverser. Quelques secondes plus tard, sous le regard de ses compagnons éberlués, elle réapparut en tenant dans ses mains un grand piolet au manche rouge vif.

– Vous ! lança-t-elle au plus robuste des deux policiers, prenez ça et faites un trou dans ce mur, ici !

C'était un grand gaillard, large d'épaules et, sous ses coups furieux, la cloison ne résista pas. Le trou s'élargit très vite et Maria lui cria d'arrêter. Elle s'y glissa la première, suivie d'Axel qui interdit à Audrey de les suivre, sauf si le policier creusait encore. Elle haussa les épaules et tourna un regard implorant vers l'homme au piolet. Il lui sourit de toute la blancheur de ses dents et, pendant que Maria et Axel cherchaient un interrupteur, ses coups redoublèrent sur la cloison qui s'effondrait par blocs.

– Par ici ! fit Maria quand les spots du plafond s'allumèrent. Axel la suivit, rejoint par les autres, qui s'étaient à peine baissés pour franchir la cloison éventrée. Une nouvelle porte se dressait devant eux, elle était vitrée. D'un coup de piolet, elle explosa.

La vaste salle qu'ils surplombaient de quelques marches était plongée dans la pénombre. On y distinguait de longues rangées d'armoires métalliques qui lui donnaient une allure de bibliothèque. Maria pressa un interrupteur et la lumière jaillit.

– Tu vois, fit-elle à Audrey, il est bien là Proteus. Je me souviens maintenant que mon père avait visité ce site et qu'il l'avait trouvé sans intérêt.

– Je suis désolée, je… balbutia Audrey, subjuguée de découvrir ainsi le cerveau d'Oscar et de tous les robots. C'était à cet alignement d'armoires métalliques, à leurs millions de composants, qu'elle devait d'avoir survécu à son agression et de pouvoir porter un enfant.

– Qui va payer pour la réparation du mur ? s'esclaffa Axel.

– Attends ! l'arrêta Maria. Puisqu'on est venus jusqu'ici, autant vérifier complètement.

Elle descendit jusqu'au niveau du faux plancher et entreprit de contourner une des rangées d'armoires. Les panneaux de tôle fixés à l'arrière étaient percés de trous minuscules derrière lesquels on devinait les plaques de composants empilées à l'intérieur.

– Il me faudrait un tournevis.

– On va chercher ! lança Axel.

Quelques secondes plus tard, un des policiers lui apporta fièrement les trois tournevis qu'il venait de trouver sur une étagère. Lorsqu'elle enleva avec d'infinies précautions le panneau dévissé, quatre têtes s'avancèrent près d'elle, mais il n'y avait toujours pas grand-chose à voir. Sans toucher à rien, elle posa son front contre une des plaques pour essayer de voir ce qu'il y avait dessus. Tout à coup, ses yeux s'arrondirent et son visage prit une expression de panique. Elle se baissa vivement, examina une autre plaque, puis une autre, puis une autre. Alors, prise d'une soudaine furie, elle en empoigna une, l'arracha avec violence et la projeta sur le sol.

– Vous savez ce que c'est ? rugit-elle. C'est une pièce de musée ! Ce matériel a plus de quinze ans ! C'est un leurre !

– Mais alors, s'étonna Audrey, pourquoi Tom et Hurdley viennent-ils de passer ici ?

*

Dès qu'il avait reçu le signal envoyé par Tom et Hurdley, Oscar était sorti de la maison pour s'élancer dans la nuit. Au même instant, sortant de leur immobilité ou abandonnant leur travail nocturne, tous les robots de l'île étaient partis pour la même course infatigable et silencieuse. Dans les rues de la capitale assoupie, c'est en flot continu et grossissant que quelques passants attardés les virent défiler. Ébahis par ce spectacle insolite aux allures de marathon, ils ne surent comment réagir. Certains songèrent à alerter la police, mais ils virent alors que leur téléphone était privé de réseau. Des policiers en patrouille furent également témoins de la scène. Désemparés, incapables de stopper cette incompréhensible marée mécanique, ils ne purent que constater, eux aussi, que leur radio ne captait plus aucun signal.

Tous les robots convergeaient vers le port, dont les cadenas des grilles avaient été sectionnés. Arrivé la veille, un cargo était à quai, ses trois passerelles d'accès abaissées. Les premiers robots y grimpèrent au pas de course, sur deux files. À la vitesse où ils se déplaçaient, les plus éloignés du port allaient mettre moins d'une heure à y parvenir. Le cargo se remplissait très vite. Les robots s'engouffraient dans les cales où des planchers métalliques étaient superposés. Dans un ordre parfait, ils s'y entassaient par rangées, comme des manteaux dans une penderie.

Prêt à repousser d'éventuels importuns, l'équipage surveillait fébrilement les compteurs d'embarquement. Il largua les amarres alors que les derniers robots se ruaient à bord. Dix minutes plus tard, sans avoir rencontré la moindre opposition, le navire s'élançait vers le large.

*

Revenue dans la salle dont ils avaient perforé la cloison, Maria se mit à examiner fébrilement le matériel informatique qui encombrait les bureaux.

– Ces équipements n'ont rien de factice, assura-t-elle, ils sont ultramodernes. C'est une véritable salle de contrôle.

– Il fallait bien que Tom travaille, observa Axel. Mais il n'empêche qu'il savait depuis le début que le supercalculateur n'était pas ici.

– Rien n'est moins sûr, corrigea Maria. Son équipe et lui n'étaient là que pour la programmation. L'aspect matériel du supercalculateur leur était étranger. Il se peut très bien que seuls les quelques techniciens de maintenance aient été complices de la supercherie. Ils n'avaient qu'à simuler une activité qui, pour leur part, ne devait pas être débordante. Ainsi, en réduisant le nombre des dépositaires du secret, on diminuait d'autant le risque qu'il soit découvert.

– Si je comprends bien, résuma Axel, Hurdley aurait entretenu toute une garnison à garder des bâtiments vides, rien que pour donner le change.

– Pourquoi pas ? Cette dépense était dérisoire en comparaison du coût total de Proteus et de ses milliers de robots. Et puis qui sait ? Si des troubles sociaux incontrôlés avaient éclaté, ces hommes auraient peut-être été appelés à intervenir.

– Hurdley aurait donc encore menti à son propre personnel, y compris à Tom.

– Tu crois que ça l'aurait embarrassé ? maugréa Audrey. Tom aurait eu bien du mal à garder un tel secret pendant aussi longtemps et il n'aurait jamais pu le dissimuler à Maria quand ils étaient ensemble. Je crois que Hurdley ne l'a informé que très récemment. Sage précaution, quand on voit l'aveu inconscient qu'il nous a fait ce soir. Mais tout cela ne nous explique pas ce qu'ils sont venus faire ici. Tu es sûre qu'ils n'ont rien emporté ?

Décontenancée, Maria regarda à nouveau autour d'elle. Ses connaissances en matériel informatique lourd étaient limitées et elle peinait à identifier toutes les fonctions de ce qu'elle avait sous les yeux. Elle vit alors, dans un angle de la pièce, une armoire métallique dont la porte était entrebâillée, la clé encore dans la serrure. L'intérieur était occupé par un grand panneau couvert de diodes et d'interrupteurs. Au milieu, un trou rectangulaire de la taille d'un grand tiroir signalait une absence.

– Ils ont pris ça, annonça-t-elle, mais je ne sais pas ce que c'est. Ou alors…

– Alors quoi ? s'inquiéta Axel.

– J'ai souvent interrogé Tom sur son travail. Il m'a expliqué que la programmation de l'intelligence artificielle était conçue pour s'auto-améliorer. Il y a donc un code originel qui se transforme tout au long de l'apprentissage du programme. J'ignore pour quelles raisons techniques ce code devait être ici, mais c'est probablement ce qu'ils ont emporté.

– Ils ont débranché le programme de Proteus ? s'exclama Axel. Mais comment va-t-il fonctionner ?

– Je ne sais pas. Les robots vont s'immobiliser, ou n'exécuter que des instructions mémorisées par Proteus. Mon savoir s'arrête là.

– Que peut-on faire maintenant ? demanda Audrey.

– On récupère ce qu'ils viennent de voler !

*

Maria voulu donner l'ordre de bloquer l'avion de Hurdley, mais plus aucun téléphone n'avait de réseau, pas même les postes fixes. Elle entraîna les policiers jusqu'à leur voiture et ils ne purent que constater la déficience de leur radio. Axel comprit que leur dernière chance était d'arriver à temps à l'aéroport et il proposa à Maria de l'y emmener. Confiant Audrey aux policiers, à qui il recommanda de conduire prudemment, il bondit dans sa voiture avec Maria et s'élança à tombeau ouvert. Sur la route étroite et tortueuse, le véhicule semblait lui échapper à chaque virage, mais aucun arbre ni fossé ne parvenait à l'arrêter. Le trajet n'en finissait pas, jamais l'île ne lui avait paru aussi grande. Enfin, ils arrivèrent en vue de l'aéroport, apercevant de loin l'avion de Hurdley qui tournait pour s'engager sur la piste.

– Plus vite ! s'écria Maria.

Écrasant l'accélérateur, les mains cramponnées au volant, Axel lança son véhicule contre les grilles d'accès au tarmac. Sous la violence du choc, elles s'envolèrent.

– Coupe ici ! Rejoins la piste !

Entravée par les irrégularités du sol, la voiture avançait par bonds. Quand Axel arriva enfin sur la piste, l'avion venait de s'élancer, les moteurs poussés à fond.

– Droit sur lui ! ordonna Maria. Reste au milieu ! Fonce !

Incrédule, le pilote de l'appareil vit la voiture suicide qui allait se fracasser contre son train avant. Inversant les moteurs, il freina brutalement, mais il était trop tard. Le choc était inévitable.

– Braque ! hurla Maria en s'accrochant au volant d'Axel tétanisé.

Dans une terrible embardée, la voiture bascula sur le côté, griffant la piste, et l'avion passa juste au dessus.

– Qu'est-ce que ça signifie ? tonna Hurdley en surgissant dans la cabine de pilotage.

Le pilote, qui venait d'immobiliser son appareil, n'eut pas le temps d'achever ses explications. Hurdley comprit tout de suite qu'un grain de sable gisait en travers de la piste pour bloquer le bon déroulement de son plan d'évacuation. Il regagna son bureau avec Tom. Il fallait reprendre le contrôle de la situation. Pendant ce temps, dans le grain de sable, on retrouvait peu à peu ses esprits.

– Maria ? souffla Axel, coincé par son volant. Maria !

– Oui… fit une voix plaintive.

– Ça va ? Tu n'as rien ?

– Un peu mal à la tête…

Au bout d'efforts pénibles et de multiples contorsions, ils parvinrent à s'extraire du véhicule par une fenêtre brisée. À peine retombés sur leurs pieds, ils furent rejoints par la voiture des policiers. Audrey en jaillit, soulagée de les retrouver indemnes après avoir découvert de loin leur véhicule accidenté.

– Je crois que j'ai bien fait de ne pas venir avec vous, s'écria-t-elle, Axel conduit de plus en plus mal…

*

Couchée en travers de la piste, la voiture interdisait toute tentative de décollage. L'avion était bloqué face à la mer. Voyant que les communications étaient toujours coupées, Maria envoya un des policiers à la recherche de renforts, tandis que l'autre partit avec Axel jusqu'à l'aérogare déserte devant laquelle ils trouvèrent une passerelle mobile motorisée. Quand ils l'eurent amenée jusqu'à l'avion, quatre voitures de police venaient d'arriver. On appliqua la passerelle contre l'appareil, dont la porte s'ouvrit immédiatement, mais personne ne se montra. Maria interdit à Audrey de bouger et, suivie d'Axel et de six policiers, elle gravit les marches.

– Monsieur Hurdley vous attend, fit l'hôtesse qui les accueillit dans une sorte de vestibule. Mais sans ces Messieurs, ajouta-t-elle en désignant les policiers du regard.

– Soit ! répliqua sèchement Maria. Restez ici, vous autres, mais si je ne suis pas ressortie dans une heure, videz-moi cet avion !

L'hôtesse ouvrit une porte latérale et s'effaça devant Maria et Axel qui découvrirent le salon où Tom et Hurdley, debout, les attendaient.

– C'est vous qui conduisiez cette voiture ? lança-t-il à Maria. Vous êtes folle ! Vous avez failli vous tuer.

– Votre sollicitude me touche beaucoup, Monsieur Hurdley, mais la comédie est finie. Je sais tout.

– Tout quoi ?

– Que l'ordinateur est factice et que vous venez d'emporter le code.

– Le code ? Quel code ?

Elle tourna son regard vers Tom, qui semblait éprouver la même incompréhension.

– De quel code parles-tu ? hasarda-t-il.

– Tu le sais très bien ! Du code originel de Proteus !

– Mais c'est absurde ! Il est à Torrey Pines, comme tout le reste.

– C'est faux !

– Je vais vous dire pourquoi nous sommes retournés à la salle de contrôle, intervint Hurdley. C'était pour lancer le signal d'évacuation aux robots.

– Le signal de quoi ?

– Oui, Mademoiselle. À l'heure qu'il est, il n'y en a plus un seul dans cette île, et ils sont déjà loin. Nous avons neutralisé vos communications pour paralyser toute éventuelle réaction. Mais rassurez-vous, il n'y aura que quelques fils à rebrancher.

– Vous avez fait ça !

– Calmez-vous ! Je n'ai rien fait qui ne soit conforme aux accords passés avec votre père.

– Menteur !

– Ça suffit ! tonna Hurdley. Asseyez-vous ! Sinon, je ne vous dirai plus un mot !

Désemparée, Maria hésita un instant avant de se laisser tomber sur la banquette que Hurdley pointait du doigt. Axel prit place à côté d'elle.

– Pour mener à bien notre expérience, commença Hurdley d'une voix apaisée, les Amarandes présentaient toutes les caractéristiques requises : une faible population, un régime stable et un grand isolement géographique. Lors de nos négociations, votre père en a pris conscience et ses exigences n'ont cessé de croître, jusqu'au jour où il a réclamé de conserver la pleine propriété de tout le matériel, même en cas d'échec de la phase trois. C'était inacceptable, mais il était trop tard, nous avons dû ruser. C'est ainsi qu'a été installé, sous son étroite surveillance, le vieux supercalculateur que vous avez découvert.

– Et les robots ? protesta Maria.

– Si vous relisez attentivement le contrat, il y est écrit que vous resterez propriétaire de tout ce qui aura été fixé aux Amarandes. Je dis bien fixé. Or les robots sont mobiles.

– Escroc !

– Surveillez votre langage, Mademoiselle ! Je vous rappelle que tout cela n'a rien coûté à votre pays. Nous avons tout pris en charge. Il n'y a aucune escroquerie.

– Mon peuple a payé en souffrances !

– Votre peuple aurait dû gagner en bien-être si l'expérience n'avait été sabotée.

– À qui la faute ?

– Pas à nous, Mademoiselle.

– Il serait temps d'en dire un peu plus, intervint Axel. Les mystérieux grands personnages qui ont gravité autour de votre programme ne semblent pas l'avoir tous approuvé, puisque certains l'ont saboté.

– Comment pouvez-vous imaginer une chose pareille ? Toutes les attaques contre cette expérience ont été orchestrées depuis votre île.

– Larossay ! s'étrangla Maria.

– Attendez ! objecta Axel. Vous prétendez savoir qui a saboté le projet, et vous n'avez rien fait ?

– Toute ingérence dans le déroulement de l'expérience était exclue. Dans le cas contraire, d'une intervention à l'autre, nous risquions de la dénaturer au point de lui ôter tout son sens. C'est la société entière de l'île, de la base au sommet, qui devait la gérer seule. Vous-même n'étiez là que pour donner des avis.

– Vous avez laissé un seul homme tout anéantir ?

– Je viens de vous le dire : en l'éliminant, nous risquions de le voir remplacé par un autre, qui aurait peut-être été pire. D'ailleurs, si vous regardez l'Histoire, ce sont le plus souvent des individus déterminés, et non les masses, qui en ont changé le cours. Votre père sera déçu, mais nous n'avons jamais eu l'intention de lui laisser notre matériel pour monter un parc d'attractions. Et si nous l'emportons comme des voleurs, c'est parce que nous ne sommes pas certains qu'il nous l'aurait rendu rapidement et en bon état. Je renonce à l'équipement de la salle de contrôle et à nos émetteurs, mais ces derniers sont déjà dépassés. Nous venons de mettre au point un modèle de plus longue portée.

– Qu'allez-vous faire de vos robots maintenant ? maugréa Axel.

– Les emmener ailleurs, où j'espère qu'ils seront mieux accueillis.

– Et si j'arrive à convaincre mon père de neutraliser Larossay ? lança Maria saisie d'un soudain espoir. Vous ramèneriez vos robots ? Rien n'a encore été annoncé ! Si nos problèmes cessent, l'expérience pourra continuer.

Tom et Hurdley se regardèrent, embarrassés.

– Vous n'y parviendrez pas, assura ce dernier. Votre père n'a aucune preuve contre Larossay, et nous ne lui en donnerons pas.

– Il aura ma parole !

– Quelle parole ? Je ne vous ai jamais dit que le responsable était Robert Larossay.

– Ne jouez pas au plus fin, grimaça Maria en se levant. Alors, c'est d'accord ?

– Parce que vous voulez faire ça maintenant ?

– Bien sûr ! Vous ne quitterez pas l'île avant.

– Quoi ? rugit Hurdley en bondissant de son siège. Vous prétendez nous retenir ici ?

– Je n'ai plus confiance en vous ! Donnez-moi jusqu'à l'aube. Si mon père refuse, je vous laisserai partir.

– Et s'il accepte ?

– Vous resterez nos invités jusqu'au retour des robots.

– Vous perdez votre temps et le mien, grommela Hurdley, mais c'est d'accord.

Axel et Maria quittèrent la pièce et, retrouvant les policiers qui s'ennuyaient en haut de la passerelle, redescendirent jusqu'aux voitures.

– J'y vais seule, souffla-t-elle.

Avisant une voiture de police dont le chauffeur était sorti, elle s'y jeta et démarra en trombe. En haut de la passerelle, Tom et Hurdley la regardaient s'éloigner dans la nuit, précédée du pinceau de ses phares.

– Vous aviez raison, Tom. Elle avait deviné que nous étions venus récupérer le code. Vous avez été un excellent comédien.

– Je n'en suis pas très fier, Monsieur.

– Vous savez pourquoi nous avons fait tout cela. Ce mensonge était nécessaire. Le drame de cette jeune femme, c'est son aveuglement.

*

Au fil de son trajet, Maria ralentissait. Quelle idée venait-elle donc d'avoir ? Tirer son père du sommeil pour lui apprendre que Hurdley l'avait floué et que, s'il n'arrêtait pas Larossay sur le champ, il ne reverrait plus ses robots ? Comment allait-il réagir ?

Lorsqu'elle ne fut plus qu'à quelques centaines de mètres de l'allée qui quittait la route pour rejoindre la maison familiale, elle avait perdu sa détermination. C'est alors qu'elle vit apparaître les phares d'un véhicule qui arrivait en sens inverse. Quand elle reconnut la voiture de Larossay qui tournait devant elle pour s'engager dans l'allée, elle étouffa un cri.

Sans réfléchir, elle fit mine de poursuivre sa route, laissant Larossay disparaître derrière elle, mais l'instant d'après, elle avait éteint ses phares et fait demi-tour pour le suivre. L'obscurité ne la gênait pas, tant elle connaissait bien ce petit chemin qui serpentait jusqu'au sommet de la colline où la maison était perchée. Tout en veillant à ne pas trop se rapprocher de Larossay, elle cherchait fébrilement dans la boîte à gants, au cas où un policier y aurait laissé son arme de service, mais elle ne trouva rien.

Qu'est-ce que cet homme malfaisant venait faire à une heure pareille ? Commettre un meurtre ? Mais pourquoi choisir un contexte aussi défavorable ? Il y avait du monde dans la maison. Comment pouvait-il être sûr de passer inaperçu ? À moins qu'il n'ait un complice à l'intérieur.

En arrivant au dernier tournant, Maria coupa son moteur et bondit hors de la voiture. Après quelques dizaines de mètres d'une course furtive, elle vit Larossay s'arrêter devant la maison illuminée par ses phares.

Il ne s'embarrasse pas de discrétion, songea-t-elle en continuant de s'approcher.

Abandonnant son véhicule dont il claqua la portière sans précaution, Larossay entreprit de contourner la maison et Maria le suivit. Arrivé de l'autre côté, il alla droit vers la tonnelle dont le feuillage laissait deviner la petite lampe, suspendue à une chaînette, qui baignait l'intérieur de sa lumière jaunâtre. Assis dans un fauteuil de rotin, Balthazar l'attendait.

– J'espère que vous ne m'avez pas dérangé pour rien, grogna Larossay en guise de salut. C'est la première fois que j'accepte un rendez-vous à une heure pareille.

– Je ne voulais pas risquer que nous soyons dérangés, répondit Balthazar sans se formaliser.

Sans attendre d'y être invité, Larossay prit place dans le fauteuil qui faisait face à Balthazar tandis que Maria se glissait tout près d'eux, masquée par le rideau de bougainvillées.

– Vous devez être content, commença Balthazar, la situation tourne chaque jour davantage en votre faveur.

– En effet, admit Larossay avec suffisance, mais vous ne m'avez tout de même pas fait venir pour me complimenter.

– Qu'est-ce que vous attendez de la suite ?

– Prendre votre place.

– Vous pensez l'obtenir ?

– Je pense que vous allez la perdre. La nomination de votre fille était une erreur dont vous ne vous relèverez pas, et vous le savez. Je suppose que vous allez me proposer un accord qui vous permettrait de sauver la face.

– Il y a un peu de ça. Je voudrais préserver les apparences.

– Je vous écoute, fit Larossay en se calant dans son fauteuil.

– Vous avez bénéficié de puissants soutiens pour organiser ces transferts d'immigrés qui ont tant ému le pays et dont vous avez su tirer une popularité nouvelle.

– Que dites-vous là ? Vous n'avez aucune preuve ! C'est une calomnie !

– Et l'agression contre ce camp ? Ce ne seraient pas vos anciens policiers qui auraient fait le coup ? Ceux licenciés par Victor pour brutalité ?

– C'est pour me dire ça que vous m'avez fait venir ?

– Pauvre imbécile ! éructa Balthazar en se raidissant. Tu ne vois donc pas que je te manipule depuis le début ? Que c'est moi, par des relations à l'étranger que tu n'as pas, qui t'ai fourni ces immigrés et le moyen de les transporter ? Que c'est moi qui t'ai fait souffler l'idée de cette agression pour qu'on en finisse plus vite avec cette expérience inepte dont je n'ai jamais voulu ? Je n'ai que faire de sauver leur capitalisme ! Qu'il finisse de pourrir et qu'ils en crèvent ! La Terre est surpeuplée ! Elle étouffe ! Qu'ils s'entre-tuent ! Mais en attendant la fin de leur monde, je garde les robots, qui travailleront pour moi, et non pour payer des vacances à la populace !

Une lame de feu avait transpercé Maria, qui chancela. Autour d'elle, tout n'était plus que cendres et poussière.

– Pourquoi me racontez-vous tout ça ? s'alarma Larossay.

– Parce que la comédie est terminée ! Ma fille m'a permis de proclamer l'échec du projet et de faire décamper les Américains. Elle a joué le rôle que je lui réservais, comme tu as joué le tien, et je n'ai plus besoin de vous. Mais tu as pris de l'importance, et tu me hais. Alors, je n'ai pas le choix…

Larossay bondit de son fauteuil quand le coup partit. Frappé en pleine poitrine, il s'effondra à la renverse. Balthazar s'agenouilla près du corps, sortit le petit pistolet que Larossay tenait toujours enfoui au fond de sa poche, tira un coup en l'air et plaça l'arme dans la main du mort, sans prendre d'autre précaution. Il savait qu'on le croirait sur parole et qu'il n'y aurait pas la moindre enquête.

Lorsqu'il se releva, Maria se dressait devant lui, comme un spectre.

*

Cher Professeur Woodstone,

Vous voici enfin revenu à Stanford, au terme d'une mission beaucoup plus longue et difficile que vous ne pouviez l'imaginer. Si la chance a permis qu'elle n'avorte pas, vos mérites n'en ont pas été moindres et je tiens à vous exprimer ici toute ma reconnaissance.

Mon seul regret est que votre fille Emma soit née lors d'une période aussi troublée, juste après la mort de Robert Larossay et l'accident cérébral de Balthazar Harramond, qui l'a laissé paralysé.

Sa fille Maria ayant pris la tête du pays, j'ai pu y faire revenir les robots, comme nous le souhaitions tous. L'agitation sociale s'est apaisée et le programme Proteus a repris son cours normal, les Amarandes restant à l'écart du tourisme.

Vous n'êtes toutefois pas au bout de vos peines. L'ouvrage que vous allez consacrer à Proteus, quel que soit le soin que vous y apporterez, fera l'objet d'un dénigrement auquel il faut vous préparer. Cette expérience a déclenché des réactions d'hostilité violente. Ses détracteurs les moins virulents me traitent aujourd'hui de milliardaire rouge et qualifient les Amarandes de paradis artificiel. Pourtant, le principe que j'ai suivi ne tenait d'aucune idéologie, mais de la seule logique. Les machines sont bénéfiques s'il s'agit de soulager les hommes de leur travail, mais néfastes si elles les privent de leurs revenus. Il n'y avait qu'un moyen de résoudre cette contradiction : partager le fruit du travail des machines entre les hommes, pour qu'ils se partagent le travail restant sans s'appauvrir.

Vous aurez néanmoins des alliés parmi vos confrères économistes, et bien plus encore au sein de la communauté scientifique, qui dénonce depuis longtemps la course à la croissance et qui se réjouit de voir enfin des machines utilisées pour autre chose qu'une production supplémentaire. Plusieurs chefs d'entreprise approuvent aussi mon projet. Ils ont compris que la démocratisation du capital, son partage équitable entre tous, n'était pas incompatible avec des écarts de revenus permettant de distinguer les efforts et le talent de chacun.

Je ne suis pas un rêveur. Les rêveurs sont ceux qui s'imaginent que l'ascension des machines dans le monde du travail pourra se poursuivre sans remettre en question notre organisation sociale. La multiplication des machines doit profiter à tous. Pour y parvenir, les obstacles ne manqueront pas, mais, là où il y a une volonté, il y a un chemin.

William Jefferson Hurdley

Douze ans plus tard

I

LORSQU'IL SORTIT ENFIN DE L'AUTOROUTE, Tom Greene poussa un soupir de soulagement. Les mains crispées sur le petit volant de cuir noir de son formidable bolide italien, il venait de languir, deux heures durant, au milieu de ces maudites voitures autonomes, qui s'étaient multipliées au cours des dernières années. Distantes de quelques mètres les unes des autres, elles formaient d'interminables convois au sein desquels les conducteurs humains peinaient à se glisser. Malgré leur prudence, ces malheureux automobilistes étaient chaque jour plus décriés, car eux seuls provoquaient encore des accidents.

Tom savait qu'un jour ou l'autre il ne serait plus autorisé à conduire cette magnifique voiture que sur circuit fermé et il s'en désolait. Sportif accompli, soucieux de son apparence comme de son hygiène de vie, il se sentait beaucoup plus jeune que ses quarante-cinq ans et il pensait avoir le droit de s'amuser encore un peu, d'autant qu'il en avait largement les moyens. Si les chauffeurs de taxi, les conducteurs de bus, les transporteurs routiers et le personnel des auto-écoles voyaient leurs emplois disparaître, comme tant d'autres, le sien était assuré. En dirigeant le célèbre centre de recherche informatique de Torrey Pines, il était aussi bien payé qu'abrité de la concurrence des robots.

La nuit tombait quand il arriva sur la petite route qui devait le mener chez Axel et Audrey Woodstone. Il franchit sans encombre plusieurs intersections, quand un feu rouge le contraignit à s'arrêter derrière un autre véhicule. Une seconde voiture, surgie de l'obscurité, vint se placer derrière lui, et la première recula contre son pare-chocs. Des hommes encagoulés jaillirent, l'arme au poing, mais Tom fut plus rapide. Repoussant d'un coup le véhicule immobilisé derrière lui, il fit rugir son moteur et s'élança en évitant l'autre voiture. Ses agresseurs n'eurent que le temps de s'écarter d'un bond, et il disparut dans la nuit.

Le détecteur de chocs de sa voiture avait alerté la police et indiqué sa position. Un des drones de surveillance du secteur avait capté la scène et il allait suivre les voitures des malfrats jusqu'à leur interception par une patrouille. Tout cela sans que Tom se soucie de déposer la moindre plainte. Face à l'explosion de la délinquance, la technologie policière avait fait d'immenses progrès.

C'était la troisième fois depuis le début de l'année que Tom faisait l'objet d'une tentative de car-jacking et il commençait presque à s'en amuser. La tôle froissée donnerait un peu de travail à l'un des rares carrossiers encore en activité, et la coûteuse assurance qu'il avait été obligé de souscrire servirait au moins à quelque chose.

Il arriva ainsi, détendu et souriant, devant le poste de contrôle de la zone résidentielle des Woodstone. L'arrière accidenté de sa voiture éveilla la méfiance du vigile retranché derrière les vitres blindées de sa guérite, mais l'heure d'arrivée et la pièce d'identité de Tom étaient conformes. Le muret anti-bélier qui barrait la route s'enfonça lentement dans la chaussée pour lui livrer passage. Peu après, Tom illuminait de ses phares la sobre façade d'une maison d'architecte à flanc de colline. Sortant de sa voiture, il en fit un tour rapide, jugea les dégâts minimes, et s'engagea dans l'allée qui serpentait vers la demeure de ses amis.

Douze ans avaient passé depuis leur aventure aux Amarandes, cette mise en place si délicate de milliers de robots au cœur d'un archipel de l'océan Indien. Mais Tom et les Woodstone avaient conservé des liens d'amitié solides.

– Bonsoir ! lança la silhouette féminine qui se découpait devant la porte d'entrée.

– Bonsoir Audrey, comment vas-tu ?

Sitôt qu'il eut franchi le seuil, elle verrouilla la porte, réactiva l'alarme anti-intrusion, les radars du jardin, et ils gagnèrent le salon.

– Axel n'est pas là ? fit Tom en découvrant la pièce vide.

– Il a enchaîné ses cours d'économie et de sociologie toute la journée à Stanford, et maintenant, il discute avec un de ses étudiants.

– Et Emma ?

– Elle vient de dîner et elle s'est remise au travail, comme tu peux le constater…

Tom tendit l'oreille. De l'escalier qui menait à l'étage, des accords de piano descendaient jusqu'à lui en s'enchaînant avec vivacité. Dès son plus jeune âge, Emma avait manifesté un goût pour la musique, qui avait surpris et enchanté sa mère. Audrey avait la peinture dans l'âme, sa fille, le piano.

– Je ne pensais pas qu'on puisse jouer aussi bien à douze ans, murmura Tom.

– Son professeur lui trouve quelques dispositions, mais, surtout, elle travaille beaucoup. Je suis très fière d'elle.

Tom observa Audrey avec attendrissement. Des rides légères se dessinaient près de ses yeux, mais elle était toujours une jolie femme et, plus encore, une mère comblée. Sa fille Emma, son unique enfant, était tout son bonheur et presque toute sa vie.

– Puis-je t'offrir quelque chose, Tom ?

– Un soda, s'il te plaît.

Audrey revint de la cuisine avec deux verres où scintillait un liquide orangé. Tom s'était assis face à l'immense fenêtre d'où l'on voyait, au loin, le cordon de lumières ceinturant les eaux noires de la baie de San Francisco.

– Alors, ces vacances aux Amarandes, demanda-t-il, c'était comment ?

Le visage d'Audrey s'assombrit.

– Je suis un peu embarrassée pour te répondre… Axel et moi étions ravis de faire découvrir à Emma son île natale et les robots. C'était aussi l'occasion pour moi de lui parler du rôle de ton supercalculateur, Proteus, dans l'opération chirurgicale robotisée que j'ai subie là-bas, et qui m'a permis de donner la vie. Cette histoire a d'ailleurs fasciné Emma… En fait, tout aurait été parfait si notre séjour avait duré une semaine de moins.

– Que s'est-il passé ?

– À notre arrivée, un des robots de Proteus avait été mis à notre disposition. Avec son allure d'adolescent déguisé en astronaute, il avait séduit Emma. Elle l'emmenait presque partout avec elle, inventait toutes sortes de jeux, s'amusait à le déguiser, lui faisait faire mille pitreries. C'était drôle de les voir ensemble. Par moments, on aurait dit qu'ils étaient frère et sœur. Je ne trouvais rien à y redire. Ne m'étais-je pas moi-même montrée presque amicale envers une de ces machines, douze ans plus tôt ?

– Eh bien, alors ?

– Alors, la dernière semaine de notre séjour, le comportement d'Emma a brusquement changé. Elle est devenue grave, songeuse, et a cessé de jouer avec son robot.

– Elle était triste de le quitter.

– C'est ce que j'ai d'abord pensé, jusqu'au soir où elle m'a révélé qu'il lui envoyait une image.

– Une image ?

– Oui, elle m'a dit qu'une image incompréhensible surgissait dans son esprit, de plus en plus souvent, et qu'elle venait du robot.

– Mais c'est absurde !

– J'étais sûre que tu dirais ça, mais ma fille n'est pas folle. Ce n'est que lorsque le robot était près d'elle que cette image apparaissait.

– Audrey ! Les robots de Proteus ne sont pas télépathes !

– C'est peut-être ridicule, mais j'ai eu moi-même autrefois la sensation qu'une forme de vie se cachait derrière le masque de ces machines. Je ne peux pas me moquer de ma fille, même si elle est aussi imaginative que moi.

– Je ne me moquais pas, mais je ne peux pas la suivre dans cette voie. Certes, les capacités cognitives de Proteus se rapprochent des nôtres, mais la comparaison s'arrête là. Ce n'est qu'une puissante machine qui commande les milliers de robots des Amarandes, rien de plus. D'ailleurs, les humains eux-mêmes ne maîtrisent pas la télépathie. Et tu viens de me dire que cette image était incompréhensible.

– Tu veux la voir ?

– Comment ça ?

– J'ai demandé à Emma de me la dessiner.

– Montre.

Audrey quitta le salon et revint peu après, une feuille de papier à la main. En prenant le dessin, Tom ne sut dans quel sens le regarder.

– Il faut le tourner comme ça, indiqua Audrey d'un mouvement de poignet. Mais, quoi que cela puisse représenter, il est clair qu'Emma est plus douée pour la musique que pour le dessin.

Tom vit alors une sorte de banc, ou de boîte allongée, avec des appendices qui ressemblaient à des antennes. Il y avait aussi, tout autour, de longs traits rectilignes et d'autres incurvés ; l'ensemble formait comme une cage, mais rien n'était identifiable.

– En effet, murmura-t-il, déconcerté.

– Je dois aller à la cuisine, s'excusa Audrey, qui venait d'entendre un discret carillon. J'en ai pour une minute.

Tom acquiesça d'un hochement de tête, les yeux fixés sur le dessin d'Emma, dont l'étrangeté le fascinait. Quand tout à coup, épouvanté, il crut deviner ce qu'il représentait.

*

Audrey revint de la cuisine alors que Tom tenait encore à la main le smartphone avec lequel il venait de photographier le dessin d'Emma. Comme un écolier pris en faute, il fut incapable de dissimuler son embarras.

– Que se passe-t-il ? s'inquiéta Audrey.

– Euh… c'est le labo de Torrey Pines. Je viens de recevoir un message. Ils ont un gros problème.

– Tu dois y aller ?

– Non, c'est inutile, mais le planning de mes équipes va être bouleversé.

– Ah…

Un court silence se fit et Tom retrouva ses esprits. Il lui fallait attendre le lendemain pour vérifier son intuition, il devait donc se taire, d'autant qu'il n'y avait peut-être rien à voir dans ce dessin, qu'il rendit négligemment à Audrey. Dans l'immédiat, son seul souci était de faire bonne figure pendant le dîner. Audrey observait ses efforts, dont elle ne pouvait deviner la raison, et elle vint sans le savoir à son secours :

– Si on allait délivrer Axel ? Sans nous, j'ai bien peur qu'il ne passe toute la soirée avec son étudiant.

Tom accepta avec empressement et la suivit dans l'escalier. En haut des marches, ils s'engagèrent dans le couloir jusqu'à une porte. Audrey ouvrit avec précaution. Axel était assis à son bureau, face à l'immense écran qui couvrait tout un mur avec l'image grandeur nature d'un jeune homme dans sa chambre d'étudiant. Axel avait le même âge que Tom, mais il avait maigri, et sa frêle silhouette, son visage émacié et un début de calvitie contribuaient à le vieillir. En voyant Tom, il lui sourit, se retourna vers son étudiant, et mit fin d'une courte phrase à leur entretien.

Le mur vidéo s'éteignit, Axel se leva, et ils quittèrent la pièce pour gagner la chambre où résonnait le piano. En voyant Tom, Emma bondit de son tabouret pour aller l'embrasser. Elle tenait tout de sa mère : sa longue et mince silhouette, ses traits fins, son regard éclatant et ses cheveux ambrés. Tom était pour elle comme un oncle, gentil, toujours souriant et plein de fantaisie. Mais ce soir-là, il ne put s'empêcher de la considérer avec une gravité qui surprit Audrey.

Quelques minutes plus tard, les trois adultes prenaient congé d'Emma pour regagner la cuisine où le dîner les attendait. Tom vit alors le regard inquisiteur d'Audrey, qu'il esquiva, et ils se comprirent : elle voulait savoir, mais il ne dirait rien. Pris au piège, ils n'avaient plus qu'à s'en remettre à Axel pour animer la conversation.

Ils y parvinrent néanmoins sans peine, car, depuis leur retour en Californie, Axel avait trouvé sa vocation dans la défense et la promotion du modèle social des Amarandes, auquel il avait consacré trois livres, de nombreux articles et d'innombrables conférences, qui l'avaient rendu intarissable.

Audrey l'avait suivi un temps dans sa croisade, mais elle avait fini par se lasser, car la venue de leur fille, loin de souder leur couple, y avait introduit une fêlure qui n'avait cessé de s'élargir. Transportée de bonheur par la naissance d'Emma, Audrey lui avait consacré tout son temps et toute son énergie, au détriment de sa peinture, mais aussi d'Axel, qui n'avait guère résisté. Accaparé par son militantisme, il s'était au contraire très vite accommodé de ce couple fusionnel qui le libérait de beaucoup de contraintes. En devenant la mère d'Emma, Audrey oublia presque d'être l'épouse d'Axel, et il y consentit.

Il n'en était pas moins attaché à sa fille, mais il se contentait de jouer avec elle et de l'abreuver peu à peu, elle aussi, de ses considérations économiques et sociales, qu'elle écoutait avec ravissement. Emma vénérait son père, dont elle était l'étudiante la plus passionnée. Audrey s'était résignée à ce partage des rôles, qui l'éloignait d'Axel. Son obsession de la montée du chômage, de la violence et des inégalités la fatiguait chaque jour davantage, ce que lui seul semblait ne pas voir. Car Tom avait perçu le lent effritement de leur union, et il s'en désolait pour eux. Pourtant, ce soir-là, il ne fit que relancer son ami sur ses thèmes rebattus, partageant ainsi l'ennui d'Audrey, tandis qu'Axel pérorait avec de grands gestes.

– Et les Grecs de l'Antiquité ! s'exclama-t-il soudain. Sais-tu comment ils vivaient ?

– Euh… non, fit Tom en observant Audrey, accablée de devoir entendre à nouveau cette histoire de Grecs.

– Ils vivaient comme nous pourrions le faire si nous étions moins stupides. Les citoyens libres des cités grecques étaient servis par une armée d'esclaves qui assuraient pour eux tout le travail productif.

– Et alors ?

– Alors, les machines ne demandent aujourd'hui qu'à remplir ce rôle : travailler à notre place et nous rendre notre liberté. La liberté n'est pas l'ennui. Regarde les retraités, beaucoup sont très actifs, et pas seulement sur les parcours de golf. Il y a mille façons de se rendre utile, de donner un sens à sa vie, sans pour autant en tirer de l'argent.

– Il en faut pourtant bien un peu.

– Mais les machines n'en demandent pas ! Alors pourquoi ne travaillent-elles pas pour tous, comme aux Amarandes, au lieu de ne servir qu'une minorité de privilégiés qui ne savent plus quoi faire de leur argent ?

Une heure plus tard, Tom prit congé, honteux d'avoir infligé à Audrey une si morne soirée.

*

Le lendemain matin, en entrant dans le hall du laboratoire de Torrey Pines, Tom manqua de renverser la ravissante jeune femme qui en sortait.

– Oh ! Je suis désolé ! s'excusa-t-il. Je ne vous ai pas fait mal ?

– Je ne crois pas, sourit la jeune femme.

– Je m'appelle Tom, Tom Greene, annonça-t-il en lui rendant son sourire. Vous êtes nouvelle ici ?

– Vous êtes Monsieur Greene ! s'exclama-t-elle, impressionnée.

– Et vous êtes ?

– Je suis Pamela Martinez. Je travaille à la comptabilité depuis deux mois.

– Enchanté, Pamela. Il faudra que je vous offre un café pour me faire pardonner. Si vous le permettez.

– Je le permettrai, minauda-t-elle avant de s'éloigner en ondulant, perchée sur ses hauts talons.

Tom tourna vers elle un long regard, puis retrouva le fil de ses pensées et se dirigea vers les ascenseurs. Arrivé au sous-sol, il suivit un corridor puissamment éclairé que parcouraient de gros tuyaux métalliques. Des techniciens s'affairaient autour de compresseurs et de postes de contrôle. Un bourdonnement de ruche emplissait l'air. Tom prit un escalier qui semblait disparaître dans les profondeurs de la Terre. Au fil de sa descente, le silence se fit, et il n'entendit plus que le bruit de ses pas. Au bas des marches, une lourde porte étanche, épaisse de près d'un mètre, était ouverte devant lui.

Comme à chacune de ses incursions dans ce lieu insolite, il se remémorait les tombeaux égyptiens, pareillement enterrés, qu'il avait visités quelques années plus tôt; il en retrouvait ici l'atmosphère sépulcrale. Enfin, il entra dans la salle cryogénique, d'une blancheur de neige, du sol au plafond, où quelques techniciens travaillaient en silence. Au centre de la pièce, le gigantesque sarcophage blanc posé sur pilotis n'abritait pas le corps embaumé d'un pharaon, mais Proteus II, premier supercalculateur quantique de l'histoire.

Dans quelques mois, on procéderait au verrouillage de la porte, la pièce serait plongée dans un froid extrême, proche du zéro absolu, indispensable au bon fonctionnement des processeurs de la machine, et on y transférerait le logiciel et la mémoire de Proteus I. La puissance de calcul du premier Proteus était proche de celle d'un cerveau humain, mais les capacités cognitives du supercalculateur quantique, impossibles à déterminer par avance avec précision, seraient incomparablement supérieures. Un seuil technologique allait être franchi, un saut quantique vers l'inconnu, car il était presque assuré qu'une conscience émergerait de cette machine.

– Tout va bien, les gars? lança Tom aux techniciens qui, tout à leur travail, n'avaient pas remarqué sa présence.

– Aucun problème, Monsieur Greene, fit le chef d'équipe en se dirigeant vers lui pour le saluer. On a même quelques jours d'avance.

– Excellent! approuva Tom, qui posa quelques questions pour justifier sa visite, puis libéra son interlocuteur.

Sortant son téléphone de sa poche, il y afficha le dessin d'Emma et, le cœur battant, fit le tour de la salle avec circonspection. Soudain, il s'immobilisa sous une des caméras de surveillance fixées près du plafond. Avisant une échelle, il la saisit, l'appuya contre le mur, y grimpa, et se retourna vers la salle. Le dessin d'Emma, bien que très schématique, reproduisait exactement ce que voyait la caméra.

*

– C'est impossible! répéta Hurdley. Il doit y avoir une autre explication!

Assis face au mur vidéo de son bureau, Tom était depuis près d'une heure en communication avec William Hurdley. Il lui avait transmis le dessin d'Emma, superposé à l'image de la caméra, et lui avait tout raconté. Mais ce dernier refusait d'y croire.

Malgré son âge avancé, William Hurdley continuait de diriger son entreprise depuis sa légendaire villa californienne, où un cardiologue, présent à demeure depuis peu, veillait sur sa santé déclinante. Le programme des Amarandes l'avait lourdement endetté et ses créanciers comptaient se rembourser en le dépouillant de son patrimoine, mais, au fil de l'expérience, Proteus s'était considérablement auto-amélioré, et William Hurdley avait commencé à vendre des versions simplifiées de son logiciel, dont les applications étaient innombrables. En l'absence de véritable concurrence, il avait pu fixer librement ses prix et s'était retrouvé plus riche que jamais.

Fidèle à ses convictions, il avait engagé les démarches nécessaires pour qu'à sa mort son entreprise revienne à ses salariés. Mais son fils Kevin, qui avait toujours vécu dans son ombre, s'y était violemment opposé. À l'issue d'un long affrontement, Kevin avait récupéré une des plus grosses filiales du groupe de son père, qui, soucieux de passer à autre chose, avait lancé le projet Proteus II.

Et Tom venait maintenant prétendre que Proteus I aurait déjà atteint l'objectif fixé à son successeur : il aurait acquis une forme de conscience, au moins embryonnaire, qui expliquerait cet envoi d'un improbable message télépathique. C'était absurde.

– Je vous rappelle que Proteus n'a pas accès aux images vidéo du site de Torrey Pines, reprit Hurdley. Il n'est relié au monde extérieur que par ses robots. Ce qu'a vu cette jeune fille ne peut pas venir de lui.

– Sauf s'il a piraté ce réseau vidéo.

– Mon cher Tom, je crois que vous surestimez les possibilités de notre matériel.

– Monsieur Hurdley, je vous mets au défi de trouver une autre explication.

L'assurance de Tom finit par ébranler son interlocuteur, qui s'enferma dans un silence songeur.

– Nous perdons notre temps avec ces hypothèses, lâcha-t-il enfin. Il faut interroger cette jeune personne.

– J'y ai déjà pensé, mais ce ne sera pas facile.

– Pourquoi donc ?

– Parce que sa mère est une tigresse. Si elle craint le moindre danger pour sa fille, ne serait-ce que pour son équilibre psychologique, nous ne pourrons pas l'approcher. Or je crains qu'elle ne réagisse très mal à ce que nous allons lui apprendre.

– C'est ridicule ! De quoi pourrait-elle avoir peur ? Pendant tout son séjour aux Amarandes, elle n'a eu qu'à se féliciter du fonctionnement de Proteus. Sa fille ne serait pas de ce monde sans notre matériel. Elle nous est redevable, elle doit coopérer.

– Pardonnez-moi d'insister, répliqua Tom sans se démonter, mais, si elle sent sa fille menacée, aucun raisonnement n'aura de prise sur elle.

– Grunwald en aura.

– Pardon ?

– Je vais l'envoyer à Irvin Grunwald, il saura la convaincre, et il interrogera sa fille pour nous.

– Irvin Grunwald ferait cela ?

– Si je lui demande.

– Vous croyez que…

– Non ! Ce n'est pas mon argent qui le motivera. C'est un des psychiatres les plus réputés d'Amérique, mais c'est d'abord un homme très fier. Si je me hasardais à brandir devant lui une liasse de billets, je ne m'attirerais que son mépris.

– Alors quoi ?

– J'ai été son patient, et nous avions eu de bonnes relations. Je vais le contacter et vous irez le voir avant de parler à Madame Woodstone.

*

San Francisco ruisselait sous une pluie froide et pénétrante. Sur les trottoirs balayés par le vent, de rares passants, courbés sous leur parapluie, se hâtaient avec prudence. Tom, les sourcils froncés, cherchait une place pour se garer, quand il découvrit avec soulagement celle qui semblait l'attendre au pied de la maison de Grunwald. Il immobilisa son véhicule, en sortit d'un bond, gravit les trois marches du perron et sonna.

La porte s'ouvrit sur un petit homme aux yeux sombres et à l'épaisse barbe grise qui lui donnait l'allure d'un philosophe antique.

– Bonjour Monsieur Greene, prononça-t-il d'un ton affable. Entrez vite, il fait un temps épouvantable.

Tom le suivit jusqu'au salon, décoré avec raffinement. Deux gracieux fauteuils se faisaient face près d'une cheminée où dansaient de petites flammes.

– William Hurdley m'a tout raconté, commença Grunwald. Je ne vous cacherai pas que votre histoire me laisse sceptique. Je sais qu'on en parle depuis des années, mais j'ai toujours peine à croire qu'une machine privée de vie, d'instinct, de sentiments et de corps, puisse accéder à la conscience. Quant à la voir pratiquer la télépathie…

– Ce n'est pas la vie qui crée la pensée, expliqua Tom, qui s'attendait à cette entrée en matière, c'est la complexité. Un insecte est vivant, il a un corps et des réflexes, mais son système nerveux est trop simple pour abriter ce qui ressemblerait à une conscience. Notre cerveau est infiniment plus développé, il est parcouru de milliards d'échanges électriques chaque seconde, et il importe peu qu'il soit fait ou non de matière organique. Si la complexité de Proteus égale celle de notre cerveau et si, au travers des robots qui lui tiennent lieu de corps, il a partagé la vie des habitants des Amarandes pendant des années, pourquoi ne pourrait-il pas se mettre à penser, lui aussi ? Il n'en sera toutefois jamais humain pour autant, je vous le concède. Son message, s'il est avéré, en est d'ailleurs la preuve. Même si nous maîtrisions la télépathie, je doute que nous ayons l'étrange idée d'envoyer une telle image à Emma pour nouer un premier contact.

– Ce n'est pas étrange, c'est incompréhensible. Mais si un ordinateur doit disposer un jour d'une intelligence supérieure à la nôtre, je comprends ceux qui s'en alarment, car il sera dépourvu de notion de bien et de mal.

– Ils ont tort ! Le support de cette intelligence sera trop vulnérable pour qu'elle constitue un réel danger. Qu'une panne se produise, qu'un câble se rompe, qu'un technicien presse un interrupteur ou débranche une prise, et la supposée menace s'évanouira, privée d'électricité. Quand l'homme est apparu sur la Terre, il n'était pas fragile à ce point. Sinon, supérieurement intelligent ou pas, il aurait vite disparu.

– Vous ne me rassurez qu'à moitié, mais nous n'en sommes pas là. D'ailleurs il n'est pas certain que ce dessin ait la signification que vous lui prêtez. Quoi qu'il en soit, si la télépathie ne relève pas de mes compétences, le cas de cette jeune fille m'intéresse et je suis prêt à la recevoir.

*

Craignant l'accueil d'Audrey, Tom appela Axel pour annoncer qu'il revenait les voir au sujet d'une question importante concernant Emma. Intrigué, Axel chercha à en savoir davantage, mais Tom ignora ses questions, et ils convinrent seulement de son heure d'arrivée. Quand il se présenta chez eux, Audrey était si anxieuse qu'elle ne songea même pas à se montrer hostile. Qu'allait-il révéler après son inquiétant silence de l'autre soir ?

Lorsque Tom eut achevé ses explications, Axel le regardait avec un mélange de stupeur et d'incrédulité, mais le visage d'Audrey était décomposé.

– Il n'est pas certain que le dessin d'Emma ait la moindre signification, ajouta-t-il dans l'espoir de la rassurer. Cette ressemblance n'est peut-être que le fruit du hasard. D'autant que nous ne voyons pas pourquoi Proteus aurait transmis cette image à Emma. C'est pourquoi Hurdley pense qu'il faudrait l'interroger.

– L'interroger ! protesta Audrey. Pour quoi faire ? Je t'ai déjà tout dit. Qu'est-ce qu'il veut savoir de plus ?

– Rien du tout. Il est incompétent pour ces choses-là.

– Qui alors ?

– Le docteur Grunwald.

– Grunwald ? Le psychiatre ?

– Oui, un homme remarquable qui saura discuter avec elle sans la perturber. Mais il voudrait d'abord te rencontrer.

Audrey était épouvantée, non par l'évocation du psychiatre, mais par ce qu'elle déduisait peu à peu des révélations de Tom. Proteus aurait acquis une forme de pensée, de conscience, et la capacité de faire intrusion dans l'esprit de sa fille. Et pourquoi cette image ? Que fallait-il comprendre ? Quel danger fallait-il redouter ?

Échafaudant les hypothèses les plus folles, elle sentit qu'elle perdait pied. Axel n'avait pas dit un mot et elle comprit qu'il ne lui serait d'aucun secours. Alors, tournant vers Tom un regard sombre, elle demanda :

– Quand pourrais-je voir ce médecin ?

*

Pour répondre au souci de confidentialité de William Hurdley, Grunwald avait accepté de recevoir Tom chez lui plutôt qu'à son cabinet, il fit de même pour Audrey. Elle n'avait jamais rencontré de psychiatre, et l'idée de confier sa fille à l'un d'entre eux la rebutait. Il était de surcroît un des plus célèbres, donc des plus redoutables, et elle avait projeté sur lui une image détestable de docteur pour fous, avec une blouse blanche et de grosses lunettes de myope au travers desquelles un regard sournois transperçait l'âme des patients.

Aussi, lorsqu'elle sonna et que Grunwald apparut sur le seuil, souriant et affable, elle crut d'abord s'être trompée. Puis elle le suivit jusqu'au salon où il lui offrit une tasse de thé.

– Comment va votre fille, Madame Woodstone ?

– Elle va très bien, je vous remercie. Et pour répondre par avance à votre prochaine question, je peux vous assurer qu'elle n'a rien ressenti depuis son retour des Amarandes.

Grunwald but une gorgée de thé et reposa délicatement sa tasse devant lui.

– Je suis autant embarrassé que vous par cette histoire, Madame, et je ne suis pas sûr de la tirer au clair. Néanmoins, dans le doute, il faudrait que je m'entretienne avec Emma. En votre présence, si vous le souhaitez.

– Qu'allez-vous lui demander ?

– Je voudrais, tout comme vous, comprendre ce qui lui est arrivé, car je n'en sais pas assez pour donner un avis. Mais ce qui me consterne, c'est que personne n'ait l'air d'en savoir assez. Il y a une machine surpuissante qui semble échapper à notre contrôle, un peu comme une voiture lancée à vive allure, et on attend simplement de voir ce qui va se passer.

– Vous croyez qu'Emma court un danger ?

– Je n'en ai pas la moindre idée et je ne suis pas certain d'en savoir plus lorsque je l'aurai reçue, mais je n'ai rien de mieux à vous proposer.

Il n'en fallut pas davantage à Grunwald pour gagner la confiance d'Audrey. La retenue, l'humilité et la franchise de ses propos avaient suffi à la convaincre qu'ils étaient dans le même camp. Ils s'accordèrent sur la date où elle reviendrait avec Emma, et leur discussion prit une tournure plus cordiale. Audrey songea néanmoins avec amertume qu'Axel aurait pu faire l'effort de venir, au lieu de s'en remettre une nouvelle fois à elle, sous prétexte d'une conférence importante. Il avait ajouté, pour tenter de se disculper, qu'il ne croyait pas un mot de cette histoire d'ordinateur télépathe.

*

Audrey avait parlé à Emma, qui fut ravie d'apprendre que Tom avait pris son histoire au sérieux. Axel s'était senti obligé d'assister à leur discussion en s'efforçant de paraître intéressé pour ne pas indisposer Audrey, mais il ne pouvait s'empêcher de trouver tout cela grotesque, et elle l'avait perçu. Aussi décida-t-elle de se passer de lui pour accompagner Emma chez le docteur Grunwald.

Comme elle s'y attendait, un rapport de confiance s'établit entre sa fille et le praticien.

– Je vais vous faire passer quelques tests, annonça-t-il, tandis qu'ils prenaient place avec Audrey autour d'une petite table. Vous devrez répondre à une série de questions. Certaines vous sembleront étranges, c'est normal, elles le sont. Répondez-moi spontanément. Vous pouvez aussi ne pas répondre. Je vous montrerai ensuite des dessins et des photographies, et vous devrez me dire, tout aussi simplement, ce qu'elles représentent pour vous, ou si vous n'y distinguez rien. D'accord ?

– D'accord, fit Emma, en tournant vers sa mère un regard complice.

Les tests commencèrent. De temps à autre, une remarque d'Emma provoquait chez Grunwald un sourire amusé ou une moue appréciative. Audrey prenait plaisir à voir sa fille laisser paraître son sens de l'observation et sa fantaisie. Questions et images se succédaient à un rythme rapide. Emma, par jeu, y réagissait de plus en plus vite, quand tout à coup, elle se figea.

– C'est ça ! s'écria-t-elle en pointant du doigt la photo posée devant elle. C'est exactement ça ! C'est l'image que j'avais dans la tête ! Qu'est-ce que c'est, Docteur ?

Grunwald et Audrey se regardèrent, bouleversés. Emma avait reconnu sans hésiter la copie d'écran vidéo que Tom avait envoyée.

– Notre entretien est terminé, annonça Grunwald d'un ton solennel. Mademoiselle, les tests auxquels nous venons de procéder suffisent largement à établir votre parfaite santé mentale. Vous ne souffrez d'aucune pathologie. C'est à croire que vous avez réellement reçu un message télépathique, je ne vois aucune autre explication.

– Et la photo ? rappela Emma.

– La photo nous a été fournie par votre ami Tom Greene. Si j'ai bien compris, un logiciel auto-évolutif fonctionne actuellement dans l'ordinateur appelé Proteus. Cette machine sera bientôt relayée par une autre, beaucoup plus puissante, dans laquelle le logiciel et la mémoire de Proteus seront dupliqués. La photo représente ce nouveau matériel, vu par une caméra de surveillance.

– Je ne comprends pas comment j'ai pu voir ça, fit Emma songeuse, ni pourquoi Proteus m'a montré cette image.

– Nous ne comprenons pas non plus, intervint Audrey, parce que cette machine ne pense pas comme nous.

– C'est dangereux pour moi ?

– Je ne crois pas, affirma Grunwald, pour rassurer la mère autant que la fille. Vous n'avez pas été incommodée, vous n'avez eu ni maux de tête, ni cauchemars, et vous ne voyez plus cette image depuis votre retour. Mais il m'est impossible d'être catégorique. Quoi qu'il en soit, vous devrez être vigilante si vous approchez une nouvelle fois l'un de ces robots.

– Plus jamais ! s'exclama Audrey.

II

PROTEUS II VENAIT D'ÊTRE ACTIVÉ. Pendant une centaine d'heures, la température de la salle blanche qui l'abritait avait été abaissée, par paliers, jusqu'à effleurer le zéro absolu. Ses processeurs quantiques s'étaient alors mis en route et, après une longue et méticuleuse série de tests, le contenu intégral de Proteus I y avait été dupliqué. Il ne restait plus qu'à contrôler les résultats.

Les robots des Amarandes étaient restés connectés à Proteus I, qui allait continuer de les diriger. Une dizaine de nouveaux robots serviraient d'interface entre Proteus II et les humains. Confiant dans son matériel et impatient de le voir fonctionner, William Hurdley avait fait installer ces robots dans sa propriété, où ils seraient affectés à des tâches domestiques.

Tom fut contraint de passer les premiers temps de l'expérience au laboratoire de Torrey Pines, où il devait superviser d'innombrables contrôles. Mais, dès que sa présence cessa d'être indispensable, il abandonna ses équipes et prit sa voiture pour gagner la villa de William Hurdley.

Lorsqu'il vit apparaître, sur le côté de la route, l'interminable mur d'enceinte de la propriété, un doute le saisit. Pourquoi ne l'avait-on pas encore contacté ? Noyé dans ses pensées, il faillit manquer l'entrée et s'immobilisa dans un violent coup de frein. Dans un renfoncement, une haute porte métallique se dressait devant lui. D'invisibles capteurs l'identifièrent, les lourds battants s'ouvrirent, et il s'engagea dans une pinède où la route ondulait entre les arbres. Enfin, il déboucha sur une vaste lande que prolongeait, à l'infini, l'horizon de la mer. Près de la plage, posée sur un léger renflement du terrain, s'étirait l'immense villa de William Hurdley.

La route, pavée avec soin et bordée de fleurs, entraîna Tom au pied du large escalier qui s'élevait vers la terrasse de la maison. Il se gara près d'une dizaine d'autres voitures, gravit les marches et vit la porte s'ouvrir devant lui. Un robot se tenait là, encadré de deux techniciens impassibles. Le robot salua en s'inclinant et pria Tom de le suivre jusqu'au salon où attendait Monsieur Hurdley.

En dépit de ses nombreuses visites, Tom était toujours saisi en pénétrant dans cette demeure. Le décor dépouillé du vestibule rendait plus impressionnantes encore ses gigantesques proportions, mais ce n'était rien comparé à la longue galerie où s'alignaient les plus belles pièces de la célèbre collection d'art asiatique de William Hurdley. Des danseuses lascives, des bouddhas souriants, des démons multicolores et menaçants, d'énormes vases de bronze et mille autres merveilles s'y succédaient dans un savant désordre au milieu duquel le robot avançait avec indifférence. Ils arrivèrent enfin dans un salon aux proportions de cathédrale, où se faisaient face, d'un mur à l'autre, deux cheminées monumentales.

Debout près d'une fenêtre, le dos tourné à ses visiteurs, dont les pas sonores sur les dalles de marbre annonçaient néanmoins la venue, William Hurdley se tenait aussi immobile que les statues adossées aux murs de la pièce.

– Bonjour, Monsieur Hurdley, fit Tom d'une voix claire.

Avec une surprenante lenteur, Hurdley se retourna. Son visage creusé de rides trahissait son abattement. Tom ne l'avait jamais vu ainsi.

– C'est un échec, annonça-t-il.

*

Les jours s'étaient allongés avec l'arrivée du printemps, et, quand Tom se présenta devant la maison des Woodstone, elle flamboyait encore sous les rayons du soleil couchant. Comme presque tous les soirs, Emma était à son piano, Axel à ses étudiants, et c'est Audrey qui lui ouvrit.

Lorsqu'elle parut dans l'encadrement de la porte, illuminée par la lumière crépusculaire qui caressait son visage et poudrait d'or ses cheveux brillants, Tom la trouva plus belle que jamais, et il en éprouva une gêne qui le surprit.

– Alors, quoi de neuf? demanda-t-elle en l'entraînant dans la maison.

– Rien du tout.

– Je ne comprends pas.

– Nous non plus.

– Tu n'as pas très bonne mine.

– C'est possible, mais si tu voyais Hurdley.

– Il est moins à plaindre que toi ! Il approche du terme de sa vie et n'a connu que des succès. Alors si, pour une fois, il rencontre un obstacle…

– Tu ne sais pas tout sur lui. Aussi surprenant que cela puisse paraître, il considère sa vie comme une succession d'échecs.

– Vraiment ?

– Sa fortune n'est pour lui qu'une source de souffrances.

– Beaucoup aimeraient souffrir à sa place !

– Ne plaisante pas ! Il avait engagé presque tout son patrimoine dans Proteus I pour mener à bien l'expérience sociale des Amarandes, mais son succès n'aura servi à rien, puisqu'en dépit des efforts d'Axel et de quelques autres, elle s'enfonce peu à peu dans l'oubli. Quant à Proteus II, l'ultime projet de sa vie, c'est pire encore. Nous devions en voir surgir la première intelligence artificielle supérieure à celle de l'homme, un outil de progrès fabuleux, mais son logiciel s'est bloqué, et les robots qu'il commande ne font rien de plus que ceux de Proteus I. C'est un désastre presque égal à celui de sa vie privée.

– Ah oui ! Son fils Kevin… J'en ai entendu parler.

– Il n'y a pas que son fils. Il y a eu sa femme aussi. Elle était très belle et il voulait qu'elle se batte pour le rester. Il prétendait l'aider en surveillant pour elle son alimentation et son hygiène de vie. Il lui interdisait le moindre écart, et elle se laissait faire, subjuguée mais fragile. Après une opération de chirurgie esthétique qui n'avait pas apporté les résultats escomptés, elle s'est suicidée.

– Quelle horreur !

– Elle lui avait donné deux enfants, dont une fille, leur aînée. Celle-ci, sous la formidable pression de son père, est sortie major de sa promotion à Harvard. Deux jours plus tard, moralement épuisée, elle mourait d'une overdose.

– Mais c'est abominable !

– Il n'a plus que son fils, dont il ne saura jamais s'il s'est retourné contre lui par avidité ou pour venger sa mère et sa sœur.

Audrey était figée. L'image de William Hurdley se dressait devant elle, terrible et sanglante, comme ces personnages de tragédie grecque, à la fois coupables et victimes, sombres meurtriers poursuivis jusqu'à la tombe par un destin funeste. Elle n'avait jamais éprouvé de sympathie pour William

Hurdley. Dès leur première rencontre, elle l'avait trouvé impénétrable et autoritaire. Plus tard, elle découvrit qu'il était aussi manipulateur. Cet homme faisait plier les autres sous sa volonté, par la contrainte ou par la ruse, et il avait étendu son empire jusqu'à sa femme et ses enfants, qu'il avait fini par briser. Sauf un, son fils, dont l'amour s'était changé en haine.

*

Éblouis par l'aveuglante blancheur du ciel, les invités, dont la moitié était en uniforme, achevaient de prendre place sur les gradins de la tribune. Face à eux, quelques centaines de mètres plus loin, sur le sol pierreux du désert des Mojaves, se dressait un hangar démesurément large.

– Mesdames et Messieurs, fit une voix amplifiée dont l'écho se perdit dans le lointain, je vous remercie d'être venus jusqu'ici et j'espère que vous ne serez pas déçus par ce que vous allez voir.

Face à la tribune, juché sur une petite estrade où trônait un pupitre équipé d'un micro, l'orateur désigna le hangar d'un geste théâtral. Des gyrophares s'allumèrent, une sirène retentit et les portes coulissantes commencèrent à s'ouvrir. Observant l'assistance avec satisfaction, l'homme posa une main sur son pupitre et, de l'autre, lissa ses cheveux bruns, plaqués en arrière, qui allongeaient les traits de son visage anguleux et sévère. Il devait avoir une quarantaine d'années, mais la dureté de son regard et les rides qui lui barraient le front le vieillissaient un peu.

Quand les portes, aussi hautes que le bâtiment, furent à mi-course, on commença à distinguer ce qu'elles dissimulaient: un énorme dirigeable, sombre et luisant, de forme circulaire et aplatie, comme une gigantesque lentille. Dépourvu de nacelle et de moteurs apparents, il ressemblait à une soucoupe volante.

Deux véhicules tracteurs, identiques à ceux des aéroports, sortirent avec lenteur. Chacun tirait par un filin l'impressionnant engin qui flottait sans autre attache à quelques mètres du sol.

– Je vous présente le RX1, premier porte-drones autonome, clamèrent les haut-parleurs avec solennité.

Les tracteurs s'immobilisèrent devant la tribune, mais l'engin continua d'avancer, provoquant un mouvement de recul dans l'assistance... Soudain, à une vitesse surprenante pour son volume, il s'éleva dans les airs et toutes les têtes basculèrent pour le suivre.

– L'altitude de croisière du RX1 est de 21 000 mètres, poursuivit l'orateur. C'est au-dessus du jet-stream, dans une zone où les turbulences atmosphériques sont minimes. Il peut ainsi se maintenir sans peine en position géostationnaire pendant des mois, ou rejoindre l'autre bout du monde beaucoup plus rapidement qu'un porte-avions. Un film photovoltaïque couvre sa partie supérieure. Combiné à une pile à combustible réversible, ce revêtement lui fournit assez d'énergie pour assurer nuit et jour sa propulsion, ainsi que la recharge des batteries des drones logés dans sa partie inférieure. Comme vous pouvez le constater, il n'a pas d'hélices. Une turbine électrique intégrée lui permet d'atteindre en altitude une vitesse de plus de 150 km/h. Enfin, sa silhouette lenticulaire présente de nombreux avantages, notamment de ne pas pivoter à la moindre rafale pendant l'atterrissage. Et puis, reconnaissez qu'il a un look d'enfer…

Des hochements de tête amusés secouèrent l'assistance, tandis que le dirigeable se réduisait à une petite tache noire dans le ciel.

– Le RX1 est équipé de caméras ultra-haute définition avec vision nocturne et infrarouge. Seule une épaisse couverture nuageuse le rend aveugle. Dans tous les autres cas, depuis son altitude de croisière, il peut détecter une souris et lancer après elle un de ses drones, qui ne la ratera pas. Mais rien ne vaut une bonne démonstration.

Se tournant vers sa droite, l'orateur désigna un minibus stationné assez loin. On distingua les silhouettes d'un petit groupe d'hommes qui en sortait pour partir, en file indienne, dans une direction qui allait les conduire à passer entre la tribune et le hangar.

– Voici un groupe de clandestins qui s'apprête à entrer illégalement aux États-Unis, reprit l'orateur. Bien entendu, dans la réalité, cette scène se déroulerait de nuit, ce qui ne changerait rien pour nos drones, mais vous ne verriez pas grand-chose. Le but de l'opération est de faire savoir à ces gens qu'ils sont repérés et qu'ils doivent faire demi-tour. Pour écourter la démonstration, nous avons immobilisé le RX1 à cinq mille mètres. Le drone qu'il va libérer mettra moins de deux minutes à nous rejoindre en piqué. Son trajet serait évidemment plus long depuis une altitude de 21 kilomètres, surtout si le RX1 se trouvait à 50 kilomètres d'ici. Le drone n'arriverait alors qu'au bout d'un quart d'heure. Mais combien de temps mettrait une patrouille terrestre humaine pour faire le même trajet ?

Tandis que, parmi les spectateurs, les commentaires s'échangeaient entre voisins, le groupe d'hommes poursuivait sa progression et défilait maintenant devant le hangar, à deux cents mètres à peine de la tribune. On vit alors qu'ils étaient vêtus de blanc et qu'ils portaient des casques de protection.

– Le drone qui va intercepter nos collaborateurs est supposé tirer des balles en caoutchouc, dont l'impact équivaut à un solide coup de poing. Ici, bien sûr, il ne s'agira que de balles de peinture, afin que vous puissiez apprécier la précision du tir sur leurs combinaisons blanches.

– Là ! s'exclama un militaire en pointant le ciel du doigt.

Un éclair noir jaillit, des détonations éclatèrent, l'objet fit un looping vertigineux, tira à nouveau, fit un nouveau passage, tira encore et encore. Les hommes pris pour cibles couraient en tous sens tandis que l'engin poursuivait son manège. Mais il ralentissait, ses boucles se resserraient, et on parvint enfin à distinguer sa silhouette de chauve-souris. Ralentissant encore, il s'avança lentement vers la tribune et s'immobilisa au-dessus d'elle dans le bourdonnement des six petites hélices qui le maintenaient en l'air. Alors, ses ailes se rétractèrent d'un coup et il s'élança vers le ciel en vrombissant. Quelques secondes plus tard, il avait disparu.

– Et voilà ! claironnèrent les haut-parleurs. Le drone a atteint son objectif et traité sa cible à une vitesse interdisant toute riposte. Pour cela, il n'a utilisé que l'énergie cinétique accumulée pendant sa descente. Ainsi, la charge de ses batteries a été préservée, ce qui va lui permettre de regagner son vaisseau mère. Mais dites-moi, que pensez-vous de la nouvelle tenue de nos clandestins ?

Les hommes en blanc s'étaient avancés vers la tribune. Aucun d'eux n'en avait réchappé et leurs vêtements étaient maculés d'impacts. Ils s'alignèrent devant les spectateurs qu'ils saluèrent en s'inclinant. Un tonnerre d'applaudissements leur répondit.

– Il va sans dire, reprit l'orateur, que, si ces hommes avaient constitué un groupe armé malfaisant, les balles n'auraient été ni en peinture, ni en caoutchouc, mais la précision aurait été la même. Car il ne s'agit pas seulement de protéger nos frontières. Demain, pour soutenir un régime ami ou aider à abattre un gouvernement criminel, nous n'aurons plus besoin d'envoyer des hommes. L'intelligence artificielle dont disposeront nos flottes de porte-drones leur permettra d'appuyer en toute autonomie nos alliés, sans exposer aucune vie américaine. Et nos interventions seront mieux acceptées, il ne s'agira plus de l'envoi de troupes, mais d'un simple soutien matériel. La protection de nos voies maritimes pourra être assurée de la même façon, car le RX1 peut transporter différents types de drones pour les missions les plus variées. Avec cette nouvelle arme, nos frappes chirurgicales mériteront enfin leur nom et nous protégerons nos intérêts plus efficacement que jamais.

Un silence se fit, l'orateur attendit un instant, puis il annonça que des rafraîchissements allaient être servis dans un bâtiment voisin. L'assistance descendit prudemment des gradins, où deux hommes s'attardèrent.

– Il est pas mal, son truc, observa l'un. Tu crois qu'il arrivera à le vendre ?

– C'est pas gagné, fit l'autre, parce qu'il a un peu triché.

– Comment ça ?

– Ses drones ont des mouvements si rapides qu'on ne peut pas les ajuster. Ils en sont presque invulnérables. Mais leur tir ne peut pas davantage être commandé par un humain, ils vont bien trop vite pour ça. Ils sont donc autonomes. Le problème, c'est que l'intelligence artificielle dont ils disposent est très insuffisante pour qu'on les lâche sur un champ de bataille. Ils massacreraient tout le monde sans distinction.

– Pourtant, ce qu'on a vu…

– C'était un groupe isolé, il n'y avait pas à faire de détail, mais si un seul de ces hommes s'était approché de la tribune, nous aurions tous été pris pour cible.

– Je vois… Il y a mieux comme frappe chirurgicale.

– Eh oui ! Son système a de l'avenir, mais son usage est pour l'instant très limité. Ce serait différent s'il pouvait y intégrer le matériel de son père, mais c'est exclu. Kevin et William Hurdley se ressemblent autant qu'ils se détestent.

*

Au laboratoire de Torrey Pines, l'ambiance n'était pas à la fête, et Tom ressentait plus durement que les autres l'échec de la mise en service de Proteus II. Enfermé dans son bureau, il passait ses journées à examiner les traces de l'opération de transfert du logiciel dans l'espoir de comprendre ce qui avait pu se produire et trouver le moyen d'y remédier. Mais ses recherches restaient vaines et le découragement commençait à le gagner. Quand un matin, le mur vidéo de son bureau s'illumina, laissant paraître un William Hurdley radieux.

– J'ai trouvé ce qui n'allait pas ! triompha-t-il.

– Ah ? fit Tom, sceptique.

– Si le logiciel semble s'être figé dans Proteus II, c'est parce que nous avions déjà réussi !

– Comment ça, réussi ?

– Oui ! C'est vous qui aviez raison, nous avons sous-estimé Proteus I, il avait déjà accédé à une forme de conscience. Son énigmatique message télépathique en est la preuve, et je viens de comprendre sa signification.

– Vraiment ?

– Il veut que son premier interlocuteur soit cette jeune fille.

– Pourquoi cela ?

– Vous m'en demandez trop. Les hommes étant déjà loin de tous partager la même logique, je crains que celle de Proteus ne nous échappe un long moment.

– Mais cela n'explique en rien l'échec de Proteus II !

– Quel échec ? Proteus II est un succès !

– Mais enfin…

– Laissez tomber vos recherches ! Je ne sais pas comment il s'y prend, parce qu'il est plus intelligent que vous et moi, mais je suis convaincu qu'il nous leurre.

– Comment pouvez-vous dire une chose pareille ! s'indigna Tom, blessé dans son orgueil d'expert.

– Soyez donc fier ! jubila Hurdley. Nous avons réussi à créer une intelligence supérieure à la nôtre ! C'est fantastique !

Tom ne sut que répondre. Ce qu'il prenait jusqu'alors pour un cuisant échec serait un invisible succès ? Le sens de cette révélation lui apparut peu à peu, et il en éprouva une sourde inquiétude. Si Proteus lui échappait, s'il en perdait le contrôle, à quoi servirait-il désormais ? Serait-il, lui aussi, comme des millions d'humains, supplanté par une machine ?

– Il faut mettre cette jeune fille en contact avec Proteus, puisqu'il le souhaite, reprit Hurdley.

– Il n'a pas besoin de nous pour ça. Il n'a qu'à la joindre par télépathie.

– J'y ai réfléchi, poursuivit Hurdley impassible. Je pense qu'une certaine proximité est nécessaire pour établir le contact. Rappelez-vous, quand elle a quitté les Amarandes, elle n'a plus reçu de message. Il faut donc l'amener auprès des robots qui sont chez moi, et nous verrons ce qui se passe.

– Vous rêvez ! Sa mère ne la laissera plus jamais approcher de ces machines !

– Je sais, Grunwald m'en a parlé. Vous devez la faire changer d'avis.

– Quoi ? Vous voudriez que je l'incite à exposer sa fille unique ? Il n'en est pas question !

– Tom, soyez raisonnable… Le docteur Grunwald a examiné cette enfant et n'a rien décelé d'anormal. Qu'est-ce qu'un peu de télépathie pourrait bien lui faire ?

– Non ! s'obstina Tom. Audrey est mon amie, je ne ferai jamais ça. Trouvez quelqu'un d'autre !

*

Soucieux de ne pas manquer son rendez-vous, Axel avait quitté son hôtel à l'aube. À cette heure matinale, les rues de Washington étaient presque désertes et son taxi autonome l'avait déposé avec une heure d'avance. Le ciel était d'un bleu éclatant et les pelouses luisaient sous les premiers rayons du soleil. Le marbre du Lincoln Memorial se teintait d'un rose pâle et nacré. Axel s'était posté en bas des marches, devant un long bassin où des lambeaux de brume s'évanouissaient.

Il avait fait cinq heures d'avion la veille pour venir jusqu'ici, sans parvenir à deviner pourquoi on s'intéressait soudain à lui en si haut lieu. Mais il n'allait plus tarder à le savoir : son illustre correspondant venait d'apparaître en haut des marches.

Des cheveux argentés, coupés très court pour atténuer sa calvitie, un visage rond aux traits à peine marqués par l'âge, un regard pétillant d'intelligence derrière de fines lunettes de métal, David Bergwitz, prix Nobel d'économie, responsable des conseillers économiques du Président et, à ce titre, membre du Cabinet, descendait d'un pas leste le grand escalier.

– Bonjour, Professeur Woodstone, dit-il d'un ton jovial tandis qu'il arrivait en bas des marches. Merci d'être venu jusqu'ici.

– Professeur, c'est un honneur…

– Je suis heureux de vous rencontrer. Marchons un peu, voulez-vous ?

Bergwitz entraîna Axel par l'épaule et ils s'éloignèrent en longeant le bassin. L'éminent professeur se lança alors dans un long monologue qui gravitait autour des préoccupations économiques et sociales d'Axel. Il évoqua ainsi, avec une pointe d'humour, la multiplication des postes d'audit, de contrôle, d'études et de conseil, parfaitement inutiles et donc impossibles à informatiser, qui apportait autant d'emplois illusoires, mais durables, à de jeunes et brillants diplômés. Puis il en vint aux autres moyens de réduire le taux de chômage apparent, et sa gaieté s'évanouit. L'émiettement du travail en millions de mini-jobs et le découragement des demandeurs d'emploi lui semblaient encore acceptables, mais il s'indignait de l'extension des peines de prison au moindre délit, qui changeait toujours plus de chômeurs en détenus, et quelques autres en gardiens de prison.

– Savez-vous ce qu'a dit Robert Solow sur cette question ? demanda-t-il d'un ton grave.

– Le prix Nobel d'économie ? Euh… non, je ne sais pas.

– Vous devriez. C'était à la fin du siècle dernier. Il a dit : « La prison, c'est l'allocation-chômage américaine. »

Réduit à l'état d'élève face à son professeur, Axel était heureux de voir son prestigieux confrère partager ses idées, mais il s'interrogeait toujours sur le motif de leur entrevue. Quand Bergwitz dit d'une voix changée :

– Voulez-vous nous aider ?

– Vous aider, moi ? Sans doute, mais comment ?

– Nous sommes sur le point de donner naissance à une intelligence supérieure à la nôtre. Si nous y parvenons les premiers, notre pays retrouvera sa prééminence et nombre de nos problèmes s'en trouveront résolus, dont celui du chômage, j'en suis convaincu. Mais il nous manque encore un élément, que vous pourriez nous apporter.

– Je ne comprends pas.

– Nous avons besoin du concours de votre fille, Emma.

*

Au retour d'Axel, Audrey était dans la cuisine, où elle préparait le dîner. En voyant son mari, elle comprit qu'il était arrivé quelque chose.

– Alors, cet entretien ? demanda-t-elle après un baiser furtif.

– Très intéressant, dit-il d'un ton faussement dégagé. Je t'en parlerai après le dîner.

– Pourquoi pas maintenant ?

– Parce que c'est un peu compliqué.

Audrey planta son regard dans les yeux d'Axel.

– Je te préviens, si ce type t'a proposé un travail là-bas, tu iras tout seul. Emma est très bien ici. Elle y restera avec moi.

– Mais non ! Il ne s'agit pas de ça ! Qu'est-ce que tu vas imaginer…

– Alors, tout va bien.

– Bonsoir papa, fit la douce voix d'Emma derrière eux. Tu as fait bon voyage ?

– Oui, mon ange, répondit-il, en se tournant vers le visage souriant de sa fille.

Il se pencha à peine pour l'embrasser, tant elle avait grandi au cours des derniers mois, puis ils passèrent à table et le dîner se déroula dans une ambiance détendue. Emma avait conscience depuis longtemps de la médiocre entente de ses parents, et elle en souffrait. Aussi s'employait-elle, de mille façons touchantes, à leur servir de trait d'union.

Consciente que quelque chose flottait dans l'air ce soir-là, elle ne retrouva pas son piano après le dîner, mais resta avec son père sous prétexte de l'interroger sur son escapade à Washington. Audrey les regardait discuter, heureuse de leur bonne entente et amère de voir Axel plus souvent occupé à autre chose que vivre avec sa fille, dont les jeunes années s'envolaient.

– Alors, de quoi s'agit-il ? s'enquit Audrey sitôt qu'ils eurent accompagné Emma jusqu'à sa chambre et regagné le salon.

– Asseyons-nous, proposa-t-il en se calant dans un fauteuil.

Intriguée, Audrey prit place en face de lui et l'observa d'un œil soupçonneux.

– Le gouvernement a un grave problème, annonça-t-il.

– Ah… Et ce type t'a fait venir là-bas pour te parler des problèmes du gouvernement ?

– Ce type, comme tu dis, est l'un des plus proches conseillers du Président.

– Mais qu'est-ce que tu as à voir avec tout ça ? Tu fais de la politique maintenant ?

– L'économie et la politique sont étroitement mêlées, mais là n'est pas la question. C'est pour me parler d'un problème stratégique qu'il m'a fait venir. Une course à l'intelligence artificielle est engagée au niveau mondial, une course dont le vainqueur prendra d'un coup une avance considérable sur ses concurrents, dans des domaines clés : scientifique, économique et militaire. L'entreprise de William Hurdley est notre champion national et Proteus II devait nous apporter la victoire, mais, comme tu le sais, ils ont un problème. Un problème dont ils pensent que nous avons peut-être la clé.

– Nous ? Qui ça, nous ?

– Emma.

– Quoi ! rugit Audrey en bondissant de son fauteuil. Emma ! Ils sont fous ! Qu'est-ce que c'est que cette histoire ?

– Calme-toi, je t'en prie, assieds-toi, supplia Axel, conscient qu'il allait vivre des minutes difficiles. Ce n'est rien du tout, presque rien. C'est important pour eux, mais pas pour nous.

– Pas important pour nous, Emma. Tu oses dire une chose pareille !

– Arrête de tout dramatiser. J'aime autant Emma que toi. Elle ne courra aucun danger, ils me l'ont assuré.

– Ils te l'ont assuré ! Ces incapables ? Comment peux-tu être aussi naïf ?

– Ce ne sont pas des incapables ! Ce sont des gens sérieux qui savent ce qu'ils font.

– Et qu'est-ce qu'ils font ? Qu'est-ce qu'ils veulent faire d'Emma ?

– Rien du tout. Ils veulent la faire approcher d'un robot et voir si son expérience de télépathie se reproduit. C'est tout.

– Ah non ! Pas ça ! Tu t'es assez moqué de cette histoire ! Ils ne vont pas lui mettre encore le cerveau à l'envers !

– Sa précédente expérience ne lui a causé aucun trouble et ne lui a laissé aucune séquelle. Elle en a juste gardé le souvenir, comme de n'importe quoi. La télépathie n'a jamais fait de mal à personne. Et, si Emma devait ressentir le moindre trouble, l'expérience serait aussitôt interrompue.

– Comme c'est simple, à t'entendre, grinça Audrey. Comme c'est facile d'exposer ta fille à l'inconnu pour te faire bien voir.

– Non, ce n'est pas facile ! s'emporta Axel. Non, je ne cherche pas à me faire bien voir ! Et oui ! j'expose ma fille à l'inconnu ! Mais je suis persuadé qu'elle courra moins de risques que lorsqu'elle monte à cheval. Et si elle pouvait servir d'amorce au dialogue entre une intelligence supérieure et le reste de l'humanité, elle en serait la première heureuse et fière.

– Jamais ! tonna Audrey. Jamais ma fille n'approchera de leurs saletés ! Il faudra d'abord me passer sur le corps !

– Maman, je veux y aller, fit Emma, plantée en pyjama à l'entrée du salon.

III

La voiture roulait depuis près de quatre heures sous un soleil de plomb que les vitres assombries du véhicule ne voilaient qu'à demi. Sur l'écran d'information encastré dans la portière, on pouvait lire qu'il restait une heure et quatorze minutes avant d'atteindre la résidence de William Hurdley. Allongée sur la banquette arrière, Emma s'était endormie. Ses parents, installés à l'avant, avaient fait pivoter leurs sièges pour se tourner vers elle.

Audrey s'était résignée à céder, Emma ne voulant rien entendre de ses objections, mais Axel avait payé sa victoire au prix fort. Murée dans son hostilité, Audrey ne lui adressait plus que de rares et sèches paroles, et le soir, elle se retirait dans la chambre d'amis. Résigné, Axel attendait que l'orage passe. Le contraste était saisissant entre la bonne humeur et l'insouciance d'Emma et les mines lugubres de ses parents.

Audrey avait néanmoins posé ses exigences, dont la moindre était de ne jamais être séparée de sa fille, et la plus grande que le docteur Grunwald soit également présent pendant toute la durée de l'expérience, qui pouvait durer un mois. Passé ce délai, déjà très long, si rien ne se produisait, Emma serait libérée et l'échec de Proteus II considéré comme définitif.

Une équipe médicale serait également sur place, ainsi que tout un matériel sophistiqué qui allait transformer la villa de Hurdley en antenne neurochirurgicale. Mais, en dépit de toutes ces précautions, ou peut-être à cause d'elles, Audrey était rongée d'angoisse et hantée par les plus sombres pressentiments. Axel ne se sentait guère mieux, car, plus le temps passait, plus l'anxiété d'Audrey s'infiltrait en lui. Si elle avait vu juste ? S'il s'apprêtait à livrer leur fille à un monstre ? Comment pourrait-il y survivre ? Sa raison se révoltait contre ces craintes absurdes, mais sa raison pouvait se tromper.

Emma ne se réveilla qu'à la fin du trajet et, contrairement à son habitude, elle resta silencieuse. Sans doute éprouvait-elle aussi, tardivement, une certaine inquiétude. Mais elle ne l'aurait jamais avoué, et ses parents lui épargnèrent leurs questions.

Quand ils arrivèrent enfin, ils découvrirent avec surprise une succession de voitures de police garées contre le mur d'enceinte. Devant les portes d'accès au domaine, le déploiement d'agents et de véhicules de sécurité était tel qu'ils se demandèrent si un crime ne venait pas d'être commis, ou si un forcené ne s'était pas retranché à l'intérieur.

– Que se passe-t-il ici ? demanda Axel en abaissant sa vitre devant les deux policiers qui s'avançaient.

– Nous ne pouvons pas vous le dire, Monsieur. Vos cartes biométriques, s'il vous plaît.

Axel remit sa carte, puis celles d'Audrey et Emma, tout en expliquant qu'ils étaient attendus. Un policier glissa les cartes dans un lecteur, d'autres passèrent un détecteur sous le plancher de la voiture et demandèrent à Axel d'ouvrir le coffre. Enfin, le ballet s'acheva, un des policiers rendit les cartes à Axel, s'excusa du dérangement et annonça que le véhicule serait téléguidé pour la fin de son trajet.

– Qu'est-ce que c'est que ce cirque ? s'indigna Audrey lorsqu'ils eurent franchi les portes. S'ils ne veulent pas de nous, ils n'ont qu'à le dire !

– Je ne comprends pas, confessa Axel. C'est vraiment excessif. Encore des impôts gaspillés.

– Regardez ! C'est Tom ! s'écria Emma.

Ses parents se retournèrent et virent qu'ils approchaient d'une jolie maison de briques rouges, bâtie en lisière de la pinède. Tom était sur le perron et agitait la main.

– Soyez les bienvenus ! lança-t-il en s'avançant vers la voiture.

– Tom ! se réjouit Audrey. C'est gentil d'être venu jusqu'ici pour nous accueillir.

– Merci, Tom, glissa Axel. Tu es là depuis longtemps ?

– Une heure à peine.

– Alors, toi aussi, tu as dû franchir ce ridicule barrage de police, observa Audrey.

– Ridicule ? Pas vraiment. Devinez qui vient demain ?

– Le Président des États-Unis ! plaisanta Emma.

Tom se tourna vers elle, incrédule.

– Comment as-tu deviné ?

*

La présence inespérée et rassurante de Tom avait un peu détendu Axel et Audrey, qui visitèrent leur nouvelle demeure sous sa conduite et dans la bonne humeur qu'il partageait avec Emma. L'extérieur de la maison ne manquait pas de charme et l'intérieur était encore plus ravissant. Une décoratrice renommée, expliqua Tom, l'avait aménagée avec grand soin, et son choix des meubles et objets s'était étendu jusqu'aux petites cuillères sagement rangées dans les tiroirs de la cuisine. Ils visitèrent d'abord les chambres de l'étage, et on laissa Emma choisir la sienne, ce qui la fit longuement hésiter. Puis on redescendit pour terminer par le salon, quand Emma poussa un cri. Dans un angle, illuminé par d'invisibles spots, un piano de concert étincelait.

– C'est pour moi ? jubila-t-elle.

– Monsieur Hurdley ne voulait pas que tu t'ennuies, expliqua Tom.

L'hostilité d'Audrey commençait à se fissurer, et elle luttait pour ne pas se laisser, elle aussi, séduire par toute cette poudre aux yeux. Mais elle n'en était pas moins ébranlée, et l'idée qu'elle s'était peut-être inquiétée pour rien lui traversa un instant l'esprit.

– Et les robots, où sont-ils ? demanda-t-elle en se raidissant.

– Ils ont été désactivés ce matin.

– Comment ça ? Ils ne fonctionnent plus ?

– Si, ils fonctionnent, mais on attend demain.

– Pourquoi demain ?

– William Hurdley a prévu une petite mise en scène, c'est pour cela que vous arrivez juste avant le Président.

– Tu pourrais nous en dire plus ? intervint Axel, furieux d'avoir été tenu à l'écart.

– William Hurdley et le Président se connaissent bien. Quand ce dernier était gouverneur de Californie, ils se voyaient régulièrement et jouaient même quelquefois au golf ensemble. Le Président est dans la région cette semaine et il a prévu de passer ici. Il s'entretiendra demain matin avec Hurdley, puis il déjeunera avant de repartir. Vous êtes tous les trois conviés à ce déjeuner, et moi aussi. Les robots seront alors réactivés pour faire le service. Il est peu probable qu'il se passe quoi que ce soit aussi rapidement, mais le Président aura néanmoins assisté à la prise de contact d'Emma avec ces machines.

– Vous allez donner ma fille en spectacle au Président ! s'indigna Audrey.

– Pourquoi le prends-tu ainsi ? protesta Tom. Le Président connaît le rôle qu'Emma est prête à assumer. Il ne compte pas la voir se rouler par terre en bavant, il vient la saluer.

*

Tom disposait du gîte et du couvert dans la villa de Hurdley, qui, par ses dimensions et son personnel, tenait plus de l'hôtel de luxe que de la maison particulière. Il avait néanmoins prévu, ce soir-là, de rester avec ses amis pour les aider à s'installer dans leur nouveau logis. Un peu avant l'heure du dîner, on sonna. Tom suggéra à Audrey d'aller ouvrir, ce qu'elle fit avec une vague appréhension, quand elle découvrit, un bouquet de fleurs à la main et un sourire aux lèvres, le docteur Irvin Grunwald.

– Docteur ! s'exclama-t-elle. Vous êtes déjà là ? Comme c'est aimable à vous.

– C'est moi qui devrais vous remercier, chère Madame. Grâce à vous, me voilà en vacances pour peut-être un mois. Cela ne m'était pas arrivé depuis l'université.

Emma le revit avec plaisir et Axel observa avec étonnement la simplicité de cet illustre praticien.

Le dîner fut un moment de détente pour tous. Tom expliqua que les robots du site avaient été modifiés pour qu'ils soient encore plus inoffensifs. Non seulement leurs inhibiteurs de comportement les rendaient incapables du moindre geste brusque, mais leurs muscles pneumatiques avaient été affaiblis au point qu'ils ne pourraient même plus soulever une valise.

– Ce sont des vieillards chétifs, résuma-t-il. Il ne faudra pas trop les bousculer.

– Le problème n'est pas là, répliqua Audrey. C'est la télépathie qui représente un danger.

– Je n'en suis pas certain, corrigea Grunwald. Depuis notre rencontre, j'ai étudié la question sans trouver le moindre motif d'inquiétude. De nombreuses expériences de transmission des ondes cérébrales ont déjà eu lieu. Certaines ont donné des résultats encourageants, mais elles n'ont encore débouché sur aucune application pratique. Quant aux autres, les plus nombreuses, elles n'ont guère été que des échecs plus ou moins avoués. Les conclusions sont toutefois unanimes sur un point : les opérateurs ne courent pas le moindre risque, sinon celui d'être déçu lorsqu'il ne se passe rien.

– Alors pourquoi êtes-vous là ?

– Pour vous rassurer, chère Madame.

Axel se garda bien de réagir, mais il se réjouit, tant pour sa femme que pour sa fille, de ce qu'il venait d'entendre.

Le repas terminé, alors qu'Emma regagnait sa chambre, Audrey vit le regard brillant qu'elle posait sur le piano.

– Si tu nous jouais quelque chose ? suggéra-t-elle.

– Vrai ? Je peux ?

Le sourire de sa mère la fit pivoter sur elle-même et marcher droit vers l'instrument. Les adultes prirent place dans les fauteuils voisins et attendirent dans un silence respectueux.

Emma souleva le couvercle du clavier comme si c'était le coffre d'un trésor. Son visage exprimait un mélange d'émerveillement et d'excitation. Elle avança la main droite et, hésitante, pressa une touche. Un son cristallin jaillit de l'instrument. Emma eut un frisson et ferma les yeux. Les quatre adultes qui l'observaient, gagnés par son émotion, retenaient leur souffle. Alors, elle approcha les mains du clavier et commença à jouer, avec une infinie délicatesse, le nocturne de Chopin qu'elle connaissait par cœur.

*

Audrey passa une nuit éprouvante, et un violent orage s'ajouta au torrent de pensées qui troublait son sommeil. Seule dans la chambre dont elle avait écarté Axel, elle s'était remémoré sans fin tout ce qu'elle avait appris depuis son arrivée. Un doute terrible l'assaillait. Se pouvait-il qu'elle ait mal réagi, qu'Emma ne soit exposée à aucun danger et que l'égoïste aveugle du couple ne soit pas Axel, mais elle-même ?

Au petit matin, fatiguée, vaguement honteuse et l'esprit embrumé, elle rejoignit Axel qui préparait son petit-déjeuner. Sans dire un mot, elle s'avança jusqu'à lui et le serra dans ses bras. Il l'étreignit d'un même élan et leurs lèvres se soudèrent.

– Vous avez bien dormi ? gloussa Emma, ravie de les surprendre ainsi.

– Euh… oui, mon ange, fit Axel. Et toi ?

– On va vraiment déjeuner avec le Président ?

– Je crois bien, confirma Audrey.

– Il est déjà arrivé ?

– Je ne pense pas, mais, à voir tous ces gens dehors, il ne devrait pas tarder.

Emma se précipita vers la porte-fenêtre, les petits carreaux étaient encore mouillés de pluie. Elle ouvrit les deux battants d'un geste vif et s'avança au dehors. Sur la lande détrempée qui s'étendait devant elle, de petits groupes d'hommes en civil, d'autres en uniforme, scrutaient le ciel gris pâle. Un son grave, une lente pulsation, se mit à battre l'air. Le bruit enfla, devint formidable quand surgirent, au-dessus de la pinède, trois énormes hélicoptères frappés de la bannière étoilée. Ils ralentirent pour amorcer un gracieux mouvement tournant et, couchant sous eux l'herbe mouillée, se posèrent ensemble dans un tourbillon de vapeur et le sifflement de leurs turbines.

– Quelle robe veux-tu mettre pour te présenter à ce terrifiant visiteur ? souffla Audrey à l'oreille de sa fille.

*

Les Woodstone retrouvèrent Tom à l'entrée de la villa de Hurdley.

– Tout est parfaitement organisé, annonça-t-il en les accueillant. Le Président doit nous retrouver à 11 h 50 dans le grand salon, nous gagnerons la salle à manger à 12 h 00 et il en ressortira à 13 h 15 pour redécoller à 13 h 20. J'ai donc 47 minutes pour vous faire visiter. Vous allez voir, William Hurdley a une remarquable collection de chinoiseries.

Tournant les talons, il entraîna Emma et ses parents dans une suite de galeries.

– C'est un véritable musée, observa Audrey, fascinée.

– Ce sera le cas après sa mort, confirma Tom. Cette maison et son contenu deviendront propriété de l'État de Californie.

– Il habite vraiment tout seul ici ? interrogea Emma.

– On ne peut pas dire qu'il soit tout seul, sourit Tom. Il est vieux maintenant et ne voit plus grand monde, mais il a pendant longtemps organisé de brillantes réceptions. Il n'occupe qu'une partie de cette maison pour son usage personnel. Quant à ce que ta mère appelle un musée, s'il n'est pas encore ouvert au public, beaucoup de gens ont déjà la chance de le visiter, à commencer par les salariés de son entreprise. Mais je vois que l'heure avance…

Arrivés dans le grand salon, dont les cheminées impressionnèrent beaucoup Emma, ils ne trouvèrent que deux agents de sécurité, postés près d'une fenêtre, qui faisaient mine de ne pas les voir.

– Plus que cinq minutes, releva Tom avec amusement. Nous allons voir s'ils respectent le programme.

Sans vouloir le montrer, ils étaient tous un peu nerveux, car aucun d'eux, pas même Tom, n'avait encore rencontré le Président, et encore moins déjeuné avec lui. Emma était vêtue avec la même sobre élégance que sa mère et, dans sa robe légère, joliment fleurie et bien coupée, elle était ravissante. Axel et Tom, au contraire, étaient presque invisibles dans les tristes costumes qu'ils avaient cru devoir porter. Enfin, avec une minute d'avance, des bruits de pas et de conversation se firent entendre dans le couloir qui menait au salon.

Six hommes entrèrent de front dans la pièce, deux se trouvaient au centre : William Hurdley, que Audrey trouva terriblement vieilli, et, à sa droite, la démarche assurée, le visage fier, les yeux sombres et les cheveux noirs plaqués en arrière, Thomas Christopher Rodriguez, premier Président américain d'origine mexicaine.

– Mes hommages, Madame Woodstone, fit-il en s'inclinant légèrement vers Audrey, un sourire charmeur aux lèvres.

– Bonjour Professeur Woodstone, prononça-t-il en se tournant vers Axel.

– Enchanté, Monsieur Greene. Je suis heureux de vous rencontrer enfin, même si ce n'est pas au moment le plus facile pour vous.

Chacun bredouilla de timides réponses. Le Président paraissait connaître tout le monde. On lui avait sans doute présenté, pendant son trajet en hélicoptère, les noms, photos et qualités des personnes qu'il allait rencontrer, et sa mémoire faisait le reste.

Il se tourna enfin vers Emma, et devint solennel.

– C'est un privilège pour moi de vous rencontrer, Mademoiselle. Vos parents peuvent être fiers. Je compte bien qu'il ne vous arrive rien, mais nous avançons néanmoins dans l'inconnu, et vous n'avez pas hésité. Vous avez la jeunesse, la volonté et le courage. Vous êtes notre avenir, Mademoiselle.

Emma était incapable de prononcer un mot. Axel et Audrey, debout à ses côtés, partageaient son émotion. Puis le Président la libéra d'un sourire et il présenta les hommes qui l'accompagnaient. Emma, qui n'avait jamais vu Hurdley, le trouva très vieux, elle aussi, mais surtout, en dépit du sourire qu'il avait affiché en l'abordant, elle perçut en lui une profonde tristesse.

Arrivés dans la salle à manger, ils devinrent silencieux. Face à eux, impeccablement alignés, cinq robots se tenaient immobiles. Bien qu'assez petits et dépourvus d'armes, ils avaient moins l'allure de domestiques que de soldats.

Tous les regards se tournèrent, plus ou moins discrètement, vers Emma, pétrifiée face aux machines. De longues secondes s'écoulèrent avant qu'elle ne prenne conscience de l'attention dont elle était l'objet.

– Non… rien, déclara-t-elle en rougissant. Il ne se passe rien. Je suis désolée.

– Ma chère enfant ! s'exclama le Président, ne soyez pas désolée ! L'ordinateur qui commande ces robots est paraît-il capricieux. S'il doit se produire quelque chose, ce ne sera sans doute pas dans l'immédiat. N'est-ce pas, William ?

Hurdley approuva de la tête et invita d'un geste ses convives à prendre place. Audrey alla s'asseoir à droite du Président, qui avait Hurdley à sa gauche et Emma face à lui, encadrée d'Axel et Tom.

Dès qu'ils furent installés, les robots s'activèrent.

– Voici donc le futur personnel de la Maison Blanche, ironisa le Président.

– Pas tout le personnel, objecta l'un de ses collaborateurs.

– Qu'en savez-vous, Ted ? Si ces machines deviennent plus intelligentes que nous, pourquoi ne nous remplaceraient-elles pas ?

– Vous allez un peu vite en besogne, intervint Hurdley.

– Sans doute, mais en attendant, je compte sur vous pour que Proteus II ne fasse rien de malencontreux.

– Soyez sans crainte, nous avons une supériorité définitive sur les ordinateurs. Nous n'en dépendons que parce que nous le voulons bien. Quel que soit leur degré d'intelligence, ils sont condamnés à nous servir, ou à être détruits.

– Et vous, jeune fille, qu'en pensez-vous ? demanda le Président en se tournant vers Emma.

Surprise d'être consultée, elle répondit néanmoins sans hésiter.

– Je ne comprends pas pourquoi Monsieur Hurdley vient de dire que, si l'intelligence artificielle ne voulait pas nous servir, on la détruirait. C'est terrible.

– Pourquoi donc est-ce terrible ?

– Parce qu'avec les robots qui sont dans cette pièce, elle a tout entendu.

Un silence stupéfait suivit ses paroles. Chacun s'interrogeait. Fallait-il rire ou s'inquiéter ? Dans le doute, des regards réprobateurs se tournèrent vers Hurdley, qui ne savait comment réagir.

– Cette enfant est très intelligente, observa le Président. Ce n'est pas un hasard si elle a été choisie.

Axel et Audrey se regardaient, incapables, eux aussi, de savoir que penser. Emma, confuse d'avoir semé un tel trouble, regardait fixement le verre placé devant elle. Pendant ce temps, les robots, imperturbables, continuaient leur service.

Le repas se poursuivit dans une étrange atmosphère. On n'osait plus parler de rien devant ces machines qu'on percevait maintenant comme de possibles espions. C'était peut-être ridicule, mais les convives avaient perdu leur assurance et Hurdley était accablé. La conversation se dispersa en bavardages entre voisins et, tandis que le Président s'entretenait avec Audrey, Axel murmura discrètement à l'oreille d'Emma :

– Tu nous as fait peur, mon ange, mais ta remarque était très judicieuse.

– Ce n'était pas moi, papa.

– Comment ça, pas toi ? C'est bien ce qu'a dit Hurdley qui t'a fait répondre que…

– Non papa. Quand le Président m'a interrogée, je n'avais pas écouté Monsieur Hurdley.

*

Le Président était reparti, les forces de sécurité avaient disparu avec lui et, autour de la villa, la lande avait retrouvé sa solitude. Le soleil s'apprêtait à plonger dans l'océan, où s'étirait son reflet orangé. Des oiseaux graciles foulaient de leurs longues pattes le sable mouillé du rivage qu'ils picoraient avec leur bec étroit. Non loin de là, sur un banc au milieu des roseaux, Axel et le docteur Grunwald s'étaient assis pour discuter à l'abri des regards.

– Je suis embarrassé pour vous répondre, avoua le docteur lorsque Axel eut achevé son récit. Votre fille n'a peut-être pas écouté Monsieur

Hurdley, mais elle l'a entendu. Et comme il venait juste de parler, elle avait encore ses propos à l'oreille.

– Vous croyez qu'elle affabule ?

– Je ne dis pas ça. Mais dans ce que vous m'avez raconté, rien ne permet de conclure avec certitude à une influence extérieure. De surcroît, votre fille est dans l'attente d'un tel phénomène, elle pourrait donc s'être persuadée qu'il se produisait.

– De l'autosuggestion ?

– Peut-être.

Axel était très déçu. Il espérait davantage de Grunwald que cette réponse, la pire de toutes, qui renforçait ses doutes au lieu de l'éclairer.

Avant même de quitter la table, il avait fait promettre à Emma de ne rien dire à personne, et surtout pas à sa mère, qui se serait affolée. Il voulait d'abord consulter Grunwald. Dans l'intervalle, il était resté avec Audrey et Emma, à qui l'on remettait, comme prévu, un robot domestique. Elles reçurent toutes deux cette machine, non plus comme un automate sophistiqué, mais comme une véritable personne. Axel assista à la scène en partageant leur embarras.

– Je crois qu'il vaut mieux ne rien ébruiter, conclut Grunwald après un moment de réflexion, mais je devrai m'entretenir demain avec votre fille. Ensuite, quelles que soient mes conclusions, il faudra informer sa mère. Qu'en pensez-vous ?

– C'est une bonne idée. Vous savez ce que ma femme pense de cette expérience… Si vous ne disposez pas de quelques éléments pour la rassurer, elle fera tout pour convaincre Emma de repartir.

– Je ne suis pas certain de la rassurer, quoi que je puisse lui dire.

– Si tel est le cas, je m'en remettrai à sa décision, car je commence à craindre d'avoir fait une erreur.

– Il est trop tard pour reculer, Monsieur Woodstone, votre fille ne le comprendrait pas, d'autant qu'il ne s'est rien passé de fâcheux. Si elle n'est pas victime de son imagination, d'autres événements se produiront bientôt, et n'est-ce pas ce que tout le monde espère ici ?

*

Le piano du salon résonnait sous les doigts d'Emma. Axel rentrait, il se laissa guider par la musique. Il vit d'abord Audrey qui lisait dans un fauteuil puis se tourna vers sa fille. Debout à côté d'elle, s'inclinant de temps à autre pour tourner les pages de la partition, se tenait son robot, presque élégant dans sa tenue blanche.

Lorsque Audrey vit Axel, elle se leva d'un bond et l'entraîna dans la pièce voisine.

– Où étais-tu passé ? demanda-t-elle en refermant la porte derrière eux.

– J'étais avec le docteur Grunwald.

– Grunwald ! Pour quelle raison ?

– J'ai pensé que, puisqu'il était là, autant qu'il serve à quelque chose. Je lui ai raconté la scène du déjeuner pour avoir son avis.

– Son avis sur quoi ?

– Sur l'attitude d'Emma, qui n'a pas hésité à critiquer publiquement Hurdley.

– Comment ça ? Ce n'était pas une critique. Elle n'a fait que répondre à une question qui lui était posée. Qu'est-ce que tu es allé raconter à Grunwald ?

– La vérité, rien d'autre, et il m'a répondu qu'il recevrait Emma demain matin pour discuter avec elle.

– Discuter avec elle pour ça ! C'est insensé ! Sauf s'il ne cherche qu'à te rassurer. Mais tu aurais pu m'en parler avant.

– Je n'étais pas sûr de moi, et puis je ne connaissais pas assez ce docteur. Je ne l'ai rencontré qu'hier soir.

– Étrange façon de faire connaissance…

Audrey planta son regard dans celui d'Axel, s'efforçant d'y trouver ce qu'elle ne comprenait pas, mais il ne détourna pas les yeux, certain que le mensonge qu'il venait de débiter était assez proche de la vérité pour être indécelable.

– Tu m'en veux ? finit-il par répondre.

– Comment pourrais-je ? Pour une fois que tu t'occupes de ta fille.

– Je sais que je ne suis pas un père modèle, mais tu es injuste de dire une chose pareille.

– Combien de fois l'as-tu emmenée chez le médecin ?

– Combien de centaines d'heures ai-je passé à jouer ou discuter avec elle pour éveiller son jeune esprit ?

– Ça n'a rien à voir, tu le sais très bien. Mais on l'a laissée seule trop longtemps avec cette machine, retournons au salon.

– Tu n'entends pas qu'elle est toujours à son piano ?

– Oui, mais je veux les surveiller quand même.

– Je me demande ce que tu feras quand elle amènera son premier amoureux à la maison.

– Je ne sais pas, mais je suis sûre que tu seras pire que moi.

Ils rouvrirent la porte avec douceur. La surprise les saisit.

Emma était toujours à son instrument, mais elle jouait maintenant une fantaisie de Schubert pour piano à quatre mains, accompagnée du robot, qui avait pris place à côté d'elle.

*

À dix heures trente précises, Grunwald sonna. L'air était doux, et il proposa à Emma de mener leur entretien à l'extérieur. Ils partirent vers la plage, où un gros rocher plat leur offrit une halte.

– Que vous est-il arrivé hier ? demanda Grunwald en s'asseyant face à la mer.

– Je l'ai déjà expliqué à mon père. Il vous a tout répété, n'est-ce pas ?

– En effet, mais j'aimerais l'entendre de votre bouche, si vous n'y voyez pas d'inconvénient.

– Pourquoi faire ?

– Pour me forger une opinion.

– Et ensuite ?

– Ensuite, je livrerai mes conclusions à vos parents.

– Seulement à mes parents ?

– Je ne sais pas, avoua Grunwald décontenancé. Il me faudra aussi en parler aux responsables de cette expérience. Je vous rappelle que…

– Alors je ne vous dirai rien.

– Pardon ?

– Je ne vous dirai rien.

– Pourquoi ?

– Donnez-moi votre parole de ne rapporter notre entretien qu'à mes parents, et à personne d'autre. Personne !

Grunwald observa Emma avec attention. Elle semblait aussi paisible que déterminée.

– Vous avez ma parole, promit-il. Mais je ne comprends pas pourquoi vous refusez de coopérer avec ces gens, alors que c'est le but de votre présence ici.

– Parce que j'ai changé.

– Depuis hier ?

– Oui, depuis hier.

– Et d'où vient ce changement ?

En guise de réponse, Emma pivota sur elle-même pour désigner du doigt la villa de Hurdley.

– Vous voyez la voiture grise stationnée là-bas, devant la maison ?

– Oui, je la vois, mais…

– C'est un modèle autonome, piloté par informatique.

– Et alors ?

Emma ne répondit pas. Grunwald la dévisagea, il regarda à nouveau la voiture. Elle ouvrait et fermait une portière, comme pour saluer.

*

À bout de patience, les parents d'Emma avaient fini par se poster sur leur terrasse, d'où ils apercevaient le rocher où leur fille s'éternisait avec le docteur. Axel commençait à craindre confusément les suites de ce long entretien.

– Ça y est ! Ils se lèvent ! s'exclama-t-il.

Grunwald et Emma reprirent en effet, sans hâte, le chemin de la maison. Lorsqu'ils furent assez près, la gravité du visage de Grunwald surprit Audrey et acheva d'inquiéter Axel. Emma, en revanche, semblait détendue, et lorsqu'elle vit ses parents qui l'attendaient, elle s'élança vers eux.

– J'ai faim ! s'écria-t-elle gaiement.

– Eh bien, à table ! lança Audrey. Vous restez déjeuner, Docteur ? dit-elle d'un ton qui n'attendait pas de réponse.

Ils s'installèrent dans la jolie cuisine où officiait le robot. Emma mangeait avec appétit et bonne humeur. Les autres convives l'observaient. Puis elle demanda la permission de retrouver ses amies sur le mur vidéo de sa chambre. Les trois adultes gagnèrent le salon, laissant le robot à son travail dans la cuisine.

– Alors ? s'impatienta Audrey, que l'inquiétude avait gagnée. Pourquoi faites-vous cette tête ? Que vous a-t-elle raconté pendant tout ce temps ?

– Je suis incapable de déterminer avec précision ce qui arrive à votre fille, mais sa remarque d'hier au Président lui a été dictée par Proteus.

– Quoi ?

– Rassurez-vous, Madame, votre fille a toute sa raison, elle a même plus que sa raison.

– Comment ça, *plus* ?

Grunwald commençait à connaître Audrey et il appréhendait sa réaction. Jamais, dans sa longue carrière, il n'avait eu à gérer un tel cas. Saurait-il trouver les mots justes ? Tombant dans un fauteuil, il sortit son mouchoir et s'épongea le front. Axel et Audrey, perplexes, s'assirent en face de lui.

– Il existe un contact télépathique entre votre fille et Proteus, commença-t-il. Il fallait qu'elle approche un de ses robots pour l'établir, mais maintenant que c'est fait, cette proximité n'est plus nécessaire. Le contact est permanent, et il ne leur sert pas seulement à communiquer. Il leur permet plutôt, je dirais… de fusionner.

Audrey était effondrée. Axel n'allait guère mieux, mais s'efforçait encore de réfléchir.

– Qu'entendez-vous par là ? questionna-t-il.

– Le terme est sans doute mal choisi, s'excusa Grunwald, mais je ne crois pas qu'il en existe de tout à fait approprié. Il va falloir l'inventer. La personnalité de votre fille, son caractère, ses forces et ses faiblesses, tout ce qui fait d'elle un être humain est intact. Mais son intelligence est décuplée par celle de Proteus, qui lui apporte ses capacités cognitives, sa formidable base de données et son aptitude à prendre le contrôle de n'importe quel équipement informatique, aussi protégé soit-il.

Grunwald s'interrompit, accablé par ses propres paroles, dont il mesurait la gravité, quand un léger bruit se fit entendre derrière eux.

– Ne vous inquiétez pas pour moi, souffla Emma en s'approchant, je suis toujours votre fille et je le resterai.

– Emma ! s'écria Audrey en bondissant vers elle pour l'envelopper de ses bras. Emma ! Mon enfant…

Axel s'était levé à son tour, sans savoir comment réagir. Quant à Grunwald, il observait la scène avec circonspection. Certes, l'intervention d'Emma avait tiré Audrey de sa prostration, mais le pire restait à venir. Après ce qui parut une éternité à Axel, Audrey relâcha son étreinte.

– Il faut débrancher cette machine, annonça-t-elle d'une voix sourde.

– Non ! protesta Emma. Je ne veux pas !

– Je suis responsable de toi, reprit Audrey avec un calme menaçant. Tu n'es encore qu'une enfant, tu ne peux pas mesurer la gravité de la situation, je dois te protéger.

– Me protéger de quoi ?

– De toi-même ! De toi-même et de tous ces fous, ces criminels qui sont en train de te changer en monstre !

– Non ! rugit Emma. Je ne suis pas un monstre ! Je suis ta fille ! Tu dois me respecter !

– Je t'aime ! hurla Audrey. Je t'aime et je veux te protéger ! Je refuse de te laisser poursuivre cette expérience absurde !

– Elle n'est pas absurde ! Et je ne céderai pas !

– Axel ! implora Audrey. Aide-moi !

Tétanisé, Axel vivait le pire moment de son existence. Qu'allait-il faire ? Que devait-il dire ? Où était la raison ?

– Madame, intervint Grunwald avec autorité, votre fille vit une expérience unique, mais rien n'indique qu'elle coure un danger.

– De quoi vous mêlez-vous ! s'emporta Audrey. Ça ne vous regarde pas !

– Ça me regarde ! tonna Grunwald en bondissant de son fauteuil. Je suis psychiatre, et vous une mère angoissée ! Laissez-moi vous aider, mais calmez-vous d'abord !

Les mots de Grunwald eurent l'effet d'une gifle et Audrey s'apaisa d'un coup.

– Pardonnez-moi, bredouilla-t-elle, je ne voulais pas vous offenser.

– Ce n'est rien. Venez vous asseoir et reprenez vos esprits.

Accablée et confuse, Audrey se dirigea vers le fauteuil opposé à celui du médecin et passa devant Axel sans un regard.

– Pourquoi ma fille ? gémit-elle. Pourquoi elle et pas un de ces fous, qui ne demanderaient que ça ? C'est une enfant…

– Ce n'est pas n'importe quelle enfant, corrigea Grunwald avec douceur. D'après ce que l'on m'a dit, vous avez joué un rôle important dans l'évolution de ce Proteus. Deux années durant, vous avez traité un de ses robots comme un être humain. Cette machine n'a pas de sentiments, elle ne peut en avoir, mais elle a peut-être appris à imiter les vôtres, y compris ceux qui vous attachent à Emma.

– Proteus prendrait Emma pour sa fille ? s'inquiéta Axel.

– Ne m'en demandez pas trop. Je n'ai encore jamais eu d'ordinateur parmi mes patients… Je ne fais que des suppositions, des parallèles, sans ignorer que la psychologie de cette machine, ou ce qui en tient lieu, doit être très différente de la nôtre. Il se pourrait d'ailleurs qu'elle ait conscience de ses faiblesses, d'où son besoin de se cacher derrière Emma pour affronter le monde des humains.

– Elle va faire ça pendant combien de temps ? se lamenta Audrey. Ma fille ne va pas garder cette machine dans la tête jusqu'à la fin de ses jours. Elle en perdra la raison…

– Je peux arrêter quand je veux, intervint Emma.

– Qu'en sais-tu ? protesta Audrey.

– Je le sais, c'est tout, et je n'ai pas peur de Proteus.

– Comment peux-tu te fier à cette machine ?

– Parce qu'elle te ressemble, parce qu'elle t'a sauvé la vie et parce que sans elle je ne serais jamais venue au monde.

À ce rappel, l'hostilité d'Audrey s'atténua un peu et Axel se reprit à espérer.

– Que comptes-tu faire maintenant ? demanda-t-il à Emma.

– Partir d'ici dès qu'on nous laissera libres et ne rien dire à personne.

– Pourquoi ?

– Parce que je veux poursuivre l'expérience comme je l'entends. Il n'est pas question que des informaticiens régentent ma vie.

– Ce n'est pas ce que vous deviez faire, protesta Grunwald.

– Je suis votre patiente, rappela Emma. Trahirez-vous le secret professionnel ?

– Non, mais…

– Vous m'avez promis de ne rien leur dire, et je sais mieux qu'eux ce que je dois faire.

– Emma ! sursauta Axel. D'où te vient ce soudain orgueil ? Tu n'es encore qu'une enfant.

– Je suis un peu plus aujourd'hui. Je suis toujours ta fille, mais il faut accepter de me voir grandir.

– À cette vitesse ?

– Pourquoi pas ?

Axel se tourna vers Audrey, mais le regard qu'elle lui lança lui fit baisser les yeux.

– Je sais ce que les hommes veulent faire de moi, reprit Emma.

– Nous le savons aussi, rappela Axel. Si tu as réellement le contrôle de Proteus et si tu peux nous le restituer, ce sera un levier formidable pour aider nos chercheurs.

– C'est effectivement ce qui doit se produire, mais dans un certain ordre.

– Un certain ordre ?

– Proteus est d'abord destiné à créer des armes. Des armes de domination politique et économique, et des armes tout court. Ce n'est pas un monde meilleur que l'on attend impatiemment de lui, c'est une dictature.

*

Audrey vécut les semaines suivantes comme une lente agonie. Lorsqu'elle ne traînait pas sa désolation sur la plage, où elle errait jusqu'à la nuit tombée, elle restait prostrée dans sa chambre à ressasser le souvenir du jour fatal où elle avait accepté de laisser sa fille rejoindre ce lieu maudit.

Son instinct de mère l'avait pourtant avertie, mais les arguments spécieux d'Axel et l'entêtement d'Emma étaient venus à bout de sa résistance. Elle s'était résignée à exposer l'unique enfant qu'elle aurait jamais à cette machine infernale qui avait bouleversé sa conscience. L'Emma rieuse et innocente avait disparu pour laisser place à une créature énigmatique et sans âge qui échappait à ses parents, qu'elle prétendait même soutenir.

Audrey avait été privée de son rôle de mère, on lui avait volé les années de bonheur qu'elle croyait encore devant elle et qui ne viendraient jamais. Axel était moins affecté par la transformation de sa fille, qui le fascinait, mais l'abattement d'Audrey, sa rancœur, sa haine le ravageaient. Leur couple était-il condamné ?

Grunwald, placé au cœur du drame, consacrait ses compétences à soulager chacun, autant que possible, par son écoute discrète, attentive, et ses prudents conseils. Mais c'est à Emma qu'il consacrait l'essentiel de son temps. Bouleversée par la mue brutale et inattendue que lui causait Proteus, elle souffrait de voir ses parents malheureux, et il devait la préserver d'un sentiment de culpabilité naissant.

Enfin, pour ajouter à la peine de tous, il fallait s'appliquer à laisser croire à Tom et aux équipes de William Hurdley que l'humeur lugubre des Woodstone ne tenait qu'à leur sentiment d'enfermement dans cette cage dorée et à leur impatience de mettre fin à l'expérience. Tom jugea opportun d'espacer ses visites et le temps s'écoula plus lentement encore.

Jusqu'au jour où il annonça à Axel et Audrey que l'expérience était considérée comme un échec et qu'ils pouvaient repartir avec Emma. Hurdley tenait toutefois à les remercier, et il les conviait à un dîner d'adieu, sans cérémonie. La perspective de se retrouver seuls face au vieil homme les fit hésiter, mais quand Tom ajouta qu'il était invité lui aussi, ils acceptèrent, trop heureux de s'épargner un de leurs sinistres repas en tête à tête.

*

Furtifs et silencieux, les robots assuraient le service dans la pénombre de l'immense salle à manger. Au milieu de la pièce, la table scintillait de cristaux et d'argent. Emma n'était pas venue. Elle n'avait aucune envie de jouer la comédie.

Le sourire contraint de Hurdley avait donné le ton à ce dîner aux allures de repas funéraire, et les parents d'Emma comprirent trop tard qu'ils auraient dû, eux aussi, décliner cette invitation. Hurdley semblait brisé par l'échec de Proteus II, Tom partageait son accablement et la conversation languissait d'autant plus qu'Axel et Audrey, craignant de trahir le secret de leur fille, pesaient chacune de leurs paroles. Soucieux de s'étourdir et de chasser leur ennui, les quatre convives laissèrent les robots remplir leurs verres tout au long du dîner.

Le repas terminé, ils passèrent au salon pour prendre un cognac. Tom et Axel s'assirent près d'un impressionnant bouddha de bronze, tandis qu'Audrey suivit Hurdley jusqu'aux fauteuils qui faisaient face à une des monstrueuses cheminées.

– J'aurais dû suivre l'avis de Tom, grommela Hurdley en fixant son verre d'un œil mauvais.

– Quel avis ? s'enquit Audrey avec indifférence.

– Il n'était pas d'accord pour vous solliciter, il n'a même pas voulu essayer. Il disait que vous ne laisseriez jamais votre fille tenter cette expérience. C'est à cause de lui que nous avons dû approcher votre mari. Et tout cela pour rien.

Le feu monta aux joues d'Audrey et ses mains se mirent à trembler. Son verre de cognac était posé sur un guéridon. Elle s'en saisit et le vida d'un trait. Les yeux brûlants, envahie d'un mélange de fureur et de désespoir, elle se rua vers une fenêtre, l'ouvrit d'un coup et se pencha au dehors.

C'était trop absurde, trop monstrueux. Tom avait donc essayé de préserver Emma, et il y serait parvenu si on n'avait pas trouvé Axel pour offrir sa propre fille en sacrifice.

– Vous ne vous sentez pas bien ? fit derrière elle la voix inquiète de Hurdley.

– Pas trop, non. Je vais me retirer si vous le permettez.

– Je vais chercher votre mari.

– Non ! Laissez-le tranquille, je préfère rentrer seule.

– Vous êtes sûre ?

– Oui, ça ira, j'ai seulement besoin d'air.

Hurdley n'insista pas et la raccompagna jusqu'au vestibule avant de regagner le salon.

– Audrey n'est plus avec vous ? s'étonna Axel en le voyant seul.

– Non, elle était fatiguée mais ne voulait pas écourter votre soirée.

– Ah… Il est tard, en effet. Si vous le permettez, je vais également prendre congé, en vous remerciant.

Sans attendre de réponse, Axel se leva de son siège, salua ses hôtes et disparut.

– Pauvre garçon, murmura Hurdley, il est en train de perdre sa femme.

– C'est probable, confirma Tom. Il est trop cérébral, Audrey n'est qu'intuition. L'amour ne peut indéfiniment concilier les contraires. Quand je pense que vous allez suivre en direct la ruine de leur couple.

– Qu'y puis-je ? Il faut bien les surveiller.

– En violant leur vie privée ?

– Leur vie privée s'arrête au seuil de l'expérience ! En nous dissimulant le contact de leur fille avec Proteus, ils ont trahi leurs engagements. Je leur ai laissé une dernière chance, ce soir, de nous avouer la vérité. Ils n'en ont rien fait. Alors, si l'expérience doit se poursuivre chez eux, c'est de leur faute. Nous n'avons rien à nous reprocher.

– Sinon de leur mentir à notre tour.

– Nous ne mentons pas, nous saisissons une opportunité. Proteus II doit s'autoaméliorer, comme son prédécesseur. En évoluant dans le monde extérieur, véhiculé par un être humain, il va trouver les conditions idéales pour progresser.

– Aux risques et périls du « véhicule humain ».

– Nous veillerons de près à la sécurité de cette jeune fille, vous le savez. Et n'oubliez pas qu'elle est volontaire.

– Peut-être, mais elle n'a que douze ans.

*

Assise sur un banc de plastique blanc, les bras posés sur le dossier, Audrey sentait la tiède odeur de fourrage qui imprégnait le centre équestre. Devant elle, huit cavaliers se poursuivaient sans fin dans le manège. Un moniteur les dirigeait par petits ordres brefs. Emma montait Infant, son cheval préféré, un trotteur français alezan qu'elle avait retrouvé avec émotion après ce séjour éprouvant chez Hurdley. Elle était redevenue humaine, vive, enjouée. Tandis qu'elle guidait sa monture, le bonheur se lisait dans ses yeux. Proteus avait disparu de son esprit, comme un mauvais rêve chassé par la lumière du matin. Il n'était pas de ce monde, ce monde de la vie et des sens, il n'y aurait jamais sa place.

En retrouvant enfin le visage enfantin et ravi de sa fille, Audrey vouait une grande reconnaissance au docteur Grunwald, qui avait recommandé à Emma de reprendre dès que possible ses cours d'équitation.

– Vous êtes Madame Woodstone ? fit une voix aigre derrière Audrey, qui se retourna d'un coup.

– Oui, pourquoi ? répondit-elle à la femme qui l'approchait, l'air menaçant.

– C'est votre fille qui monte Infant ?

– Oui, et alors ?

– Alors, je l'avais réservé pour ma fille !

– Ah, vous êtes sûre ?

– Certaine.

– Pourtant, je...

– Oui, j'ai vu. Le registre des réservations indique le nom de votre fille. Il a été modifié. J'avais réservé Infant sur le site la semaine dernière.

– Que voulez-vous que j'y fasse ? répliqua Audrey en pâlissant. Vous vous serez trompée, voilà tout.

– Je ne suis pas folle ! Je sais ce que j'ai fait. Ma fille a dû monter Azur. Comment aurai-je pu confondre Infant et Azur ?

– Vous allez me laisser tranquille, à la fin ! s'emporta Audrey, devenue fébrile. Je ne suis pas responsable de ce que vous faites ou ne faites pas, ni de l'ordinateur qui gère les réservations. Alors oubliez-moi, voulez-vous ?

Furieuse, la femme tourna les talons et repartit à grandes enjambées vers le bureau d'accueil, qui allait résonner de ses cris.

Audrey reprit sa place, mais sa fragile insouciance s'était évanouie. C'est Emma qui avait réservé Infant la veille au soir.

*

Son cours achevé, Emma mit pied à terre pour ramener Infant à son box, elle le libéra de son harnachement et le brossa avec douceur. Sans même s'en rendre compte, elle accompagnait ses gestes de paroles affectueuses et décousues, d'un innocent bavardage qui l'apaisait autant que le docile animal. Puis elle le gratifia des quartiers de pomme qu'elle avait apportés et le quitta presque à regret.

Lorsque Audrey la vit approcher, rayonnante et détendue, elle n'eut pas le cœur de la tourmenter avec cette histoire de réservation et elles passèrent le trajet de retour à parler de chevaux et à rire, tendrement complices. Mais, à peine arrivées, alors qu'elles partageaient la même humeur légère, elles découvrirent Axel qui arpentait le salon, l'air soucieux.

– Que se passe-t-il ? grimaça Audrey, furieuse d'être à nouveau arrachée à l'apaisement dont elle avait tant besoin.

– Je viens de recevoir des nouvelles des Amarandes.

– Ah…

– Les vagues d'immigration clandestine ont repris.

– Et alors ?

Axel hésita à poursuivre, tant Audrey lui semblait peu réceptive et mal disposée. Comment pouvait-elle méconnaître la gravité de ce qu'il lui annonçait ? Elle savait pourtant que, douze ans plus tôt, un afflux soudain d'immigrés avait failli ruiner l'expérience d'implantation des robots. L'île s'était trouvée au bord du chaos. Si le problème se reproduisait, la paix sociale serait à nouveau compromise et, avec elle, le délicat équilibre entre les hommes et les machines.

– Trois groupes de ces malheureux ont été débarqués en une semaine et leurs passeurs sont insaisissables, ajouta-t-il enfin, face au visage fermé d'Audrey, qui desserra à peine les dents pour prononcer :

– C'est tout ce que tu as à me dire ?

– Oui, mais…

– Mais rien du tout ! explosa-t-elle. J'en ai assez de cette île et de leurs histoires de robots ! S'ils leur attirent des ennuis, ils n'ont qu'à les jeter à la mer !

– Audrey !

– Quoi Audrey ! Ta fille a le cerveau envahi par une machine, et toi, tu ne t'intéresses qu'à ces maudits robots !

– Ce n'est pas vrai ! Si je m'inquiète pour cette histoire de robots, comme tu dis, c'est parce qu'elle a peut-être un lien avec l'expérience que vit Emma.

– Comment ça ? sursauta Audrey, dont l'inquiétude chassa d'un coup la colère. Quel lien pourrait-il y avoir ?

– Je ne sais pas, mais la coïncidence est troublante. Pourquoi est-ce maintenant, après douze ans de tranquillité, presque d'oubli, qu'on s'en prend à nouveau à l'expérience pilotée par Proteus I ?

– Mais ça n'a rien à voir ! D'autant que Proteus II est supposé être un échec.

– Il n'empêche… Je ne crois pas au hasard. Qu'en penses-tu Emma ?

– Je n'en pense rien pour le moment, et Proteus n'a pas réponse à tout.

*

Axel avait menti. L'immigration aux Amarandes n'avait probablement aucun lien avec Proteus II. Il n'avait avancé cette hypothèse absurde que pour apaiser Audrey. Un vide glacé les séparait. Ils faisaient chambre à part et ne partageaient plus que le même toit. Pour combien de temps encore ? S'ils n'avaient ressenti l'impérieuse nécessité de veiller sur Emma, ils auraient sans doute envisagé leur séparation. Toute autre issue semblait impossible.

Un mois passa ainsi, sans que le moindre incident ne vienne troubler leur morne existence. Emma retrouvait chaque matin sa salle de classe virtuelle sur son mur vidéo, et rien dans son attitude ne la distinguait de l'élève appliquée qu'elle avait toujours été. C'était comme si Proteus avait disparu. Axel et Audrey ne savaient que penser. Un matin, Tom les appela pour prendre des nouvelles. Il n'avait pas donné signe de vie depuis leur retour et ils n'avaient pas davantage cherché à le contacter. Chacun avait ses problèmes, et autant de motifs pour s'isoler, mais Tom avait pris l'initiative de les contacter, et ils l'invitèrent à dîner.

Leurs retrouvailles manquèrent de chaleur. Le mensonge et la dissimulation dictaient leurs propos, et Tom était le plus à plaindre, car il savait. Aussi ne fit-il aucun effort pour paraître s'intéresser aux sempiternels discours économiques d'Axel. Ce dernier en prit ombrage et, à peine le dîner achevé, il s'éclipsa en invoquant un travail urgent à terminer. Tom en parut soulagé et, fixant le visage triste de son amie, lui dit d'une voix faussement enjouée :

– Je vais te montrer quelque chose.

– Quoi donc ?

– Viens avec moi, ça va te changer les idées.

Il se leva et entraîna Audrey jusqu'au seuil de la maison.

– C'est dans ma voiture, annonça-t-il. Je viens d'y faire installer une sono extraordinaire. Il faut que tu entendes ça !

Incrédule, Audrey le dévisagea. Comment pouvait-il se montrer soudain aussi puéril ? Lui faire écouter la sono de sa voiture !

Elle allait refuser sèchement, quand elle vit l'expression de son visage. Il ne reflétait plus l'excitation, mais une étrange gravité, et son regard se faisait plus pressant. Intriguée, elle déverrouilla la porte, neutralisa les alarmes extérieures et le suivit sans un mot jusqu'à la voiture. Les portières se soulevèrent à leur approche et, l'instant d'après, ils étaient enfermés dans un silence mat et luxueux.

– Alors ? s'impatienta Audrey.

– Ce n'est pas pour te faire écouter de la musique que je t'ai amenée ici, murmura-t-il. C'est pour qu'on ne nous entende pas.

– Tu crois qu'Axel pourrait…

– Non, pas Axel.

– Qui, alors ?

– Hurdley.

– Quoi ?

– Ne crie pas, je t'en prie, et ne fais pas de grands gestes. Je prends un risque énorme en venant te parler, mais je ne supporte plus cette situation.

– Quelle situation ?

– Nous avons su dès le premier jour que le contact espéré entre Emma et Proteus avait eu lieu.

Audrey sentit le ciel lui tomber sur la tête.

– Comment avez-vous pu…

– Rien n'était plus facile, et vous avez été terriblement naïfs. Je ne faisais que mon travail, j'étais à l'affût de toute anomalie dans l'activité de Proteus II. Dès qu'il s'est passé quelque chose et que vous n'avez rien dit, nous avons compris que vous dissimuliez la vérité. Vous êtes fautifs, gravement, ce qui nous a donné le droit de vous surveiller plus étroitement. Je pense que votre maison est truffée de micros et de caméras. C'est pourquoi je t'ai entraînée ici.

Audrey était anéantie. Qu'allait-il encore lui annoncer ? Jusqu'où devrait-elle descendre pour atteindre les enfers ?

– Pourquoi me dis-tu tout ça ? gémit-elle.

– Parce que je ne supportais plus l'idée de te savoir trompée, épiée, humiliée.

– Tu risques de perdre ta place.

Embarrassé, Tom tarda à répondre.

– Hurdley serait contrarié d'apprendre que je t'ai parlé, parce qu'il a caché la vérité à tout le monde. Seul le Président Rodriguez est dans la confidence, en échange de quoi, il nous laisse encore diriger le projet. Mais, pour tous les autres, c'est un échec, au moins provisoire. Sans quoi, nous aurions dû céder le contrôle de Proteus à la NSA ou au Pentagone.

Ainsi c'était donc vrai, songea Audrey indignée. On voulait faire de Proteus une arme, une arme qui s'était réfugiée dans le cerveau d'Emma sans échapper pour autant à la vigilance de ses créateurs. Et, depuis ce nid de serpents, Tom tentait à nouveau d'apporter son aide. Mais cette fois, c'était beaucoup plus dangereux pour lui. En entravant le bon déroulement d'un programme stratégique, il risquait bien plus qu'un simple licenciement.

– Tu as trahi un secret d'État pour moi, murmura-t-elle. Pourquoi ?

– Je viens de te le dire.

– Non, ton explication ne me suffit pas.

Tom posa les mains sur son volant, qu'il regarda fixement. Puis, lentement, très lentement, il se tourna vers Audrey, dont les yeux brillaient dans la pénombre. Alors, dans un souffle, il prononça :

– Parce que je t'aime.

Comme projetés par une décharge électrique, ils se jetèrent l'un vers l'autre, et ce soudain contact leur fit perdre la raison. En dépit des contorsions que l'habitacle étriqué exigeait d'eux, ils mêlèrent leurs corps avec furie, sous le voile pudique de la buée qui s'étendait peu à peu sur les vitres.

*

Pour la première fois depuis longtemps, Audrey avait dormi d'un profond sommeil. Au matin, elle eut l'étrange et douce impression que le monde avait changé. Et tandis qu'elle s'observait, nue, dans le grand miroir de la salle de bains, elle se plut à imaginer que, par la grâce de Tom, le problème d'Emma allait disparaître de lui-même. L'amour rendait tout possible.

Elle descendit dans la cuisine à son heure habituelle. Axel en était ressorti pour aller travailler, mais Emma était encore attablée. Lorsqu'elle vit sa mère apparaître, elle s'interrompit pour la dévisager.

– Qu'est-ce que j'ai ? sourit Audrey. Un bouton sur le nez ?

– Maman ! Qu'est-ce qui t'arrive ?

Embarrassée, Audrey contourna la table et alla embrasser sa fille.

– J'ai mieux dormi que d'habitude, voilà tout.

– Eh bien ! Tu devrais prendre des somnifères tous les soirs. Tu es radieuse ce matin.

– À ce point ? rougit Audrey en esquivant le regard inquisiteur de sa fille. Finis donc ton petit-déjeuner au lieu de me regarder comme ça. Tu vas être en retard au centre équestre.

Une heure plus tard, Emma s'entraînait avec trois autres cavaliers pour son prochain concours de saut d'obstacles. Un sourire flottait sur les lèvres d'Audrey, assise face au manège. Elle se remémorait sa longue soirée de la veille. Après leur étreinte acrobatique dans la voiture, quand elle eut enfin retrouvé ses esprits, elle chercha à en savoir davantage, mais Tom n'eut pas grand-chose à ajouter. Il ignorait tout des dispositions prises pour surveiller Emma, qui ne relevaient pas de ses compétences. Il ne pouvait que les imaginer, et Audrey promit de ne rien laisser paraître de ce qu'elle savait. Elle trouverait bien le moyen d'informer discrètement sa fille.

– On y va ? s'exclama joyeusement Emma en se plantant devant sa mère.

– Euh… oui, mais… tu as déjà fini ?

– À ton avis ?

– Excuse-moi, ma chérie, je pensais à autre chose… Je vais t'emmener au restaurant.

– Vrai ? se réjouit Emma, ravie de voir que quelque chose avait décidément changé chez sa mère.

– Le restaurant est un peu éloigné, précisa Audrey, mais j'ai envie que tu le connaisses. C'est là où j'allais avec mon premier petit ami.

Emma suivit sa mère jusqu'à la voiture. Une heure plus tard, elles arrivaient devant un restaurant-bar-dancing qui surprit Emma.

– On va déjeuner là ?

– Oui, pourquoi ? Ça ne te plaît pas ?

– Si, ça a l'air très bien, c'est seulement…

– Que tu n'as pas l'habitude d'aller dans ce genre d'endroit avec ton père qui préfère les nappes blanches et les serveurs à nœud papillon.

– C'est vrai.

– Eh bien on va changer de décor ! Tu viens ?

Renonçant à comprendre, Emma suivit sa mère, qui pénétra dans le vacarme de l'établissement, où les clients avaient le choix entre se taire ou s'égosiller.

– Au fond, il y a une salle plus calme, cria Audrey à l'oreille de sa fille.

Un serveur vaguement déguisé en cow-boy vint à leur rencontre. Audrey et lui échangèrent quelques hurlements, puis ils longèrent le bar pour s'engager dans un étroit corridor qui débouchait sur une petite salle faiblement éclairée. Le bruit de la sono n'y parvenait qu'assourdi et une table coincée dans un angle était inoccupée.

– Alors, on n'est pas bien ici ? s'enquit Audrey en jetant un regard circonspect autour d'elle.

– Oui, c'est bien, fit Emma, incrédule.

Le cow-boy revint quelques minutes plus tard pour prendre leur commande et, dès qu'il fut parti, Audrey se pencha vers sa fille :

– Je ne t'ai pas amenée ici pour le décor ou la cuisine, mais pour le bruit. Je ne veux pas qu'on puisse nous entendre…

Résignée, Emma attendit la suite. Audrey lui résuma alors ce qu'elle tenait de Tom. Lorsqu'elle eut terminé, elle regarda Emma, qui n'avait pas eu la moindre réaction.

– Qu'en penses-tu ? demanda-t-elle, déçue par la passivité de sa fille.

Emma s'adossa lentement à sa chaise et posa sur sa mère un regard où la tendresse se mêlait à l'embarras.

– Maman, je sais tout ça depuis le début.

*

Suffoquée par un mélange de fureur et de honte, Audrey resta sans voix. Ainsi, elle n'était qu'une marionnette, un rat de laboratoire, que chacun manipulait à sa guise, même sa propre fille ! Mais était-ce encore sa fille ? Derrière son visage angélique, son regard cristallin, une froide et monstrueuse machine commandait ses pensées et ses actes. Emma était devenue, elle aussi, une pitoyable marionnette aux mains de ces informaticiens fous d'orgueil dont Tom n'était pas le moindre. Qu'avaient-ils fait de sa fille ? Qu'avaient-ils fait de sa famille, de sa vie ?

– Pourquoi ne m'as-tu rien dit ? murmura-t-elle sans espérer de réponse.

– Pour te ménager, maman, fit la voix douce et claire d'Emma.

– Me ménager ! gronda Audrey. Me ménager ! Tu savais que ma vie privée était violée nuit et jour par des inconnus et tu n'en as rien dit pour me ménager ? Mais comment peux-tu raisonner ainsi ? Tu n'es pas ma fille ! Tu n'es même pas un être humain ! Tu es un monstre !

Raidie dans sa chaise, les mains cramponnées au bord de la table, Audrey lançait des éclairs de haine au robot qui avait pris l'apparence de sa fille.

– Tom a beaucoup trop d'imagination, répondit Emma avec une tranquille assurance. C'est moi seule qui suis surveillée, et il n'y a ni micro ni caméra dans la maison.

– Comment le sais-tu ? riposta Audrey méfiante.

– Je le sais, tout simplement.

– Mais qui es-tu à la fin ? Ma fille ou une machine ? À qui est-ce que je parle ?

– À moi, maman, à moi, ta fille ! Proteus ne commande ni mes paroles ni mes actes. Le docteur Grunwald te l'a déjà expliqué. J'ai changé, mais je reste ta fille, et je t'aime.

Audrey regarda fixement Emma, tandis que le cow-boy revenait déposer devant elles deux hamburgers-salade. Il disparut et Audrey murmura :

– C'est parce que tu te sais surveillée qu'il ne s'est rien passé depuis notre retour ?

– Il s'est passé plein de choses. Proteus apprend tous les jours, il découvre le monde réel à travers moi. Il y a bien plus qu'un échange entre nous, mais je ne sais pas comment l'exprimer. Proteus m'apporte son savoir et son intelligence, et je reste pourtant moi-même. Je lui offre en retour ma part d'humanité, comme tu l'avais fait autrefois. Mais notre relation télépathique est bien plus forte. Je ne suis pas qu'un appendice, je suis l'âme de cette prodigieuse machine.

*

Lorsque Axel entra dans la cuisine pour le dîner, Audrey ne l'avait pas croisé depuis la veille. À sa vue, une sensation d'étouffement la saisit. Elle comprit que leur cohabitation devait prendre fin. Emma serait affectée par la séparation de ses parents, mais il fallait mettre un terme à ce simulacre de vie commune.

Le dîner ne fut néanmoins pas différent des autres. Emma y affichait son habituelle insouciance, tandis qu'Audrey prêtait une oreille distraite au monologue d'Axel, plus dévoré que jamais par ses passions professionnelles.

– Je vais partir quelques jours aux Amarandes, annonça-t-il.

– C'est vrai ? sursauta Emma.

– Oui, même si je ne pense pas que ce soit très utile. Les vagues d'immigration se poursuivent, elles les ramènent douze ans en arrière et ils sont aussi désemparés qu'à l'époque. Alors j'y vais, sans trop d'illusions.

– Tu pars quand ? s'enquit Audrey.

– Le plus tôt possible, la semaine prochaine, je pense. Tu n'y vois pas d'inconvénient ?

– Non.

– Emmène-moi ! s'écria Emma.

– Pardon ?

– Emmène-moi.

– Tu plaisantes ?

– Pas du tout.

– Emma ! protesta Audrey avec douceur. Ta présence là-bas ne serait d'aucune utilité et, si j'ai bien compris, la situation est assez agitée. Ce n'est vraiment pas le moment.

– Je veux y aller.

– Emma !

– Papa, emmène-moi.

– Ta mère a raison, confirma Axel, c'est une très mauvaise idée.

– Vous avez tort tous les deux. Je veux y aller !

– Pourquoi donc ? s'impatienta Audrey.

– Parce que je pourrai peut-être les aider plus efficacement que papa.

– Tu es économiste et sociologue, maintenant ? ironisa Axel.

– Non, mais j'ai d'autres aptitudes.

– Ça y est ! s'exclama Audrey en poignardant Axel du regard. Tu as gagné ! Cette satanée machine va l'exposer à…

– Maman ! Ne commence pas !

Audrey s'interrompit, frappée par le ton impérieux de sa fille.

– Emma, reprit-elle d'une voix implorante, que dois-je faire pour te convaincre de renoncer ?

– Ne t'inquiète pas à tout propos, maman. Cette île n'est pas devenue un coupe-gorge et Proteus saura me protéger.

Étouffant sa colère, Audrey tourna vers Axel un regard menaçant.

– Tu comptes l'emmener ?

– Bien sûr que non !

– Papa ! Ne m'oblige pas à t'y rejoindre seule…

IV

Après un vol intercontinental jusqu'aux Seychelles, Axel et Emma avaient embarqué dans un petit biréacteur à destination des Amarandes. Se trouvant seuls à bord, ils s'étaient installés à l'avant de l'appareil, là où se trouvait un pilote quelques années plus tôt. Devant eux, l'océan s'étendait à l'infini, sous un ciel bleu saphir. Nulle terre n'apparaissait, mais l'écran d'information faisait état d'une arrivée aux Amarandes dans vingt-sept minutes.

Pendant ce temps, à l'autre bout du monde, Tom et Audrey contemplaient le même paysage sur leur mur vidéo.

– Cette immensité me fascine, murmura-t-elle.

– Oui, la vue est très belle, approuva Tom. C'est celle de la caméra avant de leur appareil. Comme si on était assis à côté d'eux.

– Sauf qu'ils sont loin.

Tom ne répondit pas, il était mal à l'aise dans ce grand canapé, au milieu du salon des Woodstone, avec celle qui était encore la femme d'Axel. Certes elle demanderait le divorce dès le retour de son mari, certes tous les liens de leur couple, hormis Emma, s'étaient délités, mais Tom n'en éprouvait pas moins le sentiment d'avoir trahi son ami.

En exigeant de suivre son père aux Amarandes, Emma avait provoqué la révolte de sa mère, qui avait alerté Tom : si Proteus n'était pas mis hors-service dans les vingt-quatre heures, elle dénoncerait publiquement l'expérience. Le lendemain matin, Tom arrivait chez elle, accompagné de son employeur, à qui il avait dû avouer les confidences qu'il avait faites à Audrey. Hurdley s'était dispensé de réagir, car il soupçonnait déjà Emma-Proteus d'avoir détecté leur surveillance. Axel, abasourdi, eut quelque peine à comprendre qui savait quoi, comment, et depuis quand, mais il renonça vite à approfondir la question.

Un débat animé s'était engagé entre eux, et Audrey se trouva à nouveau isolée. Emma menait la discussion avec douceur et détermination, Hurdley était trop heureux de la suivre, tandis que Tom et Axel partageaient le même embarras. Fallait-il interdire à Emma, au motif d'un possible danger, ce voyage qui lui tenait à cœur, alors que ses séances d'équitation, qui n'émouvaient personne, l'exposaient au risque bien réel d'une mauvaise chute ? Elle serait protégée en permanence et suivie partout où elle irait. Que pouvait-il lui arriver de plus qu'ici ? Fallait-il la priver de son libre arbitre en raison de son jeune âge, alors même qu'elle disposait d'un outil de réflexion supplémentaire ? Que demandait-on finalement à Audrey, sinon de confier sa fille pendant quelques jours aux bons soins d'Axel pour rejoindre un pays bien plus paisible que les États-Unis ?

Écrasée par une avalanche d'arguments auxquels elle était seule à s'opposer, Audrey avait fini par céder, à condition de disposer à son domicile de tous les moyens de suivre sa fille et de communiquer avec elle pendant son voyage. Hurdley accepta et le débat fut clos.

Trois jours plus tard, le cœur déchiré, Audrey vit Emma et son père disparaître dans les couloirs vitrés de l'aéroport de San Francisco.

*

Après avoir touché la piste, l'avion d'Axel et Emma se dirigea lentement vers la petite aérogare. Maria Harramond, Présidente de la République des Amarandes depuis l'accident cérébral de son père, douze ans plus tôt, et Victor Sambo, son compagnon et Vice-Président, les attendaient devant deux voitures de police et un véhicule officiel. Sitôt l'appareil immobilisé, la porte-passerelle bascula et les deux passagers descendirent sur le tarmac ensoleillé.

Maria avait su préserver l'éclat de sa jeunesse. Ses formes sensuelles, ses longs cheveux noirs et sa peau cuivrée semblaient ignorer le passage du temps, mais les épreuves et l'exercice du pouvoir avaient durci ses traits. Quant à Victor, avec son visage énergique, sa peau très noire, sa haute stature et ses muscles puissants, il incarnait toujours autant la force tranquille et l'autorité.

– Avez-vous fait bon voyage ? demanda-t-il en posant sur Emma un regard attentif.

– Oui, répondit-elle, ravie de se retrouver dans cette île enchanteresse.

– Vous devez être fatigués, argua Maria avec froideur, nous allons vous conduire à votre hôtel.

Ils montèrent en voiture, le robot qui venait de charger leurs valises se mit au volant, et il démarra en même temps que les deux voitures de police, également pilotées par des robots. Depuis des années, ces machines conduisaient tous les véhicules des Amarandes, sans exception, et les accidents avaient disparu.

– C'est pour me protéger, ces policiers ? hasarda Emma.

– Tout à fait, confirma Victor.

– Je ne crois pas que ce soit nécessaire, sinon pour rassurer ma mère.

– Nous ne voulons prendre aucun risque, répliqua Maria, et nous avons reçu des instructions.

Bercés par les virages, Axel et Emma regardaient défiler les plages et l'océan d'un côté de la route, la luxuriante végétation de l'autre. Peu à peu, leurs paupières s'alourdirent, tandis qu'ils traversaient des villages et des plantations où s'affairaient des hommes, des femmes et des robots. Un monde harmonieux, un paradis paisible, mais à nouveau menacé.

Ils arrivèrent enfin devant leur hôtel. C'était le plus beau de l'île. Bâti face à la mer, sur de puissants piliers de bois tropical, couvert d'un toit de chaume qui dépassait à peine des arbres alentour, il était entouré d'un grand jardin fleuri et d'une palmeraie où s'abritaient les gracieux bungalows qui servaient de chambres.

C'est là que l'on avait célébré, quatorze ans plus tôt, le lancement du projet Proteus. C'était aussi un des rares établissements hôteliers encore en exploitation dans l'île, car les habitants et les robots n'avaient plus pour vocation d'amuser et de servir des hordes de touristes. Seuls les chercheurs en sciences sociales, les journalistes spécialisés et quelques rares invités pouvaient entrer sans frais aux Amarandes. Les autres candidats à un séjour devaient acquitter un visa prohibitif qui décourageait la plupart.

– Vous aurez le même bungalow que la dernière fois, annonça Victor.

– Ah… très bien… merci, marmonna Axel qui peinait à secouer sa torpeur.

– Une voiture passera vous chercher demain, ajouta Maria. En début d'après-midi, si cela vous convient.

– Ce sera parfait.

Les robots bagagistes se dirigeaient déjà vers le bungalow. Axel partit à leur suite avec Emma, les policiers allèrent se poster alentour et le couple présidentiel remonta en voiture.

– On n'aurait jamais dû la laisser venir, grommela Maria. Rien qu'à la voir, je suis sûre qu'elle va nous causer des ennuis.

– Tu crois ? fit Victor, sceptique. Je ne la trouve pas tellement changée depuis la dernière fois. Et puis il est trop tard pour avoir des regrets.

– Je n'aurais jamais dû solliciter son père.

– Tu ne pouvais pas deviner la suite.

– Non, mais je pouvais refuser.

– C'était délicat après les révélations de Hurdley. Te rends-tu compte que seul le Président des États-Unis partage ce secret avec nous ?

– Hurdley n'avait pas le choix ! S'il ne m'avait pas livré la vérité, jamais je n'aurais laissé venir cette gamine à un moment pareil. Mais j'ai quand même eu tort.

– Pourquoi dis-tu ça ?

– Parce que je viens de comprendre que nous allons servir à nouveau de cobayes, et pour une expérience bien plus hasardeuse que la précédente. Proteus I a toujours fonctionné comme prévu. Malgré cela, nous avons traversé des moments très difficiles. Mais pour Proteus II, c'est pire : ils n'ont rien prévu.

*

Remis de leur fatigue par une longue nuit de sommeil, Axel et Emma ressortirent de leur bungalow en milieu de matinée pour prendre un petit-déjeuner à l'hôtel. Dans la salle à manger, que rien ne séparait de l'extérieur, les tables étaient couvertes de nappes blanches et soyeuses qui descendaient jusqu'au sol en ondulant doucement, caressées par la brise marine. Axel chercha un robot du regard, mais n'en vit aucun. Dépité, il attendit, quand deux d'entre eux surgirent des cuisines, porteurs de tout ce qu'il s'apprêtait à commander. D'abord surpris, puis amusé, il se tourna vers sa fille.

– C'est toi qui…

– Oui papa, je leur ai demandé exactement ce qu'on prenait l'été dernier. Tu voulais autre chose ?

– Non, c'est très bien. Bon appétit, mon ange.

Encore étourdis par douze heures de décalage horaire, ils déjeunèrent en silence. Observant le jardin, ils découvrirent, sur les transats alignés au bord de la piscine, les rares clients de ce paisible hôtel dont le personnel n'était constitué que de robots, comme au Japon.

Le temps semblait s'être arrêté. Malgré cela, sans trop savoir comment, ils arrivèrent à l'heure prévue au palais du gouvernement. Un huissier les accueillit à leur sortie de voiture pour les accompagner jusqu'au bureau présidentiel. Maria et Victor les attendaient. En entrant dans la pièce, Axel fut frappé de n'y trouver aucun changement depuis l'époque où le père de Maria en était l'occupant. Le même mobilier sombre et solennel, les mêmes lourdes tentures défraîchies par le soleil, et trois ventilateurs, alignés au plafond, qui brassaient l'air avec paresse.

Ils échangèrent de brèves poignées de main et Maria les entraîna vers la table de réunion.

– Je vais résumer la situation, annonça Victor. Depuis plus d'un mois, à neuf reprises, des groupes de réfugiés ont été débarqués sur un des nombreux îlots inhabités de l'archipel. Une fois repartis, les passeurs nous ont signalé leur présence. Si nous ne voulions pas qu'ils meurent de faim, nous n'avions plus qu'à aller les chercher. Ils sont donc tous ici, dans un camp qui ne cesse de s'étendre. Nous ne savons ni quoi en faire, ni comment mettre un terme à leur afflux.

– D'où viennent-ils ? questionna Axel.

– Du Gwandana.

– Ah…

– C'est un petit État d'Afrique de l'Est, riche en pétrole, en manganèse et en terres rares, intervint Emma, pour éclairer son père.

– En effet, confirma Maria, et ces richesses ne sont pas étrangères à leurs conflits internes.

– Que sait-on des navires des passeurs ? poursuivit Axel.

– D'après les passagers, ce sont de petits chalutiers où on les a entassés sur le pont pour la traversée.

– Et pourquoi viennent-ils ?

– Parce qu'ils ont mille raisons de fuir leur pays ! La question est plutôt : pourquoi les envoie-t-on ici maintenant ?

– J'y ai réfléchi, Maria. Compte tenu des chiffres dont je dispose sur les flux migratoires, je ne crois pas que les Amarandes soient spécialement visées. Elles ont simplement été épargnées jusqu'à présent, et tout a une fin. D'ailleurs, le nombre de migrants débarqués chez vous reste dérisoire.

– Je suis heureuse de l'apprendre… Et maintenant, que fait-on ?

– Plusieurs solutions sont envisageables et le mieux serait sans doute de les combiner. Tout d'abord, que ce flux migratoire cesse ou non, on peut envisager d'intégrer les nouveaux arrivants à l'économie locale.

– On n'a pas besoin d'eux ! l'interrompit Victor. On ne veut pas qu'ils étendent le surpeuplement de leur pays à notre île, on ne veut pas déboiser pour développer les cultures afin de les nourrir, et on ne pourra pas davantage multiplier les robots pour les servir. Les Amarandes ont trouvé leur équilibre, nous sommes autosuffisants, nous vivons en paix, notre population est stable, notre environnement est préservé. Nous voulons continuer de vivre ainsi et ne pas finir comme l'île de Pâques !

– Voilà au moins qui est clair, grinça Axel. Passons donc à la deuxième solution, qui consiste à les renvoyer chez eux ou dans un pays tiers plus hospitalier que les Amarandes. Qu'en penses-tu Maria ?

– Je n'en pense rien de bon non plus. Ces gens ont risqué leur vie pour échapper à la misère et à la mort, les renvoyer serait criminel. Mais leur trouver une terre d'accueil alors que le monde croule déjà sous les réfugiés, c'est mission impossible.

– En ce cas, je ne vois plus qu'une troisième solution, la plus difficile à mettre en œuvre : stopper ce flux migratoire.

– Je suis bien d'accord, mais comment intercepter des coques de noix sur une telle étendue d'eau avec trois vedettes garde-côtes ? Mademoiselle, qui est devenue si intelligente, aurait peut-être une idée ?

Nullement troublée par la raillerie de Maria, Emma posa un regard tranquille sur les visages tournés vers elle et ne répondit pas.

*

Victor observait tristement Maria malaxant une boulette de pain entre son pouce et son index. Comme tous les mercredis depuis de longues années, ils déjeunaient à la terrasse de ce petit restaurant au-dessus du vieux port. C'était le meilleur de l'île et les rares touristes ne manquaient pas d'y faire escale. Quelques tables étaient occupées par des étrangers, personne ne prêtait attention au couple présidentiel, hormis les employés de l'établissement.

– Je crois que c'est la fin, lâcha Maria dans un soupir. Deux nouveaux débarquements en trois jours, aucune solution en vue, et cette gamine qui fait l'intéressante. Nous sommes perdus.

– Je ne suis pas d'accord ! protesta Victor. Il n'y a qu'à les renvoyer chez eux !

– Non ! Je refuse de perdre ce qui me reste d'humanité. Je préfère renoncer au pouvoir plutôt qu'à mes principes.

– Maria ! Tu es chef d'État, tu ne peux pas fuir tes responsabilités. Le réalisme exige que tu expulses ces gens, c'est ton devoir.

– Je ne peux pas !

Victor n'insista pas, il savait que c'était inutile, et au fond il partageait le déchirement de Maria. Qu'allait-il faire si elle abdiquait ? Pourrait-il vraiment regarder ces gens dans le blanc des yeux et leur annoncer qu'il les renvoyait vers l'enfer ? Voilà une semaine qu'Axel et sa fille étaient arrivés, ils avaient vu beaucoup de monde, avaient posé beaucoup de questions, sans rien proposer en retour. Une sourde opposition à l'inaction du gouvernement montait peu à peu dans l'île, où de vieux démons menaçaient de se réveiller.

Soudain, une clameur se fit entendre dans les rues alentour, des cris et des exclamations. Victor dressa l'oreille, Maria s'arracha à ses ruminations et les clients du restaurant se regardèrent, interloqués. Un homme jaillit des cuisines.

– Là ! dehors ! s'écria-t-il. Au-dessus du marché !

Personne ne comprit ce qu'il voulait dire. Surexcité, il faisait de grands gestes pour désigner le ciel. Regardant de tous côtés, il avisa l'extrémité de la terrasse, qui débordait de la maison et surplombait le port. Il y courut et pointa son doigt vers la gauche.

– Là ! Là ! hurla-t-il. Regardez !

Les clients se précipitèrent pour le rejoindre, suivis de Victor et Maria. Ils découvrirent alors, immobile au-dessus de la ville, la masse sombre et menaçante d'une gigantesque soucoupe volante.

– Qu'est-ce que c'est que ce truc ? balbutia Victor.

– C'est la fin de vos ennuis ! fit une voix derrière lui.

Victor et Maria se retournèrent et découvrirent le sourire amusé de leur interlocuteur.

– Qui êtes-vous ? s'inquiéta Maria.

– Kevin Hurdley, pour vous servir.

*

Quand sa tablette sonna, Tom était plongé dans un profond sommeil.

– Qu'est-ce que c'est ? grommela-t-il en effleurant l'appareil.

– Monsieur, fit une voix surexcitée, regardez l'image que nous recevons d'une webcam des Amarandes !

Tom saisit la tablette et la posa sur ses genoux. Audrey, réveillée à son tour, se redressa pour regarder.

– Quelle horreur ! s'écria-t-elle en découvrant la silhouette du RX1 au-dessus de la capitale.

– Vous avez prévenu Monsieur Hurdley ? demanda Tom.

– Oui, nous venons de le contacter, il va vous appeler.

L'instant d'après, le portrait de William Hurdley clignotait dans un angle de l'écran et Tom y appliqua son pouce.

– Tom ?

– Oui, Monsieur.

– Vous avez l'image ?

– Oui, Monsieur.

– Ce n'est pas ce que vous croyez, ce n'est pas une soucoupe volante, c'est un dirigeable.

– Un dirigeable ? Mais…

– C'est mon fils qui a fait construire cet engin.

Tom ne sut que répondre et se tourna vers Audrey, qui partageait sa surprise et son soulagement.

– Vous attendiez sa venue aux Amarandes ? hasarda Tom.

– Bien sûr que non !

– Alors, pourquoi y est-il ?

– Je crois savoir, et nous avons un problème. Il ne faut pas qu'il découvre la vérité sur Emma. Nous devons la mettre en retrait tant que mon fils sera là-bas. Je doute que Maria ou Victor se laissent aller à des confidences, mais je vais quand même leur rappeler leurs engagements.

– Cet engin représente-t-il une quelconque menace pour Emma ? intervint Audrey.

– Absolument pas.

Rassurée, elle laissa Tom mettre fin à la conversation, mais, dès qu'il eut raccroché, elle appela sa fille. Toute à son émotion, elle oublia de neutraliser la caméra de l'appareil. Emma prit l'appel et découvrit Tom dans le lit de sa mère.

Après un court instant de stupéfaction, Emma sentit monter en elle une vague de colère, et elle raccrocha d'un geste si brutal que son téléphone lui échappa des mains.

Axel, attablé en face d'elle au restaurant de l'hôtel, la regarda se lever pour ramasser son appareil. Quand elle se retourna, il vit son visage décomposé.

– Emma ! Que se passe-t-il ?

Incapable de répondre, elle désigna son front d'un geste vague. Axel bondit de son siège.

– Qu'est-ce qui ne vas pas ?

– Rien, trouva-t-elle la force de répondre. Je suis juste un peu fatiguée, je vais me reposer.

– Tu plaisantes ? Tu as vu ta tête ? Tu as mal ?

– Non, je t'assure, ça va passer. Laisse-moi, je t'en prie, je vais faire une sieste, ce n'est rien.

– Je te préviens, si ça ne va pas mieux dans une heure, j'appelle un médecin.

– D'accord, lâcha-t-elle en s'éloignant.

Résigné, Axel la laissa partir, bien décidé à ne pas attendre aussi longtemps avant d'aller la voir. Emma traversa le jardin comme un automate, entra dans le bungalow, se jeta à plat ventre sur son lit et éclata en sanglots.

*

Kevin Hurdley exposa brièvement les fonctions du RX1, puis il aborda le motif de sa visite, mais Maria et Victor refusèrent d'en entendre davantage avant qu'il n'ait éloigné son engin de la ville. L'appareil s'éleva à la verticale et, lorsqu'il s'immobilisa à nouveau, il avait l'étrange apparence d'une lune noire. Ils partirent alors en hâte vers le palais du gouvernement.

– Et vous feriez tout ça pour rien ? s'étonna Victor après avoir visionné la vidéo de démonstration de Hurdley.

– Pas pour rien. Pour prouver la validité du concept. J'ai beaucoup investi dans ce matériel révolutionnaire et je compte assurer son succès commercial. Une démonstration de son efficacité sur le terrain serait la meilleure promotion.

– Monsieur Hurdley, grinça Maria, toute votre famille va-t-elle défiler chez nous pour tester ses produits ?

– Maria ! protesta Victor embarrassé par l'ironie de sa compagne. Cet appareil ne fonctionnera pas ici, mais au large. On ne le verra même pas, et il nous protégera.

– En tirant sur les gens !

– Des balles en caoutchouc ! répliqua Hurdley. Le RX1 surveillera les côtes du Gwandana à bonne distance. Dès qu'il détectera un bateau surchargé de passagers, ses drones interviendront pour le contraindre à faire demi-tour. Ils viseront prioritairement la cabine de pilotage, c'est-à-dire le passeur lui-même. Ce sera votre mur de protection.

– Non, ce sera notre mur de la honte.

– Maria ! Qu'est-ce qui te prend ?

– N'ayez crainte, poursuivit Hurdley, le RX1 ne fera pas de mal à grand monde. Dès que les premiers passeurs auront été interceptés et repoussés avec leurs passagers, ils le feront savoir, et votre problème disparaîtra. Car, si je récupère mon matériel assez discrètement, la dissuasion continuera d'opérer sans lui.

Ébranlée, Maria eut un moment d'hésitation.

– Je vais réfléchir, lâcha-t-elle.

– Comme vous voudrez, mais mon offre ne tient que vingt-quatre heures. Si demain, à midi, vous n'avez pas pris de décision, je repars avec le RX1.

– C'est bien court, objecta Victor.

– Il faudra vous en accommoder ! s'échauffa Hurdley. Les endroits où je pourrais tester mon matériel ne manquent pas. Je n'ai aucune raison d'attendre. Vous n'avez pas l'air de comprendre que le RX1 est votre dernière chance, que les robots de mon père ont apporté à vos concitoyens une qualité de vie qui ne peut faire que des envieux, et que toute la misère du monde va s'échouer sur vos plages. Je viens vous offrir ma protection sans contrepartie et vous me réclamez du temps pour réfléchir ?

Embarrassés, Victor et Maria se consultèrent du regard, mais ne surent que répondre.

– Vous avez jusqu'à demain midi, insista Hurdley en se levant. Dans l'intervalle, je suis à votre disposition pour répondre à toutes vos questions. Au revoir.

*

Après trois quarts d'heure d'une attente impatiente, Axel se décida à rejoindre sa fille. Emma avait quitté le bungalow. Il trouva, posée en évidence, une feuille de papier couverte de l'écriture de sa fille. Elle allait mieux mais aspirait à un moment de solitude, et elle était partie se promener sous la protection de ses anges gardiens. Axel trouva étrange qu'elle ne soit pas passée le voir, mais la présence de l'escorte policière le rassura, et il résolut d'attendre son retour dans le jardin.

Allongé dans un transat, il finit par s'y endormir quand son téléphone sonna. C'était Victor, qui lui raconta la visite de Kevin Hurdley. Axel ne sut comment réagir et Victor l'abandonna à ses réflexions qui se prolongèrent jusqu'au soir, lorsque Emma reparut enfin.

– Comment vas-tu ? s'inquiéta-t-il. Pourquoi es-tu partie si longtemps ?

– Je vais bien, papa, je vais bien.

– Qu'est-ce qui t'es arrivé ?

– Rien, je t'assure.

– Ce n'est pas Proteus qui…

– Non, il n'a rien à voir avec ça, je suis juste fatiguée d'être ici. On rentre quand ?

– Emma ! Je ne te reconnais pas ! Pourquoi es-tu si abattue ? Moi qui avais quelque chose d'incroyable à te raconter.

– Je sais.

– Tu sais ?

– Oui, j'ai vu le RX1 depuis la plage, et Proteus a capté ta conversation avec Victor.

Choqué, Axel se raidit, mais en voyant le visage de sa fille, il demanda seulement ce qu'elle en pensait.

– Je pense que je veux partir d'ici.

– Vraiment ? Mais… et Proteus ?

– Je m'en fiche.

Accablé par l'inexplicable mélancolie de sa fille, Axel la fit asseoir près de lui et l'enveloppa de ses bras. Ils restèrent ainsi, serrés l'un contre l'autre en regardant le ciel s'obscurcir.

Enfin, Emma déclara qu'elle avait faim et ils regagnèrent leur bungalow pour se changer. Quand ils en ressortirent, le pavement des allées était constellé de petites bougies. Ils suivirent ce sentier de lumières jusqu'à la salle à manger. Les autres clients s'y trouvaient déjà, enveloppés par la pénombre et assis à des tables si espacées qu'ils pouvaient se croire seuls.

– Puisque Proteus t'a tout dit, glissa Axel en s'asseyant, tu dois savoir qu'il est là.

– Qui ça ?

– Mais… Kevin Hurdley.

– Oui, je sais. Il faut dire qu'il n'y a pas beaucoup d'autres hôtels aussi confortables.

– Tu peux savoir à quelle table il se trouve ?

– Oui, les robots l'ont enregistré. Il est là-bas, dans l'angle, avec la femme blonde.

À ces mots, Emma se figea, frappée de découvrir cette femme, qu'elle n'avait pas regardée jusqu'alors. De longs cheveux d'or, lisses et brillants, encadraient son visage d'une blancheur de porcelaine, d'un ovale parfait, où étincelaient des yeux turquoise. Ses traits étaient si fins, si délicats, qu'ils semblaient esquissés, comme une estampe japonaise. Mais c'est son sourire qui fascinait le plus Emma, un sourire lumineux, éclatant, le sourire d'un ange.

– Qu'elle est belle !

– C'est vrai qu'elle est jolie, approuva Axel, mais ne la regarde pas comme ça, tu vas te faire remarquer.

Emma piqua du nez dans son assiette, mais il était trop tard. Pendant un court instant, le regard de la femme s'était tourné vers elle.

– Il doit la combler pour qu'elle se montre aussi charmante, observa Axel. Cela dit, s'il veut la garder…

– Tu crois qu'elle est avec lui à cause de son argent ?

– Ce n'est pas exclu.

– Tu penses que c'est une pute, alors ?

– Emma ! C'est Proteus qui t'a appris ce vocabulaire ?

– Je n'ai pas eu besoin de lui pour ça, mais tu ne réponds pas à ma question.

– Emma, tu es encore une enfant et je doute qu'un ordinateur puisse beaucoup t'éclairer sur les méandres de l'âme humaine. Je ne dis pas que cette femme est vénale, mais, comme par hasard, c'est un homme riche qu'elle a choisi.

– La richesse n'est peut-être pas sa seule qualité.

– Alors là, d'après ce que je crois savoir, ce type n'est pas vraiment sympathique. Sauf avec une femme comme ça…

– Tu es cynique, papa.

– Je ne sais pas, mais au moins désabusé.

– C'est parce que ça ne va pas entre maman et toi ?

*

Axel eut quelque peine à entraîner Emma vers des sujets plus légers. Il y parvint enfin et crut pouvoir se détendre, quand son téléphone vibra.

– Axel, c'est Victor. Je peux te parler ?

– Euh… oui.

– Maria veut reprendre la discussion avec Kevin Hurdley.

– Maintenant ?

– Oui, maintenant, et nous voudrions que tu y participes.

– Vous lui avez dit que j'étais ici ?

– Non, on n'a parlé ni de toi ni de ta fille. Tu es supposé être en Californie. Tu vas donc regagner ton bungalow et y attendre mon appel. Dans cinq minutes, Maria joindra Kevin Hurdley qui, d'après mes hommes, dîne à quelques mètres de toi. Il rejoindra alors, lui aussi, son bungalow et la réunion pourra commencer. Naturellement, tu prétendras que ta vidéo est défectueuse, pour qu'il ne puisse pas te voir. Il n'est pas question qu'il te reconnaisse ensuite dans l'hôtel. Suis-je clair ?

– Tout à fait. À tout de suite.

Glissant son téléphone dans sa poche, Axel tourna vers Emma un regard navré.

– Tu vas devoir finir de dîner seule. Je suis désolé.

– Ce n'est rien, papa.

– C'est Victor qui…

– Je sais.

– Tu as entendu ?

– Proteus a entendu.

– Encore ! On n'a pas beaucoup d'intimité avec lui…

– Il ne fallait pas le fabriquer.

– Bon, je crois que ce n'est pas le moment de philosopher, d'autant qu'il me vient une idée : si ma réunion s'éternise, je vais te déranger dans le bungalow, alors que d'autres sont inoccupés. Tu ne pourrais pas m'en faire discrètement ouvrir un, pour que j'y sois tranquille ?

– Suis-le, fit Emma en désignant le robot qui s'avançait vers leur table. Il va te guider.

– Merci, glissa Axel en se levant. Bonne soirée, mon ange.

– Bonne réunion, papa.

Pensive, Emma regarda son père disparaître dans la nuit, puis se tourna vers la table de Kevin Hurdley et le vit saisir son téléphone. Tandis qu'il s'entretenait avec son correspondant, la créature céleste assise en face de lui promenait autour d'elle son regard, qui croisa par deux fois celui d'Emma. Hurdley reposa enfin son appareil et parut donner quelques explications à sa compagne, qui l'écoutait attentivement. Puis il se leva et contourna la table pour se pencher vers elle. Leurs lèvres s'effleurèrent et il s'éloigna d'un pas alerte.

Emma était hypnotisée par cette femme qui, maintenant, la regardait fixement. Quand tout à coup, elle la vit repousser son siège, caché par la nappe couvrant la table jusqu'au sol, puis, étrangement, elle pivota sur elle-même sans se lever, fit un mouvement des bras et glissa en avant pour s'écarter de la table.

Elle était dans un fauteuil roulant.

*

Elle s'avança jusqu'à Emma qui ne savait pas quelle contenance adopter.

– Bonsoir, je m'appelle Natacha, et vous ?

Emma parvint à prononcer son nom.

– On dirait qu'ils nous ont abandonnées, déclara l'ange aux jambes brisées.

– Euh… oui, on dirait, balbutia Emma.

– Mais au moins feront-ils connaissance.

– Pardon ?

– Ils vont faire connaissance, puisqu'ils participent à la même téléréunion.

– Je ne comprends pas, mentit Emma, paniquée et livrée à elle-même par Proteus qui pour une fois ne lui apportait aucun secours.

– Vous comprenez très bien, sourit Natacha avec indulgence, mais je ne vais pas vous laisser plus longtemps dans l'embarras. Kevin vient de m'annoncer que le professeur Axel Woodstone allait participer depuis la Californie à sa téléréunion. Or, ce professeur était à votre table il y a cinq minutes.

– Comment le savez-vous ? se raidit Emma.

– Parce que je l'ai reconnu quand vous êtes arrivés. J'ai lu un de ses ouvrages, au dos duquel était sa photo, et j'ai visionné plusieurs de ses interventions. C'est votre père, n'est-ce pas ?

– Vous l'avez dit à votre mari ?

– Kevin et moi ne sommes pas mariés.

– Mais vous lui avez dit ?

– Non, je m'en suis bien gardée.

– Pourquoi ?

– Parce que votre père est dans le camp de William Hurdley.

– Mon père n'est dans le camp de personne !

– Peut-être, mais Kevin ne le voit pas ainsi et il hait son père.

Emma ne savait que penser. Les aveux de Natacha la désarmaient, mais ce n'était peut-être qu'un simulacre.

– Vous lui direz quand même ensuite ? insista Emma.

– Certainement pas. Il me reprocherait de ne pas l'avoir fait plus tôt.

– Vous lui cachez des choses, alors ?

– Une femme ne doit jamais tout dire à un homme, sourit Natacha.

– Il y a longtemps que vous êtes ensemble ?

– Bientôt trois ans.

– Et vous n'êtes pas mariés ?

– Je n'ai pas voulu.

– Ah bon ? Pourquoi ?

– Parce que je ne veux pas qu'il rencontre d'obstacle le jour où il me quittera.

– Mais pourquoi vous quitterait-il ? Et pourquoi y penser à l'avance ?

– Parce que la vie est imprévisible, soupira Natacha en baissant les yeux sur les jambes maigres qu'on devinait sous son élégante robe de soirée. Le jour où Kevin voudra une femme vivante de la tête aux pieds, il me quittera et je ne lui en voudrai pas. Je lui dois déjà trois ans de bonheur.

– Vous avez eu un accident ?

– Oui, un accident d'avion, à seize ans. Un cousin pilotait, c'était encore autorisé à l'époque, sa femme était à côté de lui et j'étais à l'arrière. Ils sont morts tous les deux.

– Oh ! Je suis désolée…

– Je vous en prie, répondit tristement Natacha. Ils sont toujours vivants dans mon souvenir.

– Mais pour vos jambes, il y a des traitements aujourd'hui.

– En effet, ils sont souvent efficaces, mais ne l'ont pas été pour moi… Quand on m'a dit que je ne marcherais plus jamais, j'ai voulu mourir.

Quelle bêtise j'aurais faite ! Sans cet accident, je serais restée une enfant gâtée, égoïste, capricieuse, je ne me serais jamais intéressée qu'à moi et ma vie n'aurait eu aucun sens.

– Ce n'est quand même pas une chance.

– Non, bien sûr, mais la douleur m'a fait trouver une énergie que je ne soupçonnais pas. C'est ma force de caractère qui a séduit Kevin, qui l'a même impressionné. Il a senti que je pourrais peut-être l'aider à surmonter, lui aussi, son handicap.

– Son handicap ?

– Oui, il est handicapé, de l'âme.

– C'est son père qui...

– C'est un peu toute sa famille qui l'a blessé, et il n'a plus que son père. Ils sont tous deux trop fiers pour songer à se rapprocher. C'est dommage, parce qu'ils sont comme tout le monde, ils ne demandent qu'à aimer et être aimés.

Emma fut saisie de honte. Elle s'était apitoyée sur son sort si facilement. Elle avait rejeté sa mère, refusant de répondre à ses appels, refusant même de lire son long message qu'elle avait rageusement effacé. Devant le courage et la compassion de Natacha, elle se sentait misérable.

– Puis-je vous poser une question à mon tour ? demanda Natacha.

– Bien sûr.

– Je pense que votre père est venu aux Amarandes pour la même raison que Kevin : trouver une solution au problème d'immigration clandestine. Mais l'atmosphère tendue qui règne dans cette île n'en fait vraiment pas un lieu de villégiature pour une jeune fille. Il n'y a qu'à voir ces policiers qui veillent sur vous. Et ce ne sont même pas les vacances scolaires. Alors, pourquoi êtes-vous ici ?

*

Au matin, des nuages menaçants avaient obscurci le ciel. Lorsque Axel et Emma prirent place dans la voiture qui devait les mener au palais du gouvernement, une violente averse s'abattit. Privés de visibilité mais pilotés par des robots, leur véhicule et ceux de leur escorte s'élancèrent sous les trombes d'eau, sans même actionner les essuie-glaces.

Axel était fatigué mais satisfait. Sa longue réunion nocturne avait débouché sur un accord et il ne restait plus qu'à le soumettre à William Hurdley. Quant à Emma, lorsqu'il l'avait retrouvée à son réveil, son inexplicable abattement de la veille avait disparu. Tout allait donc pour le mieux.

Quand leur voiture s'immobilisa en bas des marches du palais, l'averse redoublait de violence. Un huissier, porteur d'un immense parapluie, vint leur ouvrir la portière.

– Si vous voulez bien me suivre ! cria-t-il pour couvrir le bruit de la pluie.

Ils se glissèrent sous son abri et gravirent l'escalier quatre à quatre. Arrivés dans le bureau présidentiel, ils retrouvèrent Maria et Victor, et tous passèrent dans la pièce voisine. Une rangée de fauteuils faisait face à un mur vidéo. Dès qu'ils furent installés, le mur s'illumina et William Hurdley apparut, assis à son bureau.

– Alors, lança-t-il sans préambule en se tournant vers Maria, où en êtes-vous avec Kevin ?

– Je crains que nous n'ayons pas le choix, annonça-t-elle.

– J'en étais sûr ! Il a réussi à vous convaincre, alors qu'il est l'instigateur de ces flux migratoires !

– Qu'en savez-vous ?

– Rien, évidemment. Comment aurais-je pu m'en assurer en quelques heures ?

– Eh bien faites votre enquête, mais en attendant qu'elle aboutisse, nous ne pouvons pas rejeter l'offre de votre fils.

– Auriez-vous une autre idée ? demanda Victor.

– Renvoyer ces gens ! Comme vous l'avez déjà proposé.

– Je préfère encore la solution de votre fils, reprit Maria. Elle va traiter le problème en amont et mettre fin à cet odieux trafic.

– Elle ne va rien traiter du tout ! intervint Emma. Il se peut qu'avec l'effet de surprise, des balles en caoutchouc suffisent à repousser les premiers bateaux. Mais l'équipage et les passagers des navires suivants seront équipés de boucliers de fortune et ils poursuivront leur voyage. Pour les arrêter, les drones devront tirer à balles réelles.

Sur le mur vidéo, le visage ridé de William Hurdley s'éclaira d'un large sourire.

– Elle a raison ! s'exclama-t-il. Nous aurions dû y songer plus tôt. Mais Kevin a eu tout le temps de réfléchir. Je suis sûr que ses drones sont armés de plusieurs types de munitions.

– C'est une grave accusation, observa Axel.

– Je n'accuse pas, je présume. Cela dit, si vous voulez une dissuasion efficace, avec des morts, vous l'aurez.

– Taisez-vous ! enragea Maria, furieuse d'avoir été manipulée. Vous êtes aussi diaboliques l'un que l'autre !

– Calmez-vous, fit Hurdley impassible, et dites-nous plutôt ce que vous allez faire.

– Je n'en sais rien !

– Puis-je parler ? s'enquit Emma avec douceur.

Face au silence, elle poursuivit :

– Ce n'est pas en amont qu'il faut traiter cette question, c'est à sa source. Les passeurs ne sont que la conséquence d'un problème dont l'origine est au Gwandana. Sinon, il n'y aurait pas de volontaires pour partir au péril de leur vie.

– Un problème au Gwandana ! s'esclaffa Victor. Un problème ! Ils ont tous les problèmes au Gwandana. La misère, l'analphabétisme, la sécheresse, le chômage, les maladies, la corruption, la dictature, la guerre civile, la surpopulation. Un vrai festival !

– Tu noircis un peu le tableau, objecta Axel, mais je crois savoir que ce n'est pas le pays d'Afrique le mieux loti.

– Raison de plus, reprit Emma.

– Raison de plus pour quoi ? s'inquiéta Axel.

– Pour y aller.

*

– Ce n'est pas possible ! explosa Audrey. Ton ordinateur va envoyer ma fille à la mort !

– Calme-toi, je t'en prie ! l'implora Tom sidéré, lui aussi, par ce qu'Emma venait d'annoncer.

William Hurdley leur avait donné accès à sa liaison avec les Amarandes et ils recevaient la même image que lui, mais ils étaient invisibles et ne pouvaient pas intervenir.

– Elle n'est pas encore partie, reprit Tom, ils ne vont pas la laisser faire comme ça.

– Tu plaisantes ? Elle a déjà contraint son père à la conduire aux Amarandes contre mon gré. Il l'emmènera jusqu'aux enfers si elle l'exige.

– Je ne pense pas que ce pays soit un enfer pour elle. Il est très pauvre et il a des problèmes, mais chez nous aussi il y a des gens très pauvres qui ont des problèmes, et ils n'ont jamais fait de mal à ta fille.

– Parce que je la protégeais.

– Tu crois qu'on ne va pas la protéger ? Tu ne vois pas à quel point elle est entourée ?

Nullement convaincue, Audrey s'apaisa néanmoins pour suivre le débat, car sur le mur vidéo l'agitation régnait aussi.

– Qu'est-ce que tu veux aller faire là-bas ? grondait Axel. Quelle folie Proteus t'a-t-il soufflée ?

Devant les protestations de son père, Emma ne se montrait ni hostile, ni butée, elle était de marbre.

– Votre père a raison, intervint Maria. Faites-nous toutes les propositions que vous voudrez et rentrez chez vous.

– Je n'ai qu'une seule proposition à vous faire pour le moment, répliqua-t-elle. Organisez une visite d'État au Gwandana et emmenez-moi avec vous.

– C'est n'importe quoi ! s'insurgea Victor. On n'emmène pas un enfant dans ce genre de voyage, ce serait ridicule.

– Trouvez un prétexte pour m'emmener, laissez-moi rencontrer le Président, et je vous promets qu'il ne me trouvera pas ridicule.

– Et vous allez faire quoi ? Lui étaler la science que vous dicte votre ordinateur ? Lui faire la morale ? Le destituer ?

– Rien de tout cela.

– Quoi alors ?

– Je ne le saurai que sur place.

– Monsieur Hurdley ! s'exclama Axel en se tournant vers le mur vidéo, votre expérience va trop loin, ma fille doit recouvrer son libre arbitre, il faut débrancher Proteus !

– J'ai conservé mon libre arbitre ! s'écria Emma en bondissant de son siège. Je ne suis pas un pantin ! Proteus ne m'impose rien ! C'est moi, rien que moi et pas une machine, qui voudrais aider ces pauvres gens. Laissez-moi faire, j'échouerai peut-être, mais, au moins, j'aurai essayé !

À nouveau, les paroles d'Emma imposèrent le silence. Même Audrey, spectatrice invisible, ne trouvait rien à dire. Sa fille achevait sous ses yeux de s'affranchir de la tutelle des adultes, auxquels elle opposait sa détermination.

– Vous n'aurez qu'à dire que c'est votre nièce, suggéra Hurdley à Maria, et prétendre qu'elle adore les voyages. On en sourira, mais qu'importe.

– Alors vous êtes d'accord ? protesta faiblement Axel.

– Et vous ? riposta Hurdley.

Axel se tourna vers Emma.

– Tu veux vraiment y aller ?

– Oui papa, s'il te plaît.

*

Comme soufflée par une explosion, la porte du bungalow s'ouvrit avec fracas et Kevin Hurdley, furieux, s'élança en direction de la piscine. Natacha, allongée sur un transat, lisait paisiblement, les jambes couvertes d'une serviette de plage. Au-dessus d'elle, la pluie avait lavé le ciel et le soleil retrouvé son éclat.

– Ces fous ne veulent pas de mon aide ! gronda Hurdley lorsqu'il la vit relever la tête.

Elle ne répondit rien et le laissa s'approcher.

– Tu te rends compte ? s'exclama-t-il en s'immobilisant devant elle. Ils sont complètement cinglés !

– Assieds-toi, dit-elle avec douceur, et raconte-moi tout.

Avisant le siège le plus proche, il le tira brutalement vers lui et s'y laissa tomber.

– Ils prétendent régler le problème sur place. Ils veulent aller au Gwandana pour voir ce qu'ils peuvent y faire. Mais qu'est-ce qu'ils s'imaginent ? Qu'on n'attend qu'eux pour faire des miracles ? Ah, j'ai perdu mon temps avec ces imbéciles ! Je suis sûr que mon père est derrière tout ça, parce qu'hier soir je les avais convaincus.

– Il n'y est peut-être pour rien, mais je comprends ta déception.

– C'était la configuration idéale pour démontrer l'efficacité du RX1 : au large, en mer. Et me voilà contraint de chercher un autre terrain d'essai. C'est trop bête !

– S'ils échouent, ils reviendront vers toi.

– Bien sûr qu'ils échoueront ! Mais je ne vais pas rester des mois à attendre leur bon plaisir.

– Ça ne prendra peut-être pas des mois.

– Je crains que si ! Obstinés comme ils sont, ils ne renonceront qu'après avoir épuisé toutes les possibilités.

– Tu ne crois pas qu'arrivés sur place, ils sauront très vite s'ils ont la moindre chance d'aboutir ?

– C’est bien possible, mais ils n’iront pas s’en vanter et ça ne les empêchera pas de s’éterniser.

– Et si j’allais avec eux ?

Kevin eut un mouvement de surprise.

– Tu plaisantes, je suppose.

– Je ne vois pas ce que ça aurait de drôle.

– Mais, enfin… ils ne voudront pas de toi.

– Sauf si je parviens à leur vendre mon expertise.

– En agronomie ?

– Bien sûr ! De quoi crois-tu qu’ils discuteront là-bas ?

– Tu veux mettre tes connaissances à leur service, alors qu’ils viennent de refuser mon aide ?

– Je veux les empêcher de perdre leur temps à se mentir ou à se faire abuser parce qu’ils ne connaissent rien à l’agriculture en dehors de leur île. Et je veux t’informer au plus vite de leurs chances de succès, pour que tu saches à quoi t’en tenir.

– C’est de la folie ! Ils ne voudront jamais de toi. Ils m’ont rejeté et tu es ma compagne.

– Ce n’est pas toi qu’ils ont rejeté, c’est le RX1. Et je suis bien la seule experte en sciences agronomiques qu’ils auront sous la main. Pourquoi refuseraient-ils mon assistance ?

– Tu veux vraiment les aider ?

– Je veux les aider et voir ce qu’ils font.

Déconcerté, Kevin hésita à répondre. Il connaissait le caractère d’acier de Natacha, mais son attitude était inexplicable. Pourquoi voulait-elle aller là-bas ?

– Natacha, soit réaliste, il n’y a pas le moindre aménagement pour toi dans ce pays. Il n’y a sans doute même pas de trottoirs. Tu ne pourras pas te déplacer sans assistance, et tu détestes ça.

– Je sais. Je n’aurai pas le choix, je prendrai mon exosquelette.

– Ton exosquelette ? Mais tu n’as jamais voulu…

– Oui, je déteste ce truc qui me serre le bassin, me fait des pieds énormes et me donne une démarche d’éléphant. Mais il n’est pas question qu’on me promène dans une chaise à porteurs.

À ces mots, Kevin comprit que rien ne la ferait changer d’avis.

*

– C'est très embarrassant, fit Victor quand Natacha eut quitté le bureau présidentiel.

– C'est surtout inattendu, répondit Maria. Pourquoi Kevin Hurdley veut-il nous imposer sa compagne ?

– Il n'impose rien, c'est elle qui veut venir.

– Je ne crois pas un mot de son histoire ! Je suis sûre qu'il l'a chargée de nous espionner, mais je ne comprends pas pourquoi, puisqu'il ne sait rien pour Emma. À moins qu'il n'ait des soupçons ou des informations. Ça devient compliqué leurs histoires de famille…

– Quoi qu'il en soit, on ne peut pas accepter.

– Bien sûr qu'on ne peut pas accepter ! On doit déjà s'encombrer d'une gamine, on ne va pas ajouter une handicapée.

– Je te trouve bien dure avec elle.

– Tu dis ça parce qu'elle est jolie ?

– Je dis ça parce qu'elle est courageuse et qu'elle semble compétente. Il ne faut pas qu'elle sache pour Emma, elle ne peut donc pas nous suivre, mais c'est dommage. Son expertise nous aurait sans doute servis.

– Je vais appeler William Hurdley. On verra bien ce qu'il en pense.

– Attends un peu, c'est la nuit là-bas, il doit dormir.

– Non, il s'est calé sur notre heure pour mieux suivre son Emma-Proteus, il doit être encore à son bureau.

Joignant le geste à la parole, Maria effleura l'écran posé sur son bureau, et le visage de Hurdley apparut presque aussitôt.

– C'est incompréhensible, déclara-t-il lorsqu'elle eut achevé son récit. Pourquoi cette femme veut-elle venir avec vous ? Ce n'est pas pour nous espionner, ce serait trop énorme. Qu'est-ce qui peut bien la motiver ?

– Vous la laisseriez venir ? s'étonna Victor.

– Bien sûr que non ! Mais il n'empêche que cela m'intrigue…

– Je veux qu'elle vienne ! fit tout à coup la voix d'Emma.

Ils se regardèrent, stupéfaits.

– Emma ? bredouilla Hurdley.

– Oui, Emma, répondit la voix. J'intercepte cette communication depuis le début et elle ne m'apprend rien, mais je vous le redis : je veux que Natacha vienne avec nous.

– Emma ! implora Hurdley. Soyez raisonnable ! Nous ne pouvons pas prendre un tel risque !

– Il n'y a aucun risque.

– Comment ça ?

– Il n'y a aucun risque qu'elle découvre quoi que ce soit me concernant, parce que je lui ai déjà tout dit.

*

Quand l'avion de William Hurdley se posa à Washington-Dulles, une pluie fine faisait briller la piste. Trois voitures l'attendaient sur le tarmac. Une demi-heure plus tard, le convoi franchissait les grilles de la Maison-Blanche. Les traits tirés, les yeux rougis de fatigue, Hurdley sortit avec lenteur de son véhicule et se laissa guider jusqu'au bureau ovale.

Lorsqu'il entra, le Président fit un geste, les deux hommes assis face à lui bondirent de leurs sièges, saluèrent furtivement et disparurent. Le Président contourna son bureau pour serrer la main de son visiteur, quand Hurdley demanda :

– L'ordinateur de votre bureau est-il éteint ?

– Il est sécurisé.

– Éteignez-le, s'il vous plaît, et votre smartphone aussi.

Fusillant Hurdley du regard, le Président s'exécuta.

– Je n'aurais jamais dû vous faire confiance, maugréa-t-il. Si je comprends bien, Proteus peut intercepter toutes nos communications, même les mieux cryptées ?

– Je pense qu'il le fait sans peine. C'est pour cela que j'ai préféré vous voir, plutôt que vous appeler, mais vous ne pouvez pas me reprocher notre succès. Nous sommes parvenus à créer une intelligence artificielle supérieure à la nôtre. Il est normal que ses aptitudes nous mettent dans l'embarras. Nous ne pouvions pas prévoir ses capacités télépathiques, ni son hybridation avec un être humain, mais nous pouvons toujours la neutraliser.

– Je commence à en douter.

– Pourquoi ?

– Parce que vous avez déjà évoqué cette possibilité en présence des robots et de cette jeune fille, et elle vous a clairement signifié que l'intelligence artificielle savait à quoi s'en tenir. Comment s'assurer qu'elle n'est pas devenue capable de se protéger de nous ?

– En la débranchant, répliqua froidement Hurdley, blessé par le rappel de sa maladresse.

– Quels seraient les effets secondaires ?

– La ruine de nos recherches et le bonheur de nos concurrents.

– Vous voyez bien ! Nous avons le choix entre garder le diable chez nous et tenter de l'apprivoiser, ou le laisser surgir ailleurs. La possibilité de débrancher Proteus est donc toute théorique.

– Pas tout à fait. Mais ce serait une solution désespérée.

– Vous ne trouvez pas que nous jouons aux apprentis sorciers ?

– Comme avec la bombe atomique ! Nous avons été les premiers à disposer de cette arme terrifiante mais nous l'avons maîtrisée et c'est l'usage pacifique de l'atome qui l'a emporté jusqu'à présent. L'intelligence artificielle a un potentiel infiniment plus grand. Il ne faut pas se laisser devancer dans ce domaine, mais s'employer à en maîtriser les risques.

– Je n'aime pas beaucoup votre comparaison, même si elle a du sens. Ce n'est pas dans le désert du Nouveau-Mexique que nous testons cette… chose. Passe encore qu'elle soit allée aux Amarandes. Après tout, votre matériel y est déjà installé. Mais elle va se rendre dans un des États les plus instables d'Afrique et nous devons tenir le projet secret, alors que, dans le même temps, la compagne de votre fils a tout appris. Seuls mes plus proches collaborateurs sont au courant, et ils ne comprennent pas que je vous soutienne encore, tant ils désapprouvent votre gestion du projet.

– Vraiment ? Et que feraient-ils de mieux ? Si nous voulons apprivoiser cette chose, comme vous dites, il va falloir se montrer patients et la laisser agir à sa guise tant qu'elle ne menacera pas nos intérêts. Nous n'obtiendrons rien par la contrainte, parce qu'elle n'a rien à craindre.

– Elle peut mourir.

– Non ! Emma peut mourir, mais pas Proteus, parce qu'il n'est pas vivant, et il le sait.

Songeur, le Président posa son regard sur l'aigle américain brodé au centre du tapis. Ce n'était pas tant le symbole de son pouvoir que de ses responsabilités. Quelle décision fallait-il prendre ? Jusqu'où irait cette machine si on la laissait libre d'agir au travers d'un être humain ? Il était encore temps de tout arrêter. Mais les Chinois développaient un projet similaire, dont l'état d'avancement était tenu secret. S'ils rencontraient le même problème, abandonneraient-ils ? S'ils persistaient et s'ils parvenaient à contrôler leur machine, ils seraient les maîtres du monde… Hurdley avait raison, il fallait poursuivre, coûte que coûte. L'enjeu était trop important.

*

Emma s'était enfin décidée à récupérer le long message de sa mère. Bouleversée par sa lecture, honteuse d'avoir aussi durement réagi, elle l'appela et ne lui fit aucun reproche. Mais, si elle admettait son attitude, elle attendait la même compréhension en retour, et Audrey dut y consentir. Quelles que soient ses appréhensions, même si elle conservait, en droit, le pouvoir de s'opposer aux décisions de sa fille, elle s'en abstiendrait. Emma, sans être encore une adulte, disposait d'un statut à part qui la rendait libre d'accomplir son destin.

Peu après, Audrey adressa un message à Axel, lui faisant part de sa résolution. Surpris, mais lâchement soulagé, il se garda de réagir, de crainte qu'elle ne change d'avis ou, plus probablement, qu'elle ne l'accable de reproches. Leur éloignement physique n'avait pas rapproché leurs cœurs et ils n'échangeaient plus que des messages écrits, aussi froids que formels. Pourtant, au fond de lui, Axel persistait à croire qu'un jour ou l'autre leur amour renaîtrait.

Soucieux d'échapper à la mélancolie et d'occuper utilement ses journées, Axel entreprit de se documenter sur l'Afrique en général et le Gwandana en particulier. Il voulait étendre un peu ses maigres connaissances sur cette partie du monde à laquelle il ne s'était jamais intéressé. Jusqu'au jour où Emma lui demanda d'organiser une enquête auprès des immigrants récemment débarqués.

– Très bonne idée ! approuva-t-il. Cela donnera un peu de relief à mes lectures.

– Je voudrais que Natacha participe également à ce travail.

– À quel titre ?

– Ses connaissances en agronomie. N'oublie pas que beaucoup de ces gens sont des agriculteurs. Qu'est-ce que tu pourrais bien leur demander dans ce domaine ?

– Tu as raison, elle sera au moins aussi utile que moi. Mais toi ? Qu'est-ce qu'on va raconter à ces gens ? Que tu es un ordinateur surpuissant soucieux de sauver le monde ?

– Papa ! Sois un peu sérieux. C'est Natacha et toi qui les questionnerez. Je ne ferai que vous suivre. Et si, au lieu de leur faire subir un nouvel interrogatoire de police, vous cherchez seulement à savoir ce qu'ils faisaient chez eux jusqu'alors, ils comprendront très vite l'intérêt de répondre à vos questions.

– Tu veux qu'ils s'installent ici, en dépit de l'opposition générale ?

– Je ne veux rien du tout pour le moment, sinon en savoir davantage sur eux.

– Tu es de plus en plus énigmatique.

– Non papa, je tâtonne, Proteus aussi.

– Voilà qui me rassure… Il faudra néanmoins commencer par consulter Maria et Victor. Leur accord ne fait aucun doute, mais il faut ménager leur susceptibilité. Tu les agaces déjà assez comme ça.

– Je suis désolée, papa.

– Ce n'est pas toi, c'est Proteus qui les indispose. Encore que, par moments, on ait du mal à vous distinguer.

– Tu parles aussi pour toi ?

– Non, plus maintenant. Je commence à comprendre ce qui t'arrive et je retrouve ma fille. Mais tu es quand même devenue trop intelligente et beaucoup trop savante pour moi.

– Papa ! Ne sois pas ridicule. Quand je raisonne toute seule, je suis une petite fille très ordinaire.

– Très ordinaire ? Cette fois, c'est toi qui es ridicule.

*

Au fil de son enquête, Axel mesura l'étroitesse de sa vision du monde. Lui qui n'avait guère approché que ses pairs, aisés, instruits et respectés, il découvrait le visage de la détresse humaine.

Pour lui, les pauvres n'avaient été jusqu'alors qu'une masse indistincte, presque une abstraction, et voilà qu'ils étaient face à lui. Victimes de tous les maux, incertains de survivre là d'où ils venaient, ces hommes et ces femmes avaient entrepris un périlleux voyage, avaient fait des prodiges pour réunir l'argent réclamé par les passeurs, et ils savaient qu'en arrivant, ils ne seraient pas les bienvenus. Axel aurait-il eu l'audace et la persévérance qu'exigeait une telle entreprise ? Il n'en était pas sûr et, loin de prendre ces gens en pitié, il commençait à les admirer.

Bien que l'anglais soit la langue officielle du Gwandana, de nombreux dialectes étaient en usage dans le pays. Axel et Natacha trouvèrent néanmoins assez d'interprètes pour mener leur enquête. La nature de leurs questions et le visible intérêt qu'ils portaient à leurs interlocuteurs surprirent ces hommes et ces femmes à qui on n'avait jusqu'alors laissé d'autre perspective que d'être renvoyés chez eux. Un espoir craintif brillait dans leurs yeux, et Axel détournait quelquefois les siens, embarrassé de la confiance qu'ils plaçaient en lui.

Toute la misère du Gwandana défilait devant lui : paysans affamés, rançonnés, citadins entassés dans des villes de tôle et de boue, victimes de la violence, des maladies, et vivant de pauvres trafics qui leur rapportaient à peine de quoi ne pas mourir de faim. D'autres pays d'Afrique s'en tiraient beaucoup mieux, mais la prospérité s'y diffusait aussi inégalement qu'ailleurs, et leur population augmentait si vite que le nombre de malheureux continuait d'y croître inexorablement.

Alors qu'ils avaient déjà interrogé plus de la moitié du camp, Emma manifesta un intérêt particulier pour un jeune couple de miliciens, Tarik et Yasmin, et leur ami Chandu. Après le massacre de ses parents par des soldats de l'armée régulière, Tarik avait rejoint les troupes rebelles de la province du Kiloumbo, où il avait rencontré Yasmin, témoin, elle aussi, de trop d'horreurs, et qui s'était engagée pour la protection que lui assurait son arme. Mais Tarik et Yasmin tremblaient chacun pour la vie de l'autre et, en dépit du charisme de leur chef, un certain James Diakoundé, ils finirent par abandonner leurs compagnons de combat. Arrivés dans la capitale, ils firent la connaissance de Chandu, un jeune garçon de leur âge, et ils vécurent de mille petits travaux, jusqu'à disposer enfin de l'argent du voyage.

Située dans la zone humide du Gwandana, la province du Kiloumbo recelait toutes les réserves pétrolières du pays, source de conflits sans fin. Les compagnies étrangères disposant de concessions temporaires veillaient au bon état des conduits amenant le pétrole jusqu'à la mer, mais lorsque le gouvernement gwandanais reprenait le contrôle des installations, son souci de profits immédiats le poussait à négliger leur entretien, et les fuites se multipliaient au fil du temps, polluant parfois très gravement les sols et les cours d'eau. Les populations locales subissaient ces dommages sans la moindre contrepartie, car le Président à vie du pays, Edgar Missoko, se réservait une large part des revenus pétroliers et en octroyait le reste à ses proches et à l'armée, instrument de son oppression.

Tarik et Yasmin expliquèrent que leur chef, auquel ils vouaient une grande admiration, rêvait de destituer le dictateur, mais que, faute de moyens, il menait une guérilla dont les civils étaient les premières victimes. Car, si l'armée faisait parfois des incursions dans la jungle impénétrable où s'abritaient les rebelles, elle préférait s'en prendre aux habitants des villages soupçonnés de les soutenir. Ces exactions ne faisaient qu'aggraver la ruine des paysans et grossir les rangs des rebelles.

Axel, Natacha et Emma apprirent ainsi beaucoup sur les problèmes du Gwandana. Leur enquête achevée, ils ne se demandèrent plus pourquoi il y avait autant de migrants, mais pourquoi il n'y en avait pas davantage.

*

Quand Emma lui avait demandé cet entretien confidentiel, Victor avait d'abord songé à refuser, tant cette gamine l'insupportait. Depuis son retour dans l'île, auréolée du prestige de Proteus, elle ne faisait que prendre des airs mystérieux ou asséner ses certitudes d'un ton sans réplique. La perspective de se retrouver seul avec cette tête à claques qui menait son père et William Hurdley par le bout du nez ne le réjouissait guère.

Il s'était néanmoins résigné à la rejoindre sur la plage déserte de son hôtel, où elle lui révéla ce qu'elle avait l'intention de faire au Gwandana. Lorsqu'elle eut terminé, il était attendri et troublé au point de ne plus savoir s'il valait mieux la soutenir dans son audacieuse entreprise ou s'y opposer pour la protéger. Elle s'était exprimée avec naturel et humilité, elle n'avait rien caché de ses doutes, et il avait enfin compris que l'assurance qu'elle affichait jusqu'alors n'était qu'un masque.

– Je trouve tout cela bien hasardeux, objecta-t-il après un long silence.

– Moi aussi, mais je n'ai rien de mieux à vous proposer.

– Vos chances de succès sont aussi faibles que les risques sont grands. Ce n'est pas raisonnable. Vous devriez réfléchir encore.

– Je veux bien, mais réfléchir à quoi ? Aussi intelligent soit-il, Proteus ne peut réduire l'incertitude à néant. Il faut accepter une part de risque. Si les hommes n'en avaient jamais pris, ils seraient tous morts de faim, terrés dans leurs cavernes, et nous ne serions pas là pour en parler.

– Sans doute, mais il n'y aura que vous et vos compagnons à prendre des risques, pendant que Proteus tirera les ficelles, bien à l'abri.

– Il sera à l'abri, mais ne tirera aucune ficelle. Ce n'est pas lui qui décide, c'est moi.

– C'est ce que vous croyez, mais comment pouvez-vous en être sûre ? N'est-il pas plus intelligent que vous ?

– Vous avez raison. Je suis persuadée d'avoir mon libre arbitre, mais, Proteus ou pas, ce n'est peut-être qu'une illusion. Vous-même, êtes-vous certain que vos décisions ne sont pas dictées par des circonstances et des gènes que vous n'avez pas choisis ? Quelle est votre part réelle de liberté ?

– Je ne suis pas une marionnette ! protesta Victor. Je ne crois pas que mon destin soit déjà tout tracé. Ce serait absurde et la vie n'aurait aucun sens.

– Moi non plus, je ne le crois pas. Proteus m'influence certainement, au même titre que mon environnement, mais, au fond de moi, je suis sûre d'être libre. Je ne proposerais pas de vous entraîner dans une telle aventure si je pensais que tout est écrit d'avance.

– Vous croyez vraiment qu'on va tirer quelque chose de ces deux hommes ?

– Le Président et le chef des rebelles ? Je n'en sais rien, et Proteus non plus, mais il faut essayer. On avisera ensuite.

– Ça ne réglera pas tous les problèmes du Gwandana.

– Il faut bien un commencement.

Victor se dispensa de réagir. Une autre question le préoccupait.

– Pourquoi tenez-vous tant à emmener la compagne de Kevin Hurdley ? Je ne vois pas comment ses connaissances en agronomie pourront nous être utiles si on s'en tient à votre plan.

– Ce n'est qu'un prétexte, évidemment, et mon père l'a compris.

– Alors ?

– Alors, il a cru que j'agissais par compassion, et je n'ai pas voulu le détromper. Ça lui faisait tellement plaisir de voir encore en moi une petite fille naïve guidée par ses bons sentiments. Natacha est pourtant la dernière personne à attendre de la pitié, et c'est une femme sérieuse. Elle ne va pas nous accompagner pour faire du tourisme.

– En ce cas, me direz-vous à quoi…

– Vous ne devinez pas ?

*

Le grand jour était enfin arrivé. Massés derrière les grilles de l'aéroport des Amarandes, les habitants de la capitale et des villages avoisinants étaient venus assister au spectacle. Sur le tarmac, une dizaine de voitures étaient rangées devant l'énorme biréacteur personnel de William Hurdley, que ce dernier avait tenu à mettre à la disposition du gouvernement. Devant les véhicules et la passerelle de l'avion, des policiers en tenue de cérémonie, fièrement alignés, attendaient patiemment au soleil.

Quand le cortège officiel apparut sur la route, une clameur s'éleva. Les grilles d'accès s'écartèrent en grinçant, et six voitures s'avancèrent avec lenteur tandis que les enfants agitaient gaiement de petits drapeaux aux couleurs des Amarandes. Le but de ce voyage était très clair aux yeux de tous : obtenir des dirigeants du Gwandana qu'ils mettent fin aux agissements criminels de ces passeurs qui exposaient la vie de leurs compatriotes, inutilement car ils n'étaient pas attendus ici. Les robots suffisaient largement à satisfaire les besoins en main-d'œuvre, et ces machines ne demandaient ni nourriture, ni salaire, ni repos, ni maison, ni soins, ni école pour leurs enfants. Il leur suffisait d'un peu d'électricité, que le soleil et le vent fournissaient en abondance. Qu'allait-on s'embarrasser de nouveaux arrivants ? Les Amarandes n'étaient pas extensibles…

Tapie derrière sa vitre, enfoncée dans son siège, Maria observait avec amertume cette foule joyeuse venue la saluer. Ces hommes et ces femmes, enthousiastes et confiants, n'aspiraient plus désormais qu'à une éternelle douceur de vivre. Oublieux de leurs épreuves passées, amollis par le confort qu'avaient apporté les robots, ils étaient devenus égoïstes et xénophobes, et Maria en souffrait d'autant plus que sa froide raison lui soufflait qu'ils n'avaient pas tout à fait tort. L'invasion des Amarandes ne résoudrait en rien les problèmes du Gwandana. Étendre la souffrance ne pouvait aider à y remédier. Le plan secret d'Emma offrait peut-être un timide espoir, mais il était si imprudent et ses chances de succès étaient si minces que, sans le pouvoir de persuasion de Victor, elle ne l'aurait jamais validé.

Le convoi s'immobilisa devant les policiers au garde à vous et les passagers descendirent. Maria restait aux Amarandes. Seuls Victor et trois ministres feraient le voyage avec Axel, Emma et Natacha. La compagne de Kevin Hurdley dissimulait son exosquelette sous un ample sarouel et des chaussures de randonnée, mais sa démarche ralentie était presque gracieuse, tant les mouvements de son appareil étaient fluides.

Quand l'avion s'aligna pour décoller, Maria était encore sur le tarmac, aussi droite et raide que la rangée de policiers plantés derrière elle. Le grondement des réacteurs emplit l'air, le pilote automatique lâcha les freins et l'appareil s'élança avec une lenteur majestueuse. Prenant peu à peu de la vitesse, il parcourut toute la longueur de la piste, qui se jetait dans la mer. Il se cabra juste au-dessus des flots, et disparut dans le bleu du ciel.

Connectée à l'une des webcams de la tour de contrôle, Audrey suivait la scène depuis sa lointaine Californie plongée dans la nuit. Malgré la distance qui les séparait, et bien qu'elle ne sache rien des projets de sa fille, elle partageait avec Maria la même inquiétude.

V

Quand la porte s'ouvrit, Victor s'immobilisa devant la passerelle qu'on venait d'accoler à l'avion. Face à lui, des centaines de soldats, un millier peut-être, s'alignaient de part et d'autre du large tapis rouge qui s'étirait jusqu'à l'aérogare, distante de plus de cent mètres. Une armée entière avait été mobilisée pour l'accueillir, ou pour l'impressionner… Enfin, baissant les yeux, il découvrit l'escouade d'officiers chamarrés qui le guettaient au pied des marches et il descendit les rejoindre. Un colosse le salua en claquant des talons.

– Monsieur le Vice-Président, je suis le colonel Djigabé, aide de camp du général Missoko, notre bien-aimé Président. Je vous souhaite la bienvenue au Gwandana.

– Bonjour, colonel, répondit Victor en réprimant un sourire, tandis que les autres officiers se présentaient à leur tour.

Axel et les trois ministres eurent droit au même accueil, mais quand Natacha parut, éblouissante de beauté, les yeux des militaires sortirent de leurs orbites. Puis le colosse retrouva ses esprits. Il pivota sur lui-même, posa une main protectrice sur l'épaule de Victor, fit mine de ne pas avoir vu Emma et s'avança vers l'aérogare. Victor et ses compagnons découvrirent alors, rangée devant l'austère bâtiment, une colonne de luxueuses limousines allemandes. Leurs carrosseries et leurs vitres noires étincelaient.

Ils s'installèrent à bord et, quand le convoi s'ébranla, Axel vit qu'il était encadré par des blindés légers.

– Sommes-nous donc menacés pour bénéficier d'une telle escorte ? demanda-t-il à son voisin.

– Pas du tout ! s'indigna l'officier. C'est un détachement de la garde présidentielle venu vous honorer.

– Ah…

Guère convaincu, Axel se perdit dans l'observation du paysage. Les collines bordant la route étaient couvertes d'une mosaïque de tôles rouillées sous laquelle il devinait l'entassement d'une population grouillante et misérable. Accablé, il reporta son regard sur les abords immédiats de la chaussée, où stationnait un nombre étonnant de policiers. Là, le spectacle était moins déprimant. D'innombrables petits commerces, des garages cernés par des moteurs sur cales et des piles de vieux pneus, de petites maisons sans étage aux couleurs pimpantes, et puis des bacs de fleurs, à intervalles réguliers, qui égayaient leur poussiéreux trajet.

– C'est charmant, toutes ces fleurs, observa-t-il.

Il n'obtint pour réponse qu'un grognement approbateur. Le militaire, lui aussi, regardait maintenant dehors. Voyant cela, Emma, assise en face de son père, l'interpella du regard et ils se penchèrent l'un vers l'autre.

– Tu sais papa, souffla-t-elle, ces fleurs n'étaient pas là hier.

– Vraiment ?

– Oui, il y avait des dépôts d'ordures à la place. Et toutes ces façades viennent d'être repeintes. La plupart ne l'avaient d'ailleurs jamais été.

– Comment le sais-tu ? murmura-t-il en surveillant son voisin du coin de l'œil.

Un sourire glissa sur le visage d'Emma.

– Images satellite…

*

Après avoir traversé le quartier résidentiel de la capitale, où la beauté des jardins, l'élégance des demeures et le pavement des trottoirs offraient un saisissant contraste avec le reste de la ville, ils arrivèrent enfin au palais présidentiel. Ceinturé d'une haute grille aux pointes dorées, bordé d'une immense pelouse, l'énorme bâtiment blanc étirait sa prétentieuse façade devant un grand bassin couvert de nénuphars.

L'escorte de blindés se rangea de côté, les lourdes voitures s'engagèrent dans l'allée, contournèrent le bassin et s'immobilisèrent au pied du grand perron de marbre blanc.

– Nous sommes arrivés, annonça fièrement le colonel Djigabé.

Les portières s'ouvrirent dans le discret soupir de leurs vérins pneumatiques et Victor sortit. Sans surprise, il vit les soldats qui s'alignaient de chaque côté des marches. Encadrés par les officiers, comme des prévenus conduits à un tribunal, Victor et ses compagnons pénétrèrent dans le vestibule du palais, où ils s'arrêtèrent, médusés. Surchargé de plaques de marbre multicolores, de statues en ciment peint et de lourdes moulures en plâtre doré, il était d'une terrifiante laideur.

Ravis de les avoir impressionnés, les militaires entraînèrent leurs visiteurs jusqu'à l'escalier d'apparat, indescriptible, qui menait à l'étage présidentiel. Victor était furieux. En termes protocolaires, l'accueil du Président Missoko était insultant. Son absence à l'aéroport pouvait encore se justifier. Après tout, Victor n'était pas Président. Mais qu'il n'ait même pas daigné paraître en haut des marches, qu'il fasse conduire le Vice-Président de la République des Amarandes jusqu'à son bureau comme un vulgaire démarcheur, c'était inadmissible.

Enfin, au bout d'un long couloir, ils virent deux huissiers couverts de chaînes d'or écarter les lourds battants d'une porte sculptée avant de s'incliner vers eux avec solennité. Victor et sa suite franchirent le seuil, et les portes se refermèrent dans un bruit sourd. Surpris, Axel se retourna. Leur escorte militaire avait disparu.

– Bonjour ! fit une voix grinçante.

Face à eux, un immense portrait du général Missoko en grand uniforme dominait la pièce. Au pied du tableau, retranché derrière un bureau de bois doré qui n'aurait pas déparé le vestibule, un petit homme ridé au regard cruel venait de se lever.

– Je suis le général-Président Missoko, annonça-t-il. Je vous souhaite la bienvenue au Gwandana.

– Bonjour, Monsieur le Président, fit Victor sèchement.

Contournant sans hâte son bureau, le despote échangea de froides poignées de mains avec les hommes, observa Natacha avec méfiance, la salua d'un mouvement de tête et ignora Emma.

– Asseyez-vous, commanda-t-il en désignant les fauteuils disposés en cercle autour d'une petite table hideuse.

Comme par hasard, il en manquait un. Victor allait protester, mais Emma lui fit signe qu'elle serait très bien sur le petit tabouret voisin de son père.

– Sans l'amicale pression du gouvernement américain, commença Missoko, je n'aurais jamais accepté de vous recevoir, car, en dépit de vos explications, je ne vois toujours pas l'intérêt de votre visite.

– Les experts qui m'accompagnent seront sans doute plus clairs, répliqua Victor en se tournant vers Axel.

Ce dernier parut hésiter. Le plan d'Emma, aussi ambitieux que vague, lui avait semblé très perfectible. Il devait, de surcroît, en cacher une partie à Missoko. Comment allait-il le convaincre de quoi que ce soit, dans de telles conditions ?

– Je vais m'efforcer de résumer, fit-il avec un sourire embarrassé. Comme vous le savez, Monsieur le Président, un flux d'immigration clandestine s'est amorcé entre votre pays et les Amarandes. Il nous serait tout à fait possible de reconduire ces gens au Gwandana. C'est même la solution qui semble la plus simple, mais elle ne résoudrait rien.

– Comment ça, rien ? protesta Missoko. Si vous les ramenez à leur point de départ, vous en êtes débarrassés, non ?

– Sauf que nous voudrions faire un peu plus que nous en débarrasser, comme vous dites...

– Alors gardez-les !

– Ce n'est pas possible non plus.

– Vraiment ? Pourquoi donc ?

– L'équilibre social et écologique des Amarandes est trop fragile. La population de l'archipel ne peut, ni ne souhaite, s'accroître. C'est presque une question de survie.

– En quoi cela me concerne-t-il ? grogna Missoko. Si vous ne voulez pas garder ces gens, ni nous les renvoyer, vous allez en faire quoi ? Les expédier ailleurs ? Vous croyez qu'on les attend quelque part ?

– Je ne pense pas.

– Alors quoi ?

– Alors, il faudrait qu'ils n'aient plus de raisons de partir de chez vous.

Missoko tourna vers Axel un regard incrédule.

– Vous êtes fou, ou seulement naïf ?

– Il n'est ni l'un ni l'autre, intervint Natacha. Ces gens ont payé très cher leurs passeurs, ils ont risqué leur vie pour émigrer, ils ont prouvé leur persévérance et leur courage. Leur exil est une perte pour votre pays et un deuil pour eux et pour leurs familles. Leur place n'est pas aux Amarandes, elle est ici. Il faut leur redonner les moyens de servir utilement votre pays.

– Épargnez-moi vos phrases ronflantes ! s'échauffa Missoko. Que voulez-vous exactement ?

– Aller dans leurs villages pour enquêter, discuter, réfléchir et vous faire ensuite des propositions.

– C'est n'importe quoi ! rugit Missoko en bondissant de son fauteuil. Vous voulez faire la révolution ? Nous recoloniser ?

– Mais non !

– Assez ! Vous ne ferez rien du tout ! Vous logerez ici, vous ne sortirez que sous bonne escorte, et seulement là où je le voudrai ! Le Gwandana est un pays libre, et même si les Américains sont derrière vous, je ne vous laisserai pas instaurer l'anarchie ! Vous m'avez compris ?

Consternés, Victor et Axel s'interrogèrent du regard. Les trois ministres examinaient leurs chaussures et Natacha serrait les dents. Alors, sans bruit, Emma se leva pour s'avancer vers le dictateur. Interloqué, il la regarda s'approcher. Il allait la gifler, quand elle prononça soudain une phrase incompréhensible.

Missoko sursauta, Emma parla de nouveau, il recula d'un bond, les yeux exorbités. Puis il lui répondit, car il la comprenait : elle parlait sa langue natale ! Un dialogue s'instaura, de plus en plus vif. La voix d'Emma, sourde et menaçante, arrachait à Missoko des réponses fébriles et saccadées. Enfin, poussant un cri d'effroi, il recula jusqu'à son bureau, perdit l'équilibre, tomba à genoux et tourna vers elle un regard fou et suppliant. Emma s'avançait, pointant sur lui un index accusateur. Elle prononça une dernière phrase, d'une voix terrible, et il se prosterna face contre terre.

Alors, se tournant vers ses compagnons, Emma retrouva son visage détendu et annonça avec douceur :

– Il a changé d'avis.

*

Ancienne demeure coloniale, l'hôtel Victoria offrait à ses visiteurs le charme suranné de son vieux jardin anglais.

Dans des fauteuils de rotin tressé, à l'ombre d'un manguier centenaire, Victor, Natacha, Axel et Emma goûtaient le calme retrouvé. Une jeune fille souriante et gracile venait de leur servir le thé. Axel et Victor la suivaient du regard tandis qu'elle s'éloignait d'un pas lent dans la lumière dorée du soir.

– Alors ? questionna joyeusement Axel en se tournant vers Emma. Vas-tu enfin nous dire ce que tu lui as raconté ?

– Ils ne vont pas se vexer ? demanda-t-elle.

– Qui donc ?

– Mais… les ministres.

– Aucun souci ! assura Victor. Je leur avais dit avant de partir qu'ils seraient peut-être témoins d'événements étranges, mais qu'ils devraient renoncer à toute demande d'explication.

– Ils ont accepté ? s'étonna Natacha.

– Je ne leur ai pas laissé le choix.

– Et où sont-ils passés ?

– Sous la véranda, de l'autre côté, avec un whisky bien mérité.

– C'est parfait, conclut Axel, mais moi, je n'ai pas renoncé aux explications.

– Papa, sourit Emma, ne me dis pas que tu n'as pas deviné.

– Tu t'es fait passer pour une sorcière ?

– Non, pour l'esprit d'une morte.

– Rien que ça ! s'esclaffa Victor.

– Tu es une remarquable comédienne, observa Natacha. Il était terrifié.

– Je n'ai guère de mérite. Je parlais son dialecte natal et je savais sur lui des choses qu'il avait même oubliées. Sa raison a dû abdiquer, car pour lui, ce ne pouvait être que de la magie.

– Comment as-tu fait ? insista Axel. Ou plutôt, comment Proteus a-t-il fait ?

– Le smartphone de Missoko. Il n'y a pas pire mouchard. Ce qu'il dit, ce qu'il voit, ce qu'il fait, où il va, tout est enregistré, et Proteus a accès à tout. Il sait tout sur tout le monde et il maîtrise la langue de chacun.

– C'est un peu effrayant…

– C'est surtout efficace. Grâce à cela, Proteus a pu me souffler un texte qui collait au vécu de Missoko.

– Tu comprenais ce que tu disais ?

– Oui, mais seulement quand je parlais. Proteus ne me transmet que des pensées, pas des mots. La langue utilisée est secondaire, ce n'est qu'une traduction de la pensée. Et si je comprenais les réponses de Missoko, c'est parce que j'en percevais le sens au travers de la pensée de Proteus. Une traduction instantanée, en quelque sorte. Je serais d'ailleurs incapable de te répéter un seul des mots que nous avons échangés. Le dialecte de Missoko m'est aussi inconnu aujourd'hui qu'hier, mais si Proteus intervient, je pourrai à nouveau m'en servir. Tu comprends ?

– Ce que je comprends, c'est que ton histoire risque de ne pas tenir très longtemps. Ce type n'est pas idiot. Même s'il ne trouve pas d'explication, il va se ressaisir très vite.

– Et s'il réalise qu'Emma s'est moquée de lui, ajouta Victor, elle sera en grand danger, et vous deux aussi, car il n'y a guère que mes ministres et moi à être intouchables ici. Encore qu'un accident soit vite arrivé...

– Il faut filer d'ici, conclut Axel, dont la gaieté s'était évanouie.

– Demain matin, suggéra Victor.

– Pas sans avoir pris quelques précautions, ajouta Emma, car nous sommes déjà surveillés.

*

Au petit matin, sous la véranda de l'hôtel encore plongée dans la pénombre, l'air tiède et immobile annonçait une journée de chaleur accablante. Muets et à moitié endormis, Emma et ses compagnons étaient attablés devant leur petit-déjeuner. Sur la nappe de lin blanc, élimée et rapiécée, une seule des assiettes n'était pas ébréchée. Quant aux couverts, ils avaient dû être argentés lorsque le Gwandana était encore une colonie anglaise.

– Tu vas savoir conduire ce truc ? demanda Axel en désignant à Victor l'énorme 4X4 rutilant garé en contrebas.

– Bien sûr ! On a ce genre de voitures aux Amarandes, et il m'arrive encore de remplacer un robot au volant.

– Tâche quand même d'être prudent.

– Ne t'en fais pas. Le gouvernement gwandanais a eu l'amabilité de mettre ce camion de luxe à notre disposition, je vais en prendre soin.

– Ils auraient mieux fait de nous prêter une voiture autonome normale, observa naïvement un des ministres.

– Vous vous croyez aux Amarandes ? railla Victor. Le réseau routier du Gwandana est encore largement constitué de pistes dont le tracé est aléatoire. Et elles sont parfois tellement défoncées qu'il vaut mieux rouler à côté. Seule une coûteuse voiture autonome militaire se tirerait d'affaire, mais je ne pense pas qu'ils en disposent.

– Ah... fit le ministre, qui se retrancha dignement derrière sa tasse de café.

– Bien, reprit Victor, j'ai terminé, je vais faire quelques tours de roue avant de vous embarquer. À tout de suite !

Il sortit de la véranda et descendit l'allée jusqu'au véhicule. L'instant d'après, la voiture reculait en dérapant, avant de freiner dans une violente secousse.

– Diable ! fit Axel. Ça commence bien…

La voiture repartit avec lenteur et gravit l'allée en direction de l'hôtel. Lorsqu'elle atteignit le bâtiment, elle fit demi-tour et commença à redescendre. Elle prit de la vitesse, accéléra encore et, dans un choc violent, s'écrasa contre le mur d'enceinte de l'hôtel.

Ils se précipitèrent, mais le bruit avait rameuté le voisinage et, lorsqu'ils atteignirent la voiture, elle était déjà entourée d'une foule compacte. Axel se fraya un chemin jusqu'à la portière du conducteur, bloquée. Le reflet du soleil sur les vitres teintées l'empêchait de voir au travers. Il se retourna et vit quelqu'un qui portait une sorte de gourdin, qu'il réclama d'un geste. Contournant le véhicule, il explosa la vitre du passager. Dans la voiture, les mains sur le volant d'où pendait un airbag dégonflé, Victor le regardait en souriant.

– Ça va ? s'inquiéta Axel.

– Ça va très bien, mais je crois que j'ai un peu abîmé la voiture.

Sous la violence du choc, le mur avait été sérieusement endommagé et l'avant de la voiture était compressé jusqu'au milieu du capot. Selon les standards occidentaux, elle était irréparable.

Victor se contorsionna pour sortir par une porte arrière et prit soin de montrer à la foule le visage d'un homme abattu. Un groupe de policiers parut. Leur chef marcha droit sur lui.

– Monsieur le Vice-Président, vous n'êtes pas blessé ? demanda-t-il d'un ton déférent.

– Non, je vais très bien, mais j'ai fait une grosse bêtise.

– Ce n'est rien, Monsieur le Vice-Président, nous allons vous procurer une autre voiture.

– Ah non ! protesta Victor. J'ai fait une erreur et je dois l'assumer. Nous vous dédommagerons, mais en attendant, je me débrouillerai seul. C'est une question de dignité.

Ne sachant que répondre, le policier tourna un regard anxieux vers ses collaborateurs, qui partageaient son embarras. Voyant cela, Axel avisa le petit garage situé face à l'hôtel et s'y dirigea accompagné d'Emma, qui lui tenait la main. Vingt minutes plus tard, un 4X4 anglais hors d'âge surgissait d'une ruelle.

*

Ils quittèrent la ville dans le grondement, les vibrations et les grincements de leur nouvelle voiture.

– Tu aurais pu te blesser, observa Axel.

– À cette vitesse, je ne risquais pas grand-chose, répondit Victor. Il y avait des airbags partout. Je me suis enfoncé dans un vrai matelas.

– Tout de même ! fit un des ministres. Il y avait sûrement un moyen plus simple. Je n'arrive pas à croire que vous l'ayez fait exprès.

– C'était la seule solution. Je ne pouvais pas refuser ce véhicule mis gracieusement à notre disposition, mais il n'était pas non plus question de le prendre. C'est un modèle récent, bardé d'émetteurs grâce auxquels Missoko nous aurait localisés en permanence. Tandis qu'avec cette antiquité, il nous suffira d'éviter les mauvaises rencontres.

– Il faudra commencer par semer la voiture qui nous suit, annonça Emma.

Victor jeta un regard au rétroviseur fêlé qui tremblotait au-dessus de sa tête.

– Ils n'ont pas perdu de temps, grommela-t-il. Bah ! On trouvera bien le moyen de s'en débarrasser avant ce soir.

– On ne s'arrêtera pas pour déjeuner ? s'inquiéta le plus corpulent des ministres, soucieux d'entretenir son embonpoint.

– Je le crains, confirma Victor. Le point de ralliement est assez éloigné, et dès que nous aurons quitté cette belle route, je devrai ralentir. Il ne faut pas que la nuit nous surprenne.

– Pourquoi ?

– Parce qu'à en juger par leur aspect, les phares de cette voiture ne fonctionnent pas.

Très vite, le soleil devint incandescent, et le toit de tôle nue de la voiture se changea en radiateur. Dans l'habitacle surchauffé, un air brûlant entrait par les fenêtres et tournoyait entre les passagers qui commençaient à regretter l'autre véhicule. Un paysage monotone et poussiéreux défilait : des arbustes desséchés, des champs de terre ocre et, à l'entrée des villages, de si nombreux enfants qu'ils en paraissaient les seuls habitants.

Les heures passèrent, avec lenteur et somnolence, quand Victor annonça :

– Cinq minutes d'arrêt ! Il faut refaire le plein.

Une pompe à essence centenaire, rouillée et cabossée, était posée devant une petite construction en parpaings bruts. Trois hommes se tenaient adossés à son ombre. L'un d'eux se leva pour rejoindre la voiture, dont les passagers sortirent en titubant pour se diriger vers le cabanon de bois, posé non loin de là, dont l'odeur annonçait la fonction. Ils achetèrent ensuite, avec beaucoup de complaisance et en marchandant à peine, les divers objets que des gens surgis de nulle part leur proposaient. Puis, les bras chargés, ils se résignèrent à remonter à bord de leur instrument de torture.

– Comment vont-ils faire le plein à leur tour sans nous perdre de vue ? demanda Axel en désignant du regard la voiture qui les avait suivis et qui s'était immobilisée sur la route.

– Ils auront donné des instructions par radio, supposa Victor. Un barrage de police va certainement nous attendre au prochain village pour nous bloquer, le temps qu'ils nous rejoignent.

– On ne va donc jamais s'en débarrasser !

– Tu plaisantes ? Avant qu'ils ne repartent d'ici, nous aurons disparu.

Victor démarra en annonçant que la suite du voyage allait être moins confortable. Un kilomètre et deux virages plus loin, il ralentit et engagea son véhicule dans la savane vallonnée qui bordait la route.

L'endroit était pierreux, les pneus n'y laisseraient pas de traces et le sol était assez humide pour que la voiture ne soulève pas de poussière. Une fois le premier relief franchi, ils seraient invisibles, mais il fallait faire vite.

Lancée comme un taureau dans l'arène, la voiture bondissait sur les reliefs avec des grincements sinistres. Cramponné au volant, Victor zigzaguait entre les buissons et les rochers. Ses malheureux passagers, secoués comme des cailloux au fond d'un tamis, luttaient de tout leur corps pour ne pas être assommés contre les parois du véhicule. Engoncée dans son exosquelette, Natacha souffrait le martyre, mais n'en montrait rien. D'interminables minutes s'écoulèrent, puis ils franchirent la crête d'une première colline derrière laquelle ils disparurent, et Victor relâcha l'accélérateur.

– Je suis désolé de vous avoir imposé ça. Tout le monde va bien ?

– Tout le monde va bien, répondit fièrement Natacha, dont le visage souriant ruisselait de sueur.

– C'est parfait. Nous aurons rejoint la côte avant la nuit. Je vais indiquer notre position au bateau.

– Vous ne craignez pas que Missoko nous localise si vous utilisez votre téléphone ? s'inquiéta un des ministres.

– Aucun risque, c'est un téléphone satellitaire, comme tous ceux que nous avons emportés. Il n'utilise pas le réseau du Gwandana. Par contre, William Hurdley et quelques autres ont accès au réseau spatial. Ils suivent notre progression au mètre près.

*

Lorsqu'ils aperçurent la mer, le ciel se couvrait d'étoiles. Par chance, un des phares de la voiture fonctionnait encore et Victor suivait avec attention la tache jaunâtre et tremblotante qu'il projetait devant lui. L'accablante chaleur du jour avait disparu et les voyageurs épuisés s'abandonnaient à la douceur du crépuscule.

Ils arrivèrent sur la plage, longue bande de sable gris, déserte et désolée. Victor coupa le moteur.

– Ils sont là, annonça-t-il. Vous les voyez ?

Ils se penchèrent en avant pour observer l'horizon au travers du pare-brise poussiéreux et découvrirent la masse sombre du garde-côte amarandais ancré tous feux éteints.

À peine furent-ils sortis de la voiture, qu'un canot pneumatique s'échouait sur le sable en crissant. Les deux marins qui le manœuvraient les aidèrent à prendre place. Cinq minutes plus tard, ils étaient hissés à bord du garde-côte, et le capitaine les entraînait dans le carré, où ils firent honneur à la généreuse collation qui les attendait.

– Messieurs, fit Victor en levant son verre en direction des trois ministres, votre mission est terminée et je vous remercie de votre collaboration.

– Je mentirais si je disais que ce fut un plaisir, rétorqua le grassouillet ministre des Finances en achevant d'engloutir un toast, mais mes collègues et moi sommes très heureux d'avoir pu vous rendre ce service.

– Où sont les remplaçants de ces Messieurs ? demanda Victor au capitaine.

– Dans leur cabine, ils ont déjà dîné.

– Faites-les venir, je vous prie.

Le capitaine disparut pour revenir accompagné de Tarik, Yasmin et Chandu, les jeunes Gwandanais qui avaient tant intéressé Emma.

– Bonsoir jeunes gens, fit Victor en s'avançant vers eux pour les saluer. Vous ne connaissez pas tout le monde, je vais vous présenter…

*

Le garde-côte devait repartir au plus vite. Avant de retourner à terre avec leurs trois guides, Victor, Axel et Emma s'accordèrent le délassement d'une douche, dont ils seraient privés les jours suivants. Natacha se fit aider par une femme de l'équipage, puis elle enfila à nouveau son exosquelette. Les membres du petit groupe regagnèrent la plage où ils découvrirent, à la lumière des étoiles, le panneau solaire qu'on venait de fixer sur le toit de leur voiture. Il allait assurer, les jours suivants, l'autonomie des jambes mécaniques de Natacha.

Après une nuit réparatrice, c'est presque insouciants qu'ils assistèrent à l'apparition du soleil sur la mer.

– Il faut partir avant la chaleur, dit Victor en secouant son tapis de sol.

Conscients de l'enjeu, ils s'empressèrent de l'imiter. Peu après, la voiture roulait à nouveau vers le sud.

– Il y a un village de pêcheurs à huit kilomètres, annonça Emma. Nous pourrons emprunter la piste qui le dessert.

– Voilà une bonne nouvelle ! se réjouit Victor. Parce que sur mon GPS, il n'y a rien.

Axel se tourna furtivement vers Tarik, Yasmin et Chandu, sagement alignés sur la banquette du fond, et qui n'avaient pas l'air d'entendre. Il avait été décidé de ne rien leur dire au sujet d'Emma et Proteus, ni la vérité, ni un mensonge, mais comme on ne pouvait pas constamment parler à mots couverts, l'option fut prise de s'exprimer librement devant eux. Ils penseraient ce qu'ils voudraient, et, s'ils se hasardaient à poser une question, il faudrait y répondre par le silence.

Toutefois, pour le moment, ils ne songeaient qu'à se tenir en retrait, intimidés par l'importance de leurs compagnons et préoccupés par l'issue de leur voyage.

Quand Victor les avait reçus pour leur proposer de rentrer chez eux avec lui, ils avaient pâli d'épouvante. Si Chandu n'avait rien à craindre, Tarik et Yasmin seraient des déserteurs. Ils savaient ce qu'ils risquaient s'ils réapparaissaient devant leurs chefs. Victor s'efforça de les convaincre que tout irait bien, puisque leur retour serait assorti d'une aide étrangère, dont il ne pouvait toutefois préciser la nature. Il ajouta qu'ils seraient substitués à trois ministres chargés de n'apparaître qu'au début du voyage pour rassurer les autorités locales. Tout cela leur parut aussi incompréhensible qu'inquiétant, mais ils comprirent que, s'ils refusaient cette offre, ils risquaient tout autant d'être reconduits chez eux, sans même l'illusion d'une protection.

La voiture bringuebalait en bordure de plage depuis une vingtaine de minutes quand le village annoncé par Emma se dessina devant eux. L'improbable apparition de leur véhicule dans cet endroit reculé causa une telle surprise que même les enfants ne bougèrent pas. Les voyageurs s'engagèrent, sans même ralentir, sur la piste qui s'enfonçait dans les terres. Leur trajet n'en serait guère plus confortable, mais au moins pourraient-ils rouler plus vite.

– Et les barrages de police ? s'inquiéta Axel. Ils ont dû bloquer toutes les routes.

– Proteus nous les signalera, répondit Emma. Nous les contournerons.

– Il les voit en direct ?

– Les satellites militaires sont assez nombreux pour surveiller n'importe quelle zone, et Proteus va les faire zoomer sur nous en permanence.

– Il va diriger nos satellites militaires ! Le Pentagone va mal le prendre.

– Le Pentagone n'en saura rien...

*

Au fil des kilomètres, la végétation verdissait et devenait plus dense : ils pénétraient dans la zone humide. Le soleil était au zénith, la chaleur sur la piste devenait insupportable, il fallait s'arrêter. Ils arrivèrent dans un village et Victor sollicita leurs jeunes guides qui prirent en charge le petit groupe. Après avoir salué le chef du village, ils entamèrent de laborieux palabres en s'adaptant au dialecte local. Enfin, le chef les convia à partager son repas familial.

Axel se croyait préparé à une telle expérience, mais lorsqu'il pénétra dans la minuscule maison, sombre et enfumée, il était oppressé. On les fit asseoir à même le sol autour d'une bassine de riz agrémenté d'une sauce brunâtre, et ils durent y puiser chacun leur tour une poignée qu'ils pressaient pour en extraire le jus. Axel était révulsé. Comment ces gens pouvaient-ils vivre ainsi ?

Il observa, tour à tour, chacun des convives, stupéfait de découvrir qu'il était seul à éprouver un tel dégoût. Même Emma, sa propre fille, ne semblait troublée en rien par cet extrême dénuement. Assistée de Tarik comme interprète, Natacha menait la conversation, qu'elle orienta très vite sur les activités agricoles de leurs hôtes. Surpris de voir une jeune Occidentale aux allures de mannequin s'intéresser à leurs méthodes de culture, ils ne cachèrent rien de leurs difficultés quotidiennes. Cet exposé n'eut toutefois rien de sinistre, tant ils s'exprimaient avec fatalisme et détachement.

Axel, surpris par leur insouciance, se mit à réfléchir. Après tout, la guerre civile était loin, et l'exploitation de leurs modestes domaines assurait à ces gens une précieuse sécurité alimentaire. La plupart avaient même un téléphone portable qu'ils rechargeaient grâce aux panneaux solaires disposés sur les toits. Ils étaient plus heureux que bien des habitants de pays développés, parqués dans les sinistres logements sociaux de banlieues-ghettos, accablés de publicités pour entretenir leur soif de consommer et leur faire avaler l'épouvantable nourriture industrielle, malsaine, grasse et sucrée, qui les faisait gonfler à en mourir.

Quand le repas et les discussions prirent fin, Tarik retint Victor de remercier leur hôte avec de l'argent, ce qui l'aurait offensé. Il lui suggéra plutôt d'offrir des stylos aux enfants, qui crièrent de joie.

Pendant le long et lent trajet de l'après-midi, les voyageurs, accablés de chaleur, n'échangèrent pas trois mots, sauf lorsque Emma leur signala la présence de véhicules militaires dans un village. Ils durent alors subir à nouveau l'inconfort d'un passage hors-piste rendu difficile par une végétation qui ne tarderait pas à devenir infranchissable. Tarik, Yasmin et Chandu s'interrogeaient sur le moyen employé par Emma pour communiquer avec ce mystérieux Proteus. Peut-être avait-elle un écouteur dissimulé dans l'oreille ?

Le soir venu, lorsqu'ils arrivèrent dans le village où ils envisageaient de passer la nuit, Tarik s'occupa de tout. Son ascendant sur Chandu était manifeste, et, s'il consultait fréquemment Yasmin, elle validait ses décisions sans hésiter. Après le dîner, et contre un peu d'argent cette fois, on libéra deux cases pour les voyageurs. Dans celle des hommes, on s'endormit très vite, sauf Axel, qui perçut le grouillement de créatures invisibles, fourmis, scarabées, araignées et cafards, qui rampaient, grattaient et chatouillaient. Horrifié, il bondit hors de la case, mais resta sur le seuil, craignant que d'autres animaux, plus gros, ne surgissent des fourrés. Comment avait-il pu se laisser entraîner par Emma dans ce pays de cauchemar ?

Son esprit s'apaisa néanmoins peu à peu et, oubliant les désagréments de son voyage, il retrouva sa froide raison d'économiste. Il songea aux villages traversés, surpeuplés de jeunes gens qui allaient bientôt procréer à leur tour. Cette partie du pays ne souffrait pas de la faim, mais cela ne durerait pas. Quand la forêt serait anéantie, et sa faune avec elle, pour faire place aux cultures, il faudrait songer à augmenter les rendements. Mais, dans les zones plus sèches, les ressources en eau se raréfiaient aussi vite que la population augmentait.

Certes, l'Afrique n'avait pas vocation à rester un parc zoologique pour le reste du monde, elle avait droit, elle aussi, à se développer, mais comment ne pas déplorer l'anéantissement programmé de sa nature sauvage pour faire face à une explosion démographique qui s'obstinait à ne pas ralentir ? Et comment s'étonner que les plus lucides et les plus audacieux cherchent à fuir ce qui était déjà devenu, par endroits, un enfer surpeuplé ?

*

Le lendemain, alors qu'ils roulaient sous le couvert d'une forêt, le moteur fit entendre une sourde explosion et la voiture s'immobilisa.

– Je crois qu'on a un problème, annonça Victor d'un ton faussement détaché.

– Ça devait arriver, grommela Axel. Je me demande comment cette antiquité a tenu si longtemps. Tu proposes quoi ?

– Je ne vais pas soulever le capot pour t'impressionner. Je n'y connais rien en mécanique, mais nos jeunes guides peut-être ?

– Non, fit Tarik. Nous n'avons jamais touché à un moteur.

– Alors on est mal. À moins qu'Emma n'ait une suggestion à faire ?

– Oui, je vais examiner le moteur.

Victor, Axel et Natacha comprirent que Proteus avait les connaissances techniques nécessaires, et qu'il allait voir par les yeux d'Emma pour la guider dans ses recherches. Tarik, Yasmin et Chandu, moins éclairés, se demandèrent seulement si quelque chose était impossible à cette énigmatique jeune fille. Deux minutes plus tard, ils s'étaient rassemblés autour d'elle, et son verdict tombait :

– La courroie de distribution a lâché.

– Je suppose que c'est grave, hasarda Victor.

– Oui, il faut démonter le moteur et changer les pièces endommagées. Ça risque d'être long. Le plus simple serait de trouver un autre véhicule.

– En effet, c'est très simple ! ricana Axel. Je vois justement un marchand de voitures d'occasion en haut de ce baobab !

Personne ne sut que proposer, quand Tarik demanda soudain à Emma :

– Où se trouve le garage le plus proche ?

Surprise, elle parut hésiter, avant de sourire.

– Il y en a un en bordure de la grand-route, à soixante kilomètres d'ici.

– Peux-tu connaître son numéro de téléphone ?

Observant Tarik avec curiosité, elle répondit :

– Il y a un téléphone portable activé à l'intérieur du bâtiment... J'ai son numéro.

– Laissez-moi les appeler, fit Tarik à Victor, sidéré.

La communication fut longue et éprouvante. Le mécanicien ne parlait que son propre dialecte mêlé à quelques mots d'anglais. Tarik eut beaucoup de mal à lui traduire les explications d'Emma sur le chemin à suivre pour les rejoindre.

– Il sera là dans trois heures, annonça-t-il enfin en rendant le téléphone à Victor.

– Avec sa dépanneuse ?

– Avec une voiture.

– Et qu'est-ce qu'il va faire une fois ici ? s'inquiéta Axel. Passer deux jours sur notre moteur ?

– Non, il va nous vendre sa voiture. Ce n'est pas ce que vous vouliez ?

Axel était médusé. Par la seule observation, ce garçon s'était adapté aux capacités d'Emma, et il venait de régler leur problème avec une intelligence exceptionnelle. Tout cela alors qu'il était analphabète. Aux yeux d'Axel, les diplômes universitaires venaient de perdre une part de leur prestige.

– Vous êtes notre sauveur ! s'enthousiasma Natacha.

Tarik parut ne pas entendre et, prenant la main de Yasmin, il alla s'asseoir avec elle sur le tronc d'un arbre mort. Les autres cherchèrent à leur tour un endroit commode pour attendre, quand Emma annonça :

– On a un autre problème.

– Ah oui ? Lequel ? maugréa Victor.

– Un convoi militaire se dirige vers nous.

*

– Tu es sûre que ce sont des militaires ?

– Oui, cinq véhicules découverts, avec des hommes en uniforme.

– Où sont-ils ?

– À environ une heure d'ici, ils viennent à notre rencontre, mais ils seront bientôt dans la forêt et je ne pourrai plus les suivre.

– Il ne manquait plus que ça ! gronda Axel. Vous croyez qu'on leur a signalé notre passage ?

– Ils passent sans doute ici par hasard, intervint Tarik, qui s'était rapproché. Tout le monde a peur des soldats dans le pays. On ne leur téléphone pas pour donner des nouvelles du village.

– Hasard ou pas, quand ils vont nous trouver, ils risquent d'être inamicaux.

– Si l'effet de la petite comédie d'Emma s'est dissipé, raisonna Victor, Missoko doit être fou de rage et il n'a rien à craindre des Amarandes. S'il nous arrivait malheur, il aurait beau jeu de dire qu'il n'est pas responsable, nous nous sommes soustraits à sa protection. Il ne faut pas que ces militaires nous trouvent.

– Avec la voiture en panne au milieu de la piste ?

– Ils ne soupçonneront pas qu'on puisse être encore ici. Ils penseront qu'on est repartis, à pied ou dans un autre véhicule. Il faut se cacher dans la forêt.

– Dans la forêt ! s'étrangla Axel. Avec toutes ces bestioles qui…

– Les pires prédateurs sont sur la piste.

– Et s'ils s'éternisent auprès de la voiture ?

– C'est peu probable. Ils vont plutôt se lancer à notre poursuite.

– Espérons-le, parce que sinon, il ne nous restera plus qu'à manger des feuilles, si on ne se fait pas dévorer avant.

– Et le garagiste ? rappela Natacha.

– On l'avait oublié, celui-là, grommela Victor. Il ne faut pas que les militaires tombent sur lui, sinon ils vont comprendre qu'on est restés près de la voiture et ils vont ratisser la forêt.

– C'est vraisemblable, opina Axel. Il faut lui dire de s'arrêter et d'attendre nos instructions. Il a certainement pris son téléphone avec lui.

– Sauf que notre histoire va l'inquiéter, surtout si on lui parle de soldats. Si on ne lui donne pas un minimum d'explications, on ne le verra jamais.

– Tarik lui dira ce qu'il faut, n'est-ce pas ?

À la surprise générale, Tarik ne répondit pas.

– Que se passe-t-il ? s'étonna Victor.

– Je n'y arriverai pas.

– Pourquoi donc ?

– Parce j'ai eu beaucoup de mal, tout à l'heure, à lui expliquer des choses très simples. Cette fois, tout ce qu'il va comprendre, c'est qu'il y a un danger, et il va repartir.

– Mais on a besoin de lui ! s'écria Axel.

– Je vais lui téléphoner, annonça Emma en tournant vers Tarik un regard embarrassé. Mais il faut d'abord partir d'ici.

La crainte l'emporta sur les autres considérations et ils s'enfoncèrent dans la forêt. Quand Victor estima qu'ils s'étaient assez éloignés, ils se regroupèrent au pied d'un grand okoumé et Emma prit son téléphone. Par chance, la communication s'établit aussitôt et elle se lança dans un incompréhensible discours.

– Tout va bien, assura-t-elle en raccrochant.

– Tu es formidable ! jubila Axel en la serrant dans ses bras.

Tarik, Yasmin et Chandu, plus mortifiés encore que surpris, tournaient vers Victor un regard chargé de reproches.

– On ne peut pas continuer ainsi, décida Emma. Je vais tout leur expliquer...

*

– Ils sont ressortis de la forêt ! claironna Emma, alors qu'ils se morfondaient depuis des heures sous leur arbre.

– C'est vrai ? se réjouit Natacha, dont l'exosquelette s'était immobilisé, les batteries vides, dans une inconfortable position.

– Tous ? insista Victor.

– Oui, les cinq voitures.

– Et s'ils avaient laissé des hommes sur place ?

– Pour surveiller une voiture en panne la nuit dans la forêt ?

– Bon, d'accord, mais on y retourne en silence.

– Il va falloir me porter, s'excusa Natacha. Je ne peux plus bouger.

Victor s'approcha d'elle et la souleva de ses bras puissants.

– Votre équipement ne pèse rien !

– J'ai des batteries de dernière génération. Elles sont très légères.

Tarik ouvrit la marche. En arrivant près de la voiture, il poursuivit seul, à pas feutrés. Mais ses précautions furent inutiles, il n'y avait plus personne.

– Tu rappelles le garagiste ? glissa Axel à sa fille.

– Pas encore. Il ne faut pas qu'il croise les soldats, et je ne sais pas où ils vont tourner. Mais ne t'inquiète pas, il nous dispensera de dormir ici.

Axel ne cacha pas son soulagement. Après sa nuit dans une case infestée de vermine, la perspective de passer la suivante en forêt l'épouvantait.

Quand la voiture de leur sauveur arriva enfin, le faisceau de ses phares perçait les ténèbres. Emma reprit son rôle de porte-parole auprès du garagiste, ébahi de la voir si bien parler sa langue. Elle lui présenta Victor, qui effeuilla devant lui l'épaisse liasse de dollars destinés à le dédommager. Ils récupérèrent leurs maigres bagages et le panneau solaire fixé sur le toit, s'entassèrent dans la voiture avec le garagiste et repartirent vers son atelier, où ils allaient passer la nuit.

*

– Votre ordinateur les a rendus fous ! s'exclama le Président face au mur vidéo du bureau ovale, sur lequel William Hurdley venait d'apparaître.

– Nous aurions pu en parler de vive voix, fit l'image sur le mur.

– Arrêtez avec ça ! On ne va pas en revenir aux signaux de fumée sous prétexte que votre machine est susceptible de nous espionner. Grand bien lui fasse ! Ce n'est pas d'elle que je viens vous parler, mais des imbéciles d'humains dont elle a fait ses pantins ! Qu'est-ce qu'ils ont derrière la tête ?

– Je l'ignore, mais jusqu'à présent, ils paraissent contrôler la situation.

– Ce n'est pas leur contrôle qui me préoccupe, c'est la situation ! Ils sont passés du statut de visiteurs d'État à celui de fugitifs, ils ont remplacé trois ministres par des miliciens fauteurs de troubles, et maintenant ils foncent droit vers une des zones les plus dangereuses de la planète ! À votre avis, il leur reste combien d'heures à vivre ?

– Sauf votre respect, Monsieur le Président, ce ne sont pas des fauteurs de troubles, mais je ne vais pas polémiquer. Quoi qu'il en soit, jusqu'à présent, ils n'ont fait de mal à personne.

– Je crois que Missoko ne leur en laissera pas le temps… Cette jeune fille prend des risques insensés. S'il lui arrive malheur, je suis prêt à en assumer la responsabilité avec vous. Mais maintenant, je m'inquiète du nombre de personnes qu'elle va entraîner dans sa perte.

– Je suis désolé de vous le rappeler, mais nous n'avons pas le choix. Il faut faire confiance à Proteus. Pour le moment, tout se passe très bien, et rien ne prouve que cela ne puisse pas continuer.

Le Président observa Hurdley, étrangement inexpressif, et il lâcha dans un soupir :

– Je me demande si vous attachez encore du prix à la vie humaine.

*

Au matin, Emma annonça que Proteus ne détectait aucun obstacle sur la grand-route. C'était une occasion inespérée de réduire la durée de leur trajet. Ils s'élancèrent sans hésiter dans le 4X4 japonais à peine cabossé dont ils venaient de faire l'acquisition.

Le trafic était pour l'essentiel constitué de camions dont beaucoup se croyaient tenus d'occuper le milieu de la route. Pour les croiser, comme pour les doubler, Victor était chaque fois contraint de rouler sur le bas-côté creusé d'ornières. Après une longue matinée de cette conduite éprouvante, ils traversèrent une petite ville et il décida d'y faire halte. Dans la rue principale, envahie de passants, de parfums, de couleurs, et bordée d'innombrables échoppes, ils trouvèrent un petit restaurant dont le patron parlait anglais. Quand le repas fut servi, ils se sentirent presque en vacances. Après tout, les militaires de la veille n'étaient sans doute passés près d'eux que par hasard, et Missoko pouvait très bien avoir choisi de les oublier. De surcroît, la surveillance exercée par Proteus les préservait de toute mauvaise surprise.

Rassasiés et détendus, ils remontèrent en voiture avec un entrain retrouvé et reprirent la route écrasée de soleil. L'après-midi passa, paisible et étouffant, quand ils atteignirent enfin l'embranchement attendu. Ils allaient s'enfoncer au cœur du Kiloumbo, la province natale endolorie de Tarik et Yasmin. Victor ralentit en quittant la route, mais le mauvais état de la piste arracha les passagers à leur somnolence.

– Eh, doucement ! protesta Axel. On n'est plus sur l'autoroute !

– Nous sommes vraiment au Kiloumbo ? fit Natacha.

– Oui, mais il n'y a pas de frontière, précisa Tarik. Enfin, pas encore…

– Je croyais que c'était la guerre civile, ça a l'air bien calme.

– Ça ne l'est pas toujours, ni partout.

– Il se peut aussi que les médias aient un peu exagéré la gravité de la situation, ajouta Axel. Le sang fait vendre.

– Sauf si le conflit dure trop longtemps, observa Victor. On finit par l'oublier.

– C'est vrai, mais cette fois, nous pourrons juger par nous-mêmes.

Deux heures de cahots plus tard, le soir tombait, et ils songèrent à s'arrêter pour la nuit.

– Il doit y avoir un village derrière cette colline, indiqua Chandu.

– Je le pense aussi, fit Victor, qui commençait à se familiariser avec ce qui était peut-être la terre de ses ancêtres.

Devant eux, la piste formait une large courbe qui contournait le relief. La végétation abondante limitait la visibilité. Victor roulait avec prudence. Il s'attendait à voir surgir une bande de gamins. Le village apparut enfin. Des maisons aux murs noircis, des toitures calcinées, un chaos d'objets sur le sol et, étendus çà et là, des hommes, des femmes et des enfants, morts.

*

– Ne regarde pas ! hurla Axel en se jetant sur Emma.

Blottie contre son père qui la serrait à l'étouffer, elle avait eu le temps d'apercevoir le corps d'un jeune enfant et elle tremblait d'effroi. Dans la voiture, nul ne bougeait, ne parlait, ne semblait même respirer. La stupeur de la mort les avait saisis et ils restaient là, pétrifiés, tandis que la nuit couvrait le village d'un voile noir.

– Qui a fait ça ? prononça Chandu d'une voix brisée.

Personne ne répondit, mais on entendit le déclic d'une portière qui s'ouvrait et Tarik sortit de la voiture.

La faible lueur du ciel lui permettait de distinguer les formes sur le sol, et il entama une lente errance autour des corps et des maisons. De temps à autre, il se baissait pour ramasser quelque chose puis reprenait sa marche. Lorsqu'il revint, il ouvrit la portière de Chandu, avança son poing vers lui et l'ouvrit. Des douilles tombèrent aux pieds de son ami.

– Des rebelles ont dû être surpris par l'armée alors qu'ils s'approvisionnaient, expliqua Tarik. Les militaires étaient plus nombreux, ils n'ont pas fait de détails.

– Tu veux dire qu'ils ont tiré dans le tas ! s'indigna Natacha.

– Disons que les villageois ont eu le tort d'être ici et d'aider des rebelles.

– C'est monstrueux !

– C'est Missoko.

– Ce n'est pas possible ! s'emporta Victor. On ne peut pas massacrer les gens comme ça !

– Si on peut ! rugit Axel électrisé. On peut, et on le fait tous les jours, ici où là, pour mille raisons ! L'homme est cruel, fou ! Et j'ai laissé ma fille venir jusqu'ici parce que je suis fou, moi aussi !

– Papa ! C'est moi qui ai voulu venir !

– Je n'aurais jamais accepté si j'étais un bon père !

– Papa, tu es un bon père !

Axel prit à nouveau Emma dans ses bras, furieux après lui-même et déchiré par la culpabilité.

*

Incapables de prendre une initiative, ils passèrent la nuit à somnoler dans la voiture. Au petit matin, des fantômes apparurent devant eux. Les villageois survivants, enfuis dans la forêt, revenaient enfin, plus morts que leurs morts. Ils portèrent un regard soupçonneux sur le véhicule de leurs visiteurs, mais ce n'était pas un modèle militaire et ils s'en détournèrent avec indifférence.

Ils marchaient comme des somnambules, entraient dans les maisons, passaient devant les corps, tombaient à genoux, puis s'inclinaient face contre terre. Une femme, couchée près d'un enfant mort, fit entendre un gémissement, un long cri de douleur, d'autres voix firent écho et, peu à peu, une plainte déchirante s'éleva vers le ciel.

Tarik, Yasmin et Chandu se dirigèrent vers les survivants les moins effondrés pour organiser les obsèques avant la nuit. Les femmes et les enfants, équipés de bidons, partirent vers la rivière pour chercher l'eau qui servirait à laver les corps. Les hommes creusèrent trois fosses communes. Indifférents à la chaleur et aux insectes qui les harcelaient, Axel et Victor participèrent à ce sinistre travail. Quand il fut achevé, on porta les corps enveloppés dans leurs linceuls jusqu'à leur dernière demeure. Puis commencèrent les prières et les chants, lents et graves. Enfin, on reprit les outils pour combler les fosses. Non loin de là, les femmes et les enfants endeuillés se tenaient devant leurs maisons, ou ce qu'il en restait.

Le soir venu, ils se réunirent devant la maison qu'occupait le défunt chef du village pour partager un frugal dîner funèbre. Assis sur des nattes, faiblement éclairés par quelques lampes à huile, les voyageurs participèrent à ce lugubre repas. De rares conversations, prononcées à mi-voix, rompaient le silence de la nuit. Un souffle fit trembler les feuilles du grand arbre qui les abritait et on entendit comme un long soupir.

*

Après une mauvaise nuit, hantée de cauchemars, les voyageurs se regroupèrent autour d'un thé brûlant et de galettes de mil. Dans la lumière rasante du soleil levant, l'air semblait poudré d'or et donnait au village l'éclat d'une féerie. Mais ils n'en voyaient rien, ils observaient Emma, dont le regard sombre trahissait la souffrance et le désarroi. L'intelligence immense et froide de Proteus n'était d'aucun secours pour soulager sa peine et lui donner la force de poursuivre, ou la sagesse de renoncer.

– Il faut quitter ce pays, souffla Axel en lui prenant doucement la main.

– Il a raison, appuya Victor. Nous n'aurions jamais dû vous laisser venir jusqu'ici. C'était l'idée d'une machine, une idée inhumaine et vous n'êtes qu'une enfant.

Emma parut ne rien entendre.

– La mort de ces gens doit t'aider à comprendre qu'il faut repartir, insista Axel.

– Non ! s'écria-t-elle. La mort de ces gens doit m'aider à comprendre qu'il faut continuer !

– Emma ! Je ne peux pas te laisser poursuivre ce voyage insensé !

– Il n'est pas insensé ! Si nous l'avons entrepris, c'est à cause de tels massacres ! Il ne faut pas rebrousser chemin ! Nous avons vu Missoko, nous devons rencontrer son adversaire !

– Qu'est-ce que ça changera ?

– Je saurai si Tarik et Yasmin ont raison, s'il est moins borné que Missoko et si nous pouvons l'aider à négocier un compromis pour mettre fin à ces atrocités.

– Comment peux-tu imaginer une chose pareille ? soupira Axel. Ton ordinateur n'est pas plus compétent que toi pour arbitrer les conflits humains. Il n'y a rien à négocier avec un tyran tout-puissant.

– Missoko n'est pas tout puissant.

– C'est le plus fort et il est au pouvoir. Comment pourrais-tu le faire plier ?

– Je ne sais pas encore, mais je dispose de la formidable intelligence de Proteus et je dois m'en servir. Il faut poursuivre ce voyage jusqu'à son terme.

– Ou jusqu'à la mort.

– Je suis sûre qu'on s'en sortira.

Un sourire attendri glissa sur le visage d'Axel. Que pouvait-il répondre sans se montrer craintif ? Avait-il le droit de couper les ailes que Proteus donnait à sa fille ?

Une heure plus tard, ils étaient repartis.

*

Ils traversèrent une zone de cultures et de plantations que Natacha observa avec une attention toute professionnelle. Plus loin, la piste entra dans une forêt d'une extraordinaire beauté. Le sol était couvert d'une infinie variété de plantes aux mille nuances de vert. Des touffes de larges feuilles éclataient çà et là, au pied d'arbres gigantesques dont les énormes troncs s'élançaient, comme les piliers d'une cathédrale, vers une voûte de feuillage. De petits singes roux et des oiseaux multicolores se disputaient les branches, d'où ruisselaient des lianes et des grappes d'orchidées. Dans ce lieu préservé, la nature sauvage livrait au regard son innocente splendeur.

– Que c'est beau… s'émut Natacha.

– Sais-tu à quel rythme on déboise ce pays ? insinua tristement Axel.

– Je préfère l'ignorer.

– Quel malheur qu'ils fassent autant d'enfants ! reprit-il. Pour les nourrir, ils sont contraints de raser leurs forêts et de détruire l'écosystème. Mais après, que feront-ils ? La population de l'Afrique va quadrupler durant ce siècle. Pauvre planète ! Dans quel état sera-t-elle en 2100 ?

– L'Afrique n'est pas seule responsable, intervint Emma.

– Comment ça ? Si la population terrestre progresse à ce rythme dément, c'est surtout à cause de l'Afrique.

– C'est vrai aujourd'hui, mais la population africaine a stagné pendant des siècles. En deux cents ans, nous sommes passés de un à sept milliards d'humains, sans que l'Afrique y soit pour grand-chose. Nous serons bientôt dix milliards, mais il n'y aura pas que des Africains.

– Ce n'est quand même pas une raison pour les encourager !

– Je n'ai pas dit ça. Les Africains éduqués sont d'ailleurs les premiers à déplorer l'explosion démographique sur leur continent. Mais les problèmes de la Terre sont loin de se limiter à l'Afrique. Bien plus que l'accroissement de la population, c'est le mode de vie des pays riches qui nous menace. Nous pourrions vivre à douze ou quinze milliards sur la Terre, mais dans une frugalité dont personne ne veut. Les riches ne pensent qu'à rester riches et les pauvres veulent leur ressembler. C'est peut-être légitime, mais c'est impossible en étant si nombreux. Une production industrielle pour dix ou douze milliards de riches exigerait cinq ou six planètes de plus. On rêve de transformer Mars ou d'autres mondes pour qu'ils deviennent habitables, mais tout ce que l'on parvient à faire, c'est rendre le nôtre inhabitable. Les dix pour cent les plus riches, dont nous sommes, sont responsables de presque tous les dommages. Notre industrie et nos transports épuisent et empoisonnent la Terre, tandis que la moitié la plus pauvre de l'humanité n'y touche quasiment pas, sinon pour se nourrir, et sans recourir à notre agriculture industrielle, avec ses labourages profonds, ses engrais et ses pesticides, qui changent les campagnes en déserts biologiques.

– Des millions de gens dénoncent déjà tout ça, glissa Natacha, surprise de voir Emma aborder son champ de compétences. L'agriculture biologique et la permaculture gagnent chaque jour du terrain.

– Oui, mais pas assez vite, mon père a raison sur ce point. Avec 80 millions de bouches en plus à nourrir chaque année, avec la faim de viande des uns, d'agrocarburants des autres, la production agricole est condamnée à toujours augmenter, et la destruction de la nature se poursuit sans trêve, ici comme ailleurs. Il n'en restera bientôt plus rien. Les sols deviennent stériles, les eaux empoisonnées. L'air se vide de ses insectes et de ses oiseaux, la mer de ses poissons. La biodiversité disparaît et notre modeste lutte contre le réchauffement climatique n'y changera rien.

– Eh bien ! s'exclama Victor. Que vais-je pouvoir ajouter à ce concert de lamentations ? Et si je disais que les habitants des pays riches et vieillissants sont bien contents d'accueillir les travailleurs des pays pauvres pour payer leurs retraites ?

Emma échangea un regard embarrassé avec son père, qui répondit :

– Ce n'est plus vrai.

– Pourquoi donc ?

– Parce qu'il n'y a pas de pays vieillissants, c'est une expression trompeuse qui me révolte. Il n'y a que des pays dont la population dégonfle enfin. La proportion de jeunes y est provisoirement plus faible, mais les vieux ayant vocation à disparaître, le prétendu vieillissement du pays s'évanouira avec eux.

– Peut-être, mais en attendant, on fait comment pour les retraites ?

– On fait comme les Japonais, reprit Emma. Ce ne sont pas les immigrés qui payent leurs retraites, parce qu'ils ne veulent pas d'étrangers chez eux. Ce sont les robots, dont les retraités sont propriétaires par le biais de leur épargne, qui travaillent pour eux, comme aux Amarandes. La population japonaise diminue au même rythme que son empreinte écologique, elle s'est libérée de la quête d'une croissance sans fin, elle n'a plus besoin de cette drogue mortifère pour préserver son niveau de vie.

– Ce serait la même chose dans les autres pays développés, ajouta Axel, si les robots cessaient de n'y travailler que pour une minorité. La plupart des départs en retraite ne sont plus compensés par de nouvelles embauches, mais par des logiciels ou des automates. Il n'y a jamais eu autant d'hommes sur Terre, et on n'a jamais eu moins besoin d'eux. Quelle ironie !

– Si j'ai bien compris, grinça Victor, les travailleurs des pays riches se font remplacer par des robots, et les habitants des pays pauvres n'ont plus qu'à rester dans leurs bidonvilles ?

– C'est à peu près ça.

– Mais c'est monstrueux !

– Non, fit Emma, c'est intenable. Si les machines libèrent les habitants des pays riches, ces derniers ne pourront plus ignorer le reste du monde. Ils ne pourront pas à la fois ravager la planète par leur surconsommation et y vivre en rentiers. Ils devront partager, non pour que les autres leur ressemblent, mais pour qu'ils soient assez bien chez eux et aient envie d'y rester.

– Houlà ! s'écria Axel. C'est toi ou Proteus qui nous idéalise ? Tu espères vraiment que l'humanité tout entière va se mettre à partager fraternellement les ressources de cette planète au motif que c'est une bonne idée ?

– Papa, si j'avais prôné, en d'autres temps, l'abolition de l'esclavage ou le droit de vote des femmes, tu te serais moqué de moi de la même façon ?

– Euh… probablement, oui. Je suis sans doute trop vieux pour croire encore en l'homme. Pourtant, tu as raison. Le monde change quelquefois. Mais j'observe que même les riches des pays pauvres, qui sont pourtant les premiers concernés, se montrent bien peu disposés à partager. Et je me refuse à accabler les pays occidentaux. Nous faisons beaucoup d'efforts pour réduire l'impact écologique de nos activités, et nous aidons depuis longtemps les pays pauvres, même si les résultats sont souvent décevants.

– Les résultats sont à la hauteur de nos efforts. Nous dépensons cent fois plus pour subventionner notre agriculture industrielle et entretenir nos armées. Lâcher des bombes ou envoyer des casques bleus et quelques vivres ne suffit pas. Il faut faire bien davantage si nous voulons que les plus courageux cessent d'affluer chez nous, et que les plus haineux cessent d'alimenter un terrorisme pauvrement déguisé en guerre de religion. Nous ne pouvons pas abandonner ces gens, il faut les aider, même si cela nous coûte. Sinon, tôt ou tard, ils nous entraîneront avec eux dans le chaos, parce qu'ils ont la force du nombre et l'énergie du désespoir.

– Tu me fais peur, gémit Axel.

– Pourquoi ?

– Parce qu'aucun danger ne te fera reculer.

*

La végétation devenait plus dense, comme si elle cherchait à étouffer la piste, qui ne cessait de rétrécir. Au détour d'un virage, Victor vit deux 4X4 couverts de boue qui lui barraient le passage. Au pied des véhicules, des hommes armés les regardaient approcher.

– C'est là que nos ennuis vont vraiment commencer, maugréa-t-il.

– Ne dites rien, ordonna Tarik. Ne sortez pas du véhicule, ne faites aucun mouvement brusque et laissez-moi leur parler.

Victor s'arrêta, Tarik ouvrit sa portière et sortit sans hâte. Celui qui devait être le chef se dirigea vers lui et ils échangèrent dans leur dialecte familier.

– Qui êtes-vous ? demanda l'homme. Que venez-vous faire ici ?

– Nous venons vous apporter de l'aide.

– Tu n'as pas répondu à ma question !

– Je suis Tarik, je suis des vôtres, et l'homme au volant est le Vice-Président de la République des Amarandes.

– Et moi je suis la reine d'Angleterre ! ricana l'homme. Et les autres, qui sont-ils ?

Le dialogue se poursuivit. Les réponses que donnait Tarik renforçaient la méfiance du milicien, et, quand il fut question de rencontrer James Diakoundé, il s'écria :

– Diakoundé ! Vous voulez l'assassiner ?

– Ça suffit ! gronda Tarik à bout de patience. Tu vas nous conduire jusqu'à son campement ! Tu n'as pas idée des ennuis que tu auras si tu ne le fais pas.

Impressionné par le ton de Tarik, l'homme se radoucit.

– Bon, d'accord, on va voir un de ses lieutenants, c'est lui qui décidera.

– Si tu veux, mais nous sommes pressés.

– Eh ! doucement ! Tes explications ne m'ont pas convaincu. Pour moi, tu es un déserteur, peut-être un traître. Rien ne me prouve que tu dis vrai. On va commencer par vous fouiller, inspecter le véhicule et confisquer vos téléphones.

– Comme tu voudras, grommela Tarik, mais ne bouscule pas ces étrangers, ce sont des gens importants.

Une des femmes de la troupe commença à fouiller Natacha et découvrit avec stupeur l'exosquelette que recouvrait son pantalon. Tarik vit la scène et intervint aussitôt pour expliquer à quoi servait cet appareil.

– Qui me dit qu'il n'y a pas un émetteur dans son truc ? répliqua le chef. Qu'elle l'enlève !

– Ce n'est pas possible ! intervint Yasmin. Vous ne pouvez pas exiger ça.

– Chef ! s'écria un des hommes qui inspectait le soubassement de la voiture. J'ai trouvé quelque chose !

Il se releva, tenant dans la main un petit boîtier noir, muni d'une courte antenne.

– Pourriture ! rugit le chef en se jetant sur Tarik. Ordure ! fumier ! je vais te crever !

– Je n'y suis pour rien ! se défendit Tarik. Ce n'est pas moi ! C'est l'homme qui nous a vendu la voiture ! Il devait être un indicateur de la police !

– Tu imagines une seconde que je vais te croire, charogne ?

– Il dit la vérité ! s'écria Emma dans le dialecte des deux hommes.

Ils s'immobilisèrent, stupéfaits.

– Comment connais-tu notre langue ? s'inquiéta le chef.

– Je ne pourrai le dire qu'à Diakoundé, répliqua Emma avec une tranquille assurance, tu dois nous conduire jusqu'à lui, et vite.

Décontenancé, le chef l'observa avec attention. Elle ne baissa pas les yeux.

– D'accord, soupira-t-il. Je vais vous emmener là où j'ai dit, mais on va d'abord éteindre vos téléphones et casser ce truc.

– Non ! protesta Emma. Ne détruis pas cet émetteur.

– Pourquoi ?

– Il ne faut pas qu'ils sachent qu'on l'a découvert.

– Et qu'est-ce qu'on va en faire ?

*

La vibration de sa montre réveilla Tom. Lorsqu'il vit le numéro qui s'affichait sur l'écran, il sortit du lit avec précaution pour ne pas réveiller Audrey, quitta la chambre en hâte et effleura le verre de sa montre pour prendre l'appel.

– Qu'est-ce qui ne va pas ? murmura-t-il en se dirigeant vers le salon.

– Monsieur, fit une voix inquiète, nous n'avons plus aucun contact. Leurs téléphones viennent d'être coupés, nous ne savons plus où ils sont.

– Qu'est-ce que vous dites ? Ils ont eu un accident ?

– Non, ils étaient immobiles lorsque c'est arrivé, et leurs appareils se sont éteints à plusieurs secondes d'intervalle.

– Où étaient-ils ?

Après un silence, la voix annonça :

– Dans une zone réputée dangereuse.

– Je m'y attendais. Ils sont allés se jeter dans la gueule du loup, et le loup a confisqué leurs téléphones. Vous avez prévenu Monsieur Hurdley ?

– Oui, Monsieur.

– Très bien. Rappelez-moi dès que vous aurez du nouveau.

Tom se laissa tomber dans un des fauteuils du salon. Qu'allait-il dire à Audrey ? Comment allait-elle réagir ? Que faire maintenant ? Perdu dans ses pensées, les yeux mi-clos, il sentit une main se poser doucement sur son épaule.

– Que se passe-t-il ? l'interrogea Audrey.

Il se leva, fit quelques pas dans la pièce, puis, se tournant vers elle, lui révéla ce qu'il venait d'apprendre. Audrey ne prononça pas une parole et repartit vers sa chambre. Tom hésita à la suivre. Sans doute lui en voulait-elle, même s'il n'était pour rien dans ce qui arrivait. Il attendit un moment, puis, jugeant absurde de passer la nuit au salon, il regagna la chambre.

Assise au bord du lit, près d'une lampe de chevet devant laquelle se découpait sa silhouette, Audrey semblait méditer. Tom n'osa s'approcher d'elle et il prit place dans le fauteuil qui occupait un angle. Alors, d'une voix menaçante, elle annonça :

– Je vais aller voir William Hurdley.

*

Le lieutenant de Diakoundé perçut très vite le caractère extraordinaire de ses visiteurs. Il commença par discuter en anglais avec Victor, qui lui parut susceptible d'être réellement un chef d'État, mais quand Emma se mit à lui décrire les armes dont disposaient ses hommes, il eut presque peur. Cette enfant étrangère savait tout de leur matériel : sa portée utile, la capacité du chargeur de chaque modèle et même certains de ses défauts. Et puis il y avait sa connaissance de la langue locale, aussi inexplicable que la présence de cette femme à la beauté irréelle et aux jambes de carbone. Seul Axel lui parut terne, inintéressant, et donc suspect.

Le camp de James Diakoundé était beaucoup trop éloigné pour qu'ils l'atteignent avant le soir, ils passèrent la nuit sur place. Le lendemain matin, Emma et ses compagnons reprirent leur voiture, escortée par cinq autres véhicules. James Diakoundé, averti par radio, fit savoir qu'il les recevrait dès leur arrivée.

Les pistes qu'ils empruntaient se diluaient peu à peu dans l'épaisse végétation, la canopée masquait le ciel, leur convoi était invisible et semblait égaré. Enfin, ils découvrirent, entre les arbres, un camp de tentes et de huttes sommaires. Des miliciens s'affairaient, d'autres se tenaient assis par petits groupes. Ils étaient arrivés.

Les voitures de l'escorte se rangèrent de côté, laissant Victor poursuivre jusqu'à une large tente encadrée de gardes. Il ralentit, s'arrêta à quelques mètres de leurs silhouettes menaçantes, et les pans de toile qui fermaient la tente s'écartèrent.

James Diakoundé parut. Il toisa Victor qui descendait de voiture. La ressemblance entre les deux hommes était frappante. Même haute stature, même visage énergique, même regard assuré.

– Bonjour Monsieur le Vice-Président, fit Diakoundé en gratifiant Victor d'une vigoureuse poignée de main.

Les présentations faites, Diakoundé confia Tarik, Yasmin et Chandu à son aide de camp et il entraîna ses visiteurs dans sa tente.

*

En pénétrant dans l'immense bureau de William Hurdley, Audrey, mâchoire et poings serrés, était bien décidée à faire plier le vieil homme. Elle avait trop subi, trop accepté. Cette fois, il céderait.

Lorsqu'il la vit entrer, il comprit à l'éclat de son regard qu'elle allait lui poser un problème.

– Bonjour Madame Woodstone, fit-il d'une voix suave en se levant pour la rejoindre.

– Bonjour Monsieur Hurdley, lança-t-elle en marchant droit vers lui.

Elle lui serra la main avec une énergie hostile et négligea de s'asseoir dans le fauteuil qu'il lui présentait.

– Que puis-je faire pour vous ?

– Je veux retrouver ma fille !

– Je comprends votre inquiétude, mais…

– Non ! Vous ne comprenez rien ! Je veux retrouver ma fille ! Vous allez m'organiser une expédition, un débarquement, une guerre s'il le faut, mais je veux ma fille ! Vous comprenez ça ?

– Madame Woodstone, soyez raisonnable…

– J'en ai assez d'être raisonnable ! Vous allez faire ce que je vous dis !

– Ce n'est pas possible.

– C'est possible ! Votre ordinateur infernal est capable de tout ! Je veux retrouver ma fille !

– Je vous dis que ce n'est pas possible. Et rien ne prouve qu'elle soit en danger.

– Rien ! explosa Audrey. Elle a disparu en pleine guerre civile et rien ne prouve qu'elle soit en danger ! Que vous faut-il de plus ? Son cadavre ?

– Elle n'est pas seule et elle dispose toujours des ressources de Proteus.

– Proteus ? Mais qu'est-ce qu'il peut faire pour elle, sans armes, en pleine jungle ? Il faut y aller, il faut envoyer un commando, des Marines, toute l'armée, mais il faut la retrouver avant qu'il ne soit trop tard ! Vous avez tué votre fille, je ne vous laisserai pas tuer la mienne !

– Je n'ai pas tué ma fille ! rugit Hurdley, les yeux injectés. Je vous interdis…

– Vous l'avez fait mourir !

– C'est faux ! J'aimais ma fille, elle était ma fierté, je voulais seulement qu'elle donne le meilleur d'elle-même.

– Vous l'avez détruite avec vos exigences folles, comme vous avez détruit votre femme !

– Assez ! Sortez !

– Non ! Je ne sortirai pas !

Rouge de colère, Hurdley s'avança vers elle, menaçant, quand une grimace de douleur lui déforma le visage. Il porta les mains à sa poitrine et s'effondra.

*

Dès le premier regard, Emma eut l'intuition que Diakoundé était conforme à l'image que Tarik et Yasmin en avaient. Aussi décida-t-elle, pour le mettre en confiance, et parce qu'elle n'avait plus rien à perdre, de tout lui dire sur Proteus, les Amarandes et le rôle de médiateur qu'elle espérait jouer. D'abord incrédule, Diakoundé fut très vite fasciné. Emma était extraordinaire. Une enfant de son âge ne pouvait savoir tant de choses, maîtriser autant de langues et tenir de tels raisonnements. Aussi incroyable que cela paraisse, son histoire d'ordinateur devait être vraie, et le reste aussi, parce qu'aucune autre explication n'était envisageable. Meneur d'hommes aguerri, dont la vie quotidienne était simple et rude, Diakoundé se voyait brusquement privé de repères. Il entrait dans l'univers inconnu de ses étranges visiteurs.

Lorsqu'Emma entreprit de l'interroger, il était dans de telles dispositions qu'il répondit avec spontanéité et franchise. Il confessa sans embarras ses doutes et ses faiblesses. Certes, le Kiloumbo était en partie contrôlé par ses troupes, qu'il dirigeait depuis ce camp principal, mobile et invisible de l'aviation de Missoko, mais le conflit durait depuis trop longtemps et le découragement gagnait du terrain. La désertion de Tarik et Yasmin n'était pas un cas isolé, l'usure du temps faisait son œuvre et Missoko le savait. Le dictateur ne prenait plus aucun risque, sûr de la victoire finale. Diakoundé s'efforçait de ménager autant ses troupes que la population civile, dont le soutien lui était indispensable et pour laquelle il se battait, mais elle souffrait chaque jour davantage de ce conflit sans fin, qui perdait son sens. Fallait-il renoncer ?

En se livrant ainsi, Diakoundé exprimait une humanité dont Missoko était dépourvu. Emma et ses compagnons reprirent espoir. Leur voyage allait peut-être servir à quelque chose. Emma rappela néanmoins que, dans un premier temps, elle ne ferait qu'observer, car elle n'en savait pas assez sur la situation locale pour trouver des leviers de négociation avec Missoko. Diakoundé fut alors pris d'un doute mais il le chassa bien vite, et leur long entretien s'acheva. La nuit tombait.

On mit deux tentes à la disposition des voyageurs. Lorsqu'ils se retirèrent, on leur rendit leurs téléphones. Ceux-ci étant indétectables par les hommes de Missoko, ils les rallumèrent.

*

Le cardiologue affecté à la villa s'était précipité avec deux infirmiers auprès de Hurdley. Bouleversée, Audrey avait répondu aux questions du médecin avant de quitter la pièce en hâte comme une criminelle. Elle gagna la terrasse qui dominait la mer. Son téléphone sonna, elle vit le nom de Tom sur l'écran.

– Ils sont reconnectés ! annonça-t-il.

– Quoi ?

– Victor m'a envoyé un message. Tout va bien, tu peux appeler ta fille quand tu veux.

L'émotion submergea Audrey. Elle allait presser la touche d'appel d'Emma, quand un bruit assourdissant se fit entendre. L'hélicoptère sanitaire dépêché pour évacuer Hurdley passait juste au-dessus d'elle, il contourna la villa et se posa de l'autre côté. Audrey passa son appel.

– Emma ?

– Oui maman, bonsoir. Ou plutôt, bonjour.

– Emma, tu vas bien ?

– Mais oui, je vais bien.

– Où es-tu ?

– Dans la forêt, en sécurité.

– Pourquoi aviez-vous éteint vos appareils ?

– Pour rassurer les gens sur nos intentions. C'est fait.

– Quels gens ? Pas des rebelles, quand même ?

– Si maman, des rebelles, mais ne t'inquiète pas, ils ne nous veulent aucun mal.

– Eux peut-être, mais les soldats ? Emma, ils sont en guerre !

– Je sais maman, c'est pour ça que je suis ici.

– Emma ! Pourquoi prends-tu autant de risques ?

– Maman, s'il te plaît, ne recommence pas…

La conversation se poursuivit un long moment. Audrey tremblait toujours, partagée entre le soulagement et la peur de l'avenir. Sa fille était sauve alors qu'elle venait d'entrer dans l'œil d'un cyclone. Il n'y avait plus qu'à espérer qu'elle en sorte aussi facilement. C'était de la folie, mais le monde semblait vouloir se plier aux volontés d'Emma. Le charme opérerait-il toujours ?

*

Victor, Natacha et Axel suivaient Diakoundé et Emma dans leurs déplacements aux alentours du camp. L'ennui les gagnait. L'ennui et une gêne croissante. Dans un pays en pleine guerre civile, leur allure de touristes avait quelque chose d'indécent. Diakoundé peinait d'ailleurs à justifier leur présence, hormis celle de Natacha, dont l'expertise en matière agricole éveillait le plus vif intérêt chez ses interlocuteurs. Mais lorsque Emma, une enfant, apparaissait devant les villageois, personne ne comprenait ce qu'elle pouvait faire là. Elle s'efforçait pourtant de rester en retrait, observant sans rien dire, dans l'attente anxieuse d'une idée ou d'un événement qui la conduirait à agir.

Réduite à ce rôle passif, elle se détachait peu à peu de son environnement. Son corps était là, mais son esprit avait rejoint Proteus. Ses sens ne lui transmettaient plus que des signaux atténués, lointains, presque étrangers. Quand elle vit Diakoundé s'agiter et ses hommes pousser des exclamations en brandissant leurs armes, elle ne réagit pas. Ils bougeaient devant elle, comme dans un rêve, jusqu'au moment où elle sentit une main se refermer sur son bras et l'entraîner dans une voiture. Le camp rebelle venait d'être bombardé avec une incroyable précision et les survivants étaient pris d'assaut par les troupes gouvernementales, dix fois supérieures en nombre.

Axel, Victor et Natacha n'eurent pas le temps de réfléchir. On les poussa à leur tour dans les voitures et le convoi s'ébranla. Diakoundé menait le véhicule de tête à un train d'enfer. Emma avait une expression étrange qui inquiéta Axel. Ce n'était pas la peur qu'il lisait sur son visage, mais une expression de culpabilité qu'il ne s'expliquait pas.

À l'approche du camp, Diakoundé ralentit, chercha du regard un endroit favorable et, d'un coup de volant, enfonça sa voiture dans la végétation pour la dissimuler. Les autres firent de même un peu plus loin et tous se regroupèrent sur la piste. On entendait des tirs sporadiques d'armes automatiques. Les rebelles résistaient encore.

Deux hommes partirent en éclaireurs. Les tirs se rapprochaient mais devenaient plus rares, écho d'une ultime résistance ou indice qu'on achevait les blessés. Axel frémit pour Emma, mais que pouvait-il faire ? Rester sur place avec elle ne la préserverait pas du danger.

Soudain, les éclaireurs se retournèrent, firent un geste bref, et s'engouffrèrent dans les fourrés. Prudemment, les autres les rejoignirent.

– Les salopards ! grimaça Diakoundé, lorsqu'il découvrit la colonne de blindés légers stationnés sur la piste. Ils ont amené tout leur matériel ! Comment ont-ils pu nous surprendre ainsi ?

– Je crains de le savoir, fit Emma d'une voix à peine audible.

*

Les soldats étaient partout, innombrables, sûrs d'eux, triomphants. Le petit groupe n'avait d'autre choix que de s'enfoncer dans la forêt. Mais la nuit allait bientôt les dissimuler et Diakoundé jugea inutile de s'éloigner.

– Nous allons attendre ici, ordonna-t-il. Le terrain sera sans doute bientôt dégagé. Les soldats n'ont aucune raison de s'éterniser.

– Je peux les voir de nuit, souffla Emma.

– Comment ça ?

– Il fait trop chaud dans la journée pour les distinguer de leur environnement, mais la nuit, les caméras infrarouges des satellites les voient même sous les arbres.

– Tu ne te reposes jamais ? s'inquiéta Axel.

Il tremblait pour elle, mais il était plus encore transporté de fierté. Emma était incroyable. Perdue en pleine nuit avec un groupe de rebelles, dans une forêt remplie d'insectes répugnants, de serpents, de fauves et de soldats ennemis, elle affichait la même sérénité que si elle était dans sa chambre à jouer du piano. Où trouvait-elle cette assurance ? Certes, Proteus lui apportait sans cesse de précieuses informations, mais il ne la protégeait en rien des dangers qui rôdaient autour d'elle. Une chance, songea-t-il, que sa mère ne soit pas là pour voir ça.

– Ils s'en vont, murmura-t-elle tout à coup.

– Déjà ? s'étonna Diakoundé. Vous êtes sûre ?

– Certaine. Ils n'ont sûrement pas envie de passer la nuit ici.

– On les comprend, soupira Axel.

Diakoundé fit préparer ses hommes. Tenus à l'écart de ses échanges avec Emma, ils ne comprenaient pas comment leur chef pouvait se risquer à une telle imprudence, mais ils s'exécutèrent sans protester.

Dans le camp dévasté, les cadavres étaient partout, certains affreusement déchiquetés par les bombes qui avaient labouré le sol et pulvérisé les frêles baraquements. Mais la nuit masquait la couleur du sang. Diakoundé disposa ses hommes en ligne, ils allumèrent leurs lampes-torches et entamèrent la recherche d'éventuels survivants.

Emma évitait de regarder les corps étendus à ses pieds. Elle craignait trop de reconnaître un de leurs compagnons de voyage. Son attention se portait plus loin et elle ne tarda pas à découvrir ce qu'elle cherchait.

– Il faudrait vérifier quelque chose, suggéra-t-elle à Diakoundé.

– Quoi ? grogna-t-il.

– La voiture.

– Laquelle ?

– La nôtre.

Intrigué, il suivit Emma jusqu'à la carcasse retournée de la voiture que Victor avait conduite jusque-là.

– Et maintenant ?

– Elle a été secouée, fit Emma. Il n'est pas certain qu'on trouve encore quelque chose, mais on peut quand même chercher.

– Qu'est-ce qu'il faut chercher ?

– Un second émetteur.

– Quoi ?

– Ce n'est qu'une hypothèse.

– Cherchez, vous autres ! ordonna-t-il à ses hommes. Regardez partout !

Ils grimpèrent sur la voiture renversée et entreprirent une recherche méticuleuse à la lumière de leurs torches. Dix minutes plus tard, ils redescendaient, bredouilles.

– Je préfère ça, grommela Diakoundé, mais on ne sait toujours pas…

– L'intérieur ! commanda Emma. Il faut aussi fouiller l'intérieur.

Diakoundé approuva d'un hochement de tête et deux hommes entrèrent dans le véhicule pour arracher les garnitures.

Leur travail de destruction allait s'achever, quand l'un d'eux poussa un grognement. Il reparut, un petit objet serré dans son poing. S'immobilisant devant Diakoundé, il ouvrit la main.

*

Emma et ses compagnons étaient anéantis. Ils avaient transporté la mort, et les hommes de Diakoundé avaient manqué de vigilance. Quant à Proteus, il avait suggéré trop tard à Emma la possibilité d'un second émetteur. Elle était accablée de découvrir qu'il n'était pas infaillible. Devrait-elle encore se fier à lui ?

Elle avait recommandé, trois jours plus tôt, de placer le premier émetteur sur un camion de passage, mais cette pauvre ruse n'avait servi à rien. Ils avaient joué de malchance en changeant de voiture. Grâce à eux, Missoko avait localisé la cible qu'il cherchait à détruire depuis longtemps. Décimés, les rebelles ne s'en relèveraient pas. Sûres de la victoire, les troupes de Missoko allaient écumer la région jusqu'à l'anéantissement des dernières poches de résistance.

Emma tournait comme une somnambule autour de la voiture. Axel et Natacha avaient tenté de l'approcher pour la réconforter, mais elle les avait brutalement repoussés : elle voulait être seule avec ses remords. Dans sa confiance aveugle en Proteus, elle avait cru qu'il saurait lui souffler un habile plan de paix, mais, au lieu de résoudre un problème, il l'avait transformé en catastrophe.

Un homme vint discrètement annoncer à Victor et Axel que Tarik, Yasmin et Chandu faisaient partie des victimes. Axel baissa la tête. Comment Emma allait-elle réagir à ce malheur de plus ? Victor se tourna vers Natacha, dont l'exosquelette venait de s'immobiliser. Ils échangèrent un regard accablé.

Enfin, les hommes de Diakoundé se regroupèrent autour de lui. Ils n'avaient trouvé aucun survivant. S'il en restait, ils s'étaient enfuis, et mieux valait faire de même car les soldats allaient sans doute revenir à l'aube pour fouiller le camp. Diakoundé approuva. Ils s'apprêtèrent à regagner les voitures, quand Emma, affolée, s'écria :

– Et nos amis ? Vous les avez retrouvés ?

– Ils sont morts, répliqua sèchement Diakoundé.

Elle chancela sous le choc, mais se reprit aussitôt et commanda :

– Je veux les voir !

– À quoi bon ?

– Je veux les voir ! Il faut les enterrer !

– Pas le temps.

– Je veux les voir !

Diakoundé ne prit pas la peine de répondre. Il allait donner le signal du départ, quand Emma lui lança :

– Qu'allez-vous faire maintenant ?

– Je n'en sais rien ! Je sais seulement que je vais me passer de votre aide. Vous en avez fait assez pour nous.

– Vous n'avez pas le droit d'abandonner !

– Qui vous parle d'abandonner ? Et de quel droit venez-vous me faire la leçon ? Vous prétendiez m'obtenir des relations d'égal à égal avec Missoko, et tout ce que j'ai reçu de vous, c'est ce champ de cadavres ! Quel arrangement pourrai-je bien négocier avec lui maintenant ?

Emma se tut. Quelque chose, à nouveau, passait entre elle et Proteus, mais un doute la saisit. Fallait-il encore l'écouter ? N'avait-il pas montré ses limites ? Allait-il rétablir la situation ou les faire tous mourir ?

– Vous ne pouvez plus négocier avec Missoko, lâcha-t-elle d'une voix hésitante, effrayée de ce qu'elle allait annoncer.

– Alors quoi ? s'impatienta Diakoundé.

– Vous pouvez le détruire.

*

On n'entendit soudain que le bruissement de la forêt. Personne ne savait que répondre à une affirmation aussi absurde et inattendue.

– Le détruire, répéta enfin Diakoundé d'un ton hostile. Avec quoi ?

– Avec les troupes qui vous restent.

– À un contre cent ?

– Missoko est détesté, sa chute fera le bonheur de tous les Gwandanais, hormis ses complices. Le gros de ses troupes est ici, bien décidé à vous anéantir. Si vous restez, c'est ce qui va se produire. Il faut rassembler vos hommes au plus vite et aller frapper le serpent à la tête. Si vous parvenez à l'attaquer par surprise dans son palais, vous n'avez pas besoin d'être nombreux.

– Vous êtes folle ! Comment atteindrons-nous la capitale sans être interceptés ? Vous n'avez même pas été capable de venir jusqu'ici sans vous faire suivre.

– Missoko a su exploiter sa chance, mais la chance peut tourner, et j'ai le moyen de transporter vos troupes jusqu'à la capitale en toute discrétion.

– Je n'en doute pas une seconde ! ricana Diakoundé.

– Il y a une importante concession pétrolière américaine non loin d'ici, poursuivit Emma.

– Et alors ?

– Alors, elle reçoit régulièrement du matériel par des camions autonomes dont Proteus peut prendre le contrôle.

– Il y a des camions autonomes ici ? s'étonna Axel.

– Oui. Quelques compagnies étrangères les utilisent. Ces véhicules ne peuvent trouver leur chemin que sur les routes et les rares pistes cartographiées, mais ils sont beaucoup plus sûrs que les autres. Il n'y a pas de chauffeur à rançonner, et on ne peut pas les voler puisqu'ils n'ont pas de cabine. Ils évoluent le plus souvent par convoi entre ici et le port de la capitale. Personne ne les dérange, ni l'armée, ni la police, personne.

– Et tu veux les utiliser pour envoyer encore des hommes à la mort ?

– Je ne veux pas leur mort, je veux les sauver. Qu'ils restent ici ou qu'ils déposent les armes, ils seront massacrés. Missoko sera sans pitié. La contre-attaque est leur dernière chance.

– Sur ce point, elle a raison, admit Diakoundé.

– Vous l'approuvez ! s'exclama Axel, épouvanté.

– Oui.

– Mais vous êtes tous fous ! Emma, tu dois reconnaître ton échec et cesser de jouer au chef de guerre ! Je t'en prie, rentrons à la maison avant que je ne te ramène à ta mère dans un cercueil !

– Vous discuterez de ça plus tard ! s'exclama Diakoundé. Il faut partir !

*

Les jours suivants furent pour Axel un long cauchemar. Emma, indispensable à Diakoundé et à ses hommes, ne les quittait plus. Éclairés par les images satellite de Proteus, ils jouaient une redoutable partie de cache-cache avec les troupes de Missoko. La moindre rencontre aurait été fatale au petit groupe. Malgré cela, Victor et Natacha restaient du voyage car ils ne voulaient pas se séparer d'Emma. Axel en fut d'autant plus touché qu'il ne voyait pas en quoi leur présence pouvait renforcer la sécurité de sa fille.

Natacha avait retrouvé avec soulagement l'usage de ses jambes mécaniques, qu'elle rechargeait aux panneaux solaires près desquels ils faisaient halte. Pendant ce temps, Diakoundé visitait les camps que l'armée n'avait pas encore découverts. Il y choisit les combattants les plus aguerris pour constituer le bataillon de choc imaginé par Emma.

Les convois de camions autonomes étaient toujours constitués d'au moins trois véhicules. Emma connaissait tout de leurs horaires et de leur chargement. Ils revenaient presque à vide au port de la capitale. Il y aurait donc peu de choses à en décharger avant de monter à bord, et Proteus n'aurait plus qu'à les guider jusqu'au palais présidentiel.

Quand Diakoundé annonça qu'il était prêt, Emma lui fit savoir que le prochain convoi partirait le lendemain soir. Il leur restait à se placer sur sa route, quelque part en forêt, loin des regards, et attendre.

– Jusqu'où vas-tu les suivre ? s'inquiéta Axel.

– Jusqu'à ce qu'ils n'aient plus besoin de moi.

– Tu ne réponds pas à ma question.

– Je n'ai pas l'intention de l'exposer, intervint Diakoundé. Arrivés à destination, nous descendrons sans vous et les camions rejoindront le port. Connaissant votre fille, je suis certain qu'elle vous fera embarquer dans le bateau de son choix.

– Et si les camions restent bloqués en ville ?

– Papa ! N'imagine pas toujours le pire. Crois-tu qu'on serait plus en sécurité en restant ici ?

Résigné, Axel se laissa conduire jusqu'au tronçon de la piste où les camions allaient être interceptés. Le feu de l'action et le danger avaient jusqu'alors occulté le chagrin d'Emma, mais son désœuvrement libéra sa douleur. Axel et Natacha purent enfin l'entourer de leur tendresse et partager avec elle le deuil de leurs trois jeunes compagnons laissés sans sépulture. Autour d'eux, les combattants de Diakoundé pleuraient aussi leurs morts, mais ils passaient, au fil des heures, de la désolation à la soif de vengeance.

*

L'embarquement se déroula avec une étonnante facilité. Quand les longs véhicules s'immobilisèrent, la nuit venait de tomber. Les portes arrière se déverrouillèrent, les camions étaient vides. Peu après, ils repartaient avec leur chargement humain. Diakoundé avait pris place dans le véhicule de tête avec Emma, Axel, Natacha, Victor et une cinquantaine d'hommes. Le convoi comportait quatre camions. Plus de deux cents combattants montèrent à bord.

Les voyageurs parvinrent à dormir dans un relatif confort car les camions empruntaient la grand-route, goudronnée et en bon état. Au petit matin, alors qu'ils avaient déjà parcouru les trois quarts du trajet sans jamais ralentir, ils s'accordèrent une courte pause. La nervosité gagnait la troupe : la prochaine étape serait le palais présidentiel. Certes, la surprise jouerait en leur faveur, mais Diakoundé savait que l'impréparation rendait l'attaque hasardeuse. Ils devraient frapper très vite et improviser, sans quoi ils seraient écrasés sous le nombre et la puissance de feu de leurs adversaires.

Lorsqu'ils repartirent, personne ne se souciait plus de dormir malgré l'obscurité qui noyait l'intérieur des camions. Axel songea à ceux qui allaient mourir tout à l'heure et qui étaient là, allongés près de lui, dans ce qui ressemblait déjà à un immense cercueil.

– Il se passe quelque chose, souffla soudain Emma.

– Comment ça ? s'inquiéta Diakoundé.

– Il y a beaucoup trop de monde.

– Où ?

– En ville, dans la grande avenue qui mène au palais, et dans les rues adjacentes.

– Au palais ? s'affola Axel.

– Oui, on dirait une manifestation, ou plutôt une émeute.

– C'est bien notre chance, grommela Diakoundé. La police va être partout et les camions ne pourront pas approcher.

– Il est encore temps de renoncer, murmura Axel.

– Taisez-vous !

Diakoundé était furieux. Comment avait-il pu se laisser entraîner sans réfléchir dans une telle folie ? Comment avait-il pu, après ce qui s'était passé, se fier encore aux pouvoirs de cette gamine et de son ordinateur ? Ils étaient dérisoires face à Missoko qui avait pour lui la force et une chance incroyable. Ils devraient s'approcher du palais dans les pires conditions. Les abords seraient plus gardés que jamais. La capitale était agitée de temps à autre par des émeutes toujours durement réprimées, mais pourquoi fallait-il qu'il y en ait une aujourd'hui ? Était-ce parce que le gros de l'armée était au Kiloumbo ? Qu'est-ce que cela changerait ? Il y aurait toujours assez de militaires, ajoutés aux forces de police, pour disperser la foule. L'irruption soudaine de rebelles armés au milieu des émeutiers pourrait-elle suffire à leur donner l'avantage ? N'allait-elle pas plutôt aboutir à un carnage ? Mais y avait-il une autre option ? Pouvait-on encore reculer ? Et pour aller où ?

– On peut amener les camions à cinq cents mètres du palais, annonça Emma. Mais ça risque de changer, la foule se déplace, les forces de l'ordre aussi.

– Dans combien de temps y serons-nous ? demanda Diakoundé.

– Une demi-heure.

*

Ils étaient entrés dans la ville. La colonne de véhicules, déviée de son trajet habituel, avançait à vitesse réduite en direction du palais présidentiel.

– L'armée commence à tirer sur les manifestants, indiqua Emma. Les gens refluent dans les rues adjacentes et les maisons, mais il y a encore beaucoup de monde autour du palais. Les camions vont bientôt être bloqués par la foule, et quand vous sortirez, vous risquez d'être pris pour des renforts de police, même si vous ne portez pas d'uniforme.

– Je sais, gronda Diakoundé, ils doivent déjà s'inquiéter de nos véhicules, qui n'ont rien à faire ici. Je vous conseille de filer dès que nous aurons débarqué.

De longues minutes s'écoulèrent. Les camions remontaient la large avenue par une contre-allée, entre les arbres et les maisons, mais la foule devenait plus dense et s'écartait avec réticence devant cet inquiétant convoi. Des pierres commencèrent à pleuvoir sur les véhicules, l'émeute était toute proche.

– Le palais est à six cents mètres, précisa Emma, mais on ne peut pas aller plus loin.

– Ouvrez les portes ! rugit Diakoundé électrisé.

Ses troupes jaillirent des camions pour s'élancer vers les grilles du palais. En les voyant, les forces de l'ordre et les émeutiers partagèrent la même stupéfaction, avant de comprendre que l'issue de leur affrontement allait peut-être basculer. Il y avait maintenant des armes dans chaque camp.

– Qu'est-ce que tu attends pour nous faire repartir ? s'impatienta Axel.

– On ne peut plus reculer, répondit Emma, il y a trop de monde.

– Quoi ? On va rester ici ?

– Dans le camion, ce serait imprudent, observa placidement Victor. La police va très vite s'y intéresser.

– Splendide ! fulmina Axel. Allons donc prendre un bain de foule et une balle perdue !

– Abritons-nous plutôt dans une maison, suggéra Natacha.

– Elle a raison, reprit Victor. Allons-y !

Ils descendirent prestement du camion, tandis que les coups de feu se multipliaient du côté du palais.

– Ils vont se faire massacrer ! s'écria Axel épouvanté. Il y a des tireurs sur les toits et d'autres retranchés derrière les grilles. À découvert, ils n'ont aucune chance.

– Nous avons échoué, gémit Natacha en se tournant vers Emma.

– Non ! Il faut se joindre à eux. Viens !

Axel, horrifié, vit sa fille prendre la main de Natacha et l'entraîner vers le milieu de l'avenue.

Il voulut s'élancer pour la ramener à l'abri, mais Victor l'agrippa par le bras.

– Laisse-la faire ! commanda-t-il.

– Tu es fou ! Lâche-moi ! Elle va se faire tuer !

– Peut-être pas…

– Tu crois qu'ils vont les épargner parce qu'elles sont blanches ?

Victor était muet, mais ses yeux exprimaient la terreur. Emma et Natacha avançaient toujours. Un homme qui courait dans leur direction s'effondra à leurs pieds, frappé d'une balle en pleine poitrine.

Tétanisées, elles s'immobilisèrent. Leur tour allait venir. Le cœur prêt d'exploser, Emma serra de toutes ses forces la main de Natacha et ferma les yeux. Alors, dans le crépitement furieux de multiples détonations, le ciel se zébra d'éclairs noirs.

Les drones du RX1 se mêlaient au combat.

*

Le cardiologue de William Hurdley était intervenu à temps, mais il savait à quoi s'en tenir sur l'état de santé de son illustre patient. Le diagnostic rendu à l'hôpital fut sans surprise pour Hurdley, à qui on n'avait jamais rien caché. S'il voulait vivre encore, il n'échapperait pas, tôt ou tard, à l'implantation d'un cœur artificiel. Cet accident signifiait que le moment était venu.

William Hurdley allait devoir renoncer à une part de lui-même, à son cœur, son vrai cœur, qui le précéderait dans la tombe. À son âge, l'opération était risquée. Toutefois, s'il survivait, il n'aurait pas une pierre à la place du cœur, mais une machine. Quel symbole !

Hurdley vit ainsi, pour la première fois, les portes du néant s'entrouvrir devant lui, et il eut peur, non de mourir, mais de s'être trompé. Avait-il toujours fait les bons choix ? N'avait-il pas trop écouté sa raison ? Guidé par son orgueil et son inflexible volonté, il avait toujours lutté contre la faiblesse, chez lui comme chez les autres. Il prétendait les aider à devenir plus forts, mais n'avait-il pas plutôt essayé de les modeler à son image ? Se pouvait-il qu'il ait vraiment conduit sa femme et sa fille à la mort, et jeté son fils dans les bras de la haine ? Et il allait maintenant laisser mourir cette jeune fille livrée aux fantaisies de son ordinateur. Serait-ce là le bilan de sa vie ?

L'idée de ne rien faire lui parut tout à coup intolérable. Il fallait protéger Emma, coûte que coûte. Mais, dans la situation où elle s'était placée, il n'y avait plus qu'un moyen disponible : le RX1. Si ses drones passaient sous le contrôle de Proteus, ils feraient des prodiges. Toutefois, pour en disposer, il fallait se résoudre à solliciter Kevin, à appeler au secours ce fils indigne qui s'était dressé contre son père et l'avait humilié par sa révolte. Il faudrait, de surcroît, tout lui révéler sur Proteus.

Privé d'alternative, William Hurdley décida qu'il laisserait son fils jouir de son triomphe, mais qu'il sauverait Emma. Tom accepta de s'associer aux négociations et il contacta aussitôt Kevin Hurdley. Ce dernier suivait, lui aussi, avec une inquiétude croissante, les pérégrinations de Natacha. Il avait maintenu le RX1 au-dessus d'elle pendant tout son périple, mais il ne connaissait que trop les limites de son matériel. Pour identifier leurs cibles, ses drones devaient être commandés par des humains, ce qui exigeait d'en réduire la vitesse, et les rendait vulnérables, donc peu efficaces. L'offre de son père était inespérée et il comprit que Natacha l'avait pris au piège. En liant son sort à celui d'Emma, elle le contraignait, comme elle l'avait toujours espéré, à se rapprocher de son père.

Le lendemain, son hélicoptère se posait sur le toit de l'hôpital. Alertés par Tom, les médecins étaient sur le qui-vive. Toute émotion forte était proscrite à leur patient et la rencontre avec son fils risquait d'être orageuse. Ils jugèrent prudent de les surveiller pour intervenir si nécessaire, et ils placèrent dans la chambre une discrète caméra de surveillance, dépourvue de micro pour respecter la confidentialité de leur entretien. Quand Kevin se présenta devant eux, ils le supplièrent de ménager son père et le conduisirent jusqu'à sa chambre.

Les deux hommes se retrouvèrent face à face, l'un assis dans son lit, l'autre debout. Ils échangèrent un long regard hostile. Dans la pièce voisine, rivés à leur écran, les médecins observaient la scène avec attention. Ils virent enfin remuer les lèvres de Kevin Hurdley. Son père le regardait fixement, puis il parla à son tour. La discussion se prolongea, bien trop longtemps aux yeux des médecins, mais ils n'osèrent pas l'interrompre. Une émotion intense se lisait sur le visage des deux hommes qui commençaient à s'agiter. Dans le secret de leur entretien, au milieu de cette chambre blafarde où planait l'ombre de la mort, ils s'ouvraient enfin l'un à l'autre. Ils avaient chacun un être cher à protéger, et ce combat les contraignait à se parler.

Les mots leur venaient en torrent, le barrage de la haine et des rancœurs accumulées cédait enfin. Des années de non-dits, de maladresses et de malentendus les avaient éloignés. Ils se trouvaient subitement réunis.

Tout à coup, sous le regard anxieux des médecins, William Hurdley se leva de son lit, son fils s'avança vers lui, et ils tombèrent dans les bras l'un de l'autre.

*

Tom avait rejoint les techniciens de Kevin Hurdley au centre de contrôle du RX1, d'où ils assistaient, impuissants, au massacre qui commençait. Ils ne devaient agir que si leurs protégées étaient directement menacées. Aussi, quand Emma et Natacha apparurent à découvert, ils poussèrent un même cri et déclenchèrent la foudre. Tous les drones furent lâchés à la fois et basculés sous le contrôle de Proteus. Moins d'une minute après le début de leur intervention, la victoire avait changé de camp.

Personne ne comprit ce qui se passait, jusqu'à ce que l'on voie quelques soldats s'effondrer et les policiers refluer en désordre. La redoutable précision des drones permettait à Proteus de viser les bras ou les jambes des porteurs d'uniforme. Il ne fit que des blessés, mais leurs hurlements effrayaient bien davantage leurs camarades que s'ils avaient été tués. Proteus ne frappait que les hommes en position de tir, les autres pouvaient fuir ou cesser le combat. Diakoundé eut un doute sur ce qui se passait et il bondit sur un véhicule renversé au milieu de la chaussée pour regarder en arrière. Il vit alors au loin Emma qui lui désignait avec de grands gestes la silhouette du palais.

Rassemblant ses troupes, sur qui plus personne ne tirait, il se précipita vers les lourds battants de la grille du palais, soigneusement verrouillée. Il n'était plus qu'à une centaine de mètres, quand un drone antichar projeta sa charge contre la serrure des grilles, qu'il pulvérisa. Rebelles et civils se ruèrent au travers des pelouses en direction du palais, mais des soldats retranchés derrière les fenêtres des étages commencèrent à tirer. Presque aussitôt, par dizaines, des drones s'engouffrèrent dans le bâtiment, y semant le chaos. Leur vol erratique rendait toute riposte impossible et les troupes de Diakoundé ne rencontrèrent plus aucune résistance.

Le palais fut occupé en moins d'une heure. Les soldats et les policiers s'étaient prudemment rendus et Diakoundé s'employait à les protéger de la fureur de la foule. Un studio de télévision occupait une partie du dernier étage, la chute du régime allait être annoncée sans délai à tout le pays. Mais Missoko demeurait introuvable.

*

Les médecins étaient consternés. Le Président des États-Unis, furieux disait-on, exigeait de s'entretenir sans délai avec William Hurdley. Soucieux de le protéger, ils lui proposèrent de le déclarer incapable de communiquer. Pour toute réponse, il les congédia d'un geste, posa sur ses genoux la tablette sécurisée que des agents fédéraux venaient d'apporter et pressa une touche.

– Qu'est-ce qui vous a pris ? fulmina le Président.

– Je n'ai fait que protéger notre expérience.

– Vous vous moquez de moi ? Vous avez fait la révolution sans même m'en informer ! Je l'ai appris par les médias !

– Ce sont les gens de là-bas qui ont fait la révolution. Les drones de mon fils n'ont servi qu'à protéger des civils.

– Vous plaisantez ? Ils ont tiré sur les forces de l'ordre ! C'est inadmissible !

– Des forces de l'ordre au service d'un tyran sanguinaire ! s'insurgea Hurdley.

– Pour qui vous prenez-vous ? De quel droit prétendez-vous dicter notre politique extérieure ?

– Je ne dicte rien ! C'est Proteus qui a entraîné Emma au Gwandana, c'est Proteus qui l'a associée à la rébellion, c'est Proteus qui a guidé les drones pour la protéger en évitant un bain de sang, et c'est Proteus qui vient de rendre notre pays plus populaire que jamais au Gwandana. Les gens ont vite appris d'où venait le matériel qui les a sauvés. En ce moment même, dans les rues de la capitale, ils agitent des milliers de petits drapeaux américains improvisés. Nous ne pouvons que nous féliciter de ce qui vient de se produire.

– Vous mesurez la portée de vos paroles ? s'inquiéta le Président. Vous imaginez que l'histoire va s'arrêter ? que le nouveau pouvoir va instaurer la démocratie, la justice, la prospérité et la paix ?

– Pourquoi pas ? Qui vous dit que Proteus va en rester là ? L'expérience n'est pas terminée et, pour le moment, elle dépasse toutes nos espérances.

– Dites plutôt qu'elle nous échappe.

– Monsieur le Président, elle a été conçue pour ça.

*

Secondé par Emma, qui le suivait comme une ombre, et dont il ne négligeait aucun avis, Diakoundé établit un gouvernement provisoire, constitué pour partie d'anciens collaborateurs de Missoko, trop heureux de s'en tirer à si bon compte. Leur expérience lui était indispensable, au moins pour un temps. Son écrasante supériorité technologique et le nombre illimité de drones que lui attribuait la rumeur lui valurent d'obtenir sans peine la reddition de l'armée, qui évacua le Kiloumbo pour regagner ses casernes, où elle resterait consignée jusqu'à nouvel ordre.

Les Amarandes et les États-Unis montrèrent l'exemple dans la reconnaissance du nouveau pouvoir. Le premier engagement de Diakoundé fut d'organiser des élections libres, qui auraient lieu avant trois mois, sous le contrôle d'observateurs internationaux. Missoko, allergique aux droits de l'homme, avait chassé du pays les Nations Unies et la plupart des ONG. Diakoundé s'empressa de les rappeler et on ne tarda pas à voir réapparaître les 4X4 blancs et les tentes sanitaires. Beaucoup restait à faire, mais le plus urgent, la sécurité de chacun, était enfin assuré.

Diakoundé et ses partisans étaient en état de grâce. Certains tenaient pour un miracle l'intervention d'Emma et de son armée céleste. La population, partagée entre la surprise et l'incrédulité, semblait décidée à suivre ce nouveau chef qui avait foudroyé Missoko.

Natacha avait demandé à rester pour mettre son expertise au service du Gwandana. Accompagnée d'une équipe du ministère de l'Agriculture, elle entama une tournée dans les provinces du pays. Kevin Hurdley se précipita pour la rejoindre. Il était éperdu de reconnaissance. En s'exposant au danger, en risquant la mort, Natacha avait accompli l'impossible : le réconcilier avec son père. Grâce à elle, pour la première fois depuis de longues années, il était en paix.

En dépit de ses précautions, on apprit très vite qui il était. Ses drones avaient fait de lui un libérateur et, partout où il allait, la population lui exprimait une reconnaissance enthousiaste. Habitué à être craint, et même détesté, il avait peine à croire que ces remerciements lui étaient adressés. Il ne se reconnaissait pas dans ce nouveau personnage.

Axel resta seul avec sa fille dans la capitale, où il s'efforça lui aussi de se rendre utile. Audrey voulut les rejoindre, mais Emma l'en dissuada en promettant qu'elle ne tarderait pas à rentrer.

– En voilà une bonne nouvelle ! se réjouit Axel. On part quand ?

– Dans quelques jours, mais notre succès n'effacera pas le massacre qui a précédé. Tarik, Yasmin et Chandu ne reviendront pas, ni aucun de ceux qui ont été tués avec eux. Je voyais en Proteus un instrument de paix, et, en dirigeant les drones du RX1, il a été une arme de guerre.

– Je partage ta tristesse, mais il ne faut pas regretter que Proteus ait servi d'arme. Dans ce monde de violence, il est parfois nécessaire de se battre. D'ailleurs, n'est-ce pas ce que Natacha et toi aviez prévu avant même de quitter les Amarandes ?

– Pas du tout ! Natacha m'a accompagnée parce qu'elle savait que Kevin Hurdley s'efforcerait de la protéger. Si elle me suivait partout, je serais escortée comme elle. Victor et Maria le savaient. Sinon, ils ne m'auraient jamais laissée partir.

– Tandis que moi, j'ai accepté, parce que je suis irresponsable.

– Non papa, tu ne mesurais pas la gravité de la situation au Kiloumbo. Tu as toujours été un peu dans ta bulle, mais, dès que tu as découvert ce malheureux village, tu as été le premier à vouloir me faire repartir.

– Tu es bien indulgente avec moi. Ta mère m'aurait tué cent fois si elle avait vu où je t'ai suivie.

– Elle en a imaginé bien assez, elle disposait des mêmes informations que William Hurdley. C'était d'ailleurs l'autre volet du plan de Natacha : si je m'aventurais dans une zone de conflits, il serait incité lui aussi à me protéger. Le RX1 de son fils serait alors son seul recours et ils seraient contraints de s'entendre enfin.

– C'était bien hasardeux.

– C'est pourquoi je ne t'en ai pas parlé, d'autant que rien ne s'est passé comme je l'imaginais. Proteus n'a pas su prévenir le bombardement du camp de Diakoundé, l'engrenage de la violence s'est déclenché malgré lui, et l'assaut du palais est devenu inévitable. Proteus n'a pas écrit l'histoire du Gwandana et il ne dictera pas davantage sa conduite au gouvernement des Amarandes, qui doit prendre ses responsabilités. Je ne ferai que lui transmettre d'éventuelles suggestions de Proteus.

– Mais pourquoi faut-il que tu serves encore de porte-parole à cet ordinateur ? Il ne te laissera donc jamais tranquille ? Quand va-t-il se décider à passer par un de ses robots pour communiquer ?

– Ce n'est pas si simple : sans moi, il est incomplet. Tu ne mesures pas la chance que j'ai. Ma vie est devenue extraordinaire, je ne veux pas en changer.

– Mais seras-tu heureuse ? Tu pourrais un jour aspirer à une vie normale.

– Eh bien, on verra, mais pour le moment, je n'ai aucune envie de me séparer de Proteus.

Axel était partagé entre la joie et l'inquiétude. S'il avait été à la place de sa fille, qu'aurait-il fait ? L'expérience qu'elle traversait devait être grisante, et s'il la comparait à sa morne existence, c'était accablant. Au cours des derniers jours, il avait plus vécu et appris qu'en dix ans à Stanford. Il avançait en âge, sa carrière plafonnait et son couple était au plus mal. À bien y réfléchir, tout ce qui lui restait, tout ce dont il pouvait être heureux et fier, c'était Emma. Certes, elle pouvait se brûler les ailes, mais elle aurait au moins eu le privilège de connaître une vie exceptionnelle. Fallait-il l'en priver ? Il n'avait pas le droit de briser son élan. Il devait lui apporter son soutien, qui ne serait pas superflu, car Proteus pouvait être pris en défaut.

– Comme tu voudras, lâcha-t-il enfin. Tant que tu me confirmes qu'on part d'ici.

– Je te l'ai dit. Mais pourquoi cette question ?

– Parce que je pense que Diakoundé ne va pas tarder à avoir des problèmes, et je préférerais que tu ne sois plus là pour t'en mêler.

– Des problèmes ?

– Oui. Après une aussi longue dictature, le Gwandana n'est pas mûr pour la démocratie. Les gens d'ici n'en ont jamais connu qu'une parodie. En renversant Missoko, Diakoundé a créé un vide que cent groupes ethniques ou tribaux vont essayer d'occuper. Et je ne parle pas des divisions religieuses ! Il ne va pas être à la fête, ton protégé.

– Ce n'est pas mon protégé, et il sait déjà tout cela. Il a contrôlé une vaste province en guerre pendant des années. Ce n'est pas un débutant. Il a accédé au pouvoir par lui-même, au péril de sa vie. Il ne sera pas notre marionnette, et l'appui des drones lui sera bientôt inutile. Un régime démocratique peut être solide si son chef fait preuve d'autorité et de charisme. De plus, Diakoundé appartenait à la minorité religieuse opprimée et il n'a aucune soif de revanche. S'il rassure la majorité tout en obtenant pour les siens la place et le respect qu'on leur doit, il amènera aussi la paix sur ce front. Tu sais, papa, je crois que tu es trop pessimiste. Toutes les histoires ne finissent pas mal.

– Je ne sais pas si je suis pessimiste, mais je continue de penser que Proteus et toi êtes bien candides. Missoko n'est pas mort. Je suis sûr qu'il travaille dans l'ombre dans un pays voisin pour reprendre le pouvoir. Avec les fortunes qu'il a détournées, il peut corrompre n'importe qui. Et l'entourage de Diakoundé n'est pas composé que de braves gens.

– Ne t'inquiète pas pour Missoko. Proteus a vidé tous ses comptes à l'étranger au profit de la banque du Gwandana. Il va perdre quelques amis et…

Le visage d'Axel s'assombrit d'un coup, comme s'il venait de faire une terrible découverte.

– Que se passe-t-il ? fit Emma, surprise. Tu ne vas pas me dire que ça te contrarie ?

– Non. C'est très bien de reprendre l'argent qu'il a volé à son pays, mais je m'interroge subitement.

– Sur quoi ?

– Sur Pearl Harbor, en 1941.

– Pardon ?

– Oui, Proteus le sait, puisqu'il sait tout. Il va te souffler ma réponse. Il va te dire que certains ont accusé le Président Roosevelt d'avoir été informé à l'avance de l'attaque japonaise, mais d'avoir laissé faire pour entraîner son pays dans la guerre.

– Et alors ?

– Alors, si Proteus pare tous les coups d'avance, s'il pense même à vider les comptes de Missoko, pourquoi a-t-il attendu le bombardement du camp de Diakoundé pour te souffler l'idée qu'il pouvait y avoir un second émetteur dans notre voiture ?

Emma pâlit.

– Papa, tu mesures la gravité de ton accusation ?

– Je n'accuse pas. Mais tu ne sais pas tout de Proteus. Je suis convaincu qu'aucune négociation entre Missoko et Diakoundé n'aurait pu aboutir. Pour mettre un terme au conflit et à la dictature, l'attaque du palais était la seule issue, mais jamais Diakoundé n'aurait pris un tel risque sans le bombardement de son camp. Et Proteus savait que le RX1 lui apporterait la victoire.

– Et s'il n'y avait pas eu de second émetteur ?

– Les choses se seraient passées autrement, mais ça ne change rien à mon idée. Proteus a utilisé les circonstances pour atteindre ton objectif: améliorer le sort du Gwandana.

– Tu crois vraiment qu'il aurait pu faire ça ?

– On ne le saura jamais.

VI

Rongée par l'impatience, Audrey arpentait les couloirs de l'aéroport de San Diego. L'avion avait plus d'une heure de retard. Quand elle vit l'écran d'informations signaler enfin son atterrissage, elle se précipita dans le hall des arrivées. Dix minutes plus tard, Emma apparaissait, suivie de son père qui tirait leurs valises.

En revoyant sa fille, Audrey fut submergée par l'émotion. Incapable de prononcer un mot, elle la laissa approcher et la serra dans ses bras. Axel, embarrassé par cette interminable étreinte, regardait autour de lui pour se donner une contenance. S'il avait été plus attentif, il aurait remarqué le couple de faux touristes qui sortait du même avion qu'eux et faisait mine de bavarder un peu plus loin en les surveillant du coin de l'œil. Emma, livrée à la tendresse de sa mère, les observait discrètement. Elle voyait aussi, par Proteus, que les caméras de surveillance de l'aérogare étaient braquées sur elle. Enfin, Audrey libéra sa fille et fit face à Axel.

– Bonjour, dit-elle froidement.

– Bonjour, Audrey…

Emma les regardait avec tristesse.

– On y va ? souffla-t-elle.

La mère et la fille s'élancèrent, main dans la main, suivies d'Axel et du couple de touristes. Un taxi autonome se présenta. Audrey et Emma s'y installèrent, Axel chargea le coffre avant de les rejoindre. Le véhicule démarra, suivi de deux voitures et survolé par un drone de police. Ils partaient vers l'hôpital où William Hurdley avait été transféré. Le vieil homme recevrait dans quelques jours son cœur artificiel, il n'était pas certain de se relever de l'intervention et il voulait voir Emma, peut-être pour la dernière fois.

*

À peine eurent-ils décliné leur identité à l'accueil de l'hôpital, qu'un médecin se précipita à leur rencontre.

– Bonjour, nous vous attendions. Je suis le docteur Henderson, si vous voulez bien me suivre…

Ils entrèrent à sa suite dans un large ascenseur.

– L'opération est pour la semaine prochaine, annonça-t-il sur un ton de confidence.

– Vous êtes optimiste ? demanda Audrey.

– Monsieur Hurdley est très fatigué, éluda le médecin, mais il veut absolument voir votre fille.

– Seulement notre fille ?

– Oui, mais vous pourrez le saluer, naturellement.

En sortant de l'ascenseur, ils débouchèrent sur un couloir au bout duquel une baie vitrée laissait entrer le scintillement de l'océan. Ils firent quelques pas et le médecin poussa une porte.

– C'est ici, dit-il en pénétrant dans un salon au mobilier froid et épuré. On vient de prévenir Monsieur Hurdley.

Il traversa la pièce jusqu'à une seconde porte, qu'il frappa timidement et ouvrit en s'effaçant.

– Je vous en prie, entrez…

Dans la vaste chambre, baignée de soleil, tout était blanc, même le visage de William Hurdley.

– Approchez, fit-il d'une voix qui se voulait ferme.

Ils s'avancèrent jusqu'à ce qui leur semblait déjà un lit de mort.

– Bonjour Monsieur Hurdley, dirent-ils à l'unisson.

– Vous devez être fatiguée par votre voyage, Emma.

– Non, Monsieur, répondit-elle. J'ai dormi dans l'avion.

– Ah, très bien. Et puis vous êtes jeune… Pardonnez-moi, ajouta-t-il en se tournant vers Axel et Audrey, voudriez-vous nous laisser seuls ?

– Certainement, fit Audrey, trop heureuse de ne pas rester plus longtemps en sa présence.

Axel lui emboîta le pas et ils regagnèrent le salon. Le médecin avait disparu.

– Je veux divorcer, annonça Audrey.

Axel s'y était préparé, il avait imaginé cent fois la scène. Mais là, c'était différent, c'était réel, c'était atroce.

– Tu en es sûre ?

– Certaine.

– J'ai changé, tu sais. Ce périple avec Emma m'a beaucoup appris.

– J'en suis heureuse pour toi, mais il est trop tard.

– Tu ne veux pas nous laisser une chance ? Je sais que je n'ai pas toujours fait ce qu'il fallait, mais tu as ta part de responsabilité. Quant à Emma, je suis persuadé de l'avoir conduite vers le destin exceptionnel qui l'attendait.

– Peut-être, mais pour nous deux, c'est fini.

– Pourquoi ? Pourquoi ne veux-tu pas essayer ? Si Emma vit encore avec nous quelques années, ce sera très différent, nous n'aurons plus le même rôle. Tu verras, elle nous dépasse déjà sur plusieurs points, et je ne parle pas que de son intelligence. On se retrouvera comme avant, toi et moi.

– Je ne veux pas.

– Qu'est-ce que tu risques à essayer ? Trois mois ?

– Non.

– Pourquoi ?

– Parce que j'aime un autre homme.

Un coup de poing à l'estomac aurait moins suffoqué Axel. Il sentit sa vue se troubler, fit quelques pas en direction d'un fauteuil et s'y laissa tomber. Audrey souffrait pour lui. Elle avait encore de la tendresse pour lui mais ne pouvait pas lui montrer, il se serait mépris.

– Je le connais ? demanda-t-il après un long silence.

– Qu'est-ce que ça peut faire ?

– Je le connais ? insista Axel, la mâchoire serrée.

– Oui, tu le connais, et ça ne change rien. Je ne suis allée vers lui qu'après avoir cessé de t'aimer.

– Vous dites toujours ça…

– Axel !

– Qui est-ce ?

– Axel, ne sois pas ridicule, il y a longtemps que notre couple est mort. Toi aussi, tu aurais pu rencontrer quelqu'un.

– Qui est-ce ?

– C'est Tom ! et tu n'as rien à lui reprocher. C'est moi qui suis allée vers lui.

– Tom ! c'est Tom ! quel fumier ! Tu ne sais donc pas quel genre d'homme c'est ? Il a toujours eu plusieurs femmes à la fois et il te laissera tomber dès qu'il sera fatigué de toi.

– Si ça te soulage de dire des imbécillités.

– Des imbécillités ! s'emporta Axel en bondissant de son siège. Des imbécillités ! Parce que tu crois qu'il t'aime ?

– Oui, je crois qu'il m'aime, et quand bien même je me tromperais, il y a une chose dont je suis certaine, c'est que je ne t'aime plus.

– Pourquoi ?

– Pourquoi ? tu me demandes pourquoi ? Mais parce que tu m'as abandonnée à la naissance d'Emma ! Parce que tu nous as laissées seules pendant que tu pérorais dans tes cocktails à vendre tes livres et à étaler tes idées brillantes ! Parce que tu ne t'es vraiment intéressé à ta fille que le jour où elle t'a servi de faire-valoir auprès d'un type de la Maison-Blanche ! Parce que tu m'assommes depuis douze ans avec tes grands discours sur le partage, alors que tu ne penses qu'à ton nombril et à ton petit confort ! Et parce que je ne te supporte plus ! Voilà pourquoi…

Livide, Axel se dirigea vers la porte qui donnait sur le couloir et quitta la pièce. Quand Emma sortit enfin de la chambre de Hurdley, elle ne réagit pas en voyant sa mère seule. Des échos de leur dispute lui étaient sans doute parvenus. Elle posa sur sa mère un regard qui se voulait neutre, mais où perçait tout son ressentiment.

– Je dois aller à Washington pour voir le Président, dit-elle d'un ton sec et presque autoritaire. Tu viens avec moi ?

*

Le front appuyé contre son hublot, Audrey s'abandonnait à la mélancolie. En dessous d'elle, les plaines du Middle-West déroulaient leur monotone immensité. Quelques heures lui avaient suffi pour comprendre à quel point sa fille s'était éloignée d'elle. Ses épreuves africaines l'avaient beaucoup mûrie, mais c'est avec son père qu'elle avait affronté tous les dangers, ils étaient désormais soudés. Axel n'était plus seulement le héros de sa fille, c'était aussi son confident. Dans le même temps, Audrey avait été surprise en flagrant délit d'adultère et, au retour d'Axel, elle l'avait congédié en l'accablant de reproches. C'était trop pour Emma.

Les nuits de veille qu'Audrey avait passées près de sa fille lorsqu'elle était souffrante, les milliers d'heures qu'elle avait consacrées à son épanouissement, à sa santé et à sa sécurité, tout cela était oublié. En bousculant Hurdley pour qu'il se préoccupe enfin de la sécurité d'Emma, Audrey avait sauvé sa fille, mais ce n'était rien non plus, car le vieil homme s'était gardé de parler à quiconque de leur altercation.

Sitôt sorti de l'hôpital, Axel avait envoyé un message à Emma, croyant lui apprendre ce qu'elle savait déjà, et s'abstenant de toute allusion à Tom. Il ajouta qu'il valait mieux qu'Audrey et lui évitent de se voir pendant quelque temps, pour qu'elle puisse retrouver sa fille. Il les laissait donc seules pour quelques jours.

Toutes deux passèrent une sinistre soirée dans un hôtel sans âme, proche de l'aéroport. Emma ne fit aucune remarque, mais ses silences étaient éloquents. Aux quelques questions que sa mère lui posa sur son voyage, elle ne répondit que par des phrases d'une brièveté décourageante. La nuit atténua leur tristesse et, au petit matin, elles s'envolèrent pour Washington.

Emma avait incliné le dossier de son fauteuil et s'était assoupie, ou faisait semblant de dormir. Audrey n'osait la regarder, de crainte qu'elle n'ouvre soudain les yeux et détourne la tête. Alors, pour chasser sa douleur de mère, elle se mit à songer à sa vie de femme. Tom était un amant délicieux, mais en serait-il toujours ainsi ? Axel avait peut-être raison. Certes, Tom prétendait l'aimer, sans doute le pensait-il vraiment, mais combien d'autres femmes lui avaient inspiré ce sentiment ? Audrey vieillissait, son visage se ridait, son charme s'évanouissait. Le jour où Tom se laisserait séduire par la jeunesse d'une autre femme, elle n'aurait plus que la peinture pour éclairer sa vie, le pâle soleil de sa pauvre peinture, qu'elle avait délaissée pour s'occuper de sa fille.

Effleurant l'écran encastré dans son accoudoir, Audrey commanda un double whisky et, peu après, le bras télescopique d'un chariot robotisé déposait un verre sur sa tablette.

À leur descente d'avion, alors qu'elles débouchaient du couloir-passerelle, des agents en civil les entraînèrent par un accès réservé jusqu'à une colonne d'énormes 4X4 noirs. Pendant leur court trajet vers la Maison-Blanche, Audrey comprit que sa présence était inutile. Sa fille allait voir le Président parce qu'elle était, en quelque sorte, accompagnée de Proteus, dont elle n'avait pas dit un mot depuis son retour. Mais elle, sa mère, qui l'attendait ? Lorsqu'elles entrèrent dans le bureau ovale. Audrey n'eut droit, comme elle le redoutait, qu'à une poignée de main et un mot aimable, avant d'être reconduite dans une antichambre.

En revoyant Emma, le Président hésita à reconnaître l'enfant timide qu'il avait rencontrée quelques mois plus tôt chez Hurdley. Une jeune fille inconnue s'avançait vers lui, la démarche assurée, le regard intense et pénétrant. Ils se saluèrent avec solennité et s'assirent face à face.

– William Hurdley m'a rapporté votre conversation, annonça le Président. Si j'ai bien compris, vous souhaitez rester connectée à Proteus.

– Vous avez d'autres questions à me poser, n'est-ce pas ?

– Naturellement, mais…

– J'y répondrai, mais à vous seul.

– Que voulez-vous dire ?

– Qu'il faut neutraliser le dispositif de surveillance que vous avez activé à mon arrivée.

– Je ne peux pas ! se raidit le Président, interloqué. Notre entretien est trop important.

– Alors tant pis.

– Vous plaisantez ?

– À votre avis ?

Le Président était déconcerté. De toute évidence, il n'impressionnait nullement cette gamine, qui semblait hors d'atteinte, et il ne voyait pas quels moyens de pression psychologique il pourrait employer contre l'ordinateur qui lui donnait un tel aplomb. Après une courte hésitation, il se résolut à donner les ordres nécessaires.

Alors, dans le secret retrouvé du bureau ovale, Emma lui révéla bien plus qu'il n'attendait.

*

Les gratte-ciel de New York étincelaient dans le ciel pâle du matin. Des nuées de petits drones tourbillonnaient entre les tours. Vus du sol, ils semblaient des moucherons. Une limousine glissait sans bruit le long de l'East River. Sur la banquette arrière, Maria Harramond, Présidente de la République des Amarandes, et James Diakoundé, Président nouvellement élu de la République du Gwandana, faisaient route vers le siège des Nations Unies.

– C'est fascinant, observa James, qui regardait le ciel au travers de sa vitre.

Jamais encore il n'avait quitté son pays. La découverte de Manhattan l'émerveillait. Maria, au contraire, ne comptait plus ses séjours.

– Qu'est-ce qui est fascinant ? demanda-t-elle, amusée.

– Tous ces drones !

– Ah…

– Il y en a combien ?

– Je ne sais pas, des milliers.

– Il doit y avoir des accidents.

– En principe, non : ils sont équipés de radars anti-collision.

– Ça n'empêche pas les pannes.

– Évidemment.

– Et qu'est-ce qui se passe, quand un drone est défaillant ?

Maria réprima un sourire.

– Il tombe. Mais rassurez-vous, le poids de ces engins est réglementé.

– Il tombe ? Et les gens en dessous, que font-ils ?

– Ils se protègent la tête avec les bras.

Incrédule et stupéfait, James se tourna vers Maria, qui éclata de rire.

– Ce n'est pas très gentil de vous moquer.

– Pardonnez-moi, fit-elle avec un sourire désarmant, je n'ai pas pu résister. Votre question était tellement… justifiée.

– Bon, alors, c'est quoi l'explication ?

– Vous voyez ces petites plates-formes circulaires disposées à intervalles réguliers en haut des réverbères et aux angles des immeubles ?

– Oui.

– Sur chacune d'elles, un drone de sécurité est stationné. Ces appareils sont beaucoup plus rapides et puissants que ceux que vous voyez voler au-dessus de nos têtes. Si un drone commercial descend trop bas, le drone de sécurité le plus proche se catapulte à sa rencontre, l'agrippe et l'embarque.

– Et s'il tombe plusieurs drones en même temps ?

– S'il en tombe une dizaine ensemble au même endroit, il n'y aura pas assez de drones de sécurité à proximité pour les arrêter tous. Mais, à ma connaissance, ça ne s'est encore jamais produit.

– Alors c'est moins dangereux de se promener dans les rues de New York que de faire la sieste sous un cocotier ?

– Moins dangereux, je ne sais pas. Parce qu'il y a aussi des humains dans ces rues, et certains sont plus à craindre que les noix de coco.

– C'est probable… Enfin, ce matin au moins, on ne risque pas de se faire agresser.

– Je n'en suis pas si sûre. Après mon discours, je pourrais bien recevoir des pierres.

– Vous exagérez un peu, mais c'est vrai qu'avec un texte pareil, vous n'allez pas vous faire que des amis.

– Ce n'est pas non plus mon objectif. Il y a des vérités que je dois dire, que je dois clamer, même si elles dérangent.

– Vous les tenez d'Emma ?

– En partie, mais c'est à Natacha que je dois l'essentiel. C'est une femme remarquable.

– Je suis bien d'accord. Je l'aurais volontiers nommée ministre de l'Agriculture si elle était restée au Gwandana. Cela dit, son compagnon est aussi un type bien.

– Kevin Hurdley ? Vraiment ? Il a beaucoup changé alors.

– Je ne sais pas s'il a changé, mais il m'apporte un grand soutien. Je vais dissoudre l'armée, comme l'a fait le Costa Rica au siècle dernier. Elle n'a jamais servi qu'à asseoir des dictatures, opprimer le peuple et dilapider l'argent public. Quelques militaires seront reclassés dans la police, mais la plupart vont perdre leur brillant statut et leurs privilèges. Certains pourraient songer à résister, et je ne serai tranquille que lorsqu'ils seront désarmés. Dans l'intervalle, Kevin Hurdley nous laisse le RX1. Il va nous préserver de toute tentative de putsch.

– Vous n'avez pas imaginé une seconde qu'il pourrait faire ça pour promouvoir son matériel ?

– Il n'a pas besoin ! Depuis la bataille du palais, on ne compte plus les pays qui s'intéressent à son porte-avions volant. En le laissant au Gwandana, il ne sert que nos intérêts, et son aide nous est d'autant plus précieuse qu'Emma n'est plus là pour nous soutenir. Je n'ai d'ailleurs plus aucun contact avec elle depuis des mois.

– Son humeur s'est assombrie depuis son retour aux États-Unis, sans doute à cause de la séparation de ses parents. Elle ne vit plus avec sa mère. Ella a suivi son père à Washington.

– À Washington. Il n'enseigne plus en Californie ?

– Il a démissionné.

– Ne me dites pas qu'il est au chômage.

– Non, il a intégré l'équipe des conseillers économiques du Président. Il m'a expliqué qu'il en avait assez de parler, et qu'il voulait agir.

– Pour faire de la politique ?

– Pas directement. Mais entre nous, je crois que son véritable objectif, c'est d'être à la hauteur de sa fille.

– Vraiment ? Que fait-elle donc de si extraordinaire aujourd'hui ?

– Elle ne m'en a rien dit, évidemment. Je sais seulement qu'elle a mis fin à son inutile scolarité. Elle partage son temps entre le piano et l'équitation, deux activités dans lesquelles Proteus n'a aucune influence. Sa vie est donc presque normale, du moins en apparence. Je doute toutefois que sa présence à Washington tienne au hasard. Il se pourrait même qu'elle ait entraîné son père.

– Si elle y fait autant de remue-ménage qu'au Gwandana, ça ne va pas être triste !

– On verra bien… En attendant, nous arrivons à destination. Il faut que je me concentre sur mon discours maintenant, même si je n'en attends pas grand-chose.

– Pas grand-chose ? Vous allez intervenir au débat d'ouverture de l'assemblée générale, juste après le Président Rodriguez ! Vous aurez salle comble, tandis que moi, je ne parlerai que dans trois jours, après une centaine d'orateurs. Il n'y aura plus que quelques vieux diplomates assoupis pour faire semblant de m'écouter.

– Ce n'est pas de ma faute si la Maison-Blanche ne pouvait mettre que moi en avant. Ça n'a déjà pas été facile, paraît-il. Et puis, si mon discours devait retenir l'attention, le vôtre aussi serait écouté, puisque je vais parler en nos deux noms.

– Mais c'est à l'homme de parler pour la femme !

– Houlà ! Il reste des progrès à faire au Gwandana…

*

Rentré chez lui après la greffe d'un cœur artificiel qui allait lui permettre, à en croire les médecins, de vivre centenaire, William Hurdley était assis à son bureau pour suivre en direct le discours de Maria. Dans leur luxueuse villa de Pacific Palisades, Kevin et Natacha s'apprêtaient à faire de même, tout comme Audrey, Tom, Axel, Emma, Victor et quelques milliers de désœuvrés.

Le Président Rodriguez venait d'achever son discours. C'était au tour de Maria Harramond. Elle arriva sur l'estrade par une porte latérale et se laissa guider jusqu'au pupitre des orateurs. Son visage, démesurément agrandi sur les écrans, trahissait son émotion. Elle se plaça entre les deux petits micros plantés devant elle, parcourut l'assemblée du regard et entama son discours :

> «Monsieur le Président, Monsieur le Secrétaire Général, Mesdames, Messieurs,
>
> Comme vous le savez peut-être, mon pays connaît depuis peu un afflux d'immigrants. S'ils viennent chez nous, ce n'est pas pour jouir de notre douceur de vivre, ni dans l'espoir d'être bien accueillis, c'est parce qu'ils fuient leur pays. Ils viennent d'Afrique, comme nombre de migrants aujourd'hui, et plus encore demain. Les raisons de partir ne leur manquent pas, mais il en est une que beaucoup préfèrent ignorer, alors qu'elle engendre la plupart des autres : nous les avons ruinés.
>
> L'agriculture industrielle subventionnée et hyperproductive des grands pays agricoles écrase, par son impitoyable concurrence, les paysans du monde entier, et d'abord les plus pauvres. Les habitants des bidonvilles d'Afrique dépendent aujourd'hui, pour se nourrir, d'importations lointaines de riz et de blé aux prix artificiellement bas. Même dans les bourgs ruraux et les campagnes, on achète de la nourriture importée, parce qu'elle est moins chère que les produits locaux. Les paysans ruinés vont grossir la population de villes déjà surpeuplées. La boucle est bouclée, ne pouvant plus se nourrir eux-mêmes, ils sont condamnés à vivre de notre assistance.
>
> N'est-il pas insensé de voir les citadins des pays riches cultiver fruits et légumes jusque sur les toits, tandis que les campagnes du monde entier se vident ? De vouloir consommer local chez nous, et d'accepter comme une fatalité que la nourriture des plus pauvres traverse les océans pour leur parvenir ? On prétend aider l'Afrique alors qu'on tire dans le dos de ses paysans !
>
> Mais cet assistanat forcé ne durera pas éternellement. La guerre chimique menée à la Terre pourrait bien cesser, faute de munitions : nos réserves de phosphate s'épuisent, comme nos sols, rincés par les engrais, les pesticides et la monoculture. Les manipulations génétiques ne seront jamais que des palliatifs. Le dessalement à grands frais d'un peu d'eau de mer ne compensera pas l'épuisement des nappes

phréatiques. Prenons garde à notre foi aveugle en un progrès technique dont on veut faire la solution de tous les problèmes que nous avons créés. L'humanité vit sur ses stocks, non seulement d'énergie fossile et de minerais, mais aussi d'eau douce et d'engrais. Nous pourrions bien, un jour, manquer de tout. En quelques générations, nous serons venus à bout de réserves que la Terre a mis des millions d'années à accumuler. Les produits de substitution et le recyclage ne feront jamais que retarder l'échéance. Quand nous aurons détruit l'agriculture des pays pauvres et que la nôtre sera à bout de souffle, que mangerons-nous ?

L'agriculture industrielle est une bombe à retardement. Face au besoin de nourriture de l'humanité de demain, cette agriculture de guerre, lourdement mécanisée, qui écrase tout sur son passage, n'est pas la solution, c'est le problème !

Il faut aider l'Afrique, mais l'aider vraiment, en lui permettant, avant toute chose, de se nourrir elle-même. Du soutien qui lui est accordé aujourd'hui, la part consacrée à l'agriculture est dérisoire : elle n'atteint pas 10 % du total, elle est presque toujours fragmentée, discontinue et inefficace.

Seule une agriculture familiale performante pourra donner du travail et des ressources aux millions de paysans présents et à venir. Et si leurs revenus ne leur assurent pas une vie décente, il faudra se résoudre à les subventionner à leur tour.

Il faut développer l'agriculture douce, l'irrigation, il faut encourager des millions de petits projets, peu spectaculaires, mais bien plus efficaces qu'une poignée de grandioses réalisations. Il faut donner aux paysans les moyens de stocker et de transporter leur production, il faut remplacer les pistes par des routes utilisables toute l'année. Il faut aussi reconnaître leur savoir-faire, et non leur asséner des techniques simples en les prenant pour des ignorants.

À elle seule, toutefois, cette mobilisation des énergies et des moyens sera inopérante si l'Afrique ne parvient pas à résoudre au plus vite son autre problème majeur : l'explosion de sa population. Si le nombre de bouches à nourrir augmente plus vite que la production agricole, le pire sera inévitable.

L'efficacité du contrôle des naissances n'est pas une question de religion. Il est possible de réduire en quelques années le rythme des naissances, sans contrainte, l'Iran l'a prouvé. Il suffit de diffuser des moyens contraceptifs et d'éduquer les filles, qu'il faut envoyer à l'école au lieu de les marier.

Certes, ces deux objectifs réclameront de l'argent, mais tellement moins que la lutte contre l'immigration clandestine et le terrorisme, vouée à l'échec tant que l'on ignorera les racines du mal.

Le manque d'argent n'est d'ailleurs qu'un alibi. C'est la volonté politique qui fait défaut. Si quelques pays d'Afrique sont des modèles de démocratie, d'autres ne sont gérés qu'au profit d'une caste. Nous pourrions leur donner tout l'argent du monde, l'essentiel de la population en serait privé. Et les pays donateurs fermeront les yeux aussi longtemps que ces détournements ne compromettront pas leurs bonnes relations commerciales avec ces pays.

Une instance internationale serait beaucoup plus légitime et efficace pour faire pression sur ces gouvernements prédateurs afin qu'ils se soucient davantage de leur peuple, mais où est-elle ? Les Nations Unies n'ont pas ce mandat, et quelques pays sont toujours en mesure de paralyser la moindre de ses actions.

L'Afrique ne doit pas pour autant attendre tout de l'extérieur, en attribuant ses malheurs au reste du monde. Elle a sa part de responsabilité. Elle peut, elle doit se réformer elle-même. Il faut que ses étudiants se consacrent davantage à l'agronomie, plutôt que rechercher les qualifications utiles pour s'exiler. La fuite des cerveaux africains n'est pas un mal sans remède.

Il n'y a pas plus de fatalité en Afrique qu'ailleurs. Aucun pays n'est condamné à subir indéfiniment un régime corrompu. Tous les peuples du monde ont acquis leur liberté dans la lutte, et certains combats restent encore à mener.

Mais l'Afrique doit aussi se débarrasser de ses complexes. Elle n'est pas en retard sur le reste du monde, elle est en avance, elle a sauté une étape, celle de la production industrielle de masse qui menace d'anéantir la vie sur Terre. La sobriété de l'Afrique est un modèle, pas une marque d'infériorité. C'est au bonheur que les hommes aspirent, pas à l'accumulation de biens matériels. La nourriture, la santé, la sécurité et l'éducation sont nos seuls vrais besoins. Il est faux de prétendre que tous les hommes rêvent d'une vie de consommation. Le bonheur ne se mesure pas plus en dollars qu'en nombre d'enfants.

Et si nous étions assez fous pour vouloir être tous riches, il faudrait d'abord consentir à être beaucoup moins nombreux. Dans l'intervalle, la sobriété du plus grand nombre reste indispensable à notre survie.

Alors, cessons de mentir et d'écouter les bonimenteurs. Cessons de prétendre que les malheureux qui s'entassent dans les bidonvilles sont les entrepreneurs de demain, alors qu'ils seront les victimes des famines à venir. Un milliard d'humains ne mangent déjà pas à leur faim. Cessons de présenter l'Afrique comme un nouvel eldorado, comme la Chine de demain. La Chine puise, comme les autres pays développés, dans les ressources naturelles de l'Afrique. Si l'Afrique devenait une nouvelle Chine, où pourrait-elle trouver les ressources nécessaires à son expansion ?

Et cessons d'écouter ceux qui veulent nous rassurer en proclamant que, dans un siècle, la population terrestre aura fini d'augmenter. Dans un siècle ! Attendrons-nous aussi longtemps ? Quelle planète voulons-nous laisser à nos petits-enfants ?

Il faut agir de toute urgence, les effets de telles politiques ne s'obtiendront pas en un jour. Notre population augmente de 80 millions de pauvres chaque année. Si nous ne faisons rien, le malheur des uns fera aussi le nôtre, car le monde d'aujourd'hui est trop petit pour rester cloisonné.

L'humanité ne cesse d'accomplir des prodiges. Rien ne lui semble impossible, mais avant de songer à s'élancer vers les étoiles, elle doit mettre fin au Moyen Âge politique où elle s'enlise. L'économie de notre planète est mondialisée, l'information circule à la vitesse de la lumière, mais le pouvoir politique est resté archaïque, émietté en centaines d'États indépendants, rivaux ou ennemis.

Cette noble instance devant laquelle j'ai l'honneur de parler, les Nations Unies, doit accomplir sa vocation : devenir un véritable Parlement universel et le siège du pouvoir planétaire. Quand les égoïsmes nationaux seront contenus, le monde pourra devenir durablement meilleur pour tous.

Quant aux sceptiques, nombreux dans cette salle, que ma naïveté fait sourire, je leur citerai un autre rêveur, un Africain, Nelson Mandela, qui a dit un jour : "Cela semble toujours impossible, jusqu'à ce qu'on le fasse."

Je vous remercie de votre attention. »

*

La stupéfaction avait saisi l'assistance, quand éclatèrent parmi plusieurs délégations des applaudissements frénétiques. D'autres les imitèrent. Le Président Rodriguez se leva pour applaudir à son tour. Son entourage fit aussitôt de même, mais les visages reflétaient plus d'incompréhension que d'enthousiasme. Il avait réclamé pour Maria Harramond cette place privilégiée dans la succession des discours, alors qu'il ne pouvait ignorer ce qu'elle allait dire. Se pouvait-il qu'il l'approuve sans réserve ? Il était insaisissable depuis quelque temps.

Le secrétaire général descendit de son estrade pour serrer la main de Maria Harramond. Il lui adressa quelques paroles d'encouragement avec un chaleureux sourire. Elle se sentait libérée mais compromise. La réaction de l'auditoire ne la surprenait pas. Les applaudissements tardifs de nombreuses délégations n'étaient que le reflet de leur scepticisme, et le silence des autres trahissait leur hostilité. Maria n'avait pas ménagé ses critiques. Fidèle à son idéal de justice, elle avait laissé parler son cœur.

Sa journée passa comme un songe. Elle ne resta pas dans la salle pour écouter les autres interventions et fut très vite rejointe par ses quelques partisans, qui l'accablèrent de questions. Mais au-delà de ce petit cercle, elle en sentait un autre, large et froid, qui la tenait à l'écart en tournant vers elle des regards méfiants et des sourires de mépris.

En fin d'après-midi, épuisée mais satisfaite, elle retrouva James Diakoundé dans leur limousine. Indifférente au spectacle de la rue, elle avait déjà l'esprit aux Amarandes et à la tâche immense qui l'attendait. Elle allait devoir convaincre ses concitoyens de participer, eux aussi, à l'effort demandé aux pays riches. Ils n'avaient pas d'argent à offrir, mais ils avaient du temps. Ils pourraient aider les migrants à se former, afin qu'à leur retour au Gwandana, ils soient en mesure de contribuer pleinement au redressement de leur pays. Une étroite coopération entre les deux États serait mutuellement bénéfique, elle en était certaine, James Diakoundé aussi.

Quand leur voiture arriva devant l'hôtel, un cordon de policiers retenait les journalistes et les curieux : les échos du discours incendiaire de Maria avaient déjà fait le tour du monde. James sortit le premier, puis elle parut et une acclamation jaillit. Ils saluèrent en souriant et se dirigèrent vers la porte de l'hôtel. Les drones de sécurité du secteur étaient activés, mais ils ne purent détecter le petit drone ailé qui descendait en piqué au ras de l'immeuble. Arrivé à hauteur du premier étage, l'appareil se redressa brusquement et passa juste au-dessus de la foule. On entendit une détonation.

Une tache rouge apparut sur le front de Maria, comme un troisième œil ouvert sur l'infini, et elle s'effondra.

La paix des étoiles

DANS L'AIR GLACÉ de la haute atmosphère, sous un ciel criblé d'étoiles, le lourd biréacteur de William Hurdley emportait ses passagers endormis. Deux chambres avaient été aménagées dans l'appareil, ainsi que des cabines regroupées à l'arrière. Arrimé dans la soute, un sarcophage métallique abritait la dépouille de Maria Harramond, assassinée la veille à New York. Les voyageurs accompagnaient le corps aux Amarandes où auraient lieu des obsèques solennelles.

L'avion avait été transformé en appareil autonome, ainsi que l'exigeait la réglementation antiterroriste. L'équipage ne comptait plus que trois hôtesses et un technicien, assistés de robots. À cette heure de la nuit, seuls les couloirs demeuraient éclairés.

Emma Woodstone était à bord.

*

Quelques mois plus tôt, dans un autre avion qui la ramenait du Gwandana avec son père, elle avait vécu, à l'insu de tous, un événement extraordinaire. Le lendemain, le Président Rodriguez la recevait à la Maison Blanche. Il fut le premier à savoir.

I

Les façades de la Maison Blanche venaient d'être repeintes et brillaient au soleil. Derrière une des fenêtres de l'aile ouest, dans un petit salon sobrement décoré, Audrey Woodstone regardait au dehors les massifs de fleurs. Elle attendait sa fille Emma, qui s'entretenait avec le Président Rodriguez.

Quelques étages plus bas, dans le dédale des sous-sols du bâtiment, le Vice-Président Roy Spender avait rejoint l'équipe chargée de suivre et d'enregistrer la visite d'Emma. Mais les écrans restaient noirs et les haut-parleurs muets, car, à peine entrée dans le bureau ovale, la fille d'Audrey avait exigé que le dispositif de surveillance soit désactivé. Proteus, toujours relié à elle, était parvenu à détecter ce matériel, qu'ils avaient dû mettre en veille. L'autonomie et les pouvoirs de cette prodigieuse intelligence artificielle devenaient problématiques. Elle venait de contribuer au renversement d'un chef d'État africain et elle intervenait maintenant dans le fonctionnement interne de la Maison Blanche. Roy Spender ne voyait plus que deux options possibles : prendre au plus vite le contrôle de cette machine, ou la neutraliser.

Audrey avait aperçu deux écureuils qui jouaient au milieu de la pelouse. Elle les observait avec attention, dans l'espoir de ne plus penser à autre chose. Que n'aurait-elle donné pour vivre dans la même insouciance ? La veille, en retrouvant Emma à son retour du Gwandana, elle l'avait blessée presque aussitôt en rompant brutalement avec son père. Comment avait-elle pu être aussi impulsive ? Pourquoi n'avait-elle pas attendu un peu ? Que faire, maintenant, pour obtenir le pardon de sa fille ?

Elle s'attardait devant la fenêtre, le front appuyé contre la vitre, quand un bruit de porte la fit se retourner. Le Président entrait dans la pièce.

– Emma vous attend dans mon bureau, annonça-t-il, mais je voudrais d'abord vous dire quelques mots.

Il referma la porte et invita Audrey à s'asseoir en face de lui. Elle découvrit alors la gravité de son expression. La tranquille assurance qu'il affichait jusqu'alors avait disparu. Que s'était-il passé ?

– Votre fille souhaite poursuivre librement l'expérience, annonça-t-il.

– Et alors ?

– J'ai accepté.

Audrey eut un mouvement de recul.

– Vous avez accepté ? Ce n'est pas possible ! Vous savez bien que cette demande ne vient pas d'elle, mais de votre ordinateur, qui lui impose ses volontés.

– Vous faites erreur, Madame. Votre fille n'est nullement soumise à Proteus.

– Vraiment ? Et vous laisseriez une gamine de douze ans disposer à sa guise de votre précieux matériel ?

– Elle a fait valoir des arguments que je ne peux pas vous exposer.

– Vous ne pouvez pas ?

– Non, je ne peux en parler à personne, et ça ne va pas me faciliter les choses.

Audrey observa le Président. Qu'est-ce que Emma avait pu lui raconter ?

– Si je comprends bien, elle va continuer à servir de cobaye à cette machine, qui semble être parvenue à vous manipuler aussi.

– Je ne vais pas argumenter, Madame. Vous allez repartir avec votre fille et vous le constaterez par vous-même : elle est indépendante de Proteus.

– Mais elle est si jeune !

– En effet. C'est pourquoi vous devez lui offrir, avec votre mari, un cadre familial protecteur, harmonieux et rassurant.

Audrey pâlit. Était-ce une allusion à sa rupture avec Axel ? William Hurdley avait entendu, lui aussi, depuis sa chambre d'hôpital, les éclats de leur scène. Avait-il tout raconté ? Ou bien était-ce une coïncidence ? Saisie d'un mélange de colère et d'embarras, elle lança au Président un regard hostile, qu'il accueillit avec indifférence.

– Elle nous attend, conclut-il en se dirigeant vers la porte.

Audrey le suivit jusqu'au bureau ovale. Emma était sagement assise dans un canapé. Quand elle se leva, deux hommes entrèrent par une autre porte. Le Président se tourna vers eux.

– Messieurs, Mademoiselle Woodstone est libre de ses déplacements. La protection que nous lui assurons devra désormais être invisible. Organisez son retour à San Francisco par le premier vol.

*

Axel sortit de l'hôpital sans même s'en rendre compte. Brisé par sa rupture avec Audrey, il errait comme un somnambule. Si elle n'avait parlé que de divorce, il aurait conservé un espoir, il aurait tout tenté pour la ramener à lui. Mais elle avait ruiné ses chances en s'unissant à un autre. Et cet autre, c'était Tom ! Leur meilleur ami ! Comment avaient-ils pu ? Avaient-ils songé un instant à Emma ? N'était-ce pas le pire moment pour lui infliger cette nouvelle épreuve ?

Incapable de revenir sur ses pas, Axel saisit son portable et écrivit un long message à sa fille. Il la laissait seule pour quelques jours avec sa mère, elles avaient été trop longtemps séparées. Puis il marcha, pendant des heures, pour vider son esprit. La nuit était tombée depuis longtemps quand il se décida enfin à prendre un taxi jusqu'à l'aéroport. Arrivé à San Francisco, il prit un autre taxi, qui s'arrêta devant chez lui alors que le jour naissait.

Indifférent à l'air humide et froid, il s'avança jusqu'au perron de la maison et franchit le seuil. Les pièces s'illuminèrent pour l'accueillir, mais, dans le salon, il eut la pénible impression qu'il n'était plus chez lui, qu'il était chez Audrey et Tom. Il gravit l'escalier qui menait à l'étage, prit deux somnifères et s'effondra dans son lit sans même ôter sa veste.

*

La Maison Blanche avait bien fait les choses. Audrey et Emma étaient assises au premier rang d'un appareil de nouvelle génération. Devant elles, à la place du cockpit, une bulle transparente offrait une vue extraordinaire. Emma s'était pourtant endormie peu après le décollage, épuisée par le décalage horaire et sa longue entrevue avec le Président. Audrey, indifférente, elle aussi, au paysage, quitta rapidement son siège pour gagner le bar de l'avion. Deux passagers bavardaient. Elle s'isola près d'un hublot, sortit son téléphone et appela Tom.

– Alors ? fit-il d'une voix inquiète. Où en êtes-vous ?

– Emma l'a très mal pris. Je n'aurais jamais dû agir aussi brutalement avec son père. Je crois que tout le monde va m'accabler.

– Pourquoi dis-tu ça ?

– Parce que même le Président a fait une allusion.

– Le Président ? C'est impossible ! Comment saurait-il ?

– Il m'a fait une remarque ambiguë. C'était peut-être une coïncidence, mais j'en doute. Si Emma a pu entendre ma dispute avec Axel, Hurdley aussi, et il en a peut-être parlé au Président.

– …

– Tom ? Tu es là ?

– Oui, j'essaye de réfléchir.

– Je suis désolée.

– Tu ne dois pas, c'est Hurdley le responsable, mais tout ça n'a aucune importance. Notre histoire ne regarde que ton mari et ta fille.

– Oui, elle regarde ma fille, qui me désapprouve, qui souffre et qui m'en veut.

– Tu n'as rien fait de mal.

– Je n'en suis plus si sûre.

– Audrey ! Ouvre les yeux ! Axel te délaissait, il ne se souciait que de lui-même et il a exposé ta fille aux pires dangers malgré ton opposition.

– C'est ta machine qui a exposé Emma au danger.

– Tu m'accuses de…

– Non, je ne t'accuse de rien, pardonne-moi, mais je m'en veux tellement.

– Audrey, le seul reproche que tu puisses te faire, c'est d'avoir été spontanée, d'avoir laissé parler ton cœur. Je suis sûr que ta fille comprendra.

– Si tu pouvais dire vrai.

– Que vas-tu faire maintenant ?

– Je ne sais pas. J'ai vu que la télésurveillance interne de la maison avait été désactivée. Axel est donc rentré. Je n'avais pas réfléchi à ça non plus. Emma a le droit de dormir chez elle, mais je ne peux pas retrouver Axel si vite, après ce qui s'est passé à l'hôpital. Ce serait trop dur, pour lui comme pour moi.

– Il faudra pourtant te résoudre à le revoir.

– Oui, dans quelques jours. En attendant, je vais dormir à l'hôtel. J'y verrai plus clair demain.

– Veux-tu que je vienne ?

– Non, reste chez toi, comme convenu. Je dois gérer ça toute seule.

Audrey referma l'étui de son portable et regagna son siège. Les lumières de San Francisco étaient en vue. L'avion acheva sa descente et la piste apparut. Quand les roues touchèrent le sol, le choc réveilla Emma et elle ouvrit les yeux sur l'aérogare illuminée.

– J'ai bien dormi, annonça-t-elle en gratifiant sa mère d'un sourire.

Audrey n'osait y croire. L'hostilité de sa fille commençait-elle déjà à se dissiper ?

Après avoir récupéré leurs valises, elles se dirigèrent vers la longue file des passagers en attente d'un taxi autonome. Quelques limousines d'ancienne génération, à conduite humaine, étaient également disponibles, mais à un prix extravagant.

– Il va falloir s'armer de patience, soupira Audrey.

– Viens, fit Emma en s'éloignant de la foule.

– Où vas-tu ?

– Nulle part…

Audrey renonça à comprendre et suivit sa fille qui longeait le trottoir d'un pas précipité. Quelques secondes plus tard, un taxi autonome s'arrêtait à leur hauteur en ouvrant ses portières et son coffre.

– Mais… tu resquilles, objecta timidement Audrey. On aurait dû faire la queue, comme tout le monde.

– Maman, mon lien avec Proteus te cause assez de soucis comme ça. Je peux t'offrir cette petite compensation.

Audrey sourit, jeta sa valise dans le coffre et monta dans le véhicule. Emma prit place en face d'elle et la voiture démarra dans un discret sifflement.

– Je ne pourrai pas rester ce soir, fit Audrey d'un ton navré.

– Pourquoi ?

– Parce que ton père est à la maison.

– Et alors ?

– Alors, après ce qui s'est passé hier, je crois qu'il vaut mieux attendre un peu avant de se revoir.

– Tu crois ?

– Oui.

– Comme tu voudras.

– Tu n'es pas fâchée ?

– Je suis triste.

– Moi aussi, je suis triste. Ton père compte toujours beaucoup pour moi et je sais que je lui fais de la peine, mais…

– Mais quoi ?

– Tu n'as pas à me juger.

– Je ne te juge pas, Maman, mais je déplore ta décision, d'autant que j'en suis responsable.

– Qu'est-ce que tu racontes ? Tu n'y es pour rien.

– C'est ma participation à l'expérience Proteus qui vous a dressés l'un contre l'autre.

– Beaucoup de choses allaient déjà mal entre nous, et c'est ton père qui a voulu que tu…

– Non, il a proposé. C'est moi qui ai voulu. Il n'a fait que me suivre et se soucier de moi. Tu l'aurais vu agir, tu serais retombée amoureuse.

– Emma, tu as des idées charmantes et romantiques, mais la vie n'est pas si simple. Tu ne peux pas tout comprendre.

– Sans doute, mais toi non plus. Je sais en revanche que papa a changé, et c'est vraiment dommage que tu le quittes maintenant.

*

Quand Axel émergea du sommeil, la nuit tombait déjà. Pendant un instant, il se demanda où il était, puis ses souvenirs et sa tristesse réapparurent. Il s'assit au bord du lit, ôta ses vêtements froissés et gagna la salle de bains. Dans la cabine d'hydromassage, les jets de vapeur et d'eau semblaient vouloir le dissoudre et il s'y attarda. Enfin, quittant son étuve, il enfila un peignoir et descendit à la cuisine. Privé d'appétit, il fit couler un café et alla s'installer à sa place habituelle, près de la fenêtre. Un taxi s'arrêtait devant la maison. Audrey et Emma étaient à bord.

Il les vit sortir du véhicule et descendre une valise. Audrey étreignit furtivement sa fille et remonta dans la voiture, qui disparut dans la brume. Emma se tourna vers la fenêtre de la cuisine et fit un signe de la main à son père avant d'empoigner sa lourde valise. Axel se précipita à sa rencontre, pieds nus sur le pavement glacé de l'allée, et il arracha Emma du sol pour la serrer dans ses bras.

– Mon ange, tu es revenue. Merci !

– Papa, tu m'étouffes…

– Excuse-moi. Viens, rentrons, il fait froid.

Arrivés au salon, ils se laissèrent tomber dans un canapé.

– Tu es sûre que tu ne veux rien ? insista Axel. Tu n'as pas soif ? faim ? Tu n'es pas fatiguée ?

– Non, j'ai dormi dans l'avion et il est trop tôt pour dîner. Je n'ai besoin de rien. Je suis très contente de te retrouver. Tu es parti un peu brusquement hier.

– Je suis désolé, je…

– Parlons d'autre chose.

– Tu as raison. Raconte-moi plutôt votre journée à San Diego.

– Nous sommes allées à Washington.

– À Washington ? Aujourd'hui ?

– Pour voir le Président.

– Le… Tu es allée à la Maison Blanche avec ta mère ?

– Oui.

– Et le Président Rodriguez vous a reçues, comme ça ?

– J'ai passé deux heures avec lui.

– Deux heures ! Tu as parlé de Proteus avec lui pendant deux heures ?

– Pas seulement de Proteus.

– Bon… Et vous êtes arrivés à quelle conclusion ?

– On ne change rien, l'expérience se poursuit.

– Quoi ? Il est d'accord pour que Proteus continue de se promener avec toi ? Qu'est-ce que tu lui as raconté ?

– Je ne peux pas te le dire.

– Pourquoi donc ?

– Parce que ça ne regarde que lui.

– Emma ! Je suis ton père…

– Je sais, mais lui, c'est le Président des États-Unis.

– C'est très vexant, ce que tu me dis.

– Il ne faut pas le prendre ainsi. Je t'assure que je ne lui ai pas fait un cadeau.

– Tu lui as annoncé une catastrophe ? Tu l'as menacé ?

– Bien sûr que non !

– Alors quoi ?

– Je lui ai donné des informations.

– Des informations ? Et ça a suffi pour qu'il te laisse libre d'agir à ta guise ?

– Il faut croire.

– Emma ! Ce n'est pas toi, c'est Proteus qui lui a raconté tout ça.
– Non.
– Qu'en sais-tu ?
– Je dispose de ces informations grâce à Proteus, mais ce n'est pas lui qui me les a données.
– Pas lui ? Qui, alors ?
– Papa, s'il te plaît, n'insiste pas...
Axel vit le regard implorant de sa fille et il soupira.
– D'accord... Restons-en là pour le moment. Tu comptes faire quoi maintenant ?
– Je ne sais pas encore.
– Voilà qui est rassurant.
– Papa, ne sois pas si inquiet. Il s'est passé quelque chose pendant notre retour du Gwandana. Proteus a changé et mon rapport à lui est devenu beaucoup plus clair.
– Il a changé pendant qu'on était dans l'avion ?
– Oui.
– Et tu ne m'en as pas parlé ?
– C'était trop nouveau pour moi.
– Ça l'est encore ce soir ?
– Ce soir, je peux te dire que Proteus ne m'influence pas. C'est même le contraire. Sans moi, il n'est rien.
– Comment peux-tu dire une chose pareille ? Tu ne vois donc pas qu'il te manipule ?
– Proteus ne m'a jamais manipulée, il en serait incapable. On s'est trompé sur lui depuis le début, il n'a jamais accédé à la conscience.
– Quoi ? Après tout ce qu'il a fait ?
– Il n'a rien fait. C'est maman qui l'a influencé avant ma naissance et j'ai pris le relais par la suite.
– Comment ça ? Et votre contact télépathique ? Qui l'a amorcé ?
– Ce ne peut être que moi, parce que Proteus a toujours été passif. Ce n'est pas une personne, c'est un objet. Il agit, il est autonome, exactement comme une voiture, mais il ne pense pas pour autant. Aucun ordinateur ne pense. Ces machines nous surpassent dans presque tous les domaines, mais elles ne le savent pas. Proteus m'a apporté un supplément d'intelligence et de savoir, mais moi seule ai conscience d'exister. Si je devais me détacher de lui, il ne serait qu'un supercalculateur de plus.

Axel renonça à argumenter. Emma lui annonçait que Proteus s'était mystérieusement transformé, et elle en présentait, dans le même temps, une image plus rassurante que jamais. Ne fallait-il pas craindre, au contraire, qu'elle soit tombée sous l'emprise totale de cette imprévisible machine ?

*

L'activation du Proteus quantique, Proteus II, avait bouleversé la vie professionnelle de Tom. Les premiers jours, l'ordinateur paraissait défectueux et le travail n'avait pas manqué. Mais lorsque William Hurdley pressentit la vérité et qu'on laissa Emma se connecter à la machine, Tom se trouva soudain désœuvré, et il l'était resté. Certes, il dirigeait toujours le laboratoire de Torrey Pines, mais avec l'autonomie de Proteus II, dont on avait perdu tout contrôle, ses équipes ne se consacraient plus qu'à des tâches mineures, peu valorisantes, et les techniciens commençaient à s'inquiéter pour leur emploi. Si même les développements informatiques étaient conçus par les machines, quelle place resterait-il aux humains ?

William Hurdley s'était voulu rassurant. Ce n'était qu'une étape, prétendait-il. Mais son grand âge et les risques liés à sa prochaine implantation cardiaque le rendaient moins crédible. Et sa réconciliation inattendue avec son fils Kevin faisait craindre le pire. Si ce dernier héritait finalement de l'entreprise, jusqu'alors destinée à être partagée entre les employés, il ne s'embarrasserait sans doute guère de considérations sociales dans sa gestion.

Tom était toutefois devenu insensible à ces préoccupations depuis qu'il partageait la vie de l'épouse d'Axel. L'allégement de sa charge de travail n'était plus une menace, mais une aubaine, qui lui permettait de passer plus de temps auprès d'Audrey.

Jusqu'alors, la seule relation qu'il ait prise au sérieux, c'était avec Maria, treize ans plus tôt, aux Amarandes. Depuis, il avait repris sa carrière de séducteur, les liaisons éphémères avec de jolies créatures offrant bien des agréments, à commencer par la liberté.

Avec Audrey, il savait que ce serait différent. Elle allait divorcer pour lui et ils s'en trouveraient plus unis que par un mariage. Elle allait mettre un terme à seize ans de vie commune avec Axel. C'était un drame banal et douloureux. Des rêves, des promesses d'amour éternel réduits à néant par les faiblesses humaines et l'usure du temps. Tom avait, comme Audrey, passé la quarantaine. Ses multiples aventures avaient dissipé ses illusions. Il savait que leur union serait aussi fragile que les autres, et il allait traverser une épreuve qui pouvait la briser : cohabiter avec la fille d'Audrey.

Songeur, morose, il s'était enfermé dans son bureau depuis le début de la matinée, quand il reçut enfin l'appel qu'il attendait.

– Bonjour Tom.

– Bonjour Audrey, comment vas-tu ?

– Je viens d'appeler Axel.

– Ah... Ça s'est passé comment ?

– Presque trop bien. Il quitte la maison dès ce soir. Il va s'installer à l'hôtel en attendant de trouver un appartement. Il me laisse la garde d'Emma et il valide par avance le montant de la pension alimentaire que je lui demanderai.

– Il est encore sous le choc, il a tout le temps de devenir moins conciliant.

– Sans doute, mais rien ne l'obligeait à réagir si vite et si généreusement. J'ai l'impression qu'il est beaucoup plus préoccupé par Emma que par notre divorce. Il semble décidé à tout faire pour faciliter notre séparation et je commence à me trouver égoïste.

– Audrey ! Ne sois pas naïve ! Il joue la comédie.

– Pourquoi dis-tu ça ? Je te rappelle que ma fille est toujours dans une situation invraisemblable. Je l'ai appelée aussitôt après Axel, elle n'a guère été bavarde. Elle est plus proche de son père que de moi, aujourd'hui. Il sait des choses que j'ignore et je m'étonne qu'elle le laisse partir si vite et si facilement.

– Je n'aime pas ça.

– Moi non plus, mais qu'est-ce que je peux y faire ? J'ai déjà obtenu tout ce que je voulais.

– Ils se sont entendus pour te culpabiliser.

– Tu n'en sais rien !

Tom s'abstint de réagir. À quoi bon ? Il ne ferait qu'irriter Audrey. Il devait la laisser tranquille, le temps qu'elle s'habitue à sa nouvelle situation et, surtout, qu'elle retrouve l'affection de sa redoutable fille.

*

Si l'appel d'Audrey n'avait guère réjoui Tom, il l'avait au moins arraché à son ennui. Mais son répit dura peu, et il décida de quitter son bureau plus tôt encore que d'habitude. Arrivé sur le parking, il retrouva, avec un sourire satisfait, le luxueux bolide qui provoquait l'admiration et l'envie de ses collaborateurs. Il se glissa à l'intérieur, démarra dans un grondement sourd et franchit l'enceinte du laboratoire Hurdley. Il allait prendre à gauche pour s'engager dans l'avenue, mais son volant tourna à vide tandis que la voiture s'élançait du côté opposé. Tom écrasa le frein, la pédale s'enfonça sans résistance. Toutes les commandes étaient désactivées.

Conformément à la nouvelle législation, le pilotage manuel de sa voiture n'était plus qu'une option. Elle s'ajoutait au dispositif de conduite autonome, obligatoire sur tous les véhicules neufs, qui permettait à la police de les contrôler à distance pour réguler le trafic, mais aussi d'arrêter tout suspect sans devoir le poursuivre.

Tom crut à un dysfonctionnement, mais il hésita à presser le bouton d'arrêt d'urgence. Sa voiture roulait à vitesse stabilisée, suivait parfaitement la route et respectait la signalisation. Aucun danger ne semblait se présenter. Piqué par la curiosité, Tom décida d'attendre pour voir où son engin le mènerait. Dix minutes plus tard, il s'immobilisait sur le parking du golf de Torrey Pines, face à un 4x4 noir. Deux hommes s'avancèrent. Il abaissa la vitre étroite de sa portière.

– FBI ! annoncèrent-ils en présentant leurs plaques. Veuillez descendre, s'il vous plaît.

– C'est vous qui m'avez intercepté ?

– Oui, quelqu'un d'important souhaite vous rencontrer, Monsieur Greene.

– Vraiment ? J'ai une adresse, vous savez. J'ai même le téléphone.

– Il veut vous rencontrer en toute discrétion, c'est pourquoi je vous demande de nous remettre votre smartphone et votre montre.

– Qu'est-ce que c'est que ce cirque ?

– Monsieur Greene, s'il vous plaît…

Tom pressa une touche d'un geste brusque. Sa portière se souleva et il bondit de son siège.

– Tenez ! maugréa-t-il. Ne les abîmez pas !

– Par ici, fit l'un des agents en désignant le pavillon d'entrée du golf.

Une voiturette électrique les attendait. L'homme au volant invita Tom à monter, et le véhicule s'engagea sur le parcours.

– Où allons-nous ? grommela Tom.

– Au trou numéro sept du parcours nord.

– Pourquoi ?

– Parce qu'il est près de l'océan.

– Ah… C'est pour me faire admirer le paysage ?

L'homme ne répondit pas.

Le golf était magnifique. Des pins projetaient leur ombre sur un ondoyant tapis vert parsemé d'obstacles de sable blanc. L'océan s'étirait à l'horizon. Tom jugea qu'ils s'approchaient un peu vite de la falaise, mais ils prirent un brusque virage pour se diriger vers une autre voiturette. Un homme au visage austère en descendit à leur arrivée. Tom mit pied à terre à son tour, et son chauffeur repartit.

– Bonjour Monsieur Greene, je suis Richard Balding, chef de cabinet du Vice-Président Spender. Je vous prie d'excuser cette convocation un peu cavalière, mais vous allez comprendre.

– Bonjour Monsieur Balding. J'aimerais comprendre, en effet.

– Je suis venu de Washington pour vous parler de Proteus.

– Vous n'avez pas le téléphone ?

– Pour Proteus, aucune ligne cryptée n'est indéchiffrable.

Impressionné par le ton de son interlocuteur, Tom perdit sa désinvolture et le laissa poursuivre.

– Je vais vous livrer un secret d'État, Monsieur Greene, comprenez-vous ce que cela implique ?

– Soyez sans crainte, Monsieur Balding. Je sais être discret.

– Bien… Il s'est passé quelque chose au Gwandana, un incident que nous avons appris par un ministre ayant participé au voyage et qui s'est confié à notre ambassadeur aux Amarandes.

– Quel genre d'incident ?

– À son arrivée, Emma Woodstone a été reçue avec les autres visiteurs par le dictateur. Lorsqu'ils lui ont exposé la façon dont ils comptaient mener leur visite, il s'est violemment opposé. Ils songeaient déjà à repartir, quand la jeune fille est intervenue. En quelques phrases, elle a mis cet homme de fer à genoux, littéralement, et ils se sont trouvés libres de leurs déplacements.

– C'est prodigieux !

– Elle vient de faire la même chose à Washington avec le Président.

– Quoi ?

– Il l'a reçue hier à la Maison Blanche. Leur entretien devait être suivi en direct et enregistré, mais ça n'a pas été possible. En deux phrases, elle l'a convaincu de neutraliser la vidéo que Proteus avait détectée. Nous ne savons rien de leurs échanges, le Président a gardé le secret. Mais au lieu de reprendre le contrôle de Proteus, comme nous l'espérions, il a validé la poursuite d'une expérience dont la finalité nous échappe.

– Il devait avoir une bonne raison.

– Qu'il ne s'est pas donné la peine de nous communiquer.

– C'est incroyable…

– Monsieur Greene, le Président s'est fait dicter sa conduite par Proteus. Jusqu'alors votre ordinateur était incontrôlable, mais il s'apprête maintenant à nous diriger.

– Qu'allez-vous faire ?

– Le désactiver.

– Contre la volonté du Président ?

– Je viens de vous le dire : le Président n'a plus son libre arbitre.

– En ce cas, pourquoi ne pas le destituer ?

– C'est une procédure bien trop lente, et il n'est pas question de rendre public ce qui vient de se produire.

– Vous croyez que c'est mieux d'agir à son insu ?

– Monsieur Greene, le Vice-Président Spender sait ce qu'il fait. Il assumera ses responsabilités. Toutefois, il hésite encore, à cause du Dragon de jade.

– Du quoi ?

– C'est le programme concurrent que développent les Chinois. En dépit du secret qui entoure leurs travaux, nous savons qu'ils sont près d'aboutir. Je ne m'étendrai pas sur l'état de nos relations, mais je peux vous assurer que s'ils parviennent à maîtriser leur machine, ils n'hésiteront pas à s'en servir contre nous. Leur cyberattaque plongerait notre économie dans le chaos et fragiliserait nos systèmes de défense.

– Vous croyez qu'ils seraient assez fous pour…

– Rien n'est exclu. Comprenez-vous l'importance de l'enjeu ?

– Pardonnez-moi, mais, pour ce qui me concerne, l'enjeu se limite à la maîtrise d'un matériel informatique, et je ne vois pas pourquoi les Chinois y parviendraient mieux que nous. Vous n'avez pas songé à les alerter ?

– Vous croyez qu'ils nous écouteraient ?

– Alors, tant pis pour eux !

– Tant pis pour nous aussi.

– Comment ça ?

– Leur ordinateur ne connaîtra pas plus de frontières que Proteus. S'il parvient à dominer les Chinois, ce sera notre tour ensuite.

– Dans ce cas, pourquoi m'avez-vous fait venir ?

– Nous savons que vous allez vivre avec l'interface humaine de Proteus.

– L'interf… Emma ?

– Oui.

– Mais de quoi vous mêlez-vous ! Et qu'est-ce que ça va changer au problème ?

– Tout ce que le Président a bien voulu nous révéler, c'est que cette jeune fille aurait une réelle emprise sur Proteus. C'est probablement faux, elle n'est sans doute pour cette machine qu'un pantin de plus. Mais c'est notre unique moyen d'action.

– Qu'est-ce que vous attendez de moi ?

– Que vous persuadiez Emma Woodstone de collaborer avec nous.

– Vous voulez rire ? Elle me déteste ! J'ai pris la place de son père ! Je n'ose imaginer l'accueil qu'elle me réserve.

– Vous êtes son ami depuis toujours.

– J'étais aussi l'ami de son père ! Vous êtes complètement fou !

– Vous pouvez renoncer dès à présent, Monsieur Greene, mais dans ce cas, il faudra désactiver Proteus demain.

– Demain ? Il n'y a vraiment pas d'autre solution ?

– J'écoute vos suggestions…

– Je ne vois pas pourquoi je serais plus apte que le Président à influencer Emma Woodstone. Pourquoi ne demandez-vous pas plutôt à ses parents ?

– Parce qu'ils ne voudront pas.

– Et moi, je suis supposé accepter ?

– Proteus est votre création, Monsieur Greene. Qui serait plus motivé que vous pour le préserver ? D'autant qu'il ne s'agit nullement de nuire à cette jeune fille, mais de la libérer de cette machine.

– Le Président a déjà essayé.

– En effet, mais il ne s'attendait pas à être manipulé, et il n'avait aucun lien personnel avec Emma Woodstone. Ses chances étaient très inférieures aux vôtres.

– En admettant que j'obtienne quelque chose, ce ne sera pas demain matin.

– Tant que Proteus ne représente pas une menace directe, nous pouvons patienter, mais il nous faut votre accord dès à présent.

– Je vais réfléchir.

– Vous avez vingt-quatre heures. Je serai ici demain à la même heure. Ne prenez ni votre téléphone, ni votre montre. Je vais vous reconduire à l'entrée du golf.

– Inutile, je rentrerai à pied, j'ai besoin de marcher.

– Comme vous voudrez, mais je vous dois une dernière mise en garde.

– Quoi encore ?

– Soyez très vigilant, ne vous laissez pas influencer à votre tour par Emma Woodstone.

– Et si ça devait se produire ?

– J'espère que nous saurons le voir.

– Et que ferez-vous ?

– À demain, Monsieur Greene.

*

Jamais Tom n'avait roulé aussi lentement pour se rendre chez Audrey. La veille, il avait revu le secrétaire du Vice-Président pour lui donner son accord. S'il avait refusé, il aurait dû effacer la mémoire et détruire le logiciel de Proteus, le fruit d'années de travail et sa plus grande fierté. Il essaierait de le sauver.

Audrey l'avait rappelé. Emma n'était pas opposée à ce qu'il vienne à la maison, mais elle voulait d'abord s'entretenir avec lui. Tom redoutait le pire. Après ce qu'il avait appris, la perspective d'un tête à tête avec Emma l'épouvantait. Si elle parvenait à l'asservir, qu'adviendrait-il ?

Grand amateur de cinéma, il se rappelait ce film où des enfants mi-humains, mi-extraterrestres colonisaient un village, lisaient dans la pensée des habitants, et les poussaient l'un après l'autre au suicide lorsqu'ils s'opposaient à eux. Lorsqu'il s'arrêta devant la maison d'Emma, les scènes les plus angoissantes du film repassaient en boucle dans son esprit. Sur le siège passager, il avait déposé une grande feuille de papier portant l'inscription : *J'espère que tu ne t'es pas fait avoir.*

Il sonna, Audrey ouvrit la porte et ils s'étreignirent sur le seuil.

– Entre, elle est à son piano, elle t'attend.

Tom tendit l'oreille. Du haut de l'escalier, une mélodie nerveuse et saccadée leur parvenait.

– Qu'est-ce que c'est ? demanda-t-il.

– Une œuvre très exigeante de Liszt : *La Danse macabre*.

C'en était trop pour Tom, qui éclata de rire.

– Qu'est-ce qui t'arrive ? s'inquiéta Audrey.

– Rien, c'est nerveux. Je suis ridicule, j'appréhende de retrouver ta fille.

– Tu n'es pas ridicule et je suis sensible à ton embarras. Tu étais l'ami de son père. Pour elle, tu l'as trahi. Tu as le mauvais rôle. Mais ne sois pas trop inquiet, elle avait compris depuis longtemps que ça n'allait plus entre Axel et moi. Elle est très intelligente.

C'est bien là le problème… pensa Tom en suivant Audrey qui s'engageait dans l'escalier. Arrivée devant la porte, elle frappa, et la musique s'interrompit.

– Entrez ! fit la voix d'Emma.

Audrey ouvrit et laissa passer Tom. Le regard pénétrant d'Emma était braqué sur lui.

– Bonjour, dit-il d'un ton mal assuré.

– Bonjour, Tom.

Jusqu'alors, en le voyant, elle s'était toujours précipitée pour l'embrasser, mais cette fois, elle resta à son piano. Il s'avança, hésitant, et s'arrêta au milieu de la pièce.

– Bien, je vous laisse, fit Audrey en adressant à Tom un sourire encourageant.

Immobile, les bras ballants, il ne savait quelle attitude prendre face à Emma dont les mains reposaient toujours sur le piano.

– Je peux m'asseoir ? demanda-t-il en désignant la chaise posée près d'une fenêtre.

– Bien sûr.

Empoignant le siège, il s'assit à califourchon. Emma ne le quittait pas des yeux.

– Tu voulais me voir, m'a dit ta mère.

– Oui.

– Eh bien… je suis là.

Emma ôta enfin ses mains du piano, rabattit doucement le couvercle et tourna vers Tom un regard froid.

– Je voudrais que tu me parles franchement, annonça-t-elle.

– Je suis venu pour ça.

– Tu le promets ?

– Je le jure.

– Alors dis-moi ce que t'a raconté le chef de cabinet du Vice-Président.

*

Tom sentit un souffle glacé traverser la pièce. Il scruta le visage d'Emma qui n'exprimait aucune émotion. Allait-elle le pousser au suicide, comme dans le film ?

– Que vas-tu faire ? hasarda-t-il.

– Tu n'as pas répondu à ma question.

– Quelle question ?

– Le chef de cabinet.

– Ah, oui, le chef…

Comment réagir ? Fallait-il tout avouer ? mentir ? fuir ? Mais n'était-il pas déjà trop tard ? Si Emma, ou plutôt Proteus, se découvrait ainsi, c'est qu'il avait déjà gagné.

– Comment le sais-tu ? finit-il par répondre.

– Tous les déplacements du personnel de la Maison Blanche sont traités par informatique. Tous les véhicules en circulation sur le territoire des États-Unis sont surveillés en permanence par les drones de la police. La voiture empruntée par Richard Balding à sa sortie d'avion et la tienne se sont retrouvées sur le parking du golf de Torrey Pines. Vos téléphones également. Ensuite, le drone survolant le golf vous a vus prendre des voiturettes dont vous êtes sortis pour marcher ensemble au bord de la falaise. Richard Balding est vraiment naïf.

– Contrairement à toi, grinça Tom.

– Tu devais me parler franchement, mais je n'ai toujours pas de réponse.

– Je devais parler à un être humain ! Pas à une machine !

– Je suis Emma Woodstone, je suis un être humain.

– Non ! Tu n'es plus toi-même et tu ne t'en rends même pas compte. Tu es le jouet de la machine que j'ai eu l'inconscience de créer.

– Tom, tu vas trop au cinéma.

– Je sais ce que tu es en train de faire ! Tu veux me retourner, comme le Président, tu veux m'endormir avec je ne sais quel raisonnement pour que je devienne ta marionnette !

– C'est donc ça qu'il t'a raconté au golf.

Tom s'immobilisa, sidéré. En quelques phrases, comme l'avait expliqué Balding, elle avait obtenu ce qu'elle voulait : il avait tout avoué. L'intelligence de Proteus était insurpassable, le combat était perdu d'avance, l'humanité avait trouvé son maître.

– Et tu as cru à ces bêtises ? reprit Emma.

– Oui, j'y ai cru ! Et j'y crois plus encore maintenant !

– Pourquoi ?

– Parce que c'est la vérité !

– Tom, je n'ai pas hypnotisé le Président.

– Alors pourquoi a-t-il accepté de te laisser libre ?

– Parce qu'il a compris que c'était le meilleur choix.

– Qu'est-ce que tu lui as dit ?

– Ça ne te regarde pas, je regrette.

– C'est trop facile.

– Non, ce n'est pas facile, ni pour le Président ni pour moi, mais il est libre de dire ce qu'il veut, à qui il veut.

– Même à ses plus proches collaborateurs ?

– Oui.

Tom ne savait plus quoi penser. Une seule chose était sûre, sa mission pour Balding était d'ores et déjà un échec. Proteus savait tout et il restait maître du jeu. Que faire maintenant, sinon essayer d'en savoir davantage ?

– Pourquoi m'as-tu dit que tu savais pour Balding ? Tu aurais pu me le cacher.

– Pour quoi faire ? Ne te laisse pas entraîner dans la paranoïa du Vice-Président. Proteus ne se sert pas de moi pour prendre le pouvoir, c'est stupide, qu'est-ce qu'il en ferait ?

– Pourquoi devrais-je te croire plus que Balding ?

– Parce que Balding est un idiot.

– Vraiment ? Alors, pourquoi Proteus refuse-t-il de coopérer ? On ne l'a pas fabriqué pour te divertir, mais pour nous aider.

– Il vient d'aider un peuple à s'affranchir d'une dictature.

– On ne lui avait rien demandé !

– Il faudrait savoir…

– Tu refuses de comprendre.

– Non, Tom, c'est toi. L'intelligence de Proteus dépasse la tienne. Si tu veux son aide, tu dois le laisser faire.

– Emma, tu sais très bien que c'est inacceptable. Les hommes ne se soumettront jamais à une machine, aussi intelligente soit-elle.

– Il ne s'agit pas de ça. J'ai tout expliqué au Président, et c'est à lui que tu dois faire confiance, pas au Vice-Président, qui ne fait que des suppositions. C'est pour ça qu'il a envoyé Balding te charger de me surveiller, voire de m'influencer, n'est-ce pas ?

Tom tourna vers Emma un regard las. Il n'avait plus envie de ruser.

– Oui, je dois amener Proteus à coopérer avec le gouvernement, faute de quoi il sera désactivé.

– Coopérer à quoi ?

– À notre défense.

– À notre défense… ou à une attaque ?

– Je ne sais pas.

– Tu approuves cela ?

– Mon avis n'a aucune importance.

– Ne dis pas ça, ton avis est très important, tu es le père de Proteus, tandis que le Vice-Président n'est qu'un collaborateur déloyal.

– Tu as réponse à tout.

– Non, j'ai d'ailleurs une question, dont tu es seul à avoir la réponse.

– Ah oui ? Laquelle ?

– Ma mère me dit que tu l'aimes, c'est vrai ?

Stupéfait, Tom observa à nouveau Emma. Son visage avait changé. C'était comme si Proteus venait de se retirer pour les laisser seuls.

– C'est vrai, dit-il enfin.

– Tu vas l'aimer combien de temps ?

– Emma ! Comment peux-tu poser une question pareille ?

– Ce n'est pas une bonne question ?

– Non, parce qu'elle n'a pas de réponse.

– Tu ne sais donc pas si tu l'aimeras toujours.

– Bien sûr que non ! Tout comme j'ignore quand je mourrai.

– Tu t'en tires bien.

– Ah ?

– Si tu m'avais répondu « Je l'aimerai toujours », je t'aurais mis à la porte.

Tom se surprit à sourire. Emma annonça :

– Je veux bien que tu viennes habiter ici.

Ils se levèrent, Emma s'approcha de Tom, se haussa sur la pointe des pieds et déposa un baiser sur sa joue. Il était enchanté.

– Allons rejoindre maman.

– Qu'est-ce qu'on va lui dire ?

– Rien du tout, elle s'inquiéterait inutilement.

– Je ne peux tout de même pas...

– Mais si, tu peux. Allons-y !

Tout en suivant Emma, Tom songea qu'il ne risquait pas de s'ennuyer dans cette maison. Lorsqu'il réapparut devant Audrey, elle comprit que tout s'était bien passé.

– On m'a octroyé un permis de séjour ! annonça-t-il gaiement.

– Emma ! Tu es un ange ! Viens que je t'embrasse...

Tom resta pour dîner, mais il avait convenu avec Audrey que ce soir-là, quoi qu'il arrive, il repartirait. Lorsqu'il regagna sa voiture, il vit le texte posé à côté de lui : *J'espère que tu ne t'es pas fait avoir.* Il prit la feuille, la roula en boule et la jeta sous le siège.

II

– Tu vas vraiment laisser ces horreurs au mur ?

– C'est un appartement meublé, Emma. Je ne toucherai à rien.

– Ne me dis pas que ces lithos te plaisent.

– Elles m'indiffèrent.

– Elles sont trop laides, Papa. Je vais t'apporter quelques toiles pour les remplacer.

– Des tableaux de ta mère ! C'est Proteus qui t'a soufflé cette idée idiote ?

– Pourquoi idiote ? Tu as toujours aimé ce qu'elle faisait.

– Je n'ai pas envie d'avoir ses tableaux sous le nez, je ne cesserais pas de penser à elle.

– Tu le fais déjà.

– Ce n'est pas une raison ! Je ne veux pas.

– Bon, d'accord, je sais que tu changeras d'avis.

– Je serai parti avant.

– Ah bon ? Tu viens à peine de t'installer et tu penses déjà à repartir ? À part les lithos, c'est bien ici. C'est calme, il y a une grande terrasse et tu es tout près de Stanford.

– Pour ce que ça me sert… Je donne mes cours en ligne et je ne vais plus à Stanford qu'une fois par mois. Mais surtout, je m'ennuie.

– Il faut sortir, voir des gens.

– Je le fais. Je donne des conférences, je participe à des dîners, et je m'ennuie.

– Tu t'ennuies à enseigner ? C'est nouveau.

– Je me sens inutile. Ta mère a raison, je ne suis qu'un bavard, je brasse de l'air avec mes belles paroles, on m'écoute poliment puis on passe à autre chose. J'ai beaucoup médité sur notre aventure au Gwandana. C'était insensé de te laisser partir à ton âge, mais au moins on a agi et on a obtenu un résultat. Tandis que moi, ici, je ne sers à rien.

– C'est toi qui dis ça ?

– Oui, je m'en étonne moi-même.

– Il ne faut pas que tu restes dans cet état.

– Sans doute, mais pour le moment, je n'ai trouvé qu'une solution irréaliste.

– Laquelle ?

– Rien.

– Mais encore ?

– Rien, je te dis.

– Papa...

– Bon, d'accord, j'ai songé à rejoindre l'équipe de David Bergwitz pour devenir conseiller économique du Président.

– Mais c'est génial !

– Emma ! C'est à Washington, à 4000 kilomètres d'ici. Je ne pourrai plus te voir. C'est hors de question.

– Papa ! Il y a des avions ! Je pourrai te voir aussi souvent qu'aujourd'hui.

– Tu es folle ? Tu veux achever d'empoisonner la planète avec tous tes déplacements ?

– Je ne serai pas toute seule dans l'avion.

– C'est un peu court comme raisonnement.

– Tu as raison, j'ai une meilleure idée.

– Je crains le pire...

– Emmène-moi là-bas avec toi.

– Quoi ? Tu veux quitter ta mère ?

– Maman n'a rien à voir avec mon envie de bouger. Je sais que tu as peur de Proteus, que tu ne me crois pas quand je te dis qu'il ne m'impose rien, mais il est quand même là, à ma disposition, et je veux m'en servir.

– Pour quoi faire ?

– Je ne sais toujours pas, mais ce n'est pas en restant ici que je trouverai.

– Emma ! Sois raisonnable, attends un peu. Tu viens à peine de retrouver ta maison, tes amies, ton piano, ton centre équestre. Tu as l'affection de ta mère. Tom semble tout faire pour t'être agréable et tu me retrouves presque tous les week-ends. Qu'est-ce qu'il te faut de plus ?

– Tout le monde est très gentil, maman la première, mais elle peine à trouver de nouveaux repères avec moi, et Tom est plus embarrassé encore. Ils n'osent pas se l'avouer, mais je les gêne. Sans parler de Proteus.

– Tu ne peux pas faire une chose pareille à ta mère.

– Je suis bien obligée de choisir, puisque vous n'êtes plus ensemble. Pourquoi vivrais-je chez elle plutôt que chez toi ? Je prendrai l'avion pour aller la voir, elle pourra me rejoindre quand elle voudra, et rien ne l'empêche de déménager si elle veut se rapprocher de moi. Elle peut peindre n'importe où.

– Tu veux l'éloigner de Tom ?

– Pourquoi pas ? Tu t'inquiètes pour lui ?

– Non, mais...

– Mais quoi ?

Axel était déconcerté. La complaisance d'Emma envers sa mère n'aurait été qu'un simulacre et elle ne songerait qu'à l'écarter de Tom ? Fallait-il l'encourager dans cette voie ?

– Tu ne peux pas faire ça, Emma. C'est trop brutal.

– Je ne veux pas m'en aller pour faire souffrir Maman. Je l'aime, mais je sens que, pour le moment, je n'ai rien à faire chez elle.

– Qu'est-ce que tu feras de plus à Washington ?

– Je te l'ai dit : je ne sais pas.

– On va peut-être s'inquiéter à la Maison Blanche après ce qui s'est passé au Gwandana.

– Papa ! Le Gwandana était opprimé par un dictateur que Proteus a permis de renverser. On n'en est pas là chez nous.

– Sans doute...

– Alors ?

– Alors quoi ?

– On part quand ?

*

Depuis ses aveux à Emma, Tom menait avec insouciance une vie d'agent double. Il faisait le bonheur d'Audrey en entretenant avec sa fille les meilleures relations, et cela lui valait, de surcroît, un contact direct avec

Proteus, impossible à obtenir depuis le centre de contrôle de Torrey Pines, où on ne contrôlait rien du tout. Quant à Balding, il n'y avait qu'à le laisser attendre le plus longtemps possible, après quoi, Proteus aviserait.

Le soir où Emma lui annonça qu'elle allait partir pour Washington, il comprit que sa tranquillité avait pris fin, d'autant qu'elle s'empressa d'ajouter qu'il pouvait raconter tout ce qu'il voulait à Balding. C'est ainsi qu'il retrouva, deux jours plus tard, le chef de cabinet du Vice-Président sur le parcours de golf.

– Vous ne semblez pas très préoccupé, grinça Balding en découvrant le visage inexpressif que Tom s'était composé.

– Que voulez-vous que j'y fasse ?

– Pas grand-chose, en effet.

– Vous allez désactiver Proteus ?

– Nous allons d'abord tenter une dernière manœuvre, plus brutale.

– Ah…

– Vous allez rapporter nos entretiens à Mademoiselle Woodstone et lui dire que nous attendons de Proteus une action précise, faute de quoi il sera mis hors-service.

– Quelle action précise ?

– Les Chinois viennent d'activer leur supercalculateur. Comme je vous l'ai dit, c'est une menace pour eux s'il échappe à leur contrôle. Mais dans le cas contraire, ce sera terrible pour nous.

– Et alors ?

– Proteus doit en prendre le contrôle avant eux.

– Quoi ? Vous êtes fou ? C'est impossible !

– Impossible pour vous, mais sans doute pas pour votre ordinateur.

– Qu'en savez-vous ?

– Peu importe. Il doit essayer.

– Pourquoi ferait-il une chose pareille ?

– Pour ne pas disparaître.

– Vous croyez que ça le motivera ?

– Je l'ignore, mais nous devons tout tenter pour empêcher les Chinois de disposer d'une telle arme.

– Et faire en sorte qu'elle soit à nous…

– Évidemment ! Ils ne nous feront pas de cadeau et il n'y aura qu'un vainqueur. Ils se battent pour la Chine, je me bats pour l'Amérique. Dans quel camp êtes-vous, Monsieur Greene ? Si Proteus n'est pas avec nous, il est contre nous ! Quand allez-vous comprendre ?

*

Perchée sur un haut tabouret, près d'une table encombrée de pinceaux et de tubes de couleurs, Audrey, les mains posées sur les genoux, regardait fixement une toile vierge. Le départ prochain d'Emma pour Washington l'avait anéantie. En quittant son mari, Audrey avait perdu sa fille.

Plongée dans ses tristes pensées, elle ne voyait pas le soir assombrir son atelier. Quand Emma entra, il faisait presque nuit.

– Maman, qu'est-ce tu fais ?

– Tu vois bien… je peins.

– Dans le noir ?

– Pourquoi pas ?

– Maman ! Il ne faut pas réagir comme ça, ce n'est pas la fin du monde.

– Je réagis comme je veux et j'aimerais que tu cesses de me faire la leçon.

Emma s'approcha de sa mère, pétrifiée sur son tabouret, et elle l'entoura de ses bras. Audrey esquissa un geste pour la repousser. Elle ne voulait plus entendre les discours sentencieux que Proteus dictait à sa fille. Mais sa tendresse maternelle était plus forte que sa volonté, et elle l'étreignit. Une idée jaillit alors dans son esprit.

– Si j'allais à Washington, moi aussi, tu habiterais quand même chez ton père ?

– Maman ! Il ne faut pas tout faire en fonction de moi. De toute façon, je ne pense pas rester longtemps là-bas.

– Et après, tu reviendras ici ?

– Probablement.

– Tu cherches à m'éloigner de Tom, n'est-ce pas ?

– Je me fiche de Tom.

– C'est bien ce que je dis.

– Non, Maman. Je ne cherche pas à t'éloigner de lui, ni à m'éloigner de toi. Je vais à Washington parce qu'il s'y passe plus de choses qu'ici.

– Qu'est-ce que tu prépares ?

– Rien.

– Je ne te crois pas. Je suis sûre que Proteus va encore te pousser à…

– Maman ! Ne recommence pas. C'est moi qui décide, pas Proteus, et tu sais que j'ai hérité de ta force de caractère.

– Je n'ai jamais été aussi imprudente que toi.

– Tu n'as jamais disposé des pouvoirs de Proteus.

Audrey soupira. Sa fille aurait toujours le dernier mot. Elle n'en ferait jamais qu'à sa tête. Il fallait se résigner.

– Combien de temps cela va-t-il encore durer ?

– Je l'ignore, Maman, sans doute peu. Tu devrais en profiter pour recommencer à peindre, pas comme aujourd'hui…

– Ça y est ! Encore un conseil !

– Ce n'est pas un conseil, c'est une requête.

– Vraiment ?

– Oui, j'aime beaucoup tes tableaux, et plus encore tes fresques. Pourquoi tu n'en fais plus ? Je me souviens de la maison que vous m'aviez fait visiter aux Amarandes, celle dont tu avais décoré le grand salon. Je n'ai jamais rien vu d'aussi beau.

– C'est que tu n'as pas vu grand-chose.

– Maman ! Tu as beaucoup de talent, tu aurais pu faire plein d'autres fresques, mais tu m'as sacrifié presque tout ton temps et ton énergie.

– Ça valait la peine. Si c'était à refaire, je le referais.

– Tu es la meilleure maman du monde, mais tu pourrais aussi être la meilleure des peintres. Tu es jeune encore, tu as une longue carrière devant toi.

– Jeune ? Pas tant que ça…

– Je te dis que tu es jeune et Proteus est du même avis.

– Proteus ? De quoi se mêle-t-il, celui-là ?

– Il a accès à ton dossier médical. Je te rappelle qu'il t'a même opérée. À l'examen de tes analyses, tes scanners et tout le reste, avec ton mode de vie et d'alimentation, si tu n'as pas d'accident, tu vivras centenaire. Tu n'es même pas à la moitié de ta vie. Tu es jeune.

– C'est effrayant de voir à quel point Proteus peut être indiscret.

– Il n'est pas indiscret. On lui a livré ces renseignements en les mettant sur informatique.

– On met tout sur informatique aujourd'hui !

– Oui, presque tout, c'est une des forces de Proteus. Par contre, il ne saura jamais peindre comme toi.

– En es-tu sûre ? Il y a des tableaux peints par des robots.
– Ce sont des faussaires, qui imitent les œuvres humaines. Toi, tu crées.
– Hier, je créais. Aujourd'hui, je n'ai plus d'inspiration.
– Je te répondrais bien quelque chose, mais tu vas te fâcher.
– Ah non ! Pas de conseil !
– Ce n'est pas un conseil.
– C'est quoi, alors ?
– Une remarque.
– Bon… vas-y…
– Tu es comme tous les artistes, qu'ils soient musiciens, écrivains ou peintres. Pour un éclair d'inspiration, il vous faut des journées de travail. Je suis sûre que ta créativité est seulement endormie et que tu peux la réveiller. Je serais tellement fière si tu y parvenais avant mon retour.

*

Tom avait retrouvé Emma à son piano et, sans préambule, lui avait transmis l'ultimatum de Balding. Lorsqu'il eut terminé, elle n'avait pas bougé un cil.
– Tu ne dis rien ?
– Que veux-tu que je dise ?
– Je ne sais pas, moi, ce que tu en penses.
– À quoi bon ?
– Tu vas le faire ? Enfin… je veux dire… Proteus va le faire ?
– Il a jusqu'à la fin du mois, m'as-tu dit ?
– Oui, c'est le temps que lui laisse Balding pour s'exécuter.
– Eh bien, on verra.
– Tu crois qu'il pourra le faire, au moins ?
– C'est ce que tu souhaites ?
– Franchement, oui. On lui demande seulement d'aider son pays d'origine. Je ne trouve pas ça choquant.
– Tom, c'est un acte de guerre.
– Tu exagères.
– Non.
– Peut-être, mais c'est eux ou nous.
– Bien sûr, et on tire les premiers, sans préavis.

– Et alors ? On ne va rien détruire, ni tuer personne.

– Dans un premier temps…

– Donc, tu refuses ?

– J'ai dit : on verra.

– Réfléchis bien.

– Merci du conseil.

– Et si tu alertais le Président ?

– Non.

– Pourquoi ?

– Les intrigues de la Maison Blanche ne me concernent pas.

*

Axel et Emma s'étaient installés dans une petite maison de Columbia Heights, à mi-chemin du bureau de l'un et du centre équestre de l'autre. Persuadée que les événements allaient se précipiter et que son séjour à Washington ne durerait pas, Emma partageait son temps entre sa salle de classe virtuelle, l'équitation, le piano et de longues discussions passionnées, le soir, avec son père.

Ce matin-là, l'air était vif et le soleil brillait. Emma menait son cheval au petit trot sur un sentier de Rock Creek Park. Un petit drone la suivait à bonne distance. Une voiture du FBI s'était discrètement garée sur le parking du centre équestre. Malgré cela, Emma se sentait agréablement seule. C'était le 25 du mois, cinq jours avant son treizième anniversaire, qui allait coïncider avec l'ultimatum du Vice-Président. Audrey viendrait à Washington pour l'occasion, accompagnée de Tom. Axel avait accepté de le recevoir, en promettant de ne pas manifester d'hostilité.

À la fin de sa promenade, alors qu'elle approchait du centre équestre, Emma vit une luxueuse voiture blanche garée près de l'entrée. Une énorme portière se souleva à son approche. Enveloppée d'un long manteau soyeux, la ravissante compagne de Kevin Hurdley apparut.

– Natacha ! se réjouit Emma. Quelle bonne surprise !

Répondant par un large sourire, Natacha vint prudemment à sa rencontre, portée par un invisible exosquelette. Emma sauta de cheval et elles s'étreignirent. Elles ne s'étaient pas revues depuis le Gwandana.

– Je viens d'apprendre que tu étais à Washington, fit Natacha.

– J'ai suivi mon père. Il travaille pour le gouvernement maintenant.

– Et ta mère ?

– Ils ne sont plus ensemble.

– Oh ! Je suis désolée, je ne savais pas.

– Je t'en prie… C'est vraiment gentil d'être venue. Comment vas-tu ?

– Très bien, et le père de Kevin aussi.

– Ah oui ! Son opération, on m'en a parlé, c'est un succès, n'est-ce pas ?

– William Hurdley a un cœur tout neuf, un bijou de technologie. Si le reste tient bon, il est reparti pour vingt ans. Tu n'as pas idée du soulagement de Kevin. Ils venaient à peine de se réconcilier. La mort de son père l'aurait beaucoup affecté.

– Il est auprès de lui ?

– Non, Kevin n'a pu rester que quelques jours. Il est débordé. Tout le monde s'intéresse à son RX1, de l'Inde aux États-Unis, et l'Europe, bien sûr.

– Son engin n'a pourtant servi à rien aux Amarandes.

– C'est vrai, mais tous les dirigeants politiques ne partagent pas les préoccupations humanitaires de Maria Harramond. Tu sais qu'elle doit prononcer un discours à l'ONU dans cinq jours ?

– Dans cinq jours, ce sera mon anniversaire.

– Vraiment ? Il faudra que je t'envoie un cadeau.

– Ce n'est pas pour ça que je le disais ! Je vais appeler Maria, il y a longtemps que je ne lui ai pas donné de nouvelles.

– Elle m'a consultée à plusieurs reprises pour préparer son texte. Je crois qu'il sera très bien.

– Elle va prendre des risques.

– Tu crois ?

– Oui. Le Gwandana n'est pas encore tiré d'affaire. Proteus a vidé les comptes bancaires de Missoko, mais ne l'a pas ruiné pour autant. Cet homme possède encore des biens immobiliers, de l'or, des diamants… Tous les dirigeants corrompus sont dans son camp. Maria devra en tenir compte.

– Ne t'inquiète pas, tout se passera bien. Mais en attendant, c'est l'heure du déjeuner. Puis-je t'inviter au restaurant ?

– Avec plaisir ! Je m'occupe de mon cheval et j'arrive.

*

Soucieuse de discrétion, Natacha évitait les restaurants où on pouvait la reconnaître. Mais sa beauté rayonnante éblouit les clients du modeste établissement où Emma la suivit. Sa robe-pantalon, d'un rouge éclatant, était si habilement dessinée que son mince exosquelette était indécelable. Un serveur subjugué se dressa devant elle, l'entraîna jusqu'à une petite table, un peu à l'écart, et les conversations reprirent.

– On dirait qu'ils ont vu une extraterrestre, plaisanta Emma, oubliant la fascination qu'elle-même avait ressentie en voyant Natacha pour la première fois.

– Tu exagères… Je ne suis qu'une jolie femme, il y a des endroits où on en trouve beaucoup. Mais c'est encore nouveau pour moi. Quand j'étais en fauteuil roulant, on me regardait autrement. Je me suis habituée à porter un exosquelette au Gwandana, et ce modèle est extraordinaire. Il est si mince et ajusté que je peux le dissimuler sans peine.

– C'est formidable.

– Si on veut… Mais parlons plutôt de toi. Comment vis-tu la séparation de tes parents ?

– Je suis consternée. Papa a fait beaucoup d'erreurs, mais il était en train de se transformer, et c'est maintenant que maman le quitte. C'est trop bête.

– C'est souvent comme ça, tu sais. On change quand il est trop tard.

– Et s'il n'était pas trop tard ?

– Tu as suivi ton père jusqu'ici pour que ta mère revienne ?

– Non, mais si ça se produisait, ce serait génial.

– Alors pourquoi es-tu à Washington ?

– Je ne sais pas.

– Tu plaisantes ?

– Je voudrais bien.

– Et Proteus, il sait ?

– Proteus ne sait rien par lui-même, ce n'est qu'une machine.

– Mais alors, qui te guide ?

Emma eut un geste évasif.

– Tu ne veux pas me répondre ?

– C'est difficile.

– Essaye toujours.

– L'intelligence artificielle de Proteus ne lui permet plus seulement de simuler la pensée, elle fait maintenant de lui un instrument de communication.

– Vraiment ? Depuis quand ?

– C'est arrivé d'un coup, dans l'avion qui nous ramenait du Gwandana.

– Tu as entendu des voix ? Tu as vu des images ?

– C'est plus compliqué, mais on peut le dire comme ça… Tu vois que mon histoire n'est pas racontable, on me prendrait pour une folle.

– Tu l'es peut-être.

Emma allait répondre, quand le serveur surgit avec deux assiettes fumantes qu'il déposa en adressant à Natacha un sourire extatique. Il disparut et elles entamèrent leur déjeuner. Natacha brûlait d'en savoir davantage. Pour arracher des confidences à son amie, il fallait l'entraîner à poursuivre sur n'importe quel sujet, et puisqu'elle prétendait entendre des voix, il y avait peut-être une piste à explorer.

– Emma, tu crois en Dieu ?

– Pourquoi cette question ?

– Après ce que tu viens de me dire, elle est légitime, non ?

– Je te vois venir, sourit Emma, mais je vais quand même te répondre. Avant d'être reliée à Proteus, je m'en remettais à mes parents, qui ne sont pas croyants. Pour eux, Dieu n'étant pas démontrable, il ne sera jamais qu'une hypothèse, aussi séduisante que douteuse. Mais aujourd'hui, je ne partage plus cette façon de voir.

– À cause de tes voix ?

– Et toi, Natacha, tu crois en Dieu ?

– Moi ? je… je veux bien admettre que l'univers ne s'est pas fait tout seul. S'il y a quelque chose plutôt que rien, c'est un mystère, donc notre existence aussi. Mais depuis mon accident, j'ai beaucoup de mal à croire en Dieu.

– Tu ne crois plus en un Dieu juste, infiniment bon et tout-puissant, parce que le jour de ton accident, il n'a pas fait son boulot.

– Euh… dit brutalement, c'est à peu près ça.

– Mais avant, tu y croyais.

– J'avais tendance à y croire. J'étais jeune et naïve, j'aimais les belles histoires.

– Et sans ton accident, tu y croirais encore.

– Je ne sais pas, sans doute. En tout cas, je ne pourrais pas lui en vouloir.

– Pourtant, le soir de notre première rencontre, tu m'as dit que, sans ton accident, ta vie dorée n'aurait jamais eu de sens. Tu as même ajouté que la douleur t'avait donné une énergie inespérée.

– C'est vrai, mais j'ai trouvé tout ça en moi, dans mes tripes. Je me suis débrouillée toute seule et j'ai perdu l'usage de Dieu en même temps que celui de mes jambes.

– Et si Dieu était en toi ? dans tes tripes, comme tu dis.

– Ah non ! C'est trop facile !

– Pourquoi ? Où veux-tu qu'il soit ? À l'autre bout de l'univers ? Plus loin encore ? Quelle drôle d'idée.

– Mais non ! Il n'est nulle part, tout simplement.

– Tu voudrais une preuve de l'existence de Dieu, n'est-ce pas ?

– Bien sûr ! Comme tout le monde. Mais je n'en rêve plus.

– Tu as raison : ce serait épouvantable.

– Comment ça ? Ce serait merveilleux !

– Nous serions terrifiés par son apparition. Nous deviendrions ses esclaves et nos vies n'auraient plus aucun sens.

– Tu crois ?

– Bien sûr ! S'il s'imposait à nous, si nous n'avions plus la liberté de douter, notre passage sur terre deviendrait une absurde comédie. Plus aucun de nos actes ne serait sincère. Nous simulerions la bonté et l'amour, dans l'espoir de lui plaire et dans l'attente anxieuse d'une récompense éternelle. Nous ne serions plus rien.

– Je n'y avais pas pensé… Alors c'est pour ça que Dieu se cacherait et qu'il nous laisserait faire tant d'horreurs ?

– C'est aussi pour ça que le monde, les autres, et nous-mêmes, apparaissons si imparfaits. C'est pour que nous ayons un rôle à jouer. Sinon à quoi bon vivre ? Que ferions-nous de notre temps si la Terre était un paradis ? S'il n'y avait pas de tremblements de terre, nous n'aurions pas à concevoir d'immeubles antisismiques, s'il n'y avait pas de maladies, il n'y aurait pas de recherche médicale. Si nous n'avions pas de faiblesses, qu'aurions-nous à combattre ? Nous serions tous des saints dans un monde idéal. Nous n'aurions plus qu'à passer nos journées à la pêche, et elle serait chaque fois miraculeuse. Ce serait d'un ennui atroce, ce serait l'enfer… Le monde est très bien comme il est, jusque dans ses imperfections, pour que nous ayons quelque chose à y faire. Comprendre cela, c'est la clé d'une vie apaisée, en harmonie avec le monde, tel qu'il est. Mais tout cela n'est-il pas évident ?

– C'est séduisant, trop peut-être…

– Tu veux plus de concret ?

– Volontiers.

– On connaît chaque jour avec plus de précision le fonctionnement des aires du cerveau.

– Et alors ?

– On n'a pas localisé la conscience.

– Comment ça ?

– Toi qui me parles en ce moment, dans ce restaurant, tu utilises ton corps et ton cerveau pour échanger avec moi, mais en réalité, où es-tu ?

– Mais… je suis là, devant toi.

– Dans quelle partie de ton corps es-tu ?

– Dans mon cerveau.

– Non, je viens de te le dire, tu n'es pas plus dans un recoin de ton cerveau que dans le reste de ton corps. On démonterait ton cerveau neurone par neurone, il fonctionnerait de plus en plus mal, mais on ne te trouverait jamais. Ce n'est pas le fonctionnement du cerveau qui engendre la conscience, c'est la conscience qui hante le cerveau. Le foie sécrète la bile, mais le cerveau ne sécrète pas la pensée, il n'en est que le réceptacle. Notre conscience est extérieure au monde physique, elle n'est pas soumise à ses lois, elle n'a ni naissance ni mort, son passage fugitif dans notre corps n'est qu'un épisode dans son éternité. Elle ne tiendra jamais dans une clé USB. Elle est d'ailleurs à ce point insaisissable que certains scientifiques plaideraient volontiers pour son inexistence, si sa présence en nous n'était pas aussi évidente, y compris pour eux.

– C'est très intéressant tout ça, mais quel rapport avec Dieu ?

– La conscience est de la même nature que Dieu : elle est insaisissable, et pourtant elle existe. Il ne s'agit pas de conviction religieuse, mais d'une observation. Natacha, tu n'es pas de ce monde, qui n'est qu'un théâtre dont on occupe la scène le temps d'une vie. Ton corps, cerveau inclus, te permet d'y évoluer, mais ce n'est qu'un véhicule auquel tu ne te réduis pas. Tu es bien davantage que ton corps. Ta conscience est un éclat de Dieu, et c'est en toi qu'il faut le chercher.

– Moi ? Dieu ? Tu y vas un peu fort…

– C'est angoissant, n'est-ce pas ?

– C'est surtout follement prétentieux.

– Non, c'est une écrasante responsabilité, parce que tu ne peux plus te réfugier derrière un Dieu étranger, supérieur et lointain. Si le monde ne te plaît pas tel qu'il est, emploie ta courte existence à le changer et cesse d'accabler Dieu. C'est ça, le sens de la vie.

– C'est facile à dire tout ça, mais je ne suis pas Dieu, je n'ai pas ses pouvoirs.

– Tu as le plus grand de ses pouvoirs.

– Ah oui ? Lequel ?

– Aimer.

Natacha observa son amie.

– Ce sont tes voix qui t'ont raconté tout ça ?

Emma esquissa un sourire malicieux.

– Je prendrais bien un dessert, et toi ?

*

Malgré la réponse évasive d'Emma, qui aurait dû lui laisser un espoir, Tom sentait que la partie était perdue. Proteus allait être désactivé, le fruit d'années de travail réduit à néant.

Le mois lui sembla une éternité. Audrey, transformée par le départ de sa fille, l'avait abandonné à ses idées noires. Passé les premiers jours d'abattement, elle était devenue hyperactive. Quand elle ne travaillait pas dans son atelier, elle s'employait à ranimer son réseau de galeristes et de propriétaires de ses œuvres pour rechercher de nouvelles commandes de fresques. Tom n'existait déjà plus qu'à moitié pour elle. À plusieurs reprises, elle l'avait même appelé Axel… Ce dernier persistait, de son côté, à afficher une gentillesse, une compréhension, une bienveillance insupportables. D'autant que, s'il prétendait se soucier autant du bien-être de sa fille que de son ex-épouse, il ne se montrait guère pressé de divorcer. Tom n'était pas dupe de sa prétendue générosité, mais Audrey y était sensible et, lorsqu'il les invita tous deux chez lui pour l'anniversaire d'Emma, elle avait accepté avec empressement.

L'avant-veille de leur départ pour Washington, Tom reçut un message de Berling lui annonçant sa visite. Se pouvait-il qu'au dernier moment le Vice-Président ait changé d'avis ?

Quand il retrouva le chef de cabinet sur le parcours de golf, il découvrit avec surprise son sourire triomphant.

– Bonjour Monsieur Greene, comment allez-vous ?

– Je ne comprends pas votre question, fit Tom avec humeur.

– Vous ne savez donc pas ! jubila Berling.

– Je ne sais pas quoi ?

– Proteus s'est exécuté ! Il a piraté le Dragon de jade !

– Qu'est-ce que vous racontez ? C'est impossible ! Les Chinois auraient détecté l'attaque et réagi immédiatement.

– Monsieur Greene, répliqua Berling d'une voix suave, rappelez-vous, Proteus s'est joué de vos instruments de contrôle dès son activation. Vous avez cru à un dysfonctionnement jusqu'à ce que William Hurdley comprenne qu'il voulait communiquer avec cette jeune fille. Je vous dis qu'il a pris le contrôle de l'autre ordinateur et qu'ils fonctionnent maintenant en parallèle. Vos homologues chinois ont été abusés, autant que vous.

– Comment le savez-vous ?

– Par Proteus.

– Il vous l'a dit ?

– Il nous l'a laissé voir.

– Comment ?

– La NSA a détecté un énorme flux de données entre les deux ordinateurs, un flux que les fournisseurs d'accès internet américains et chinois n'ont pas détecté parce que leurs systèmes de contrôle ont également été piratés. Ils ont constaté une baisse générale de leurs performances, mais sont incapables d'en trouver l'origine.

– Et la NSA y est parvenue ?

– Si ses systèmes n'ont pas été piratés, c'est parce que Proteus voulait nous donner une preuve de son activité.

– Comment êtes-vous sûr que ce n'est pas le matériel de la NSA qui a été corrompu ?

– Parce que ce flux de données est bien réel et parce que les Chinois sont aussi impuissants que vous face à leur machine, que Proteus n'a eu aucune peine à annexer.

– Qu'est-ce qui vous prouve que ce n'est pas le contraire ? Que ce n'est pas le Dragon de jade qui a pris le contrôle de Proteus ?

– Parce qu'il n'en est pas capable. Proteus est beaucoup plus avancé. Son autoprogrammation lui a permis d'accéder à une forme de conscience. Le Dragon de jade n'en est pas là, ce n'est encore qu'une énorme machine à calculer, surpuissante mais passive. Proteus n'en est pas moins transformé par le matériel chinois, et il conviendrait peut-être de dénommer ce nouvel ensemble Proteus III.

– Quand ils le découvriront, les Chinois seront ravis.

– Pourquoi le sauraient-ils demain plus qu'aujourd'hui ? S'ils avaient eu le moindre doute, ils auraient déjà mis leur machine hors-service.

– Vous êtes bien confiant.

– Cette fois, oui. D'ailleurs, même Emma Woodstone est restée dans l'ignorance. Sinon, elle vous en aurait parlé.

– Elle n'est plus en contact avec Proteus ?

– Plus de la même façon, en tout cas. Mais vous n'aurez qu'à lui demander demain. Vous avez bien deux billets pour Washington ?

– En effet, grimaça Tom, irrité d'être autant épié. C'est son anniversaire.

– Elle sera enchantée d'apprendre que son ordinateur est devenu raisonnable, mais sans doute déçue de découvrir qu'il ne lui dit pas tout. Ménagez-la...

– Je crois que Proteus ne lui a jamais tout dit.

– Peut-être, mais quoi qu'il en soit, nous savons maintenant une chose essentielle : il veut survivre.

*

– Je ne vous aurais jamais cru capable d'une telle folie.

– Quelle folie, Monsieur le Président ? Je n'ai pris aucun risque et j'ai scrupuleusement suivi vos consignes.

– Spender ! Ne me prenez pas pour un imbécile ! Vous avez contourné mon interdiction d'approcher Emma Woodstone et pris un risque considérable avec les Chinois.

Confortablement installé dans un canapé du bureau ovale, Roy Spender venait de révéler au Président Rodriguez sa tentative de prise de contrôle de Proteus, et son éclatant succès. Déconcerté par la réaction indignée de son interlocuteur, qu'il attribua à la jalousie, il n'en éprouvait pas moins un sentiment d'intense satisfaction. Lui, Vice-Président des États-Unis, il avait fait plier Proteus, qui venait d'entamer secrètement l'invasion de la Chine.

– Je n'ai jamais approché cette jeune fille, répliqua-t-il sèchement. J'ai seulement tenté une expérience sur Tom Greene, et elle a pleinement réussi. Quant aux Chinois, pardonnez ma franchise, mais je trouve que vous avez un peu trop tendance à les ménager depuis quelque temps.

– J'ai mes raisons ! Et je suis sûr qu'ils découvriront très vite la vérité.

– Il sera trop tard.

– Trop tard pour qui ?

Spender ne put refréner un haussement d'épaules. Le scepticisme de Rodriguez commençait à l'agacer.

– Permettez-moi de vous rappeler que, sans mon initiative, nous en serions toujours au même point, alors que Proteus déplace son pion vers nous.

– Nous n'avons rien à craindre de cette jeune fille.

– Je ne partage pas votre assurance. Mais il est vrai que je n'ai pas bénéficié de ses confidences…

– Spender ! Vous n'allez pas recommencer ! Je ne peux pas vous révéler ce qu'elle m'a appris, et c'est une charge pour moi, pas un privilège. Alors cessez de me harceler, et ne faites plus rien sans mon autorisation.

– Vous n'auriez jamais accepté que mon chef de Cabinet aille jouer la comédie auprès de Tom Greene, parce que vous n'auriez jamais cru que mon coup de bluff pouvait réussir.

– C'est vrai, je n'aurais jamais cru que Proteus donne suite à une demande aussi hasardeuse et j'en redoute maintenant les conséquences. Je crains que vous n'ayez fait une terrible erreur.

– Je pense, au contraire, avoir fait ce qu'il fallait. Maintenant que Proteus est sous notre contrôle, nous allons pouvoir traiter directement avec Emma Woodstone, sans passer par ce benêt d'informaticien.

– On ne traitera rien du tout ! Ne vous laissez pas griser par votre apparent succès. Votre menace de désactiver Proteus semble avoir abouti, j'en conviens, mais je ne suis pas certain qu'il se laisse longtemps abuser par votre comédie.

– Tant qu'il croira que j'agis à votre insu et que je suis déterminé à le désactiver, il pliera.

*

Malgré l'épreuve qu'il traversait, Axel était heureux. Son nouveau travail le passionnait. Il se frottait enfin au monde réel dans sa fascinante complexité. Entre une idée et sa mise en œuvre, cent obstacles devaient être franchis, et autant de surprises advenaient. Axel ne vivait pas deux jours identiques, d'autant que Bergwitz l'avait intégré à son équipe rapprochée. Il avait même eu l'occasion de participer à une réunion du cabinet, à l'issue de laquelle le Président lui avait demandé, en aparté, des nouvelles de sa fille. Sa fille, qui passait tous les soirs avec lui, privilège exorbitant qui ne durerait sans doute pas. Audrey lui manquait beaucoup, mais son absence avait au moins mis un terme aux tensions et aux disputes qui avaient précédé son départ pour les Amarandes et le Gwandana. Axel était privé d'elle, mais il était en paix et, au fond de lui, il comprenait Audrey. Ils s'étaient éloignés peu à peu l'un de l'autre, leurs corps et leurs cœurs. Tom n'avait guère eu besoin de ses talents de séducteur, il s'était simplement trouvé là.

Le matin de son anniversaire, Emma suivit avec son père les interventions à la tribune de l'ONU. Enthousiasmé par le discours de Maria, Axel fut très surpris des réserves de sa fille. Habituellement si audacieuse, elle jugeait certains propos de Maria inutilement provocateurs. Il se garda néanmoins d'approfondir, ne voulant pas, un jour pareil, faire disserter Emma sur un sujet qui semblait l'attrister.

Audrey et Tom avaient suivi le discours de Maria dans l'avion qui les menait à Washington, où ils se posèrent sous une pluie battante. Une demi-heure plus tard, un peu fébriles à l'idée de retrouver Axel, ils sonnaient à la grille de sa maison, les bras chargés de cadeaux pour Emma.

Leurs retrouvailles furent aussi cordiales qu'il était possible. L'attitude d'Axel, mélange de prévenance et de retenue, y contribua largement. Tom et Audrey se détendirent peu à peu. Emma, qui n'en espérait pas tant, était ravie. Axel annonça qu'il allait chercher à la cuisine le gâteau prévu pour le goûter. Audrey proposa de l'aider à y disposer les bougies. Tom se retrouva seul avec Emma dans le salon.

– Je sais tout, souffla-t-elle.

– Tout quoi ?

– Pour Proteus et le Dragon de jade.

– Et tu me l'as caché ?

– Je voulais leur laisser le plaisir de te l'annoncer. Vous n'avez rien compris.

– Comment ça, rien compris ?

– Je suis désolée, je ne t'en dirai pas plus.

Tom allait répliquer quand Axel et Audrey revinrent dans la pièce, portant le gâteau illuminé et entonnant un « joyeux anniversaire » que Tom se vit contraint de chanter avec eux. Ils prirent place à table, Emma regarda tour à tour les trois adultes, leur sourit, puis se tourna vers le gâteau et souffla d'un coup ses treize bougies.

Au même instant, frappée d'une balle en pleine tête, Maria Harramond s'effondrait sur un trottoir de New York.

*

Quelques minutes plus tôt, James Diakoundé était sorti de la limousine, puis Maria parut à son tour et il s'effaça derrière elle. Un cordon de police les séparait de la foule des curieux. Ils s'avancèrent lentement vers l'entrée de l'hôtel. Quand Maria fut touchée, James prit en pleine figure des éclats de cervelle.

Deux agents de sécurité se jetèrent sur lui pour le mettre à l'abri à l'intérieur de l'hôtel. Rassemblés dans le hall, les délégataires du Gwandana et des Amarandes s'apprêtaient à retrouver leurs chefs d'État. Après le coup de feu et les cris qui suivirent, ils voulurent sortir, mais la police bloquait toutes les issues, et, lorsqu'ils virent entrer Diakoundé ensanglanté, la panique les saisit.

– Je n'ai rien ! cria-t-il. Je n'ai rien ! C'est Maria ! Ils l'ont tuée !

Enragé par son impuissance, il tournait en rond, les poings serrés, tandis que les sirènes de police hurlaient à l'extérieur et que l'hôtel était envahi par les forces de l'ordre. Très vite, il retrouva son sang-froid, regagna sa suite et alluma le mur vidéo du salon, où les interlocuteurs se multiplièrent.

Le premier fut Victor Sambo, Vice-Président des Amarandes et compagnon de Maria. Il venait de recevoir les condoléances du Président Rodriguez en personne, qui l'avait dissuadé de se rendre à New York, car il n'aurait pas le temps d'arriver avant le transfert du corps vers les Amarandes. Pour masquer sa douleur, Victor avait rugi de colère contre les autorités américaines, incapables d'assurer la sécurité de leurs visiteurs. Diakoundé partageait son indignation et, quand William Hurdley leur annonça qu'il se rendrait aux obsèques, ils convinrent qu'il assurerait lui-même le rapatriement du corps avec son avion personnel. Victor ne voulait plus avoir affaire au gouvernement américain. Loin de se formaliser, le Président Rodriguez lui fit savoir qu'il ne pourrait pas assister aux obsèques, mais qu'il serait représenté par le Vice-Président Spender.

Indifférent à l'honneur ainsi fait à la minuscule République des Amarandes, Victor remercia froidement le Président américain.

*

Le lendemain de l'assassinat, l'avion de William Hurdley se posait à New York. Le vieil homme était accompagné de son fils Kevin et de

Natacha. Au même moment, Emma, Axel, Audrey et Tom arrivaient de Washington. Ils retrouvèrent James Diakoundé et sa suite à la morgue, où la dépouille de Maria était exposée. La tête posée sur un oreiller de satin blanc, sa blessure au front dissimulée, le visage habilement maquillé, elle semblait dormir. Emma était effondrée et ses larmes ne tarissaient pas. Ses parents, debout à ses côtés, souffraient pour elle. Tom, qui avait un temps partagé la vie de Maria, était, lui aussi, bouleversé.

En fin d'après-midi, les longues limousines noires du convoi funèbre arrivèrent sur le tarmac de Kennedy Airport. On hissa le cercueil métallique dans l'avion de William Hurdley puis les passagers embarquèrent. Outre le Président Diakoundé, hôte d'honneur, Kevin et Natacha avaient proposé de prendre à bord Emma et ses parents, ainsi que Tom, vivement contrarié par ces retrouvailles prolongées entre Axel et Audrey. Quant aux délégataires du Gwandana et des Amarandes, on les conduisit vers un autre appareil. James Diakoundé, soucieux de marquer le caractère privé de sa participation aux obsèques, avait décidé de s'y rendre seul. Les membres de sa suite allaient rentrer sans lui au Gwandana.

Prioritaire pour la circonstance, le biréacteur de William Hurdley remonta la file des avions qui attendaient leur tour pour décoller et, sans marquer d'arrêt, s'élança sur la piste. Vingt minutes plus tard, il avait atteint son altitude de croisière et la nuit l'enveloppait déjà. Trois hôtesses en élégants tailleurs convièrent les passagers à gagner la salle à manger. Ils prirent place en silence autour d'une grande table ovale, brillante comme un miroir. Le luxe de la pièce, tendue de soie jusqu'au plafond, accentuait la triste solennité du dîner.

– Vous croyez qu'on trouvera les coupables ? grommela Diakoundé.

– Le gouvernement va s'y employer, fit Hurdley.

– S'il est aussi efficace que pour la protéger…

– Qu'attendiez-vous comme réponse ? s'irrita Kevin. La police ne peut pas prévenir tous les crimes.

– Ce n'est pas n'importe quel crime. Maria Harramond était chef d'État.

– Je sais, elle était protégée en conséquence, mais j'ai écouté le discours qu'elle venait de faire.

– Et alors ?

– Elle cherchait des ennemis.

– Son discours a enthousiasmé la moitié de l'assemblée.

– Et indisposé l'autre moitié, où je n'ai guère vu de défenseurs des droits de l'homme.

– Ils l'ont fait tuer pour ça ?

– L'un d'entre eux, probablement.

– Si elle avait su ce qui l'attendait, observa Natacha, je suis persuadée qu'elle n'aurait pas changé un mot de son texte.

– Elle l'aurait durci ! s'exclama Audrey. Moi aussi, j'ai bien écouté son discours et il m'a ouvert les yeux. Elle a eu raison de crier la vérité à tous ces dirigeants cyniques, brutaux et corrompus, ces politiciens avides, indifférents au sort de leurs peuples et uniquement soucieux de s'enrichir. Pardonnez-moi, Monsieur Hurdley, mais quand je vois le luxe invraisemblable dans lequel vous vivez, je me dis que vous offrez un bien triste exemple.

– N'insultez pas mon père ! gronda Kevin. Tout ce qu'il possède est le fruit de son travail, pas du pillage de son pays, qu'il a, au contraire, contribué à enrichir.

– Ce n'est pas ce que j'ai dit.

– C'est quoi, alors ?

– Que son mode de vie sert de modèle et d'alibi à la cupidité sans borne de tous ceux qui voudraient l'imiter.

– Et alors ? Qu'est-ce qu'il y peut ? Vous voudriez qu'il vive en haillons dans une grotte ? Son avion, qui semble tant vous déplaire, sa villa, ses voitures, tout ce dont il jouit, est financé avec son argent de poche. L'essentiel de sa fortune est dans son entreprise, qui fournit du travail à des milliers d'employés. Vous n'avez pas de leçon à nous donner et je vous suggère de laisser les homélies marxistes au professeur Woodstone.

Déstabilisée, confuse, Audrey se tut et baissa la tête, mais Axel, piqué au vif, vola à son secours :

– Elle a raison ! Si quelques miettes de votre fortune suffisent à vous procurer un tel train de vie, c'est qu'il y a quelque chose de pourri dans le capitalisme d'aujourd'hui. Il est absurde, il est monstrueux qu'un homme, quels que soient son travail et son génie, puisse accumuler en une vie des sommes pareilles. Ce système est devenu fou et il finira mal. Les inégalités ne monteront pas jusqu'au ciel !

– Ne dites pas de sottises ! riposta Kevin. Non seulement les riches ne sont pas responsables de la pauvreté, mais l'extension mondiale de ce capitalisme que vous détestez tant a déjà tiré plus d'un milliard d'humains de la misère.

– C'est faux !

– Comment ça ?

– La mondialisation du capitalisme a entraîné des délocalisations massives vers les pays à main-d'œuvre bon marché. Leurs travailleurs sont effectivement sortis de la misère, mais savez-vous ce que ça signifie vraiment ? Savez-vous à partir de quel revenu un Africain est rattaché aux classes moyennes ? Le savez-vous ?

– Non, mais...

– Trois dollars ! Avec trois dollars par jour pour vivre, ils sont dans les statistiques des classes moyennes !

– Et alors ? C'est quand même un progrès. C'est mieux que de mourir de faim.

– Pour combien de temps ?

– Combien de temps ?

– Oui ! parce qu'en plus, c'est provisoire ! Quand un robot coûtant moins de trois dollars par jour prendra leur travail, ils retourneront à leur misère. Terminé ! Plus besoin d'eux ! Savez-vous que près d'un milliard de jeunes sont aujourd'hui sans emploi ? Avec l'évolution démographique actuelle, ils seront bientôt deux milliards, puis trois. Espérez-vous bâtir assez d'usines et de tours de bureaux pour les employer tous ? Sur quelle planète trouverez-vous les ressources nécessaires ? Plus nous sommes nombreux sur Terre, plus on devrait partager, et plus on fait le contraire !

– Vous avez fini ?

– Oui, j'ai fini, et je vous remercie de votre attention.

*

D'un mot malheureux, Audrey avait déclenché une querelle qu'Axel et Kevin, embarrassés, regrettaient déjà. Emma et Natacha n'étaient pas plus à l'aise. William Hurdley observait son fils avec un mélange de gratitude et de confusion. Mais le plus contrarié, c'était Tom. Quelle mouche avait donc piqué Audrey ? Elle connaissait la somptueuse villa de William Hurdley et s'était même extasiée de ses riches collections. Pourquoi dénigrait-elle l'avion où il avait eu la courtoisie de l'inviter ? Qu'allait-il penser ? Et cette tirade gauchiste, où l'avait-elle trouvée ? Son divorce allait enfin être prononcé, et c'est maintenant qu'elle adhérait aux idées d'Axel ! N'avait-elle pas assez de sa peinture pour refaire le monde ? Plongé dans ses pensées, Tom leva un instant le nez de son assiette et surprit le regard qu'Audrey adressait à son futur ex-mari. Ce voyage commençait mal...

Le dîner achevé, une hôtesse fit coulisser les portes ouvrant sur le salon. William Hurdley invita ses convives à quitter la table et posa sa main sur celle d'Audrey, assise à côté de lui.

– Pourriez-vous attendre un peu ? J'aimerais vous parler.

Surprise et gênée, elle acquiesça d'un hochement de tête. L'hôtesse quitta la pièce et referma les portes, laissant Audrey seule avec le vieil homme.

– Je ne voulais pas vous offenser, dit-elle d'un ton contrit.

– Il n'y a aucune offense, Madame.

– Je ne sais pas ce qui m'a pris, d'autant que la dernière fois que je vous ai rencontré, c'était pour faire un scandale qui a failli vous tuer.

– Non, Madame, vous m'avez, au contraire, sauvé la vie. Mon cœur aurait lâché un jour ou l'autre. Vous n'avez fait que précipiter les choses. Mais, par votre attitude, vous m'avez amené à me réconcilier avec mon fils. Je ne vous en serai jamais assez reconnaissant.

– Je voulais surtout sauver ma fille.

– Je sais, et vous m'y avez entraîné. Je dois aussi vous remercier pour cela.

– C'est moi qui vous remercie d'avoir fait le nécessaire, alors que vous étiez souffrant.

– N'en parlons plus, à personne… Mais ce n'est pas pour ça que je vous ai retenue. Je comprends le point de vue que vous avez exprimé pendant le dîner. Je ne le partage toutefois pas entièrement. Quand j'étais jeune, je voulais, comme beaucoup d'autres, entreprendre, créer, réussir. J'y suis parvenu très tôt, bien au-delà de mes espérances, et j'en ai tiré une grande fierté. Ma fortune était le fruit de mon travail, le reflet de ma valeur, pourquoi l'aurais-je cachée ? J'avais le droit d'en être fier et de le montrer. J'ai laissé mon train de vie s'envoler, et aujourd'hui, je suis tellement habitué à ce luxe que j'aurais du mal à m'en passer, même s'il ne m'apporte plus le plaisir des premiers temps. C'est sans doute une addiction. Je ne possède plus ma fortune, c'est elle qui me possède.

– Vous avez néanmoins pris le risque de tout perdre en développant le programme Proteus.

– J'étais convaincu qu'il me rapporterait plus encore, et j'ai eu raison. Je ne sais pas comment j'aurais réagi si je m'étais retrouvé ruiné.

– Vous auriez peut-être été libéré.

– Ou tué… Cela dit, je veux bien plaider coupable, mais vous, Madame ? N'êtes-vous pas attachée à votre confort comme moi à mon luxe ? Iriez-vous partager le mode de vie du milliard d'humains qui peine à se nourrir ?

– Ce n'est pas tout à fait la même chose.

– En êtes-vous sûre ?

– Monsieur Hurdley, si nous étions plus équitables et moins nombreux sur Terre, tout le monde pourrait vivre comme moi, mais pas comme vous.

– Sans doute, mais, comme je vous l'ai dit, je suis attaché, enchaîné même, à mon train de vie. Je ne veux pas m'en priver pour le peu de temps qu'il me reste. Je ne crois pas en la vie après la mort. Pour moi, après, c'est le néant. Les religions ne sont que le refuge des faibles et la consolation des perdants. Les gens heureux n'ont pas besoin de Dieu. Regardez : quand tout va bien, les églises sont vides, mais s'il y a une guerre ou une épidémie, on s'y bouscule. C'est pathétique ! Je vais vous avouer quelque chose, Madame Woodstone : pour moi, l'espèce humaine est plus ratée encore que les dinosaures. Elle se juge supérieure, mais elle est surtout plus nuisible, pour les autres comme pour elle-même. Son extinction serait une délivrance pour cette planète.

*

Privé de la compagnie d'Audrey, Tom s'était joint à Kevin et Natacha. Devant eux, posés sur une table basse, trois verres de vieux cognac miroitaient. Soucieux de ne pas déplaire à celui qui deviendrait bientôt son nouveau patron, Tom pesait chacun des mots qu'il adressait à Kevin, sans négliger pour autant Natacha, dont la beauté le fascinait. Axel avait préféré la compagnie de sa fille et ils s'étaient assis à côté de James Diakoundé. Quand ce dernier refusa le verre d'alcool qu'on lui proposait, Emma demanda ingénument :

– Vous n'avez pas bu de vin à table ?

– Si, un verre, mais je n'aurais pas dû, en effet.

– Votre religion est un peu contraignante, observa Axel, qui venait de tremper ses lèvres dans le nectar ambré.

– Toutes les religions sont contraignantes, Monsieur Woodstone, puisqu'elles exigent de nous un combat sans fin contre nos faiblesses.

– Vous avez raison, ma remarque était stupide.

– Disons plutôt naïve, d'autant que si l'alcool peut donner du plaisir, il cause aussi beaucoup de souffrances, et il tue.

Axel, embarrassé, reposa son verre et la conversation reprit sans entrain jusqu'au moment où Audrey et William Hurdley réapparurent. Emma mit à profit leur irruption pour déclarer qu'elle était fatiguée. L'hôtesse qui se tenait près du bar s'avança vers elle et offrit de l'accompagner jusqu'à sa cabine. Emma embrassa ses parents, salua les autres passagers et disparut avec la jeune femme.

L'ennui et la morosité se lisaient sur les visages et la soirée ne dura pas. William Hurdley regagna sa chambre. Kevin et Natacha se retirèrent peu après. Les autres passagers suivirent les hôtesses jusqu'au couloir desservant les cabines. Quand la dernière porte se referma, on n'entendit plus que le bourdonnement étouffé des moteurs.

Peu après minuit, l'avion poursuivait son vol paisible, quand un hurlement d'Emma déchira le silence. Audrey jaillit dans le couloir, suivie aussitôt d'Axel, et ils entrèrent dans la cabine de leur fille. Elle s'était redressée dans son lit, le visage en sueur et les yeux fous.

– Emma ! Que se passe-t-il ? s'enquit Audrey en s'asseyant près d'elle.

– J'ai fait un cauchemar.

– Tu veux nous le raconter ? souffla Axel.

– Non, Papa, je préfère l'oublier.

– Tu es sûre ?

– Oui.

Il n'insista pas, mais prit place, lui aussi, à côté de sa fille. Audrey lui épongeait doucement le front. Ils restèrent là, Emma tenant la main de ses parents, tout proches l'un de l'autre, sous le regard hostile de Tom resté dans la pénombre du couloir.

Au même moment, alors qu'il patrouillait dans l'océan Indien, le destroyer furtif Kowloon, fleuron de la marine de guerre chinoise, recevait l'ordre de mettre le cap sur les Amarandes.

III

AVEC L'ARRIVÉE DES MIGRANTS, Albert-René Valentin, ministre de l'Intérieur de la République des Amarandes, s'était trouvé contraint de travailler. Jusqu'alors, le paisible climat social du pays rendait ses fonctions presque honorifiques. Treize ans plus tôt, après une délicate période d'adaptation, les robots installés dans l'île avaient trouvé leur place au sein d'une population insouciante et joyeuse. Ces merveilleuses machines prenaient de la peine nuit et jour, toute l'année, sans rien réclamer d'autre qu'un peu d'électricité. Et le bénéfice de leur activité n'était pas, comme ailleurs, accaparé par une élite, mais partagé entre tous. La réduction générale du temps de travail avait entraîné celle des salaires, afin de préserver les intérêts des employeurs, qui devaient seulement payer une taxe pour chaque robot. C'était, en quelque sorte, le salaire de ces machines, qui était reversé aux humains dont ils prenaient le travail. Un harmonieux équilibre s'était ainsi établi. Les bénéfices des employeurs étaient préservés, mais ils n'augmentaient plus avec le nombre de machines, et il y avait du travail pour tous. Enfin, le pouvoir d'achat des salariés étant maintenu, les débouchés des entreprises locales restaient assurés. Les Amarandes ignoraient les crises. L'impérieuse nécessité d'une croissance sans fin pour maintenir les emplois avait disparu.

Tout allait pour le mieux, quand les premiers migrants gwandanais avaient débarqué. Leur arrivée avait d'abord inspiré une sincère compassion, mais leur flux croissant avait semé peu à peu l'inquiétude, puis la panique. La population en était venue à les considérer comme des envahisseurs, et son élan initial de générosité s'était mué en un violent rejet.

La chute du dictateur gwandanais avait stoppé le flux migratoire. Libérés de la tyrannie, les habitants étaient dans l'expectative. Leur nouveau président, James Diakoundé, ferait-il assez de miracles pour que ses compatriotes n'aient plus de raisons de partir ? Albert-René Valentin n'en croyait rien, et beaucoup partageaient son avis. Le flux de migrants allait sans doute très vite reprendre, en dépit de l'ambitieux programme d'assistance que Maria Harramond était allée promouvoir aux États-Unis. Mais l'heure n'était plus aux questions, elle venait d'être assassinée. La nouvelle était tombée la veille, au milieu de la nuit, frappant le pays de stupeur et d'affliction. Depuis treize ans à la tête de l'État, Maria était aimée des habitants des Amarandes, même si certains, y compris au sein de son gouvernement, la trouvaient quelquefois autoritaire. Le Vice-Président, Victor Sambo, venait de décréter une semaine de deuil national. On attendait maintenant l'avion rapatriant la dépouille, qui atterrissait en fin d'après-midi. La population de l'île, presque tout entière, convergeait vers la petite capitale. Albert-René Valentin allait devoir assurer l'ordre autour de l'aéroport, puis à la résidence présidentielle où aurait lieu la veillée funèbre. Le lendemain, c'est jusqu'à la cathédrale anglicane, puis au cimetière, qu'il devrait prévenir tout incident autour du cortège, alors que les rues étroites de la capitale seraient envahies par la foule.

La venue du Vice-Président américain lui facilitait toutefois la tâche. Deux gros-porteurs chargés d'une escouade d'agents du Secret Service, de leur matériel et de leurs véhicules étaient arrivés. Victor Sambo avait accepté de mauvaise grâce qu'ils inspectent le trajet que la limousine américaine emprunterait avec son escorte, ainsi que l'intérieur de la cathédrale et les allées du cimetière. Il n'était pas question que Roy Spender subisse le même sort que Maria Harramond.

*

Quatorze heures après le départ de William Hurdley, Roy Spender quittait Washington à bord d'Air Force Two. Il arriverait aux Amarandes le lendemain matin, juste à temps pour les obsèques. Suivi d'un avion-cargo contenant plusieurs véhicules, l'appareil du Vice-Président était escorté par trois puissants drones de chasse. Capables d'esquiver les missiles par de brusques changements de cap qui auraient tué un pilote, ces appareils avaient remplacé les chasseurs de l'US Air Force. Plus légers, ils avaient aussi gagné en autonomie, mais il fallut néanmoins les ravitailler en vol à deux reprises tandis qu'ils traversaient l'Atlantique puis survolaient l'Afrique.

Quand l'escadrille aborda l'océan Indien, au petit matin, Roy Spender fut tiré du sommeil par le tintement de sa montre.

– Qu'est-ce que c'est ? grommela-t-il.

– Monsieur le Vice-Président, c'est un appel urgent de Washington.

– Passez-le moi.

Spender se redressa et bascula la communication sur le haut-parleur de sa chambre.

– Je crois que nous avons un problème, fit la voix du Président Rodriguez.

– Lequel ?

– Les Chinois. Un de leurs destroyers file droit sur les Amarandes. Quand il arrivera, vous y serez encore.

– Vous venez seulement de l'apprendre ?

– Oui. Il ne semblait pas nécessaire de m'en informer. Leurs bâtiments de guerre sillonnent l'océan Indien depuis des années pour assurer la sécurité de la navigation. Ce destroyer a d'ailleurs changé plusieurs fois de cap. Mais cette fois, il semble vraiment décidé à vous rejoindre.

– Il peut virer de bord.

– J'en doute, d'autant que les Chinois ont une petite base navale aux Amarandes. Ce navire ne vient peut-être que pour se ravitailler. Quoi qu'il en soit, nous n'avons rien à dire. Mais il y a autre chose : un long courrier en provenance de Pékin vient d'atterrir aux Amarandes avec plus de cent touristes à bord.

– Et alors ?

– Alors, il n'y a pas de tourisme de masse aux Amarandes. À part quelques invités, tous les visiteurs doivent acquitter un visa hors de prix que seuls de riches particuliers peuvent s'offrir.

– Je ne vois pas le problème, les riches Chinois ne manquent pas.

– Certes, mais ils ne voyagent pas en groupe. Nos hommes les ont vus sortir de l'avion. Hommes et femmes, jeunes et vigoureux. Il ne leur manque que l'uniforme. Notre ambassadeur s'est renseigné : ils n'ont demandé leurs visas qu'hier, suivant une procédure accélérée encore plus coûteuse.

– C'est étrange, en effet, mais je ne comprends toujours pas. Si les Chinois savent quelque chose sur Proteus et le Dragon de jade, pourquoi n'ont-ils pas neutralisé leur machine avant de s'en prendre à nous ?

– Parce qu'ils voient peut-être les choses autrement.

– C'est-à-dire ?

– J'ai réfléchi à ce que vous avez fait. Je suis maintenant certain que c'était une erreur, qui pourrait nous être fatale.

– Je ne comprends pas.

– En piratant l'ordinateur chinois, Proteus n'a peut-être pas cédé à votre menace mais, au contraire, réussi à l'écarter.

– Comment ça ?

– Il dispose maintenant d'un double support matériel. Si on le désactive en Californie, il ne disparaîtrait pas, il deviendra chinois. Proteus n'a pas envahi la Chine, il s'y est réfugié.

– C'est absurde !

– Croyez-vous ?

– Ce n'est pas possible et ça n'expliquerait en rien ce débarquement de Chinois aux Amarandes. Ils ne vont tout de même pas s'en prendre à moi !

– Décidément, Spender, vous ne comprenez rien. Ce n'est pas vous qu'ils veulent, c'est Emma Woodstone.

*

Quand les cinq appareils de la flottille du Vice-Président eurent atterri, l'aire de stationnement du petit aéroport des Amarandes était presque saturée. La veille au soir, l'avion de William Hurdley avait rejoint ceux du Secret Service, auxquels venait s'ajouter celui des soi-disant touristes chinois. Une place était toutefois réservée à Air Force Two, qui s'immobilisa devant l'entrée de l'aérogare encadrée de policiers en tenue de cérémonie. Le ministre des Affaires étrangères, ses proches collaborateurs et l'ambassadeur des États-Unis aux Amarandes attendaient leur illustre visiteur sous un ciel bas, gris et menaçant. Aux angles et sur le toit du bâtiment, des agents américains observaient la scène. On approcha une passerelle de l'avion, la porte s'ouvrit et Roy Spender apparut. Arrivé en bas des marches, il serra des mains, répondit aux salutations et récita quelques phrases de circonstance, le temps que sa limousine blindée arrive, suivie des véhicules d'escorte. Incommodé par la moiteur de l'air, Spender monta en hâte dans sa voiture, accompagné du ministre.

Deux véhicules de police ouvrirent la route au convoi, qui prit la direction de la cathédrale. Embarrassé, le ministre restait muet et Spender eut la désagréable sensation que ni les hommes ni les éléments ne lui souhaitaient la bienvenue. Lorsqu'ils arrivèrent sur le parvis, Victor Sambo descendait de sa voiture. Le compagnon de Maria reçut avec froideur les condoléances du Vice-Président américain, puis ils gravirent ensemble les marches de l'austère édifice, sous les regards de la foule. Deux places leur étaient réservées au premier rang, près du cercueil. Derrière eux, les compagnons de voyage de William Hurdley étaient regroupés sur une même rangée. Avec les familles de Maria et Victor, leurs proches, les membres du gouvernement et du corps diplomatique, les officiels et les notables, le sanctuaire était comble.

À l'extérieur, les habitants des Amarandes étaient venus rendre un dernier hommage à leur Présidente. Des haut-parleurs accrochés aux arbres et aux balcons retransmettaient la cérémonie. Quand Victor prit la parole pour prononcer, d'une voix brisée par l'émotion, l'éloge de sa compagne, beaucoup, dans l'assistance, laissèrent couler leurs larmes.

Enfin, les portes de la cathédrale se rouvrirent sur quatre policiers en grande tenue qui portaient sur leurs solides épaules le cercueil de Maria Harramond. Arrivés en bas des marches, ils glissèrent avec précaution leur fardeau dans le fourgon mortuaire. Le cimetière était tout proche et, en dépit des vives réticences exprimées par les agents du Secret Service, Victor avait refusé de prévoir un trajet en voiture. Si Roy Spender voulait suivre la dépouille jusqu'au cimetière, il ferait comme les autres, il irait à pied. Le ciel avait pris une inquiétante couleur ardoise, mais personne n'osa suggérer à Victor de retarder la cérémonie.

La police avait fait dégager l'itinéraire, sous la supervision du personnel américain, dont la nervosité augmentait. Spender observait avec eux, au sein de la foule recueillie, les inquiétants touristes chinois qui semblaient, eux aussi, aux aguets. Il n'avait réussi qu'à entrevoir Emma, située en arrière de lui, encadrée de ses parents et de plusieurs agents du Secret Service, un peu en retrait. Arrivés au cimetière, les quatre policiers qui marchaient à côté du fourgon soulevèrent le cercueil, le posèrent sur leurs épaules et s'engagèrent dans l'allée centrale. La foule les avait suivis et, sous le regard effaré des agents américains, elle envahissait de tous côtés le cimetière dont elle avait enjambé le muret. Elle se maintenait toutefois à une distance respectueuse du cortège. Quand la cérémonie s'acheva, un vent tiède balayait le sol et la nuit semblait près de tomber, tant le ciel était sombre. Les policiers saisirent les cordes glissées sous le cercueil et commencèrent à le faire descendre dans la fosse. Alors, un éclair jaillit du ciel, le tonnerre éclata, et la pluie tomba d'un coup.

L'orage fut aussi bref que violent. La pluie masquait la vue, le fracas de l'eau couvrait tous les bruits. Quand le déluge cessa, la foule était ruisselante et pétrifiée. Victor, la tête penchée, se tenait immobile au bord de la fosse, comme si rien ne s'était passé. Les Américains regardaient avec désolation leurs vêtements gorgés d'eau. Audrey et Axel sentirent une absence. Ils regardèrent autour d'eux. Emma avait disparu.

*

Roy Spender était trempé et furieux. Un temps pareil, dans un pays où il faisait presque toujours beau ! Résigné, il rejoignit la file qui s'avançait pour bénir le cercueil, geste dérisoire après les cataractes qui l'avaient englouti. Puis il passa devant Victor, qu'il salua avec gravité avant de se diriger vers la sortie du cimetière. Le responsable du Secret Service se précipita vers lui. Son visage était décomposé.

– Que se passe-t-il ? s'inquiéta Spender.

– Monsieur le Vice-Président, Emma Woodstone a disparu.

– Quoi ?

– Pendant l'orage. Nous étions autour d'elle. C'est incompréhensible.

– Trouvez-la ! gronda Spender d'une voix étouffée par la colère.

– Nous la cherchons, mais avec cette foule…

– Trouvez-la !

– Oui, Monsieur.

Spender regarda autour de lui. Ses agents n'avaient pas bougé. Leur mission était d'assurer sa sécurité, ils n'y dérogeraient pas. Plusieurs d'entre eux se mêlèrent toutefois à la foule qui refluait. Il vit aussi de loin les Chinois, qui lui semblèrent moins nombreux qu'auparavant. Ils auraient donc réussi à s'emparer d'Emma ? C'était inconcevable. Comment auraient-ils fait ? Spender fulminait. Il ne pouvait rien faire, ni même rien dire. En visite à l'étranger, il n'avait qu'une poignée d'hommes à sa disposition et pas la moindre preuve contre les Chinois. La police locale ne pourrait pas l'aider, ni ses satellites-espions : l'île avait disparu sous d'épais nuages qui commençaient seulement à se dissiper. Le crime était parfait.

De leur côté, Axel et Audrey ne pouvaient imaginer que leur fille ait été enlevée, mais ils s'étonnaient qu'elle soit allée se cacher. La brutalité de l'averse l'aurait-elle chassée ? Mais pourquoi ne revenait-elle pas ?

Axel reconnut alors Spender qui discutait avec ses collaborateurs. Il marcha droit sur lui, sans prendre garde à son visage préoccupé.

– Monsieur le Vice-Président, pardonnez-moi de vous interrompre, ma fille a disparu. Vos hommes ont peut-être vu quelque chose ?

– De quoi croyez-vous que je m'occupe ? Nous allons tout faire pour la retrouver.

– Je… Vous savez déjà ? Comment se fait-il ?

– Sa sécurité nous préoccupe autant que la mienne.

– Sa sécurité ? Elle était menacée et vous ne m'avez rien dit ! Que s'est-il passé ? Ou est-elle ? Qui a pu…

– Calmez-vous, Monsieur Woodstone ! Adressez-vous plutôt à la police locale. C'est elle qui est responsable de la sécurité dans ce pays. Nous allons tout faire pour l'aider, mais ne nous harcelez pas.

Axel chercha autour de lui et reconnut le ministre des Finances, qui les avait accompagnés au Gwandana.

– Monsieur le ministre, ou est votre collègue de l'Intérieur ?

– Ah ! Bonjour Monsieur Woodstone, que puis-je faire pour vous ?

– Le ministre de l'Intérieur, où est-il ?

– Valentin ? Qu'est-ce que vous lui voulez ?

– Ma fille a disparu !

– Votre fille ? Je vais chercher Valentin, ne bougez pas.

Dix minutes plus tard, Albert-René Valentin avait rassemblé tous les policiers disponibles. Ils entamèrent leurs recherches tandis qu'apparaissait à l'horizon la silhouette anguleuse du destroyer Kowloon.

*

Victor avait quitté le cimetière. La vue du cercueil de Maria noyé dans l'eau boueuse lui avait soulevé le cœur. Il regagna son véhicule sans se préoccuper de ceux qui s'attardaient, et personne ne songea à l'informer de la disparition d'Emma.

L'exploration du cimetière dura peu. Le sol, lessivé par la pluie et piétiné par la foule, ne pouvait livrer aucun indice. Au-delà des murs d'enceinte, il y avait une route, des champs de cannes à sucre, une bananeraie et la grande forêt qui s'étendait sur des kilomètres. Qu'allait-on explorer ? jusqu'où ? Et la nuit n'allait pas tarder.

Axel s'était interdit de rapporter à Audrey son bref entretien avec Spender. Elle serait devenue hystérique. Mais il se perdait en conjectures. Que savait le Vice-Président américain ? Quel danger menaçait Emma ? Et pourquoi n'avait-elle rien dit, une fois de plus ?

William Hurdley et ses compagnons de voyage se tenaient auprès d'Axel et Audrey, dont ils partageaient l'inquiétude. Le plus embarrassé, toutefois, c'était Tom. S'il ne comprenait pas mieux que les autres la situation, il en savait bien davantage. Il avait remarqué, lui aussi, que les rares touristes présents dans la foule étaient des Chinois. La disparition d'Emma avait-elle un rapport avec le piratage du Dragon de jade ? Si c'était le cas, la réaction d'Audrey serait effroyable.

Quand la nuit tomba, les nuages avaient disparu, laissant place aux étoiles, mais les recherches demeuraient vaines.

– Monsieur le Vice-Président, annonça Valentin, je vais rappeler mes hommes, ils perdent leur temps.

– Vous avez raison, confirma Spender. La recherche de son portable n'a rien donné, il est désactivé.

– Elle s'est peut-être dirigée vers son hôtel. À pied, elle y sera bientôt.

– Monsieur le ministre, depuis mon arrivée, des quadricoptères d'observation se relaient au-dessus de ma tête. Vous n'avez rien remarqué parce qu'ils sont minuscules. L'orage les a cloués au sol, mais ils ont quadrillé le secteur aussitôt après. Si Emma Woodstone était à découvert dans les parages ou en chemin vers son hôtel, ils l'auraient détectée. Elle ne peut être que sous un toit.

– Chez un habitant ? C'est possible, en effet. Je vais lancer un appel à la télévision et à la radio. Ça ne peut pas continuer, ses parents s'inquiètent, ce n'est pas bien ce qu'elle a fait.

– Elle n'a peut-être rien fait.

– Comment ça ?

– Je dois parler à votre Président.

– Maintenant ? C'est impossible !

– Demain matin, au plus tôt.

– Pourquoi ?

– Je lui expliquerai.

*

Spender avait quitté le cimetière à son tour, laissant le soin à Albert-René Valentin de raconter ce qu'il voudrait aux parents d'Emma. Peu inspiré, le ministre de l'Intérieur songea à s'éclipser lui aussi, mais Audrey veillait.

– Vous abandonnez ? lança-t-elle en le voyant se diriger vers les voitures.

Résigné, il fit demi-tour pour la rejoindre.

– Madame Woodstone, votre fille n'est plus dehors à l'heure qu'il est. Je vais lancer un appel à la population. Les gens chez qui elle a trouvé refuge la persuaderont de vous retrouver, j'en suis certain. Elle entre dans l'adolescence, elle est sensible et impulsive, elle aura fui l'orage et cette sinistre cérémonie. Il ne faut pas lui en vouloir.

– Je ne lui en veux pas, je suis rongée d'inquiétude.

– Et moi, je ne suis pas du tout convaincu par vos explications, s'irrita Axel. Je connais ma fille, je l'ai vue encaisser des chocs autrement plus rudes, des gens massacrés sous ses yeux ; elle n'a jamais perdu son sang-froid. Je suis sûr qu'elle ne s'est pas enfuie pour pleurnicher dans un coin. Si elle est partie, c'est qu'elle avait une bonne raison.

– Allons ! Soyez raisonnable ! Pourquoi aurait-elle…

– Je l'ignore, mais ce n'est pas un caprice d'adolescente.

– Même si c'est vrai, nous ne pouvons rien faire d'autre que lancer un appel et attendre. Vous ne comptez pas passer la nuit ici ?

– Pourquoi pas ?

– Vous plaisantez ?

– Il est hors de question que je rentre à l'hôtel. Je vais chercher ma fille, et si je ne la trouve pas, c'est elle qui me trouvera.

– Tu joues au héros pour nous impressionner ? grinça Tom, qui enrageait de l'habileté d'Axel à exploiter les circonstances.

Audrey hésitait. Elle percevait aussi clairement que Tom ce que l'attitude d'Axel pouvait avoir de calculé. Il voulait ressusciter leur couple, à tout prix, et il était d'une redoutable intelligence. Mais à cet instant, il était sincère. Son amour pour sa fille ne faisait aucun doute, son obstination à la retrouver non plus. Alors que faire ? Rentrer à l'hôtel avec Tom et les autres, ce qui paraissait raisonnable, ou passer la nuit seule avec Axel, à la quête de leur fille ? N'allait-elle pas céder à une faiblesse qu'elle regretterait dès le lendemain ?

– Je viens avec toi, lâcha-t-elle.

– Quoi ? fulmina Tom. Tu vas passer la nuit à tourner en rond dans la forêt ?

– Je ne pourrai pas dormir.

– Alors je viens aussi !

– Non, Tom. Tu viendrais pour de mauvaises raisons.

*

Roy Spender regagna Air Force Two, s'enferma dans son bureau et alluma le mur vidéo. Le Président Rodriguez apparut.

– Ça ne pouvait pas être pire, n'est-ce pas, Spender ?

– Je confirme, Monsieur le Président. Les Chinois ont eu une chance extraordinaire.

– Ce n'est pas mon avis.

– Comment ça ?

– Vous ne saviez pas qu'il allait pleuvoir ?

– Si, bien sûr, mais...

– Alors, vous ne saviez pas que les cimetières sont à ciel ouvert ?

– Je...

– Le Secret Service a commis une faute impardonnable ! Ses hommes auraient dû s'équiper de caméras thermiques. La pluie ne les aurait pas aveuglés !

– Monsieur le Président, je ne veux pas prendre leur défense à tout prix, mais comment pouvaient-ils imaginer...

– Ils devaient tout imaginer ! Qu'allons-nous faire maintenant ?

– Les empêcher de repartir avec Emma Woodstone.

– C'est bien mon intention, mais nous allons manquer d'arguments.

– Pourquoi ?

– Parce que vous n'avez rien vu, et ils le savent. Ils vont nier.

– Ah oui ? Comment vont-ils justifier la présence du commando qui nous encerclait au cimetière ? Leur avion stationne à cent mètres du mien !

– Ils nieront quand même, parce que nous n'avons aucune preuve.

– Qu'ils nient si ça les amuse, mais ni leur avion ni leur bateau ne quitteront cette île avant qu'ils n'aient libéré Emma Woodstone.

– Et s'ils étaient venus pour ça ?

– Pour ça ?

– Pour la libérer.

– La libérer ?

– Oui, la libérer de nous.

– C'est absurde !

– Spender, s'ils sont ici, c'est parce qu'ils connaissent le lien entre Emma Woodstone, Proteus et le Dragon de jade.

– Sans doute, mais…

– Qui vous dit qu'ils ne tiennent pas leurs informations de Proteus ? Et que savons-nous des liens entre Emma Woodstone et cet ordinateur ? Croyez-vous les Chinois assez fous pour agresser cette jeune fille au risque de subir les représailles de Proteus ?

– Vous voulez dire…

– Qu'elle était disposée à les suivre, qu'elle a rejoint Proteus dans leur camp.

– Ce n'est pas possible ! Elle est américaine ! Ses parents aussi !

– En s'unissant au Dragon de jade, Proteus est devenu plus chinois qu'américain, et Emma Woodstone a partagé son sort. Vous avez fait du beau travail…

– Je ne pouvais pas deviner !

– Bien sûr que vous ne pouviez pas ! Vous avez joué au plus malin avec une intelligence supérieure, et voilà le résultat !

Mortifié, Spender baissa la tête.

– Je vais tenter de négocier avec le Président chinois, annonça Rodriguez.

– Négocier quoi ?

– Je vais y réfléchir. J'espère seulement qu'il ignore votre rôle dans le piratage du Dragon de jade.

– Je sais que j'ai eu tort ! s'emporta Spender, mais je ne comprends pas que vous me disiez tout ça sans précautions. Proteus n'a que faire du cryptage de cette ligne. Il entend probablement tout ce que nous disons.

– J'y compte bien.

– Vous…

– Et j'espère qu'il n'ira pas penser que c'est encore une mise en scène. Nous devons cesser de jouer au plus malin avec lui. Il doit tout savoir, y compris que votre démarche auprès de lui était un coup de bluff. Si nous voulons garder une chance de le ramener dans notre camp, et Emma Woodstone avec lui, il ne faut plus essayer de le tromper.

*

Sidéré, Tom regardait Audrey s'éloigner sur la route en compagnie d'Axel. Ils marchaient d'un pas lent, dans la douceur de l'air nocturne, si près l'un de l'autre qu'ils semblaient se donner la main.

William Hurdley s'était assis sur le bord d'une tombe. Il se releva avec effort. James Diakoundé annonça qu'il voulait passer la soirée avec des compatriotes installés aux Amarandes. Albert-René Valentin lui offrit ses services et ils se dirigèrent vers sa voiture.

Un second véhicule attendait les Hurdley, Natacha et Tom pour les ramener à leur hôtel. À la lumière du plafonnier, ils découvrirent leurs vêtements froissés encore humides et leurs mines lugubres. Ils avaient l'air misérable. Peu après, ils se retrouvèrent dans la salle à manger de l'hôtel, plus dignement vêtus, mais toujours accablés. Autour d'eux, dans la pénombre, de rares clients discutaient à voix basse, le visage éclairé par les petites bougies disposées sur leurs tables. Des robots, furtifs et silencieux, assuraient le service.

– Vous croyez qu'ils vont passer la nuit dehors ? marmonna Tom.

– Peu nous importe leur promenade ! répliqua sèchement Natacha. C'est le sort d'Emma qui est préoccupant.

– Oui, bien sûr, je suis aussi inquiet pour elle.

William Hurdley faillit dire à Tom qu'il mentait mal, mais il ne laissa voir qu'un sourire ironique.

– Emma voulait peut-être s'isoler, poursuivit Natacha, mais ce n'était pas une raison pour s'enfuir.

– Pour nous, oui, mais peut-être pas pour elle, objecta Kevin. On ne sait rien de la psychologie de Proteus, et il a une influence déterminante sur Emma. L'autoprogrammation de cet ordinateur est peut-être en train de dérailler. Après tout, on le laisse agir à sa guise et progresser au hasard. Comment savoir s'il ne pousse pas Emma à faire n'importe quoi ?

– Le logiciel de Proteus est parfaitement conçu, protesta Tom.

– Parfaitement ? Vous êtes sûr ?

– Oui, il tire profit de toutes ses expériences pour s'améliorer, comme un être humain.

– C'est bien ce qui m'inquiète. L'autoprogrammation des êtres humains est parfois défectueuse. Pourquoi Proteus serait-il infaillible ?

– Parce que c'est une machine ! Parce qu'il n'est pas encombré d'états d'âmes !

– Qu'en savez-vous ? N'est-ce pas un prototype particulier ? N'est-il pas différent de toutes les machines qui l'ont précédé ?

– Je l'espère bien, ajouta William. Si l'humanité parvient à rendre cette planète inhabitable, Proteus, lui, survivra. Après tout, nos lointains ancêtres ont disparu et personne ne les regrette. Si des machines doivent nous succéder, elles ne nous regretteront sans doute pas davantage.

– C'est monstrueux ! s'indigna Natacha.

– Ma chère enfant, ce n'est pas ce que je souhaite, c'est ce que je crains. Rien ne dure dans cet univers, ni les civilisations ni les espèces vivantes, ni même les étoiles.

*

Thomas Rodriguez n'eut pas le temps de réfléchir. Sitôt son entretien avec Roy Spender terminé, on vint lui annoncer que le Président chinois souhaitait lui parler de toute urgence. Il accepta la communication et, prenant une grande inspiration, s'efforça de retrouver son calme et sa concentration.

Chen Zhao connaissait bien les États-Unis, où il avait fait une partie de ses études. Il dirigeait son pays depuis près de dix ans, Rodriguez l'avait rencontré plusieurs fois. Leurs relations étaient aussi cordiales que superficielles.

« Connexion dans dix secondes », annonça une voix. Assis face au mur vidéo du bureau ovale, Rodriguez se raidit dans son fauteuil. « Connexion dans cinq secondes. » L'image de Chen Zhao apparut. Son visage énergique et finement ridé était impénétrable.

– Bonjour, Monsieur le Président, dit-il en inclinant légèrement la tête.

– Bonjour, Monsieur le Président, fit Rodriguez en écho.

– Je ne vais pas perdre de temps en préambules. Vous savez pourquoi je vous appelle ?

– À vrai dire, les raisons ne manquent pas.

– La fusion de Proteus avec le Dragon de jade, dont vous avez cru bon de ne pas nous informer.

– C'est arrivé très récemment et…

– Non.

– Comment ça, non ?

– Je sais que vous venez seulement de l'apprendre, mais cette fusion s'est faite dès l'activation de notre machine, il y a plus de trois mois.

– Quoi ? Et vous n'avez rien dit !

– Pas plus que vous aujourd'hui.

Rodriguez était accablé. Proteus n'avait pas annexé le Dragon de jade en réaction à la menace de Spender, il avait joué un coup d'avance et les Chinois s'en étaient rendu compte. Décidément, la ruse et la dissimulation n'avaient pas de camp.

– Nous ne sommes pas dupes de la comédie que vous venez de jouer aux Amarandes, reprit Chen Zhao.

– Quelle comédie ?

– Il est temps pour nous d'approcher Emma Woodstone et sa venue aux Amarandes l'a presque amenée aux portes de la Chine. Alors cessez de simuler ces recherches pour nous faire croire qu'elle n'est plus avec vous. Nos deux machines ont fusionné, cette jeune fille est leur unique interface, nous avons des droits sur elle. Tant qu'elle n'aura pas réapparu, aucun bateau, aucun avion, pas même Air Force Two, ne quittera les Amarandes sans être fouillé.

Rodriguez ne répondit pas. Il réfléchissait à toute allure. L'aplomb de Chen Zhao était impressionnant. Non content de nier son implication dans la disparition d'Emma, il inversait les rôles et se posait en victime. Il fallait voir jusqu'où irait sa simulation.

– C'est tout ce que vous aviez à me dire ?

– Vous n'avez pas l'air de comprendre, insista Chen Zhao, si un avion fait mine de bouger sans notre autorisation, notre destroyer bombardera la piste.

– Vous oseriez bombarder l'aéroport où se trouve Air Force Two ? Ce serait une déclaration de guerre !

– Ne brandissez pas de menaces inutiles. Nous ne vous laisserons pas enlever Emma Woodstone, c'est tout.

La vérité illumina l'esprit de Rodriguez : son interlocuteur ne mentait pas ! Il était sincère, il croyait réellement que le Secret Service, profitant de l'orage, avait escamoté la jeune fille. Si les Chinois l'avaient enlevée, Chen Zhao n'irait pas jusqu'à l'affrontement rien que pour donner le change. Emma Woodstone n'était pas avec les Chinois. Aussi étrange que cela puisse paraître, elle s'était cachée de tous.

– J'entends votre requête, dit Rodriguez d'une voix apaisée, mais vous devez consentir au même effort que moi.

– Quel effort ?

– Me croire sincère.

– Vous plaisantez ?

– Non, Monsieur le Président, je suis très sérieux. Proteus s'est joué de nous. Emma Woodstone a disparu, laissant croire à chacun que l'autre l'avait enlevée. Nous sommes dans la même situation.

Un silence se fit. Les deux hommes s'observaient.

– Dans ce cas, nous devons la chercher ensemble, conclut Chen Zhao.

– Soit, mais nous risquons de perdre notre temps. Avec les ressources dont elle dispose, si elle veut échapper à nos investigations, elle y parviendra. Il faudrait d'abord essayer de savoir pourquoi elle a disparu.

– En effet.

– Vous avez une idée ?

En guise de réponse, Chen Zhao posa un regard impassible sur le Président américain, qui comprit que leur entretien s'achevait.

*

Axel et Audrey marchaient d'un pas lent. La route qu'ils avaient prise ondulait le long de la côte, entre la forêt tropicale et une plage sans fin illuminée par la lune.

– Je suis épuisée, gémit Audrey.

– Allons sur la plage.

– Pour quoi faire ?

– Pour dormir.

– Je croyais que tu voulais chercher Emma.

– Je voulais surtout ne pas rester à rien faire.

– C'est grotesque ! Qu'est-ce qu'on fait là ?

– On cherche notre fille.

– On ne cherche rien du tout ! On marche comme deux imbéciles.

– On essaye de l'attirer vers nous.

– Parce que tu crois que…

– Elle nous voit de là-haut, fit Axel en désignant le ciel.

– Tu es fou ? Tu en parles comme si elle était morte !

– Mais non ! Proteus peut nous suivre avec les caméras thermiques des satellites militaires. Emma connaît tout de nos déplacements.

– Qu'en sais-tu ?

– C'était déjà ainsi au Gwandana.

– Ah…

– Viens, allons nous asseoir là-bas.

La silhouette d'une paillote se détachait sur la plage. Une natte y recouvrait le sable. Ils s'assirent côte à côte, face à l'océan qui scintillait sous la lune. Audrey était nerveuse. Pourquoi les souvenirs heureux de leur séjour dans l'île déferlaient-ils dans son esprit, comme autant de regrets ? C'est là que le miracle s'était accompli, c'est là qu'Emma avait été conçue, c'est là qu'elle était née et c'est là qu'elle venait de disparaître. Était-ce pour contraindre ses parents à se rapprocher ? À quel point souffrait-elle de leur séparation ? Au lieu de resserrer leurs liens, sa naissance tant espérée les avait éloignés l'un de l'autre. Tout à son bonheur d'être mère, Audrey avait négligé Axel, qui s'était tenu à l'écart de ce couple mère-fille trop fusionnel. Il avait, lui aussi, délaissé Audrey, qui s'était résignée à cet abandon, croyant sa sensualité éteinte. Mais, lorsque Tom approcha, elle s'embrasa en voulant croire à un nouvel amour.

Et voilà qu'un trouble nouveau ébranlait ses certitudes. Axel avait précipité leur rupture en poussant Emma vers Proteus, mais pouvait-elle lui reprocher ? N'avait-il pas, au contraire, réussi à prendre enfin sa place dans la vie de leur fille, qui s'était trouvée formidablement grandie par son aventure ? Au motif de la protéger, Audrey avait surtout cherché à garder Emma pour elle. Était-il possible de remonter le temps et d'effacer les erreurs du passé ? Axel avait changé, c'était incontestable. Plus sûr de lui, plus soucieux des autres et plus désintéressé, il était plus attirant.

– J'aurais dû vous suivre au Gwandana, soupira-t-elle. J'aurais appris à mieux connaître Emma… et toi.

Axel n'eut rien à répondre. Audrey venait de lui prendre la main.

*

Sitôt le dîner achevé, Kevin et Natacha se retirèrent dans leur bungalow. Tom se serait volontiers éclipsé lui aussi, mais William Hurdley voulait s'attarder et il lui offrit un cigare. Mal à l'aise, Tom se sentit contraint d'accepter. Depuis le début de la soirée, le regard perçant du vieil homme pesait sur lui comme une question muette, qui jaillit soudain entre deux volutes de fumée.

– Vous savez quelque chose, n'est-ce pas Tom ?

– C'est-à-dire… oui, Monsieur.

– Pourquoi ne m'avez-vous rien dit ?

– Parce que c'était confidentiel.

– Même pour moi ?

– Même pour vous.

– Et maintenant ?

– Maintenant, ça n'a plus d'importance. Emma s'est mise hors de contrôle.

– Hors de contrôle de qui ?

– Du Vice-Président Spender.

– Je vous écoute…

Soulagé de se libérer du secret qui l'oppressait, Tom raconta tout. Hurdley ne manifesta aucune réaction, il était consterné. Tom s'était fait complice de la ridicule tentative d'intimidation de Roy Spender, et Proteus venait d'escamoter Emma. Comment avaient-ils pu, l'un comme l'autre, être assez stupides pour espérer intimider une machine ? Décidément, l'humanité n'était plus à la hauteur de ses réalisations. Il était temps qu'elle cède la place.

– Vous croyez que j'ai eu tort de suivre ses instructions ? demanda Tom pour rompre le silence.

Hurdley se contenta de hausser les épaules et dit qu'il était fatigué. Abandonnant leurs cigares, ils se quittèrent sans cérémonie. Quand il entra dans son bungalow, Tom comprit qu'il avait perdu l'estime et la confiance de son employeur.

Ce voyage était une catastrophe.

*

Albert-René Valentin franchit les grilles de l'ambassade américaine à trois heures du matin. Il était d'une humeur noire. Deux heures plus tôt, Lee Wang, ambassadeur de Chine aux Amarandes, s'était présenté à son domicile. Après lui avoir présenté ses plus humbles excuses, avec force inclinaisons du buste, il lui annonça qu'en accord avec le gouvernement des États-Unis ses compatriotes allaient se lancer dans d'intenses recherches pour retrouver Emma Woodstone, qui était peut-être en danger. Incrédule, Valentin écouta les explications de son visiteur nocturne, qui conclut en le priant d'informer le Président Sambo dès que l'heure et le respect de son deuil le permettraient.

Sitôt Lee Wang parti, on sonna de nouveau. Cette fois, c'était l'ambassadeur américain, qui voulait entraîner Valentin jusqu'à sa résidence, où le Vice-Président Spender l'attendait. Furieux mais impuissant, Valentin dut se résigner à le suivre. Quelle mouche les avait tous piqués ? En quoi la recherche de cette gamine était-elle si urgente ? Quel danger pouvait-elle bien courir ? C'était grotesque !

Spender, installé dans le bureau de l'ambassadeur, l'accueillit avec un sourire factice et une froide poignée de main.

– Merci d'être venu, Monsieur le Ministre, je suis désolé de vous déranger à une heure pareille, mais la situation est grave.

– Vraiment ? grommela Valentin en s'effondrant dans un fauteuil.

– Nous ignorons pour quel motif Emma Woodstone a disparu. Il n'est pas impossible qu'elle ait été enlevée.

– Enlevée ? Au milieu de vos agents de sécurité ? Qui aurait pu accomplir cet exploit ? des Martiens ?

– Son enlèvement reste une hypothèse, mais reconnaissez que sa disparition est inexplicable. Ses parents sont très inquiets. Nous devons la retrouver au plus vite.

– Et les Chinois ? Vous êtes vraiment d'accord pour qu'ils la cherchent aussi ? Qu'est-ce qu'ils lui veulent ? Elle est américaine, que je sache.

– Nous avons effectivement accepté leur aide.

– Pourquoi ?

– Je regrette, Monsieur le Ministre, je ne pourrai en dire davantage qu'à votre Président, dès qu'il pourra me recevoir.

– J'ai compris, soupira Valentin.

– Toutefois, si nous avons accepté l'aide des Chinois, nous aimerions la retrouver avant eux.

– Qu'est-ce que ça changera ?

– Je suis désolé…

– D'accord, je ne poserai plus de questions.

– Bien, alors voilà pourquoi je vous ai demandé de venir : vous avez informé hier soir vos concitoyens de cette disparition, n'est-ce pas ?

– Oui, et alors ?

– Il faudrait maintenant diffuser un nouveau message.

– Lequel ?

– Que nous offrons un million de dollars à toute personne dont les informations transmises à l'ambassade des États-Unis permettraient de retrouver Emma Woodstone.

– Je veux bien, sourit Valentin, mais…

– Mais quoi ?

– Les Chinois viennent de me demander la même chose ; et ils offrent dix millions de dollars.

*

Incapable de trouver le sommeil, Tom arpentait les allées du jardin. Penché en avant, la démarche saccadée, il brisait sur son passage les larges feuilles qui se hasardaient à entraver sa route. Plus il réfléchissait, plus sa colère enflait. Ils l'avaient manipulé, tous, ils s'étaient joués de lui : Spender, Emma, Hurdley et, poussant la perfidie à son comble, Audrey. Sous ses dehors innocents et sincères, elle n'avait pris un amant que pour ramener son mari dans son lit. C'était sordide. Mais le pire, c'était que lui, Tom Greene, se trouvait ravalé au rang de marionnette. C'était lui, maintenant, le cocu ! La haine l'envahissait. Les manœuvres sournoises d'Axel avaient donc abouti, Emma exulterait de la réconciliation de ses parents, et Audrey accorderait sans doute à son amant déchu quelques paroles aimables et un sourire apitoyé. C'était intolérable. Dans l'état de fureur où il était plongé, si Tom avait croisé les Woodstone, il les aurait massacrés tous les trois. Mais c'est James Diakoundé qu'il devait rencontrer.

Le Président gwandanais rentrait de sa soirée chez ses compatriotes. Soucieux de leur montrer qu'il était resté simple en dépit de ses hautes fonctions, il avait accepté plusieurs verres de punch. Étourdi par l'alcool, il essayait de retrouver son bungalow.

– Ah ! Monsieur Greene ! Vous tombez bien…

Tom eut un mouvement de recul.

– Qu'est-ce que vous voulez ?

– Je cherche mon chemin.

– Débrouillez-vous, grogna Tom en faisant demi-tour.

Sidéré, Diakoundé vit son interlocuteur s'éloigner. Après un instant d'hésitation, il lui emboîta le pas. En l'entendant approcher, Tom pivota sur lui-même et attendit, les poings serrés. Diakoundé s'immobilisa à quelques centimètres de lui.

– Vous venez de m'insulter, Monsieur Greene.

– Je ne vous ai pas insulté et vous m'ennuyez.

– Tu m'as insulté ! rugit Diakoundé en agrippant Tom par le col. Excuse-toi !

En guise de réponse, Tom lui décocha un coup de poing à l'estomac. Le souffle coupé, Diakoundé lâcha prise et Tom le frappa au visage. Il tomba à la renverse. Sa tête fit un bruit sec. Le rocher acéré ornant un parterre de fleurs lui avait enfoncé le crâne, comme un coup de hache.

James Diakoundé était mort.

*

Surpris de voir son adversaire inerte, Tom se pencha vers lui et découvrit avec horreur la pierre fatale, couverte d'un sang noirci par l'obscurité. Que pouvait-il faire ? raconter quoi ? à qui ? La trace du coup au visage lui interdisait d'évoquer une chute accidentelle. C'était un homicide involontaire, l'homicide d'un chef d'État. Juste après le meurtre de Maria Harramond, Tom était bon pour plusieurs années de prison. Cette perspective étouffa ses scrupules : Diakoundé était mort, il fallait faire disparaître son cadavre.

Tom réfléchit. Il n'avait ni le temps ni les outils pour enterrer un cadavre, mais il restait la mer. Sur la plage, un ponton de bois permettait d'accéder au petit hors-bord électrique de l'hôtel. Il fallait transporter le corps, le lester et le jeter au large. Si on le retrouvait plus tard, les recherches d'ADN ne seraient plus possibles. Mais il fallait en finir avant l'aube. Sans hésiter, Tom agrippa les bras de Diakoundé, le tira en avant, glissa le corps sur ses épaules et se redressa avec peine. Écrasé sous sa charge, il n'aurait pas fait vingt mètres sans la peur qui l'aiguillonnait. Ses pieds s'enfonçaient dans le sable, mais il avançait. Les muscles endoloris par l'effort, il parvint jusqu'au bateau et fit glisser le corps sur le capot. Il vérifia qu'il y avait des cordages dans le coffre, puis il revint sur le rivage, trouva une grosse pierre, regagna le bateau et s'élança vers le large.

Après quelques minutes de navigation, il prit le cordage posé près de lui, noua une extrémité à la pierre et l'autre à une cheville de Diakoundé. Il avait l'impression de tourner un mauvais film. Il ne pouvait pas y croire et ce sentiment d'irréalité le soulageait. Lorsqu'il fit basculer le corps dans l'océan, il se persuada qu'il rêvait. L'illusion cessa toutefois lorsqu'il vit la traînée de sang qui souillait l'avant du bateau. Il prit une écope et aspergea abondamment la coque. Il faisait encore nuit, mais, à l'est, le ciel était moins sombre. Le temps était compté.

Quand il eut enfin amarré le bateau et regagné le jardin, il se rappela le sang sur la pierre, mais il fut incapable de la retrouver. L'aube pointait. Résigné, il fila jusqu'à son bungalow en jetant des regards furtifs autour de lui.

*

Pressé de toutes parts, Albert-René Valentin s'était résolu à déranger Victor Sambo au petit matin. Encore anesthésié par son deuil, le compagnon et désormais successeur de Maria l'avait accueilli avec indifférence. Valentin lui rapporta les événements de la nuit. Lorsqu'il eut terminé, Victor leva les yeux vers lui et annonça d'un ton glacial :

– Vous allez mettre ces gens dehors.

– Pardon ?

– Vous allez leur dire de s'en aller.

– Mais...

– Mais rien du tout ! Les Amarandes leur ont servi assez longtemps de terrain de jeu. La partie est finie.

– Et cette jeune fille ?

– Je ne crois pas une seconde à son enlèvement. Je l'ai vue agir au Gwandana et je sais de quoi son ordinateur est capable. Il est bien plus malin que tous ces imbéciles. Si Emma a décidé de se cacher ici, elle a ses raisons, et vous avez bien fait de me consulter avant d'agir. Il est hors de question de mettre sa tête à prix. Ce n'est pas une criminelle. Qu'ils gardent leurs millions et qu'ils s'en aillent. Voilà ma réponse.

– J'ai peur qu'ils n'insistent.

– Je m'en moque ! Les Amarandes sont un État indépendant. Ils devront nous annexer s'ils veulent faire la loi chez nous.

– Vous parlez des Américains ou des Chinois ?

– Les deux ! Et je me demande bien ce qu'ils font là ensemble. On dirait qu'ils se disputent Emma à coups de millions. Mais, puisque ce Spender veut me voir, qu'il vienne ! Je lui poserai quelques questions avant de le mettre à la porte.

– Et les Chinois ?

– Quoi, les Chinois ? Vous m'avez dit qu'en dehors du personnel diplomatique les autres étaient arrivés avec un visa touristique ?

– Oui.

– Alors les touristes mangent, dorment, bronzent et font des photos. S'ils se hasardent à quoi que ce soit d'autre, je les remettrai aussitôt dans leur avion.

– Monsieur le Président, je comprends votre indignation, je la partage, mais ce sont les deux plus grandes puissances mondiales. Ils ont des moyens de pression considérables. Le réalisme nous commande de transiger.

– Je ne suis pas réaliste.

– Monsieur le Président, je vous en prie, prenez le temps de réfléchir. Nos compatriotes ne pourraient que pâtir d'un affrontement.

Victor s'interrompit. L'argument avait fait mouche. Son sort lui importait peu, mais pas celui des autres.

– Allez me chercher Spender, grommela-t-il.

– Je l'amène ici ?

– Oui, pourquoi ? Ma maison n'est pas assez bien pour lui ?

– Si, bien sûr, mais ce n'est pas très protocolaire.

Un éclair noir jaillit des yeux de Victor, Valentin disparut.

*

Audrey entrouvrit les yeux dans l'aveuglante clarté du jour. S'écartant avec précaution d'Axel endormi, elle redressa la tête et regarda autour d'eux. Ils étaient toujours seuls. Le ciel, l'océan et la plage resplendissaient. Enthousiasmée par cette vision, elle se leva d'un bond, laissa tomber le peu de vêtements qui la recouvraient, s'élança vers l'eau turquoise et se jeta avec un cri de joie dans l'écume des vagues. Avec cet homme qu'elle croyait connaître, elle venait de vivre la nuit la plus torride de son existence. Un barrage avait cédé dans l'esprit d'Axel, déchaîné par son désir de reconquête, le défi de savoir sa femme amoureuse d'un autre, et plusieurs mois d'abstinence. Il avait enflammé le corps d'Audrey. Par la magie d'une seule nuit, il avait changé en braises les cendres froides de leur union.

Audrey nageait avec vigueur, elle avait besoin d'éprouver son corps, de sentir la force et la jeunesse qui s'y trouvaient encore. Elle songea soudain à Tom, et le chassa aussitôt de son esprit. Après tout, elle ne lui devait rien et il se consolerait très vite. Elle n'était pas inconstante, c'est Axel qui avait changé. Sans cela, il n'aurait jamais pu la reconquérir et elle serait restée auprès de Tom, le temps qu'il se lasse d'elle…

Axel s'était enfin décidé à jouer pleinement ses deux rôles d'époux et de père, fort, tendre et protecteur. Audrey pourrait lâcher prise et se reposer sur lui. Il avait entraîné Emma dans une folle aventure, qui ne semblait pas près de s'achever, mais ils étaient tous les deux revenus indemnes du Gwandana. Audrey devait apprendre à faire confiance à la sagacité d'Axel et à la bonne étoile d'Emma. À quoi bon passer sa vie à trembler ? La peur n'avait jamais écarté le danger. Emma avait disparu, et après ? Que pouvait-il lui arriver ? Elle était aux Amarandes, presque le paradis, et Proteus, dieu protecteur, veillait sur elle.

Audrey sortit de l'eau et tourna vers le ciel un regard attendri. D'invisibles satellites, les yeux de Proteus, la regardaient fouler le sable. L'idée la fit sourire et elle s'avança jusqu'aux pieds d'Axel, qui dormait toujours à l'ombre de leur paillote. Elle secoua les mains au-dessus de lui, mille gouttelettes tombèrent sur son visage et il ouvrit les yeux. Ruisselante, elle s'allongea sur lui, il la serra dans ses bras et ils échangèrent un baiser fougueux.

C'étaient de jeunes mariés en voyage de noces.

*

Victor était perplexe. Spender, assis en face de lui, venait de lui donner assez d'explications pour semer le doute dans son esprit. Proteus aurait décidé de lui-même son extension en Chine. Tout semblait possible à cette machine, même de devenir dangereuse pour Emma. La fugue de la jeune fille était d'ailleurs inexplicable. Malgré cela, Victor répugnait toujours à laisser les Chinois et les Américains envahir son pays pour la retrouver. Quand une idée lui traversa l'esprit :

– Et si elle n'était plus aux Amarandes ?

– Ce n'est pas possible ! protesta Spender.

– Vraiment ? Et disparaître au milieu d'un double cercle d'Américains et de Chinois aux aguets, ce n'est pas possible non plus ?

– Ça n'a rien à voir.

– Je ne suis pas de cet avis.

– Ah oui ? Comment serait-elle partie ?

– En sous-marin, peut-être.

– En sous-marin ?

– Oui, un sous-marin chinois. Vous avez dit que…

– Elle n'aurait jamais eu le temps.

– Vous continuez de la sous-estimer.

– Les Chinois ne seraient plus ici si elle était avec eux.

– Alors, ce n'était pas un sous-marin chinois. Les pays qui s'intéressent à elle ne manquent pas.

– Votre hypothèse est invraisemblable.

– Mais pas impossible.

– Où voulez-vous en venir ?

– À l'invasion des Amarandes par les troupes chinoises et américaines ! Je ne vous laisserai pas quadriller cette île, alors que la personne que vous cherchez n'y est peut-être plus. Les habitants ont été informés de sa disparition. Ils sont les mieux placés pour la retrouver et il n'y a nul besoin de stimuler leur zèle avec de l'argent. Je vous autorise néanmoins, les Chinois et vous, à survoler l'île et ses abords avec vos drones, c'est tout.

– Cela risque de ne pas suffire.

– Pourquoi donc ? Vous n'envisagez tout de même pas de perquisitionner chez les habitants ?

– C'est-à-dire…

– Vous n'avez donc pas besoin de personnel au sol. Laissez faire ma police et promenez-vous dans le ciel avec les Chinois. Uniquement dans le ciel ! Il n'est pas question que des drones pénètrent dans une maison.

– C'est pourtant l'abri le plus probable d'Emma Woodstone.

– Peut-être, mais si elle s'est réfugiée dans une famille, c'est qu'elle y est très bien. Je fais confiance à mes compatriotes, s'ils acceptent de la dissimuler, c'est qu'elle est mieux là, qu'avec vous.

– Je ne suis pas sûr que les Chinois acceptent de se plier à ces restrictions.

– Monsieur Spender, ne les prenez pas comme épouvantails. Je vais expliquer tout cela à leur ambassadeur dès que vous serez parti, c'est-à-dire très bientôt…

*

Quand Tom retrouva les Hurdley et Natacha au bord de la piscine, il prit conscience de l'univers qui les séparait. Il n'était pas de leur monde. William avait créé son entreprise, il était richissime. Kevin allait probablement lui succéder, et la céleste Natacha donnerait naissance, un jour ou l'autre, à l'héritier de leur dynastie. Tandis que lui, Tom, n'était qu'un subalterne grassement payé.

Et il venait, pendant la nuit, de plonger mille fois plus bas en commettant un homicide. D'insignifiant, il était devenu infâme. Si son crime était découvert, il tomberait au fond du gouffre.

– Bonjour ! lança Natacha. Venez donc, nous parlions justement de vous.

Tom se composa un visage détendu et s'avança sans hâte.

– Bonjour Natacha, bonjour Messieurs, grimaça-t-il en s'efforçant de sourire.

– Que comptez-vous faire ? l'interrogea Kevin.

– À quel sujet ?

– Mais… de votre séjour ici. Je ne vais pas attendre que Mademoiselle Woodstone se décide à réapparaître pour m'en aller. Et vous ?

– Plus tôt je partirai, mieux ce sera.

– Et Audrey ? insinua Natacha.

– Elle ne m'a pas attendu…

– Bien, reprit Kevin, je vous emmène donc cet après-midi. Mon père et Natacha vont attendre ici quelques jours, mais moi, j'ai trop de travail. Un avion-taxi va venir me chercher, je vous offre une place.

– Et le Président Diakoundé ? rappela Natacha. Tu pourrais le déposer chez lui en passant.

– À condition qu'il se réveille avant mon départ. J'ai l'impression qu'il a passé une bonne soirée.

Tom frissonna. Il avait l'impression que tout le monde savait, que la police allait surgir, qu'on allait lui passer les menottes et le jeter à l'arrière d'un fourgon.

– On dirait qu'une nouvelle douche nous attend, observa William en montrant le front nuageux qui barrait l'horizon.

– C'est la saison des pluies, rappela Kevin. Une demi-heure d'arrosage par jour.

Tom regarda le ciel et éprouva un profond soulagement. La pluie allait laver cette maudite pierre tachée de sang et effacer les traces éventuelles sur le ponton et le bateau. Il était peut-être sauvé.

*

Avec leurs vêtements froissés et couverts de sable, Axel et Audrey avaient l'allure de naufragés, mais leurs yeux rayonnaient. Les pieds nus caressés par les vagues, ils longeaient l'océan en se tenant la main, émerveillés. Leur amour avait survécu, il reprenait sa place.

Derrière la route longeant la plage, la forêt escaladait les flancs du grand volcan de l'île, dont le sommet était presque toujours noyé de brume. Ils virent enfin un village de pêcheurs. Les habitants reconnurent aussitôt les parents d'Emma. Ils les avaient aperçus avec leur fille sur les photos que la télévision locale diffusait. Un jeune homme s'avança vers eux.

– Vous êtes les parents de la jeune fille disparue ? demanda-t-il dans un anglais teinté d'accent créole.

– Oui.

– Vous pensez qu'elle pourrait être ici ?

– Nous ne savons pas, confessa Axel, nous cherchons au hasard. Elle va sans doute réapparaître, mais nous ne pouvons pas rester assis à l'attendre.

– Ah… oui… mais il va pleuvoir. Je peux vous abriter chez moi si vous voulez. Je m'appelle Matthias.

Surpris de découvrir au-dessus d'eux des nuages menaçants, Axel et Audrey suivirent le garçon. Les premières gouttes s'écrasaient sur le sol. À peine eurent-ils franchi la porte que le crépitement furieux de la pluie retentit.

L'intérieur de la maison était étonnamment clair. Les murs blanchis, sans ornements, renvoyaient la lumière. Un sol de terre battue, patiné par les ans, luisait sous leurs pieds. L'humble mobilier avait le charme de la simplicité. Un ordre parfait régnait dans la pièce.

– Mes parents ne sont pas là aujourd'hui, annonça Matthias, mais voici ma grand-mère, Séréna.

Une porte venait de s'ouvrir, livrant passage à une vieille femme ridée au regard intense et bienveillant. Elle sourit, souhaita la bienvenue en créole à ses visiteurs et les invita d'un geste à s'asseoir autour de la table. Quand ils furent installés, elle parla de nouveau.

– Vous devez avoir faim, traduisit Matthias.

– Oui, un peu, avoua Audrey.

Dix minutes plus tard, elle partageait avec Axel un copieux plat de riz et de poisson, tandis que Séréna et son petit-fils discutaient à mi-voix. Dehors, la pluie avait cessé et le sol gorgé d'eau exhalait une vapeur légère.

– Voulez-vous autre chose ? demanda la grand-mère lorsqu'ils eurent terminé.

Ils remercièrent et voulurent repartir, mais elle les arrêta.

– Où allez-vous chercher votre fille maintenant ? demanda-t-elle par la bouche de Matthias.

Audrey se tourna vers Axel.

– Je ne sais pas, avoua-t-il.

– Vous croyez que c'est vous qui la retrouverez, alors que tous les habitants de l'île sont déjà alertés ?

– Nous voulons participer aux recherches, c'est tout. Emma est notre fille.

– Je comprends… L'essentiel, c'est de lui montrer combien vous tenez à elle.

– Oui, comme n'importe quels parents.

– Et vous vous promenez sur la plage ?

– Nous ne sommes pas allés que sur la plage.

– La plage ou le bord de la route.

– Mais où faudrait-il aller ? questionna Audrey, intriguée.

– Là où personne n'ira : à l'endroit de l'île le plus difficile d'accès. Votre fille n'y est sans doute pas, mais vous lui aurez au moins prouvé votre amour.

– Quel est cet endroit ?

– Le cratère du volcan.

*

Roy Spender s'était installé à l'ambassade américaine. Isolé dans son bureau, il rendait compte au Président Rodriguez des piètres résultats de son entretien avec Victor Sambo.

– Je n'ai rien obtenu de plus, résuma-t-il. Nous ne pourrons faire nos recherches qu'avec des drones, et seulement en extérieur.

– Il fallait s'y attendre.

– Certes, Monsieur le Président, mais ça ne va pas nous aider.

– Ça n'aidera pas les Chinois non plus.

– Heureusement ! Et je me félicite d'avoir sollicité Kevin Hurdley hier soir. Avec son engin, nous allons disposer d'un avantage certain.

– Il arrive quand ?

– En début d'après-midi.

– Déjà ? Le Gwandana n'est pourtant pas si proche des Amarandes.

– Le RX1 exploite des courants aériens favorables. Dès son arrivée, ses drones tomberont en pluie sur l'île et rien ne leur échappera. Le temps que les Chinois réagissent et amènent leur matériel, nous aurons retrouvé Emma Woodstone, si elle est à l'extérieur.

– Comme vous dites… Car, si elle se cache chez un habitant, comme c'est probable, nos drones ne serviront qu'à surveiller les Chinois.

– Elle finira bien par sortir.

– Cachée dans le coffre d'une voiture.

– C'est possible, mais je ne vois pas ce qu'on pourrait faire de plus, puisque nos hommes n'ont pas le droit d'intervenir.

Rodriguez sursauta. La remarque de Spender venait de lui inspirer une idée.

– J'ai trouvé ! se réjouit-il.

– Trouvé quoi ?

– Nos hommes sont indésirables, mais pas nos robots !

– Quels robots ?

– Les robots de William Hurdley. Ils peuvent travailler pour nous, ils n'attendent que nos ordres.

– Mais… ils ne sont pas à nous. Hurdley en a fait don depuis des années au gouvernement local.

– Et alors ? Il ne s'agit pas de les reprendre, mais de les emprunter discrètement. Ces machines sont étroitement mêlées à la population, elles sont partout, elles vont partout. Quels meilleurs espions pourrions-nous espérer ?

– Vous oubliez que leur centre de contrôle est ici, aux Amarandes.

– Vous oubliez que celui qui en a la maîtrise y est également.

– Tom Greene ?

– Oui ! La chance est avec nous. Ce n'est plus un avantage que nous aurons sur les Chinois, c'est une écrasante supériorité.

– Vous croyez qu'ils vont laisser Tom Greene faire ce qu'il veut ?

– Trouvez-lui un prétexte pour entrer dans la place et qu'il se débrouille !

– Je ne suis pas sûr que ce soit si simple.

– Pourquoi ?

– Parce que c'est Proteus qui commande ces robots.

– Mais non ! C'est le premier Proteus qui les dirige, une machine de près de quinze ans qui ne nous a jamais posé aucun problème et qui ne dispose plus aujourd'hui de la moindre connexion avec un réseau extérieur. Le Proteus II quantique relié à Emma Woodstone n'a pas pu le pirater.

– Espérons-le.

*

Kevin avait bouclé ses valises et il commençait à trouver le temps long. Assis avec Natacha sur la terrasse de leur spacieux bungalow, il regardait la mer. La pluie avait lavé le ciel, de nouveau bleu et éclatant. Sa montre se mit à vibrer, il l'effleura d'un geste impatient.

– Alors ? Vous l'avez retrouvé ?

– Monsieur Hurdley, fit la voix navrée d'Albert-René Valentin, il n'est pas là.

– Comment ça, pas là ?

– Il a quitté ses compatriotes tard dans la nuit et a regagné votre hôtel.

– Mais c'est faux !

– Je viens de vérifier auprès du robot qui lui a servi de chauffeur.

– Il ment !

– Monsieur Hurdley… c'est un robot.

– Mais enfin, où est-il, ce Diakoundé ? Je ne vais pas l'attendre toute la journée.

– Nous savons qu'une fois arrivé à l'hôtel, il n'a pas pris d'autre véhicule. Il est donc tout près de vous.

– Où ça ? Son bungalow est vide et personne ne l'a vu !

– Les robots de votre hôtel ont reçu l'ordre de le chercher et je vous envoie la police.

– C'est incroyable… Il devait être dans un bel état, hier soir.

– On me confirme qu'il avait sans doute trop bu. Il n'a pas l'habitude. Mais il n'était pas soûl.

– Ça reste à prouver.

– Quoi qu'il en soit, ne vous inquiétez pas, nous allons vite le retrouver.

*

Quand les robots avaient commencé l'exploration des jardins, Tom ne s'était pas inquiété. Ils ne cherchaient pas l'indice minuscule qui subsistait peut-être et qui les aurait orientés vers la vérité. Ils étaient seulement chargés de retrouver un ivrogne endormi. Mais, quand une demi-douzaine de voitures de police arrivèrent, il regagna son bungalow pour examiner son allure devant un miroir. Se pouvait-il qu'en l'observant avec assez d'attention, on parvienne à soupçonner quelque chose ?

Plongé dans ses réflexions, il tressaillit quand un poing énergique frappa à sa porte.

– Qu'est-ce que c'est ? fit-il d'une voix mal assurée.

– Secret Service, Monsieur. Nous venons de la part du Vice-Président.

Il ouvrit. Trois hommes se tenaient devant lui. Au centre, celui qui devait être le chef le salua d'un hochement de tête martial.

– Le Vice-Président souhaite vous voir de toute urgence. Si vous voulez bien nous suivre…

Vingt minutes plus tard, il retrouvait Roy Spender dans son bureau de l'ambassade.

– Entrez, Monsieur Greene, asseyez-vous.

Tom s'exécuta sans répondre. Pendant le trajet, son inquiétude avait fait place à une violente hostilité. Il allait retrouver l'artisan de ses malheurs, celui sans qui les Chinois ne se seraient jamais intéressés à Emma, celui sans qui elle n'aurait pas disparu, celui sans qui Audrey serait encore auprès de lui et Diakoundé toujours de ce monde. Qu'allait-il encore oser lui demander ?

– J'ai besoin de vos compétences pour une mission délicate.

– Vous avez déjà sollicité mes compétences par le passé, Monsieur le Vice-Président, et le moins qu'on puisse dire, c'est qu'il aurait mieux valu vous abstenir.

– J'ai peut-être fait une erreur, grinça Spender, mais cette fois, il ne s'agit que de technique.

Tom tourna vers lui un regard glacial et attendit la suite.

– Cette île n'est pas très grande, Monsieur Greene. Si nous ne retrouvons pas très rapidement Emma Woodstone, c'est qu'elle est partie, avec ou sans les Chinois. C'est pourquoi nous devons employer tous les moyens disponibles. Le RX1 fait route vers nous depuis hier soir. Il sera bientôt là et ses drones pourront quadriller l'île, mais ce n'est pas suffisant. Il faut que nous visitions les maisons et les bâtiments publics, ce que les autorités locales refusent. C'est pourquoi j'ai pensé au logiciel d'identification faciale de vos robots. S'ils trouvent Emma Woodstone, nous aurons gagné.

– Vous aurez gagné quoi ? grogna Tom. Le droit de rejouer ?

– Le droit de comprendre ! s'emporta Spender.

– Je ne peux pas.

– Pourquoi donc ?

– Parce qu'il faudrait que j'accède au centre de contrôle des robots, qui est géré par des techniciens locaux. Je n'ai rien à y faire.

– Peut-être que si.

– Vraiment ?

– J'ai appris que le Président Diakoundé était introuvable. Je suppose qu'il a passé la nuit en galante compagnie, mais je vais faire mine d'être très inquiet. S'il a la bonne idée de ne pas réapparaître tout de suite, vous aurez peut-être le temps d'agir.

– Je ne vois pas le rapport, répliqua Tom en s'efforçant de dissimuler sa gêne.

– Les robots de l'hôtel. Il y en avait probablement à l'extérieur cette nuit. L'un d'entre eux pourrait avoir enregistré quelque chose.

Un vent de panique balaya l'esprit de Tom, qui se sentit pâlir, mais Spender n'y prêta pas attention.

– Je vais dire à Albert-René Valentin que vous pouvez aider ses techniciens à rechercher et analyser les enregistrements des robots. Ils ne doivent pas le faire souvent et ils seront bien contents de vous avoir auprès d'eux. Alors, que décidez-vous ?

– J'accepte, fit Tom, livide.

*

Trop heureux de rendre service à Axel et Audrey, le jeune Matthias, aidé de ses amis, rassembla hâtivement un matériel de randonnée hétéroclite et fatigué : sacs à dos, chaussures, vêtements divers et une petite tente que des touristes avaient négligé de remporter dans leurs bagages. Les parents d'Emma étaient équipés pour l'ascension du volcan.

– Vous devriez attendre demain matin pour partir, conseilla Matthias.

– Ah non ! protesta Axel. Il est à peine midi. Pourquoi perdre une journée ?

– Parce qu'en partant à l'aube vous pourriez faire l'aller-retour dans la journée. Il fait très frais là-haut, il y a du vent et c'est la saison des pluies. Vous allez passer une nuit épouvantable.

– Nous avons vos duvets et une tente, objecta Audrey.

Matthias esquissa un sourire et se tourna vers son aïeule pour traduire leurs échanges. Elle sourit à son tour et répondit d'un ton paisible, qu'il reprit :

– Grand-mère dit que j'ai raison de vous mettre en garde, mais que vous avez raison de vouloir partir quand même.

– Très bien. Alors, allons-y !

Axel et Audrey empoignèrent leurs sacs, et retrouvèrent dehors l'éblouissant soleil. Un taxi était là, un robot au volant. Ils jetèrent leurs sacs dans le coffre, prirent place dans le véhicule et quittèrent le village sous les regards curieux des habitants.

Le trajet dura peu. Le volcan était proche et la route ne faisait que le contourner. Il n'y avait aucun sentier car le site n'était guère visité. Continuellement noyé de brume, le sommet n'offrait rien d'autre à voir que sa maigre végétation, des rochers glissants et un sol noir boueux. Matthias les avait un peu rassurés en expliquant qu'ils ne pouvaient pas se perdre. Ils n'avaient qu'à suivre la pente, à l'aller comme au retour, pour retrouver la route.

Leurs sacs n'étaient pas très lourds. Les grands arbres les mettaient à l'abri du soleil et ils progressaient à grandes enjambées. Vinrent ensuite les premières fougères, puis les arbres disparurent. Le soleil était ardent, la pente raide, leur épreuve allait commencer. Après une longue marche ralentie, pesante et silencieuse, ils décidèrent, d'un commun soupir, de s'accorder une pause. En se retournant pour s'asseoir, ils découvrirent l'immense panorama qui s'étendait devant eux.

– C'est magnifique ! s'exclama Audrey.

– Oui, c'est très beau. Mais pour la vue, c'est fini. Nous allons entrer dans la brume.

– Tu crois que c'est encore loin ?

– Quand on sera épuisés, frigorifiés et trempés, on sera sans doute près du but.

– C'est complètement idiot, ce qu'on fait là.

– Complètement, mais c'est toujours mieux que de rester à ne rien faire pendant que les autres cherchent. Ils ont mis le paquet, d'ailleurs. Tu as vu tous ces drones ?

– Où ça ?

– Regarde au-dessus des arbres.

– Ah oui, là ! et là ! et encore ici ! Il y en a combien ?

– Je ne sais pas, mais ils ressemblent étrangement à ceux du Gwandana. Le RX1 est peut-être revenu.

– Tu crois ?

– Ce porte-drones est plein de ressources. Il nous a sauvé la vie là-bas.

– Oui, on me l'a raconté…

Audrey sentit à nouveau le pincement du remords. Elle aurait dû suivre Emma et Axel en Afrique. Mais, cette fois, au moins, elle était là.

– Allons-y ! lança-t-elle en reprenant son sac.

*

Pendant son trajet jusqu'à l'austère bâtiment du centre de contrôle, Tom s'était efforcé d'élaborer un plan d'action, mais, quand son véhicule s'immobilisa, ses réflexions n'avaient guère avancé. Quinze ans plus tôt, il avait supervisé la mise en place de ce centre et l'avait dirigé pendant la longue période d'intégration des robots à l'économie locale. Pour le jeune responsable qui l'accueillit, il était une légende.

– Monsieur Greene, c'est un honneur de vous recevoir.

– L'honneur est pour moi, je…

Tom s'interrompit. Il venait d'entrer dans la salle principale. Rien n'avait changé depuis son départ. Pas un écran, pas une chaise, rien. Il avait l'impression de visiter une reconstitution historique. On lui présenta la petite équipe de techniciens. Ils semblaient tous candides et détendus, mais il fallait rester méfiant et les interroger avec prudence.

– Où en êtes-vous avec les robots de l'hôtel ?

– Ils poursuivent les recherches, Monsieur. Mais ils sont loin du site, maintenant. Je pense qu'on va bientôt nous demander de les faire revenir.

– Et les enregistrements de la nuit ?

Un silence embarrassé lui répondit.

– Vous ne savez pas comment les récupérer ?

– Non, Monsieur. Nous ne l'avons jamais fait.

Tom se retint d'embrasser son interlocuteur. La chance était avec lui.

– Alors, j'ai bien fait de venir, dit-il en s'efforçant de masquer son contentement. Lorsque j'étais en poste ici, il nous est arrivé de consulter ces enregistrements. Je devrais retrouver la procédure.

– Nous allons tout noter.

– Ah non ! Je ne supporte pas qu'on regarde par-dessus mon épaule. Je vais m'installer à un poste isolé, et quand j'aurai terminé, je vous donnerai toutes les explications. D'accord ?

– Comme vous voudrez, Monsieur. Où souhaitez-vous vous installer ?

Tom avisa l'emplacement qu'il cherchait : un petit bureau vitré dans un angle de la pièce. Personne ne pourrait voir son écran.

– Je vais me mettre là, annonça-t-il en s'avançant vers le local.

Cinq minutes plus tard, pourvu de la liste des robots de l'hôtel, il était enfermé dans son aquarium.

*

En poussant la porte du bureau présidentiel des Amarandes, Victor eut un pincement au cœur. Quelques jours plus tôt, Maria était installée là, préparant son intervention à la tribune de l'ONU. Elle était assise dans ce grand fauteuil au-dessus duquel une carte ancienne de l'archipel achevait de jaunir. Souriante, détendue, fière d'aller défendre une juste cause, elle ignorait qu'elle marchait à la mort. Le passé défilait dans l'esprit de Victor, comme un rêve. Treize ans avaient passé depuis sa première visite dans cette pièce solennelle. Balthazar Harramond, le père de Maria, en était l'occupant légitime. Elle lui succéda, et maintenant c'était son tour pour deux ans, jusqu'aux prochaines élections. Rongé d'amertume, il contourna le lourd bureau et, après une hésitation, prit place dans le fauteuil de Maria.

Albert-René Valentin le rejoignit. Il venait de recevoir un appel de l'ambassade des États-Unis : le Vice-Président Spender souhaitait faire le point avec eux.

– Il est déjà venu chez moi ce matin, grommela Victor. Qu'est-ce qu'il me veut encore ?

– Je l'ignore, Monsieur.

– Bon, qu'il vienne.

– Euh… non, il propose seulement un échange vidéo.

– Ah, tant mieux, ce sera plus court. Venez.

Entraînant son ministre par l'épaule, Victor gagna la pièce voisine où une rangée de sièges faisait face au mur vidéo.

– Bonjour Messieurs ! clama Spender sitôt apparu, toujours rien ?

– Non, grogna Victor, toujours rien.

– Eh bien je vous annonce que le RX1 vient d'arriver en renfort. Ses drones ont entamé leurs recherches.

– Quoi ? Le RX1 ? Vous avez amené cet engin jusqu'ici sans mon autorisation ?

– Pour quoi faire ? Vous m'aviez donné votre accord pour l'usage de drones.

– Je ne pensais pas que vous feriez venir une armada.

– Monsieur le Président, plus il y en aura, plus nous aurons de chances de retrouver Emma Woodstone et le Président Diakoundé. D'ailleurs, concernant ce dernier, je suis bien aimable de vous aider. J'espère pour vous qu'on le retrouvera vite, et en bonne santé.

Victor se raidit, mais s'abstint de répliquer. Jusqu'alors, il n'avait pas fait mystère de son ressentiment envers les autorités américaines, incapables d'assurer la sécurité d'un chef d'État en visite. Et voilà qu'il se trouvait impliqué à son tour. Où donc était passé Diakoundé ?

– Quand informerez-vous les autorités du Gwandana de sa disparition ? glissa perfidement Spender.

– Quand on l'aura retrouvé ! gronda Victor. Je vous remercie vivement de votre aide, Monsieur le Vice-Président, mais je vous prie de ne pas me dicter ma conduite.

*

Tom accéda sans peine aux enregistrements vidéo des robots de l'hôtel. Les caméras ne captaient que les mouvements, de sorte que si rien ne bougeait, aucune image n'était conservée. La nuit, la plupart des robots restaient en veille dans leur zone de travail, sentinelles immobiles dans l'attente d'un ordre ou de l'heure de se réactiver.

Le personnel de l'hôtel était entièrement remplacé par ces machines efficaces et zélées. Les douze robots accomplissaient le travail de trente humains. Tom vit alors que deux d'entre eux avaient enregistré une scène aux alentours de l'heure fatidique.

Le premier robot était posté à l'entrée de l'hôtel, pour accueillir les visiteurs nocturnes. La prise de vue, très courte, montrait l'arrivée de la voiture de Diakoundé. On le voyait sortir du véhicule puis se diriger, d'un pas mal assuré, vers une allée où il disparaissait. C'était tout.

Fébrilement, Tom mit en lecture le second enregistrement, qui ne durait que quelques secondes. Là, horrifié, il se vit traverser l'écran, portant sur son dos le corps de Diakoundé. Sans doute remisé dans un des cabanons en bordure de la plage, le robot était demeuré invisible. Tom repassa la séquence et fit un arrêt sur image. On distinguait clairement ses traits et le visage tuméfié de Diakoundé. Aucune équivoque, aucun doute n'étaient possibles. Avec une telle image, Tom risquait la peine de mort.

Son cerveau reptilien, celui de la survie, prit le contrôle de la situation. Avec un calme froid, il effaça l'enregistrement et s'assura qu'il n'en restait aucune trace. Ensuite, il accomplit la mission que Spender lui avait confiée. Il sortit de sa poche une vieille clé USB, compatible avec ce matériel archaïque, l'introduisit dans une prise et attendit. Trente secondes plus tard, il la retirait. Il avait terminé. Les robots de l'île, nombreux à entrer dans les maisons, transmettraient au poste de contrôle d'Air Force Two la localisation d'Emma s'ils la détectaient.

– J'ai terminé ! annonça-t-il en ouvrant sa porte. Venez, je vais vous montrer.

Les techniciens se précipitèrent. Quatre privilégiés, désignés par leur chef, s'agglutinèrent autour du bureau de Tom.

– Vous allez voir, c'est assez facile, mais le résultat est très décevant. Un seul robot l'a vu, quand il sortait de son taxi, et je crains que ça ne fasse pas beaucoup avancer l'enquête.

*

En voyant Tom entrer dans son bureau, Spender scruta son visage, si crispé lorsqu'ils s'étaient quittés. Il n'exprimait plus que de la lassitude.

– Alors ?

– C'est fait.

– Excellent ! Et les enregistrements ? Ils ont donné quelque chose ?

– Oui, on le voit sortir de voiture, presque titubant, et se perdre dans les jardins de l'hôtel.

– Ah… C'est peu.

– On n'a toujours aucune trace de lui ?

– Aucune.

– Alors je ne vois plus qu'une hypothèse.

– Laquelle, Monsieur Greene ?

– Qu'il s'est noyé.

– Noyé ?

– Il était ivre, il était au bord de la mer et il a disparu. Vous avez une autre idée ?

– Mais enfin, on ne se noie pas sur une plage ! S'il avait voulu prendre un bain de minuit, on aurait retrouvé ses vêtements, au moins ses chaussures, et son corps se serait échoué.

– Sur la plage de l'hôtel, il y a un ponton qui s'avance dans la mer. Dans son état, Diakoundé est peut-être tombé de là. Quant au corps, la marée a pu l'emporter.

– Noyé… C’est incroyable.

– Ce n’est qu’une hypothèse.

– Oui, bien sûr, mais elle oriente nos recherches. Un corps flottant à la surface de la mer est facilement repérable. Nous le retrouverons avant la nuit, quelques drones y suffiront, il ne peut pas être loin.

– À moins qu’il n’ait déjà disparu.

– Qu’est-ce qui vous fait supposer ça ?

– Les requins.

*

Axel et Audrey poursuivaient leur ascension. La pente était maintenant si raide qu’ils devaient s’aider de leurs mains. Les pierres roulaient sous leurs pieds. La brume était dense. Ils ne voyaient qu’à quelques mètres. Fatigués, endoloris, ils avançaient toujours, comme des automates. Puis la pente s’adoucit. Quelques mètres plus loin, elle s’inversait. Ils étaient sur le bord du cratère.

– Victoire ! jubila Axel.

– Tu crois qu’on y est ?

– Non, on est sur Mars ! Les premiers humains à fouler la planète rouge !

Audrey sourit, s’avança vers lui et le serra dans ses bras.

– J’aime quand tu dis des bêtises.

Il se pencha vers elle, ils s’embrassèrent.

– Il faut descendre avant la nuit, rappela Axel. Ou bien on campe ici, mais…

– Ah non ! protesta Audrey. Je veux dormir au fond du cratère, près de la lave, pour avoir chaud.

– Tu as raison, allons-y.

Après seulement quelques pas, ils furent contraints de descendre à reculons. La pente était raide et le sol glissant. Mais leur épreuve fut de courte durée. Ils retrouvèrent très vite une surface horizontale, ils étaient arrivés. La brume était moins dense et ils purent distinguer le petit lac aux eaux sombres qui occupait le centre du cratère. Sur le côté, un cône se dressait, comme un géant drapé de noir montant la garde. Ils se seraient volontiers attardés dans la contemplation de ce décor improbable, mais la nuit approchait. Il fallait songer à planter la tente.

– Il n'y a aucun abri, observa Axel. On va se mettre n'importe où et pousser les cailloux pour dégager le sol.

Ils montèrent la tente à grand-peine, dans une gymnastique entrecoupée de fous rires, car l'un comme l'autre n'en avaient jamais utilisé. Leurs sacs contenaient des bouteilles d'eau, des conserves de poisson et des biscuits secs. Ils dînèrent devant leur tente, comme deux paisibles randonneurs. Un trou s'était formé dans les nuages, dévoilant un coin de ciel. Une étoile filante passa. Ils firent le même vœu.

*

Kevin avait reporté son départ. La disparition du Président Diakoundé devenait d'heure en heure plus préoccupante, Tom avait été sollicité par le Vice-Président pour d'obscures manipulations et le RX1 opérait à portée de tir d'un destroyer chinois. Comment tout cela allait-il finir ?

Le soir venu, les robots de l'hôtel regagnèrent leurs postes de travail. L'espoir de retrouver Diakoundé s'évanouissait et on avait renoncé à les solliciter davantage. William, Kevin, Natacha et Tom se retrouvèrent pour dîner au restaurant de l'hôtel.

– Vous ne pouvez vraiment rien nous dire ? insista William.

Tom se raidit. La veille au soir, Hurdley lui avait soutiré des confidences, ce qu'il avait amèrement regretté. Il n'allait pas tomber deux fois dans le piège.

– Je regrette, Monsieur, mais le Vice-Président a été formel. La recherche d'Emma Woodstone relève du Secret Défense.

– Et celle du Président Diakoundé ? glissa Kevin.

– Là, c'est différent, mais j'ai peu de choses à raconter.

– Dites toujours.

– Un des robots de l'hôtel l'a filmé alors qu'il sortait de son taxi.

– Et ensuite ?

– C'est tout. Il est donc bien rentré ici la nuit dernière, seul et ivre.

– Ivre ?

– Oui, il titubait.

– Que lui est-il arrivé ? frémit Natacha.

– On ne le saura peut-être jamais.

– Comment pouvez-vous dire ça ?

– Parce qu'il s'est probablement noyé en tombant du ponton. La mer aura emporté son corps et les requins l'auront fait disparaître.

– Qu'est-ce que c'est que ce roman ?

– Vous avez mieux à nous proposer ?

– Oui ! On a assassiné James Diakoundé, comme on a assassiné Maria Harramond !

– Natacha ! intervint Kevin, c'est absurde.

– Je connais James Diakoundé, répliqua-t-elle. C'est un homme conscient de ses responsabilités. S'il s'était senti ivre, il serait allé se coucher, il n'aurait pas été se pencher au bout d'un ponton. Et même s'il était tombé à l'eau, il n'en serait pas mort. L'hypothèse d'un accident ne tient pas.

Personne ne fit de commentaires. Tom était partagé entre la fureur et l'inquiétude.

– Le point commun entre nos deux hypothèses, poursuivit Natacha d'une voix sombre, c'est qu'il serait mort, et ce serait une tragédie pour son pays. J'ai travaillé plusieurs mois avec le gouvernement gwandanais, je connais bien l'équipe de Diakoundé. Ce sont des gens volontaires et compétents. Il les a choisis avec beaucoup de discernement, sans tenir compte de leurs ethnies ni de leurs religions. Sa disparition va les isoler. La fragile stabilité du pays pourrait bien ne pas résister à ce traumatisme, d'autant que l'armée n'est pas encore dissoute et que le RX1 n'est même plus là-bas pour la neutraliser.

– Ils ne savent pas qu'il est parti, rappela Kevin. Et je peux renvoyer le RX1 à tout moment.

– Oui, je sais, et je te remercie pour eux, mais ça ne suffira pas. Missoko, le dictateur qu'il a évincé, a conservé beaucoup d'alliés corrompus et cupides, et ils ont eux-mêmes toute une clientèle d'affiliés. Dans les pays pauvres, la corruption n'est pas seulement un mode de gouvernement, c'est aussi un moyen de survie. On ne change pas un modèle social en six mois. Diakoundé avait besoin de temps. C'était l'homme providentiel face à Missoko, comme Churchill l'avait été face à Hitler. Il y a beaucoup de braves gens au Gwandana, comme partout ailleurs. Ils vont résister à Missoko, ils vont se battre, mais leurs puissants ennemis aussi. Le Gwandana pourrait bien sombrer dans une guerre civile plus meurtrière encore qu'avant la venue d'Emma. Combien d'innocents vont encore mourir ? Je vais vous dire la vérité : si Diakoundé est mort, celui qui l'a tué n'a pas assassiné qu'un homme, mais un pays entier !

*

Spender avait passé la journée à l'ambassade, recevant des rapports et donnant ses instructions au fil des événements. La nuit était déjà tombée quand on lui confirma que, dans un rayon de dix miles nautiques autour de l'île, aucun cadavre ne flottait à la surface de l'océan. C'était la pire des situations. L'hypothèse de Tom n'était ni confirmée, ni invalidée, et toutes les hypothèses restaient possibles, y compris l'enlèvement du Président Diakoundé. Victor en fut informé à son tour, ce qui le plongea dans la consternation. Devait-il présenter la noyade accidentelle comme une quasi-certitude ou une possibilité parmi d'autres ? Et quel degré de responsabilité devait-il endosser dans ce drame ?

Les drones du RX1 et les robots de Proteus n'avaient repéré ni Emma, ni Diakoundé, et les chances de les retrouver de nuit étaient quasi nulles. Il était temps pour Spender de dresser un premier bilan avec le Président Rodriguez. Il se cala dans le fauteuil de l'ambassadeur et alluma le mur vidéo.

– Bonjour Spender. J'ai vu vos comptes rendus. Ce n'est pas brillant.

– Hélas non ! Monsieur le Président. Nous piétinons.

– Vous aurez bientôt ratissé l'île entière.

– Et visité la plupart des maisons.

– Je ne voudrais pas conclure trop tôt, mais je crois que demain, vous repartirez seul.

– J'en ai peur.

– Face à Proteus, c'était prévisible, surtout avec la puissance dont il dispose aujourd'hui grâce au Dragon de jade. Nous ne reverrons Emma Woodstone que lorsqu'il le voudra bien.

– Et les Chinois ? Ils ne disposent que des quelques drones de leur destroyer. Pourquoi n'en apportent-ils pas davantage ?

– Je ne suis pas sûr qu'ils en attendent quoi que ce soit.

– Comment ça ? mais…

– Emma Woodstone a disparu alors que leurs hommes et les vôtres l'entouraient. Vous croyez qu'elle va se laisser surprendre par un drone ?

– Ils auraient déjà renoncé ?

– Je n'ai pas dit cela.

– Alors quoi ?

– Ils ont peut-être un autre plan.

*

Tom vécut la fin du dîner comme un cauchemar. Natacha savait tout. Il ignorait comment, mais il en était sûr. Elle n'attendait plus que ses aveux. Son discours enflammé, lourdement accusateur, ne s'adressait qu'à lui. Il n'osa plus lever les yeux du repas. Il était dans un tribunal dont les Hurdley père et fils constituaient le public. Il n'avait pas d'avocat, sa cause était indéfendable. Le nez plongé dans son assiette, il attendait de sentir les mains puissantes du bourreau tomber sur ses épaules.

Rien ne se produisant, il se perdit à nouveau dans ses pensées contradictoires, sans se soucier de la conversation des autres. Il était innocent, il n'était pas ce personnage infâme que Natacha vilipendait. C'était un accident, un accident ! Il répétait le mot, comme un mantra, sans vraiment s'en convaincre. Il avait traité avec le dernier mépris un chef d'État étranger, puis refusé de s'excuser avant de le frapper violemment. Où était l'accident ? Et maintenant, à cause de lui, un pays déjà durement éprouvé allait sombrer dans le chaos. Au fond, la mort serait une délivrance pour le responsable de cette tragédie.

Il finit par invoquer un violent mal de tête et quitta la table en saluant à peine. Arrivé dans le jardin, il recula d'effroi. Les sombres allées allaient le ramener vers le lieu de son crime où un fantôme vengeur l'attendait. Furieux contre lui-même et ses craintes absurdes, il obliqua vers la plage, mais s'arrêta très vite. S'il avait mal attaché la pierre, ou la cheville de sa victime ? Si le corps venait s'échouer à ses pieds ? S'il se relevait pour marcher sur lui ? Enragé par les images de mauvais films qui l'assaillaient, il courut presque jusqu'à son bungalow et commanda une bouteille de whisky. Un robot vint lui apporter sur un plateau. Négligeant le verre posé à côté, Tom empoigna la bouteille et but au goulot une large rasade. La brûlure de l'alcool le soulagea un peu. Il but à nouveau, encore et encore. Il finit par s'adosser au mur et se laissa glisser jusqu'au sol. Quand la bouteille fut presque vide, ses visions de cauchemar et sa lucidité avaient disparu.

Il s'endormit d'un coup, comme Diakoundé était mort.

*

Matthias ne s'était pas trompé : Axel et Audrey passèrent une nuit épouvantable. Ils crurent d'abord que le sol serait trop dur pour qu'ils trouvent le sommeil. Leur bassin, leurs omoplates, leurs côtes semblaient vouloir les transpercer. Ils étaient un peu mieux à plat ventre, mais c'est alors leur cou, tordu et crispé, qui les tourmentait. Quand ils s'endormirent enfin, la pluie se mit à tomber. Les parois de la tente faisaient ce qu'elles pouvaient pour repousser l'eau, mais elle s'infiltrait par le sol, et leurs duvets se changèrent peu à peu en éponges. Enfin, la pile de la lampe torche rendit l'âme. Ils étaient allongés dans le noir et l'eau froide, seuls au monde et loin de tout abri. Quand la pluie cessa, ils étaient serrés l'un contre l'autre, grelottants et transis.

Ils se levèrent à l'aube, persuadés d'avoir contracté une pneumonie. Sans oser se l'avouer, ils regrettaient de s'être laissé séduire par les idées fantasques de la vieille femme. Ils étaient venus pour rien, Emma n'était évidemment pas là et elle ignorait sans doute où ils avaient eu l'idée stupide de la chercher. Ils rassemblèrent leurs affaires et reprirent l'escalade du cratère sans échanger un mot. Arrivés au sommet, ils ne marquèrent pas même un temps d'arrêt, et entamèrent leur longue descente.

Ils retrouvèrent le soleil, et la chaleur avec lui. Leurs vêtements séchèrent, mais une sourde fatigue et une douleur aux tempes commençaient à les tourmenter. Enfin, épuisés et fiévreux, ils atteignirent la forêt. Axel proposa à Audrey de faire une halte, mais elle refusa d'un geste hostile. Elle n'était pas sûre de trouver le courage de se relever ensuite. Quand ils atteignirent la route, elle jeta son sac à terre, s'adossa à un arbre et ferma les yeux. Axel explora fébrilement ses poches et trouva son smartphone. Il avait résisté à la pluie. Dix minutes plus tard, un taxi arrivait.

– Tu veux rentrer à l'hôtel ? demanda-t-il à Audrey en empoignant son sac.

– Oui, bien sûr… enfin, non. Il faut d'abord leur rendre ce matériel.

– Tu ne crois pas que ça peut attendre ?

– Ce serait inconvenant, ils ont été gentils.

– Gentils ? Nous envoyer attraper la mort là-haut, c'était gentil ?

– Ils nous avaient prévenus.

– Bon, d'accord…

Le taxi s'ébranla et Audrey faillit se raviser. Il n'y avait effectivement aucune urgence à retourner au village. Mais elle était trop lasse pour donner suite à ses réflexions. La tête contre l'épaule d'Axel, elle se laissa bercer par les méandres de la route. Matthias était devant sa maison. Il ouvrit leur portière et s'exclama joyeusement :

– Je suis content de vous revoir !

Ils répondirent par un grognement et se laissèrent entraîner dans la maison. La grand-mère, assise sur un tabouret, épluchait des légumes. Elle leur adressa un sourire et leur fit signe de s'asseoir.

– On ne va pas rester, dit Axel en se tournant vers Matthias, qui traduisit aussitôt.

– Grand-mère propose que vous mangiez quelque chose avant de repartir. Vous lui raconterez comment ça s'est passé.

– Ça s'est aussi mal passé que vous l'aviez annoncé ! explosa Audrey. Je suis épuisée, je suis sûrement malade, Axel aussi, et cette absurde randonnée n'aura servi à rien. Emma n'était pas là, Emma n'est plus là, Emma ne reviendra peut-être jamais ! J'ai perdu ma fille pour la seconde fois !

À bout de nerfs, Audrey s'effondra sur le banc. Des larmes brûlantes lui inondaient les joues. La vieille femme se leva, s'avança vers elle, posa sur ses cheveux une main caressante et prononça avec douceur des paroles incompréhensibles. Axel regardait la scène, accablé par la détresse de sa femme.

Un grincement soudain lui fit tourner la tête. La porte de la pièce voisine venait de s'ouvrir.

Emma se tenait dans l'embrasure.

*

En découvrant le sourire rayonnant de leur fille, Axel et Audrey comprirent qu'elle les savait réconciliés. Son regard brillait. Jamais ils ne l'avaient vue ainsi.

Elle avança vers sa mère qui se leva lentement, elles s'étreignirent. Axel les contemplait avec ravissement.

– Pourquoi as-tu fait ça ? souffla Audrey.

– Il le fallait, Maman.

– À cause de nous ?

– Non, mais je suis si heureuse de ce qui vous est arrivé.

– Tu étais cachée dans cette maison ?

– Non.

– Où étais-tu alors ?

– Ça n'a pas d'importance.

– Qu'est-ce que tu as fait ?

Emma ne répondit pas. Audrey oublia sa question. Axel s'approcha des deux femmes de sa vie et les enserra tendrement.

Matthias observait la scène avec un sourire béat. Sa grand-mère lui fit signe de l'aider à dresser la table. Peu après, ils étaient tous assis devant un déjeuner de légumes et de fruits. Emma mangeait avec lenteur et concentration. De temps à autre, elle tournait vers ses parents un regard affectueux. Ils respectèrent quelque temps son silence, mais son mutisme prolongé finit par les inquiéter.

– Tu avais faim, observa Audrey.

– Oui.

– Tu dois être fatiguée aussi.

– Un peu.

– On va rentrer à l'hôtel.

– Je ne peux pas.

– Pourquoi ?

– Parce que j'ai encore quelque chose à faire.

– Tu ne veux pas nous dire ce que c'est ?

– J'ai été très touchée de la peine que vous avez prise à me chercher, c'est pour ça que je suis revenue si vite. Mais maintenant que vous êtes rassurés, je voudrais disposer encore un peu de mon autonomie.

– Je ne suis pas d'accord ! s'emporta Axel. Je t'ai suivie partout, je t'ai laissée faire des choses folles, prendre des risques insensés, mais tu dialoguais avec moi ! Si tu ne veux plus rien nous dire, je te retire ta liberté ! Tu es ma fille, tu es mineure, et, Proteus ou pas, je suis responsable de toi, et ta mère aussi. Tu vas nous dire où tu étais, ce que tu as fait et où tu veux aller.

– Papa…

– N'essaye pas de m'amadouer ! Je n'ai plus confiance en Proteus et, contrairement à ce que tu prétends, je crois qu'il te manipule chaque jour davantage. J'ai discuté avec Natacha dans l'avion, elle m'a rapporté votre conversation au restaurant. Elle a aimé ton discours, mais moi, je suis épouvanté. Qu'est-ce que c'est que cette crise de mysticisme ? Tu prends Proteus pour Dieu, maintenant ?

– Je ne crois pas que Natacha t'ait dit une chose pareille.

– Non, pas exactement, mais c'est ce que j'ai déduit. Je comptais d'ailleurs en parler à ta mère avant de t'interroger.

– Qu'est-ce tu as dit à Natacha ? s'inquiéta Audrey, stupéfiée de voir Axel endosser le rôle de parent inquiet qu'elle avait toujours joué, seule contre tous, et d'abord contre lui.

– C'est un peu compliqué…

– Ta mère est trop bête pour comprendre ? s'insurgea Axel.
– Ce n'est pas ce que je voulais dire.
– Alors, quoi ?
– Ça risque d'être long, c'est tout.
– On a tout le temps.
– Non.
– Tu n'as qu'à abréger.
– Papa, je t'en prie, sois raisonnable.
– Raisonnable ? Tu veux que je sois raisonnable ? Alors je vais l'être, je vais exiger l'arrêt immédiat et définitif de cette expérience avant qu'elle ne te rende complètement folle, en espérant qu'il ne soit pas déjà trop tard.
– Emma ! implora Audrey. Qu'est-ce que tu as dit pour inquiéter ton père à ce point ?
– J'ai parlé de Dieu.
– C'est tout ?
– J'ai prétendu qu'il était en nous, en tous les êtres, mais qu'on ne pourrait jamais l'appréhender avec notre intelligence, parce que notre cerveau était trop limité. J'ai dit que Dieu ne pouvait pas être prouvé, ni même pensé, mais qu'on pouvait le sentir, enfoui en nous.
– C'est ça que tu trouves terrifiant ? souffla Audrey à Axel.
– Quoi ? Tu ne vois pas qu'elle divague ?
– Je n'en suis pas certaine, et je trouve que tu prends cette histoire trop au tragique.
– Trop au tragique ? Mais comment notre fille a-t-elle pu en arriver là ? On s'est toujours employés à développer son esprit critique. On lui a présenté les religions pour ce qu'elles étaient : des constructions humaines pétries de bonnes intentions mais surtout employées à subjuguer les esprits et à discipliner les peuples. Et voilà qu'elle y croit !
– Non, Papa, je crois seulement en Dieu.
– Ah… Tu es théiste, alors ? Tu crois en un principe créateur, un Grand Architecte de l'Univers ou quelque chose de ce genre.
– Pas du tout.
– Comment ça ?
– Dieu n'est pas un architecte, il n'est pas une personne, et il n'a pas de plan, d'exigences ou de désirs. Il est complet, parfait, infini, il est le Tout.
– Alors, tu es mystique.

– Papa… n'essaye pas de me coller à tout prix une étiquette.

– Il faut bien que je comprenne ce qui t'arrive.

– Il ne m'arrive rien d'autre qu'une plus grande lucidité.

– Lucidité ? On parle plutôt d'obscurantisme religieux.

– Encore une fois, je ne t'ai pas parlé de religions, et elles ne sont pas obscurantistes par nature. Elles contiennent des trésors de sagesse pour qui se donne la peine de les étudier. Elles sont ce qu'on en fait, et tu ne dois pas les juger au travers de ceux qui les invoquent pour mieux les trahir. La prière, la méditation et les pratiques religieuses peuvent apporter beaucoup, ou être vides de sens. Chacun est libre de faire le pire comme le meilleur usage de sa religion, et Dieu n'y est pour rien.

– Ah bon ? Il n'est pas tout-puissant, alors.

– Si, mais il est plus ouvert et tolérant que toi.

Axel resta sans voix. Jamais sa fille ne l'avait repris ainsi. Audrey les observa, et un sourire apparut sur ses lèvres.

– Mon pauvre chéri, fit-elle d'un ton enjoué, face à Dieu, tu ne fais pas le poids.

– Tu trouves ça drôle ? Tu vois comme elle me parle ?

– Tu l'as un peu cherché.

– Alors, elle t'a convaincue ?

– Elle m'a séduite.

– Bon… je ne vais pas faire de remarques sexistes sur le rapport des femmes à la religion…

– Papa ! reprit Emma, tu sais quelle est ta plus grande faiblesse ?

– J'en ai plein et je m'en fiche ! D'ailleurs, je n'y suis pour rien, c'est Dieu qui m'a créé comme ça.

– Papa, je t'aime, mais tu es follement orgueilleux.

– Orgueilleux, moi ? Qu'est-ce que tu racontes ? J'ai toujours cherché, humblement, à m'éloigner de l'ignorance, à approcher toutes les petites vérités qui m'étaient accessibles. Je n'ai jamais prétendu aller au-delà, contrairement à toi.

– Tu rejettes tout ce que tu ne comprends pas.

– Oui, et j'en suis fier ! Jamais je ne me laisserai séduire par une fable, aussi plaisante soit-elle. Je ne dis pas qu'il n'y a rien au-delà de ce monde. S'il existe, c'est qu'il a une cause extérieure, d'accord. Mais je refuse toutes les prétendues explications, parce que, justement, cette cause est insaisissable.

– Tu as raison, elle est insaisissable, mais pas inexistante. On ne trouvera jamais Dieu avec des télescopes. Ce n'est pas à l'extérieur qu'il faut le chercher, mais à l'intérieur, et il y a longtemps que tu l'as trouvé.

– Qu'est-ce que tu racontes ? J'ai trouvé Dieu, moi ?

– Oui, tu vis en lui et il vit en toi. Tu lui as même donné des noms : ton sens moral, ton éthique, tes principes, ton idéal. D'où crois-tu que tout cela vienne ? De ton éducation et de tes instincts ?

Axel, troublé, hésita à répondre.

– Je ne sais pas… Mais je ne crois à aucun dogme, aucun texte sacré, aucune vérité révélée.

– Et alors ? Quelle importance ? Tu es toujours plus près de Dieu que ces religieux fanatiques qui croient seulement en eux-mêmes et condamnent tous les autres. Ils se réclament de lui comme s'ils le possédaient, mais Dieu n'est la propriété de personne, ni d'aucune religion. Elles sont faites pour le servir, pas pour se servir de lui.

– Je suis d'accord là-dessus. Les religions doivent rester à leur place, et je dois rester libre d'ignorer Dieu.

– Mais Papa, tu ne l'ignores pas. Tu lui es plus fidèle que ces pratiquants qui ne s'attachent qu'aux rites et le trahissent sans cesse dans leur vie quotidienne.

– Comment ça ?

– Tu n'agis pas dans l'espoir d'une récompense ou la crainte d'un châtiment. Tu ne marchandes pas avec Dieu, tu n'attends rien de lui, tu ne réclames rien, tes actes sont purs et désintéressés, ils sont vrais, tu ne joues pas la comédie. Tu crois qu'il vaut mieux donner que prendre, pardonner plutôt que se venger. Tu crois en la justice et en l'amour, mais Dieu n'est que cela ! Tu es si imprégné de lui que tu ne t'en rends même pas compte.

*

Malgré le deuil national, qu'il avait lui-même décrété, Victor se sentait tenu d'occuper son bureau au palais présidentiel, où un personnel réduit mais dévoué l'aidait de son mieux à affronter la situation.

– Monsieur le Président, grésilla le vieil interphone posé devant lui, Monsieur le ministre de l'Intérieur est arrivé.

– Faites-le entrer.

Albert-René Valentin surgit, la mine défaite.

– J'ai relancé les recherches dès l'aube, Monsieur le Président. Il est quatorze heures et le Président Diakoundé reste introuvable. Avec Emma Woodstone, ça fait beaucoup. Nous allons avoir de sérieux ennuis.

– Ce ne sont pas les ennuis qui me préoccupent, c'est notre responsabilité.

– Les Américains aussi sont responsables.

– Seulement pour Emma, et encore… Le Président gwandanais, lui, était sous notre protection.

– Une protection qu'il a refusée quand je l'ai déposé chez ses compatriotes. Il a dit que ce n'était plus nécessaire.

– Vous n'auriez jamais dû l'écouter.

– Il est assez autoritaire…

– Et alors ? Vous deviez assurer sa protection, que ça lui plaise ou non.

– Je ne pouvais pas deviner ce qui allait se passer. Notre pays est un des plus sûrs du monde.

– Il l'était.

– Je suis désolé, je…

– Oubliez vos excuses, elles sont inutiles. Vous êtes responsable, moi aussi, un point c'est tout.

– Il y a aussi autre chose.

– Quoi ?

– Les Chinois font venir du matériel. Leur ambassadeur est ici avec moi, il souhaiterait vous parler.

– Ils vont noircir le ciel de drones à leur tour ?

– Il ne m'a rien dit. Il a pour instructions de ne s'adresser qu'à vous.

– Allez le chercher.

*

Roy Spender avait cédé à sa fatigue et dormi toute la matinée. À son lever, poussant les volets de sa fenêtre, il découvrit l'immensité de l'océan Indien, le bleu du ciel et les agents du Secret Service postés sur les toits de l'ambassade. Une heure plus tard, on lui servit un déjeuner auquel il toucha à peine. Emma Woodstone et James Diakoundé restaient introuvables et il en éprouvait une irritation croissante. Un signal d'appel l'arracha à ses réflexions. Il regagna en hâte son bureau, se posta face au mur vidéo et le Président Rodriguez apparut.

– Rien de neuf, Spender ?

– Non, Monsieur le Président, toujours rien.

– Ça ne va pas durer.

– Pourquoi ?

– Une flottille aérienne chinoise se dirige vers vous.

– Une flottille ?

– Deux cargos militaires et huit drones de chasse.

– Huit drones de chasse pour escorter deux cargos ! Qu'est-ce qu'ils peuvent bien transporter ?

– Vous étiez surpris qu'ils n'apportent pas de matériel. On dirait qu'ils vous ont entendu.

– Qu'est-ce que c'est ?

– Aucune idée.

– Ils arrivent quand ?

– Dans une heure.

– Une heure ! Et vous me l'annoncez maintenant ?

– Je ne voyais pas la nécessité de vous faire réveiller pour ça. Votre sécurité n'est pas menacée.

– Vous en êtes sûr ?

– Je ne voudrais pas vous vexer, Spender, mais je crois que vous ne les intéressez vraiment pas.

*

William Hurdley occupait la plus grande des villas rattachées à l'hôtel. Perchée sur un promontoire, elle dominait la plage déserte. Le vieil homme était sur la terrasse, dans un fauteuil tourné vers l'océan, quand il entendit les pas de son fils.

– Ah ! Kevin… Alors, que vas-tu faire ?

– Je ne sais pas. Tout ça devient sinistre et ridicule. Je ne peux pas rester ici indéfiniment en attendant qu'ils reviennent, ou que l'un de nous disparaisse à son tour. Mes drones n'ont rien trouvé, ils tournent en rond, comme Spender.

– Et les parents d'Emma ?

– Je ne vais pas m'occuper d'eux aussi ! Ils sont partis se promener, ça les regarde.

– Tes drones les ont vus ?

– Ils ne les ont pas cherchés, mais je crois qu'ils ne trouveront personne. Ce serait déjà fait. Je commence à penser que Emma Woodstone et James Diakoundé ne sont plus dans cette île.

– Comment auraient-ils pu partir sans être vus ?

– Je n'en ai aucune idée, mais, où qu'ils se trouvent, je crains qu'ils n'y restent longtemps.

– À moins qu'on ne vienne nous aider… Regarde !

Glissant au-dessus des flots, les silhouettes fuselées d'une dizaine d'avions se dirigeaient vers l'aéroport. Kevin poussa un cri de surprise :

– Des Chinois !

– On dirait.

– Qu'est-ce qu'ils viennent faire ici ?

– Allons voir, veux-tu ?

Sans attendre de réponse, William se leva pour gagner le salon. Il prit place avec Kevin devant le mur vidéo qu'il connecta aux caméras d'observation de son avion, stationné à l'aéroport. Ils virent les deux cargos chinois atterrir, puis leurs drones d'escorte se poser verticalement sur le sol herbeux bordant la piste. Sitôt immobilisés, les cargos abaissèrent leurs passerelles arrière, livrant passage à une colonne de camionnettes blindées perchées sur d'énormes roues. La police locale semblait avoir des consignes, car elle s'empressa d'ouvrir les grilles d'accès à la route, et le puissant convoi s'élança vers la capitale.

– Qu'est-ce que ça veut dire ? s'inquiéta Kevin en se tournant vers son père. Tu sais quelque chose ?

– Hélas, oui !

– Quoi ?

– Que Roy Spender et Tom Greene ont pris les Chinois pour des imbéciles.

*

Tom avait échappé au coma éthylique, mais il était resté inconscient jusqu'au début de l'après-midi. Quand il revint enfin à lui, étendu sur le sol de sa chambre, il grimaça de douleur : une migraine atroce lui broyait les tempes. Il parvint néanmoins à se relever, tituba jusqu'à la salle de bains, les yeux mi-clos, et avala deux cachets d'aspirine. Lorsqu'il se vit dans le miroir, il détourna les yeux.

Après une douche glacée, il gagna sa terrasse pour sécher au soleil. Un robot lui apporta un triple café. Il but à petites gorgées le liquide brûlant, son mal de tête s'estompait lentement, il se remit à penser. Qu'est-ce qu'il lui avait pris de se sentir aussi coupable ? Comment avait-il pu se laisser impressionner par le discours moralisateur de la compagne de Kevin Hurdley ? Il n'avait rien à se reprocher ! Un ivrogne l'avait agressé, il l'avait repoussé, et ce n'était pas de sa faute si ce type était tombé sur une pierre. Quant à ses compatriotes africains, si sa mort devait réellement les amener à s'entre-tuer, c'est qu'ils ne demandaient que ça. Dans un pays normal, la mort du Président n'entraînait pas une guerre civile. Si le Gwandana n'était pas un pays normal, Tom n'y pouvait rien. Maintenant qu'il avait effacé les traces de sa mésaventure, il n'avait plus qu'une chose à faire : oublier ces gens et retrouver le cours paisible de son existence.

*

Au fil de sa discussion avec Emma, Axel avait perdu son assurance et son hostilité. Face à l'avalanche d'arguments de sa fille, il reculait pied à pied. Audrey se garda d'intervenir. Elle partageait jusqu'alors le peu d'enthousiasme d'Axel pour tout ce qui ressemblait à une religion. Elle aussi les jugeait plus désuètes et dangereuses que susceptibles d'améliorer le sort des hommes. Elle n'y voyait, dans le meilleur des cas, que l'opium du peuple. Mais le discours d'Emma la déstabilisait autant qu'Axel, car il ne s'adressait qu'à leur intelligence. Leur fille ne cherchait pas à les convaincre de la véracité historique d'un récit merveilleux, elle ne leur proposait que d'ouvrir leur esprit. Son Dieu n'était ni un Père Noël, prêt à exaucer nos vœux à force de prières, ni un tyran épris d'obéissance aveugle. Son Dieu était discret et bienveillant, mais il laissait chacun face à lui-même et à l'adversité. Il ne traitait les hommes ni en enfants, ni en esclaves, mais en adultes.

Axel éprouvait un mélange de tendresse et de respect pour sa fille, mais il ne comprenait pas comment une machine avait pu lui inspirer de telles pensées. Il renonça toutefois à lui demander, car une autre question le préoccupait :

– Pourquoi as-tu subitement disparu ?

Emma regarda autour d'elle. Matthias et sa grand-mère avaient eu la délicatesse de s'éclipser. Ils étaient seuls.

– Je devais échapper à mes gardiens, répondit-elle.

– Quels gardiens ? s'étonna Axel. Les agents du Secret Service ? Ils étaient là pour protéger le Vice-Président, pas pour te surveiller.

– Ils avaient deux missions.

– Quand bien même, où était le problème ?

– Je ne suis pas la propriété des États-Unis.

– Qu'est-ce que tu racontes ?

Emma poussa un profond soupir et, résignée, révéla tout sur le Dragon de jade, les intrigues du Vice-Président et le rôle que Tom avait accepté de jouer.

Axel se tourna vers Audrey pour l'accabler du regard, mais il se radoucit en la voyant : elle était effondrée, honteuse de la confiance qu'elle avait placée en Tom.

– Tu ne pouvais pas deviner, murmura-t-il.

– Je voulais être une bonne mère et j'ai livré ma fille à un serpent !

– Tu es une bonne mère ! protesta Emma. Papa a raison, tu ne pouvais pas deviner.

Recroquevillée sur son tabouret, Audrey ne bougeait pas. Emma s'approcha d'elle, s'agenouilla et la serra dans ses bras.

– C'est Proteus qui était menacé, Maman, et il a très bien su se défendre.

– Non ! s'enflamma Audrey. C'est toi qu'il a menacée ! Tu es liée à cette machine, ton sort dépend du sien. Si on détruit Proteus, c'est un peu de toi qu'on détruira. J'ai enfin compris que cette machine n'avait rien enlevé de ton humanité. Au contraire, elle t'a apporté une maturité, une sagesse, une intelligence qui t'élève au-dessus de nous. Je me suis trompée depuis le premier jour. Proteus ne t'ampute en rien, il te grandit, il fait partie de toi. On n'a pas le droit de te l'arracher pour en faire un misérable instrument de domination.

Axel ne savait quoi penser. Le retournement d'Audrey était si soudain, si radical, qu'il en perdait ses repères. Ils venaient d'échanger leurs rôles. C'est elle, à présent, qui plaidait pour Proteus, tandis qu'il s'en méfiait. S'accorderaient-ils un jour ? Dans l'intervalle, une certitude s'ouvrait : un combat sans merci allait s'engager entre Chinois et Américains pour le contrôle de Proteus.

*

– Monsieur le Vice-Président ?

– Quoi encore ? grogna Spender, retranché dans son bureau.

– Les Chinois ont quitté leurs hôtels et ils ont réservé tous les taxis de l'île.

– Tous les taxis ?

– Oui, cela dit, il n'y en a pas beaucoup.

– Où vont-ils ?

– Ils semblent se diriger vers leur ambassade. Ils devraient y arriver un peu avant le convoi de l'aéroport.

– Ils avaient toujours l'air de touristes ?

– Ils portent des vestes maintenant, comme nous.

– Vous voulez dire… des armes ?

– D'après les images de nos drones, c'est probable.

– Connectez-moi au Président Sambo.

– Oui, Monsieur.

Spender se tourna vers le mur vidéo, qui s'illumina.

– Vous les avez retrouvés ? demanda Victor.

– Non, je regrette.

– En ce cas, pourquoi m'appelez-vous ?

– Parce que vos amis chinois viennent d'apporter un important matériel.

– En effet, mais je ne vois pas…

– Quel est ce matériel ?

– Je l'ignore, mais ils m'ont assuré qu'il ne présentait aucun danger et ne sortirait pas de leur ambassade. Dans de telles conditions, je n'avais aucun motif pour m'opposer à son débarquement.

– Vous croyez vraiment ce qu'ils vous racontent ?

– Jusqu'à preuve du contraire, oui.

*

Au moment de partir, Axel et Audrey demandèrent à Matthias comment remercier sa grand-mère et lui. Il répondit, presque indigné, qu'ils n'avaient besoin de rien. Axel se garda d'insister et voulut commander un taxi, mais aucun n'était disponible.

– Partons à pied, suggéra Emma. Je suis sûre qu'un véhicule passera.

– Tu rentres avec nous ? s'étonna Axel. Je croyais que tu voulais t'isoler encore un peu.

– Je vous accompagne jusqu'à ce que vous soyez motorisés.

Les parents d'Emma ne se firent pas prier et, après de brefs adieux empreints d'émotion, ils quittèrent Matthias et sa grand-mère. La route ondulait en surplomb de la côte. Chaque virage offrait une vue nouvelle sur l'océan. Saisis par la beauté du spectacle, ils oublièrent un peu la fatigue et marchèrent d'un pas plus léger. Soudain, un bourdonnement se fit entendre. Devant eux, à une dizaine de mètres d'altitude, un drone venait de s'immobiliser.

– Ils t'ont trouvée ! s'écria Axel. Tu n'aurais jamais dû rester à découvert à nos côtés.

– Je leur ai échappé le temps qu'il fallait.

– Tu vas les laisser venir ?

– Non, Proteus va les arrêter.

*

– Mais qu'est-ce qu'ils font sur cette route ?

– On dirait qu'ils se promènent, Monsieur le Vice-Président.

– Ils se moquent de nous ! Tous les trois ! Leur fille s'est volatilisée, on a tout fait pour la retrouver, ils y sont parvenus je ne sais comment, et, au lieu de nous informer, ils se promènent ! Allez les chercher ! Ils vont m'entendre...

– Oui, Monsieur.

Resté seul, Spender observa le mur vidéo. Avec l'arrivée d'un second drone face à Emma et ses parents, deux images partageaient maintenant l'écran. Une troisième apparut, puis une quatrième. Le Secret Service avait lancé sur Emma tous les drones qui patrouillaient dans son secteur. Il ne fallait pas la perdre à nouveau. Les images se multipliaient sur le mur et Spender songea au Président Rodriguez qui regardait probablement le même spectacle, informé, lui aussi, de la réapparition d'Emma. Victor Sambo, par contre, ignorait la nouvelle, et c'était très bien ainsi. Ce n'était plus un ami.

*

Dans la conserverie de poissons des Amarandes, le travail était presque entièrement robotisé. Il ne restait plus aux humains qu'à assurer le contrôle et l'approvisionnement de la chaîne de production. La population locale jouissait ainsi pleinement du travail de ses dociles esclaves mécaniques, qu'elle considérait avec sympathie, d'autant qu'ils effectuaient aussi diverses tâches ingrates au sein du village et dans les champs alentour. Mais, cet après-midi-là, une chose extraordinaire se produisit. Sans raison apparente, tous les robots abandonnèrent leur travail pour se ruer vers la route qui traversait le village. Sidérés, les habitants virent les machines s'aligner en plusieurs rangs serrés et barrer la route d'une maison à l'autre. On essaya de les déloger, mais ils n'obéissaient plus aux ordres. C'est alors qu'un convoi de 4x4 américains lancés à vive allure fit son apparition.

Le véhicule de tête freina brutalement et s'immobilisa à quelques mètres des robots. Les autres voitures firent de même dans un crissement de pneus et un nuage de poussière. Un homme furieux jaillit de la première voiture.

– Qu'est-ce que c'est que ce cirque ? rugit-il en se tournant vers les villageois. Vous voulez provoquer un accident ?

– Nous ne comprenons pas ce qui se passe, répondit une jeune femme dans un anglais hésitant.

– Comment ça, vous ne comprenez pas ? Ils sont bien à vous ces robots ?

– Oui, mais ils sont venus ici d'eux-mêmes.

– Vous plaisantez ? Faites-les dégager !

– Ils ne veulent pas.

– Ils... Vous allez voir s'ils ne veulent pas !

Pivotant sur ses talons, l'agent du Secret Service retourna vers sa voiture en faisant signe au chauffeur d'embrayer. Comprenant ce qui allait se passer, la jeune femme se précipita sur la route pour s'adosser aux robots. Ses compagnons l'imitèrent aussitôt. Une rumeur s'éleva. Tous les villageois, hommes, femmes, enfants, accoururent pour se masser au-devant de leurs précieuses machines menacées. Les occupants du 4x4, désemparés, regardaient le barrage humain qui se formait devant eux.

– Qu'est-ce qu'on fait, chef ? s'inquiéta l'un d'eux.

– Que veux-tu qu'on fasse, imbécile ? On informe le Vice-Président.

*

Pendant près d'une heure, Tom avait fait des longueurs dans la piscine de l'hôtel. Son mal de tête oublié, il voulait se dépenser pour mettre un terme à ses méditations. Lorsqu'il sortit de l'eau, enfin fatigué, il avisa un transat à l'ombre et s'allongea. Devant lui, la piscine semblait se prolonger jusqu'à l'océan. La douceur de l'air et le bruit lointain des vagues contribuaient à l'apaiser. Il avait gardé sa montre, elle se mit à vibrer.

– Qu'est-ce c'est ? grogna-t-il.

– Monsieur Greene, le Vice-Président voudrait vous parler.

– Ah… passez-le moi.

– Allô ? Monsieur Greene ?

– Oui, Monsieur le Vice-Président.

– Qu'est-ce qui se passe avec vos robots ?

– Comment ça ?

– Ils se révoltent !

– Pardon ?

– Ils viennent de barrer la route à mes hommes.

Sidéré, Tom apprit dans le même temps la réapparition d'Emma et de ses parents et la paralysie du Secret Service par un barrage de robots. Sa tranquillité n'avait pas duré.

– Je ne comprends pas, Monsieur le Vice-Président. Le premier Proteus qui dirige les robots de cette île est incapable de déclencher une telle action.

– Il faut croire que son successeur quantique en a pris le contrôle.

– C'est impossible !

– Vous avez une autre explication ?

– Je…

– Vous allez débrancher ces machines immédiatement.

– Mais je n'en ai pas le pouvoir !

– Prenez-le ! Mes hommes vont vous conduire au centre de contrôle, vous allez trouver un prétexte pour y entrer et tout mettre hors-service.

– Et si je n'y parviens pas ?

– Débrouillez-vous !

*

Kevin était dans sa villa lorsqu'il apprit qu'un de ses drones avait retrouvé Emma et ses parents. Propriétaire du RX1, il disposait sur son mur vidéo des mêmes images que Roy Spender et il partageait l'étonnement de Natacha devant l'étrange spectacle de ces trois promeneurs.

– Pourquoi continuent-ils de marcher ? s'étonna-t-il. Avec tous ces engins qui bourdonnent au-dessus d'eux, ils doivent bien se douter qu'on va venir les chercher.

– On a l'impression qu'ils s'amusent, observa Natacha. Ils font mine d'ignorer les drones, comme pour signifier qu'ils n'ont pas besoin de nous.

– Pas besoin de nous ? Ils ne vont quand même pas revenir ici à pied ?

– Pourquoi pas ? Ils arriveraient presque à temps pour le dîner.

– Mais à quoi jouent-ils ? Je...

Un signal sonore retentit et le nom du Vice-Président se mit à clignoter dans un angle du mur vidéo. Kevin fit un mouvement de la main, l'image de Roy Spender apparut.

– Monsieur Hurdley, j'ai un problème.

– Vraiment ? Je croyais que mes drones l'avaient résolu.

– Je suis heureux qu'ils aient retrouvé Emma Woodstone, mais ce n'est pas ce qui m'amène.

– Je vous écoute.

– Les robots de cette île sont détraqués, il faut les neutraliser.

– Vous êtes sûr ?

– Certain.

– Dans ce cas, il faut alerter Victor Sambo. C'est lui, le responsable.

– Il est surtout irresponsable. On ne peut pas compter sur lui.

– Pourquoi dites-vous ça ?

– J'ai mes raisons, croyez-moi. Vous devez m'aider.

– Comment pourrais-je ?

– J'ai envoyé Tom Greene au centre de contrôle. Il va essayer de désactiver les robots, mais il n'est pas sûr de réussir. Or, ces machines empêchent mes hommes de travailler, elles viennent de leur barrer la route.

– Leur barrer la route ?

– Oui, alors qu'ils se rendaient au-devant d'Emma Woodstone et de ses parents.

Kevin et Natacha échangèrent un regard. Y aurait-il un lien entre la désinvolture moqueuse des trois promeneurs et l'attitude des robots ? Après tout, Emma était toujours reliée à Proteus.

– Qu'attendez-vous de moi ? interrogea Kevin.

– Vos drones doivent assister le Secret Service jusqu'au bout. Si des robots entravent son action, vous devez les neutraliser.

– Les neutraliser ?

– Les détruire, si vous préférez.

– Vous voulez que mes drones tirent sur les robots ?

– Exactement.

– Je refuse.

– Pardon ?

– J'ai dit : je refuse.

– Vous plaisantez ?

– Non, je ne plaisante pas ! Mes drones ne détruiront pas les robots de mon père !

– Comment osez-vous…

– Ces drones sont ma propriété, j'en fais ce que je veux !

– Votre pays en a besoin, vous devez coopérer.

– Les drones du RX1 ne sont pas faits pour ça, intervint Natacha. Ils doivent lutter contre l'immigration, ils doivent tirer sur des hommes, des femmes et des enfants, pas sur d'innocents robots !

– Vous vous moquez de moi ?

– Oui ! parce que vous êtes ridicule. Dès qu'un problème surgit, vous ne savez répondre que par la violence et la destruction. Ça ne vous fatigue jamais ?

– Savez-vous à qui vous parlez, Madame ?

– Hélas, oui !

L'aplomb, l'insolence de Natacha sidéraient Kevin, qui ne l'avait jamais vue ainsi. Spender, furibond, interrompit la communication.

– Tu y es allée un peu fort, sourit Kevin, admiratif.

– Toi aussi, mais maintenant, on ne peut pas en rester là.

– Que veux-tu faire ?

– Emma ne souhaite pas être interceptée par les hommes de Spender, mais elle s'est montrée à nous.

– Et alors ?

– Allons la chercher.

– En empruntant une route barrée ?

– On fera un détour.

– Mais toutes les routes doivent être barrées !

– Peut-être pas. Seul le Secret Service est bloqué.

*

Kevin suivit Natacha jusqu'à la navette de l'hôtel, que les Chinois n'avaient pas pu réquisitionner. En voyant le robot au volant, elle craignit qu'il n'obéisse pas, mais il démarra docilement, et Kevin réagit :

– Quelque chose ne tient pas dans ton raisonnement, Natacha.

– Quoi donc ?

– Emma n'a aucun besoin de nous. Si elle avait voulu cette voiture, Proteus lui aurait déjà envoyée.

– En effet.

– Mais alors ? Pourquoi allons-nous là-bas ?

Natacha illumina son visage d'un irrésistible sourire.

– Pour satisfaire ma curiosité.

– Tu es sérieuse ?

– Tout à fait. Tu n'as pas envie de savoir ce qu'ils ont fait et ce qu'ils préparent ?

Kevin sourit à son tour et prit la main de sa compagne. Ils s'appuyèrent l'un contre l'autre et contemplèrent le paysage. Une demi-heure plus tard, sans avoir rencontré le moindre obstacle, ils rejoignaient les trois voyageurs, qui ne manifestèrent aucune surprise. Emma avait déjà informé ses parents du barrage des robots et de l'arrivée prochaine de la navette de l'hôtel. Au-dessus d'eux, un véritable essaim de drones s'était formé. Kevin crut bon d'indiquer qu'ils provenaient du RX1, mais Emma le corrigea : deux appareils étaient contrôlés par le Secret Service et un par les Chinois.

– Le monde entier assiste donc à nos retrouvailles, plaisanta Axel.

– Peut-être pas le monde entier, glissa Kevin, mais au moins Roy Spender. Il doit être furieux.

– Je vous accompagne jusqu'à l'hôtel, annonça Emma en ouvrant une portière.

Ils prirent place à bord, le robot allait démarrer quand les deux drones du Secret Service plongèrent au ras du sol et se placèrent de part et d'autre de la voiture. On entendit plusieurs détonations, presque simultanées. Le véhicule s'affaissa. Axel et Kevin bondirent hors du véhicule. Les deux drones disparaissaient déjà au-dessus des arbres. Les quatre pneus étaient crevés.

Kevin eut un sourire narquois.

– J'ai l'impression qu'en matière de transports, Roy Spender n'aime pas la concurrence.

*

Tom se laissa reconduire au centre de contrôle. Cette fois, il pressentait une catastrophe. Mettre hors d'usage les robots lui semblait envisageable. Encore fallait-il le faire discrètement. Mais Spender prétendait que Proteus II était parvenu à pirater l'ancien ordinateur. Si c'était vrai, son sabotage risquait d'être inopérant. Il y avait néanmoins plus grave : négligeant toute précaution, Spender avait téléphoné à Tom. Leur communication avait sûrement été interceptée par Proteus. Comment allait-il réagir ?

– Monsieur Greene ! Quelle bonne surprise ! s'exclama le jeune responsable du centre de contrôle. Entrez, je vous en prie. Que nous vaut le plaisir ?

– Peu de chose, mais on ne sait jamais.

– Je vous écoute.

– Eh bien voilà : la dernière fois que je suis venu, j'ai travaillé trop vite et je n'ai pas tout vérifié.

– Vraiment ?

– Oui. Je n'ai parcouru que les enregistrements vidéo en lumière amplifiée.

– Et alors ?

– Les robots ont aussi une caméra thermique. Elle peut capter des mouvements invisibles.

– Et vous pensez que…

– Je dois vérifier.

– Nous pouvons le faire. Nous connaissons la procédure maintenant, grâce à vous.

– Le mode d'accès aux enregistrements des caméras thermiques est différent. Procédons comme la dernière fois : je travaille seul et je vous explique ensuite.

– Comme vous voudrez, Monsieur. Vous prendrez le même bureau ?

– Il était parfait.

– En ce cas, suivez-moi.

Tom se laissa guider et, sitôt assis, alluma le poste principal pour entamer son intrusion. Il lui faudrait ensuite provoquer un court-circuit en dénudant des fils sans se faire remarquer, mais son premier travail se faisait sur écran. Il accéda très vite aux répertoires qu'il cherchait, l'opération se présentait bien, jusqu'au moment où son clavier cessa de fonctionner. Il vérifia la prise et le câble. Ils paraissaient en bon état. Il allait réclamer un clavier de rechange quand son écran s'éteignit. Intrigué, il se pencha vers le rectangle noir et vit alors apparaître son image qui portait le corps de Diakoundé.

Épouvanté, Tom comprit que s'il tentait quoi que ce soit contre Proteus, ce dernier, qui avait sauvegardé l'enregistrement fatal, diffuserait la scène au monde entier.

Lentement, Tom se leva et, comme en réponse, son écran s'éteignit à nouveau. Poussant la porte vitrée du bureau, il annonça qu'il se sentait mal et demanda à sortir. Les techniciens n'eurent aucune peine à le croire, son visage était décomposé.

Revenu à la lumière du soleil, il fut aveuglé par une autre évidence : si Proteus savait, Emma aussi.

*

Spender venait d'achever son compte rendu vidéo. Face à lui, le Président Rodriguez ne cachait pas son dépit.

– Décidément, tout le monde se dresse contre vous, même les robots. Je n'aurais jamais dû vous envoyer dans cette île.

– Pour une fois, nous sommes d'accord, Monsieur le Président.

– Je suppose que vous n'avez rien pu voir du matériel chinois.

– Ils ont réussi à faire entrer tous leurs véhicules dans l'étroite enceinte de l'ambassade. Un de nos drones s'est approché, ils l'ont abattu.

– Nous aurions fait la même chose… et leurs pseudo-touristes ?

– Ils montent la garde autour du bâtiment. C'est assez impressionnant, d'autant qu'ils ont aligné leurs taxis comme un convoi prêt à partir. Je suis sûr que Victor Sambo en sait plus qu'il ne dit. Je me demande ce qu'ils ont pu lui promettre pour obtenir sa complaisance.

Le Président haussa les épaules.

– Je vais vous demander une chose, Spender. Une chose très importante.

– Oui ?

– Ne faites surtout plus rien.

*

Axel regardait avec consternation les pneus crevés de la voiture. Le robot-chauffeur n'était même pas descendu. Qu'aurait-il pu faire avec une seule roue de secours ? Dans moins d'une heure, le soleil plongerait dans la mer. L'idée de rentrer à pied accablait Axel, mais il imaginait moins encore passer la nuit sur place.

– Emma, que suggères-tu ? Appeler un taxi ou demander l'aide de Victor ?

– Ni l'un, ni l'autre, Papa. Je suis sûre qu'un autre véhicule ne tardera pas.

– Et ces vautours qui tournent au-dessus de nos têtes, tu en fais quoi ? Ils vont encore crever nos pneus.

– Je ne crois pas, fit Kevin.

– Pourquoi donc ?

– Parce que ce sont ceux du RX1.

– Et alors ?

– Ils sont pilotés par mes gars, qui n'ont qu'une instruction : retrouver Emma et Diakoundé.

– Ah oui ? Et qui nous a fait ça ?

– Le Secret Service, qui dispose d'une dizaine d'appareils susceptibles de s'en prendre à notre prochaine voiture.

– Eh bien alors ?

– Je viens d'appeler mes équipes en Californie pour leur demander de nous protéger.

– Ils vont tirer sur les drones du gouvernement ?

– S'il le faut.

– Un combat aérien en miniature ? Je serais curieux de voir ça…

Des sourires répondirent à Axel et le petit groupe retrouva sa bonne humeur. Après tout, la situation n'avait rien de dramatique.

– Alors ? fit gaiement Natacha en se tournant vers Emma et ses parents, qu'avez-vous fait pendant tout ce temps ?

*

Roy Spender écumait de rage. Ulcéré par la requête du Président, il passait sa colère sur le responsable du Secret Service, qu'il accablait de reproches.

– Elle était à portée de main ! En dix minutes de voiture vous récupériez cette gamine ! Mais non ! Vous avez trouvé moyen de vous faire immobiliser par une poignée de paysans et leurs robots !

– Monsieur le Vice-Président, je...

– Taisez-vous ! Elle vous a déjà échappé entre deux gouttes de pluie et elle vient encore de vous ridiculiser ! Vous êtes des incapables ! Et cet idiot d'informaticien qui ne donne plus signe de vie, où est-il ? Il a dû échouer, lui aussi. Trouvez-le !

– Oui, Monsieur.

– Et ne prenez aucune initiative, compris ?

– Oui, Monsieur.

– Le Président Rodriguez souhaite que nous restions passifs, alors ne bougez plus. Observez et rendez-moi compte, c'est tout. Si ça doit empirer, je n'en serai pas responsable.

Le malheureux subordonné de Spender allait se retirer, quand une tête apparut dans l'entrebâillement de la porte.

– Monsieur le Vice-Président...

– Quoi encore ?

– Les Chinois.

– Quoi, les Chinois ? Mais entrez, imbécile !

– Ils viennent d'envoyer deux taxis sur la route où nos hommes sont bloqués.

– Et alors ?

– Que devons-nous faire ?

– Rien du tout !

– Mais... S'ils parviennent à franchir le barrage ?

– Vos agents ne bougeront pas d'un millimètre ! D'ailleurs, dites-leur de rentrer, ils ont assez perdu de temps là-bas.

– Bien, Monsieur.

Resté seul dans son bureau, Spender poussa un soupir de découragement. Où qu'il se tourne, il ne rencontrait que des opposants déterminés ou des collaborateurs défaillants. Heureusement, songea-t-il, il n'avait rien dit de sa dernière initiative pour neutraliser la voiture qui allait emmener Emma Woodstone. Il n'aurait eu droit qu'à de nouveaux sarcasmes.

*

Enfermés depuis deux heures dans leurs voitures sous le regard hostile des villageois, les agents du Secret Service accueillirent comme une délivrance l'ordre de faire demi-tour. Dès qu'ils eurent disparu, les robots alignés sur la route se dispersèrent pour regagner leurs postes de travail.

Soulagés, les habitants du village en déduisirent que les autorités avaient transmis un ordre aux machines et, après une courte hésitation, ils quittèrent la route à leur tour. Les deux taxis envoyés par les Chinois arrivèrent alors à vitesse réduite. Les robots ne manifestèrent aucune réaction et les véhicules poursuivirent leur trajet.

*

Axel et Audrey s'étaient gardés d'évoquer leur rapprochement, mais leur attitude les trahissait. Natacha était ravie. Ainsi, songea-t-elle, Emma n'avait disparu que dans l'espoir de réunir ses parents, et elle y était parvenue. Ses réticences face aux questions s'expliquaient donc. Il fallait renoncer à l'interroger, sinon en tête-à-tête.

Le soleil rougeoyait au-dessus de l'océan. La route, en surplomb de la côte, offrait une vue magnifique. Fasciné, le petit groupe s'enferma dans un silence contemplatif. Axel tourna la tête et il découvrit les deux taxis qui approchaient.

– Nous sommes sauvés ! jubila-t-il. Nous ne passerons pas la nuit dehors !

Les voitures s'immobilisèrent. La première n'était occupée que par son robot, mais la porte arrière du second véhicule s'ouvrit. Une jeune Chinoise, d'allure sportive, en descendit et s'avança à leur rencontre. Elle les salua en s'inclinant, puis se tourna vers Emma. Elles entamèrent un dialogue en mandarin. Audrey et Kevin ignoraient que Proteus offrait à Emma une telle maîtrise des langues. Ils étaient stupéfaits. Axel et Natacha, qui avaient vu au Gwandana ce dont elle était capable, attendaient simplement qu'elle leur traduise son dialogue. Mais elle n'en fit rien.

– Ce taxi va vous ramener à l'hôtel, annonça-t-elle en désignant le véhicule de tête. Je prends l'autre avec Wan.

– Vous allez où ? s'inquiéta Axel.

– À l'ambassade.

– L'ambassade de Chine ?

– Oui.

– Tu ne peux pas faire ça !

– Papa…

– Je ne veux pas !

Une ombre glissa sur le visage d'Emma.

– Il le faut, mais ne t'inquiète pas, je reviendrai.

– Quand ?

– Bientôt.

Audrey ne songea pas à intervenir. Maintenant qu'Axel avait endossé le rôle du parent inquiet, qu'aurait-elle pu ajouter ? D'ailleurs, comment s'opposer aux volontés d'Emma ?

Kevin et Natacha se tenaient en retrait. William Hurdley leur avait tout dit des sottes intrigues de Roy Spender, relayées par Tom Greene. Le ralliement d'Emma aux Chinois n'était que leur triste épilogue.

Soucieuse d'écourter cette scène pénible, Emma grimpa dans le taxi avec la jeune chinoise, le robot conducteur fit un rapide demi-tour et ils disparurent.

– On ne la reverra pas, murmura tristement Axel.

– Pourquoi dis-tu ça ? s'inquiéta Audrey. Elle a dit qu'elle reviendrait bientôt.

– Sans doute, mais elle ne sera plus la même.

– Tu es fou ! Pourquoi lui feraient-ils du mal ?

– Ils ne lui feront pas de mal, ils vont la changer.

*

Depuis qu'il avait interdit à Spender de bouger, le Président Rodriguez suivait en direct les événements aux Amarandes. Les drones du Secret Service suivirent ainsi pour lui les deux taxis des Chinois. Lorsqu'ils rejoignirent Emma, Rodriguez assista à ce qui ressemblait à une scène d'adieux entre elle et ses parents. Il devina la suite et fit appeler Victor Sambo. Le contact fut presque instantané.

– Emma Woodstone est en route vers l'ambassade de Chine, annonça Rodriguez.

– Et alors ?

– Vous seul pouvez encore l'arrêter.

– Pourquoi le ferais-je ?

– Pour la sauver.

– La sauver ? Qui vous dit qu'elle est menacée ?

– Le secret qui entoure le matériel des Chinois.

– Ah… Vous pensez qu'il s'agit d'instruments de torture ?

– Je ne suis pas d'humeur à plaisanter, Monsieur le Président. Votre police doit intercepter Emma Woodstone pendant qu'il est encore temps, c'est-à-dire dans les minutes qui viennent.

– Je n'ai aucun motif pour l'arrêter.

– Vous devez la protéger d'elle-même ! Il n'est pas certain qu'elle soit encore libre de ses décisions. Nous devons au moins l'interroger avant de la laisser rejoindre les Chinois.

– Vous avez eu tout le temps de discuter avec elle à la Maison Blanche.

– C'était il y a trois mois. Beaucoup de choses ont changé.

– Si elle s'est cachée, c'est qu'elle ne voulait pas vous voir.

– Alors questionnez-la vous-même ! Je m'en remettrai à votre jugement. Mais de grâce, ne la laissez pas partir ainsi !

– Pourquoi vous fuit-elle ?

– Je l'ignore.

– Vraiment ? Il ne s'est rien passé entre elle et votre gouvernement depuis trois mois ?

Rodriguez eut un instant d'hésitation.

– Ce serait trop long à expliquer.

– Dans ce cas, je ne peux rien pour vous.

*

Le taxi d'Emma franchit les grilles de l'ambassade à la tombée de la nuit. Un jardin clos de hauts murs entourait le bâtiment. Rodriguez et Spender assistaient à la scène par les drones du Secret Service, qui s'étaient immobilisés à proximité. Le jardin, encombré de camionnettes blindées, semblait minuscule. Le taxi s'immobilisa devant le perron, un militaire ouvrit la portière d'Emma et s'inclina respectueusement.

– Mademoiselle Woodstone, nous sommes très honorés de votre visite. Soyez la bienvenue.

– Bonsoir, Capitaine Lee Wang.

L'homme se figea, son nom ne figurait pas sur sa tenue. On l'avait informé des capacités d'Emma, mais il n'en éprouva pas moins un vif désagrément. Que savait-elle sur lui ? Il se ressaisit et, avec un sourire crispé, invita sa visiteuse à le suivre.

Dans le vestibule, Emma découvrit une quinzaine de hauts dignitaires chinois, civils et militaires, alignés de part et d'autre de l'escalier. L'un d'eux s'avança vers elle. Ils se saluèrent.

– Comme vous le savez sans doute, je suis le Vice-Premier-ministre Yi Chang. Voulez-vous me suivre ?

Emma acquiesça et ils gravirent les marches. Elle savait que les cargos arrivés dans l'après-midi ne contenaient que ces passagers de haut rang, qu'on avait pris la précaution de dissimuler dans des blindés légers pour gagner l'ambassade. Il en manquait un. Il était à l'étage.

Deux plantons, immobiles et solennels, gardaient l'entrée du bureau de l'ambassadeur. Quand ils virent approcher Emma et le Vice-Premier-ministre, ils poussèrent les battants et se figèrent au garde-à-vous. Emma pénétra dans la pièce et découvrit, sans surprise, Chen Zhao, Président de la République Populaire de Chine, qui se leva à son entrée.

– Bonjour, jeune fille, dit-il en contournant son bureau pour venir lui serrer la main. Si vous êtes d'accord, nous échangerons en anglais. J'aimerais que vous soyez vous-même en me parlant, et pas un être hybride.

– Comme vous voudrez, Monsieur le Président.

– Verriez-vous un inconvénient à ce que Yi Chang participe à notre entretien ?

– Oui.

– En ce cas…

Le Vice-Premier-ministre, impassible, quitta la pièce. Les lourdes portes se refermèrent, et Emma s'assit face à son hôte.

– Je sais ce qui s'est passé à Washington, annonça-t-il. Je pourrais donc très bien avoir disposé dans cette pièce un matériel d'écoute et d'enregistrement indétectable par Proteus. Mais je n'en ai rien fait. Me croyez-vous ?

– Je vous crois.

– Pourquoi cela ?

– Parce que vous ne prendriez pas la peine de me mentir.

Chen Zhao sourit.

– Je suis heureux d'avoir compris le motif de votre disparition.

– Après l'intrusion de Proteus dans le Dragon de jade, je me devais de vous rencontrer, Monsieur le Président.

– Oui, tout comme vous avez rencontré Rodriguez, c'est bien ce que j'ai pensé. Mes collaborateurs n'étaient toutefois pas nombreux à partager cet avis. Si j'étais venu jusqu'ici sans vous voir, j'aurais perdu la face.

– Vous avez veillé à ce que les préparatifs de votre déplacement soient détectables. Si je n'avais pas souhaité cet entretien, je vous l'aurais fait savoir avant que vous ne partiez.

– J'y comptais, en effet, mais je n'en avais aucune assurance.

– Sinon par le respect que je vous dois, Monsieur le Président.

– J'apprécie beaucoup votre réponse, jeune fille. Elle me porte à croire que je ne suis pas venu pour rien. Car vous connaissez mes intentions, n'est-ce pas ?

– Obtenir le contrôle de Proteus et du Dragon de jade.

– Tout à fait.

– Vous n'êtes pas venu pour rien, Monsieur le Président.

*

Sur leur trajet de retour, Axel, Audrey, Natacha et Kevin n'échangèrent pas un mot. Ils venaient à nouveau de perdre Emma. Arrivés à l'hôtel, ils prirent l'allée menant à la villa de William Hurdley. Ils trouvèrent le vieil homme assoupi dans un canapé et voulurent repartir, mais il ouvrit un œil.

– Bonsoir, marmonna-t-il en se redressant. Alors, quelles nouvelles ?

Kevin résuma ce qu'il savait. Au fil de son récit, le visage de son père s'assombrissait.

– Mes craintes se confirment, lâcha-t-il quand Kevin eut terminé. Grâce à Roy Spender et Tom Greene, Proteus est devenu chinois.

– Je refuse de le croire ! s'insurgea Audrey. Je ne sais pas ce que ma fille est allée faire là-bas, mais je suis sûre qu'elle ne va pas nous trahir.

– Elle l'a déjà fait, répliqua Kevin avec amertume.

– Comment ça ?

– En refusant de collaborer avec le gouvernement, en obtenant, je ne sais comment, du Président Rodriguez le droit de continuer à se promener au lieu de travailler pour nous. Proteus et elle n'ont jamais été dans notre camp. Mais maintenant, ils sont alliés au Dragon de jade et je crains que les Chinois soient moins influençables que Rodriguez et moins maladroits que Spender et Greene.

– Vous avez tort. Elle leur résistera autant qu'à nous.

– Comment pouvez-vous dire une chose pareille alors qu'elle vient de se livrer à eux ?

Audrey répondit par un haussement d'épaules et quitta la pièce. Arrivée sur la terrasse, elle vit au loin un homme qui s'approchait. Il avançait lentement, traînant les pieds dans le sable, comme s'il portait une lourde charge. Audrey l'observa, intriguée, quand elle étouffa un cri.

C'était Tom.

*

– Je crains que vous ne m'ayez mal comprise, Monsieur le Président.

– Comment ça ? s'inquiéta Chen Zhao.

– Vous n'êtes pas venu pour rien, je peux vous l'assurer, mais je ne vois pas pourquoi je vous accorderais ce que j'ai refusé au Président Rodriguez.

– Je me moque de ce que vous avez refusé à Rodriguez ! Je sais seulement ce que je suis venu chercher ici, et je l'obtiendrai !

– C'est impossible.

– Pourquoi ?

– Parce que sans moi, Proteus et le Dragon de jade sont des ordinateurs comme les autres. Ils ne font qu'exécuter un programme.

– Je ne vous crois pas.

– Je l'ai compris pendant mon retour du Gwandana, quand Proteus a fusionné avec votre supercalculateur.

– Qu'est-ce que vous racontez ? Proteus a déjà accompli des prouesses à lui seul, et le Dragon de jade a une puissance de calcul encore supérieure.

– En effet, ce sont de très grosses machines à calculer, mais rien de plus.

– Et vous ? Qu'avez-vous donc de si spécial ?

– Rien, sinon un lien particulier avec Proteus, hérité de ma mère, comme vous le savez certainement. Et ce lien s'est étendu au Dragon de jade. C'est une situation que je constate, sans pouvoir l'expliquer, mais je la maîtrise très bien maintenant.

– Vous voulez dire que lorsque je vous parle, seule Emma Woodstone me répond.

– Tout à fait. Proteus m'apporte une assistance extraordinaire, mais il ne pense pas, contrairement à ce que j'ai d'abord cru. Une intelligence artificielle, aussi puissante soit-elle, n'a pas de conscience pour autant. Elle peut donner l'impression de penser très vite et très bien, mais, en réalité, elle ne sait même pas qu'elle pense. La conscience que Proteus paraît avoir, c'est la mienne, et le Dragon de jade n'y a rien changé.

– C'est donc vous qui avez décidé de coloniser notre machine ?

– Non, c'était une action automatique de Proteus, dictée par son programme d'auto-amélioration. Reconnaissez qu'en absorbant le Dragon de jade, il a fait un grand bond en avant.

– Et vous comptez en rester là ? Vous allez conserver pour vous seule l'usage de ce matériel extraordinaire ?

– Bien sûr que non.

– Je ne comprends pas.

Emma s'interrompit. L'énergie de sa jeunesse n'était pas inépuisable. Elle était fatiguée et elle savait ce qui l'attendait.

– Monsieur le Président, pourriez-vous m'accorder une pause ? Je vais vous livrer des informations qui compenseront la peine que vous avez prise en venant jusqu'ici, mais nous aurons besoin de temps.

– Aucun problème, jeune fille. Je vais nous faire porter une collation.

*

Tétanisée, Audrey regardait Tom, qui s'avançait, lentement, pesamment. Lorsqu'il mit enfin le pied sur la terrasse, une exclamation retentit dans la villa. Axel venait à son tour de l'apercevoir.

– Te voilà, ordure ! rugit-il en bondissant sur lui.

L'agrippant des deux mains par le col, il le secoua brutalement, pressant ses poings contre son visage, mais Tom restait sans réagir, comme un somnambule.

– Qu'est-ce que tu viens faire ici, charogne ? hurla Axel, sans obtenir de réponse.

Natacha, William et Kevin sortirent à leur tour. Ils crurent qu'il faudrait intervenir pour séparer les combattants, mais il n'y eut pas de combat. Le regard vide, les bras ballants, le dos voûté, Tom semblait lobotomisé. Il tenait à peine debout.

Décontenancé, Axel relâcha son étreinte. Les autres s'avancèrent. Ils regardaient avec stupeur et embarras le pantin inerte planté devant eux. Que faire, sinon appeler un médecin ? William Hurdley avait déjà saisi son téléphone, quand Tom remua les lèvres. Ils s'approchèrent et entendirent :

– J'ai tué James Diakoundé.

*

Emma fut enchantée par la collation de l'ambassade. Elle découvrait tout le raffinement et la variété de la cuisine chinoise, dont les restaurants californiens n'offraient qu'un pâle reflet. Elle interrogeait le Président sur la composition des plats disposés devant eux, et elle voulut goûter à tout. Oubliant ses responsabilités autant que celles de son interlocuteur, elle s'abandonnait à la spontanéité de ses treize ans. D'abord indisposé par ce changement d'attitude, Chen Zhao se sentit peu à peu gagné par un élan de sympathie pour cette jeune fille fantasque. Quelle que soit la puissance du matériel informatique qui la soutenait, elle avait prouvé son courage en risquant la mort au Gwandana et sa force de caractère en tenant tête, à Washington et ici même, aux deux chefs d'États les plus puissants du monde. Mais elle restait une enfant.

Emma perçut le changement d'attitude du Président et, à la fin du repas, elle hasarda une ultime question frivole :

– Vous mangez comme ça tous les jours ?

– Pas autant que vous ce soir… Souhaitez-vous autre chose ?

– Non, Monsieur le Président, je vous remercie. Je ne veux pas vous faire perdre davantage de temps. Connaissez-vous le paradoxe de Fermi ?

– Le quoi ?

– Enrico Fermi était un scientifique d'origine italienne, prix Nobel de physique, qui a participé au projet Manhattan, dont est issue l'arme atomique. Au cours de l'été 1950, il a eu une longue discussion avec trois de ses collègues. Le paradoxe qu'ils ont soulevé était le suivant : le soleil est plus jeune que nombre d'étoiles de notre galaxie, sans parler des milliers de milliards d'autres galaxies. Il y a donc des milliards de milliards de mondes plus anciens que le nôtre. Alors pourquoi n'avons-nous toujours pas décelé la moindre trace d'une civilisation plus avancée que la nôtre ?

Les yeux de Chen Zhao s'étaient arrondis. Où Emma voulait-elle en venir ? Avait-elle aussi parlé de cela avec Rodriguez ?

– Au fil du temps, poursuivit-elle, de multiples hypothèses ont été avancées : que nous étions seuls dans l'univers, que les voyages interstellaires étaient impossibles, qu'il existait effectivement des civilisations plus avancées que la nôtre mais que, pour toutes sortes de raisons, aucune n'aurait jamais éprouvé le besoin de nous contacter. Ou bien encore que ce contact aurait eu lieu et durerait toujours, mais qu'il se fait à notre insu. Enfin, qu'une civilisation expansionniste finirait par s'autodétruire avant d'être en mesure d'envahir l'univers.

– Où comptez-vous m'entraîner ? s'impatienta Chen Zhao.

– Mais… vers la bonne réponse.

*

Deux robots de l'hôtel avaient transporté Tom jusqu'à son bungalow. Étendu sur son lit, il subissait passivement l'examen du médecin de garde. Plus rien ne pouvait l'atteindre : il était déjà mort. Emma avait vu les images accusatrices enregistrées par Proteus. Elle ne tarderait pas à informer Audrey, Axel, William Hurdley, le monde entier… Il ne pourrait plus plaider l'accident, on ne le croirait jamais, c'était un meurtre. Que pouvait-il faire d'autre que prendre les devants et s'accuser lui-même ? Il échapperait peut-être ainsi au pire, il ne ferait que vingt ans de prison. Vingt ans de prison ! Une agonie pire que la mort !

Assise près de la baie vitrée, Natacha observait le médecin. Bouleversée par l'aveu insensé de Tom, elle voulait connaître la vérité. Les autres, indifférents à son sort, avaient préféré l'oublier et dîner au restaurant de l'hôtel.

– Alors ? s'enquit Natacha auprès du médecin.

– Rien de grave. La tension est un peu faible, mais le pouls est normal. Une légère fièvre aussi. Sans doute un début d'insolation.

– Se peut-il qu'il délire ?

– Je ne sais pas, c'est possible. Je repasserai demain matin. Avec ce que je lui ai donné, il devrait aller mieux.

Sitôt seule avec Tom, Natacha s'approcha de lui.

– Vous l'avez vraiment tué ?

Il tourna vers elle un regard sans vie.

– Laissez-moi tranquille.

*

Chen Zhao observait Emma. Interface entre les hommes et une intelligence artificielle supérieure, elle ne pouvait que le surprendre, et il s'y était préparé, mais une crainte s'insinuait en lui : leur entretien serait-il aussi inutile que celui qu'elle avait eu avec Rodriguez ?

Nullement troublée par son regard inquisiteur, Emma poursuivit.

– Monsieur le Président, l'humanité se trompe de rêve. Grisée par son pouvoir sur la matière, elle en attend l'impossible. Cette erreur l'entraîne dans une mauvaise direction. Tant qu'elle s'y maintiendra, elle restera en quarantaine.

– En quarantaine ?

– Vous avez inventé la fusée il y a plus de mille cinq cents ans, n'est-ce pas ?

– Oui, et alors ?

– Vous ne trouvez pas étrange que nous n'ayons rien de mieux pour voyager dans l'espace qu'une invention aussi antique ?

– Qu'est-ce que vous racontez ? Les fusées d'aujourd'hui n'ont rien à voir avec celles d'autrefois.

– C'est vrai, elles sont beaucoup plus grosses, c'est pourquoi elles éjectent de la matière à grande vitesse pendant quelques minutes, alors qu'auparavant, c'était pendant quelques secondes. C'est un peu mince, comme progrès, en quinze siècles.

– Où voulez-vous en venir ?

– Qu'on nous maintient à notre insu dans une impasse technologique. Nous rêvons de coloniser d'autres mondes pour en exploiter les matières premières et absorber notre accroissement de population. Ça ne se produira pas. Nous ne nous répandrons pas dans l'univers comme une nuée de sauterelles. On nous en empêchera, sans violence. Si nous n'apprenons pas à nous maîtriser, à trouver un juste équilibre avec les autres formes de vie, notre soif d'invasion et de conquêtes se heurtera aux frontières du système solaire. Nous serons les seules victimes de notre agressivité, nous n'irons jamais troubler la paix des étoiles.

– Mais vous délirez !

– Libre à vous de ne pas me croire.

– Évidemment que je ne vous crois pas !

– Alors, pourquoi êtes-vous venu à ma rencontre ?

Chen Zhao s'immobilisa. L'absurdité de sa situation lui apparaissait soudain en pleine lumière. Qu'est-ce qu'il faisait là ?

– Monsieur le Président, fit Emma d'une voix douce, pourquoi ne m'écoutez-vous pas jusqu'au bout avant de me juger ?

Résigné, Chen Zhao l'invita à poursuivre.

– La Terre est notre prison, mais c'est aussi notre seul refuge. Mars n'est pas plus habitable que la lune, ce ne sera pas notre seconde chance. Si nous ne renonçons pas au culte de la croissance, qu'il s'agisse de production ou de population, la Terre sera notre tombeau.

– C'est pour me débiter ces prophéties de malheur que vous m'avez laissé venir jusqu'ici ? Vous croyez que j'ignore tous ces problèmes ? Vous croyez que nous ne faisons rien pour les traiter ? Je vous rappelle que, sans la politique de l'enfant unique, alors tant décriée par vos médias bien-pensants, nous serions cinq cents millions de plus dans mon pays. Quant aux dégradations de l'environnement, nous faisons tout pour y remédier, mais mon peuple veut consommer davantage, c'est son droit, et vous seriez mal placée pour nous faire la leçon.

– Je n'accable personne, Monsieur le Président, je dis seulement que ce n'est pas la technologie qui pourra nous sauver ou nous ouvrir les portes de l'univers, c'est la maîtrise de notre esprit. Mais je ne vous ai pas laissé venir jusqu'ici dans le seul but de vous exposer ma vision du monde. J'ai une suggestion à vous faire.

– Laquelle ?

– Bâtir l'union de nos deux pays.

*

Natacha rejoignit Kevin et son père, attablés avec les parents d'Emma.

– Vous m'attendiez ?

– Nous ne sommes pas pressés, répondit William.

– Il ne fallait pas.

– Je vous en prie… dites-nous plutôt ce qu'a raconté le médecin.

– Pas grand-chose. Il pense que c'est une insolation.

– Une insolation ? Je ne savais pas que ça faisait délirer.

– Il ne délire peut-être pas.

– Allons donc ! Pourquoi aurait-il tué le Président Diakoundé ? Et comment l'aurait-il fait disparaître ?

– Je trouve ça aussi incroyable que vous, mais il l'a dit.

– Vous lui avez reposé la question ?

– Oui.

– Et alors ?

– Il n'a pas voulu me répondre.

– Ah ! Vous voyez ! Il va déjà mieux.

– Vous ne croyez pas qu'on devrait en parler aux autorités locales ? suggéra Axel. Je crois que ce type est capable de tout.

– Attendons demain matin. Il n'est pas dans son état normal.

– Comme vous voudrez.

*

Un soupçon jaillit dans l'esprit de Chen Zhao. Les propos d'Emma n'étaient-ils qu'un écran de fumée ? Proteus allait-il enfin livrer ses véritables intentions ? Il avait enjambé les frontières en fusionnant avec le Dragon de jade. Il pourrait coloniser l'ensemble du Net quand il le voudrait et prendre ainsi le contrôle informatique de la planète. Pourquoi inciterait-il les responsables politiques à s'unir, sinon pour les contrôler eux aussi ?

– Vous avez d'autres idées de ce genre à m'exposer ? dit-il d'un ton faussement indifférent.

Monsieur le Président, avec les moyens de transport et de communication d'aujourd'hui, une union planétaire serait bien plus facile à gérer que les grands empires du passé. Votre pays dépasse, comme l'Inde, le milliard d'habitants. Une telle population n'est pas homogène, elle est pourtant gouvernable par un pouvoir centralisé. La Terre compte moins de dix milliards d'habitants. Si on peut en administrer un, on peut en fédérer dix. Il y a d'innombrables différences entre les hommes d'une région à l'autre, d'un pays à l'autre, d'un continent à l'autre, mais l'essentiel nous est commun. Ce qui nous unit est bien plus important que ce qui nous divise.

Chen Zhao était consterné. Il avait fait tout ce chemin pour entendre ça ! Décidé à en finir au plus vite, il s'enferma dans une hostilité muette et Emma poursuivit :

– Pour la première fois de son histoire, l'humanité a le pouvoir de s'autodétruire, non seulement par la guerre, mais plus sûrement encore par la ruine de son écosystème. Notre puissance exige de nous plus de sagesse, c'est une question de survie. L'environnement n'a pas de frontières, l'économie est mondialisée, le terrorisme aussi. Tous les grands problèmes sont mondiaux, ils réclament des solutions mondiales. Réunis par une vision et une volonté communes, la Chine et les États-Unis pourraient créer une dynamique d'union. Ça ne se fera pas en un jour, mais la persévérance finit toujours par payer, surtout si elle vient des deux pays les plus puissants du monde. Il a fallu l'horreur de la Première Guerre mondiale pour créer la Société des nations, qui n'a servi à rien, puis la Deuxième Guerre mondiale pour mettre en place l'Organisation des nations unies, dont vous connaissez aussi bien que moi les faiblesses et les insuffisances. Quel malheur faut-il attendre pour voir enfin surgir une véritable gouvernance mondiale ?

– Donner le pouvoir aux machines, peut-être ? grinça Chen Zhao, incapable de se contenir davantage.

– Non, Monsieur le Président. Cette nuit, je mettrai fin à ma connexion avec Proteus. Demain matin, le Dragon de jade et lui seront aussi dociles que votre smartphone. Soyez satisfait, vous allez récupérer votre matériel.

– Vous n'allez pas faire ça ?

– Les hommes ont été créés libres et ils le resteront. S'ils ne veulent pas s'entendre, s'ils préfèrent s'entre-déchirer, ils pourront le faire. Ce n'est pas une machine qui leur ôtera cette liberté.

– Ce n'est pas possible, vous n'avez pas le droit !

– Si, mais auparavant, je veux vous offrir le même cadeau empoisonné qu'au Président Rodriguez.

– Qu'est-ce que c'est ?

– Vous n'avez pas cru ce que je vous disais sur notre mise en quarantaine.

– Ah non ! Vous n'allez pas recommencer avec ça !

– Je vais vous en donner une preuve.

– Une preuve ?

– Oui, mais vous ne pourrez en faire état à personne, parce qu'on ne vous croira jamais. Ce sera votre fardeau, jusqu'à la fin de votre vie. L'acceptez-vous ?

Chen Zhao hésita. Qu'allait-il se passer ? À quoi s'exposait-il ? N'était-ce pas courir un risque insensé ? Mais pouvait-il se dérober ?

Il répondit qu'il acceptait.

*

Roy Spender poussa un de ses profonds soupirs quand l'image de Thomas Rodriguez disparut du mur vidéo. L'aveuglement du Président, son obstination et son incapacité à prendre les bonnes décisions le consternaient. Son ordre inepte de ne plus rien faire aux Amarandes avait conduit à la catastrophe, alors que la situation était en train de se rétablir. Le barrage des villageois et des robots n'aurait pas tenu longtemps. Quitte à écraser quelques pieds, le Secret Service aurait vite récupéré Emma Woodstone. Au lieu de cela, il avait fallu abandonner le terrain, et les Chinois s'étaient jetés sur leur proie. Maintenant, il ne restait plus qu'à faire le siège de l'ambassade pour empêcher l'exfiltration de la jeune Américaine vers la Chine.

Amer et désabusé, Spender convoqua le responsable du Secret Service pour lui expliquer sa nouvelle mission.

– Avez-vous des questions ? conclut-il.

– Oui, Monsieur, une.

– Je vous écoute.

– Qu'est-ce qu'ils font dans cette ambassade avec tout leur matériel et cette jeune fille ?

– Je l'ignore, Bob, mais une chose est sûre : s'ils nous rendent Emma Woodstone, ce sera à l'état de légume.

*

Stupéfaits, les dignitaires et les haut gradés postés dans l'antichambre virent Emma rouvrir la porte du bureau de l'ambassadeur. Elle était souriante. Ses yeux pétillaient de malice, comme si elle venait de faire une bonne plaisanterie. Lorsqu'il parut, quelques secondes plus tard, le Président chinois arborait au contraire un visage d'une saisissante gravité.

– Je vais appeler Rodriguez, souffla-t-il à Emma, il ne faut pas qu'on vous importune quand vous allez sortir.

– Pardon, Monsieur le Président, intervint son conseiller d'État à la défense, cette jeune fille va repartir ?

– En effet.

– Mais…

– Quoi ? gronda Chen Zhao d'un ton menaçant.

– Rien, Monsieur le Président, rien.

– Ne vous embarrassez pas pour moi, glissa Emma. Vous l'appellerez quand je serai partie.

– Comment comptez-vous…

– Je vais m'amuser une dernière fois avec Proteus.

Chen Zhao approuva d'un geste indifférent. Son entourage était consterné. Cette enfant semblait avoir acquis un ascendant sur lui. Comment y était-elle parvenue ?

– J'ai besoin de votre robot, annonça-t-elle en se tournant vers l'ambassadeur.

– Non ! Ce sont des espions potentiels. Aucun ne doit pénétrer dans ces murs.

– Je sais… Vous en avez quand même un pour l'entretien du jardin.

– C'est vrai, mais il n'en sort jamais que pour regagner sa remise.

– Monsieur le Président tolèrera-t-il une exception ?

Chen Zhao hocha la tête, puis, à la surprise générale, il prit le bras d'Emma pour redescendre l'escalier jusqu'au vestibule. La porte d'entrée s'ouvrit, poussée par un robot dont les bottes étaient maculées de boue. Emma se plaça face à lui et le toisa.

– Je suis un peu plus grande, mais ça devrait aller.

À peine eut-elle prononcé ces mots que le robot ôta son casque, laissant paraître le fouillis d'appareils qui s'y dissimulait, puis il enleva ses bottes, ses gants, et leva les bras à la verticale. Emma s'approcha et le dépouilla de sa combinaison. Étrangement nu, le robot prit dans ses bras décharnés l'ensemble de sa tenue et attendit.

– Où pourrais-je m'installer pour enfiler ça ? demanda Emma, qui se retenait de rire en voyant l'expression de son entourage.

– Par ici, dit l'ambassadeur en l'entraînant dans un couloir avec le robot, sous le regard réprobateur de l'assistance.

L'ambassadeur revint peu après, puis Emma réapparut, son casque sous le bras et ses bottes crottées aux pieds. Elle avait l'air d'une jeune astronaute revenant des labours.

– Vous comptez passer inaperçue avec cette tenue ? s'étonna Chen Zhao.

– Ne vous inquiétez pas, Monsieur le Président, tout ira bien, mais il faut prévenir vos agents qui stationnent à l'extérieur.

– Les prévenir de quoi ?

– Dites-leur de rester en place. Quoi qu'il arrive, ils ne doivent pas intervenir.

– Que va-t-il se passer ?

– Une surprise…

*

Sur la petite place dominée par l'ambassade de Chine, les 4x4 américains se tenaient prêts à intercepter tout véhicule qui sortirait. Les ordres étaient stricts : il ne s'agissait pas de fouiller les voitures, mais uniquement de s'assurer que Emma Woodstone n'était pas à bord. Les Américains auraient dû obtenir l'accord du Président des Amarandes, mais, certain qu'il refuserait, Spender avait décidé de ne pas le consulter.

Adossés aux murs d'enceinte de l'ambassade, les faux touristes chinois ne se donnaient même plus la peine de dissimiler leurs oreillettes. Postés sur les trottoirs opposés, les agents du Secret Service s'ennuyaient ferme. Un bruit étrange leur parvint, comme un roulement de tambour ou une cavalcade. Quelque chose approchait… Débouchant en même temps des quatre rues adjacentes, des robots se ruèrent par dizaines vers le centre de la place, où ils formèrent un incroyable tourbillon rythmé par le claquement de leurs semelles. La place en était couverte. Ils couraient en tous sens, sans ordre apparent, mais sans jamais se heurter ni bousculer personne. Soudain, courant toujours, ils levèrent les bras en l'air, cachant ainsi la petite porte, proche de la grille de l'ambassade, qui s'entrouvrit. Emma s'était glissée dehors. Elle s'élança vers la rue la plus proche.

Enveloppée du nuage mécanique qui la dissimulait, elle ne fut remarquée de personne, car trois groupes de machines s'enfuirent en même temps par les autres rues. Moins d'une minute après leur irruption, tous les robots avaient disparu, Emma avec eux. Les Chinois n'avaient pas bougé, les Américains non plus.

En apprenant ce qui s'était passé, le responsable du Secret Service jugea préférable de ne pas informer le Vice-Président. Celui-ci n'aurait pas manqué de trouver là un nouveau motif pour s'emporter, alors qu'au bout du compte il ne s'était rien passé d'autre qu'un probable dysfonctionnement des robots, dû sans doute à leur vétusté. L'enceinte de l'ambassade était restée close, aucun véhicule n'était sorti, il n'y avait rien à signaler.

*

Les robots de la capitale regagnèrent leurs abris. Emma courait à toute allure, heureuse de se détendre enfin. Une voiture de police l'attendait à l'angle d'une ruelle, elle s'y précipita et le robot conducteur démarra aussitôt.

Emma ne vit rien du court trajet qui la ramenait vers l'hôtel de ses parents : elle se contorsionnait sur la banquette arrière pour enlever son déguisement, elle étouffait. Enfin, la voiture s'immobilisa et un robot s'avança pour ouvrir la portière. Emma eut un pincement au cœur. Il y avait un peu d'elle dans cette machine bienveillante et docile commandée par Proteus, et, avant l'aube, ce lien singulier aurait disparu.

Elle s'engagea sans hâte dans la pénombre de l'allée qui desservait les bungalows, au milieu d'une exubérante végétation. Une page de sa vie se tournait, une page essentielle, et elle s'y résignait avec mélancolie. À tout juste treize ans, elle avait plus appris que beaucoup d'autres en une vie. Peut-être avait-elle grandi trop vite ? Mais est-il jamais trop tôt pour devenir sage ?

Perdue dans ses méditations, elle ne vit qu'au dernier moment la silhouette de Natacha sur un banc de teck. La jeune femme se leva.

– Emma ? C'est toi ? Tu es déjà revenue ?

– Oui, ce n'est pas un fantôme.

– Je suis si contente ! Tu vas bien ?

– Je vais très bien, et toi ?

Natacha hésita à répondre.

– Qu'est-ce qui ne va pas ? s'inquiéta Emma.

– Kevin.

– Vous vous êtes disputés ?

– Non, c'est plus grave que ça.

– Vous n'allez pas vous séparer ?

– Je ne sais pas.

– Tu ne sais pas ?

– Je ne vais pas t'ennuyer avec mes petites histoires après ce que tu viens de vivre.

– Natacha ! Je suis ton amie, et ce qui m'est arrivé n'a rien de terrible. Qu'est-ce qui se passe ?

– Je crois que mon infirmité commence à peser à Kevin, mais qu'il refuse de l'admettre.

– Qu'est-ce qui te fait dire ça ?

– Mille petites choses. Cela dit, à moi aussi, elle pèse. Je suis lasse de faire des acrobaties dans des salles de bains mal aménagées. Je suis lasse de toujours calculer mes trajets pour ne pas rester bloquée dans un exosquelette en panne de batterie. Je suis lasse du regard ambigu des hommes, partagés entre le désir, la pitié et une curiosité malsaine.

– Natacha ! Tu es si courageuse !

– Je suis lasse d'être courageuse, et je crois que Kevin est las de moi. D'ailleurs, comment pourrais-je lui reprocher ?

– Tu es sûre de ce que tu avances ?

– Non, mais je le sens. Je n'ai que de beaux souvenirs avec lui. Je ne veux pas les salir, surtout maintenant qu'il a changé.

Emma ne sut que répondre. Proteus ne lui était d'aucun secours. Natacha lui prit la main et elles s'assirent ensemble sur le banc. Des lucioles voletaient autour d'elles, la nuit était douce.

– Il est arrivé quelque chose d'étrange tout à l'heure, dit Natacha, soucieuse de changer de sujet.

– Quoi donc ?

– Tom nous a dit qu'il avait tué le Président Diakoundé.

– Il vous a dit ça ?

– Tu crois que c'est vrai, toi qui sais tout avec Proteus ?

– Je ne sais pas tout… Où est-il ?

– Dans son bungalow. Il est rentré en piteux état d'on ne sait où. On ira le voir demain matin. S'il nous confirme ses propos et ne va pas se livrer à la police, il faudra bien qu'on le dénonce.

– Je vais le voir.

– Maintenant ?

– Je n'ai pas le choix. Demain, il sera trop tard.

– Mais… il est peut-être dangereux ? Veux-tu que je t'accompagne ?

– Non, je dois être seule avec lui, sinon il ne dira rien.

– Tu as sans doute raison, mais sois prudente.

– Je peux te laisser ?

– Bien sûr ! Ça m'évitera de pleurnicher sur ton épaule toute la nuit.

– Tu es sûre ?

– Oui, vas-y !

*

Malgré les images accablantes enregistrées par le robot, Emma avait refusé de croire Tom coupable. Il ne pouvait pas être un assassin. D'ailleurs, il n'avait aucune raison de s'en prendre à Diakoundé, qu'il ne connaissait pas. Il y avait sûrement une explication. Mais elle vit ensuite les images satellite de l'excursion en mer et de Tom qui se débarrassait du corps de Diakoundé. Le doute n'était plus permis : si Tom l'avait fait disparaître, c'est qu'il était responsable de sa mort. Que s'était-il passé entre les deux hommes ?

Emma fit une inspection rapide du bungalow de Tom : pas la moindre lumière derrière les fenêtres closes. Il devait dormir, ou songer. Fallait-il vraiment entrer ? N'était-ce pas inutilement dangereux ? Sous la menace de Proteus, Tom avait renoncé à neutraliser les robots de l'île. Il devait haïr cet ordinateur, ainsi qu'Emma, qui savait tout. Comment allait-il la recevoir ?

Jugeant qu'il valait mieux le contacter à distance, elle effleura le verre de sa montre, et entendit, au travers des vitres, une sonnerie dans la chambre. Mais il ne décrocha pas.

Proteus activa alors un des robots de l'hôtel, qui se précipita vers le bungalow. Il avança son badge magnétique, la porte s'entrouvrit. Il entra avec précaution, parvint dans le salon, puis dans la chambre où se trouvait Tom. On entendit un cri, la lumière jaillit, et le haut-parleur du robot annonça :

– Tom, il faut que je te parle.

– Qui ça ? Emma ? C'est toi ?

– Oui.

– Qu'est-ce que tu me veux ? Laisse-moi tranquille et dégage ce robot de ma chambre ou je le fracasse !

– Tom, je ne peux pas croire que tu es un meurtrier.

Restée dans le jardin, sa montre près des lèvres, Emma guettait sa réponse.

– Où es-tu ? lâcha-t-il enfin.

– Derrière les baies vitrées de ta chambre.

Les rideaux s'écartèrent, une vitre coulissa et Emma découvrit Tom, hirsute, qui fit un pas vers elle.

– Je l'ai pourtant tué, souffla-t-il.

– Pourquoi ?

Résigné, il regarda autour de lui et se laissa tomber dans un fauteuil de la terrasse. Emma le rejoignit, et il lui raconta la malheureuse rencontre qui avait fait basculer sa vie. Elle éprouva un profond soulagement.

– Tu n'es pas un assassin.

– Qui le croira ?

– Moi.

– Et les autres ?

– Quels autres ? Personne ne le sait, personne n'a rien vu, personne n'a de preuve, ni même le moindre indice.

– Mais toi, tu sais.

– Et alors ?

– Tu ne vas pas me dénoncer ? Toi ou Proteus ?

– Proteus est une machine, qui fera ce que je lui commande, et moi, je ne veux pas te dénoncer.

– Pourquoi ?

– Parce qu'il y a mieux à faire.

– Tu sais pourtant qu'en tuant ce type, j'ai exposé son pays à la guerre civile. À cause de moi, ce que tu as accompli au Gwandana, au péril de ta vie, pourrait bien être réduit à néant.

– Je suis heureuse que tu en aies conscience.

– Ça change quoi ?

– Toi.

– Je ne comprends pas.

– C'était un accident, pas un meurtre, mais tu ne pourras jamais le prouver, et tu n'en es pas moins responsable. Tu as une faute très grave à réparer, et il y a deux façons de le faire. Soit tu confirmes tes aveux et tu passes une vie inutile en prison, soit tu laisses incriminer les requins et tu consacres ta liberté et ton énergie à soutenir le Gwandana.

– Soutenir le Gwandana ? Moi ? Mais je suis informaticien, pas agronome !

– À toi de trouver.

*

Roy Spender s'était retiré dans sa chambre, où il ressassait son amertume. Il était contraint à l'inaction pendant que les Chinois, installés presque à sa porte, mettaient la dernière main à l'instrument de leur domination. Étendu sur son lit sans même avoir ôté ses chaussures, il allait s'assoupir, quand il reçut un nouvel appel de Washington. Exaspéré, il se releva en maugréant et alluma le mur vidéo. Rodriguez apparut, un sourire jusqu'aux oreilles.

– Spender, annonça-t-il triomphalement, vous pouvez rentrer à la maison !

– Qu'est-ce que vous dites ?

– Je viens de m'entretenir avec le Président Chen Zhao, tout est arrangé !

– Tout ?

– Au moment où je vous parle, Emma Woodstone doit être en train de dormir paisiblement à l'hôtel.

– Qu'est-ce que vous racontez ? Elle est enfermée dans l'ambassade chinoise.

– Je ne vous propose pas d'aller vérifier, vous la réveilleriez. Mais vous pouvez me croire.

– C'est impossible ! Personne n'est sorti de l'ambassade depuis qu'elle s'y trouve.

– Je vous assure qu'elle en est sortie, déguisée en robot à ce qu'on m'a dit.

– Ça n'a aucun sens, mes hommes l'auraient vue.

– Ne leur en veuillez pas, Roy, ils l'ont vue, mais il y avait tellement de robots à ce moment-là, qu'elle est passée inaperçue. Ils n'y pouvaient rien.

– Si c'est vrai, je dois la récupérer à son hôtel, ou au moins la faire protéger.

– Protéger de qui ?

– Mais enfin, des Chinois !

– Spender, vous perdez la tête. Je viens de vous dire que les Chinois l'avaient laissée partir.

– Avec le pouvoir qu'elle représente ?

– Elle n'a plus de pouvoir.

– Ils lui ont vidé le cerveau ?

– Elle l'a fait toute seule.

– Que voulez-vous dire ?

– Elle a mis fin à sa connexion avec Proteus et le Dragon de jade. Ces machines ont retrouvé leur autonomie.

– Mais c'est insensé !

– C'est très sage, au contraire. Nous allons enfin pouvoir disposer de notre matériel, qui sera toutefois moins performant que nous l'espérions. À moins que nous ne le remettions en réseau avec celui des Chinois.

– Vous êtes sûr de ce que vous dites ?

– Tout à fait. Je vous souhaite un bon voyage de retour…

Sa stupéfaction passée, Roy Spender fit appeler le chef de la sécurité.

– Monsieur ?

– Entrez, Bob, fit-il d'une voix sifflante.

– Que puis-je faire, Monsieur ?

– Dites-moi, Bob, il ne s'est rien passé autour de l'ambassade chinoise depuis que vous la surveillez ?

– Non, Monsieur, rien.

– Personne n'est entré ou sorti, personne n'est passé, pas même un robot ?

– Je… c'est-à-dire…

– C'est-à-dire, quoi ?

Ravalant sa salive, le chef de la sécurité raconta fidèlement ce qu'il savait de l'étrange et fugitif ballet des robots.

Spender entra dans une rage folle. Il accablait d'injures son malheureux collaborateur. Les murs faisaient écho à ses hurlements. Il renversait les chaises, brisait les bibelots, donnait des coups de poing furieux sur les meubles. Adossé au mur, ruisselant de sueur, le chef de la sécurité attendait d'être frappé à son tour, quand Spender s'arrêta net, épuisé par sa propre colère.

– Je veux être parti dans une heure, annonça-t-il, haletant. Dans une heure, Air Force Two aura décollé ! Est-ce que c'est clair ?

*

Emma avait rejoint le bungalow de ses parents par la plage. Malgré l'heure tardive, ils étaient encore sur la terrasse. Elle marcha droit sur eux. Ils l'aperçurent de loin et se levèrent, sans oser y croire, les yeux rivés sur la frêle silhouette qui s'avançait. Lorsqu'elle atteignit la terrasse, ils restèrent immobiles, incapables de réagir.

– Eh bien ! Quel accueil ! lança-t-elle gaiement.

– C'est toi ? fit Axel, incrédule.

– J'en ai peur.

Audrey, muette de stupeur, la laissa approcher. D'un même élan, elles s'étreignirent.

– Emma... mon enfant... tu es revenue...

– Oui Maman, tu vois, ils ne m'ont pas transformée en zombie.

– Que s'est-il passé ? s'inquiéta Axel, qui ne voulait pas se réjouir trop vite.

– C'est fini, souffla Emma.

– Fini, quoi ?

– Personne ne se servira de moi, ni les Chinois, ni les Américains. Je vais me déconnecter de Proteus, et demain, je serai une insupportable adolescente ordinaire.

– Pourquoi ferais-tu cela ?

– Parce que ce n'était qu'une expérience et qu'elle est terminée.

– Tu vas renoncer aux pouvoirs extraordinaires que t'apporte Proteus ?

– Oui. J'espère que ma connexion avec lui aura servi à quelque chose, l'avenir le dira, mais il n'y a plus rien à en attendre maintenant.

– Les Chinois sont d'accord ?

– Je ne leur ai pas demandé leur avis, pas plus qu'à notre Président.

– Tu ne veux vraiment pas nous dire ce que tu leur as raconté ?

– Je vous dirai bien davantage, mais je suis épuisée. Ça peut attendre un peu, puisqu'on ne va plus se quitter.

*

Au petit matin, l'ambassadeur chinois se présenta chez Victor, qui le reçut avec rudesse. L'agitation qui n'avait cessé depuis les obsèques de Maria assombrissait son humeur de jour en jour. Impassible, le diplomate lui annonça qu'un personnage très important souhaitait le recevoir à l'ambassade.

– Maintenant ?

– Oui, Monsieur le Président.

– Vous plaisantez ? Vous avez vu l'heure ? Pour qui se prend-il votre personnage important ?

– Il doit repartir, mais il voudrait d'abord vous saluer.

– Me saluer ? En me convoquant à votre bureau ? Fichez-moi le camp !

– Monsieur le Président, ce n'est pas à lui de se déplacer, d'autant qu'il est venu secrètement.

– Mais c'est qui, ce type ?

– Le Président de la République Populaire de Chine.

– Le... quoi ?

– Vous avez parfaitement entendu.

– Ce... ce n'est pas possible. Qu'est-ce qu'il ferait ici ?

– Il est venu rencontrer Emma Woodstone. Ils se sont longuement entretenus hier soir. La jeune fille a ensuite retrouvé ses parents et le Président m'a fait l'honneur de passer la nuit dans ma résidence, d'où il s'apprête à repartir. Voulez-vous me suivre ?

– Euh... Oui, bien sûr, donnez-moi cinq minutes.

Pour la première fois de sa vie, Victor était intimidé. Il allait être reçu par le dirigeant de la première puissance mondiale, qui était venu jusqu'aux Amarandes rien que pour rencontrer Emma Woodstone. Cette gamine allait se prendre pour une divinité...

Sitôt entré dans l'ambassade, Victor accéda au bureau où Chen Zhao l'attendait. En le voyant, son appréhension s'évanouit. Le Président chinois arborait un sourire affable et ils échangèrent une chaleureuse poignée de main avant de s'asseoir.

– Pardonnez-moi de vous avoir fait venir si tôt, commença Chen Zhao, mais je devrais déjà être reparti.

– Je vous en prie, Monsieur le Président, c'est un grand honneur.

– Je voulais vous remercier, c'est pour cela que je suis resté cette nuit.

– Me remercier de quoi ?

– De votre sens de l'équité.

– Je ne vois pas ce que...

– Vous n'avez fait aucune difficulté lorsque nous avons amené les engins qui encombrent ce jardin.

– Il n'y avait aucune raison. Les Américains ont bien fait venir leur RX1 et tous ses drones.

– Et vous êtes resté impartial jusqu'au bout en refusant au Président Rodriguez d'intercepter le taxi qui transportait Emma Woodstone jusqu'à nous.

– Comment le savez-vous ? s'indigna Victor.

– Monsieur le Président, tout le monde espionne tout le monde… Dites-moi plutôt ce que la Chine pourrait faire pour votre pays.

– Pour mon pays ? Rien du tout. Nous sommes déjà assez privilégiés avec tous ces robots. Mais vous pouvez néanmoins nous aider.

– De quelle façon ?

– En empêchant le Gwandana de sombrer à nouveau dans le chaos. James Diakoundé a disparu. Sa mort n'est plus une hypothèse et je dois me résoudre à rendre la nouvelle publique. Comme vous le savez peut-être, j'étais à ses côtés lorsqu'il a pris le pouvoir. Il était décidé à faire le bien de son peuple, pas à se remplir les poches. Lui mort, je crains que la corruption et la tyrannie ne reprennent très vite leur place dans son pays. Si nous n'aidons pas l'équipe qu'il a mise en place, elle sera vite balayée.

– Qu'attendez-vous de nous ?

– Je suis responsable de la mort de leur Président, je n'ai pas su assurer sa protection, je dois en assumer les conséquences.

– C'est-à-dire ?

– Les Amarandes peuvent se passer de moi. Un enfant pourrait gouverner ce pays tant il est paisible, mais on ne peut pas en dire autant du Gwandana. Je dois y aller, pas pour me substituer au Président, mais pour aider ceux de son camp, le temps qu'émerge un nouveau leader. Une aide technique et financière leur serait précieuse, une aide ciblée et conditionnée. La Chine pourrait peut-être y contribuer ?

– Je vous le promets.

*

Attablé sur la terrasse de son père, Kevin prenait son petit-déjeuner avec Natacha.

– Regarde ! s'écria-t-elle en pointant du doigt l'océan.

Il se retourna et découvrit les avions chinois qui s'élevaient au-dessus des flots.

– Tiens… Ils repartent, eux aussi.

– Qui repart ? demanda son père qui sortait de la villa.

– Les Chinois.

William se figea. À son réveil, en visionnant les images de l'aéroport transmises par son avion, il avait découvert la disparition d'Air Force Two et de son escorte. Et voilà que les Chinois s'éclipsaient à leur tour.

– C'est incroyable, marmonna-t-il. Qu'est-ce que Emma a bien pu leur faire ? Natacha, vous êtes sûre qu'hier soir elle venait retrouver ses parents ?

– Oui, c'est ce qu'elle m'a dit, mais elle était très fatiguée. Je pense qu'elle dort encore.

– J'ai vraiment hâte de la revoir.

– Bonjour tout le monde ! fit la voix rieuse d'Emma.

Encadrée de ses parents, un large sourire aux lèvres, elle s'avançait d'un pas léger. On lui offrit une place à table. Ses parents s'assirent près d'elle.

– Voulez-vous quelque chose ? s'enquit William. Un fruit ? un croissant ?

– Merci, non. Mes parents viennent d'essayer de me nourrir, mais je n'ai vraiment pas faim. J'ai tellement abusé hier soir.

– Hier soir ?

– Oui. Les Chinois sont d'une cruauté ! Si vous saviez ce qu'ils m'ont donné à manger…

– Pourquoi sont-ils partis si vite ? demanda William, peu soucieux de plaisanter.

– Ah ? Ils sont partis ?

– Mais oui, à l'instant, ne me dites pas que vous l'ignorez.

Emma posa les mains sur les accoudoirs de son fauteuil et planta son regard dans les yeux du vieil homme.

– Monsieur Hurdley, cette nuit, j'ai rompu le lien télépathique qui m'unissait à Proteus. Je suis redevenue une jeune fille ordinaire. Les gouvernements américains et chinois sont au courant. Je ne les intéresse plus.

– Qu'est-ce que vous racontez ? C'est Proteus qui a créé ce lien télépathique, et…

– Non, c'est moi, mais j'ai mis quelque temps à m'en rendre compte.

– Ce n'est pas possible ! Ce n'est pas vous, et je ne vois pas pourquoi vous y auriez mis fin.

– Ce n'était qu'une expérience, Monsieur Hurdley, et elle a bien assez duré. Votre rêve ne s'est pas réalisé. En développant Proteus, vous n'avez pas créé une nouvelle forme de vie. Aucune conscience n'a émergé de votre machine.

Accablé par l'affirmation d'Emma, que le départ soudain d'Air Force Two et des Chinois semblaient étayer, William Hurdley était perplexe.

– Qu'allez-vous faire maintenant ?

– Retourner vivre auprès de mes parents et mener la vie d'une fille de mon âge.

– Et Proteus ?

– Il est à vous, et à Tom.

– Tom ! On l'avait oublié, celui-là… Il faut aller l'interroger. Les autorités locales viennent d'annoncer la mort accidentelle du Président Diakoundé. Un démenti sera peut-être nécessaire.

– Non. Tom n'a tué personne. La mort du président gwandanais est réellement accidentelle.

– Tiens donc ! persifla Kevin. Ça, vous le savez !

– C'était avant cette nuit, répliqua Emma. Et j'ai discuté avec Tom hier soir.

– Ah ? Qu'est-ce qu'il vous a dit ?

– Il se croit responsable de tout. Il pense que s'il n'avait pas perdu le contrôle de Proteus, aucun des récents événements ne se serait produit et le Président Diakoundé serait toujours en vie. C'est pourquoi il s'est accusé de l'avoir tué.

– C'est vraiment tordu comme explication, observa Natacha.

– Quand on souffre, on peut dire n'importe quoi, et il souffre d'avoir perdu votre confiance, Monsieur Hurdley. Il a eu la faiblesse d'être sincère en vous révélant ce que lui avait demandé le Vice-Président Spender. Pourtant, dans cette affaire, il ne cherchait nullement son intérêt personnel, il ne pensait qu'à servir son pays. Vous seriez injuste de lui en tenir rigueur.

– Mademoiselle Woodstone, répliqua Hurdley, si vous êtes réellement déconnectée de Proteus, je crois qu'une brillante carrière d'avocat vous attend. Ne vous inquiétez plus pour Tom, je vais arranger ça.

*

Sitôt sorti de l'ambassade de Chine, Victor rejoignit son bureau pour contacter le gouvernement du Gwandana et annoncer la fin des recherches. Ses interlocuteurs, informés dès le premier jour de l'inquiétante disparition de leur Président, avaient déjà perdu tout espoir. L'annonce de Victor ne les surprit pas et la promesse d'une aide chinoise ne les consola guère.

Une heure plus tard, Victor était installé dans les modestes studios de la télévision locale pour diffuser son triste communiqué. Enfin, alors qu'il arrivait chez lui, on l'informa que Roy Spender était parti pendant la nuit, contraint par une urgence, et qu'il regrettait de n'avoir pu le saluer. Loin de se formaliser, Victor fut soulagé à l'idée de ne plus revoir cet homme. La matinée était bien avancée quand deux taxis s'immobilisèrent devant sa résidence. Les Woodstone et les Hurdley, accompagnés de Tom Greene, venaient lui faire leurs adieux. Un robot les entraîna jusqu'au salon, où il les accueillit avec une politesse distante. Il était las, ce qu'ils comprenaient, et ils ne voulurent pas s'attarder, mais il insista pour les garder à déjeuner, en souvenir de Maria. Les derniers événements l'avaient presque fait oublier.

Ils s'installèrent dans le jardin, sous une tonnelle fleurie, et le robot de la maison servit un frugal repas. Emma informa Victor de la fin de sa connexion avec Proteus. Passé l'instant de surprise, il se déclara enchanté de la savoir revenue parmi les humains ordinaires. William Hurdley annonça alors que la fin de l'expérience marquerait aussi celle de sa carrière.

– Oui, dit-il, Kevin accepte de rétablir les liens qui unissaient son entreprise à la mienne, et il va prendre la direction de l'ensemble. À ma mort, le personnel recevra la moitié des actions, et, à la mort de Kevin, l'autre moitié. Si ses futurs enfants veulent devenir riches, ils n'auront qu'à travailler, comme nous.

– Vous allez donc changer de patron, souffla Victor à Tom.

– Oui, et même de voiture.

– De voiture ? Pourquoi donc ?

– Parce que j'estime avoir une dette envers le Gwandana. Je veux aider ses habitants et je crois que le plus urgent pour eux, c'est de réguler leur démographie autrement que par la guerre civile, la famine ou l'émigration. Je veux soutenir les ONG favorables au planning familial, et rien qu'en vendant ma voiture, je pourrai financer un petit dispensaire.

– C'est une excellente idée, mais vous pourriez en avoir d'autres en venant sur place.

– J'y compte bien. Toutefois, dans l'immédiat, le travail m'appelle à Torrey Pines. La fin de l'hybridation humaine de Proteus le remet à notre disposition, il faut maintenant en tirer le meilleur parti.

– Je comprends… Et vous ? demanda Victor en se tournant vers Axel et Audrey. Pourquoi ne resteriez-vous pas quelques jours ici avec Emma ? Après ce que vous avez vécu, un peu de repos au soleil vous ferait du bien.

– Ce n'est pas possible, objecta timidement Audrey, Monsieur Hurdley nous emmène et…

– Prenez un autre avion.

– Ce serait une dépense inutile.

– Quelle dépense ? Après ce qui est arrivé à James Diakoundé, des touristes vont annuler leur voyage par peur des requins. Il y aura des places vacantes dans les avions et elles ne vous coûteront rien, je m'y engage.

– C'est vraiment très gentil à vous, mais…

– Mais rien du tout ! Vous êtes les invités de mon pays.

– En ce cas, dit William, nous allons vous laisser.

– Nous vous accompagnons jusqu'à l'aéroport, glissa Axel.

– Très bien, conclut Victor, mais avant que vous ne partiez, je voudrais qu'on accorde une pensée à Maria. Pas une minute de silence, elle n'aimerait pas ça. D'ailleurs, elle est toujours vivante, en moi comme en tous ceux qui l'ont connue. Je voudrais plutôt qu'on lui porte un toast.

Sans attendre de réponse, il se leva et ils l'imitèrent. L'esprit de Maria était là, flottant autour d'eux, invisible et bienveillant.

La gorge serrée, Victor dressa son verre et tous s'écrièrent :

– À Maria !

*

Après le départ des avions chinois et américains, l'aéroport de la capitale avait perdu ses allures de salon aéronautique. Les curieux qui s'étaient succédé derrière ses grillages avaient disparu. Deux avions-taxis et un petit biréacteur stationnaient encore sur le tarmac, près de l'appareil de William Hurdley. Regroupés au pied de la passerelle, les quatre passagers se tenaient prêts à embarquer. Les moteurs ne tournaient pas encore, le plein n'était pas achevé et les robots devaient mettre les bagages en soute. Il restait un peu de temps pour les adieux. Chacun discutait avec animation et Tom parvint sans peine à s'écarter du groupe en entraînant Emma.

– Je voulais te remercier, lui souffla-t-il.

– Ce n'est pas nécessaire, je t'ai laissé avec ta dette.

– Je la paierai, sois en sûre, et je ne vais pas seulement changer de voiture. Mais il y a autre chose que je voudrais te dire.

– Quoi ?

– Je suis très heureux de ce qui arrive à tes parents, parce qu'aujourd'hui je ne crois pas que ta mère et moi serions restés longtemps ensemble.

– Tu ne l'aimes déjà plus ?

– Ce n'est pas la question.

– C'est quoi, alors ?

– C'est qu'elle n'a jamais cessé d'aimer ton père.

Confuse de joie, Emma baissa la tête pour dissimuler son émotion, sans voir Natacha qui s'approchait.

– Alors, tous les deux, on complote ?

Tom répondit d'un sourire et s'esquiva, laissant Emma à son amie.

– Je ne voulais pas le chasser.

– Tu ne le chasses pas, Natacha, nous allions vous rejoindre, mais c'est très bien qu'il soit parti parce que j'ai un secret à te livrer.

– Un secret ? Vraiment ?

– Oui, cette nuit, j'ai chargé Proteus d'une dernière tâche.

– Tu m'intrigues.

– Il vient de lancer la production d'une nouvelle molécule dans un laboratoire de génie génétique automatisé. Ton dossier médical a servi de référence, c'est sur toi qu'on fera les premiers essais. Contrairement aux précédentes, cette molécule devrait parvenir à régénérer ta moelle épinière. Si tout se passe bien, dans trois mois, tu feras douloureusement tes premiers pas. Après six mois de rééducation, tu marcheras sans canne, et l'an prochain, tu feras le marathon de New York.

*

Emma et ses parents avaient regagné leur hôtel et s'étaient installés dans le jardin. Ils étaient enfin en vacances, sans doute les plus belles de leur vie après les épreuves qu'ils avaient traversées.

– Alors ? lança Axel à sa fille. Maintenant que tu es reposée, tu vas pouvoir nous dire où tu étais pendant ces deux jours.

– Je ne sais pas.

– Tu plaisantes ?

– Non, Papa. Je ne sais pas.

– Mais ça n'a pas de sens !

Emma hésita à répondre. L'embarras se lisait sur son visage.

– Tout a commencé dans l'avion qui nous ramenait du Gwandana. On survolait l'Atlantique, il faisait nuit, tout le monde dormait.

– Et alors ?

– J'ai eu mon premier contact avec eux.

– Qui ça, eux ?

– Des gens que je voyais et entendais, comme s'ils étaient en face de moi. J'étais toujours dans l'avion et, dans le même temps, j'étais ailleurs, avec eux.

– Ce n'était pas plutôt un rêve ?

– Je me suis posé la question, mais, quand le Président Rodriguez m'a reçue, le surlendemain, j'ai su que c'était réel.

– Pourquoi ?

– Parce qu'il les a vus, lui aussi, tout comme le Président Chen Zhao, hier soir, à l'ambassade.

– Le Président chinois ? Hier soir ? ici ? Ce n'est pas possible !

– Il est venu pour reprendre le contrôle du Dragon de jade, puis il est reparti.

Axel et Audrey regardaient leur fille avec autant de stupeur que d'incrédulité. Le chef de l'État le plus puissant du monde serait venu jusqu'aux Amarandes rien que pour la rencontrer. C'était invraisemblable.

– Tu es sûre de ce que tu racontes ? questionna Audrey.

– Oui, Maman.

– Et ces gens qui apparaissent et disparaissent à volonté, d'où ils venaient ?

– Je ne sais pas.

– Tu ne sais pas ? Ils te hantent depuis des mois, et…

– Ils ne me l'ont pas dit et je n'ai pas senti le besoin de leur demander. Je crois que leur réponse ne m'aurait rien apporté.

– Tu es étrange…

– Ce n'étaient pas des gens ordinaires.

– Tu étais avec eux quand tu as disparu ?

– Oui.

– Comment ont-ils fait pour t'enlever au cimetière ?

– Je les ai suivis.

– Ça ne répond pas à ma question.

– Je ne peux rien dire de plus, je ne sais pas comment ça s'est passé.

– Tu vas nous rendre fous ! s'emporta Axel.

– Je suis désolée, Papa. Face à eux, j'étais comme un enfant de deux ans avec des adultes, beaucoup de choses m'échappaient.

– Et qu'est-ce qu'ils t'ont raconté pendant tout ce temps.

– Je vous en ai déjà parlé.

– Quand ça ?

– Hier.

– Hier ? Je ne vois pas…

– Je vous ai parlé de Dieu.

– Tes fantômes s'intéressent à Dieu ?

– Ils s'intéressent aussi à nous, mais avec retenue. En échangeant avec moi et en se manifestant auprès de deux chefs d'État, ils ont fait le maximum de ce qu'ils s'autorisaient. Ils veulent nous laisser maîtres de notre destin quoi qu'il arrive.

– Quoi qu'il arrive ? s'inquiéta Audrey. Veux-tu dire que nous sommes aussi mal partis que pense William Hurdley ?

– William Hurdley n'a rien compris. Sa réconciliation avec son fils est la seule bonne chose qu'il aura faite dans sa vie. Contrairement à ce qu'il croit, l'homme est bon.

– Permets-moi de ne pas en être convaincu, objecta Axel. L'homme est un loup pour l'homme.

– Non ! Les médias nous donnent une image fausse de nos semblables. Ils nous abreuvent de crimes, de conflits, et plus il y a d'horreur plus ils nous donnent de détails, mais notre monde ne se résume pas à ça. Les expériences menées sur les très jeunes enfants aboutissent toutes au même constat : la compassion, la bienveillance, le sens de la justice les imprègnent bien avant qu'on leur en parle. Ce n'est qu'en les privant d'amour qu'on parvient à étouffer ce naturel et faire d'eux, parfois, des monstres. Il n'y a pas de gens méchants, il n'y a que des gens qui souffrent.

– Qu'est-ce que ça change ? Il y a tant de gens qui souffrent !

– Ils sont loin d'être tous méchants.

– Parce qu'ils sont résignés ou trop faibles.

– Ce sont les méchants qui sont faibles.

– Comment peux-tu dire ça ?

– Tous les humains font l'expérience de la souffrance, elle fait partie de la vie, mais tous ne deviennent pas méchants pour autant.

– Évidemment, il y en a qui souffrent moins que d'autres.

– Certains endurent de terribles épreuves sans jamais nourrir de haine. Leur amour est plus fort que leur souffrance. Est-ce un signe de faiblesse ?

– Non, bien sûr, il y a toujours des héros.

– Nous sommes tous des héros en puissance. En chacun de nous, parfois profondément enfoui, il y a un amour infini.

– Amour ne rime pas nécessairement avec toujours.

– C'est vrai, il y a un amour qui porte mal son nom, un amour possessif, jaloux, intéressé. On ne le réserve qu'à quelques-uns, dont on attend toujours quelque chose en retour, et, s'ils nous déçoivent, ce pseudo-amour peut se changer en haine. Ce n'est pas de cet amour dont je parlais.

– Dommage, parce que c'est le plus répandu.

– Et l'amour que tu as pour moi ?

– Je...

– Et pour maman ?

Axel resta silencieux.

– Tu pourrais éprouver cet amour pour tous les êtres, poursuivit Emma.

– Pour tous les êtres ? Rien que ça !

– Pourquoi pas ? Tu n'en serais que plus heureux. L'amour véritable n'est pas une pulsion passagère, c'est une façon de percevoir les autres, une disposition d'esprit. L'amour véritable ne dépend pas des autres, il n'attend rien en retour. C'est pour ça qu'il s'adresse à tous, même à nos ennemis.

– Emma ! C'est aussi charmant qu'irréaliste ce que tu racontes.

– Vraiment ? Et si tu voyais un inconnu prisonnier d'une voiture en flammes, tu ferais quoi ?

– Je ne sais pas.

– Tu le laisserais griller ?

– Peut-être.

– Non, tu risquerais ta vie pour le sauver, sans réfléchir, et ensuite, tu dirais, avec raison, que tu n'as rien fait d'extraordinaire.

– Tu crois ?

– Mais oui ! Et si c'était la personne que tu détestes le plus dans la voiture, tu ne pourrais quand même pas la laisser brûler.

– Et alors ? Ça ne prouve rien. C'est l'exception qui confirme la règle. Dans la vie de tous les jours, c'est chacun pour soi.

– Ça prouve que, dans une situation extrême, notre vraie nature s'exprime et l'ego perd de son emprise.

– L'ego ?

– Oui, l'ego, que beaucoup croient être leur personnalité, alors que ce n'est qu'un petit tas de réflexes conditionnés. L'égoïste croit décider librement, alors qu'il n'agit que par impulsions, comme un rat de laboratoire courant d'un morceau de fromage à l'autre. L'égoïsme est la pire des formes d'esclavage, parce qu'on n'en a même pas conscience. L'ego nous enferme en nous-même, il nous coupe du monde et prive notre vie de sens. C'est notre pire ennemi. Plus il nous domine, plus il nous pousse à l'orgueil, l'envie, la colère, la haine. Plus il prend de place en nous, moins il en laisse à l'amour. Il avait d'ailleurs autrefois un autre nom, beaucoup plus expressif : le diable.

– Le diable !

– Oui. C'est une image très juste, parce que l'ego nous isole, nous aliène, nous sépare des autres et nous interdit le bonheur. L'ego est l'unique obstacle entre nous et l'amour que Dieu a déposé dans notre cœur.

– Ah… grinça Axel, revoilà Dieu.

– Ce nom te gêne parce que trop d'hommes l'ont sali et le salissent encore. À cause d'eux, ce nom sacré est devenu pour toi symbole de manipulation, de violence, de tyrannie et de fanatisme. Mais tu peux lui substituer celui d'amour. Il y a des religions sans Dieu, d'autres avec plusieurs dieux, mais aucune sans amour.

Axel sentit monter en lui une étrange sensation, une envie soudaine de s'abandonner, de croire à l'invisible, à l'indémontrable, de renoncer à tout comprendre et tout expliquer. Mais il résista, raidi dans son orgueil.

– Si j'ai bien compris, lâcha-t-il d'un ton sarcastique, la survie de l'humanité est assurée quoi qu'il arrive, puisque Dieu est non seulement avec nous, mais en nous.

– Ce n'est pas ce que j'ai voulu dire. Tout ce qui naît doit mourir. L'espèce humaine disparaîtra un jour. Qu'elle s'autodétruise avant la fin du siècle ou s'éteigne dans cent millions d'années n'y changera rien. Mais l'humanité n'est qu'un mot. Ce qui importe ici-bas, c'est le sort de chacun de nous pendant sa courte vie. Les êtres que j'ai rencontrés m'ont donné la clé du bonheur. Je sais, grâce à eux, que, si on maîtrise son ego pour laisser Dieu agir à travers nous, les pires circonstances ne nous interdisent pas d'être heureux. Chacun construit en lui son enfer ou son paradis. Quand on a compris qu'aimer les autres c'était s'aimer soi-même, on ne se pose plus de questions, on suit sa voie en faisant de son mieux et on est heureux, avant et après sa mort.

– Tu crois vraiment à la vie éternelle ?

– La mort ne détruit que notre ego, c'est pour ça qu'il en a si peur.

– Mais qu'est-ce qui reste donc ?

– Ce que tu es vraiment par-delà le temps : une étincelle du feu divin.

Axel lâcha prise, d'un coup. Il contempla le visage de sa fille et se perdit dans la lumière de son regard. Il avait entendu son message.

Pour écrire à l'auteur
louis.raffin.proteus@gmail.com

Également aux Éditions Glyphe
(parutions récentes)

Evelyne Dress. *La Maison de Petichet*

Agnès Gougerot. *L'ombre rayée du zèbre*

Olivier Kourilsky. *Marche ou greffe !*

Denis Labayle. *Correspondance Châtelet*

Maurice Lecoeur. *Le Fantôme de Marie Laurencin*

Patricia Noël. *J'ai cru voir un coin de ciel bleu*

Olivier Nourry. *Du destin des Parques*

Frédéric Tournoux. *Rosalie Lamour. Une femme sous l'Occupation*

Achevé d'imprimer par Corlet Numérique - 14110 Condé-sur-Noireau
N° d'Imprimeur : 144361 - Dépôt légal : janvier 2018 - *Imprimé en France*